J. M

# Physiologie des Stoffwechsels in Pflanzen und Tieren

J. Moleschott

# Physiologie des Stoffwechsels in Pflanzen und Tieren

Unveränderter Nachdruck der Originalausgabe von 1851.

1. Auflage 2022   |   ISBN: 978-3-36827-442-9

Verlag: Outlook Verlag GmbH, Zeilweg 44, 60439 Frankfurt, Deutschland
Vertretungsberechtigt: E. Roepke, Zeilweg 44, 60439 Frankfurt, Deutschland
Druck: Books on Demand GmbH, In de Tarpen 42, 22848 Norderstedt, Deutschland

# Physiologie

des

# Stoffwechsels

in Pflanzen und Thieren.

---

Ein Handbuch

für

Naturforscher, Landwirthe und Aerzte

von

## Dr. Jac. Moleschott,

Privatdocenten der Physiologie an der Universität zu Heidelberg.

---

Erlangen, 1851.

Verlag von Ferdinand Enke.

Schnellpressendruck von C. H. Kunstmann in Erlangen.

# Vorwort.

---

Es scheint mir endlich Zeit, daß die Physiologen systematisch das Vermächtniß antreten, das ihnen die Chemiker überweisen. Ich glaube der weitgreifenden Genialität Liebig's und der von scharfsinnigem Talent beseelten Gründlichkeit Mulder's nicht zu nahe zu treten, wenn ich von Beiden behaupte, daß ihnen die Physiologie mehr anregende Gedanken, mehr thatsächliche Bereicherungen in den wichtigsten chemischen Fragen als eine umsichtige, den Forderungen der Physiologie selbst entsprechende Durchführung ihrer Lehren zu verdanken hat. Der Physiologe wird nie aufhören, von jenen beiden Forschern zu lernen. Aber das Gelernte soll er selbständig in seiner eigenen Wissenschaft verarbeiten.

Anfangs war es meine Absicht mich an einer physiologischen Chemie zu versuchen. Man hat indeß diesen Namen immer mehr und mehr für eine zum Nutzen der Physiologen geschriebene organische Chemie in Anspruch genommen. Was ich darunter verstand, ist keine angewandte, es ist eine selbständige Wissenschaft. Daher der kühnere Name einer „Phy-

fiologie des Stoffwechfels." Ich bin mir klar und deutlich
bewußt, daß ich in diefer Geftalt ein neues wiffenfchaftliches
Gebäude aufgeführt habe. Möge es Beachtung finden bei
den praktifchen Naturforfchern, die wegen der Verirrungen
einzelner Theoretiker oft die Theorie als Ballaft über Bord
werfen, und Nachficht bei den Männern, denen mein Gebäude
feine beften Bauftoffe verdankt.

Heidelberg, den 18. Juni 1851.


                                    Jac. Molefchott.

# Inhaltsverzeichniß.

# Einleitung.

# Einleitung.

---

Noch in den ersten Seiten von Buffon's Naturgeschichte des Menschen liest man die Worte: notre âme est impérissable, et la matière peut et doit périr.

Und um dieselbe Zeit schrieb Georg Forster: „in einem Systeme, wo alles wechselseitig anzieht und angezogen wird, kann nichts verloren gehen; die Menge des vorhandenen Stoffs bleibt immer dieselbe."

Dieser Satz ist der Grundgedanke, den Lavoisier mit der Wage in der Hand zu beweisen begonnen. Er ist seitdem durch tausend Beweise gesichert. Chemiker, Physiker, Physiologen wiederholen täglich diesen Beweis, gleichviel ob bei ihren Wägungen der Satz in ihr Bewußtsein dringt oder nicht.

Formen und Kraftäußerungen sind in fortwährendem Wechsel begriffen, nicht weil sich der Stoff vermehrt, vermindert oder in seinen ursprünglichen Eigenschaften verändert. Aber die Grundstoffe ändern ihren Platz. Wir können die Verbindungen nicht zählen, in welchen sechszig und mehr Elemente sich vereinigen, kreuzen, um sich immer wieder zu zerlegen und in dem Augenblick der Trennung neue Verbindungen zu knüpfen.

All dieses Suchen und Meiden verändert die Form, es bringt die Kraft zur Erscheinung. Die Stoffe wechseln die räumliche Stellung, die sie zu einander behaupten; sie nähern sich, sie weichen aus einander, bald in meßbarer, bald in unmeßbarer Entfernung.

Jede Kraftäußerung beruht auf diesen Anziehungen und Abstoßungen der Massen, der Molecüle. Die Kraft verräth sich unsren Sinnen durch Bewegung.

Kinder und kindliche Völker, deren Vertreter nicht aussterben, denken sich die Kraft als einen Stoß, der von außen kommt, im besten Falle als unsichtbaren Geist über, hinter, unter dem Stoffe. Es ist ein Fortschritt und zwar ein ziemlich schwerer, der die einseitig concrete Anschauung in die einseitige Abstraction verwandelt.

Viel schwerer aber noch muß es sein, den Weg der Versöhnung zwischen diesen Widersprüchen zu finden, die von vielen Naturforschern nicht einmal geahnt werden. Und doch bedarf es hierzu nur der klaren Einsicht, daß unser Wissen von den Sinnen kommt.

Jeder Eindruck, den die Materie auf unsre Sinne macht, giebt uns Kunde von einem Verhältniß der stofflichen Außenwelt zu unsrem Körper. Jede Veränderung in Raum und Zeit, die wir beide nur durch einander kennen, zeigt sich unsren Sinnen als Bewegung. Die Eigenschaft der Materie, die diese Bewegung ermöglicht, nennen wir Kraft.

Die Kraft ist kein stoßender Gott, kein von der stofflichen Grundlage getrenntes Wesen der Dinge. Sie ist des Stoffes unzertrennliche, ihm von Ewigkeit innewohnende Eigenschaft.

Es ist keine Voraussetzung, keine Hypothese, daß diese Eigenschaft durch die Wirkungen, durch die Bewegungserscheinungen, welche sie hervorruft, gemessen wird. Denn außer jenen Wirkungen kennen wir von den Kräften nichts.

Grundstoffe zeigen ihre Eigenschaften nur im Verhältniß zu anderen. Sind diese nicht in gehöriger Nähe unter geeigneten Umständen, dann äußern sie weder Abstoßung noch Anziehung. Es tritt keine Bewegung in die Erscheinung.

Offenbar fehlt hier die Kraft nicht. Allein sie entzieht sich unsren Sinnen, weil die Gelegenheit zur Bewegung fehlt.

Wo sich auch immer Sauerstoff befinden mag, hat er Verwandtschaft zum Wasserstoff, zum Kalium. Ob sich aber der Sauerstoff mit Wasserstoff, mit Kalium verbindet, das hängt zunächst davon ab, ob Wasserstoff oder Kalium in seine Nähe gelangen.

Die Eigenschaft des Sauerstoffs, sich mit Wasserstoff verbinden zu können, ist immer vorhanden. Ohne diese Eigenschaft besteht der Sauerstoff nicht. Macht man diese Kraft zu einer Abstraction, dann ist der Sauerstoff nicht Sauerstoff mehr.

Eben weil sich die Kraft zur Materie als Eigenschaft verhält, reden wir von ruhenden Kräften, von Kräften, die sich das Gleichgewicht halten. Wenn sich der Wasserstoff mit dem Sauerstoff zu Wasser verbunden hat, dann ruhen die Kräfte beider Elemente, die Eigenschaft des Sauerstoffs Wasserstoff anzuziehen hält der Neigung des Wasserstoffs sich mit Sauerstoff zu verbinden das Gleichgewicht.

Alles dieses ist nicht erdacht. Es läßt sich nicht erdenken, es läßt sich nur durch sinnliche Wahrnehmung finden. Der Gedanke giebt nur der einzelnen Erscheinung die allgemeine Form, wenn die Wahrnehmung durch tausend und abermals tausend Beobachtungen bestätigt wird.

Darum ist die Entwicklungsgeschichte der Sinne der Menschheit auch die Entwicklungsgeschichte ihres Verstandes. Die Entwicklungsgeschichte der Vernunft beginnt mit der Erkenntniß dieses Satzes.

Hat der Mensch alle Eigenschaften der Stoffe erforscht, die auf seine entwickelten Sinne einen Eindruck zu machen vermögen, dann hat er auch das Wesen der Dinge erfaßt. Damit erreicht er sein, d. h. der Menschheit absolutes Wissen. Ein anderes Wissen hat für den Menschen keinen Bestand. Denn jedes Wesen, und sei es höherer und höchster Ordnung, erfährt nur das, wodurch es sinnlich berührt wird. Ein unsinnliches Wesen ist ein Unsinn. Jeder Satz, der nicht mit unserer geübten sinnlichen Wahrnehmung in Einklang zu bringen ist, mag eine Wahrheit sein für Spinnen oder Engel, für uns ist er unwahr.

Das ist der Unterschied zwischen Kant und unsrer Auffassung. Kant wußte, daß wir die Dinge nur kennen nach dem Eindruck, den sie auf unsre Sinne machen, nur wie sie für uns sind. Daß er aber ein Wissen von dem Ding an sich denken konnte als im Gegensatz zu dem Wissen fühlender, sehender, hörender Menschen — das ist die Kluft, die ihn von uns trennt. Diese Kluft haben Schelling und Hegel ausgefüllt.

Wenn die Kraft von dem Stoffe unzertrennlich ist, dann ist sie, wie jede andere Eigenschaft, ein nothwendiges Merkmal des Stoffs überhaupt.

Früher pflegte man, wie Förster es sinnig ausdrückt, überall Absichten anzunehmen, wo man Beziehungen bemerkte.

Ist aber die Kraft ein nothwendiges Merkmal, nothwendige Eigenschaft der Materie, dann kann sie keinen Absichten dienen. Die Kraft, die Verrichtung organischer Wesen z. B. ist nicht da, um Zwecke zu erfüllen, wenn sie gleich allemal die Wirkung erreicht, welche der Kraft entspricht.

Letzteres ist das nothwendige Verhältniß der Wirkung zur Ursache. Nur diese Ursache ist Gegenstand denkender Forschung. Die
Folge der gegenwärtigen Wirkung ist, so lange sie nicht unter gleichen oder entsprechenden Verhältnissen gesehen wurde, ein Spiel ra-
thender Ahnungen.

Darum wollte **Forster**, — um einen Naturforscher zu nennen, —
schon im Jahre 1791 „den alten Sauerteig der Teleologie" vertrieben
wissen. **Spinoza** hatte sie längst bekämpft.

Aber es war **Hegel's** That, daß er die Nothwendigkeit alles
dessen was ist, eben weil es ist, in weiteren Kreisen erkennen lehrte.
Auch die Naturforscher haben es größtentheils durch ihn gelernt, wenn
sie es auch nicht Wort haben wollen, weil sie es gewöhnlich aus
dritter Hand lernten und Hegel selbst nicht verstanden oder nicht
lasen.

Ihre größten Fortschritte verdankt die Naturwissenschaft unsrer
Tage bewußter oder unbewußter Anwendung jenes Gesetzes der Nothwendigkeit, so wie es andererseits der gefährlichste Feind aller gesunden
Beobachtung ist, daß auch die Männer, welche die Teleologie bekäm-
pfen, beinahe täglich leiden an Rückfällen in die alte Sünde.

Mir schien es Pflicht dieses allgemeine Glaubensbekenntniß hierher zu schreiben, selbst auf die Gefahr hin, daß viele Naturforscher
in meinen Worten naturphilosophische Speculationen in dem anrüchig
gewordenen Sinne wittern werden. Gerne nehme ich das Verdam-
mungsurtheil von denen hin, denen die Beobachtung um ihrer selbst
und nicht um des Gesetzes willen wichtig ist. Mir hat das empirische Wissen erst dann volle Geltung, wenn es Baustoffe liefert zu den
Weltgesetzen, die das menschliche Hirn erfassen kann. Für jeden
Theil der Einen großen Naturwissenschaft wurzelt die Begeisterung
nur in der Erkenntniß, wie sich derselbe zur Weltweisheit verhält.
Deshalb braucht man nicht zu ermüden in der Sammlung von Thatsachen, da die Erkenntniß nur aus Anschauungen erwächst und nur

viele Anschauungen uns zu Gesetzen verhelfen. Allein ebenso wenig
„sollen Mißbrauch oder irrige Richtungen der Geistesarbeit zu der die
„Intelligenz entehrenden Ansicht führen, als sei die Gedankenwelt, ih-
„rer Natur nach, die Region phantastischer Truggebilde; als sei der
„so viele Jahrhunderte hindurch gesammelte überreiche Schatz empiri-
„scher Anschauung von der Philosophie, wie von einer feindlichen Macht,
„bedroht. Es geziemt nicht dem Geiste unserer Zeit, jede Verallge-
„meinerung der Begriffe, jeden auf Induction und Analogien gegrün-
„deten Versuch, tiefer in die Verkettung der Natur-Erscheinungen ein-
„zubringen, als bodenlose Hypothese zu verwerfen, und unter den
„edeln Anlagen, mit denen die Natur den Menschen ausgestattet hat,
„bald die nach einem Causal-Zusammenhang grübelnde Vernunft,
„bald die regsame, zu allem Entdecken und Schaffen nothwendige
„und anregende Einbildungskraft zu verdammen“ (Alexander von
Humboldt).

---

Es ist nicht schwer einzusehen, durch welche Gedankenverbindung der Satz, daß der Vorrath der Materie sich immer gleich bleibt,
zur Grundlage wird der Weltweisheit unserer Tage.

Wenn aber die Menge des vorhandenen Stoffes immer dieselbe
bleibt, wenn sich die Kraft zum Stoff als Eigenschaft verhält, dann
kann die Mannigfaltigkeit der Formen und Verrichtungen der organischen Natur nur bedingt sein durch den Wechsel der Grundstoffe, die
sich anziehend, abstoßend suchen und meiden.

Nur aus dem Stoffwechsel begreift sich das Leben, und jene
allgemeine Beziehung leiht der Lehre vom Stoffwechsel eine Bedeutung weit über das Leben hinaus.

Aus Erde, Luft und Waſſer erwächst die Pflanze. Die Pflanze nährt das Thier. Aus den allgemein verbreiteten Beſtandtheilen der Pflanze wird der Thiere Blut. Nach hunderterlei Umbildungen, die das Blut, die allgemein verbreiteten Pflanzenstoffe im Leib von Thieren und Pflanzen erleiden, zerfällt die organiſirte Form, zugleich mit dieſer der organiſche Zuſammenhang der ſtofflichen Grundlage. Die Verweſung verwandelt das Thier, die Pflanze in Erde, Luft und Waſſer.

Durch dieſen Kreislauf der Elemente beſteht die organiſche Natur. Die Lehre dieſes Kreislaufs iſt die Phyſiologie des Stoffwechſels in Pflanzen und Thieren.

In dieſem Sinne gefaßt geht die Phyſiologie des Stoffwechſels aus von den Ernährungsquellen der Pflanzen. Sie lehrt, wie die Pflanzen aus ihren Nahrungsstoffen ihre allgemein verbreiteten Bestandtheile, wie die Thiere aus letzteren ihre Blutflüſſigkeit bilden. In der Pflanze zerſetzen ſich die allgemein verbreiteten Beſtandtheile in Säuren und Baſen, in Harze und Farbſtoffe und andere abgeleitete Körper. Aus dem Blut des Thiers entſtehen Gewebe, Abſonderungen und Ausſcheidungen. Die Phyſiologie des Stoffwechſels ſchildert die Geſchichte von dieſen und jenen, um endlich daran die Darſtellung der Umſetzungen zu knüpfen, welche die organiſchen Weſen nach dem Tod erleiden. Alle Erzeugniſſe dieſer Umſetzungen ſind Beſtandtheile von Erde, Luft und Waſſer; die Endprodukte bilden die Nahrungsſtoffe der Pflanzen.

Die Entwicklung beginnt aufs Neue ihren Kreislauf, ehe noch die Rückbildung ihr Endziel erreicht hat. Ich habe mit Bewußtſein darnach geſtrebt, ein Gemälde dieſes Kreislaufs zu entwerfen.

Am räthselhaftesten ift es von jeher erfchienen, daß diefelben Elemente, die heute in der Luft fchweben als Kohlenfäure, Waffer, Ammoniak, morgen Pflanzen und übermorgen Thiere bilden helfen, ohne Vermählung mit einer anderen Kraft als diejenige ift, die von aller Ewigkeit den Elementen innewohnt.

Und wir wollen allerdings unferen Blick nicht abftumpfen für die Verfchiedenheit, welche die organifche Materie von der anorganifchen trennt, troß aller leifer Schattirungen der Uebergänge, welche die Grenze verwifchen.

Ift es doch, um zunächft von der Zufammenfeßung zu reden, eine ausgemachte Sache, daß das Binairitätsgefeß und die Dalton'fche Grenze den organifchen Verbindungen fehlen. Und ift es kein fcharfer, höchft bezeichnender Unterfchied, daß die organifche Natur unerfchöpflich reich ift an Verbindungen, deren Elemente in gleichen Zahlenverhältniffen, ja oft in gleicher Summe vorhanden find, während fie die wichtigften Unterfchiede in den Eigenfchaften zeigen?

Die verfchiedene Lagerung der Molecüle, alfo die verfchiedene Mifchung bei fcheinbar gleicher Zufammenfeßung, welche jene Mannigfaltigkeit der Eigenfchaften erklärt, macht den Zufammenhang fo verwickelt, der die Grundftoffe zu organifchen und organifirten Körpern zufammenfügt. Darum ift es oft fo fchwer fich ein Bild zu machen von der Conftitution organifcher Verbindungen. Und aus diefem Grunde gelingt es fo felten, aus einfachen anorganifchen Körpern die zufammengefeßte organifche Materie wiederzuerzeugen.

Wenn wir aber dereinft in die Conftitution vieler organifcher Körper tiefer eingedrungen fein werden, dann müffen fich die Beifpiele mehren, deren klaffifches Urbild Liebig und Wöhler aufftellten in der Erzeugung des Harnftoffs aus Cyanfäure und Ammoniak, die fich beide auf anorganifchem Wege gewinnen laffen. Als ein minder vollkommenes, aber nicht minder lehrreiches, viel verfprechendes Beifpiel reiht fich hieran die von Redtenbacher entdeckte

Bildung eines dem Taurin isomeren Körpers aus Aldehyd-Ammoniak und schweflichter Säure, — minder vollkommen, weil das Aldehyd der Essigsäure bisher aus anorganischen Stoffen nicht dargestellt werden konnte.

Je verwickelter die Zusammensetzung der Materie ist, desto lockerer ist der Zusammenhang der einzelnen Elemente. Darum ist Beweglichkeit der Molecüle ein Hauptmerkmal der organischen Stoffe. Und diese Beweglichkeit äußert sich in den verschiedenen Richtungen, welche die Zersetzung organischer Stoffe nehmen kann. Man denke an die Möglichkeit, den Zucker zu zerlegen in Alkohol und Kohlensäure, oder in Milchsäure und Wasser, oder in Buttersäure, Kohlensäure und Wasserstoff, oder in Ameisensäure und Essigsäure, oder in Kleesäure, Kohlensäure und Wasser, oder in Zuckersäure und Wasser, oder in Huminsäure, Kohlensäure und Wasser, um diejenigen Umsetzungen nicht zu erwähnen, welche man am Zucker bisher nur im Organismus beobachtet hat. Man denke an die Spaltbarkeit des Cyans in Cyansäure und Blausäure, oder in Kohlensäure, Ammoniak und Harnstoff, oder in Kleesäure und Ammoniak, oder in Kleesäure, Kohlensäure, Ameisensäure und Harnstoff, um es inne zu werden, daß sich diesen Beispielen von Beweglichkeit der Molecüle nicht ein einziges aus der anorganischen Natur anreihen läßt.

Auf der höchsten Stufe der Ausbildung zeichnet sich die organische Materie aus durch ihre verhältnißmäßige Indifferenz. Eiweiß, Zellstoff, Zucker, Fett, kurz die am weitesten verbreiteten organischen Körper, diejenigen, die vor allen anderen organisirte Formen annehmen, besitzen weder basischen, noch sauren Charakter, oder ihre Verwandtschaft zu Säuren und Basen steht auf der niedersten Stufe.

Treten endlich Basen und Säuren in der organischen Welt auf, so sind sie mit vereinzelten Ausnahmen, auch wenn ihr Charakter deutlich ausgesprochen ist, schwach im Vergleich zu den anorganischen Säuren und Basen. Sie bilden überdies den Uebergang zum Verfall der organischen Wesen.

Ihren höchsten Ausdruck findet die Eigenthümlichkeit der Zusammensetzung und der Eigenschaften, welche die organische Materie auszeichnen, in der Form. Die anorganischen Stoffe neigen zur Krystallisation, die organischen zur Zellenbildung; für die organischen Stoffe beginnt die Fähigkeit der Krystallisation gewöhnlich erst dann, wenn sie in rascher Bewegung zum Zerfallen begriffen sind. Wenn auch der Zucker und die Fette krystallisiren — es fehlt in der Natur an solchen Uebergängen nie —, so finden sich doch die betreffenden Stoffe im organischen Körper höchst selten krystallisirt, und die ausgeprägtesten Krystallformen finden sich bei Säuren und Basen, bei Salicin und Harnstoff, kurz in denjenigen Erzeugnissen des Stoffwechsels, die keine organisirte Formen annehmen.

Wenn eine Flüssigkeit Eiweiß und Fett oder Gummi gelöst enthält, dann bilden sich in ihr feste Molecüle, die sich in Gruppen vereinigen und Kerne darstellen. Aus dem Cytoblastem geht der Cytoblast hervor. Um den Kern bildet sich die Zelle. Aus Kernen und Zellen werden Fasern geboren. Es entstehen Gewebe und Organe, wie sie aus anorganischen Stoffen nicht erzeugt werden können.

In dem Reichthum organisirter Formen spiegelt sich die Mannigfaltigkeit organischer Mischung. Zwischen Form und Kraft und Mischung herrscht ein ewiger Zusammenhang. Die Form ist wie die Verrichtung ein immanentes Merkmal der Materie, wie die Materie rastlosem Wechsel unterworfen. Darum ist die Kraft so unsterblich wie der Stoff.

Es war Mulder's leuchtendes Verdienst, daß er zuerst mit der ganzen Tiefe eines fruchtbaren Kopfes auf jene Wechselwirkung zwischen Stoff und Form und Verrichtung aufmerksam machte. Die Einsicht in diese immer wechselnde Einheit ist die Seele aller heutigen Forschung — und doch liegt sie Vielen noch so fern. Zwei der tüch-

tigsten Mikroskopiker, ein Mohl und Henle, konnten sich nicht zu
diesem Gedanken erheben. Aber Henle's Irrthümer hat Reichert
vortrefflich aufgedeckt, und einem Forscher wie Mohl ist in Schleiden ein würdiger Gegner erwachsen.

So wie die Materie einen bestimmten Grad zusammengesetzter
Mischung erreicht hat, entsteht mit der organisirten Form die Verrichtung des Lebens. Die Erhaltung jenes Mischungszustandes bei fortwährend Wechsel der Stoffe bedingt das Leben der Individuen.

Jene Eigenthümlichkeit der Zusammensetzung ist nicht etwa Aus-
fluß einer besonderen Verwandtschaft der Grundstoffe, die demselben
außer dem Leben fehlte. Nur der Zustand der Verbindung, Wärme,
Luftdruck, Bewegung in meßbaren Entfernungen sind verschieden,
die Verhältnisse sind abweichend, unter welchen sich die Verwandtschaft
äußert, die von Ewigkeit her dem Stickstoff, Kohlenstoff, Wasserstoff, Sauerstoff, dem Schwefel, dem Phosphor innewohnt.

Glühendes Platin vermag Wasser zu zersetzen, ein Druck von
36 Atmosphären verdichtet bei 0° die Kohlensäure zu einer farblosen,
tropfbaren Flüssigkeit, eine leise Berührung reicht hin, den Jodstickstoff
zu zersetzen. Das sind gesteigerte Wirkungen derselben Verhältnisse,
die in unzähligen Schattirungen die Organisation der Materie hervor-
rufen.

Wasser wird von der Pflanze zersetzt, Kohlensäure von der Pflanze
verdichtet, und wenn wir später sehen werden, daß gewisse Pflanzen
von Kohlensäure, Wasser, Ammoniak und einigen Salzen leben und
gedeihen können, wenn wir dazu bedenken, daß die Vorstellung einer
Kraft, die nicht an die Materie gebunden wäre, zum Unsinn führt, so
ist damit der unmittelbare Beweis geliefert, daß es nur die Umstände sein
können, welche die Erzeugnisse der in den Elementen thätigen Verwandtschaft bestimmen.

Ob wir denn diese Umstände nicht nachahmen können? O ja,
sehr oft. Am vollendetsten bei der Gährung des Harnstoffs, den wir

aus anorganischen Stoffen erzeugen können, während jene Gährung
gewöhnlich von Pilzbildung begleitet ist.

Darum geben uns die Vorgänge, die wir in Bechergläsern
und Tiegeln beobachten, so manchen Aufschluß über das Leben. Viele
Chemiker behaupten beinahe in Einem Athem, diese oder jene Umwandlung organischer Stoffe sei im Körper nicht anzunehmen, weil sie im
Laboratorium nicht gelungen sei, und umgekehrt eine im Laboratorium
mögliche Veränderung sei deshalb nicht auch im Organismus möglich.
Jene Annahme und diese Möglichkeit sind jedoch immer denkbar und
sehr oft wirklich.

In den allermeisten Fällen vermag der Organismus wenigstens
ebensoviel wie Kolben und Retorten, nicht selten mehr. Wie sich mit
Bezug auf die Geologie der Tiegel des Chemikers zur großen, nimmer
ruhenden Werkstatt der Natur verhält, so in den physiologischen Erscheinungen die Kunstgriffe des Laboratoriums zu der unaufhörlich
strömenden Bewegung des Lebens. Und eben der Umstand, daß der
Organismus Verbindungen und Zersetzungen bewirkt, die wir bis jetzt
auf künstliche Weise nicht nachzuahmen vermögen, ist ein deutlicher Beweis für die Möglichkeit, daß die Stetigkeit des lebendigen Stoffwechsels mit scheinbar geringeren Mitteln häufig die Macht der Eingriffe
aufwiegt, welche im Laboratorium auf eine kurze Spanne Zeit beschränkt bleibt.

Durch bloße Wärme läßt sich der rectangulairditetraedrische Arra-
gonit in ein Haufwerk von Kalkspathkrystallen verwandeln, welche die
Form des Rhomboeders zeigen. Ein Doppelsalz der Traubensäure mit
Natron und Ammoniak liefert nach der hochwichtigen Entdeckung Pasteur's zweierlei hemiedrische Krystalle, aus denen sich zwei isomer zusammengesetzte Säuren von gleicher hemiedrischer Krystallform abscheiden lassen, die gar keine andere Verschiedenheit zeigen, als daß die
eine, die mit der Weinsäure übereinstimmt, den polarisirten Lichtstrahl
zur Rechten, die andere zur Linken ablenkt. Der Ablenkungswinkel

ist in beiden Fällen gleich groß, die rechtsdrehende und die linksdrehende Säure zeigen dieselben Löslichkeitsverhältnisse, kurz ohne Ausnahme dieselben Eigenschaften, nur daß sie den polarisirten Lichtstrahl nach verschiedenen Seiten ablenken. Und dennoch, selbst dieser geringfügigen Verschiedenheit der Eigenschaften entspricht eine verschiedene Lagerung der Molecüle, die sich in diesem bestimmten Falle dadurch verräth, daß die hemiedrischen Flächen bei der einen Säure links, bei der anderen rechts liegen. Die eine Säure erscheint als das Spiegelbild der anderen. Es ist der Fall von Hemiedrie, den Pasteur in seinen neuesten Arbeiten als die nicht deckende bezeichnet, die aber nach Auflösung der Kryskalle nicht bei allen Körpern, z. B. nicht bei der schwefelsauren Bittererde, beim ameisensauren Strontian, vom Drehungsvermögen für den polarisirten Lichtstrahl begleitet ist.

So leise wie hier Zusammensetzung, Form und Eigenschaften in einander greifen, so leise gehen die unzähligen Abstufungen organischer Materie in einander über. Daher die Fülle von Formen, welche die Mischung bei der Organisation bedingt.

Eine unklare Verwechslung von Kraft und Zustand hat den Inbegriff von Umständen, welche die Organisation veranlassen, mit dem Namen Lebenskraft bezeichnet. Seine praktische Gefährlichkeit hat dieser Irrthum verloren, weil es wohl keinem Naturforscher mehr einfällt, dieses Wort als einen Zauberstab der Erklärung zu handhaben.

Diese Lebenskraft soll die Verwandtschaften der Materie beherrschen, und Niemand weiß, von wannen sie kommt, Niemand kennt ihren Träger. Sie ist eine wesenlose Abstraction oder ganz willführliche Personification eines Zustandes, die nach dem Obigen keiner Bekämpfung mehr bedarf.

Wenn die Elemente, Kohlenstoff, Wasserstoff, Sauerstoff, Stickstoff einmal organisirt sind, dann haben die bestimmten Gestalten ein
Beharrungsvermögen, das, wie die bisherige Erfahrung lehrt, auf
Jahrhunderte und Jahrtausende fortdauert. Mittelst der Samen,
Knospen, Eier kehren die nämlichen Gestalten in bestimmtem Wechsel
wieder. Auf diese regelmäßige Wiederkehr hat man vorzugsweise die
naturgeschichtliche Eintheilung in Arten gegründet.

Den Inbegriff der Umstände, den Zustand, durch welchen die
Verwandtschaft der Materie mit jenem Beharrungsvermögen dieselben
Formen erzeugt, hat Henle nach Schelling's Vorgang mit dem
Namen der typischen Kraft belegt. Ein kleiner Fortschritt ist in diesen typischen Kräften gegeben, indem dieselben doch so viel Zustände
der Materie anerkennen als es Organe giebt und Arten. Allein die
typische Kraft der Pflanzen und Thiere ist eine ebenso leere Abstraction oder auch eine ebenso kindliche Personificirung wie ihre Mutter
die Lebenskraft. Sie sind ächt antik gedacht, diese typischen Kräfte,
und die Alten würden ihre Freude haben, wenn sie hören könnten, wie
auch in unsren Lorbeerbäumen eine Daphne trauert, in unsren Hirschen
ein Actäon herumjagt.

Die Anthropomorphie ist überwunden in der Wissenschaft wie
im Glauben. Und dennoch ist für beide die anthropologische Grundlage um so fester geworden. Ihre concrete Bethätigung ist die Erforschung des Stoffs und stofflicher Bewegung. Ich habe kein Hehl,
es auszusprechen: die Angel, um welche die heutige Weltweisheit sich
dreht, ist die Physiologie des Stoffwechsels.

# Erstes Buch.

# Die Ernährungsquellen der Pflanzen.

# Erstes Buch.

## Die Ernährungsquellen der Pflanzen.

### Kap. I.

### Die Ackererde.

#### §. 1.

Die Rinde unsrer Erde enthält in reichlicher Menge die anorganischen Stoffe, welche zur größeren Hälfte die wesentlichen Bestandtheile der Ackererde bilden. Am dichtesten zusammengedrängt sind jene Stoffe in Bergen und Felsen, bald weicher und formlos, bald in harten Krystallen. Und diese felsigen Berge liefern nicht bloß die Hämmer und Zangen, den Marmor und das Gold für unsre Schmieden und die Werkstätten der Künstler. Ihre anorganischen Bestandtheile sind auch die Werkzeuge, welche die organischen Stoffe verbinden zu Pflanzen und Thieren, die den Erdball beleben.

Es berstet der Fels durch den Wechsel von Wärme und Kälte. Aber auch die kalte Wucht einer ewigen Schneedecke spaltet den Berg und sprengt die Blöcke auseinander. Der schiebende Gletscher, die reißenden Bäche und Wasserfälle sind gleichsam die Hammerwerke, die den Fels aus seinen Fugen treiben und seine Ecken zermalmen. In der Natur ist nicht Rast und nicht Ruhe. Jene Mächte der Zertrümmerung übertreffen nicht bloß die Gewalt des Tropfens, wenn dieser durch öfteres Fallen den Sandstein aushöhlt, das ewig brausende und tosende Wasser, die krachenden Eisthürme, die donnernde Lawine zertrümmern den Granit. Auch der Fels kann der Ewigkeit nicht trotzen.

1 *

Der Berg zerfällt in Trümmer, die Trümmer werden Staub. Ströme tragen den Staub in die Ebene; sie düngen den Acker, denn sie ertheilen ihm der Pflanzen unentbehrliche Nahrung.

### §. 2.

Aber der Fels zerklüftet nicht bloß in Folge der zertrümmernden Gewalt des drückenden Eises und des fallenden Wassers. Der Chemiker hat den Zahn der Zeit zerlegt und gewogen. Sauerstoff, Wasser und Kohlensäure nagen an Felsen wie an den Werken der Menschenhand. Selbst der Granit verwittert. Verwitterung ist nichts als eine Zerlegung durch Sauerstoff, Wasser und Kohlensäure.

Die Metalle, ihre Verbindungen mit Schwefel nehmen Sauerstoff auf. Sie verbinden sich mit diesem kräftigsten Zünder, bis sie ganz mit ihm gesättigt sind. Aus Orydulen werden Oryde.

So sehen wir die durch Eisenoxydul ($FeO$) geschwärzten unteren Schichten der Ackererde roth werden, wenn wir sie heraufgraben. Der Sauerstoff der Luft hat Zutritt und verwandelt das Eisenoxydul in Eisenoxyd ($Fe^2O^3$). Ein grüner Krystall von schwefelsaurem Eisenoxydul ($FeO + SO^3$) überzieht sich mit einer gelblich grauen Schichte von schwefelsaurem Eisenoxyd ($Fe^2O^3 + 3SO^3$), und der Krystall zerbröckelt, selbst wenn wir ihn in einem geschlossenen Glase aufheben.

Es verwandelt sich der Schwefelkies ($FeS^2$) der Berge in saures unterschweflichtsaures Eisenoxydul ($FeO + 2SO$). Auch dieses oxydirt sich immer höher, bis sich schwefelsaures Eisenoxyd gebildet hat. Ebenso der Magnetkies ($FeS + Fe^2S^3$).

Wenn sich aber das Eisenoxydul des Thonschiefers, der Magnetkies der Granite mit Sauerstoff verbinden, dann verwittern der Thonschiefer und Granit. Was der Augenblick mit unsern künstlichen Mitteln nicht leisten könnte, das vollbringt die unendliche Kette von Zeiträumen unter der Herrschaft des allgegenwärtigen Sauerstoffs.

### §. 3.

Das Wasser löst, was die Berge an löslichen Bestandtheilen enthalten. Denn das Wasser ist wie der Grund, durch den es sickert (Plinius). Es nimmt die schwefelsauren Salze der Alkalien, die

Chlor- und Jodverbindungen der Alkalimetalle, die schwefelsaure Talkerde und den Gyps mit sich.

Vieles aber vermag nicht das Wasser allein, was durch Wasser
unter Beihülfe der Wärme und eines erhöhten Druckes erreicht wird.
In der Siedhitze kann das Wasser kieselsaure Verbindungen lösen, die
es sonst nicht aufnimmt. Ja Forchhammer hat uns gelehrt, daß
das Wasser, dessen Wärme unter einem hohen Drucke bis zu 150°
gesteigert ist, den Feldspath zersetzt in unlöslichen Porzellanthon und
lösliches kieselsaures Kali; aus Kalifeldspath $3 \, ((Al^2 O^3 + 3 SiO^3) + (KO + SiO^3))$ wird $3 Al^2 O^3 + 4 SiO^3$, Porzellanthon, und
$3 KO + 8 SiO^3$ kieselsaures Kali. So das Wasser der Geiser
auf Island.

<h2 style="text-align:center">§. 4.</h2>

Wärme und erhöhter Druck können durch eine freie Säure ersetzt werden. Sehr viele Mineralien, welche die Kieselsäure in Verbindung mit Thonerde, Kalk, Bittererde, Alkalien und Wasser in
unlöslicher Form enthalten, werden durch Wasser und Salzsäure angegriffen. Mesotyp, Analcim, Zeolith, Hornblende und Epidot zer-
fließen gallertig, wenn man sie pulvert und mit Salzsäure übergießt.
Die Gallerte wird durch die Kieselsäure gebildet.

Es ist die Kieselerde einer von den merkwürdigen Körpern,
welche bald die Rolle einer Basis spielen, bald die Stelle einer Säure
vertreten. Allein noch eigenthümlicher sind ihre Löslichkeitsverhältnisse. Wenn sie durch eine stärkere Säure aus irgend einem Salze
ausgeschieden wird, so bleibt die Flüssigkeit, in der das Salz gelöst ist, nur dann klar, wenn Ein Gewichtstheil Kieselsäure auf
dreißig Gewichtstheile Wasser zugegen ist. Was darüber geht,
macht das Wasser zu einer Gallerte gestehen. Diese Gallerte enthält
ungelöstes Hydrat der Kieselsäure. Sie läßt sich auflösen, wenn
man eine hinlängliche Menge Wasser hinzusetzt. Sie wird aber so
unlöslich wie der Amethyst oder der Bergkrystall, d. h. wie die krystallisirte Kieselsäure, wenn man sie trocknet und dadurch das Hydrat-
wasser entfernt.

Was die stärkere Salzsäure in kurzer Zeit bewirkt, das leistet
die Kohlensäure in einer längeren Dauer. Hornblende, Chlorit, Epidot, Mesotyp geben an kohlensäurehaltiges Wasser von + 15 bis

16° C. in 48 Stunden so viel ab, daß eine qualitative Analyse möglich wird. Ja W. B. und R. E. Rogers fanden bei einer noch länger fortgesetzten Einwirkung der Kohlensäure fast 1 Procent an Kalk und Talkerde, Thonerde, Kieselsäure oder Alkali in der Flüssigkeit gelöst.

Kohlensaure Bittererde ist nach den Untersuchungen der Herren Rogers in Wasser, das mit Kohlensäure geschwängert ist, weit löslicher als kohlensaurer Kalk. In der Weyer's Höhle in Virginien, die aus talkhaltigen Kalksteinen besteht, findet sich in den milchweißen, undurchsichtigen Stalaktiten eine kleine, aber doch bestimmbare Menge kohlensauren Talks, in den spathartigen, durchsichtigen dagegen kaum eine Spur. Das Wasser einer in unmittelbarer Nähe bei der Höhle vorhandenen Quelle ist sehr reich an kohlensaurer Bittererde. Es hat dieses Salz aus den Stalaktiten ausgewaschen [1]).

Die anhaltende Wirkung der Kohlensäure erreicht also die Kraft eines kurz während Einflusses starker Mineralsäuren. Ja, mehr noch, die erstere übertrifft oft die letztere. Aus weißem Sand, der kurze Zeit mit Königswasser behandelt und durch Wasser von der Säure wieder befreit war, wird durch kohlensäurehaltiges Wasser in dreißig Tagen kiesel- und kohlensaures Kali, Kalk und Talkerde aufgelöst (Polstorf und Wiegmann).

Adular oder Kalifeldspath, Albit oder Natronfeldspath werden durch Salzsäure in 24 Stunden nicht angegriffen. Und trotzdem widerstehen sie nicht einer hinlänglich dauernden Einwirkung der Kohlensäure. Der Labrador oder Kalkfeldspath, der statt Kali Kalk und Natron enthält, wird schon in kurzer Zeit von Salzsäure gelöst. Also um so leichter, wenn er fortwährend der Einwirkung von Kohlensäure unterworfen ist.

Allein wie der Sauerstoff, so ist, wenn gleich in geringerer Menge, die Kohlensäure allgegenwärtig an der Erdrinde, in der Luft wie im Wasser. Deshalb zeigt sich überall ihr verwitternder Einfluß. Der Granit verliert seinen Glanz so gut wie die Fensterscheiben blind werden auf Mistbeeten und in Ställen.

So viel vermag eine schwache Säure, weil sie überall und stetig einwirkt. Mit der Kohlensäure vereinigen sich aber der Sauerstoff und das Wasser.

_____

1) Froriep's Notizen, December 1849. S. 307—309.

Je feiner jene mechanischen Gewalten die Trümmer der Gebirge vertheilten, desto zahlreichere Angriffspunkte bieten diese den chemischen Einflüssen der Verwitterung. Und umgekehrt wird die Zerklüftung der Felsmassen mächtig unterstützt durch die unaufhörliche Einwirkung des Sauerstoffs, der Kohlensäure und des Wassers, die den Zusammenhang der härtesten Mineralien lösen.

Darum sind die Bäche und Flüsse nicht bloß getrübt von den schwebenden Staubtheilen, sie sind auch reichlich geschwängert mit aufgelösten Salzen, die mit dem Wasser den anliegenden Ufern zugetragen werden [1]).

### §. 5.

Aus den Gebirgen haben wir also vorzugsweise die anorganischen Bestandtheile herzuleiten, die in wesentlicher Weise den Werth der Ackererde bedingen.

Die Feldspathe und die thonreichen Kalksteine, der Mergel, die Cementsteine liefern Kali und Natron, Gyps und Labrador den Kalk, Dolomit und Anorthit die Talkerde. Kalk und Talk sind beide auch im Thonschiefer enthalten. Den Feldspathen, dem Thonschiefer, dem Alaun verdankt die Ackererde einen großen Theil ihrer Thonerde, dem Klingstein, dem Porphyr und Basalt Eisen und Mangan.

Feldspath und Thonschiefer, so wie der Quarz, sind auch die Hauptquellen der Kieselsäure unserer Aecker. Die Phosphorsäure kommt beinahe in allen Gebirgsarten vor; sie wurde von Fownes in den Plutonischen Gebirgsarten, in Trachit, Basalt und Lava gefunden. Die Schwefelsäure des Gypses und des Alauns, das Chlor des Kochsalzes, das Fluor des Flußspaths, das Jod der Eisenerze [2]) kommen unsrer Ackererde zu Gute.

---

1) Vgl. die vortreffliche Schilderung Liebig's in seinem Werke: „Die Chemie in ihrer Anwendung auf Agricultur und Physiologie." 6te Auflage. Braunschweig 1846. S. 106—122. Ich nenne sie vortrefflich, weil sie den seltenen Vorzug besitzt, daß sie wirklich eine Schilderung ist.

2) Chatin, Journal de pharmacie et de chimie 1850. 3e sér. XVIII. p. 243.

Alle dieſe Baſen, Säuren und Zünder finden ſich noch in manchen anderen Gebirgsarten, und je nach ihrem Urſprung ſind ſie in
wechſelnder Menge im Acker enthalten.　Sie bilden das Gerüſt der
Ackererde um nachher zum Gerüſt der auf ihr emporblühenden Pflanzen
zu werden.

.　An dieſe weſentlichen und allgemein verbreiteten Stoffe reihen
ſich einige andere, die entweder auf beſtimmte Orte beſchränkt ſind,
oder nicht als Nahrungsſtoffe der Pflanzen angeſehen werden können.
Dahin rechne ich das Kupferoryd des Thonſchiefers, das Titanoryd,
das Forchhammer im gelben Thon in Dänemark nachwies und
aus dem Titaneiſen des Granits ableitet, den Arſenik, den Walch-
ner[1] beſtändig in eiſenreichem Thon und Mergel, ſo wie in allen
eiſenreichen Ackererden vorfand.　Dieſe Beobachtungen, von zuverläſſi-
gen Forſchern herrührend, ſind immerhin wichtig genug, um das in
einzelnen Fällen erwieſene oder mögliche Vorkommen des Kupferorybs,
der Titanſäure, der Arſenſäure in organiſchen Weſen zu erklären.

Das Vorkommen der genannten Stoffe im Acker beweiſt mit letzter
Entſchiedenheit, daß die Organismen alle Elemente, die ſie enthalten,
ohne Ausnahme von außen entlehnen.　Ich werde ſpäter nachweiſen
müſſen, welche Stoffe die Pflanze wirklich dem Boden entzieht.　Nie
aber werden wir finden, daß ein Element in der Pflanze enthalten
iſt, das ihrem Mutterboden fehlte, oder den ſonſtigen Medien, in
denen ſie lebt.

Es widerſpräche dem Begriffe des Elementes und der Ewigkeit
der Materie, wenn der Organismus ein Element aus einem anderen
erzeugen könnte.　Und es iſt die höchſte und umfaſſendſte Wahrheit,
welche die phyſiologiſchen Forſchungen der letzten Jahrzehnte zu
Tage förderten, daß uns kein einziger Fall dieſer Art entgegentritt.
Daß kein Element in ein anderes übergehen könne — das iſt ein
durch Erfahrung gefundenes Axiom, welches die Phyſiologie des Stoffwechſels zu einer der wichtigſten Grundlagen der Wiſſenſchaft erhebt,
die nichts weiß von Chemikern und Phyſikern und Anatomen, ſondern
von Menſchen.　Es iſt die Grundanſchauung aller heutigen Weltweisheit.

---

1) Erdmann u. Marchand, Journal für prakt. Chemie. Bd. XL,
S. 112.

## §. 6.

Behandelt man die Ackererde mit einer verdünnten Lösung der Alkalien oder kohlensaurer Alkalisalze, dann erhält man eine mehr oder weniger dunkelbraune Flüssigkeit. Man kennt sie unter dem Namen des Humusextractes.

Wenn der braune Saft nicht allzusehr verdünnt ist, dann giebt er, mit verdünnten Mineralsäuren, mit Salzsäure, mit Schwefelsäure versetzt, einen schwarzbraunen Niederschlag. Dieser Niederschlag wurde in der älteren Wissenschaft für einfach gehalten. Er wurde stets als ein und derselbe Stoff angesehen und hieß Humussäure.

Trennt man die gefällte Humussäure von der Flüssigkeit, dann kann man aus letzterer durch essigsaures Kupfer einen neuen Körper in unlöslicher Form ausscheiden. Berzelius nannte ihn quellsatzsaures Kupfer. Er ist braungrün.

Entfernt man endlich auch diesen Niederschlag, sättigt man die übrig bleibende saure Flüssigkeit mit kohlensaurem Ammoniak, dann erhält man auf erneuten Zusatz von essigsaurem Kupfer eine neue Fällung, welche sich auch durch Alkohol in der schwach sauren Flüssigkeit gewinnen läßt. Sie ist hellgrün und wurde von Berzelius quellsaures Kupfer genannt.

Jene sogenannte Humussäure, die Quellsatzsäure und die Quellsäure sind alle drei organische Stoffe, aus Kohlenstoff, Wasserstoff und Sauerstoff bestehend. Hat man dieselben, ohne zu kochen und ohne die Behandlung zu lange fortzusetzen, aus dem Humus, dem organischen Theil der Ackererde, entfernt, dann bleibt ein unlöslicher Rückstand. Die älteren Forscher führen ihn als Humuskohle auf.

## §. 7.

Die Humussäure ist von Malaguti, Péligot und Sprengel analysirt worden. Während aber Malaguti in derselben Wasserstoff und Sauerstoff im Wasserbildungsverhältnisse vorfand, so daß der Körper in die erste Prout'sche Klasse gehören sollte, ergab sich nach Péligot's Analyse für dieses Verhältniß zu viel, nach Sprengel zu wenig Wasserstoff.

Trotzdem hatte der Eine recht, wie der Andere. Denn, — Mulder hat es in einer seiner trefflichsten Arbeiten bewiesen, — die

Humussäure ist nicht einfach, oder wenigstens sie ist nicht immer derselbe Körper.

Am häufigsten hat man eine Säure vor sich, die nach dem von Malaguti gefundenen Typus zusammengesetzt ist. Mulder hat ihr nach seinen Analysen die Formel $C^{40} H^{12} O^{12}$ ertheilt. Er nennt sie Huminsäure [1]).

Viel seltner findet sich eine zweite Säure, die, wie Sprengel's Humussäure, auf den Wasserstoff mehr Sauerstoff enthält, als erfordert würde, um Wasser zu bilden. Es ist Mulder's Geinsäure, $C^{40} H^{12} O^{14}$.

Am allerseltensten begegnet man aber einer Gruppe, wie sie Péligot vor sich gehabt haben mag. Mulder hat nur einmal in Friesischem Torf die Ulminsäure gefunden. Diese enthält mehr Wasserstoff- als Sauerstoff-Aequivalente. Ihr Ausdruck ist nach Mulder $C^{40} H^{14} O^{12}$.

Durch Mulder's schöne Untersuchungen haben wir nicht nur die erste gründliche Belehrung über die Humussäure erhalten, sondern zugleich eine befriedigende Erklärung für die abweichenden Ergebnisse dreier zuverlässiger Forscher [2]).

Man würde nämlich sehr irren, wenn man in der Dammerde überhaupt nur Einen, oder auch drei feste und unveränderliche Stoffe annehmen wollte. Die Humussäuren sind Erzeugnisse der Verwesung der verschiedensten organischen Körper [3]). Je nach der verschiedenen Stufe der Rückbildung, auf welcher wir den in Verwesung begriffenen Stoff erhaschen, muß auch die Säure verschieden sein, die man vor Mulder kurzweg als Humussäure betrachtete. Soubeiran [4]) hat kürzlich wieder gefunden, daß der Kohlenstoff der Humusstoffe

---

1) G. J. Mulder, Versuch einer allgemeinen physiologischen Chemie, übersetzt von Jac. Moleschott, Heidelberg 1844. S. 155 — 188. Dieser Abschnitt ist für die ganze Lehre der Humusstoffe zu vergleichen.

2) Jac. Moleschott, kritische Betrachtung von Liebig's Theorie der Pflanzenernährung. Eine von der Teyler'schen Gesellschaft im Jahre 1844 gekrönte Preisschrift. Harlem 1845. S. 19 — 21.

3) Siehe unten das sechste Buch.

4) Journal de pharm. et de chim. 3e sér. T. XVII, p. 329 et suiv. Soubeiran hat jedenfalls die vortrefflichen Untersuchungen Mulder's nicht genauer gekannt.

wechſelt zwiſchen 52 und 57 Procent.    Höher als 57 ſollte er aber nie ſteigen, während Mulder z. B. in der Ulminſäure beinahe 69 und ſelbſt im huminſauren Ammoniak 60 Procent Kohlenſtoff vorfand.   Deshalb darf es uns nicht wundern, daß Mulder mit der Huminſäure eine wechſelnde Menge von 2—5 Aequivalenten Waſſer verbunden fand, obgleich der Körper immer bei derſelben Temperatur (140°C) getrocknet wurde.   Findet man wegen dieſer Veränderlichkeit jene Mulder'ſchen Beobachtungen minder wichtig, ſo vergißt man, daß Veränderlichkeit das Gepräge der organiſchen Materie iſt.   Wir werden nimmermehr das Werden und Vergehen der Organismen belauſchen, wenn wir es verſchmähen die leiſen Uebergänge zu beachten, welche die Rückbildung knüpfen an die Entwicklung und in ewigem Kreiſe die Neubildung an den Verfall.

Neben der Huminſäure finde ich in den Acker- und Gartenerden Heidelberg's beſtändig Quellſatzſäure und Quellſäure.   Auch dieſe beiden hat Mulder der Elementaranalyſe unterworfen.   Der Quellſatzſäure gehört die Formel $C^{48} H^{12} O^{24}$, der Quellſäure $C^{24} H^{12} O^{16}$.

Huminſäure, Quellſatzſäure und Quellſäure bilden in der großen Mehrzahl der Fälle die organiſchen Stoffe des Humusextracts.

Ebenſo wenig wie das Humusextract, iſt die unlösliche Humuskohle immer auf gleiche Weiſe oder einfach zuſammengeſetzt.   Sie kann aus zwei Stoffen beſtehen, welche ſich durch ihre Conſtitution an die Huminſäure und Ulminſäure anſchließen.   Mulder nennt ſie deshalb Humin $C^{40} H^{15} O^{15}$, und Ulmin $C^{40} H^{16} O^{14}$.

Das Humin unterſcheidet ſich von der Huminſäure nur durch einen Mehrgehalt von 3 Aequivalenten Waſſer.   Zwei Aequivalente Waſſer zur Ulminſäure addirt führen zur Formel des Ulmins.

$$\text{Humin.} \qquad\qquad\qquad \text{Huminſäure.}$$
$$C^{40} H^{15} O^{15} - 3\ HO = C^{40} H^{12} O^{12};$$

$$\text{Ulmin.} \qquad\qquad\qquad \text{Ulminſäure.}$$
$$C^{40} H^{16} O^{14} - 2\ HO = C^{40} H^{14} O^{12}.$$

### §. 8.

Durch den Niederſchlag, der ſich bildet, wenn man das mit Alkalien bereitete Humusextract mit Säuren verſetzt, wird bewieſen, daß die Huminſäure, die Ulminſäure und die Geinſäure in Waſſer

unlöslich oder schwerlöslich sind. Nach einer älteren Angabe Sprengel's sollte sich ein Theil der Humussäure bei 18°C in 2500 Theilen Wasser lösen.

Demnach wären die Humussäuren nicht ganz unlöslich in Wasser. Und dies bestätigt eine häufig wiederholte Erfahrung. So oft
ich aus dem alkalischen Humusextract durch einen Ueberfluß von Salzsäure die Huminsäure ausfällte, lief eine immer noch deutlich braun
gefärbte Flüssigkeit durch das Filtrum. Diese braune Farbe rührt von
gelöster Huminsäure her.

Die Huminsäure ist also, auch im freien Zustande, nicht unlöslich, sondern schwerlöslich in Wasser. Unlöslich wird sie erst, wenn
man sie trocknet, ähnlich wie die Kieselsäure.

Löslich in Wasser sind die Quellsatzsäure und namentlich die
Quellsäure.

Alle diese Säuren bilden aber sehr leicht lösliche Salze mit
den Alkalien, mit Ammoniumoxyd so gut, wie mit Kali und Natron.

Darum wird die Flüssigkeit dunkelbraun, wenn man Ackererde
mit alkalihaltigem Wasser anrührt.

Unter jenen Alkalisalzen ist das Ammoniaksalz bei weitem das
wichtigste. Die Verwandtschaft der Humussäuren zum Ammoniak ist
so stark, daß sie sich von dieser Basis weder durch Schwefelsäure,
noch durch Natron vollständig trennen lassen. Versetzt man eine Lösung von ulminsaurem Ammoniak mit Schwefelsäure, dann wird saures
ulminsaures Ammoniak gefällt. Ein Theil des Ammoniaks bleibt
hartnäckig mit der organischen Säure verbunden.

Huminsaures Ammoniak fehlt der Ackererde nie.

Die Verbindungen der Humussäuren (ich vereinige unter diesem
Namen die Humin-, die Ulmin- und die Geïnsäure) mit Erden
und Metalloxyden lösen sich im Wasser nicht.

Dagegen können die Erden und Metalloxyde durch die Quell-
säure und die Quellsatzsäure in lösliche Form übergeführt werden.
Die Quellsäure scheint nämlich eine complexe Säure zu sein [1]. Ber-
zelius nennt sie vierbasisch. Das heißt, die Säure bedürfe vier
Aequivalente Basis, um ein neutrales Salz zu bilden. In demselben
Sinne ist nach Mulder's Analysen die durch Einwirkung von

---

[1] Siehe unten Buch IV, Kap. I. über die Pflanzensäuren. §. 4.

Salpetersäure auf Huminsäure entstandene Quellsatsäure fünfbasisch. In einem quellsatsauren oder quellsauren Ammoniaksalze kann nun ein Theil des Ammoniaks durch Kalk, Bittererde oder Eisenoxydul vertreten werden. Es kann z. B. in der Ackererde folgende Salze geben:

Quellsaures Ammoniak= Kalk= Talk= Eisenoxydul,
$(NH^4O + CaO + MgO + FeO) + C^{24} H^{12} O^{16}$;

Quellsatsaures Ammoniak= Kali= Kalk= Talk= Eisenoxydul,
$(NH^4O + KO + CaO + MgO + FeO) + C^{40} H^{12} O^{24}$.

Solche zusammengesetzte Verbindungen sind löslich durch die Gegenwart des Ammoniaks oder des Kalis, während Salze, in welchen der ganze Gehalt der Basis Kalk oder Eisenoxydul ist, vom Wasser nicht aufgenommen werden.

Also giebt es in dem Humus nicht nur lösliche Salze der Alkalien, sondern auch des Kalis, der Bittererde und der Metalloxyde, in welchen die Säure eine organische Verbindung darstellt.

## §. 9.

Es liegt in dem Wesen der Entwicklung der organischen Stoffe des Humus, daß bei der immer fortschreitenden Verwesung der eine Körper mit Leichtigkeit in den anderen übergeht. Die Ulminsäure eröffnet die Reihe der Humussäuren. Aus ihr wird unter gleichzeitiger Wasserbildung durch die Aufnahme zweier Aequivalente Sauerstoff die Huminsäure:

Ulminsäure.        Huminsäure.
$C^{40} H^{14} O^{12} + O^2 = C^{40} H^{12} O^{12} + 2 HO$.

Eine noch höhere Oxydation verwandelt die Huminsäure in Geïnsäure:

Huminsäure.        Geïnsäure.
$C^{40} H^{12} O^{12} + O^2 = C^{40} H^{12} O^{14}$.

Durch die oxydirende Kraft der Salpetersäure wird die Huminsäure in quellsatsaures Ammoniak verwandelt, ebenso die Geïnsäure.

In der Ackererde leistet der verdichtete Sauerstoff, indem er auf geïnsaures Ammoniak einwirkt, dasselbe was wir künstlich durch ein so kräftiges Oxydationsmittel wie die Salpetersäure erzielen. Die Zeit und die Stärke des Eingriffes stehen zu einander in umgekehrtem Verhältnisse. Die stürmische Zersetzung durch Salpetersäure wird durch die schwächeren, aber anhaltenden Angriffe des im Acker eingeschlossenen Sauerstoffs erreicht. Dort werden außer der Quellsatzsäure noch Ameisensäure und Kleesäure, hier die noch höheren Oxydationsprodukte, Wasser und Kohlensäure, gebildet.

2 Aeq. Geïnsäure.      Quellsatzsäure.

$$C^{90} H^{24} O^{26} + O^{72} = C^{48} H^{12} O^{24} + 32CO^2 + 12HO.$$

Aber die Wirkung des Sauerstoffs hört nicht auf, bevor aller Kohlenstoff und aller Wasserstoff der organischen Körper zu Kohlensäure und Wasser verbrannt sind. Salpetersäure zersetzt die Quellsatzsäure in Quellsäure und Kohlensäure. Der in der porösen Ackererde verdichtete und immer neu hinzutretende Sauerstoff vermag die gleiche Umwandlung zu bewirken:

Quellsatzsäure.      Quellsäure.

$$C^{48} H^{12} O^{24} + O^{40} = C^{24} H^{12} O^{16} + 24CO^2.$$

Deshalb nimmt in einer alkalischen Humuslösung die Menge der quellsauren und quellsatzsauren Salze, aber namentlich auch die Menge der kohlensauren Salze beständig zu.

Jene Bildung von Kohlensäure und Wasser, die allerdings das Endziel der Verwesung darstellt, erfolgt also nur nach vielen Zwischenprocessen, deren oxydirende Bewegung man auf fünf oder sieben verschiedenen Ruhepunkten erspäht hat.

Früher kannte man nur das Endziel, und hier, wie so oft glaubte man es werde erreicht mit der Blitzesschnelle des Gedankens. Ein so hochstehender Forscher wie de Saussure hatte es ausgesprochen: die Erde, die verwesende Holzfaser, giebt an Kohlensäure wieder, was sie an Sauerstoff verschluckt. Das aber ist die schöne Frucht des Studiums so vieler vermittelnder Umwandlungen, daß wir an ein so scharf abgeschnittenes Verhältniß zwischen verdichtetem Sauerstoff und entwickelter Kohlensäure nicht mehr glauben.

Mit vollem Rechte hat Mulder es bemerkt: de Saussure's Ausspruch ist irrig, weil die Erde Huminsäure, Quellsatzsäure und Quellsäure enthält. Auch der mächtigste Factor der Zersetzung kann sich nur in der Zeit bethätigen. Indem er allmälig höher und immer höher zündet, stellt der Sauerstoff die ganze Reihe von Humusstoffen dar, deren Glieder sich in rückschreitender Entwicklung ablösen.

Weil die Ackererde Alkalien enthält, vor allen Dingen weil sie selbst beständig Ammoniak bildet [1]), geht auch die Humuskohle nicht verloren. Humin und Ulmin liefern Huminsäure und Ulminsäure, wenn sie unter dem Einflusse der Alkalien einen Theil ihres Wasserstoffs und Sauerstoffs als Wasser verlieren [2]). Aus der unlöslichen Humuskohle werden lösliche Salze der Humin- und Ulminsäure.

## §. 10.

Ich habe gesagt, daß die Ackererde beständig Ammoniak bildet. Das ist eine von Mulder's wichtigsten Entdeckungen, gerade darum so wichtig, weil es sich mit ihr verhielt wie mit dem Ei des Columbus.

Daß alle poröse Körper, — Kalk, Zucker, Kohle, — Ammoniak enthalten, ist eine Thatsache, welche die Wissenschaft schon lange besitzt. Seitdem aber Liebig auf den Ammoniakgehalt der Atmosphäre aufmerksam gemacht hatte, erklärte man jene Erscheinung gewöhnlich durch eine einfache Verdichtung in den hohlen Räumen jener Körper, ähnlich wie Platinschwarz Sauerstoff verdichtet.

Eine solche Verdichtung findet allerdings in der porösen Ackererde statt. Ammoniak ist es aber nicht, was verdichtet wird, sondern Stickstoff.

Wenn sich Ulminsäure in Huminsäure, Geïnsäure in Quellsatzsäure [3]), namentlich aber wenn sich Holzfaser bei der Verwesung in Humusstoffe verwandelt, dann wird Wasserstoff frei. Dieser Wasserstoff verbindet sich nicht immer oder doch nicht in seiner ganzen Menge mit Sauerstoff. In dem Augenblick, in welchem er frei wird, begegnet er dem in der Erde verdichteten Stickstoff. Aus diesem Zusammentreffen entsteht Ammoniak.

Füllt man einige dünne Schichten reiner frischer Eisenfeile in eine Flasche und läßt man zwischen dem Einfüllen der einzelnen

---

1) Vergl. den folgenden Paragraphen.
2) Vergl. §. 7.
3) Siehe oben S. 13 und 14.

Schichten einige Wassertropfen in die Flasche fließen, dann färbt sich ein rother Streifen Lackmuspapier, den man mittelst eines gutschließenden Korks in dem Halse der Flasche befestigt, in einigen Tagen blau (Mulder)[1]. Das ist der Cardinalversuch, der die Bedeutung des atmosphärischen Stickstoffs für die Vegetation dargethan hat. Diese einfache Beobachtung, die mir nie mißlungen ist, beweist, daß auch der Stickstoff der Luft als solcher zu den Elementen gehört, deren Kreislauf durch Pflanzen und Thiere alles Leben bedingt.

Das Eisen zersetzt das Wasser. Indem es sich mit dem Sauerstoff des Wassers verbindet, wird der Wasserstoff frei. Im Augenblick der Entwicklung bildet der Wasserstoff Ammoniak mit dem in der Eisenfeile eingeschlossenen Stickstoff. Das Ammoniak bläut das Lackmus.

$$2Fe, 3HO, N = Fe^2O^3, NH^3.$$

So mächtig die Humussäuren sich mit dem Ammoniak verbinden, so thätig muß diese Verwandtschaft die Bildung des Ammoniaks in der Ackererde begünstigen. Die Verwandtschaft des Ammoniaks zur Huminsäure ist stärker als die Anziehung dieser Säure für Natron oder die des Ammoniaks für Schwefelsäure.

Humussaure Ammoniaksalze zu bilden — das ist die Hauptthätigkeit der Verwesung, wenn wir sie in ihrem Verhältniß zur Ackererde betrachten.

## §. 11.

Ueberall wo Sauerstoff freien Zutritt hat zum Ammoniak und überdies ein Alkali die Entstehung einer Säure befördert, entwickelt sich Salpeter:

$$NH^4O, O^8, KO = KO + NO^9 + 4HO.$$

Ebenso entsteht Salpetersäure, wenn man aus Verbindungen, die leicht einen Theil ihres Sauerstoffes abtreten, den Sauerstoff frei macht, so daß er auf ein Ammoniaksalz einwirkt. Erhitzt man in einer Retorte saures chromsaures Kali oder Braunstein mit Schwefelsäure und schwefelsaurem Ammoniumoxyd, dann wird neben schwefel-

---

1) Scheikundige onderzoekingen, Rotterdam 1845. Deel. II. p. 169.

saurem Chromoryd und schwefelsaurem Kali oder neben schwefelsaurem Manganoxydul Salpetersäure gebildet. (Kuhlmann)[1]).

Der Salpeterbildung im Großen geht immer Ammoniakbildung voraus (Kuhlmann). Auf Ceylon giebt es zahlreiche Salpeterhöhlen, in denen es an jeglicher organischen Substanz gebricht, welche Ammoniak erzeugen sollte. Sie liefern einen neuen Beweis für die Entstehung des Ammoniaks aus freiwerdendem Wasserstoff, welcher verdichtetem atmosphärischem Stickstoff begegnet. Der Sauerstoff der Luft oxydirt das Ammoniak zu Salpetersäure und Wasser.

Daher sind häufig auch salpetersaure Salze, Kali- und Natronsalpeter, in der Ackererde zu finden.

### §. 12.

Die Humussäuren, die Quellsäure und die Quellsatzsäure zeichnen sich, ebenso wie die Thonerde, durch eine kräftige Verwandtschaft zum Wasser aus. Sie gehören zu den ausgezeichnet hygroskopischen Stoffen.

Huminsäure, Geïnsäure, Quellsatzsäure bilden im Augenblick, in dem sie aus ihren Salzen ausgeschieden werden, wenn sie nicht mit zu vielem Wasser vermischt sind, gallertige Stoffe. Gesetzt auch jene organischen Säuren könnten im freien Zustande in der Ackererde auftreten, was wegen ihrer kräftigen Verwandtschaft zum Ammoniak und der anhaltenden Erzeugung dieser Basis gewiß höchst selten der Fall ist, so würden sie doch in den tieferen Schichten der Erde wohl nie ganz trocken, also auch schwerlich je ganz unlöslich. In diesem hydratirten Zustande äußern sie aber in jedem Augenblick ihre ganze Anziehungskraft für das Ammoniak oder andere Alkalien.

Durch diese hygroskopische Eigenschaft wird die bindende Kraft für das äußerst wichtige Ammoniak nicht wenig unterstützt. Es ist bekannt wie reichlich Ammoniak vom Wasser aufgenommen wird. Die Thonerde bindet nicht bloß das Wasser, sondern auch die organischen Säuren. Quellsatzsaure und quellsaure Thonerde sind in Wasser unlösliche Salze. So lange die Quellsatzsäure an Thonerde gebunden ist, schwemmt sie der Regen nicht fort. Aber so lange die Quellsatzsäure

---

1) Annales de chimie et de physique, Juin 1847. T. XX. p. 233.

oder Quellsäure unlösliche Thonerdesalze bilden, werden sie auch nicht zu Kohlensäure und Wasser verbrannt. Die Thonerde erhält also diese beiden organischen Säuren nicht bloß im Bereich der Wurzeln der Pflanzen, sondern auch in ihrer eigenthümlichen Mischung (Mulder).

## §. 13.

Aus obiger Darstellung der Entstehung und der Stoffe des Ackers ergiebt sich, daß die Erde kieselsaure, schwefelsaure, phosphorsaure, kohlensaure, salpetersaure Salze der Alkalien, der Erden und Metalloxyde enthält. Neben jenen Säuren besitzt der Boden zwei Zünder, Chlor und Jod, in Verbindung mit Alkalimetallen, und einen dritten, das Fluor, an Calcium gebunden. Kali und Natron, Kalk und Talk, Thonerde, Eisen= und Mangan=Oxyde sind die wesentlichsten Basen, von denen nur selten die eine oder die andere einem Acker ganz fehlt. Und zu allen diesen anorganischen Stoffen gesellen sich die überaus wichtigen Ammoniaksalze der Huminsäure, der Quellsäure und Quellsatzsäure, in einigen wenigen Fällen auch geïnsaures, höchst selten ulminsaures Ammoniak.

An genauen quantitativen Analysen von Bodenarten, bei welchen auch die organischen Stoffe gehörig berücksichtigt wurden, ist die Wissenschaft keinesweges reich. Die ausführlichsten haben wir von Baumhauer zu danken. Diese und wenige andere stelle ich in folgender Tabelle zusammen.

| In Hundert Theilen des trocknen Bodens. | Drei Bodenarten von der Ost-Küste (., Waerden en Groetgronden¹), von Baumhauer¹). | | | Ein Wiesenboden von der Provinz Nordholland (Oberyssel). E. H. von Baumhauer²). | Bodenarten, auf denen Flachs gewachsen war. Mayer und Braßler³); aus | | | |
|---|---|---|---|---|---|---|---|---|
| | I. | II. | III. | | Liefland. | Rusland. | Lüttgauen. | Elsland. |
| Kali | 1,026 | 1,430 | 1,521 | 1,707 | 0,501 | 0,324 | 0,547 | 0,373 |
| Natron | 1,972 | 2,069 | 1,937 | Spuren | — | 0,132 | 0,045 | 0,048 |
| Kalk | 4,092 | 5,096 | 2,480 | 0,581 | 0,375 | 2,054 | 1,376 | 2,808 |
| Bittererde | 0,130 | 0,140 | 0,128 | 0,403 | 0,201 | 0,130 | 0,181 | 0,362 |
| Thonerde | 1,364 | 2,576 | 2,410 | 4,192 | 12,819 | 7,088 | 4,387 | 7,765 |
| Eisenoxydul | 0,350 | 0,563 | 0,200 | 7,183 | — | — | — | — |
| Eisenoxyd. | 9,039 | 10,305 | 11,864 | — | 1,808 | 2,377 | 3,190 | 2,021 |
| Manganoxydul | 0,288 | 0,354 | 0,284 | Spuren | Spuren | Spuren | Spuren | Spuren |
| Chlor | 1,240 | 1,382 | 1,418 | 0,525 | | | | |
| Chlornatrium | | | | | | | | |
| Schwefelsäure | 0,806 | 1,104 | 0,576 | 1,706 | 0,046 | 0,025 | 0,042 | 0,079 |
| Phosphorsäure | 0,466 | 0,324 | 0,478 | 0,525 | 0,154 | 0,088 | 0,121 | 0,162 |
| Kieselsäure | 2,340 | 2,496 | 2,286 | 0,201 | 0,140 | 0,054 | 0,981 | 1,160 |
| Unlösliche kieselsaure Salze | 57,646 | 51,706 | 55,372 | 44,430 | 79,342 | 81,500 | 85,094 | 80,568 |
| Huminsäure | 2,798 | 3,911 | 3,428 | 8,177 | | | | |
| Quellsäure | 0,107 | 0,160 | 0,152 | — | | | | |
| Quellsatsäure | 0,771 | 0,731 | 0,037 | — | 4,718 | 4,030 | 4,344 | 4,803 |
| Humin u. andere organ. Ueberbleibsel nebst chemisch gebundenem Wasser | 8,324 | 7,700 | 9,348 | 29,313 | | | | |
| Harz | Spuren | Spuren | Spuren | | — | — | — | — |
| Kohlensäure | 6,085 | 6,940 | 4,775 | 0,065 | — | — | — | — |
| Ammoniak | 0,060 | 0,078 | 0,075 | — | — | — | — | — |
| Verlust | 1,006 | 0,935 | 1,231 | 0,902 | — | — | — | — |

¹) G. J. Mulder, Scheikundige onderzoekingen. II, S. 513.
²) Ebendaselbst. S. 521.

| In 100 Theilen. | Trockner Boden, auf welchem Flachs gewachsen war, aus der Gegend von Courtrai. Kane¹). | | der Gegend von Antwerpen. Kane¹). | | Holland. Kane¹). | Trockne Erde von Tschornosjem, am linken Ufer. Wolga-Ufer. Bayen²). | Wasserhaltiger Boden von Asam in China, auf welchem der Theestrauch gebaut wird. Bibbington³). | |
|---|---|---|---|---|---|---|---|---|
| | I. | II. | I. | II. | | | I. | II. |
| Kalk . . . . . | 0,160 | 0,123 | 0,068 | 0,151 | 0,583 | — | — | — |
| Natron . . . . | 0,298 | 0,146 | 0,110 | 0,206 | 0,306 | — | — | — |
| Kali . . . . . | 0,357 | 0,227 | 0,481 | 0,366 | 3,043 | 0,80 | — | — |
| Bittererde . . . | 0,202 | 0,153 | 0,140 | 0,142 | 0,105 | 1,22 | — | — |
| Thonerde . . . | 2,102 | 1,383 | 0,125 | 0,988 | 5,626 | 11,40 | 9,0 | 4,5 |
| Eisenoxyd . . . | 3,298 | 1,663 | 1,202 | 1,543 | 6,047 | 5,62 | 9,9 | 7,0 |
| Mangan . . . . | Spuren | Spuren | Spuren | — | Spuren | — | — | — |
| Chlorkalium . . | 0,017 | 0,030 | 0,067 | 0,009 | 0,023 | 1,21 | — | — |
| Chlornatrium . . | 0,025 | 0,017 | 0,013 | 0,026 | 0,023 | — | — | — |
| Schwefelsäure . . | 0,121 | 0,152 | 0,064 | 0,193 | 0,159 | — | — | — |
| Phosphorsäure . . | — | — | — | — | — | Spuren | — | — |
| Schwefelsaure und phosphorsaure Kalk | — | — | — | — | — | — | — | — |
| Kieselsäure . . . | 14,920 | 9,280 | 5,760 | 4,400 | 17,080 | 71,56 | 1,0 | Spuren |
| Thon . . . . . | 75,080 | 84,056 | 86,797 | 88,385 | 60,947 | — | 76,0[5] | 84,8[6] |
| Sand . . . . . | 3,123 | 2,316 | 4,209 | 3,672 | 5,841 | 6,95[4] | — | — |
| Organische Substanz | 0,297 | 0,400 | 0,025 | — | 0,217 | 1,24 | 1,0 | 1,5 |
| Verlust . . . . | — | — | — | — | — | — | 3,0 Wasser | 2,3 |

1) Liebig und Wöhler, Annalen Bd. LXXI. S. 325.
2) Göbel, Agriculturchemie. Erlangen 1850. S. 159.
3) Ebendaselbst S. 160.
4) Die organische Substanz enthielt 2,45 Procent Stickstoff, gewiß in der Form von Ammoniak.
5) Kieselsäure und Sand.

## Kap. II.

## Die Luft.

### §. 1.

Schon früher hat eine dichterische Naturbetrachtung den Pflanzen ein ganz anderes Verhältniß zur Atmosphäre zugeschrieben, als den Thieren. Während die Luft die Thiere erfrischt, indem sie die Stoffe ihres Leibes verzehrt, erhält sie die Pflanzen, indem sie ihnen die Masse ihrer Nahrung darbietet.

Wir haben schon im ersten Kapitel gesehen, wie der Stickstoff der Luft Theil nimmt an dem Kreislauf der Elemente, durch den die Pflanzen blühen und die Thiere denken.

Darum ist es so wichtig, daß der Stickstoff beinahe drei Viertel des Umfangs der Atmosphäre ausmacht. Die Zahlen, welche der kürzlich verstorbene Gay-Lussac und Alexander von Humboldt, der einzige noch Mitlebende, der die organische Naturlehre hat begründen helfen, im Jahre 1804 verzeichnet haben, sind auch für uns noch, durch viele Untersuchungen bestätigt, der wahre Ausdruck für das Verhältniß zwischen dem Stickstoff und Sauerstoff, die unsere Atmosphäre zusammensetzen. Nach Gay-Lussac und von Humboldt schwankt die Menge des Sauerstoffs zwischen 20,9 und 21,2 Raumtheilen. Ja de Saussure fand als höchste Zahl nur 21,1. Das Uebrige ist Stickstoff.

Daß örtliche Erscheinungen, eine reichliche Entwickelung des einen oder des anderen Gases, wenigstens vorübergehend eine Schwankung in jenem Verhältniß des Sauerstoffs zum Stickstoff erzeugen müssen, bedarf keines auf Zahlen gestützten Beweises. So viel aber hat die Erfahrung wirklich bewiesen, daß eine solche Störung des von Gay-Lussac und von Humboldt festgestellten Verhältnisses auf dem Festlande niemals[1]) bemerkbar wird, sei es nun, daß sie durch die Strömungen der Luft und die noch wirksamere Diffusion der Gase zu plötzlich wieder ausgeglichen werde, oder weil sie zu klein ist, um sich in den Bereich der Empfindlichkeit unsrer Meßwerkzeuge zu erheben.

In einer Höhe von 21430 Fuß fanden Gay=Lussac und von Humboldt ebenso wie Configliachi dasselbe Verhältniß wie in der Ebene. Die Luft über Reißfeldern von Configliachi, im Thea= ter von Séguin, von Gay=Lussac und von Humboldt, in Spitälern von Davy, in Schlafzimmern von Théodore de Saussure analysirt, ergab immer und immer dieselben Zahlen. Ja neulich haben zahlreiche und genaue Untersuchungen von Laskowsky[2]) gezeigt, daß während der größten Blüthe der Cholera im Herbste 1847 in Moskau keine Veränderung in den Mengen des Sauerstoffs und Stickstoffs der Luft stattgefunden hatte, eine Angabe, welche die frü= heren Beobachtungen von Julia de Fontenelle, bei der in Paris herrschenden Cholera, bestätigt.

### §. 2.

Das letzte flüchtige Erzeugniß der Verbrennung von Oel und Holz, von Thieren und Menschen, die Kohlensäure, ist der Haupt= nahrungsstoff der Pflanzen. Weil der Kohlenstoff in so überwiegen= der Menge in der Pflanze enthalten ist, hat man ihm schon lange den Namen Phytogenium beigelegt.

Bei der künstlichen Verbrennung und der Athmung der Thiere entweicht die Kohlensäure in die Luft. Daher findet sie sich beständig neben Stickstoff und Sauerstoff in der Atmosphäre. Ihre Menge ist jedoch sehr gering. Denn de Saussure hat in 10000 Volumthei=

---

1) Die einzige mir bekannte Ausnahme ist in Analysen von Baumgartner enthalten, der, während die Cholera in Wien herrschte, 20,4 Volumina Sauer= stoff als Minimum und 21,4 als Maximum vorfand. Baumgartner's Zahlen sind in dem unten angeführten Aufsatze Laskowsky's mitgetheilt. — Ueber die Absorption des Sauerstoffs durch das Wasser vergleiche unten das Kapitel über das Wasser.

2) Liebig und Wöhler, Annalen, Bd. LXXV. S. 188.

len Luft in der Nähe von Genf einen mittleren Kohlensäure-Gehalt von 4,15, Verver[1]) in Holland von 4,19 erhalten.

Auch die Kohlensäure wird durch Diffusion sehr rasch gleichmäßig durch die Atmosphäre vertheilt. Trotzdem hat uns de Saussure beträchtliche Schwankungen ihrer Menge kennen gelehrt. So enthält die Luft bei Tag im Durchschnitt nur 3,38, bei Nacht 4,32 Volumtheile Kohlensäure in 10000 Theilen, auf dem Lande weniger Kohlensäure als in der Stadt, in niederen Schichten der Luft weniger als auf hohen Bergen[2]), lauter Erscheinungen, die mit dem Pflanzenleben im Zusammenhang stehen. Denn bei Tag, auf dem Lande und in der Ebene wird mehr Kohlensäure von Pflanzen zersetzt, als bei Nacht, in der Stadt und auf den Bergen, während in den Städten selbst fortwährend reichlich Kohlensäure entwickelt wird. Aus letzterem Grunde erklärt es sich, warum in den Städten die Luft in der Höhe ärmer an Kohlensäure ist als in der Tiefe (Marchand). Die Diffusion wirkt langsamer als der Athmungsproceß und die vielen künstlichen Verbrennungen, die für die niederen Schichten eine nie versiegende Quelle von Kohlensäure darstellen.

In allen eingeschlossenen Räumen kann die Menge der Kohlensäure durch das Athmen von Thieren und Menschen einen beträchtlichen Zuwachs erleiden. So fand Leblanc in Paris in 1000 Gewichtstheilen Luft

|  |  |  |
|---|---|---|
| des Stalles der Militairschule . . . | 1 | Kohlensäure, |
| der Primairschule . . . . . . . | 2 | " |
| einer Kleinkinderschule . . . . . | 3 | " |
| eines Krankensaals der Salpetrière . | 8 | " |
| eines Hörsaals der Sorbonne . . . | 10 | " |
| des Theaters im Parterre . . . . | 23 | " |
| der Deputirtenkammer . . . . . . | 25 | " |
| hoch oben im Theater am Ende der Vorstellung | 43 | " |

1) Bulletin des sciences physiques et naturelles en Neerlande, Utrecht 1840, p. 199.

2) Vgl. die in Erdmann's Journal Bd. LI. S. 109 mitgetheilten Beobachtungen von Hermann und Adolf Schagintweit, durch welche in den Alpen die Zunahme des Kohlensäuregehalts der Luft auf hohen Bergen bestätigt ward.

Uebrigens hat erst kürzlich Laffaigne [1]) durch Zahlen erwiesen, daß verschlossene Räume, in denen geathmet wird, in den unteren und oberen Luftschichten gleich viel Kohlensäure enthalten. Für eine gemessene Höhe herrscht also durchaus das von Berthollet entdeckte, von Gay-Lussac bestätigte Diffusionsgesetz. Gase, welche keine chemische Wirkung auf einander ausüben, verbreiten sich, unabhängig von ihrer Dichtigkeit, gleichmäßig durch abgeschlossene Räume.

Weil das Wasser ungefähr sein gleiches Volumen Kohlensäure aufnehmen kann, enthält die Luft über großen Wasserflächen weniger Kohlensäure, als über dem trockenen Lande. So fand de Saussure über dem Genfer See nur 4,39, über bebauter Ackererde 4,60 Zehntausendstel Kohlensäure. Aus demselben Grunde verringern Regengüsse den Kohlensäuregehalt der Luft. Nach de Saussure wird aber durch schwache Regen und bei schwachen Winden mehr Kohlensäure entfernt, als bei starken Regen und Stürmen.

### §. 3.

Biel schwankender als die Menge der Kohlensäure ist der Wassergehalt der Luft, da die Verdunstung des Wassers viel größeren Veränderungen unterliegt als die Entwicklung der Kohlensäure.

Verver fand als Mittel aus fünfzig Untersuchungen, die er bei Gröningen vom 4ten Mai bis zum 4ten September vornahm, 8,47 Theile Wasser in 1000 Theilen Luft [2]). Verver's höchste Zahl war 10,18, die niederste 5,8.

Das Wasser der Luft nimmt zu vom Morgen bis zum Abend. In Verver's Versuchen betrug der mittlere Wassergehalt Morgens vor zehn Uhr 7,97, von zehn Uhr Morgens bis zwei Uhr Nachmittags 8,58, von zwei Uhr Nachmittags bis zum Abend 8,85 in 1000 Theilen.

Im Sommer und in warmen Gegenden enthält die Luft natürlich mehr Wasserdunst als im Winter und im Norden, über großen Wasserflächen mehr als über trockner Erde.

---

1) Erdmann und Marchand, Journal für praktische Chemie, Bd. XLVI. S. 287—292.

2) Bulletin des sciences physiques et naturelles en Neerlande, Utrecht 1840, p. 196.

Obgleich Menschen und Thiere beständig Waſſer ausathmen, scheint in geschloſſenen Räumen durch den Athmungsproceß keine merkliche Vermehrung des Waſſergehalts stattzufinden. Leblanc fand in Paris in den Schlafsälen einer Kaserne einmal 5,4, einmal 5,9 und einmal 7,4 Waſſer in 1000 Gewichtstheilen Luft. Demnach muß die Luft eine geringe Neigung besitzen sich mit Waſſer zu sättigen. Denn ich fand bei einer mittleren Wärme von 9° C. und einem mittleren Luftdruck von 759,3 in der von mir selber ausgeathmeten Luft einen Waſſergehalt von 16,3 in 1000 Gewichtstheilen als arithmetisches Mittel aus 28 Unterſuchungen [1]. Offenbar verdichtet sich in einem Schlafsaal an kalten Körpern so viel Waſſerdunſt, daß dadurch eine Vermehrung kaum merkbar wird.

Aus demselben Grunde enthält die Atmosphäre nie so viel Waſſer, wie sie enthalten könnte, wenn sie bei ihrem gegebenen Wärmegrad und dem jedesmaligen Luftdruck mit Waſſerdunſt gesättigt wäre.

### §. 4.

Eine mehr unmittelbare Bedeutung als das Waſſer besitzt der Ammoniakgehalt der Luft für das Leben der Pflanzen. Liebig gebührt das Verdienst auf die Wichtigkeit deſſelben aufmerksam gemacht zu haben. Er wies das Ammoniak im Regenwaſſer nach, während schon früher de Saussure zeigte, daß eine Auflösung von schwefelsaurer Thonerde der Atmosphäre Ammoniak entzieht [2].

Weil aber das Waſſer beinahe 700 mal seinen eigenen Raum an Ammoniak aufzunehmen im Stande ist, ergiebt das Regenwaſſer einen verhältnißmäßig hohen Gehalt, aus dem man nur behutsam auf den Reichthum der Atmosphäre an jenem Gaſe schließen darf.

Trotzdem ist von Vielen und früher auch von mir Liebig mit Unrecht der Vorwurf gemacht worden, daß er, durch seine Untersuchung des Regenwaſſers geleitet, den Ammoniakgehalt der Atmo-

---

1) Jac. Moleschott, Versuche zur Bestimmung des Waſſergehalts der vom Menschen ausgeathmeten Luft, in van Deen, Donders und Moleschott Holländischen Beiträgen, Düsseldorf und Utrecht 1848, Bd. I. S. 95.

2) Vgl. Bille in den Comptes rendus, XXXI, p. 578.

sphäre zu hoch geschätzt habe. Liebig nahm etwa 1,2 in 1,000,000 Gewichtstheilen Luft an.

Allerdings haben Graeger [1] und namentlich Fresenius [2] eine viel geringere Zahl gefunden. Kemp dagegen und vorzüglich Horsford [3] haben gelehrt, daß der Ammoniakgehalt der Atmosphäre in höherem Grade schwankt als die Kohlensäure oder selbst das Wasser. Von den genannten Forschern wurden für 1,000,000 Gewichtstheile Luft die folgenden Zahlen gefunden.

| | | |
|---|---|---|
| | 3,68 | Kemp. |
| | 0,32 | Graeger. |
| Die Tag- und Nachtluft durchschnittlich | 0,13 | Fresenius. |
| Am 3. Juli . . . . . | 43,00 | Horsford. |
| " 9. " . . . . | 46,12 | " |
| " 9. " . . . . | 47,63 | " |
| " 1—20. September . . | 29,74 | " |
| " 11. October . . . . | 28,24 | " |
| " 14. " . . . . | 25,79 | " |
| " 30. " . . . . | 13,93 | " |
| " 6. November . . . | 8,09 | " |
| " 10, 12, 13. November . | 8,09 | " |
| " 14, 15, 16. " . | 4,71 | " |
| " 17. Nov. — 5. December . | 6,13 | " |
| " 20—21. December . . | 6,99 | " |
| " 29. December . . . | 1,22 | " |

Nach diesen Untersuchungen enthielten 1,000,000 Gewichtstheile Luft im Mittel 17,11 Ammoniak, und Liebig hätte demnach die Menge desselben sogar bedeutend unterschätzt. Liebig's Annahme stimmt mit dem von Horsford gefundenen Minimum überein.

Die bedeutenden Schwankungen erklären sich leicht. Bei warmer Witterung muß die an Wasserdunst reiche Luft, so lange nicht Regengüsse das Ammoniak aus ihr hinuntergewaschen haben, eine viel beträchtlichere Ammoniakmenge enthalten, als bei kaltem oder gar

---

1) Berzelius Jahresbericht 1846, erstes Heft, S. 72.

2) Erdmann und Marchand, Journ. für prakt. Chemie, Bd. XLVI, S. 105, 106.

3) Liebig und Wöhler, Annalen, Bd. LXXIV, S. 214.

gei regnerischem Wetter. Daher fand Horsford die Menge des Ammoniaks im Sommer beinahe doppelt so groß als im Herbst und in der feuchten Herbstluft sogar noch beinahe vierfach größer als in der kalten und meist trocknen Luft des Winters.

Der niederfallende Thau verringert Morgens den Ammoniak-gehalt so gut wie sonst der Regen. Fresenius fand in der Tagluft nur 0,098, während er in der Nachtluft 0,169 nachweisen konnte. Ob, wie Fresenius vermuthet, das Pflanzenleben gleichfalls an dieser Verringerung Antheil habe, müßte noch durch Versuche er-forscht werden.

## §. 5.

Der Wasserstoff ist nicht nur in seinen gewöhnlichsten Verbin-dungen mit Sauerstoff und Stickstoff in der Atmosphäre zugegen. Boussingault und Verver erhielten, indem sie Luft, welche von Wasser und Kohlensäure beraubt war, über glühendes Kupfer streichen ließen, eine neue bestimmbare Menge Wasser und Kohlensäure, offen-bar von flüchtigen organischen Stoffen herrührend, die sich mit dem Sauerstoff der Luft verbunden hatten [1].

Endlich findet sich in der Luft auch Schwefelwasserstoff, über dessen Ursprung kein Zweifel möglich ist. Bisher ist freilich seine Menge nicht bestimmt und vielleicht ist sie häufig zu klein, als daß sie der Wage zugänglich wäre. Daß dieser Stoff nie fehlt, das wissen die Maler am besten. Oelgemälde werden grau, weil sich das Blei der Farben mit dem Schwefel der Luft verbindet. Gold, Kupfer, Silber, wenn sie nur lange genug der Luft ausgesetzt sind, entgehen diesem Einflusse nicht. So fand man die aus Kupfer bestehende Spitze eines Blitzableiters in Paris nach mehren Jahren ganz in Schwefelkupfer umgewandelt.

Ja Vogel und Huraut haben den Beweis geliefert, daß die Pflanzen, vorzüglich die Cruciferen, einen Theil ihres Schwefels, mit-unter sogar, in schwefelfreiem Boden wachsend, die ganze Menge der Luft entnehmen [2].

---

1) Bulletin, a. a. O. p. 208.

2) Erdmann und Marchand, Journal für prakt. Chem. Bd. XXIX. S. 491.

## §. 6.

Seitdem Cavendish durch den Versuch gezeigt hat, daß häufig durchschlagende electrische Funken ein Gemenge von Stickstoff und Sauerstoff oder auch von Ammoniak und Sauerstoff in Salpetersäure verwandeln, muß es natürlich erscheinen, daß der Gewitterregen salpetersaure Salze führt.

Ich sage: Salze. Denn das Ammoniak ist die einzige Basis nicht, die von der Atmosphäre schwebend getragen wird. Eine große Menge von Salzen, namentlich aber Chlorverbindungen, führt der Wind mit dem verdampfenden Meerwasser den Pflanzen zu. Kalk und Bittererde, Natron und Kali verflüchtigen sich in aufsteigender Ordnung immer rascher. W. B. und R. E. Rogers fanden, daß Anthracit, bituminöse Kohle (Braunkohle) und Lignit im gepulverten Zustande an kohlensäurehaltiges Wasser eine erkennbare Menge Kali abtreten. Nach dem Glühen ließ die Asche jener Kohlen, auf gleiche Weise behandelt, bei der Prüfung mit Curcumapapier keine Spur von alkalischer Beimischung wahrnehmen. Die Alkalien hatten sich verflüchtigt[1].

Die Brandung des Meeres und die Stürme des Luftgürtels, der die Erde umgiebt, der Druck der Luft und die Gewalt des Feuers reißen oft mit so tobender Wuth den Dampf gen Himmel, daß alles ihm folgt, was im Wasser gelöst war.

---

1) Froriep's Notizen. December 1849. S. 307—309.

## Kap. III.

## Das Wasser.

### §. 1.

So wie das Wasser dem Aggregationszustande nach die Mitte hält zwischen Luft und Erde, so bildet es auch als Ernährungsquelle der Pflanzen ein Mittelglied zwischen dieser und jener.

Obgleich die Gewässer, in welchen Pflanzen wachsen, die wesentlichen Bestandtheile der Ackererde und der Luft gelöst enthalten, so sind sie doch niemals so reich wie die Atmosphäre oder der Boden selbst.

Der Reichthum des Bodens liegt aber nur in der Fähigkeit bei immer erneuter Wasserzufuhr mehr zu bieten. Denn nur das, was gelöst ist, kann von den Pflanzen wirklich aufgenommen werden.

Die anorganischen Bestandtheile der Gewässer richten sich nach dem Boden, durch den sie gesickert sind, oder nach dem Grunde, der sie trägt.

In dem Wasser der meisten Quellen und Flüsse sind kohlensaure, schwefelsaure, salpetersaure und kieselsaure Salze der Alkalien, Erden und Metalloxyde, die sich in der Ackererde finden, zugegen. Das Wasser der Garonne enthält eine ziemlich beträchtliche Menge Manganoxyd, während im Wasser des Rheins, der Seine, Loire, Rhone und des Doubs von Sainte-Claire Deville kein Mangan gefunden wurde[1]. Auffallend ist es, daß in allen Flüssen und Quellen, welche Sainte-Claire Deville untersuchte, keine Phosphorsäure zu finden war. Auch Bergmann führt unter den Bestandtheilen des Quellwassers um Upsala keine Phosphorsäure auf. Ebensowenig Tordeur

---

1) Annales de chim. et de phys. 3e série T. XXIII, p. 40.

für eine Quelle bei Cambray [1]). John A. Aſhley fand dagegen
Spuren dieſer ſonſt ſo wichtigen Säure im Waſſer der Themſe [2]).

Chlornatrium, Chlorcalcium und Chlormagneſium ſind in den
verſchiedenſten Gewäſſern zugegen. Allein nicht bloß das Chlor, ſondern auch das Jod findet ſich im Waſſer von Flüſſen und Quellen
(Chatin) [3]) und zwar in um ſo größerer Menge, je reichlicher das
Eiſen in denſelben vertreten iſt. Deshalb und weil die Jodverbindung
des Fluß- und Quellwaſſers ſich beim bloßen Abdampfen zerſetzt, glaubt
Chatin, daß es als Jodeiſen in demſelben enthalten ſei. Alle Ge-
wäſſer plutoniſcher Gebirgsarten ſind mehr mit Jod geſchwängert als
die der neptuniſchen Gebilde. Unter den letzteren iſt das Jod vorzugsweiſe in dem Waſſer der grünen Kreide und der eiſenhaltigen Oolithe
vertreten. Am wenigſten Jod beſitzen die Flüſſe, deren Bett haupt-
ſächlich aus Kalk und Bittererde beſteht. Im Ganzen aber iſt das
Flußwaſſer reicher an Jod als das Waſſer der Quellen. Die Flüſſe,
die von Gletſchern verſorgt werden, wie der Rhein, die Rhone, die
Garonne enthalten am wenigſten Jod, namentlich zur Zeit, wenn der
meiſte Schnee ſchmilzt (Chatin).

Obgleich ſelten, ſo fehlt doch mitunter der eine oder der andere
Beſtandtheil im Waſſer der Flüſſe ganz. So findet Maumené in
Rheims keine Bittererde im Vesle, der zum Flußgebiet der Seine gehört [4]). Die Garonne beſitzt keine Thonerde nach der Analyſe von
Sainte-Claire Deville. Häufiger werden die allgemein verbreiteten Beſtandtheile durch ſeltener auftretende vermehrt. So fand Eugène Marchand im Brunnenwaſſer bei Fécamp in der Norman-
die Chlorlithium und Bromnatrium [5]), Beſtandtheile, die ohne Zweifel
vom Meere herrührten.

Im Flußwaſſer iſt die ganze Menge der feuerfeſten Beſtandtheile
immer verhältnißmäßig klein. Phillips fand in 1000 Gewichtstheil-
len des Waſſers der Themſe nicht mehr als 0,26 bis 0,27 an Salzen

---

1) Vgl. meine Phyſiologie der Nahrungsmittel. Darmſtadt, 1850. S. 418.

2) Liebig und Wöhler, Annalen, Bd. LXXI, S. 360.

3) Journ. de pharm. et de chim. 3e sér. T. XVIII, p. 241—242.

4) Journ. de pharm. et de chim. 3e sér. T. XVIII, p. 244.

5) Journ. de pharm. et de chim. T. XVII, p. 350.

und Chlorverbindungen. Ja ſelbſt tauſend Theile des Brunnenwaſſers bei Fécamp enthielten nach Eugène Marchand nur 0,36 feſter Stoffe gelöſt. Nach den Unterſuchungen Sainte-Claire Deville's iſt das Waſſer der Quellen bei Beſançon, Dijon und Paris beinahe doppelt ſo reich an feuerfeſten Beſtandtheilen als das Waſſer des Rheins und Doubs, der Loire, Rhone, Garonne und Seine durcheinander genommen. Für die Brunnen bei Beſançon fand derſelbe Forſcher im Durchſchnitt eine beinahe zweifach ſo hohe Ziffer wie für die Quellen.

Der Salzgehalt des Meerwaſſers übertrifft den von Flüſſen und Quellen deſto bedeutender. Wenn ich zu den älteren Beſtimmungen von Gay-Luſſac und Deſprez die neuere Analyſe Uſiglio's[1] für das Waſſer des Mittelmeeres hinzunehme, ſo finde ich ein arithmetiſches Mittel von 37,1 in tauſend Theilen. Demnach iſt das Meer etwa 140 Mal ſo reich an Salzen wie das Waſſer der Themſe.

Außer Chlorverbindungen und den gewöhnlichen kohlenſauren und ſchwefelſauren Salzen der Erden enthält das Meer Fluor nach Wilſon[2], Jod und Brom an Natrium und Magneſium gebunden, nach Eugène Marchand[3] auch Lithon, nach Malaguti, Durocher und Sarzeau Kupfer, Silber und Blei[4].

Durch die gelöſten Salze der Huminſäure hat das Waſſer von Sümpfen und Gräben ſeine bräunliche Farbe. Die Quellſäure und Quellſatzſäure verdanken ihre Namen dem Vorkommen in Quellen. Dieſe und andere, von der Verweſung herrührende, organiſche Stoffe kommen auch in Flüſſen, Seeën und Meeren vor. John A. Aſhley fand in 100 Litern Themſe-Waſſer

6,66 Gramm unlöslicher organiſcher Materie
und 3,34 = löslicher = = [5]

### §. 2.

Weil alle gewaltſame Verdampfungen und Verflüchtigungsproceſſe feuerfeſte Stoffe in die Lüfte reißen, iſt auch das Regenwaſſer

1) Erdmann und Marchand, Journal für prakt. Chemie, Bd. XLVI. S. 106.

2) Erdmann und Marchand, Journ. für prakt. Chemie, Bd. L. S. 52.

3) Journ. de pharm. et de chim. 3e sér. T. XVII, p. 358.

4) Ebendaſelbſt p. 358.

5) Liebig und Wöhler, Annalen, Bd. LXXI. S. 360.

mit Salzen und Chlorüren geschwängert. Die ganze Menge jener Bestandtheile beträgt indeß nach Brandes nur 0,002 in tausend Theilen.

Die einzelnen Bestandtheile stimmen, wenn man vom Jod und
Brom absieht, am nächsten mit denen des Meerwassers überein. Chlorkalium, Chlornatrium, Chlormagnesium und Chlorcalcium, Kohlensäure und Schwefelsäure an Kalk und Bittererde gebunden, Ammoniak
(Liebig), zum Theil frei, zum Theil als salpetersaures Salz neben
salpetersaurem Kali im Gewitterregen sind die regelmäßiger im Regenwasser vorkommenden Stoffe. Außer diesen finden sich seltener
auch Eisenoxyd und Manganoxyd im Regen (Brandes).

In der allerneuesten Zeit hat Wurtz angegeben, daß in dem
Regenwasser eine Ammoniakart vorkommt, in welcher 1 Aeq. Wasserstoff durch Kupfer vertreten ist. Wurtz nennt diesen Stoff, dem
also die Formel $NH^2Cu$ beizulegen ist, Cupramin[1].

Früher wurden dem Schneewasser die Salze abgesprochen. Nach
einer neueren Arbeit von Eugéne Marchand[2] enthält das Schneewasser ebenfalls Chlor, Kohlensäure, Salpetersäure und Schwefelsäure
vertheilt an Natron, Ammoniak, Kalk, Bittererde und Eisenoxyd. Auf
den Ammoniakgehalt hatte schon vorher Liebig aufmerksam gemacht.

### §. 3.

Alles Wasser, das in größeren Tiefen und auf weiten Ebenen
angesammelte so gut wie das atmosphärische, enthält Gase gelöst. Indem es überall mit der Luft in Berührung ist, nimmt es sowohl deren Sauerstoff und Stickstoff, wie die Kohlensäure auf.

Weil aber das Wasser mehr Sauerstoff als Stickstoff zu lösen
vermag, so findet man in 100 Raumtheilen Luft, die im Wasser enthalten waren, immer mehr Sauerstoff als dem Verhältnisse dieses Gases zum Stickstoff in der Atmosphäre entspricht. Schon Gay-Lussac und von Humboldt fanden in der Luft des Regenwassers 31
Procent, in der Luft der Seine 31,9 in 100 Raumtheilen, während

---

1) Vgl. Wurtz in den Annales de chim. et de phys. Déc. 1850, T. XXX,
p. 489 und unten Buch IV, Kap. II, §. 7 über die Constitution der Alkaloïde.

2) Journ. de pharm. et de chim. T. XVII. p. 359.

nach Morren der Sauerstoff in 100 Raumtheilen Luft des Meerwassers durchschnittlich 34,3, in der Luft des Wassers der Garonne
nach Sainte-Claire Deville sogar doppelt soviel wie der Stickstoff beträgt.

Daher erklärt es sich, daß Lewy über der Nordsee die Sauerstoffmenge der Luft auf 20,41 Raumtheile gesunken fand.

Viel kräftiger als der Sauerstoff wird indeß die Kohlensäure vom
Wasser verschluckt. Zur genaueren Beurtheilung der Verhältnisse der
Gase in der Luft von Quellen und Flüssen, sowie des Meerwassers,
theile ich in folgenden Tabellen die wichtigsten bisher gefundenen
Zahlen mit.

Nach Sainte-Claire

| Deville. | Garonne. | Seine. | Rhein. | Loire. | Rhone. | Doubs. |
|---|---|---|---|---|---|---|
| Kubik-Centimeter Gas in 10 Litern Wasser | 406 | 321 | 309 | 220 | 348 | 455 |
| In 100 Theilen d. Luft: | | | | | | |
| Kohlensäure . . | 41,9 | 50,5 | 24,6 | 8,3 | 22,8 | 39,2 |
| Stickstoff . . . | 19,5 | 37,4 | 51,4 | 91,7 | 53,0 | 40,0 |
| Sauerstoff . . . | 38,6 | 12,1 | 24,0 | | 24,2 | 20,8 |

Demnach enthält die Luft der Flüsse im Durchschnitt 31,2 Kohlensäure, 40,3 Stickstoff und 29,9 Sauerstoff.

Nach Sainte-Claire

| Deville. | Monil-lère[1]) | Ville-cul[1]). | Arcier[1]). | Bre-gille[1]). | Suzon[2]). | Arcueil[3]). |
|---|---|---|---|---|---|---|
| Kubik-Centimeter Gas in 10 Litern Wasser | 608 | 417 | 420 | 440 | 479 | 433 |
| In 100 Theilen d. Luft: | | | | | | |
| Kohlensäure . . | 64,17 | 64,0 | 49,55 | 51,3 | 49,5 | 59,0 |
| Stickstoff . . | 25,29 | 24,2 | 36,43 | 32,3 | 34,8 | 29,4 |
| Sauerstoff . . | 10,54 | 11,8 | 14,02 | 16,4 | 15,7 | 11,6 |

Das arithmetische Mittel dieser Zahlen ergiebt für 100 Theile
Luft des Quellwassers 56,25 Kohlensäure, 30,40 Stickstoff und 13,34
Sauerstoff.

---

1) Quellen in der Nähe von Besançon.

2) Eine Quelle bei Dijon.

3) Eine Quelle bei Paris.

Moleschott, Phys. des Stoffwechsels.

|  | Quellwasser Henry. | Wasser e. Quelle bei Cambray. Lordour. | Meerwasser Morgens 6 Uhr. Morren. | Meerwasser Mittags 12 Uhr. Morren. | Meerwasser Abends 6 Uhr. Morren |
|---|---|---|---|---|---|
| Luft in 100 Th. Wasser | 4,76 | 4,00 |  |  |  |
| In 100 Theilen Luft: |  |  |  |  |  |
| Kohlensäure . . . . | 71,00 | 36,11 | 13 | 7 | 10 |
| Stickstoff . . . . | 29,00 | 50,00 | 53,7 | 56,8 | 56,6 |
| Sauerstoff . . . . | | 13,88 | 33,3 | 36,2 | 33,4 |

In der Luft des Meerwassers sind demnach durchschnittlich 10 Procent Kohlensäure, 55,7 Stickstoff und 34,3 Sauerstoff vorhanden.

Das Regenwasser enthält nach von Baumhauer im Mittel aus fünf Bestimmungen in 1000 Gramm 6,9 Kubik-Centimeter Kohlensäure.

In der Luft des Meeres und ruhiger süßer Gewässer, die neben den Thieren, die sie beherbergen, zahlreiche Pflanzen enthalten, wechselt die Menge der Kohlensäure und des Sauerstoffs bedeutend. Um Mittag fand Morren in der Luft des Meerwassers neben der höchsten Zahl für den Sauerstoff die tiefste für die Kohlensäure. Es ist offenbar, daß dies dem Einflusse des Lichtes zugeschrieben werden muß. Nur im Lichte wird von den Pflanzen die Kohlensäure zersetzt.

Wenn es sich allgemein bestätigen sollte, daß die See mehr Kohlensäure enthält als die süßen Gewässer (Morren), so muß die See viel mehr Luft gelöst enthalten als die Flüsse. Denn in 100 Theilen Luft des Flußwassers ist die Menge der Kohlensäure beträchtlich größer als in 100 Theilen Luft des Meeres. Jedenfalls ist der Salzgehalt, der sonst dem Wasser die Aufnahme der Kohlensäure erschwert, kein Grund, um des Meeres größeren Reichthum an diesem Gase zu bezweifeln. Denn weder das Meer, noch die Flüsse und Quellen sind mit Kohlensäure gesättigt. Es würde also aus jener Thatsache nur folgen, daß die Thiere der süßen Wasser weniger Kohlensäure erzeugen als die Thiere des Meeres.

Je kälter das Wasser ist, um so mehr Gase kann es festhalten. Daher enthält die Luft über dem Meere nach Léwy bei Tag unter dem Einfluß der Sonnenwärme mehr Sauerstoff und mehr Kohlensäure als bei Nacht[1]). Im Herbst und Winter fand Morren in der Luft des Seewassers 36 bis 38 Procent Sauerstoff, wobei wahrscheinlich überhaupt eine etwas größere Menge Luft im Wasser vorhanden war. Weil der Sauerstoff leichter gelöst wird als der Stickstoff, nimmt dieser weniger zu als jener. Denn gewiß ist im Winter die Erzeugung des Sauerstoffs geringer als im Sommer, der Sauerstoffverbrauch dagegen größer.

Demnach enthält das Wasser die Stoffe der Luft und der Erde gelöst. Und damit sind die Ursachen gegeben, weshalb auch das Meer wie die Flüsse die grünenden Bewohner der Erde beherbergen, die ihrerseits in den Gewässern das Leben der Thiere erhalten.

---

1) Lévy in den Comptes Rendus, T. XXXI. p. 725, 726.

# Kap. IV.

## Die Nahrungsstoffe der Pflanzen.

### §. 1.

Weil den Pflanzen keine Schöpfungskraft innewohnt, die sie befähigte, die Baustoffe ihres Leibes zu schaffen, weil in ihnen auch nicht die kleinste Menge von irgend einem Stoffe vorhanden ist, die nicht von außen aufgenommen wäre, deshalb können sie nicht werden oder leben außer den Medien, in welchen sie die Bestandtheile ihrer Werkzeuge vorfinden. Diese Medien sind Erde, Luft und Wasser.

Sie enthalten aber die Baustoffe der Pflanzen nicht alle in derselben Form, in welcher sie die Organe derselben zusammensetzen. Die eigenthümlichsten Verbindungen der Pflanzen, Zellstoff, Wachs und Kleber, müssen aus einfacheren Stoffen hervorgehen, die in der Luft und der Erde den Blättern und Wurzeln geboten sind.

Diese einfacheren Stoffe müssen deshalb nicht nur von der Pflanze aufgenommen werden, sie müssen sich auch in Saft und Gewebe der Pflanze verwandeln können.

Also sind die Verbindungen der Luft, der Erde und des Wassers nur dann als Nahrungsstoffe der Pflanze zu betrachten, wenn sie von dieser wirklich aufgenommen und, sofern es nöthig ist, in die Baustoffe ihres Leibes verwandelt werden.

Aufnahme und Umwandlung sind die beiden Grundbedingungen, die jeder Stoff in seinem Verhältniß zur Pflanze erfüllen muß, wenn er derselben zur Nahrung gereichen soll.

Umwandlung — sofern sie nöthig ist. Denn dadurch zeichnen sich die meisten anorganischen Bestandtheile der Ackererde aus, daß sie nur in gelöster Form der Pflanzenwurzel geboten zu werden brauchen, um unverändert Antheil zu nehmen an dem Aufbau des pflanzlichen Körpers. Wegen dieser Unveränderlichkeit sind die anorganischen Stoffe gleichsam die Werkzeuge, die immer von neuem die durch Verwesung zerfallenen organischen Verbindungen zu dem organisirten Material der Pflanze zusammenfügen.

§. 2.

Wenn wir die Mischung der Organismen vergleichen mit der Mischung der Ackererde, dann fällt uns sogleich in jenen der Reichthum an phosphorsauren Salzen auf. Phosphorsaures Kali und phosphorsaure Erden in den Samen der Getreide und den Hülsenfrüchten, phosphorsaures Natron im Blut, phosphorsaurer Kalk in den Knochen, sie sind in solcher Menge vorhanden, daß man sich auf den ersten Blick verwundert, wenn man in den Gebirgen nur Spuren von Phosphorsäure findet.

Die Organismen sammeln also die phosphorsauren Salze aus dem Acker, der selbst in dem ununterbrochenen Kreislauf zwischen Leben und Verwesung jene Salze zu einem großen Theil den Düngstoffen verdankt, welche früher Pflanzen und Thieren angehörten.

Wenn die Pflanze reich ist an Phosphorsäure und arm an Schwefelsäure, während die Ackererde beide Stoffe im umgekehrten Verhältniß zu führen pflegt, so ergiebt sich unmittelbar, daß die Pflanze die Fähigkeit besitzen muß, der Ackererde den einen Stoff in größerer Menge zu entziehen als den anderen.

Seit Galilei die Torricellische Furcht vor dem leeren Raum überwunden und damit der willkürlichen Zweckbestimmung einer zur wankenden Persönlichkeit herabgewürdigten Natur den Todesstoß versetzt hat, seitdem man weiß, daß die Pflanzen Gifte aufnehmen so gut wie Nahrungsstoffe, darf von einem Wahlvermögen der Pflanze nicht die Rede sein.

Es muß der nothwendige Grund erforscht werden, warum die Wurzel den einen Stoff so viel reichlicher aufnimmt als den anderen. Dieser Grund ist die Verwandtschaft der Pflanzenmembran, welche die Wurzel begrenzt, zu den gelösten Stoffen, welche die Wurzel in der Ackererde umgeben.

Im Jahre 1748 hatte Nollet gesehen, daß, wenn eine organische Scheidewand verschiedenartige Mischungen trennt, durch die Scheidewand hindurch ein Austausch der gelösten Stoffe sich ereignet. Die trennende Membran äußert ihre Verwandtschaft zu den beiderseitigen Flüssigkeiten, und aus der Membran zieht jede Flüssigkeit in bestimmten Verhältnissen die Stoffe der anderen an.

Dutrochet bezeichnete dieses Ein- und Austreten der Flüssigkeit, offenbar mit Rücksicht auf physiologische Vorgänge, mit den Namen der Endosmose und Exosmose.

## §. 3.

Die Verwandtschaft der Membranen und aller organischer Körper überhaupt zu verschiedenen Flüssigkeiten ist sehr verschieden. Knorpel, Sehnen, gelbe Bänder, die Hornhaut, ein Stück der Ochsenblase, Schweinsblase tränken sich mit Wasser, mit Salzwasser und mit Oel. Wägende Versuche von Chevreul und Liebig haben aber bewiesen, daß alle jene Theile ungleich mehr vom Wasser als vom Salzwasser und eine viel größere Menge vom Salzwasser als vom Dele aufsaugen [1]).

Wenn die Verwandtschaft der Scheidewand zwischen zwei Flüssigkeiten den ersten Anstoß giebt zur Erscheinung der Endosmose, so versteht es sich von selbst, daß die Art der Scheidewand sowohl wie die der beiderseitigen Mischungen auf das Maaß und die Richtung der Endosmose den größten Einfluß üben muß. Legt man mit Oel gesättigte Sehnen, Bänder, Blasen in Wasser, dann tritt das Oel aus und es wird statt dessen so viel Wasser aufgenommen, als wenn vorher keine Berührung mit Oel stattgefunden hätte (Chevreul, Liebig). Eine dünne Kautschuckplatte läßt zwischen Wasser und wässerigen Lösungen keine Endosmose eintreten; Wasser und Weingeist oder Weingeist und alkoholische Lösungen vermischen sich mit einander troß der trennenden Membran [2]). Aber auch die Richtung des Stroms steht unter dem Einfluß der Scheidewand. Umschließt man eine mit Alkohol gefüllte Röhre mit einer Blase und hängt man diese Röhre in ein Gefäß mit reinem Wasser, dann wächst der Raum,

---

1) Chevreul, Annales de chimie et de physique. Tome XIX. (1821) p. 51—53, und Liebig, Untersuchungen über einige Ursachen der Säftebewegung, Braunschweig 1848, S. 8 u. 9.

2) Vierordt, Artikel Transsudation und Exosmose in Rudolf Wagner's Handwörterbuch der Physiologie, Bd. III, S. 682.

den die Flüssigkeit in der Röhre einnimmt; verschließt man dagegen dieselbe Röhre mit Kautschuck, dann wächst das Wasser im Gefäße.

Neben der Verwandtschaft der Membran zu den von ihr getrennten Flüssigkeiten wirkt die gegenseitige Anziehung dieser Flüssigkeiten selbst. Die Endosmose richtet sich also zweitens nach der Beschaffenheit der Flüssigkeiten. Das wußten schon Fischer und Dutrochet. Nach Fischer ist die Endosmose für Eisencyankalium z. B. schwächer als für Kochsalz, und Dutrochet, so wenig Vertrauen seine Messungen verdienen, hat doch so viel gezeigt, daß für Zucker die Endosmose eine andere ist als für Eiweiß, für Leim anders als für Gummi. Ein interessantes Beispiel für diese Wahrheit wurde im Jahre 1846 von Donders und mir beobachtet [1]. Wir mischten Blutkörperchen von einem und demselben Vorrath geschlagenen Ochsenbluts mit gleich dichten Lösungen von Chlornatrium, Chlorkalium, dreibasisch phosphorsaurem Natron, kohlensaurem Natron, salpetersaurem Kali, gewöhnlich phosphorsaurem Natron, schwefelsaurem Kali und schwefelsaurem Natron. In den Chlorüren waren die Körperchen am schwächsten gerunzelt, von da an in der hier mitgetheilten Reihenfolge der Stoffe immer mehr, im schwefelsauren Kali am stärksten. Also trat für je Einen Gewichtstheil schwefelsaures Natron am meisten, für je Einen Gewichtstheil Kochsalz am wenigsten Wasser aus den Blutkörperchen aus. Seitdem wurde der unabhängig von der Dichtigkeit waltende Einfluß verschiedenartiger Stoffe auch von Jolly [2]) und Ludwig [3]) bestätigt.

Wirkt aber die Eigenschaft der Stoffe unabhängig von der Dichtigkeit, so wirkt die Dichtigkeit auch unabhängig von der Art der Mischungen. Auch dies wurde bereits von Fischer, Magnus und Dutrochet beobachtet. Hat man bei 10° C. auf der einen Seite der Membran verdünnte Schwefelsäure (von 1,093 spec. Gew.), auf der anderen Seite Wasser, dann vergrößert sich der Raum, den die

---

1) Donders und Moleschott, Untersuchungen über die Blutkörperchen in van Deen, Donder und Moleschott, Holländischen Beiträgen, Bd. I, S. 376, 377.

2) Henle und Pfeufer, Zeitschrift für rationelle Medicin, 1848, Bd. VII, S. 115 und 116.

3) Ebendaselbst 1849, Bd. VIII, S. 9 und 10.

Schwefelſäure einnimmt. Iſt das ſpecifiſche Gewicht der Schwefelſäure 1,054, dann vergrößert ſich der Raum des Waſſers. Eine
Weinſäurelöſung von 11 Procent kryſtalliſirter Säure erleidet mit
Waſſer keine Veränderung der eingenommenen Raumtheile. Sind
mehr als 11 Proc. Weinſäure in der Miſchung gelöſt, dann vergrößert ſich der Raum der Säure, während ſich dieſer verringert,
wenn die Löſung unter 11 Procent enthielt [1]. Für dieſelben Stoffe
entſpricht das Maaß der Endosmoſe der Dichtigkeit der Löſungen.

Bei verſchiedenen Stoffen dagegen äußert ſich die Dichtigkeit
nicht immer in derſelben Richtung. Während durch eine Blaſe der
Strom des Waſſers zum dichteren Salzwaſſer der ſtärkere iſt, fließt
umgekehrt auch das dichtere Waſſer ſtärker zum dünneren Alkohol.

In den meiſten Fällen aber wächſt der Raum der dichteren Miſchung, während die dünnere Flüſſigkeit ſich vermindert.

## §. 4.

Im Beſitze dieſer Thatſachen haben verſchiedene Forſcher ſich
bemüht die endosmotiſchen Wirkungen zu meſſen. Mit ganz befrie-
digendem Erfolg nur Jolly, der Dutrochet's Meſſungen des
Raums mit Gewichtsbeſtimmungen vertauſchte. Und das iſt Jolly's
eigentlichſtes Verdienſt um die Lehre der Endosmoſe. Dutrochet
maß in einer graduirten Röhre, die mit Blaſe zugebunden war,
das Steigen und Fallen der Flüſſigkeitſäule. Jolly [2] hat ſehr
richtig bemerkt, daß dabei nur Unterſchiede der Strömungen, nicht die
Strömungen ſelbſt gemeſſen werden, indem die Höhe der Flüſſigkeits-
ſäule für gleiche und entgegengeſetzte Ströme keine Aenderung erlei-
ben würde. Treten aber ſolche Veränderungen ein, ſo wird die Höhe
der Flüſſigkeitſäule verſchieden ausfallen, je nach der Verſuchsdauer,
nach welcher man die Höhe mißt.

Deshalb hat Jolly, indem er den einfachſten Fall ſetzte, daß
deſtillirtes Waſſer auf der einen Seite und Löſungen Einer Verbindung auf der anderen Seite der trennenden Membran gegeben waren,
durch die Wage zu beſtimmen geſucht, wie viel Gewichtstheile Waſ-

1) Liebig, a. a. O. S. 52.
2) A. a. O. S. 87, 88.

fer von der einen Seite für je Einen Gewichtstheil des gelösten Stoffs von der anderen Seite durch die Membran hindurchgehen. Es ist eine wesentliche Erleichterung des Ausdrucks, daß Jolly die Anzahl jener Gewichtstheile Wasser im Verhältniß zu je Einem Gewichtstheil des auf der anderen Seite gelösten Stoffs mit dem Namen des endosmotischen Aequivalents belegte [1]. Auf diese Weise fand Jolly für mehre Stoffe folgende endosmotische Aequivalente:

| | | | | | | |
|---|---|---|---|---|---|---|
| Für Kali-Hydrat . . . | 215,74 | als Mittel aus | 2 | Beobachtungen. | | |
| „ Schwefelsäure-Hydrat | 0,35 | „ „ „ | 2 | „ | | |
| „ Kochsalz . . . . . | 4,18 | „ „ „ | 6 | „ | | |
| „ schwefelsaures Natron | 11,63 | „ „ „ | 5 | „ | | |
| „ schwefelsaures Kali | 11,94 | „ „ „ | 3 | „ | | |
| „ schwefelsaure Bittererde | 11,60 | „ , „ „ | 2 | „ | | |
| „ schwefelsaur. Kupferoxyd | 9,56 | nach 1 Beobachtung. | | | | |
| „ saures schwefelsaur. Kali | 2,34 | „ 1 | „ | | | |
| „ Alkohol . . . . . | 4,15 | als Mittel aus | 3 | Beobachtungen. | | |
| „ Zucker . . . . . | 7,15 | „ „ „ | 2 | „ | | |
| „ Gummi . . . . . | 11,79 | (?Jolly) nach 1 Beobachtung. | | | | |

Aus diesen Zahlen ergiebt sich, daß die Alkalien das größte, die Säuren das kleinste endosmotische Aequivalent besitzen. Und während Kochsalz und Alkohol, namentlich aber die sauren Salze den Säuren sich nähern, stehen andere indifferente organische Stoffe, wie Zucker und Gummi, neben den neutralen Salzen mehr in der Mitte.

Jene Ergebnisse Jolly's, verglichen mit den von Donders und mir selber gemachten Beobachtungen über das Verhalten der Blutkörperchen zu verschiedenen anorganischen Stoffen, führen zu der nicht unwichtigen Folgerung, daß für Kochsalz und schwefelsaure Salze die Schweinsblase und die Membran der Blutkörperchen des Ochses mit einander übereinstimmen. Wir fanden, daß für das Kochsalz am wenigsten, für die schwefelsauren Salze der Alkalien am meisten Wasser aus den Blutkörperchen austrat. Dies entspricht ganz den von Jolly gefundenen endosmotischen Aequivalenten. Die unfehlbare Wage bestätigt demnach die allerdings minder zuverlässigen Wahrnehmungen unter dem Mikroskope. Man wird hiernach aus

---

1) A. a. O. S. 114.

der von Donders und mir[1]) gelieferten Skala schließen dürfen, daß das endosmotische Aequivalent des Chlorkaliums dem des Chlornatriums sehr nahe steht, während die Aequivalente des phosphorsauren und kohlensauren Natrons und des salpetersauren Kalis zwischen denen der Chlorüre und denen der schwefelsauren Alkalien in der Mitte liegen.

## §. 5.

Indem Jolly ziemlich bedeutende Unterschiede in den Beobachtungen vernachläßigte, glaubte er gefunden zu haben, daß „die Menge der in einer Zeiteinheit übertretenden Stoffe, unter sonst gleichen Verhältnissen, der Dichtigkeit der Lösung proportional sei." Und zwar sollte dies wahr sein, gleichviel bei welchem Dichtigkeitsgrade der Mischung, die mit dem destillirten Wasser in Wechselwirkung tritt, der Versuch begonnen würde.

Von diesem Satze ausgehend entwickelte Jolly[2]) eine mathematische Formel, nach welcher durch Rechnung die Zeit bestimmt werden könnte, welche erforderlich ist, damit eine gegebene Menge eines Stoffes, dessen endosmotisches Aequivalent bestimmt ist, durch eine Membran hindurchtrete. Und weil sich hier Rechnung und Beobachtung zu decken schienen, so schloß Jolly rückwärts, daß jener Satz ein Gesetz sei.

Ludwig hat durch eine gründliche Experimentalarbeit[3]), bei gehöriger Veränderung der Bedingungen, unter denen die Versuche angestellt wurden, die wichtigste Voraussetzung Jolly's widerlegt. Das endosmotische Aequivalent bleibt sich nicht gleich, wenn die Versuche bei gehörig verschiedener Dichtigkeit der Lösung eingeleitet werden. Ludwig erklärt diese Erscheinung dadurch, daß sich die Verwandtschaft der Membran nach der Dichtigkeit der Salzlösungen verschieden gestaltet. Je weniger Salz in der Mischung gelöst ist, desto geringer ist auch die Salzmenge in der Membran, und desto leichter folgt das Wasser den Anziehungen der organischen Substanz.

---

1) A. a. O. S. 376 vergl. oben S. 39.

2) A. a. O. S. 123.

3) A. a. O. S. 9, 10, 22, 24.

Durch diese Veränderung der chemischen Bedingungen ändert sich aber die physikalische Beschaffenheit, zunächst der Elasticitätscoëfficient der Scheidewand. Mit dem Elasticitätscoëfficienten ändert sich zugleich die absolute Menge der in die Membran eintretenden Flüssigkeit. Dann aber wird natürlich das Verhältniß der Salzwasser- und der Wasserflächen, die an der Oberfläche der Membran thätig sind, ein anderes. Darum also sind die endosmotischen Aequivalente veränderliche Größen, abhängig von der Dichtigkeit der Mischung, bei welcher der Versuch begonnen wurde.

Ludwig hat die vorausgesetzte Richtigkeit der Jolly'schen Formel vernichtet und damit auch ihre Eleganz — wenn anders Eleganz im mathematischen Sinne mehr bedeuten kann als bündige Wahrheit. Zu den „gleichen Verhältnissen," die Jolly's Satz erforderte, gehörte auch die Unveränderlichkeit der Membran. Hätte diese wirklich stattgefunden, d. h. also hätte eine und dieselbe, und zwar eine unveränderliche Membran dieselben Stoffe bei gleichen Wärmegraden, kurz unter lauter gleichen Bedingungen getrennt, dann hätte bloß die Dichtigkeit der Lösung die Menge der in einer Zeiteinheit übertretenden Stoffe bestimmt. Und deshalb konnte man von vorne herein dem Satze Jolly's die Bedeutung eines Gesetzes absprechen. Eine Naturerscheinung, die unter lauter gleichen Bedingungen beobachtet wird, führt zu keinem Gesetze, sie führt zu einer Thatsache. Wäre die Membran unveränderlich, dann wären bei gleichem Wärmegrade die endosmotischen Aequivalente heute wahr, wie morgen, ganz so wie das Einmaleins. Kurz, Jolly's Satz verstände sich von selbst.

Nun wissen wir aber durch Ludwig, daß die Membran veränderlich ist. Diese veränderte Bedingung ändert sogleich die endosmotischen Aequivalente [1]. Und deshalb ist das von Jolly aufgestellte Gesetz falsch — ein Irrthum, der vermieden worden wäre, wenn Jolly eben bei gehörig veränderten Bedingungen experimentirt hätte.

Demnach sind die bisher gefundenen endosmotischen Aequivalente empirische Größen, die uns bei der von Jolly berichtigten Messung sehr willkommen sein müssen. Wir wissen, daß diese empiri-

1) Vergl. Ludwig's Zahlen, a. a. O. S. 5 — 9.

schen Größen von der Dichtigkeit der Lösung überhaupt und in jedem einzelnen Falle wieder von der Dichtigkeit der Lösung beim Beginne des Versuchs abhängig sind. Von einem Gesetze, nach welchem sich mit Hülfe des endosmotischen Aequivalents die Menge der in einer Zeiteinheit übergehenden Stoffe bestimmen ließe, sind wir weit entfernt. Und ich halte es für Pflicht dies mit Nachdruck zu betonen, weil das Bedürfniß nach mathematischer Schärfe die Physiologen gar zu leicht verführt, schon dort Gesetze erblicken zu wollen, wo für die erste Zeit nur dankenswerthe Beobachtungen vorliegen.

## §. 6.

Wenn durch eine Blase zwei gleich dichte Lösungen von Zucker und Mimosengummi getrennt werden, dann nimmt das specifische Gewicht des Zuckerwassers ab (Jerichau). Das heißt also, es geht trotz der gleichen Dichtigkeit mehr Zucker zum Gummiwasser als Gummi zum Zuckerwasser.

Brücke, dem die Theorie der Endosmose so viel verdankt, folgert hieraus, daß die Anziehungen der beiden Flüssigkeiten nicht statt finden zwischen Lösung und Lösung, sondern zwischen dem Wasser und gelösten Stoffen. Wir werden aber aus jener Beobachtung nichts schließen können, als daß der Zucker unter jenen Umständen ein größeres endosmotisches Aequivalent besitzt als Mimosengummi.

Brücke hat dagegen einen anderen Versuch angestellt, der die Möglichkeit der Anziehung einer Flüssigkeit diesseits zu einem gelösten Stoffe jenseits der Membran darthut. Er brachte auf die eine Seite der Scheidewand Oel, auf die andere eine wässerige Salzlösung und fand nun, daß ein Theil des Salzes zum Oel hinübergehe, während doch Oel und Wasser sich nicht mit einander vermischen.

Aber auch nur die Möglichkeit einer solchen Anziehung wird hierdurch erwiesen. Die Nothwendigkeit einer Anziehung zwischen einem Lösungsmittel und einem gelösten Stoff hat Liebig schlagend widerlegt. Er trennte eine Kochsalzlösung von reinem Wasser, und sah ein Mal wie für 1 Aequivalent Kochsalz 15 Aeq. Wasser, das andere Mal sogar nur etwas mehr als 13 Aeq. Wasser ausgetauscht wurden. Also müßten sich nach Brücke's Voraussetzung im einen Falle 15, im anderen 13 Aequivalente Wasser an 1 Aeq. Kochsalz vorbei bewegt haben, was aus dem einfachen Grunde nicht möglich ist, weil 1 Aequivalent Kochsalz 18 Aeq. Wasser zu seiner Lösung bedarf[1].

### §. 7.

Unter den Theorien der Endosmose, welche die Capillarität der Scheidewand gehörig berücksichtigen, hat die von Brücke[2] durch einige neuere Versuche Ludwig's eine wesentliche Unterstützung gewonnen.

Brücke und unabhängig von diesem Buys Ballot[3] denken sich die Poren der trennenden Membran als hohle Cylinder, die sich von der einen Fläche der Membran bis zur anderen erstrecken. Ist auf der einen Seite der Scheidewand Wasser, auf der anderen Salzwasser gegeben, dann vertheilen sich diese Flüssigkeiten in jedem capillairen Cylinder der Membran so, daß in der Mitte eine Schichte Salzwasser und, wegen der stärkeren Anziehung des organischen Stoffs zum Wasser, an der Wandung eine Wasserschichte vorhanden ist. Jede salzige Mittelschichte ist demnach von einer wässerigen Wandschicht umgeben. Das mittlere Salzwasser wird von dem Wasser auf der einen Seite der Membran angezogen. Auf der anderen Seite der Scheidewand zieht das Salzwasser die aus Wasser bestehenden Wandschichten der Blase an. Durch die wässerige Wandschicht würde eigentlich der ganze Cylinder dem Salzwasser außerhalb der Membran zugeführt, wenn nicht die in der Mitte befindlichen Salztheilchen durch die Anziehung des Wassers auf der anderen Seite der Membran eine gewisse Schnelligkeit der Bewegung in entgegengesetzter Richtung erhielten. Buys Ballot vergleicht die Salztheilchen sehr hübsch mit einem Schiffe, das in Folge chemischer Verwandtschaft in einem Fluß stromaufwärts fährt. Das abwärts strömende Wasser des Flusses nimmt das Schiff unablässig in seiner eigenen Richtung mit sich fort. Dieses kann also nur dann die höheren Theile des Flusses

1) Liebig, a. a. O. S. 43.

2) De diffusione humorum per septa mortua et viva, Berlin 1842, und Poggendorf's Annalen, Bd. LVIII.

3) Donders, Ellerman en Jansen, Nederlandsch lancet, 2e serie, IV, p. 382—385.

erreichen, wenn seine dem Waſſer entgegengeſetzte Bewegung ſchneller iſt, als die Bewegung des Waſſers im Verhältniß zu den Ufern.

Wenn die Brücke'ſche Theorie richtig iſt, d. h. alſo wenn die Cylinder in der Blaſe Flüſſigkeiten von verſchiedener Dichtigkeit enthalten, ſo kann eine Membran, die man mit einer Löſung ſich tränken läßt, vielleicht eine Flüſſigkeit aufnehmen, die verdünnter iſt als die urſprüngliche Löſung ſelbſt. Die Mittelſchichten können dann der urſprünglichen Löſung an Dichtigkeit gleichſtehen, während die Wandſchichten verdünnt ſind.

Es iſt das Verdienſt Ludwig's, dieſe aus Brücke's Anſicht mit großer Wahrſcheinlichkeit [1]) hervorgehende Folgerung durch wägende Verſuche mit der Harnblaſe des Schweins und der elaſtiſchen Haut der Aorta des Ochſes, in ihrem Verhalten zu Glauberſalz und Kochſalz beſtätigt zu haben [2]). So fand er z. B., während die Flüſſigkeit, mit der er die Harnblaſe ſich tränken ließ, 7,2 Procent ſchwefelſauren Natrons enthielt, nur 4,4 Procent des Salzes in der Flüſſigkeit der Blaſe. Die elaſtiſche Haut der Aorta nahm aus einer Kochſalzlöſung von 19,8 Procent nur eine Flüſſigkeit auf, die als Mittel dreier Verſuche 16,8 Kochſalz enthielt.

Dieß führte Ludwig zu folgendem ſinnigem Verſuch. Legt man ein Stück wohlausgewaſchener und lufttrockener Blaſe in eine gut verſchloſſene Flaſche, welche eine kalte geſättigte Löſung chemiſch reinen Kochſalzes enthält, dann entſteht in kurzer Zeit eine bedeutende Kryſtalliſation des Kochſalzes, weil die Blaſe der Löſung eine entſprechende Menge Waſſer entzieht. Die Blaſe wirkt wie ſonſt die Wärme beim Verdunſten.

Sind aber wirklich, der Brücke'ſchen Erklärung gemäß, zweierlei Schichten in den Poren der Blaſe zugegen, ſo muß man zweitens eine dichtere und eine dünnere Flüſſigkeit in der Blaſe wirklich nachweiſen können. Auch dies iſt Ludwig gelungen. Durch eine Fil-

---

1) Ich ſage: mit großer Wahrſcheinlichkeit. Denn möglich wäre es die Blaſe nähme eine gleich dichte Löſung auf. Dann wären nach Brücke's Vorausſetzung die Wandſchichten allerdings verdünntere, die Mittelſchichten aber um ſo dichtere Löſungen darſtellen. Für Kochſalz und Glauberſalz entſcheidet die Erfahrung zu Gunſten Ludwig's.

2) Ludwig a. a. O. S. 17—19.

tration unter Druck oder auch durch das Auspressen mit Salzlösungen getränkter Membranstücke erhielt Ludwig[1]) in der ausgepreßten Flüssigkeit die gleiche Menge Salz wie in der ursprünglich angewandten Lösung. Hält man dies damit zusammen, daß die ganze Membran eine verdünntere Lösung enthält, so ist die Annahme von zweierlei Lösungen verschiedener Dichtigkeit in der Membran allerdings außer Frage gestellt.

## §. 8.

Bei gleichen Verwandtschaften der Membran und der Flüssigkeiten entspricht die Stärke der Endosmose dem Flächeninhalt der Membran.

Eine größere Dicke der Scheidewand wirkt hemmend auf die endosmotische Bewegung (Dutrochet). Darum zieht man bei Versuchen die dünnere Schweinsblase, die sich länger hält als Kalbsblase, der dickeren Rindsblase vor.

Die Einflüsse des Wärmegrades auf die Endosmose suchte bereits Dutrochet zu messen. Wegen der Bedenken, die Jolly gegen jene Messungen vorgebracht hat, verdient Dutrochet's Behauptung, die endosmotische Bewegung werde beschleunigt durch erhöhte Wärmegrade, kein Vertrauen.

Jolly erlaubt sich aus seinen Versuchen über die Wirkung der Wärme keinen anderen Schluß, als daß eine Erhöhung der Temperatur bei einigen Stoffen eine Zunahme, bei anderen eine Verminderung des endosmotischen Aequivalents hervorbringt[2]). Das Aequivalent des Glaubersalzes nimmt mit der Temperatur zu, während es nach vielen Versuchen Jolly's wahrscheinlich wird, daß Kochsalz zu den seltneren Stoffen gehört, deren Aequivalent sich vermindert, wenn der Wärmegrad wächst[3]).

---

1) A. a. O. S. 21, 22.
2) A. a. O. S. 138.
3) Weil die Richtung und das Maaß, in welchen der Einfluß der Wärme sich äußert, nicht hinlänglich erforscht sind, habe ich oben (S. 41) bei der Mittheilung der mittleren endosmotischen Aequivalente die Wärmegrade, für welche sie gefunden sind, außer Acht gelassen.

Mit dem Druck der Flüssigkeit auf die Membran gewinnt die Endosmose an Kraft. Valentin sah durch die Membran um so mehr Eiweiß zum Wasser gehen, je höher die Säule der Eiweißlösung auf der Scheidewand lastete.

Was der Druck hier zu leisten vermag, das wird in allen physiologischen Processen in ergiebigster Weise durch die Verdunstung bewirkt. Stellt man eine oben umgebogene und an ihren beiden Enden mit Blase zugebundene Röhre mit ihrem längeren Schenkel in ein Gefäß mit Salzwasser, das durch Indigo blau gefärbt ist, während die Röhre selbst reines Wasser enthält, dann wird das Wasser in der Röhre in wenig Stunden blau gefärbt. Das reine Wasser verdunstet durch die Blase und der Luftdruck hebt das blaue Salzwasser in die Röhre (Liebig).

Liebig hat mit seiner ganz eigenthümlich anregenden Gabe der Darstellung diesen durch Hales klassische Versuche bekannten Einfluß der Verdunstung auf das Steigen des Saftes in den Pflanzen erörtert [1]). Er hat mit überraschender Fruchtbarkeit dieser Wirkung der Verdunstung für die Pflanzenphysiologie eine für immer unvergeßliche Bedeutung abgewonnen, auf die ich hier nur hinweisen kann, damit man nicht etwa der Endosmose allein zuschreibe, was nur die Verdunstung oder der mittelbar erhöhte Druck im Bunde mit der Endosmose hervorzubringen im Stande ist.

### §. 9.

Denkt man sich eine Membran mit einer Flüssigkeit getränkt und die Verwandtschaft dieser mit Flüssigkeit getränkten Membran so wie der in ihren Poren enthaltenen Lösung zu der andererseits vorhandenen Flüssigkeit gleich Null, dann wird sich keine Endosmose ereignen.

Ist die Scheidewand mit einer Flüssigkeit getränkt, die sich nicht mischen läßt mit den auf beiden Seiten der Membran vorhandenen Stoffen, dann fehlt ebenfalls die endosmotische Bewegung (Kürschner).

---

1) Liebig, Untersuchungen über einige Ursachen der Säftebewegung, S. 60 — 80.

Deshalb und weil es sich denken ließe, daß aus irgend einer, die Wurzel umgebenden Mischung wohl Wasser, aber kein anderer Stoff in die Wurzel einträte, während die Endosmose gelöster Körper nur durch die Wurzel nach außen ginge, läßt sich nicht ohne Weiteres annehmen, daß jeder in dem Acker oder dem Wasser gelöste Stoff auch wirklich in die Wurzel eindringt.

Hieraus ergiebt sich die Nothwendigkeit für die einzelnen Bestandtheile der Ackererde nachzuweisen, daß sie mit Hülfe der Verdunstung von Blättern, Stengel und Stamm in der That durch endosmotische Bewegung in die Pflanzenwurzel übergehen.

Denn dies ist die erste Bedingung, die sie erfüllen müssen, damit wir sie als Nahrungsmittel der Pflanzen ansehen dürfen.

## §. 10.

Für folgende anorganische Bestandtheile der Ackererde ist der Nachweis, daß sie in die Pflanzenwurzel eindringen, durch unmittelbare Versuche geliefert: für schwefelsaures Kali von Trinchinetti, für salpetersaures Kali und Jodkalium von Trinchinetti und Bogel. Der letztgenannte Forscher sah Chlornatrium, Trinchinetti Salmiak, Kalkwasser und salpetersauren Kalk in die Pflanze übergehen. Chlormagnesium (Bogel), schwefelsaure Bittererde (Trinchinetti und Bogel), Alaun (Trinchinetti), Eisensalze (Berver), schwefelsaures Manganoxydul (Bogel) reihen sich an die aufgezählten Stoffe.

Ja außer den genannten Verbindungen sahen Bogel, Trinchinetti und Berver auch schwefelsaures Kupfer, Trinchinetti Chlorbaryum, Trinchinetti und Bogel schwefelsaures Zinkoryd und essigsaures Blei, Bogel sogar salpetersaure Salze von Nickel, Kobalt, Silber und Quecksilber und Sublimat von der Pflanze aufnehmen. Alle diese Stoffe wirken, wenn sie in irgend größerer Menge in die Pflanze übergegangen sind, als Gifte, viele offenbar weil sie das lösliche Eiweiß des Pflanzensaftes gerinnen machen und dadurch der Säftebewegung, jener unerläßlichen Bedingung des Lebens, ein Ziel setzen.

Wir werden uns nach jenen Versuchen nicht wundern, wenn wir später finden werden, daß Kupfer Blei und Silber in Seetangen, ja das Kupfer sogar im Weizen vorkommt. Denn wir sahen früher, daß Kupfer bisweilen in der Ackererde zugegen ist, während Silber im Meerwasser nachgewiesen wurde.

Den Kupfer-, Quecksilber- und Silbersalzen wird in der Pflanze ein Theil ihres Sauerstoffs entzogen. Die salpetersauren Salze der beiden letztgenannten Stoffe werden nach Vogel sogar zu Metallen reducirt. Ebenso verwandelt sich Sublimat theilweise in Calomel [1]).

Wir begegnen hier zum ersten Mal einer im Pflanzenreich weit verbreiteten Reigung, auf welche sich zwar keine ganz allgemein gültige, aber doch eine vielfach durchgreifende Unterscheidung des pflanzlichen Stoffwechsels vom thierischen gründen läßt, nämlich der Reigung zur Desorybation. In Bezug auf den Sauerstoff kann man die Macht des thierischen Lebens messen nach dem Verbrauch, die Macht des pflanzlichen Lebens nach der Entwicklung.

In den ersten Anfängen der Organisation muß die Materie einen Theil ihres Sauerstoffs verlieren.

## §. 11.

Wenn wir die obige Reihe der anorganischen Stoffe, welche man durch den Versuch der Pflanze hat zuführen können, aufmerksam durchgehen, dann vermissen wir von allen wesentlichen anorganischen Bestandtheilen der Ackererde nur die Kieselsäure, die Phosphorsäure und die Kohlensäure, von den Zündern nur das Fluor.

Versuche, die den Uebergang von Kieselsäure oder von Fluorcalcium in die Wurzel beweisen könnten, sind nicht bekannt. Die Möglichkeit des Uebergangs steht aber fest. Denn von der Kieselsäure weiß man, daß sie in der Form eines löslichen Kalisalzes in der Ackererde vorkommt, und Georg Wilson hat gezeigt, daß Wasser von 15°C im Stande ist $\frac{1}{16645}$ seines Gewichtes an Fluorcalcium gelöst zu erhalten. Mit dem Wärmegrade steigt auch die Menge, die das Wasser zu lösen vermag [2]).

---

1) Mulder, Versuch einer allgemeinen physiologischen Chemie, übersetzt von Jac. Moleschott, S. 659, 660.

2) Erdmann und Marchand, Journal für praktische Chemie Bd. XLVI, S. 114.

Für die Phosphorsäure und die Kohlensäure besitzen wir lehrreiche Versuche von Lassaigne, welche ihre Aufnahme in Verbindung mit Kalk unmittelbar erhärten, ganz in der Weise, wie dies
früher schon Liebig gelehrt hatte [1]). Lassaigne hat durch Wägung gefunden, daß kohlensäurehaltiges Wasser von 10° C., bei mittlerem Luftdruck, $\frac{1}{7838}$ seines Gewichtes an basisch phosphorsaurem
Kalk der Knochen auflöst. Der reichliche Kalkniederschlag, der sich in
manchen Gewässern bildet, wenn man ein paar Tropfen Kali hinzusetzt, ist ein Beweis, wie die Gegenwart der Kohlensäure, die durch
das Kali gebunden wird, vorher den Kalk gelöst hielt. Uebrigens
braucht man ja nur durch Kochen die Kohlensäure eines solchen Wassers auszutreiben, um die Entstehung des bekannten Kesselsteins zu
beobachten. Nach Maumené's Versuchen gewähren die Salze des
Wassers der Kohlensäure eine thätige Hülfe [2]), nach Liebig vorzugsweise das Kochsalz und die Ammoniaksalze. Liebig hat bereits vor
vielen Jahren gemeldet, daß sich der phosphorsaure Kalk in Wasser,
welches schwefelsaures Ammoniak enthält, ebenso leicht löst, wie der
Gyps [3]).

Lassaigne säete nun ausgezeichnet schöne Weizenkörner in
zwei verschiedene Gläser, die er mit gereinigtem Kieselsand gefüllt
hatte. Das eine Gefäß wurde mit kohlensäurehaltigem Wasser begossen, das phosphorsauren und kohlensauren Kalk gelöst enthielt, das
andere nur mit kohlensäurehaltigem Wasser. Die Körner keimten
unter Glocken bei einer Temperatur von 10—12° C. Die Pflänzchen, denen die Kalksalze geboten waren, wurden nicht nur höher,
grüner, überhaupt selbst für eine oberflächliche Betrachtung kräftiger
entwickelt, sondern sie hinterließen bei der Verbrennung auch mehr
Asche, in Einem Versuch sogar fünfmal mehr, als die Pflänzchen, die
des phosphorsauren und kohlensauren Kalks entbehrten. Jene Asche
enthielt aber phosphorsauren und außerdem kohlensauren Kalk, während die Menge des Kalks in der Asche der Pflänzchen, die bloß mit

---

1) Vgl. Liebig in seinen Annalen Bd. LXI, S. 128.

2) Journ. de pharm. et de chim., 3e sér. T. XVIII, p. 247.

3) Liebig, die Chemie in ihrer Anwendung auf Agricultur und Physiologie,
sechste Auflage. S. 158.

4 *

kohlensäurehaltigem Waffer begossen wurden, außerordentlich wenig
betrug [1]).

### §. 12.

So weiß man denn, — mit Ausnahme der Kieselsäure und
des Fluors, — von allen Basen, Säuren und Zündern, die ich oben
als wesentliche Bestandtheile des Ackers bezeichnete, durch unmittelbaren Versuch, daß sie in die Pflanzenwurzel übergehen können. Und
damit ist die eine Forderung erfüllt, die man an jene Stoffe stellen
muß, um sie für Nahrungsstoffe der Pflanzen erklären zu können.

Allein außer der Aufnahme muß auch erwiesen sein, daß diese
anorganischen Bestandtheile des Ackers als solche oder nachdem sie gewisse Veränderungen erlitten haben, den Saft und die Gewebe der
Pflanzen bilden helfen.

Die Veränderungen, welche die Salze und die Verbindungen
der Alkalimetalle, des Calciums, Magnesiums und Eisens mit Zündern in der Pflanze erfahren, sind von untergeordneter Natur. Sie
dürfen bei der hier zu beantwortenden Frage um so eher vernach-
läffigt werden, als sich die in Rede stehenden Stoffe in der Pflanzenasche unmittelbar als solche erkennen lassen. Ich finde z. B. in
der Pflanzenasche Schwefelsäure und Kali, gleichviel ob das aufgenommene schwefelsaure Kali noch als solches in der Pflanze zugegen
war, oder etwa sein Schwefel zur Erzeugung eines eiweißartigen Körpers verwendet wurde, während sich das Kali vielleicht mit einer
organischen Säure verband.

Der Beweis, daß diese anorganischen Bestandtheile der Ackererde wirklich Nahrungsstoffe der Pflanzen sind, ist deshalb unmittelbar geliefert, wenn man weiß, daß sie ohne Ausnahme, bald mehr,
bald weniger reichlich in den verschiedensten Pflanzen vorkommen. In
der Lehre von den anorganischen Stoffen der Pflanzen werden wir
sehen, daß auch das Fluor spurweise in den Pflanzen vertreten ist,
daß aber die Kieselsäure dem Gewicht nach einen der hauptsächlichsten
Baustoffe des Pflanzenleibes auszumachen pflegt.

Für das Vorkommen von Kali, Natron, Kalk, Bittererde, Ei-

---

1) Laffaigne in Ann. de chim. et de phys. 3e sér. T. XXV, p. 346 et suiv.

senoxyd, Phosphorsäure, Schwefelsäure, Kieselsäure und Chlor können uns die Samen des Weizens als Beispiel dienen. Der Blumenkohl und der Schnittsalat enthalten Mangan, der Boratsch Salpeter, die Gerste Fluor, die Brunnenkresse Jod.

## §. 13.

Daß den Pflanzen auch organische Stoffe zur Nahrung gereichen können, wird zunächst wahrscheinlich durch die zahlreichen Schmarotzer. Wer aber die Aufnahme organischer Stoffe durch die Pflanzen umsichtig in Frage stellt, wird den Conserven auf Goldfischen, Wassersalamandern und Fröschen, den Pilzen kranker Kartoffeln, kranter Schleimhäute und der Oberhaut oder den Pilzen und Conserven, welche J. Müller sogar in den Lungen der Vögel beobachtete, keine eigentliche Beweiskraft zuerkennen. Denn ganz läßt sich der Zweifel nicht abwehren, ob alle jene organischen Grundlagen nicht einen günstigen Boden für die Entwicklung niederer Pflanzengebilde darstellen, aus anderen Gründen, als weil diese organische Nahrungsstoffe aus denselben erhalten.

Ein entschiedeneres Verhältniß scheint aber zwischen der in England so bekannten trocknen Fäule des Holzes (dry rot) und einem Pilze, dem Merulius destructor, zu herrschen. Die Fäden dieses Pilzes durchdringen das ganze Holz und es hat allen Anschein, als wenn das Eiweiß und die in Dextrin verwandelte Cellulose und Stärke des Holzes unmittelbar in die Fäden des Merulius übergingen.

Wäre der Pilz in Folge der Fäulniß entstanden, so würde sich schwer begreifen lassen, daß Holzstücke, die von der trocknen Fäule in hohem Grade ergriffen sind, mit gesunden Stücken, in welche vorher eine Sublimatlösung in eine Tiefe von wenigen Linien eindrang, verbunden werden können, ohne daß die Krankheit um sich greift. Durch den Sublimat geräth die Ernährung ins Stocken [1].

Schwabe hat die Wirkung des Merulius auch an Boletus destructor beobachtet.

Die Muscardine der Seidenwürmer (Botrytis bassiana) entwickelt sich nach Guérin Meneville aus Körnchen der Blutkör-

---

1) Kalber, a. a. O. S. 690—692.

perchen dieser Raupen [1]). Die Körnchen durchbohren die Hülle der
Blutzellen. Und während sie sich bei gesunden Thieren in neue Blutkörperchen verwandeln, gehen sie bei kranken Würmern in Pilzfäden
über, deren Entwicklung dieselben durch alle Organe verbreitet und
Verhärtung, Aufsaugung der Säfte, kurz alle Erscheinungen der
Muscardine hervorbringt. Nach den neuesten Mittheilungen des
genannten Forschers ist beim Schmetterling der Seidenraupe die Entwicklung jener Pilze aus den Blutkörperchen, welche sich in den Raupen manchmal zu früh als Krankheit ereignet, der regelmäßige Untergang des Bluts [2]).

Wenn nun Sarcophyte und Ombrophytum Gefäße besitzen, welche in Gefäße der Mutterpflanze einmünden, wenn Viscum, Misoden-
dron, die Loranthaceen unter die Rinde ihrer Mutterpflanzen lange
Wurzeln hinabsenden, wird es dann nicht wenigstens zu einem sehr
hohen Grade der Wahrscheinlichkeit geführt, daß in allen hier erwähnten Fällen der mütterliche Boden auch eine Quelle organischer
Nahrung ist? daß also jene Pilze und Conferven den Namen ächter
Schmarotzer verdienen?

Freilich giebt es Versuche, die beweisen sollen, daß Zucker und
Gummi nicht von den Pflanzenwurzeln aufgenommen werden. Davon sind aber gewiß weder Zucker und Gummi, noch auch die Wurzeln die Ursache, sondern lediglich die Dichtigkeit der Lösung, in welcher man organischen Stoffe der Wurzel dargeboten hat.

## §. 14.

Die sogenannte Essigmutter, (Mycoderma, Persoon), deren
Elementarzusammensetzung nach Mulder's Analyse etwa Einem
Aequivalent Eiweiß und vier Aequivalenten Zellstoff entspricht, geht
aus dem Eiweiß und der Essigsäure des Essigs hervor. Sie enthält
nach Mulder gar keine anorganische Bestandtheile [3]).

---

1) Comptes rendus, T. XXIX, p. 501, 502.
2) Comptes rendus, T. XXXI, p. 277, 278 (Août 1850).
3) Scheikundige onderzoekingen gedaan in het laboratorium der Utrecht-
sche hoogeschool, Deel I, p. 539 en volg.

Wenn man die Wurzeln einer Pflanze in eine Lösung von Gerbsäure taucht, dann gerinnt das Eiweiß in denselben. Die Pflanze
stirbt, aber die Gerbsäure wird aufgenommen (Payen).

In einer Auflösung von huminsaurem Ammoniak sieht man sehr
rasch Pilze entstehen (Mulder). Ich beobachtete dasselbe in überraschend kurzer Zeit in einer Auflösung der Kalisalze von Huminsäure,
Quellsatzsäure und Quellsäure.

Sind hier die Huminsäure, die Quellsäure, die Quellsatzsäure als
Nahrungsstoffe zu betrachten, welche die Entwicklung der Pilze befördern?

Eine mittelbare Bejahung dieser Frage scheinen manche längst
bekannte Beobachtungen zu enthalten.

Zunächst sind viele Flechten, die auf Mauern und Felsen wachsen, aus denen sie keine Ammoniaksalze der Humussäuren aufnehmen
können, arm an Stickstoff (Mulder) [1].

Andererseits kommen in unseren Gegenden die Feldfrüchte ohne
Humus nicht zu gehöriger Entwicklung. Wenn Erica-Arten den Hei-
degrund mit einer Humusschichte versehen haben, gedeihen Tannen.
Aber erst nachdem Tannen und Dünger die Heide in fruchtbares
Ackerland umwandelten, ist an Getreidebau zu denken. Weizen, Roggen, Erbsen, kurz diejenigen Pflanzen, deren Samen den größten
Reichthum an eiweißartigen Körpern besitzen, erfordern Humusstoffe,
huminsaure, quellsaure, quellsatzsaure Ammoniaksalze, wenn ihre natur-
gemäße Mischung zu Stande kommen soll.

Vor der Beweiskraft dieser Beobachtungen läßt sich wenigstens
ein günstiger Einfluß der Humusstoffe auf das Gedeihen der Pflanzen
nicht bezweifeln.

Liebig aber, der seit dem ersten Erscheinen seiner organischen
Chemie in ihrer Anwendung auf Agricultur und Physiologie die
Aufnahme organischer Stoffe durch die Pflanzen fort und fort läug-
net, sucht jenen unbestreitbaren Nutzen darin, daß sich die Humus-
säuren in Kohlensäure und Wasser zersetzten. Die Kohlensäure, die in
Folge dessen in die Wurzeln übergehe, sei die wirksame Ursache des
Wachsthums der Pflanzen.

Ist diese Vorstellung richtig, dann muß den Pflanzen kohlensäurehaltiges Wasser ebenso nützlich sein, wie eine Lösung humus-

1) Physiologische Chemie S. 709.

saurer Salze. Wiegmann sah aber Samen von Nicotiana Tabacum und Lupinus luteus schneller aufgehen in humushaltiger Ackererde, die bloß mit Regenwasser befeuchtet war, als in anorganischen Stoffen, die er mit kohlensäurehaltigem Wasser benetzte. Für Calluna vulgaris, Mentha crispa, Polygonum fagopyrum, Lychnis flos cuculi, Parnassia palustris, Cardamine pratensis hatten diese Versuche denselben Erfolg.

Wenn nun die Kohlensäure die Ursache der kräftigeren Entwicklung nicht ist, dann bleibt nur das Ammoniak übrig, dem man die Wirkung zuschreiben könnte, wenn die Pflanzen wirklich keine organische Nahrung aufnehmen. Allein auch gegen diese Annahme hat der Versuch entschieden. Mulder fand nämlich eine Mischung von Sand, 1 Procent Holzasche mit Ulminsäure, die er aus Zucker bereitet hatte, oder mit Huminsäure aus Gartenerde, ohne Ammoniak, ebenso vortheilhaft für das Gedeihen von Bohnen, Erbsen, Gerste und Hafer, wie wenn er in derselben Mischung die Huminsäure oder die Ulminsäure durch die Ammoniaksalze der verschiedenen Humussäuren ersetzte.

So blieben denn nur unmittelbare Versuche zu wünschen, welche den Uebergang der Huminsäure, der Quellsäure und Quellsatzsäure in die Wurzeln bewiesen.

Hartig hat solche Versuche mit ungünstigem Erfolge angestellt. Wenn man aber Bohnenpflänzchen in Röhren, die eine Höhe von drei Zoll und einen Durchmesser von nur vier Linien besitzen, in eine Humuslösung setzt, dann ist wohl ein günstiger Erfolg kaum zu erwarten.

Soubeiran dagegen sah eine kräftige Pflanze von Lapsana communis in einer sehr verdünnten Lösung von humussaurem Ammoniak, in welcher durch längeres Stehen an der Luft alles überflüssige Alkali durch Kohlensäure gesättigt war, acht Tage lang sehr gut gedeihen. Dabei war die Humuslösung viel heller geworden [1]).

Es läßt sich indeß, weil kein Probeglas zum Gegenversuch mit einer bloßen Lösung von humussaurem Ammoniak gefüllt und mit der Lösung der Lapsana communis verglichen ward, jenem Versuch mehr die Bedeutung eines Wahrscheinlichkeitsgrundes als eines eigent-

---

1) Journ. de pharm. et de chim. 3. sér. T. XVII. p. 320 et suiv.

lichen Beweises beimessen. Soubeiran theilt jedoch ausdrücklich mit, daß die Humusstoffe, selbst im feuchten Zustande und der Luft ausgesetzt, äußerst hartnäckig ihre Mischung behaupten.

Vor mir stehen zwei Gläser, etwa vier Zoll hoch und im Durchmesser zwei Zoll messend, in die ich eine Auflösung von huminsaurem, quellsaurem und quellsatzsaurem Kali eingefüllt hatte. Der Lösung des einen Glases setzte ich etwas Diastase zu, um dadurch die etwaige Zersetzung der Humussäuren noch zu begünstigen. In die zweite Lösung setzte ich ein gehörig abgewaschenes, eben aufgegangenes Pflänzchen von Crocus sativus. Nachdem die Lösungen zwölf Tage in einem Zimmer gestanden hatten, in welchem die Temperatur im Durchschnitt 10 bis 12° C. betrug, waren beide auffallend heller geworden. Während sich aber das Glas, welches die Lösung und Diastase enthielt, mit Pilzen bedeckt hatte, waren in der Zwiebel der vortrefflich gedeihenden Crocuspflanze deutliche Spuren von Aufnahme der Humusstoffe zu sehen. Auch die Wurzelfasern, die von der Zwiebel ausgehen und beständig ganz unter die Humuslösung getaucht erhalten wurden, waren im Inneren gelblichbraun gefärbt. Die von der aufgenommenen Humuslösung herrührende Farbe nahm aber gegen die obere Spitze der Zwiebel immer mehr ab. Die Aufnahme der Humuslösung ließ sich also nicht bezweifeln. Daß in dem Glase, welches die Humuslösung und Diastase enthielt, die Farbe ebenfalls heller wurde, ja sogar heller noch als die Lösung mit der Crocus, rührt offenbar von der Schimmelbildung her, die sich auf Kosten der Kalisalze der Humussäuren entwickelte. — In einem anderen Versuch hatte sich nach einigen Wochen die Humuslösung, in welcher die Crocuspflanze wuchs und blühte, im Vergleich zu der anderen Probelösung so auffallend entfärbt, daß sie im Vergleich zu der letzteren braungefärbten nur noch hellgelb genannt zu werden verdiente.

De Saussure endlich hat durch Wägungen die Menge des humussauren Kalis bestimmt, welche Pflänzchen von Bidens cannabina und Polygonum Persicaria aus einer Lösung dieses Salzes aufnahmen. Er brachte die Pflänzchen mit der Lösung in Gefäße, die etwa 1 Zoll im Durchmesser und 7 Zoll in der Höhe maßen. In einem Falle, in welchem die Lösung 7 Centigramm humussaures Kali (18 Milligramm Humussäure) enthielt, waren nach vierzehn Tagen 9 Milligramm der Säure verschwunden. Daß diese wirklich aufgenommen worden, scheint mir nach Soubeiran's und meinen Mit-

theilungen ausgemacht.   Die Wurzeln waren weiß, die Pflanzen
gesund.

Die Humusfäuren werden aber nicht nur aufgenommen, sie
werden auch in wesentliche Stoffe der Pflanze verwandelt.   Denn in
den meisten Fällen sind die Wurzeln im Inneren ganz weiß.   An
meiner Crocuszwiebel verliert sich die braungelbe Farbe der aufgenommenen Lösung um so vollständiger, je weiter die durchgeschnittenen
Stellen von den Wurzelfasern entfernt sind.

Es ist ein zwingender Schluß: auch die Humusfäuren sind als
Nahrungsstoffe der Pflanzen zu betrachten.

## §. 15.

Bei der Mittheilung der obigen Thatsachen bin ich absichtlich
von den bloß wahrscheinlich machenden Belegen, von den in der Physiologie so oft willkürlich gehandhabten Beweismitteln, den sogenannten Argumenten, zu den strengen Beweisgründen fortgeschritten.   Wenn
nun Liebig in einer Darstellung, über die er allen Zauber der ihm
eigenthümlichen Beweisführung ausgebreitet hat, den auch von Ingenhouß aufgestellten Satz, daß die Pflanzen keinerlei organische
Nahrung aufnehmen, zu einem Axiom zu erheben sucht [1], dann scheint
es mir Pflicht, seine Gründe auch hier einer Prüfung zu unterwerfen [2].

Wenn wir die Gründe Liebig's, ihrem allgemeinen Inhalte
nach, genauer zergliedern, dann laffen sie sich zurückführen

1) auf die Möglichkeit einer Aufnahme der Humusstoffe,

2) auf die zu geringe Menge, in der dieselben aufgenommen werden könnten,

3) auf den unerheblichen Nutzen der Humusfäuren, so
weit sie Kohlenstoff liefern sollen,

4) auf die nicht vorhandene Nothwendigkeit einer Aufnahme von organischen Nahrungsstoffen durch die Pflanze.

---

1) Die Chemie in ihrer Anwendung auf Agricultur und Physiologie, von Justus Liebig, sechste Auflage, Braunschweig 1846, S. 6 u. folg.

2) Ich habe jene Prüfung ausführlich vorgenommen in meiner kritischen Betrachtung von Liebig's Theorie der Pflanzenernährung, Harlem 1848.

1. Weil man die Eigenschaften der künstlichen Humussäure ohne Weiteres auf die natürliche übertragen habe, weil die Humussäure selbst im frisch niedergeschlagenen Zustande nur in 2500 Gewichtstheilen Wasser löslich sei und diese Löslichkeit verliere, so wie sie trocken werde, deshalb bestreitet Liebig überhaupt die Möglichkeit ihres Ueberganges in die Pflanzenwurzel. Ich habe oben die Eigenschaften der Huminsäure, der Geïnsäure, der Quellsäure und der Quellsatzsäure ausführlich beschrieben. Diese Säuren sind im Boden, also im natürlichen Zustande, zum größten Theil an Ammoniak, zu einem weiteren Theile an feste Alkalien gebunden. Sprengel aber meldete schon, daß das humussaure Kali in seinem halben, das humussaure Ammoniak in seinem einfachen Gewichte Wasser löslich ist. Ich kann diese Löslichkeit nach den Angaben Mulder's und aus eigner wiederholter Erfahrung bestätigen. Damit fällt aber der Einwurf, der die Möglichkeit der Aufnahme der Humussäuren und der Quellsäuren bezweifelt.

2. Nach Liebig wäre die Wassermenge, die im Durchschnitt auf den Boden fällt, zu klein, um eine gehörige Menge der Humusstoffe in gelöstem Zustande der Pflanzenwurzel darzubieten. Liebig berechnet aber nur die 700,000 Pfund Regenwasser, die in den Monaten April, Mai, Juni, Juli nach Schübler Einem Morgen Land bei Erfurt zu Theil werden. Er vernachlässigt die eigentlichen Regenmonate März, October, November, er vernachlässigt Thau und Schnee. Und was die Hauptsache ist, Liebig stützt sich bei der ganzen Beurtheilung des Verhältnisses der Wassermenge zu der Löslichkeit der Humusstoffe auf den humussauren Kalk, der 2000 Theile Wasser erfordere um gelöst zu werden. Nach der Menge des Kalks, welche die Pflanzenasche enthält, bestimmt er dann die Menge der Humussäure, welche die Pflanze aus der Ackererde aufgenommen habe. Und doch ist das huminsaure Ammoniak nicht nur das allerhäufigste, sondern nach dem huminsauren Kali auch das allerlöslichste der humussauren Salze. Das Ammoniak findet sich in der Asche nicht wieder. Darum läßt sich die Menge der aufgenommenen Humussäuren nach den Basen, die in der Asche vorhanden sind, unmöglich beurtheilen.

3. „Wo nimmt,“ fragt Liebig, „das Gras auf den Wiesen, „das Holz in dem Walde seinen Kohlenstoff her, da man ihm keinen „Kohlenstoff als Nahrung zugeführt hat, und woher kommt es, daß

„der Boden, weit entfernt, an Kohlenstoff ärmer zu werden, sich
„jährlich noch verbessert?"

„Jedes Jahr nehmen wir dem Walde, der Wiese eine gewisse
„Quantität von Kohlenstoff in der Form von Heu und Holz, und
„demungeachtet finden wir, daß der Kohlenstoffgehalt des Bodens
„zunimmt, daß er an Humus reicher wird" [1].

Weil nicht cultivirtes Land auch ohne Dünger so viel Kohlenstoff erzeuge, wie vom gedüngten Acker gewonnen wird, weil der
Boden des Waldes an Humus reicher wird, statt zu verlieren, deshalb schließt Liebig, daß der Nutzen des Humus, so weit er Kohlenstoff liefern soll, nicht erheblich genannt werden könne. Sind denn
nicht die Stoppeln der Wiese Dünger und die herabfallenden Blätter auch?

Durch Laubrechen wird der Holzertrag des Waldes vermindert
(Hundeshagen), und nach Block liefert ein ungedüngter Boden 418
Pfund Kohlenstoff, wenn der Ertrag einer gleichen Fläche gedüngten
Ackers sich auf 1848 Pfund beläuft.

Sollten da die Humussäuren nicht wirklich in organischer Form
in die Wurzeln übergehen? Es läßt sich nicht bezweifeln. Die Huminsäure schreitet langsam in der Verwesung fort, und es ist falsch,
wenn de Saussure behauptet, daß der Acker so viel Kohlensäure
aushaucht, wie er Sauerstoff aufnimmt [2]. Ein Theil der Humussäuren ist in das letzte Erzeugniß der Verwesung verwandelt und dringt
als Kohlensäure in die Wurzel. Die größere Hälfte wird als Huminsäure, als Quellsatzsäure, als Quellsäure aufgenommen.

4. In der Erörterung des vierten der oben genannten Gründe
erreicht der Glanz der Liebig'schen Darstellung seinen Höhepunkt,
und doch ist sie logisch die schwächste von allen.

Weil die Pflanzen in der Schöpfungsgeschichte eher waren als
der Humus, weil der ganze Ertrag des Kohlenstoffs aus der Kohlensäure der Luft kann abgeleitet werden, deßhalb wird von
Liebig die Nothwendigkeit des Humus für die Pflanzen bestritten.
Und das mit Recht. Darum aber, weil die Pflanzen ihren sämmtlichen Kohlenstoff aus der Luft beziehen könnten, zu behaupten, daß

---

1) A. a. O. S. 15, 16.
2) Vgl. oben S. 14.

ſie dieß auch wirklich thun, das iſt nicht anders, als wenn ich behaupten wollte, daß der Menſch mit bloßem Fleiſche ſich ernähren muß, weil er mit Fleiſch allein ſein Leben friſten kann. Es iſt die Möglichkeit mit der Nothwendigkeit verwechſelt.

## §. 16.

Da die Pflanzen die Beſtandtheile des Ackers nur in gelöſter Form aufnehmen, ſo verſteht es ſich von ſelbſt, daß die Waſſerpflanzen dieſelben Stoffe auch aus den Gewäſſern ſchöpfen können.

Andererſeits nehmen alſo auch die Land- und Waſſerpflanzen beſtändig Waſſer auf, ohne welches die Bewegung der verſchiedenen Stoffe, die Hauptbedingung aller Ernährung, gar nicht möglich wäre.

Das Waſſer verharrt aber in der Pflanze nicht ſeiner ganzen Menge nach als Waſſer, das die Bewegung gelöſter Stoffe vermittelt. Ein nicht unbedeutender Theil dieſes Waſſers wird zerſetzt. Indem es in die organiſchen Verbindungen der Pflanze eingeht, verliert es nach und nach ſeinen Sauerſtoff. Das Waſſer wird reducirt, der Waſſerſtoff wird feſtgelegt.

Es folgt dieß unmittelbar aus der Betrachtung der chemiſchen Conſtitution der allgemein verbreiteten organiſchen Pflanzenſtoffe. Denn mit Ausnahme der ſtärkmehlartigen Körper enthalten dieſe, die eiweißartigen Körper, die Fette und die Wachsarten, einen ſo bedeutenden Ueberſchuß des Waſſerſtoffs über den Sauerſtoff, daß ſie unmöglich aus unzerſetztem Waſſer hervorgegangen ſein können. Nur in den ſtärkmehlartigen Verbindungen entſpricht die Waſſerſtoffmenge im Vergleich zum Sauerſtoff dem Waſſerbildungsverhältniſſe.

Jedoch nicht bloß dieſe allgemeine Betrachtung, ſo überzeugend ſie auch ſein mag, ſondern beſtimmte Zahlen, die keinem Zweifel Raum laſſen, beweiſen die Zerſetzung des Waſſers in der Pflanze. Wenn man den Sauerſtoffgehalt eines Hektars Wald mit dem Waſſerſtoff dieſer Holzmaſſe vergleicht, dann findet man, ſelbſt in der Vorausſetzung, daß aller Stickſtoff in der Geſtalt von Ammoniak, alſo zu 1 Aeq. Stickſtoff verbunden mit 3 Aeq. Waſſerſtoff, in die Pflanze eingetreten ſei, die Sauerſtoffmenge des Holzes viel zu gering, um mit dem Waſſerſtoff deſſelben Waſſer zu bilden. Wenn man aber von dem Waſſerſtoffgehalt des Hektars Wald für je 1 Aeq. Stickſtoff 3 Aeq. Waſſerſtoff abzieht, dann kann die Maſſe des übrig bleibenden

Wafferstoffs nur vom Waffer herrühren. Denn die Menge der aufge= nommenen Humusstoffe ist zu klein — man denke an de Saus= fure's Wägungen —, um mehr als einen kleinen Theil des Waf= ferstoffs zu liefern. Mit Einem Worte: die Aequivalentzahl des in Holz enthaltenen Wafferstoffs ist größer als die Summe der Sauer= stoffäquivalente und der dreifachen Zahl des Stickstoffs:

$$H > O + 3N \text{ (Chevandier)}[1].$$

Und der größere Theil des Wafferstoffüberschuffes, wenn man O + 3N von H abzieht, kann nur zerlegtem Waffer feinen Ursprung verdanken.

Deshalb wird das Waffer nicht bloß aufgenommen, es ist im Safte nicht nur ein Mittel der Bewegung, fondern es wird auch im strengsten Sinne des Worts in die Gewebe der Pflanzen verwandelt. Das Waffer ist einer der wichtigsten Nahrungsstoffe der Pflanzen[2].

## §. 17.

Daß die Ackererde und das Waffer in weiter Bedeutung den Namen von Ernährungsquellen verdienen, ist somit erwiefen.

Was aber entnehmen die Pflanzen der Luft?

Nach den allgemeinen Gesetzen der Diffusion der Gafe mußte man eine Aufnahme des Stickstoffs und Sauerstoffs der Luft von vorne herein erwarten. Und so hat es Draper, ein Forscher des jugendlich aufblühenden, auch in der Wiffenschaft über Nacht wach= fenden Amerika, der sich Liebig und Mulder würdig an die Seite stellt, in der That gefunden. Die Luft der Spiralgefäße ist ein Ge= menge von Stickstoff und Sauerstoff, in welchem aber der Stickstoff= gehalt größer ist als in der Atmosphäre. Ich weiß wohl, daß Dra= per diefen Stickstoff von einer Zerfetzung stickstoffhaltiger Bestandtheile der Pflanze herleitet. Und daß ein Theil diefes Stickstoffs wirklich in den Pflanzen entwickelt wird, läßt sich durchaus nicht bezweifeln, da Draper Pflanzentheile, denen er die eingeschloffene Luft entzogen hatte, in kohlensäurehaltigem, sonst aber luftfreiem Waffer Stickstoff ausscheiden fah.

---

1) Mulder, a. a. O. S. 721.

2) Vgl. meine Kritische Betrachtung von Liebig's Theorie der Pflanzenernäh= rung. S. 50.

Andererseits ist es ebenso gewiß, daß ein Theil jenes Stickstoffs, den man aus Pflanzen im luftleeren Raum entfernen kann, von außen aufgenommen wurde. Schon de Saussure, der wichtigste Gewährsmann in allen hierher gehörigen Fragen, hatte gefunden, daß die Pflanzen mehr Stickstoff liefern können, als ihrem ganzen Gehalt an stickstoffhaltigen Körpern entspricht.

Dadurch gewinnen die in neuester Zeit von Ville angestellten Versuche eine ganz besondere Wichtigkeit. Ville hat Samen gesäet in geeignete anorganische Mischungen und brachte die zubereiteten Töpfe unter luftdicht geschlossene Glocken, denen er mit frischer Luft eine geeignete Menge Kohlensäure zuführte. Die Ammoniak-Menge, welche in der den Pflanzen zur Verfügung stehenden Luft enthalten war, betrug in vier Monaten, während welcher der Versuch fortgesetzt wurde, kaum 1 oder 2 Centigramm. Da nun die Gemenge anorganischer Stoffe, welche die Samen aufgenommen hatten, kein Ammoniak enthielten, und da Ville dennoch die Pflanzen vortrefflich gedeihen sah, so läßt sich eine Aufnahme und Verarbeitung des Stickstoffs der Luft gewiß nicht bezweifeln, wenn es gleich sehr zu wünschen bleibt, daß Ville später Zahlen mittheilen möge, um den Stickstoffgehalt der Pflänzchen mit dem der Samen zu vergleichen [1]. Mène hat kürzlichst wirklich eine Zunahme des Stickstoffgewichts unter ähnlichen Verhältnissen beobachtet, und zwar an Erbsen und Waizen [2].

Auf das nächtliche Einsaugen von Sauerstoff durch die Pflanzen hat längst schon Grischow die Aufmerksamkeit gerichtet. Ebenso bekannt ist es, daß alle nicht grünen Theile der Pflanzen, der keimenden Samen, Schwämme und Pilze der Atmosphäre Sauerstoff entnehmen, während sie Kohlensäure aushauchen. An vereinzelten Oxydationserscheinungen fehlt es, bei allem Vorherrschen der Reduction, der Pflanze nicht.

Durch die Aufnahme der humussauren und quellsauren Ammoniaksalze ist aber die mittelbare Betheiligung der Hauptgase der Luft an dem Aufbau der Pflanzen auf das Hellste beleuchtet. Indem der Sauerstoff die Ueberbleibsel organischer Körper immer weiter der Verwesung entgegenführt, indem sich der Stickstoff im Humus verdichtet zu Ammoniak und der Gewitterregen den Stickstoff mit dem Sauer-

---

1) Vgl. Ville in Comptes rendus XXXI, p. 578—580.
2) Mène in Comptes rendus XXXII, p. 180.

stoff zu Salpetersäure verbunden den Pflanzen zuführt, sieht man auch den luftigen Gürtel der Erde sich mischen mit Schlamm und Dünger, und durch diesen ewigen Austausch wimmeln die Erdkruste und die Gewässer von immer neuem Leben. Die schwarze Dammerde geht auf in stets erneuter Farbenpracht.

### §. 18.

Es ist eine der unvergeßlichsten Leistungen in der Physiologie, daß Senebier den Beweis lieferte, die Kohlensäure der Luft gereiche den Pflanzen zur Nahrung[1]. Legt man Blätter oder andere grüne Theile der Pflanzen in kohlensäurehaltiges Wasser, dann entwickeln sie im Lichte Sauerstoff, so lange bis der Vorrath der Kohlensäure verschwunden ist. Priestley, Spallanzani, de Saussure und Davy machten dieselbe Beobachtung. Und Draper hat später gezeigt, daß die Pflanzentheile auch in Lösungen von kohlensaurem Kali, anderthalb kohlensaurem Kali und kohlensaurem Ammoniak Sauerstoff aushauchen. Sie zerlegen die kohlensauren Salze so gut wie die freie Kohlensäure.

Indem de Saussure nachwies, daß das Gewicht der Pflanze in Folge der Aufnahme und Zersetzung der Kohlensäure zunimmt, hat er alle Rechnungen überflüssig gemacht, die da beweisen sollen, daß die Pflanzen ohne die Kohlensäure der Luft ihren Leib nicht schaffen können.

Durch die Dunkelheit der Nacht wird die Zerlegung der Kohlensäure gehemmt. Die Blätter saugen im Finstern sogar Sauerstoff ein, indem sie Kohlensäure ausscheiden (Ingenhouß, de Saussure, Grischow), und nach Garreau beginnt die Aufnahme von Sauerstoff bereits in der Dämmerung oder sogar im Schatten[2].

Trotzdem verringern die Pflanzen beständig die Kohlensäure der Luft. Unter dem Eise sammelt sich aus Wasserpflanzen eine bedeutende Menge Sauerstoff an (Liebig). Die Entwicklung bei Tag übertrifft die Aufnahme des Sauerstoffs in der Nacht.

---

1) Senebier's Untersuchungen sind unter Anderem in seiner Physiologie végétale, Tome III, p. 148—167, 184—281, mitgetheilt. Sie sind ein Muster der Forschung für alle Zeiten. Senebier trug sich seit 1788 mit dem Gedanken, daß die Kohlensäure die Hauptnahrung der Pflanzen sei. A. a. O. S. 151.
2) Garreau in Comptes rendus XXXII, p. 298, 299.

In der Luft von Hülsenfrüchten fanden Calvert und Ferrand mehr Kohlensäure als in der Atmosphäre, mehr bei Nacht als bei Tag, in der Finsterniß mehr als im Lichte.

Die Sauerstoffmenge in der Luft der Pflanzen kann bald in der Nacht größer sein als am Tag, bald umgekehrt. Die Luft aus Heracleum sphondylium, Angelica Archangelica, Ricinus communis, Dahlia variabilis, Arundo donax, Leicesteria formosa, Sonchus vulgaris war Nachts reicher an Sauerstoff, während bei Tag in der Luft der Hülsenfrüchte eine größere Menge Sauerstoff enthalten war als bei der Nacht (Calvert und Ferrand). In beiden Fällen entwickelt die Pflanze Sauerstoff im Licht. Bei jenen Pflanzen erfolgt nur die Ausscheidung minder rasch oder die nächtliche Aufnahme in größerer Fülle.

Darum also sind die Pflanzen Kinder des Lichtes, in dem Farben und Gedanken erglühen. Darum wachsen Flechten auf Felsen und Gemäuer, denen sie keine Spur organischer Nahrung entnehmen. Darum grünt die Wiese ohne Dünger und die Wälder speichern Kohlenstoff auf in Vorräthen, die auch der humusreichste Boden allein nicht liefern könnte. Auf Kosten der Luft bereichert sich die Erde, und es mehrt sich das organische Leben an ihrer Oberfläche trotz der Gewalt des Sauerstoffs, der immer zehrt an Menschen und Thieren, wie an den Leichen der Pflanzen.

Aber was der Sauerstoff verbrannt hat, kehrt in die Luft zurück. In Jahrtausenden wird die Atmosphäre kaum ärmer an Kohlensäure. Indem durch hunderterlei allmälige Verwandlungen der Kohlenstoff in der Pflanze gebunden wird, entwickelt sich der Sauerstoff freier und freier, der von Neuem das Element findet, das er so eben verlassen mußte.

Die Lebensluft des Thiers verwandelt die Thiere in Kohlensäure. Den Nahrungsstoff der Pflanze vertauscht die Pflanzenwelt mit der Thiere Lebensluft.

Das ist die Folgerichtigkeit von Ursache und Wirkung, die in kreisender Gegenseitigkeit das Leben der Pflanzen an die Thiere, das Denken der Thiere an die Pflanzen knüpft.

Diese Erkenntniß ist Senebier's That, eines edlen Gottesgelehrten, der den Begriff Gottes in ächt realistischer Weise suchte bei der Mutter der Bibel — und so die Menschheit um einige unsterbliche Wahrheiten bereicherte.

§. 19.

Wenn Flechten auf felsigem Boden Eiweiß enthalten, so muß die Luft die Quelle ihres Stickstoffs sein.

Dadurch gewinnt es an Bedeutung, daß Calvert und Ferrand in der Luft von Leicesteria formosa, Ricinus communis, Phytolacca decandra, in den Hülsen von Colutea arborescens eine durch Platinchlorid bestimmbare Menge Ammoniak nachweisen konnten. Während die Atmosphäre bei Tag weniger Ammoniak enthält als bei Nacht (Fresenius), fanden jene beiden Forscher in der Pflanzenluft Nachts weniger als am Tage. Um ein ursächliches Verhältniß zwischen jenem Wechsel der Ammoniakmengen zu beweisen, fehlen nur unmittelbare Versuche, welche eine Verringerung des Ammoniaks der Luft durch höher organisirte Pflanzen über allen Zweifel erheben.

Die Flechte lebt von Kohlensäure, Ammoniak und Wasser. Sie lebt von der Luft. Also ist die Möglichkeit einer Aufnahme von Ammoniak aus der Atmosphäre für nicht gerade wenig zahlreiche Fälle erwiesen.

§. 20.

Weil das Eiweiß Schwefel enthält, den viele Flechten der Luft verdanken, so müßte deshalb schon eine Aufnahme des Schwefelwasserstoffs aus der Atmosphäre zugegeben werden.

Huraut hat diese Schwefelquelle für die Cruciferen aufgedeckt, und Vogel fand in einer Pflanze von Lepidium sativum, die er in schwefelfreiem Boden zog, 15 mal mehr Schwefel als die Samen enthielten.

So könnte denn die Luft die Erde schaffen. Vor sechstausend Jahren erschien der unerfahrenen Menschheit die Luft ein Nichts.

# Die Bildung der allgemein verbreiteten Bestandtheile der Pflanzen.

# Zweites Buch.

## Die Bildung der allgemein verbreiteten Bestandtheile der Pflanzen.

### Einleitung.

Hin und wieder hat man sich bestrebt, den Saft der Pflanzen mit dem Blut der Wirbelthiere zu vergleichen. Viel treffender wäre der Vergleich mit dem Saft, der bei den Anthozoen aus den Oeffnungen des Magengrundes in die Leibeshöhle, bei den Quallen in fest begrenzte Kanäle überfließt.

Denn in den meisten Säften der Pflanzen steht der gelöste Inhalt, den sie führen, auf einer niederen Stufe der Verarbeitung, und es fehlt ihnen jedenfalls die große Aehnlichkeit der Mischung, die dem Blut der Wirbelthiere ein so übereinstimmendes Gepräge ertheilt.

Der Pflanzensaft ist gewöhnlich nur der Chylus, den die Thiere in ihren Verdauungswegen führen. Zu eigentlichem Blut gelangt die Pflanze nicht, so wenig wie zu Nerven.

Darum sind die Säfte der Pflanzen so unendlich verschieden. Ihre Mannigfaltigkeit bezieht sich nicht bloß auf Art und Gattung, auf Jahreszeit und Himmelsstrich, Wetter und Boden, nicht bloß auf die Zeit des Tages, auf die einzelnen Werkzeuge des Pflanzenleibes, sondern auch auf die Höhe des Stamms oder des Stengels, welcher der Saft entnommen wurde.

So fand Knight in Acer platanoides den Saft um so dichter, je weiter derselbe über dem Boden angesammelt wurde. Das specifische Gewicht betrug am Boden 1,004, zwei Meter über dem Boden

1,008, und in einer Höhe von vier Metern 1,012. Der Saft der Birke wird um so reicher an Zucker, je höher er in dem Baum gestiegen ist.

An Blättern und Stengeln hoch oben am Stamm wird der Saft beständig eingedickt durch die Verdunstung. Dadurch wird die endosmotische Bewegung der im Acker gelösten Stoffe in der Wurzel beschleunigt. Die Wurzelfasern nehmen verdünntere Lösungen auf. Und je weiter abwärts man den Stengel untersucht, um so geringer findet man die Dichtigkeit.

Zu der Ortsbewegung des Safts gesellt sich die Umlagerung der Molecule in den Stoffen, die er gelöst erhält. Stärkmehl und Dextrin verwandeln sich in Zucker. Die Zuckermenge nimmt nach oben zu.

Während Biot in sehr vielen Pflanzensäften Rohrzucker, Traubenzucker, Dextrin und Eiweiß nachwies, fand Boussingault in den großen Höhlen zwischen den Gelenken von Bambusa guaduas einen wasserklaren Saft, der eine sehr geringe Menge organischer Stoffe enthielt neben Spuren von schwefelsauren Salzen, Chlorverbindungen und Kieselsäure. Völcker erhielt einen ebenso verdünnten Saft aus den Schläuchen von Nepenthes; in einem außerordentlichen Reichthum an Wasser waren Natron, Kalk und Bittererde, vertheilt an Aepfelsäure und etwas Citronensäure, und Chlorkalium gelöst [1]. Ein unbekannter Extractivstoff wird in den meisten Pflanzensäften aufgeführt. Außer diesem fand Vauquelin im Hollunder Zucker, Kalk und Kali an eine organische Säure gebunden; neben diesen Salzen, aber ohne Zucker, Gerbsäure, Gallussäure und eine andere freie organische Säure in der Buche; in der Ulme unter anderen Verbindungen kohlensauren Kalk. Nach Liebig enthält der aufsteigende Saft des Ahorns und der Birke eine bedeutende Menge von Ammoniak-Salzen.

Regimbeau nennt im Safte des Weinstocks Pflanzenschleim, Weinstein, weinsauren Kalk und freie Kohlensäure, Langlois Salpeter und Eiweiß. Salpeter ist auch im Saft des Nußbaums enthalten, außerdem Salmiak, äpfelsaure Salze, Dextrin, Fett und Ei-

---

1) Journal für prakt. Chemie von Erdmann und Marchand, Bd. XLVIII. S. 248 u. folg.

weiß. Der Junisaft der Linden führt außer den Salzen Eiweiß, Dextrin und Rohrzucker.

Die Jahreszeit übt ihren Einfluß in der fortschreitenden Umsetzung der aufgenommenen Nahrungsstoffe. Nicht bloß die Früchte zeitigt sie. Je später Schultz den Holzsaft von Carpinus betula im Frühling untersuchte, desto mehr Dextrin fand er in Zucker umgewandelt [1]). Und wenn das Winterkorn weniger Kleber enthält als Sommergetreide [2]), dann muß doch auch der Saft nach der Jahreszeit verschieden sein. Im Frühling verwandelt sich das Stärkmehl der Kartoffeln in Dextrin, das der Saft weiter führt [3]). Und was auch immer die Ursache des Thränens des Rebstocks sein möge, die in der Endosmose allein nicht gesucht werden kann, ob eine plötzlich gesteigerte Verdunstung durch die Frühlingswärme angeregt, oder, wie es Liebig nach den Versuchen von Hales und Brücke wahrscheinlich macht [4]), ein Gas, das sich in Folge einer kräftigen Keimung stromweise entwickelt, ohne veränderte Zusammensetzung des Saftes würde das Bluten der Rebe gewiß nicht erfolgen. Der Reichthum an Kohlensäure im Thränenwasser des Weinstocks ist durch Versuche von Proust und Geiger bekannt. Das specifische Gewicht des aus der Rebe fließenden Frühlingssafts beträgt nach Brücke nur 1,0008 bis 1,0009.

Nicht nur die Wärme des Sommers, auch die des Himmelsstrichs mehrt den Zucker des Saftes. Die Pflanzenwelt der Wendekreise ist durch ihren Zuckerreichthum ausgezeichnet. Keine bei uns einheimische Pflanze erreicht hierin das Zuckerrohr, vielleicht nicht einmal den Saft der Kokosbäume. Im Weizen der warmen Gegenden ist auch der Kleber in größerer Fülle zugegen.

Ungünstige Witterung stört die Zuckerbildung in den Trauben, das Reifen aller Früchte.

---

1) Mulder, a. a. O. S. 774—776, wo viele der hier mitgetheilten Thatsachen gesammelt sind.

2) Jac. Moleschott, die Physiologie der Nahrungsmittel, ein Handbuch der Diätetik, Darmstadt 1850, S. 297.

3) Ebendaselbst S. 355.

4) Untersuchungen über einige Ursachen der Säftebewegung, von Justus Liebig, S. 86—93.

Nachts ist der Saft der Hülsenfrüchte reicher an Kohlensäure als bei Tag.

Die Feldfrüchte gedeihen nicht, wenn dem Boden Kali und phosphorsaure Salze fehlen.

Und diese Abhängigkeit des Safts von Wetter, Licht und Boden beschränkt sich nicht auf eine einzelne Erscheinung. Jede Veränderung der Mischung hat andere zur Folge.

Der Saft ist in den Blättern ein anderer als im Stengel; in den Zellen, in den Spiralgefäßen, den Milchsaftgefäßen ist die Mischung verschieden. Der Milchsaft, der vorzugsweise die besonderen Pflanzenbestandtheile führt, ist kein Nahrungssaft, sondern ein Erzeugniß der Absonderung.

In den Pflanzen Einer Familie zeigt der Milchsaft eine große Aehnlichkeit. Um so mannigfaltiger ist er in den Arten verschiedener Familien. Wer kennt nicht die Alkaloide des Mohnsafts, das Antiarin von Strychnos Tieute, das Kautschuck von Haevea Caoutchouc, Ficus indica und anderen Pflanzen? Marchand fand Buttersäure im Safte des Kuhbaums [1]), Boussingault und de Rivero Wachs, Zucker und Salze, Solly Galactin, Dextrin und Eiweiß.

Für die Zusammensetzung des Saftes von Grünkohl, des Ulmensaftes und der wasserhellen Flüssigkeit in den Schläuchen von Nepenthes besitzen wir folgende Zahlen:

---

1) Lehrbuch der physiologischen Chemie von R. F. Marchand, Berlin 1844, S. 186.

| In 100 Theilen. | Saft des Grünkohls. Schrader. | Ulmensaft. Bauquelin. | Flüssigkeit aus den Schläuchen von Nepenthes. Aug. Völcker. |
|---|---|---|---|
| Lösliches Eiweiß . . . . . | 0,29 | — | — |
| Dextrin („Gummiart. Extract") | 2,89 | — | — |
| Stärkmehl mit anhängendem Chlorophyll . . . . . . | 0,63 | — | — |
| Harz . . . . . . . . . | 0,05 | — | — |
| Extractivstoff . . . . . | 2,34 | — | — |
| Organische Substanz, hauptsächlich Aepfelsäure und etwas Citronensäure . . . | — | — | 0,27 |
| Organische Substanz (nicht näher bestimmt) . . . . | — | 0,10 | — |
| Organisch-saures Kali . . | — | 0,87 | — |
| Chlorkalium . . . . . . | — | — | 0,35 |
| Natron . . . . . . . | — | — | 0,04 |
| Kalk . . . . . . . . | — | — | 0,02 |
| Bittererde . . . . . . | — | — | 0,02 |
| Kohlensaurer Kalk . . . | — | 0,10 | — |
| Wasser und Salze . . . | 93,80 | 98,93 | 99,30 |

Die folgende Tabelle enthält eine Uebersicht der Analysen verschiedener Milchsaftarten:

| In 100 Theilen. | Getrockneter Saft der Rinde von Antiaris toxicaria. Mulder [1]). | Kautschuck. Faraday. | Milchsaft des Kuhbaums. Solly. |
|---|---|---|---|
| Eiweiß . . . . . . . | 16,14 | 2 | 3,06 [2]) |
| Dextrin . . . . . . . | 12,34 | — | 4,37 [3]) |
| Zucker . . . . . . . | 6,31 | 3 | — |
| Harz . . . . . . . . | 20,93 | — | — |
| Kautschuck . . . . . . | — | 32 | — |
| Galactin . . . . . . | — | — | 30,57 |
| Myricin . . . . . . . | 7,02 | — | — |
| Antiarin . . . . . . | 3,56 | — | — |
| Ein bitterer stickstoffhaltiger Körper, löslich in Alkohol und Wasser . . . . . . | — | 7 | — |
| Extractivstoff und Salze . | 33,70 | — | — |
| Wasser . . . . . . . | — | 56 | 62,00 [4]) |

1) Mulder en Wenckebach, natuur- en scheikundig archief, 1837 p. 285.
2) Nach Solly Kleber und Eiweiß. Auch de Rivero und Boussingault sprachen von einem dem Faserstoff ähnlichen Körper, Marchand dagegen von Kautschuck.    3) Dextrin und Salze.    4) Wasser und Buttersäure.

Diese Stoffe und Zahlen beweisen es, wie wenig man den Saft, gleichviel wo und wann er in der Pflanze gefunden wird, als das Blut, d. h. als den unmittelbaren Muttersaft aller Gewebe des Pflanzenkörpers betrachten darf. Ich wende mich deshalb zu den allgemein verbreiteten Bestandtheilen der Pflanzen, unbekümmert darum, ob sie im Saft, oder in den festen Grundformen der Gewebe auftreten.

## Kap. I.

## Die eiweißartigen Körper.

### §. 1.

In keinem Pflanzentheile, dessen Lebensthätigkeit in vollem Gange ist, fehlen eiweißartige Verbindungen. Lösliches und ungelöstes Eiweiß, Pflanzenleim und Erbsenstoff, einer von diesen Körpern findet sich in jedem lebenden Organe jedweder Pflanzenart.

Nicht nur in Stengeln, Blättern und Früchten, schon in den Wurzeln, und zwar in den jüngsten Wurzelzasern ist das Eiweiß vertreten. Payen fand eiweißartige Stoffe im Safte der Gurken und des Hollunders, in den Aesten des Feigenbaums und des Maulbeerbaums, der Eichen, Linden und Pappeln. Auch Mulder fand die eiweißartigen Körper allerwärts im Pflanzenreich.

Je nach der Art der Pflanze ist die Menge der Eiweißstoffe außerordentlich verschieden. Tannen und Fichten sind die ärmsten, Weizen und Erbsen die reichsten im Gehalt an den hieher gehörenden Verbindungen. Zwischen diesen äußersten Gegensätzen liegen das Holz der Buchen, Obst, die Wurzeln der Möhren, die Kartoffeln und Kohlarten.

Jugendliche Zellen führen die eiweißartigen Körper häufig nur im Zelleninhalt, während gerade umgekehrt bei fortschreitender Entwicklung das gelöste Eiweiß des Zellensafts immer mehr in die Wand abgelagert wird. Alte Zellen besitzen oft nur ungelöstes Eiweiß in ihrer Wandung (Harting und Mulder).

Die kleine geschlossene Blase im Inneren jugendlicher Zellen, die namentlich wenn man die Pflanzentheile in Branntwein legt deutlich zum Vorschein kommt, Mohl's Primordialschlauch, Harting's und Mulder's Utriculus internus, enthält manchmal einen eiweißartigen Körper, der indessen nie den Hauptbestandtheil des Säckchens ausmacht. In anderen Fällen fehlt demselben auch jede Spur einer eiweißartigen Verbindung. Die Wand der jungen nicht verdickten Zellen des Marks von Hoya carnosa, die Zellen des Rindenparenchyms derselben Pflanze und des schwarzen Hollunders enthalten keinen eiweißartigen Stoff. In der Wand der Zellen des schwammförmigen Parenchyms von Musa paradisiaca, in den Markzellen von Pinus sylvestris, in den Bastfaserzellen von Sambucus nigra und Clematis vitalba ist dem Zellstoff etwas Eiweiß eingemengt. Während nun auch die durch Pflanzenschleim verdickten Zellwände der Samen von Iris cruciata und Alstroemeria aurea nur eine Spur von Eiweiß besitzen, findet man, wie es Regel ist, den eiweißartigen Stoff reichlich vertreten in der Wand der alten Holzzellen, so wie in den verdickten Markzellen von Hoya carnosa (Harting und Mulder). In derselben Weise fanden Donders und Harting in den Getreidesamen die eiweißartigen Körper hauptsächlich in den stark verdickten Zellen der äußeren Schichte des Eiweißkörpers [1], wie es Millon's Analysen erwarten ließen [2].

In den jugendlichen Markzellen von Tilia parvifolia fehlt das Eiweiß in der Wand, während es im Safte gelöst ist (Harting und Mulder).

Zu den älteren Theilen der Zellen gehören auch die anfangs aus Zellstoff, später immer mehr aus mittlerem Holzstoff bestehenden Spiralfäden, die Ringfasern und Netzfasern, die sich gegen die innere Wand der Zellen ablagern. Alle diese Fäden und Fasern führen schon frühe Spuren von Eiweiß, das der Zellwand, welcher sie anliegen, fehlt.

Ueberall mehrt sich das Eiweiß zugleich mit dem Holzstoff. Daher sind die Fasern der Spiralfaserzellen und der Spiralgefäße, die der Ringfaser- und Netzfaserzellen um so reicher an Eiweiß, je älter sie sind. So fanden es Harting und Mulder bei Agave americana, Phytolacca decandra, Opuntia microdasys, Tradescantia virginica, Mammillaria pusilla. Am deutlichsten lehren es

---

1) Donders, Ellerman en Jansen, Nederlandsch lancet, 2e serie, IV. p. 746—750.

2) Ann. de chimie et de phys. 3e sér. XXVI, p. 8 et suiv.

die Holzzellen, wie mit dem Alter und dem Holzstoff die Menge des Eiweißkörpers Schritt hält. Es ist vorzüglich die aus Mulder's mittlerem Holzstoff bestehende mittlere Schichte der alten Holzzellen, die von Eiweiß durchzogen ist. Vielleicht enthält diese Schichte den Eiweißstoff allein (Harting und Mulder).

Der sogenannten Cuticula, welche die Oberhautzellen überzieht, und den nach Mitscherlich [1]) aus gleichem Stoff bestehenden Kork-zellen von Sambucus nigra, Clematis vitalba ist eine eiweißartige Verbindung beigemengt (Harting und Mulder) [2]).

Betrachtet man die Organe der Pflanze im Zusammenhang, dann sind die Eiweißkörper vorzugsweise reichlich vertreten in den Wurzelspitzen, in den Knospen von Blättern und Blüthen, in den Pollenkörnern, dem Embryosack des Eies, in den Samen, lauter Theilen, die durch einen lebendigen Stoffwechsel ausgezeichnet sind (Mohl) [3]).

### §. 2.

Alle eiweißartige Stoffe ohne Unterschied, die thierischen wie die pflanzlichen, zeichnen sich durch eine sehr bedeutende Aehnlichkeit in ihren Eigenschaften aus.

Sie finden sich in der Natur zum Theil gelöst, zum Theil in ungelöstem Zustande. Die gelösten lassen sich durch zahlreiche Mittel in unlösliche Formen überführen. Man nennt sie dann geronnen.

Während nun die Eiweißkörper nach der Gerinnung ohne Ausnahme im Wasser unlöslich sind, werden diese Verbindungen, in dem einen, wie in dem andern Zustande, weder von Aether, noch von Alkohol gelöst.

Die allergrößte Aehnlichkeit besitzen sie in ihrem Verhalten zum Kali. In einer verdünnten Kalilösung, bei einer Wärme von etwa 60° C. werden sie in einiger Zeit gelöst und aus dieser Lösung durch

---

1) Mitscherlich bei Liebig und Wöhler, Annalen Bd. LXXV, S. 310 u. folg.

2) Mulder a. a. O. S. 422—504.

3) Mohl, die vegetabilische Zelle, in R. Wagner's Handwörterbuch Bd. IV, S. 250.

Säuren gefällt. Der entstehende Niederschlag besitzt für alle dieselben Eigenschaften.

Essigsäure löst alle Eiweißstoffe auf, wenn auch die einen schnell, die anderen langsam. In diesen Lösungen entsteht eine gelblich weiße Fällung durch Eisenkaliumcyanür und Eisenkaliumcyanid.

Salzsäure, gehörig verdichtet, ertheilt allen eiweißartigen Verbindungen eine violette Farbe, in leisen Uebergängen bald mehr dem Purpur, bald dem Indigo verwandt (Bourdois und Caventou).

Durch Salpetersäure werden die Eiweißkörper gelb, es entsteht Fourcroy's gelbe Säure. Nachdem sich Ammoniak mit dieser Säure verbunden hat, ist die Farbe des Salzes dunkelorange.

Gerbsäure und Gallustinctur erzeugen in allen Eiweißlösungen einen reichlichen Niederschlag. Ebenso Salzsäure, Salpetersäure und Schwefelsäure; diese Mineralsäuren lösen im verdünnten Zustande, bei geeigneter Wärme, die Fällungen wieder auf, und wenn sie verdichtet sind auch in der Kälte, im letzteren Fall jedoch nicht ohne die ursprünglichen Stoffe zu zersetzen.

Die meisten Metallsalze schlagen die gelösten Eiweißkörper nieder. Der ausgefällte Stoff besteht häufig aus zweierlei Verbindungen, indem sich die Basis und die Säure des Salzes in die Eiweißmenge theilen.

Ein Gemenge von salpetersaurem Quecksilberoxyd, salpetersaurem Quecksilberoxydul und salpetrichter Säure färbt die Eiweißstoffe roth, wie Millon vor Kurzem berichtet hat [1]. Ebenso röthen Zucker und starke Schwefelsäure die eiweißartigen Verbindungen (Schultze) [2]. Ich finde die Farbe mit Millon's Prüfungsmittel heller roth mit einem bloßen Stich ins Violette, mit der von Schultze angewandten Pettenkofer'schen Probe dunkelroth=violett.

Bei solcher Uebereinstimmung der Eigenschaften läßt es sich leicht begreifen, wie Johannes Müller sich veranlaßt fühlen konnte, diese Stoffe unter dem Namen der eiweißartigen Körper zu vereinigen, noch bevor die Aehnlichkeit in ihrer Constitution aufgedeckt war.

---

1) Erdmann und Marchand, Journal für praktische Chemie Bd. XLVII, S. 850.

2) M. S. Schultze in den Annalen von Liebig und Wöhler, Bd. LXXI, S. 273.

## §. 3.

Diese Entdeckung, eine der wichtigsten, deren die Physiologie sich rühmen kann, blieb Mulder's thätigem Forschergeiste aufbehalten.

Es war im Jahre 1835 als Mulder in Rotterdam von einem Seidenfabrikanten aufgefordert wurde, aus praktischen Gründen Seide zu untersuchen. In der Seide fand Mulder Stoffe, deren Eigenschaften in hohem Grade an Eiweiß, Faserstoff und Leim erinnerten. Er verglich dieselben mit den eiweißartigen Körpern des Bluts und, dann mit denen der Pflanzen.

Mulder ging zunächst von dem Niederschlag aus, den er erhielt, als er die eiweißartigen Körper in einer Mischung von etwa, Einem Theil Aetzkali auf zehn Theile Wasser, bei einer Wärme von, ungefähr 60° C, löste, und diese Lösung mit Essigsäure versetzte. Hühnereiweiß, Serumeiweiß, ungelöstes Pflanzeneiweiß und Faserstoff, wurden in dieser Weise untersucht. Der Niederschlag für alle diese, Stoffe ergab bei der Elementaranalyse dieselbe Zusammensetzung, aus welcher Mulder die Formel $N^5 C^{40} H^{31} O^{12}$ entwickelte. Diese Formel verbesserte Mulder später, indem er 75,12 als Mischungsgewicht für den Kohlenstoff zu Grunde legte, in $N^5 C^{40} H^{30} O^{12}$ [1].

Auf den Schwefel und Phosphor der eiweißartigen Verbindungen wurde Mulder im Jahre 1836 aufmerksam. Da er nun das, Verhältniß der Aequivalente des Stickstoffs, Kohlenstoffs, Wasserstoffs und Sauerstoffs unter einander für alle eiweißartige Körper gleich, fand, so schloß Mulder, daß die verschiedene Schwefelmenge, das Fehlen oder das Hinzutreten des Phosphors oder endlich auch eine Vergrößerung des Sauerstoffgehalts die eigenthümlichen Merkmale der verschiedenen Eiweißstoffe bedingen müßte. Abgesehen von jenem, Schwefel und Phosphor, abgesehen von einer etwaigen Vermehrung des Sauerstoffs, die er erst später entdeckte, hielt er alle eiweißartige Verbindungen für isomer. So gelangte Mulder nach und nach für eine große Anzahl der hierher gehörenden Stoffe zu folgenden Formeln:

---

[1] Mulder, Versuch einer allgemeinen physiologischen Chemie, übers. von Jac. Moleschott, S. 305, und Scheikundige onderzoekingen Deel IV, p. 433.

$$
\begin{aligned}
\text{Krystallin} &\quad 15\,(N^5\ C^{40}\ H^{30}\ O^{12}) + S,\\
\text{Käsestoff} &\quad 10\,(N^5\ C^{40}\ H^{30}\ O^{12}) + S,\\
\text{Pflanzenleim} &\quad 10\,(N^5\ C^{40}\ H^{30}\ O^{12}) + S^2,\\
\text{Faserstoff} &\quad 10\,(N^5\ C^{40}\ H^{30}\ O^{12}) + S + P,\\
\text{Eiweiß v. Hühnereiern} &\quad 10\,(N^5\ C^{40}\ H^{30}\ O^{12}) + S + P,\\
\text{Eiweiß d. Blutserums} &\quad 10\,(N^5\ C^{40}\ H^{30}\ O^{12}) + S^2 + P,\\
&\quad N^5\ C^{40}\ H^{30}\ O^{12} + O^2\\
&\quad N^5\ C^{40}\ H^{30}\ O^{12} + O^3 + HO\ ^{1)}.
\end{aligned}
$$

Die von Mulder für jenen Niederschlag gefundenen Zahlen wurden von verschiedenen Seiten bestätigt. Vogel untersuchte in Liebig's Laboratorium Käsestoff, Faserstoff und Eiweiß; er fand ganz ähnliche Zahlen, nur etwas weniger Stickstoff. Darauf analysirte Scherer, gleichfalls unter der Leitung Liebig's, die Niederschläge aus den Kalilösungen von Käsestoff, Eiweiß, Faserstoff, dem Stoff der Krystallinse des Auges (Krystallin), Horn und Haaren; auch seine Zahlen stimmten zu der Mulder'schen Formel. Endlich hat auch Dumas Mulder's Analysen bestätigt.

Also sollte in allen den wichtigsten stickstoffhaltigen Verbindungen der Thiere und der Pflanzen ein und derselbe Stoff enthalten sein. Dieser Stoff verdiente einen Namen. Berzelius rieth Mulder zu der Benennung Proteïn.

Darin nun liegt der Kern von Mulder's erster Proteïntheorie: alle eiweißartige Stoffe des Pflanzen= und des Thierreichs enthalten Proteïn. Dieses Proteïn selbst ist schwefelfrei. Indem es sich aber mit mehr oder weniger Schwefel, bisweilen auch mit Phosphor oder endlich mit mehr Sauerstoff verbindet, entstehen die verschiedenen Eiweißkörper. Die Eiweißkörper sind Proteïnverbindungen. Proteïnbioxyd nannte Mulder Proteïn, das 2 Aeq., Proteïntritoxyd Proteïn, das 3 Aeq. Sauerstoff aufgenommen hatte.

### §. 4.

Nur wer es selbst beobachtete, wie die Folgerungen aus Mulder's Entdeckung die Physiologie des Stoffwechsels befruchteten, hat

---

1) Bulletin des sciences physiques et naturelles en Néerlande, 1838 p. 108, 1839, p. 10, 195, und Scheikundige onderzoekingen Deel I, p. 580, Deel. II p. 156. Diese Formeln wurden von den Jahren 1838 bis 1844 aufgestellt.

eine Ahnung von der Begeisterung, die sie hervorriefen zunächst bei den Physiologen, aber auch bei allen den Chemikern, die sich kümmerten um die Vorgänge des Lebens. Nach bloßer geschichtlicher Darstellung wird Niemand ganz begreifen, wie mächtig die Umwälzung war, die von jenen Forschungen aus ihre Schwingungen fortpflanzte durch das ganze Gebiet der Physiologie. So mag es im Leben gewesen sein, als Göthe mit seinem Werther dem Philisterthume des vorigen Jahrhunderts für ewig Feindschaft schwur und den Fehdehandschuh hinwarf jener von sinnlicher Kraft entblößten, flachen Aufklärungslust, die weder Begeisterung kennt noch Leidenschaft und sich auch in unserm Jahrhundert so gerne mit ihrem moralisirenden Hochmuth spreizt. Nur in der Umwälzung selbst lernt man die Macht früherer Umwälzungen begreifen.

Erst bei der Lehre von den Nahrungsstoffen des Thiers werde ich auf die ganze Wichtigkeit der Mulder'schen Beobachtungen eingehen können, auf die Bedeutung, die unabhängig ist von der Frage nach der Constitution der Eiweißstoffe, die uns hier beschäftigt. Denn dieser letztere Theil der Mulder'schen Theorie ist gestürzt.

Es ist meine Aufgabe, die Gründe, warum er aufgegeben werden muß, zu entwickeln und zu zeigen, wie viel oder wie wenig von der Constitution der wichtigsten aller organischer Verbindungen bis jetzt bekannt ist. Diese Erörterung muß sich nothwendiger Weise auf die thierischen und pflanzlichen Eiweißstoffe zugleich beziehen, weil nur beide vereinigt uns ein klares Bild von dem Stande der Frage zu geben vermögen. Das Bewußtsein der Nothwendigkeit mag eine Sünde gegen das Eintheilungsprincip entschuldigen, durch welche nicht nur größere Klarheit und eine leichtere Uebersicht gewonnen, sondern auch lästige Wiederholungen vermieden werden.

## §. 5.

Bei einer genauen Betrachtung der Arbeiten, welche zu jener Proteïntheorie geführt hatten, wurde wohl bei manchen Forschern ein Zweifel rege, ob die mitgetheilten Formeln, die einen so einfachen Zusammenhang zwischen den Eiweißkörpern zu lehren schienen, sich in der Wissenschaft behaupten würden.

Es läßt sich nicht bestreiten, daß die Mischungsgewichte jener so zusammengesetzten Verbindungen auf eine höchst unsichere Weise ge-

funden waren. Mit Bleioryd, Kupferoryd u. a. verbinden sich nämlich die Eiweißstoffe so, daß nur eine sehr geringe Menge der Basis
in der Verbindung enthalten ist. Leitet man also aus solchen Verbindungen das Mischungsgewicht der eiweißartigen Körper ab, so wird
auch ein sehr kleiner Fehler in der Wägung der Basis außerordentlich
vervielfältigt. Besser gelangen die Verbindungen mit Schwefelsäure,
chlorichter Säure und Gerbsäure. Allein auch diese ergaben schwan-
kende Zahlen, was sich schon daraus erklärt, daß man die Menge jener Säuren nicht durch eine einfache Verbrennung, sondern erst nach
der Uebertragung an Basen bestimmen konnte.

Der Erforschung des Mischungsgewichts der eiweißartigen Stoffe
tritt die indifferente Natur derselben als ein, fast möchte man sagen,
unüberwindliches Hinderniß entgegen, um so mehr da nicht einmal
die Kryſtalliſationsfähigkeit vorhanden ist, welche alle Zweifel über
die Reinheit beseitigen könnte.

Darum wurden für das Proteïn neben der Mulder'ſchen Formel auch andere aufgestellt. Liebig wählte für Mulder's Zahlen
den Ausdruck $N^6 C^{48} H^{36} O^{14}$, während Delffs die Formel $N^2 C^{16} H^{12} O^5$
vertheidigt [1].

Das aber ist nicht die einzige Seite, welche Mulder's Proteïntheorie verwundbar machte. Trotz vielfacher Verwahrung, die er
selbst dagegen einlegte, verfuhr Mulder mit seinem Proteïn ganz
wie mit einem Radikale. Das Radikal verband sich mit Sauerstoff
zu verschiedenen Oryden, es nahm Zünder auf, verschiedene Zünder in
verschiedener Menge. Allein auf der anderen Seite sollte sich dieses
Radikal als solches, ohne sich vorher orydirt zu haben, mit Säuren
verbinden. Mulder erhielt ein schwefelsaures, chlorichtsaures, gerb-
saures Proteïn:

$$N^5 \ C^{40} \ H^{30} \ O^{12} + SO_3,$$
$$N^5 \ C^{40} \ H^{30} \ O^{12} + ClO_3,$$
$$N^5 \ C^{40} \ H^{30} \ O^{12} + C^9 \ H^3 \ O^5 + 2HO.$$

Mulder selbst hatte Schwefel in dem Niederschlag gefunden,
den er aus der Kalilösung des ungelösten Pflanzeneiweißes erhielt.
Er hatte sogar die Schwefelmenge dieses Niederschlags gewogen.

--------

1) Die reine Chemie in ihren Grundzügen, Kiel 1845, zweite Aufl. II, S. 48.

Sodann sprach Mulder, seitdem E. H. von Baumhauer das Vitellin analysirt hatte, von einem schwefelhaltigen Proteïnbioxyd.

§. 6.

Ich weiß nicht, ob es diese oder ähnliche Betrachtungen waren, welche Liebig dazu bestimmten, das Mulder'sche Proteïn von Neuem auf Schwefel zu prüfen. So viel aber ist gewiß, daß Liebig im Januar 1846 verkündigte, er habe in dem nach Mulder's Vorschrift bereiteten Stoff Schwefel gefunden.

Mulder's Vorschrift nun verlangt, daß man die eiweißartigen Körper in einer mäßig starken Kalilauge bei einer Wärme von ungefähr 60°C längere Zeit hindurch an der Luft stehen lasse. Dann scheide sich der Schwefel des ursprünglichen Eiweißstoffs als Schwefelkalium aus. Das Schwefelkalium aber oxydire sich allmälig zu unterschweflichtsaurem, schweflichtsaurem und schwefelsaurem Kali. Fällt man darauf mit einer Säure, dann bleibt das schwefelsaure Kali gelöst, und der Niederschlag enthält keinen Schwefel, der sich durch Blei oder Silber erkennen ließe.

Liebig oder vielmehr Laskowsky dagegen kochten den eiweißartigen Stoff in Kali [1]. Dadurch wurde die Eiweißverbindung nicht nur rasch aufgelöst, also eine längere Einwirkung des Sauerstoffs verhindert, sondern durch das Kochen auch der Sauerstoff der Luft entfernt. Oder es wurde der Eiweißkörper bei gewöhnlicher, also niederer Temperatur 24 Stunden stehen gelassen, oder endlich bei 50°C ein Viertel, eine halbe Stunde bis zu drei Stunden. In allen diesen Fällen gedeiht aber die Oxydation bloß bis zur Bildung des unterschweflichtsauren Kalis. Durch den Zusatz einer Säure zerlegt sich dieses Salz in schweflichtsaures Kali und in fein vertheilten Schwefel, der in unlöslicher Form das niedergeschlagene Proteïn verunreinigt.

Aus KO + 2SO wird<br>KO + SO² und S.

---

[1] Laskowsky in Liebig und Wöhler, Annalen Bd. LVIII, S. 155, 156, 165.

Dieſer verunreinigende Schwefel war es, den Liebig in dem
Stoff, den er für Mulder's Proteïn hielt, durch Blei oder Silber
erkennen konnte. Er fehlt, wenn das Proteïn nach den von Mulder
empfohlenen Vorſichtsmaaßregeln bereitet iſt.

Mulder warf dies ein. Liebig ſtimmte ihm anfangs inſofern zu, als ſich in dem ſorgfältig bereiteten Proteïn nur eine Spur
von Schwefel durch Blei nachweiſen laſſe (Fleitmann) ¹]. Später
wurde von Fleitmann die Abweſenheit von Schwefel, der Blei
ſchwärze, unbedingt eingeräumt ²).

## §. 7.

Trotzdem enthält das Mulder'ſche Proteïn Schwefel, und zwar
in gar nicht unbedeutender Menge.

Fleitmann wies denſelben nach, indem er das Proteïn des
Eiweißes der Hühnereier mit Kali und Salpeter ſchmolz. Dabei bildete ſich Schwefelſäure. Der Schwefel ward alſo oxydirt. Er ließ
ſich durch Baryt nachweiſen und in wägbarer Menge ſammeln ³).

Mulder fand dieſe Angaben beſtätigt ⁴) und unterwarf die
eiweißartigen Stoffe einer erneuten, angeſtrengten Unterſuchung.

Das Hauptergebniß ſeiner Forſchungen läßt ſich in Folgendem
zuſammenfaſſen. Wenn die eiweißartigen Körper in einer nicht zu
ſehr verdünnten Kalilauge bei 60°C längere Zeit an der Luft ſtehen
bleiben, dann werden ſie eines Theils ihres Schwefels beraubt. Dieſer Schwefel iſt es, der in den urſprünglichen Eiweißkörpern Blei oder
Silber ſchwärzt. Fällt man nun das früher für ſchwefelfrei gehaltene
Proteïn durch Säuren aus der Kalilauge, dann enthält es unter allen
Umſtänden noch Schwefel. Dieſer Schwefel ſchwärzt aber Blei oder
Silber nicht; er läßt ſich vielmehr nur erkennen, wenn man den Niederſchlag mit Kali oder Natron und Salpeter ſchmelzt, d. h. wenn

---

1) Fleitmann, in Liebig und Wöhler, Annalen,- Bd. LXI, S. 122, 125.

2) Fleitmann, a. a. O. Bd. LXVI, S. 380.

3) A. a. O. Bd. LXI, S. 122, 123—126.

4) Scheikundige onderzoekingen, IV, p. 201 en volg., wo die hier folgenden Ergebniſſe von Mulder's Unterſuchungen überhaupt zu vergleichen ſind.

man ihn in die Gestalt von Schwefelsäure überführt. Aus der ge-
schmolzenen Masse läßt sich schwefelsaures Kali oder Natron lösen.
Durch Chlorbaryum wird die Schwefelsäure gefällt.

Die erste wichtige Folgerung, welche die Berücksichtigung dieser
verbesserten Schwefelbestimmung mit sich brachte, war die, daß man
nun in den ursprünglichen eiweißartigen Verbindungen viel mehr
Schwefel fand, als die früheren Wägungen Mulder's ergeben hatten. Während Mulder z. B. früher im Faserstoff nur 0,36 Proc.
Schwefel fand, findet er jetzt 1,04; statt 0,46 Proc., die das Hühnereiweiß enthalten sollte, jetzt 1,6, u. s. w.

In dem Niederschlag, den Mulder durch Essigsäure aus der
Kalilösung des Faserstoffs erhielt, fand er die ursprüngliche Schwefelmenge von 1,04 vermindert bis auf 0,72 Procent. Dagegen war im
Niederschlag des Hühnereiweißes die Schwefelmenge nicht vermindert;
sie war nach wie vor 1,6.

Der Schwefel dieses Niederschlags war also nur zu erkennen,
wenn er in Schwefelsäure verwandelt war. Der Schwefel der ursprünglichen Stoffe dahingegen ließ sich auch in Schwefelwasserstoff
überführen, d. h. er schwärzte Blei und Silber.

Mulder kam dadurch auf den Gedanken, der Schwefel möchte
im Niederschlag und in den ursprünglichen Eiweißstoffen in verschiedener Form enthalten sein. Um aber diese Form zu errathen, versuchte
er, ob sich im Niederschlag die Menge des Schwefels vermindern oder
vermehren lasse, und durch welche Mittel.

In dem Niederschlag, der aus der alkalischen Lösung des Hühnereiweißes gewonnen wurde, ließ sich die Schwefelmenge (1,6) vermindern bis auf 1,29. Jedoch gelang dies nicht etwa durch reduci-
rende Stoffe, die den Schwefel als Zünder hätten wegnehmen können,
z. B. nicht durch Phosphor; wohl dagegen durch oxydirende Stoffe,
z. B. durch Bleihyperoxyd, die den Schwefel entfernten, indem sie ihn
in eine seiner Säuren verwandelten.

Umgekehrt läßt sich die in letztgenanntem Niederschlag durch Bleioxyd bis zu 1,29 verminderte Schwefelmenge wieder vermehren. Man
kann dazu zweierlei Wege einschlagen. Es gelingt dies nach Mulder erstens, wenn man den Niederschlag mit vermindertem Schwefelgehalt in Kali löst und durch Essigsäure wieder ausfällt; dann bleibt
ein schwefelärmerer Stoff gelöst, während der Niederschlag reicher an
Schwefel geworden ist. — Mehr Aufklärung giebt das zweite Ver-

fahren. Nach diesem wird der Niederschlag mit 1,29 Procent Schwefel, der Blei nicht schwärzt, in Kali gelöst und dann mit einer geringen Menge unterschweflichtsauren Natrons versetzt. Fügt man darauf Essigsäure zu, dann wird ein Stoff ausgefällt, dessen Schwefelgehalt größer ist als vorher. Hat man nicht zu viel unterschweficht-
saures Natron zugesetzt, so daß die hinzugefügte Säure nicht wieder
das unterschweflichtsaure Natron in schweflichtsaures Salz und verunreinigenden unlöslichen Schwefel zerlegte [1]), dann ist der Schwefel
des neuen Niederschlags auch jetzt weder durch Blei, noch durch Silber zu erkennen. Die Schwefelmenge des Niederschlags übersteigt
aber in diesem Falle nie 1,6 Procent, d. h. nie die Schwefelmenge
des ursprünglichen Eiweißes oder des aus diesem bereiteten Proteïns.
Bei diesem zweiten Verfahren wurde dem gelösten Proteïn mit vermindertem Schwefelgehalt offenbar unterschweflichte Säure geboten [2]).

Hat man den Faserstoff in Kali gelöst, dann enthält die Flüssigkeit Schwefelkalium, und, wie wir oben sahen, die Menge des
Schwefels in dem gelösten organischen Stoff ist vermindert. Führt
man nun schweflichte Säure durch die Kalilösung, dann entsteht auf
den Zusatz von Essigsäure ein Niederschlag, der 1,49 Proc. Schwefel
enthält, also mehr als der ursprüngliche Faserstoff selbst. Wenn man
aber durch eine Lösung von Schwefelkalium schweflichte Säure leitet,
dann entsteht unterschweflichtsaures Kali. Aus

$$\text{KS und } SO^2 \text{ wird } KO + 2SO.$$

Also auch hier wurde durch die hinzugefügte Essigsäure dem organischen Körper unterschweflichte Säure zur Verfügung gestellt.

## §. 8.

Der Gewalt dieser Thatsachen weichend, verließ Mulder selbst
seine frühere Theorie, welche den Niederschlag aus der Kalilösung
eiweißartiger Stoffe für schwefelfreies Proteïn hielt, das in den ur-

---

1) Siehe oben S. 83.

2) Mulder, a. a. O. 213, 214.

sprünglichen Eiweißkörpern mit verschiedenen Schwefelmengen, bisweilen auch mit Phosphor verbunden sein sollte.

Bei genauerer Beobachtung wurde er aufmerksam auf eine geringe Menge Ammoniak, welche entweicht, wenn man die eiweißartigen Verbindungen in Kali auflöst.

Indem nun Mulder die Beobachtung festhielt, daß der Schwefel der ursprünglichen Eiweißstoffe Blei schwärzt, der Schwefel des Niederschlags dagegen nicht, stellte er im Jahre 1847 folgende neue Proteïntheorie auf.

Das Ammoniak, welches die Eiweißkörper beim Auflösen in Kali verläßt, war als Schwefelamid in denselben enthalten. Das Schwefelamid ($NH^2S$) zerfalle aber beim Ausscheiden aus den eiweißartigen Stoffen sogleich in Ammoniak und unterschweflichte Säure, indem es Wasser zersetze: aus

$$NH^2S \text{ und } HO \text{ wird } NH^3 \text{ und } SO.$$

Ein Theil oder die ganze Menge der unterschweflichten Säure verbinde sich wieder mit dem organischen Stoff. Diese unterschweflichte Säure sei der Schwefel des Niederschlags, welcher Blei und Silber nicht schwärzt, sondern erst erkannt werden kann, wenn die Oxydation bis zur Schwefelsäure fortgeschritten ist.

Daher werde durch oxydirende Mittel die Menge des Schwefels im Niederschlag vermindert; daher werde sie bis zu einer gewissen Grenze hin vermehrt, ohne Silber zu schwärzen, wenn man dem organischen Stoff Gelegenheit giebt, sich mit unterschweflichter Säure zu verbinden.

Mulder nimmt nun wieder ein schwefelfreies Proteïn an, das er jedoch bisher nicht darstellen konnte. Mit dem Schwefel sind aber die Elemente des Amids ($NH^2$) ausgeschieden. Demnach giebt er jetzt die Formel $N^4 C^{36} H^{25} O^{10}$.

Dieses Proteïn mit unterschweflichter Säure verbunden ist das alte Proteïn. Es schwärzt weder Blei noch Silber. Mit Salpeter und Kali geschmolzen, dann in Wasser gelöst und mit Chlorbaryum versetzt, giebt es einen Niederschlag von schwefelsaurem Baryt.

Die eiweißartigen Körper selbst sind nach Mulder Verbindungen jenes neuen Proteïns mit Schwefelamid und Phosphoramid.

Ihr Schwefel läßt sich durch Blei und Silber ebenso gut erkennen, wie durch Baryt.

Hühnereiweiß wird nach Mulder ausgedrückt durch

Proteïn-Hydrat        Schwefelamid    Phosphoramid

$$20(N^4 \ C^{36} \ H^{25} \ O^{10} + HO) + 8NH^2 \ S + NH^2 \ P \ ^1].$$

Das frühere Proteïnbioxyd wird nach Mulder's jetziger Auffassung Proteïnprotoxyd:

$$N^4 \ C^{36} \ H^{25} \ O^{10} + O + 2HO \ (^2).$$

Proteïntritoxyd bleibt nach einer ziemlich verwickelten Formel auch jetzt Porteïntritoxyd:

$$2(N^4 \ C^{36} \ H^{25} \ O^{10} + O^3) + NH^4O + 3HO \ (^3).$$

### §. 9.

Fassen wir also die wesentlichen Gründe zusammen, durch welche Mulder seine neue Proteïntheorie zu stützen sucht, so liegen uns folgende vor.

1) Die verschiedene Weise, auf welche der Schwefel in den ursprünglichen Eiweißkörpern und in den Niederschlägen, die man durch Säuren aus ihren Kalilösungen erhält, erkannt wird, deutet auf eine verschiedene Form des Schwefels in diesen und jenen.

2) Wenn man die eiweißartigen Körper bei etwas erhöhtem Wärmegrad in Kali löst, entweicht immer eine geringe Menge Ammoniak.

3) Der Schwefel des Niederschlags läßt sich durch oxydirende Mittel verringern; das beruhe auf einer Oxydation der unterschweflichten Säure.

4) Dagegen nimmt der Schwefelgehalt in den Niederschlägen bis zu einer gewissen Grenze zu, so oft man dieselben in Umstände bringt, in welchen sie unterschweflichte Säure aufnehmen können.

---

1) Scheikundige onderzoekingen, Deel IV, p. 227.

2) Ebendaselbst S. 276.

3) Ebendaselbst S. 283.

## §. 10.

Ich habe die neue Proteïntheorie mit der unbedingten Hingebung geschildert, welche die Wichtigkeit der Frage, die über meinem Urtheil stehende Bedeutung ihres Urhebers, der schöpferische Scharfsinn, mit dem sie entworfen wurde, verdienen. Ich war vor allen Dingen bestrebt, so tief ich es vermochte, in Mulder's Auffassung des Gegenstandes einzudringen, weil man nur so einer Theorie gerecht zu werden im Stande ist, die sich durch stillschweigende Verdunklung nicht stürzen, aber eben so wenig heben läßt durch kritiklose Erwähnung oder blindes Lob. Ich glaube mir aber dadurch das Recht erworben zu haben, nun alle Schärfe des Urtheils gegen sie zu kehren, die mich nach wiederholter umsichtiger Prüfung zu einer bestimmten Ueberzeugung geleitet hat.

1) Es ist nach Mulder's Auffassung nicht zu begreifen, warum der Niederschlag des Faserstoffs weniger Schwefel enthält als der Faserstoff selbst, während im Niederschlag des Hühnereiweißes der ganze Schwefelgehalt des ursprünglichen Eiweißkörpers wieder gefunden wird. Mulder's Theorie verlangt, daß aller Schwefel des Faserstoffs, bei der Auflösung in Kali, in der Gestalt von Schwefelamid austrete. Dies findet unter gleichen Bedingungen statt, wie beim Hühnereiweiß. Warum aber verbindet sich beim Faserstoff nicht aller Schwefel des Schwefelamids in der Gestalt von unterschweflichter Säure mit dem Proteïn ($N^4 C^{36} H^{25} O^{10}$)?

2) Nur eine feste Verbindung der unterschweflichten Säure mit dem Proteïn könnte Mulder's Vorstellung annehmbar machen. Allein die unterschweflichte Säure verbindet sich nach Mulder's Zahlen in so wechselnden Verhältnissen mit dem Proteïn, daß man selbst mit der Annahme neutraler, basischer und saurer Salze keinen Einklang in die Zahlen zu bringen im Stande ist.

3) Die so äußerst schwache unterschweflichte Säure läßt sich durch stärkere Säuren aus ihrer Verbindung mit dem Proteïn ($N^4 C^{36} H^{25} O^{10}$) nicht austreiben. Durch chlorichte Säure nimmt zwar nach Mulder die Menge der unterschweflichten Säure ab; ganz aber läßt sie sich nicht verdrängen [1]), bisweilen sogar bleibt neben

---

1) Scheikundige onderzoekingen, Deel IV, p. 258, 259, 260, 265, 266 und namentlich p. 270.

der chlorichten Säure die sämmtliche unterschweflichte Säure mit dem
Proteïn verbunden.   Schwefelsäure soll dagegen nach Mulder die
unterschweflichte Säure verjagen.   Wenn man nämlich Schwefelsäure
auf die Verbindung des Proteïns ($N^4 C^{36} H^{25} O^{10}$) mit unterschweflichter Säure einwirken läßt, dann findet nur eine höchst geringe
Schwefelvermehrung statt.   Mulder meint nun, diese unbedeutende
Zunahme des Schwefelgehalts wäre nur dann erklärlich, wenn man
annähme, daß die Schwefelsäure die unterschweflichte Säure verdrängt
habe [1]. Allein diese Annahme ist ja eben das was bewiesen werden
sollte.   Und wenn die Verbindung des Proteïns mit der unterschweflichten Säure als solche die chlorichte Säure aufnehmen kann, so ist
gar kein Grund vorhanden, warum sich dasselbe nicht auch mit der
Schwefelsäure ereignen sollte.

4) Weder das Proteïn ($N^4 C^{36} H^{25} O^{10}$), noch das Schwefelamid ($N H^2 S$) sind bisher dargestellt worden.   Derjenige Stoff aber,
welcher nach Gerhardt's Untersuchungen [2], dem Begriffe der Amid-
verbindungen entsprechend, durch Kalihydrat in Ammoniak und eine
Säure des Phosphors zerfällt, besitzt eine ganz andere Formel als
die von Mulder vorausgesetzte.   Nach Gerhardt besitzt er nicht
die Formel $NH^2 P$, sondern $N^2 H^3 O^2 P$.   Bei der Behandlung mit
Kali wird

$$N^2 H^3 O^2 P + 3HO \text{ verwandelt in } 2NH^3 \text{ und } PO^5.$$

Gerhardt hat allerdings einen Stoff von der Zusammensetzung $NH^2 P$ dargestellt.   Er nennt denselben Phospham.   Durch
Wasser und Glühhitze verwandelt sich dieses Phospham in Phosphamid ($N^2 H^3 O^2 P$) und einen dritten Stoff, den Gerhardt Biphos-
phamid nennt.   Diese Amide werden nur dann in Ammoniak
und Phosphorsäure verwandelt, wenn sie mit Kali geschmolzen
werden.   Durch eine bloße Kalilösung dagegen werden sie nicht angegriffen [3].

---

1) Mulder, a. a. O. S. 246, 247.

2) Liebig und Wöhler, Annalen, Bd. LXIV, S. 254; Annales de chim.
et de phys. 3e sér. T. XVIII, p. 195.

3) Gerhardt in Ann. de chim. et de phys. 3e sér. T. XVIII, p. 195,
200 etc.

### §. 11.

Nach dieser Erörterung kann ich Mulder's neueste Auffassung von der Constitution der eiweißartigen Körper nur für eine geistreiche Hypothese erklären, zu deren Verwerfung Mulder selbst die lehrreichsten Thatsachen lieferte. Es lassen sich allerdings einzelne Wahrscheinlichkeitsgründe zu Gunsten der Mulder'schen Theorie aufführen. Die von mir entwickelten Gründe machen es aber durchaus unmöglich, jene Ansicht mit der Wirklichkeit in Einklang zu bringen. Deßhalb meine ich dieser Hypothese auch den Werth absprechen zu müssen, daß sie vorläufig die bekannten Erscheinungen am besten erkläre. Die Thatsachen stehen mit ihr in unauflöslichem Widerspruch.

Also giebt es für jetzt keine Proteïntheorie, welche die Erfahrung zur Grundlage hätte. Deßhalb behalte ich den Namen der eiweißartigen Körper bei und verbanne mit der Bezeichnung Proteïn zugleich alle auf Mulder's Theorie gegründete Benennungen aus diesem Werke.

Damit fällt aber für jetzt auch die Möglichkeit weg, den einzelnen eiweißartigen Verbindungen rationelle Formeln zu ertheilen. Um der Anschauung zu Hülfe zu kommen, bleibt uns nur die dankbare Erinnerung an Mulder's alte Proteïnformel, $N^5 C^{40} H^{30} O^{12}$, die mit annähernder Genauigkeit, ohne Rücksicht auf die Constitution, das Verhältniß des Stickstoffs, Kohlenstoffs, Wasserstoffs und Sauerstoffs in den Eiweißkörpern versinnlicht. Insofern in den Aequivalentzahlen einzelner Eiweißstoffe wesentliche Abweichungen stattfinden, werde ich in der Folge unter Bezugnahme auf diese Formel darauf aufmerksam machen.

Die eiweißartigen Verbindungen des Pflanzenreichs, das lösliche Pflanzeneiweiß, der Erbsenstoff, das ungelöste Pflanzeneiweiß und der Pflanzenleim enthalten alle Schwefel. Im Erbsenstoff beträgt die Schwefelmenge im Mittel aus zwei Bestimmungen von Rüling und Norton 0,5 Procent, in dem Niederschlag, den man durch Säuren aus dem ungelösten Pflanzeneiweiß erhält, 0,66 (Mulder)[1], in dem

---

1) Nach Dietrich soll der Kleber aus Weizen nur 0,033 Proc. Schwefel, der Kleber aus Spelzmehl 0,035 enthalten. Liebig und Wöhler, Annalen B. I, S. 182 in der Note. Diese Schwefelbestimmungen sind aber schon im Jahre 1844 bekannt gemacht und gewiß zu klein.

löslichen Eiweiß als Mittel aus drei Bestimmungen 0,83 (Mulder, Rüling), im Pflanzenleim 1,03 (Rüling, Verdeil). Der letzt=genannte Körper ist der einzige von diesen Stoffen, welcher keinen Phosphor enthält. Im ungelösten und im löslichen Pflanzeneiweiß ist die Phosphormenge nicht bestimmt. Der phosphorreichste von allen eiweißartigen Stoffen ist der Erbsenstoff; er enthält nach Nor=ton 1,77 Procent.

### §. 12.

Indem diese vier eiweißartigen Verbindungen die allgemeinen Eigenschaften der Eiweißkörper besitzen, zeichnen sich das lösliche Pflanzeneiweiß und der Erbsenstoff dadurch aus, daß sie in Wasser löslich sind. Dagegen werden das ungelöste Pflanzeneiweiß (Liebig's Pflanzenfibrin) und der Pflanzenleim, die mit einander vereinigt von Beccaria den Namen Gluten, Kleber, erhielten, in Wasser nicht gelöst. Von Beccaria's Kleber, welcher also ein Gemenge darstellt, ist der Kleber im engeren Sinne zu unterscheiden, mit wel=chem Namen man das ungelöste Pflanzeneiweiß häufig bezeichnet.

Demnach giebt es zwei in Wasser lösliche und zwei unlösliche Eiweißstoffe.

Das lösliche Pflanzeneiweiß unterscheidet sich vom Erbsenstoff dadurch, daß es bei etwa 70°C in Flocken gerinnt und daß es durch Essigsäure nicht aus seiner Lösung gefällt wird. Für den Erbsenstoff, den Liebig mit Unrecht auch Pflanzenkäsestoff nennt, ist es dagegen eigenthümlich, daß er beim Erhitzen an seiner Oberfläche nur gerun=zelte Häute giebt, die sich, nachdem man sie weggenommen hat, immer wieder erneuern, und daß er auch durch Essigsäure niedergeschlagen wird. Diesen Niederschlag löst selbst ein Ueberschuß der Säure nicht wieder auf, wohl dagegen Kleesäure oder Weinsäure, wenn sie in reichlicher Menge zugesetzt werden. Aus diesen organisch=sauren Lös=ungen wird der Erbsenstoff durch Eisenkaliumcyanür und Eisenkalium=cyanid gefällt, wie sonst die essigsaure Lösung der eiweißartigen Ver=bindungen. Das lösliche Eiweiß verhält sich gegen alle organische Säuren und gegen die dreibasische Phosphorsäure ebenso, wie gegen die Essigsäure.

Der Erbsenstoff löst sich leicht in Ammoniak, läßt sich aber durch Säuren wieder ausfällen. Die hinzugefügte Säure sättigt dann das Ammoniak, verbindet sich aber nicht mit dem Erbsenstoff. Und so verhalten sich alle Alkalien zu diesem Körper.

In ebenso bestimmter Weise, wie das lösliche Eiweiß und der Erbsenstoff, unterscheiden sich auch die beiden in Wasser unlöslichen Eiweißkörper von einander. Das ungelöste Pflanzeneiweiß ist nämlich unlöslich, der Pflanzenleim löslich in kochendem Alkohol. Aus der alkoholischen Lösung wird der Pflanzenleim beim Erkalten großentheils ausgeschieden, durch hinlänglichen Zusatz von Wasser noch vollständiger. Sodann ist das ungelöste Pflanzeneiweiß im reinen Zustande ein weicher, elastischer, nicht klebender Stoff, während der Pflanzenleim in hohem Grade klebrig ist. Diese letztere Eigenschaft verdankt Beccaria's Kleber demnach dem Pflanzenleim.

Das ungelöste Pflanzeneiweiß löst sich nach Mulder in Ammoniak [1]).

Weil sich der Pflanzenleim nicht vollständig in Essigsäure lösen läßt, hält Mulder es für wahrscheinlich, daß es kein chemisch reiner Körper sei [2]).

### §. 13.

Unter allen Eiweißstoffen der Pflanzen ist das lösliche Eiweiß am allgemeinsten verbreitet. Kaum jemals dürfte es den Pflanzensäften ganz fehlen. Wo es vorkommt, findet es sich aber in der Regel in verhältnißmäßig geringer Menge. Ja es ist nicht einmal eine vorzüglich reiche Fundgrube bekannt, die man zur Darstellung benützen könnte. Am einfachsten eignen sich hierzu die Kartoffeln, die man gehörig klein zerschneidet und mit Wasser übergießt, welches mit etwa 2 Procent Schwefelsäure vermischt ist. Nachdem man das Wasser einen Tag lang unter möglichst häufigem Umrühren mit den Kartoffeln hat stehen lassen, gießt man es auf frische Kartoffeln. Dieses Verfahren wiederholt man einige Male. Dann erhält man durch Filtriren eine weingelbe Flüssigkeit. Wird diese mit Ammoniak versetzt, bis nur eine Spur von saurer Reaction noch übrig ist, dann gerinnt das Eiweiß beim Sieden in Flocken heraus. Durch den geringen

---

1) Scheikundige onderzoekingen, Deel III, p. 430.

2) Physiologische Chemie, S. 311.

Ueberschuß der Säure, den man beim Zusatz des Ammoniaks gelassen hat, bleiben phosporsaure Bittererde und phosporsaurer Kalk gelöst. Man wäscht die Flocken mit Wasser, Alkohol und Aether.

Der Erbsenstoff ist nicht so allgemein in verschiedenen Pflanzen verbreitet, wie das Eiweiß. Dafür findet er sich sehr reichlich in Erbsen, Bohnen und Linsen, kurz in allen Früchten der Leguminosen, weshalb Braconnot ihn mit dem Namen Legumin belegte. Uebrigens ist der Erbsenstoff auch in anderen Pflanzen zugegen, z. B. in Mandeln und manchen-anderen öligen Samen. Aus Erbsenmehl wird der Erbsenstoff leicht gewonnen, indem man es mit Wasser anrührt und bis etwa 80°C erhitzt. Dann gerinnt das lösliche Eiweiß, das neben Legumin in den Hülsenfrüchten enthalten ist. Beim Filtriren läuft nun äußerst langsam eine trübe Lösung des Erbsenstoffs durch, die aber auf den Zusatz einiger Tropfen Ammoniak klar wird. Aus dieser Lösung wird der Erbsenstoff durch Essigsäure gefällt.

Beccaria's Kleber ist ein den Getreidefrüchten eigenthümlicher Besitz. Am allerreichlichsten ist er indeß im Weizen vertreten. Wenn man Weizenmehl in grober Leinwand so lange unter Wasser ausknetet, bis sich eine zusammenhängende Masse in einzelnen Fasern und Klumpen an die Leinwand ansetzt, diese Fasern und Klumpen dann vereinigt und unter beständigem Wasseraufgießen in freier Hand so lange verarbeitet, bis das abfließende Wasser weder Stärkmehl, noch lösliches Pflanzeneiweiß enthält, dann hat man Beccaria's Kleber in Gestalt eines mehr oder weniger grauweißen, klebrigen Stoffs. Kocht man nun dieses Gemenge von ungelöstem Pflanzeneiweiß oder Kleber im engeren Sinne und Pflanzenleim mit Alkohol, dann wird durch den Alkohol der Pflanzenleim ausgezogen und das ungelöste Pflanzeneiweiß bleibt zurück als eine nicht mehr klebrige Masse. Aus der heißen Alkohollösung scheidet sich der Pflanzenleim beim Erkalten oder auf reichlichen Wasserzusatz aus. — Bei jener Bereitung ist das ungelöste Pflanzeneiweiß immer mit etwas Zellstoff verunreinigt. Um es der Elementaranalyse zu unterwerfen, hat Mulder es mit Kali behandelt; dann wird das Eiweiß aufgelöst, während der Zellstoff zurückbleibt. Deshalb konnte oben beim ungelösten Pflanzeneiweiß nur der Schwefelgehalt des aus der Kalilösung erhaltenen Niederschlags angegeben werden.

In den betreffenden Flüssigkeiten sind alle diese eiweißartigen Stoffe weiß, um so weißer, je reiner sie sind. Durch das Trocknen

werden ſie bald mehr weißlich, bald mehr gelblich grau, ja das lösliche Pflanzeneiweiß und der Erbſenſtoff ſogar bräunlich. Werden ſie
aber gepulvert, dann ſind ſie alle grauweiß.

Damit man das Verhältniß, in welchem dieſe einzelnen Stoffe
in verſchiedenen Pflanzentheilen vertreten ſind, beurtheilen könne, finden
die folgenden Zahlen hier einen Platz; dieſelben beziehen ſich alle auf
100 Theile.

| | | |
|---|---|---|
| Lösliches Pflanzeneiweiß im Waſſer der reifen Kokosnuß . . . . . | 0,10 | Brandes. |
| Lösliches Pflanzeneiweiß in geſchäl-ten Gurken . . . . . . . | 0,13 | John. |
| Lösliches Pflanzeneiweiß in Blu-menkohl | 0,50 | Trommsdorf. |
| » » in Aprikoſen | 0,93 | Bérard. |
| » » in Kartoffeln | 1,02 | als Mittel aus 10 Beſtim-mungen von Einhof, Lam-padius, Henry und Mi-chaelis. |
| » » in Weizen | 1,71 | als Mittel aus 15 Beſtim-mungen von Vogel und Pé-ligot. |
| » » in Erbſen | 1,72 | Braconnot. |
| Erbſenſtoff in Erbſen . . . . | 16,48 | als Mittel aus 2 Beſtim-mungen von Einhof und Braconnot. |
| » in Bohnen . . . . | 19,55 | als Mittel aus 2 Beſtim-mungen von Einhof und Braconnot. |
| in Linſen . . . . . | 37,32 | Einhof. |
| Beccaria's Kleber in Mais . | 2,50 | Gorham. |
| » » in Hafer . | 3,50 | als Mittel aus 2 Beſtim-mungen von Chriſtiſon u. Vogel. |
| » » in Gerſte . | 3,52 | Einhof und Prouſt. |
| » » in Reis . | 3,60 | als Mittel aus 2 Beſtim-mungen von Braconnot. |
| » » in Roggen | 9,48 | Einhof. |
| » » in Weizen | 12,29 | als Mittel aus 26 Beſtim- |

mungen von Bauquelin,
Vogel, Zenneck und Pé‐
ligot[1]).

Beccaria's Kleber in Weizenkleie 14,90 Millon.

## §. 14.

In friſch gekeimter Gerſte findet ſich eine eiweißartige Verbin‐
dung, die unter dem Namen Diaſtaſe, Gerſtenhefe, bekannt iſt. Da ſie,
wie das lösliche Pflanzeneiweiß, in Waſſer löslich iſt, ohne jedoch in der
Hitze zu gerinnen, ſo läßt ſie ſich von dieſem in derſelben Weiſe trennen
wie der Erbſenſtoff. Man erwärmt gekeimte Gerſte mit Waſſer bis
zu 70—80°. Beim Filtriren bleibt dann das geronnene Eiweiß zu‐
rück. Die Flüſſigkeit dagegen iſt eine Löſung, in der Zucker, Dextrin
und Diaſtaſe enthalten ſind. Durch Alkohol wird die Diaſtaſe aus‐
gefällt; ſie iſt aber immer noch mit Dextrin verunreinigt.

Es iſt die hervorragendſte Eigenſchaft der Diaſtaſe, daß ſie die
Fähigkeit beſitzt, Stärkmehl in Dextrin und Zucker umzuſetzen.

Die Menge der Diaſtaſe in gekeimter Gerſte beträgt nach Payen
ſelten mehr als 0,2 Procent.

## §. 15.

Zu den eiweißartigen Körpern des Pflanzenreichs gehört ferner
noch ein Stoff, der wegen ſeines Vorkommens in den Mandeln Man‐
delhefe genannt werden kann, das Emulſin oder die Synaptaſe.
Dieſe Mandelhefe findet ſich aber auch in den Samen einiger Ro‐
ſaceen.

Nach den neueſten Analyſen von Buckland Bull wird die
Mandelhefe durch die Formel 10 $(NC^9H^9O^6) + S$ ausgedrückt[2]). Jener
Forſcher erklärt die Formel indeß ſelbſt für eine empiriſche; das Mi‐
ſchungsgewicht der Mandelhefe iſt nicht bekannt.

---

1) Die einzelnen Zahlen, aus welchen ich dieſe Angaben berechnete, finden ſich in
meiner Phyſiologie der Nahrungsmittel, Darmſtadt, 1850; die ſpäter veröf‐
fentlichten von Péligot in den Comptes rendus, T. XXVIII, p. 183.

2) Liebig und Wöhler, Annalen, Bd. LXIX, S. 161.

Aus der wässerigen Lösung gerinnt die Mandelhefe nicht; die Flüssigkeit trübt sich zwar beim Kochen, wird aber beim Abkühlen wiederum vollkommen klar. Der Stoff, welcher in der Hitze ausgeschieden wird, beträgt nur 10 Procent der angewandten Mandelhefe und ist überdieß ein Erzeugniß der Zersetzung. Alkohol fällt die Mandelhefe aus der wässerigen Lösung, Essigsäure hingegen nicht. Nachdem der mit Alkohol erhaltene Niederschlag getrocknet wurde, ist er nur schwer in Wasser löslich (Buckland Bull).

Aus süßen Mandeln hat Buckland Bull die Mandelhefe bereitet, indem er die Mandeln fein zerstieß, das Oel auspreßte und dann mit dem dreifachen Gewicht Wasser zu einer Emulsion verarbeitete. Die Emulsion setzte er zwölf Stunden lang einer Wärme von 20—25° aus. In dieser Zeit trennte sich ein rahmartiges Gerinnsel, welches obenauf schwamm, von einer durchsichtigen, wässerigen Flüssigkeit. Aus letzterer wurde die Mandelhefe durch Alkohol niedergeschlagen, mit Alkohol ausgewaschen und an der Luft getrocknet. Dann hat man einen röthlich braunen, geruchlosen, durchsichtigen Stoff, der keinen bestimmten Geschmack hat und leicht zerbröckelt. Im luftleeren Raum und über Schwefelsäure getrocknet wird die Mandelhefe schneeweiß und ganz undurchsichtig.

Jenes rahmartige Gerinnsel ist Erbsenstoff. Es wird durch die Milchsäure ausgeschieden, welche sich aus dem Traubenzucker der Mandeln bildet.

Buckland Bull fand in süßen Mandeln nur etwa 1,28 Procent Mandelhefe, während Boullay früher 24 und Vogel in bitteren Mandeln 30 Procent gefunden haben wollte.

### §. 16.

An diese eiweißartigen oder wenigstens den eiweißartigen sehr ähnlichen Verbindungen muß endlich noch die organische Grundlage des Badeschwamms, der Spongia=Arten, angeschlossen werden, welche Viele der tüchtigsten Zoologen und Botaniker, wie mir scheint mit Recht, dem Pflanzenreich zuzählen.[1] Die von Croockewit ermittelte

---

[1] Vgl. u. A. Wiegmann's und Ruthe's Handbuch der Zoologie, dritte Auflage von Troschel und Ruthe, Berlin 1848 S. 613.

Zusammensetzung des Badeschwamms beweist, daß derselbe als ein Abkömmling der Eiweißkörper zu betrachten ist, der jedoch außer Schwefel und Phosphor auch Jod enthält.

Der Badeschwamm wird nämlich nach Crookewit durch die
Formel 20 ($N^6$ $C^{39}$ $H^{13}$ $O^{17}$) $+$ J $S^3$ $P^5$ bezeichnet[1]. Dem Ausdruck $N^6$ $C^{39}$ $H^{31}$ $O^{17}$), den Mulder und Crookewit in die Formel aufgenommen haben, werden wir unten beim Fibroin der Seide
in der Lehre der besonderen Absonderungen des Thierreichs wieder
begegnen. Mulder glaubt, daß der Badeschwamm nichts Anderes ist
als eine Verbindung des Fibroins mit Jod, Schwefel und Phosphor.

In kaltem und kochendem Wasser, Alkohol und Aether, in Ammoniak, in Essigsäure und in verdünnter Salzsäure ist der Badeschwamm
unlöslich. Starke Salzsäure und Salpetersäure lösen ihn dagegen
auf, ebenso Schwefelsäure und Kali, die beiden letzteren jedoch nicht
ohne Zersetzung.

Zur Darstellung des Badeschwamms wurden möglichst weiße und
weiche Stückchen Schwamm vom Sande befreit und darauf zweimal
mit Aether, Alkohol und Wasser ausgewaschen.

## §. 17.

Eiweißartige Stoffe werden den Pflanzen in keinem der drei
Medien geboten, die ich als Ernährungsquellen derselben beschrieben
habe. Diese Ernährungsquellen können also die eiweißartigen Baustoffe nur durch Vermittlung anderer stickstoffhaltiger Bestandtheile
liefern.

Ammoniak ist nun der wesentlichste stickstoffhaltige Bestandtheil
der Luft, wie der Ackererde. Es ist also nothwendig, daß die Eiweißkörper aus den Ammoniaksalzen der Erde oder aus der Kohlensäure
und dem Ammoniak der Atmosphäre gebildet werden.

Letzteres ist der Fall in denjenigen Flechten, die in dem Boden
auf welchem sie sich ausbreiten, keine Humusstoffe vorfinden.

Wenn nun die Feldfrüchte ohne humussaure Ammoniaksalze

---

1) Scheikundige onderzoekingen, uitgegeven door G. J. Mulder, Deel.
II. p. 11 en volg.

nicht zur vollkommenen Entwicklung gelangen, wenn man weiß, daß die ganze Menge der eiweißartigen Stoffe in Weizen, Gerste, Hafer, Erbsen, Bohnen, Kartoffeln und Rüben steigt mit der Menge des Ammoniaks in dem Dünger[1]), wenn man ferner bedenkt, daß bereits in den jüngsten Wurzelfasern eiweißartige Verbindungen vertreten sind, und endlich, daß die lebendigste Thätigkeit in allen Werkzeugen der Pflanzen an die Gegenwart von Eiweißstoffen geknüpft ist, die in dem Safte jugendlicher Zellen niemals fehlen, so ergiebt sich hieraus unmittelbar, daß es in jenen Fällen die Ammoniaksalze der Huminsäure, der Quellsatzsäure und der Quellsäure sein müssen, die sich in eiweißartige Körper umwandeln.

Dieses Endergebniß der Umsetzung des Ammoniaks und der Kohlensäure der Luft oder der humussauren Ammoniakverbindungen der Erde ist durchaus unanfechtbar. Denn die Gewißheit einer solchen Thatsache, die Nothwendigkeit der obigen Schlußfolgerung wird nicht im Mindesten dadurch geschmälert, daß man den Weg und die Mittelstufen nicht kennt, auf welchen die Bildung der Eiweißstoffe zu Stande kommt. Ich hebe es also ausdrücklich hervor, daß wir die Einzelnheiten dieser Entwicklungsgeschichte nicht kennen. Trotzdem scheint es mir durchaus nicht überflüssig, durch die Formeln zu versinnlichen, wie leicht eine solche Umsetzung erfolgen könnte, wenn man nur dabei nicht vergessen will, daß der Beweis nicht geliefert ist, daß die Umwandlung nach diesem Schema wirklich erfolgt. Ein Aequivalent des (fünfbasischen) quellsatzsauren Ammoniaks kann unter Aufnahme von 1 Aeq. Sauerstoff die Eiweißgruppe, 8 Aeq. Kohlensäure und 2 Aeq. Wasser liefern:

$$5 \text{ } NH^4O + C^{48} H^{12} O^{24} \text{ und } O$$
$$\text{geben } N^5 C^{40} H^{30} O^{12}, 8 \text{ } CO^2 \text{ und } 2 HO.$$

Wenn man diese Formeln zusammenzählt, erhält man in beiden Fällen $N^5 C^{48} H^{32} O^{30}$.

Daß Kohlensäure und Wasser gebildet werden, ist dabei gar nicht nothwendig. Es ist vielmehr wahrscheinlich, daß eine Sauerstoffentwicklung stattfindet, während der Kohlenstoff und Wasserstoff mit

---

1) John (in Elbena), Erdmann und Marchand, Journal für praktische Chemie. Bd. L. S. 59. Der procentische Gehalt der Eiweißstoffe erleidet in den genannten Pflanzentheilen sehr häufig eine Verminderung, der absolute Ertrag der Erndten wird aber immer vermehrt.

einem Theil des Sauerstoffs stickstofffreie Verbindungen darstellen. Die mitgetheilten Formeln sollen nur zeigen, wie leicht für eines der humussauren Ammoniaksalze die Umsetzung in die Stoffe der Eiweißgruppe zu erreichen ist.

Wegen seiner weiten Verbreitung und wegen seiner Löslichkeit im Safte muß das Pflanzeneiweiß als der Mutterkörper der übrigen eiweißartigen Verbindungen betrachtet werden. In vielen Pflanzentheilen findet sich lösliches Eiweiß, ohne daß ein anderer Eiweißkörper in denselben vertreten wäre. Umgekehrt aber sind der Kleber der Getreidesamen, der Erbsenstoff der Hülsenfrüchte, die Diastase der Gerste, die Mandelhefe der Mandeln und der Pfirsichkerne immer von löslichem Eiweiß begleitet.

Ich habe oben nach Harting und Mulder angegeben und kann es aus eigener Beobachtung bestätigen, wie das ungelöste Eiweiß vorzugsweise in den verdickenden Schichten älterer Zellen enthalten ist. Offenbar wird also das lösliche Eiweiß in die aus Holzstoff bestehenden Theile der Zellwand, in die verdickenden Schichten, die Spiralfäden, Ringfasern, Netzfasern und ähnliche Gebilde abgelagert. Es verändert dabei seine Eigenschaften und seine Zusammensetzung. Dieses Endziel der Wirkung ist bekannt. Aber ein allzu weiter Weg der Forschung trennt uns noch von diesem Endziel, als daß man es wagen sollte auch nur Muthmaßungen vorzubringen über die vermittelnden Einflüsse, welche das lösliche Eiweiß hier in Kleber, dort in Erbsenstoff, an einer anderen Stelle wieder in Mandelhefe verwandeln. Auf diesem Wege kann uns indessen die Begeisterung erfreuen über die wichtige Errungenschaft der Mulder'schen Forschungen, daß die Pflanzen im Stande sind, aus einfachen Bestandtheilen der Luft und Verwesungserzeugnissen der Erde, aus Kohlensäure, Ammoniak und Humussäuren diejenigen organischen Verbindungen zu bereiten, ohne welche die höchst organisirten Werkzeuge von Pflanzen und Thieren keinen Bestand haben und keine lebenskräftige Verrichtung äußern.

# Kap. II.

## Die stärkmehlartigen Körper.

### §. 1.

Die stärkmehlartigen Körper sind durch ihre Aehnlichkeit in der Zusammensetzung, durch mancherlei Eigenschaften, durch ihre große Verbreitung in dem Pflanzenreich, vor allen Dingen aber durch ihre Entwicklungsgeschichte zu Einer großen Gruppe verbunden.

Der Zellstoff, das Stärkmehl, Inulin, Dextrin und Gummi stimmen in ihrer Zusammensetzung mit einander vollkommen überein. Die Zuckerarten unterscheiden sich von den genannten Verbindungen durch einen unbedeutenden Mehrgehalt von Wasserstoff und Sauerstoff. Der Zucker aber enthält, ebenso wie alle die obengenannten Körper, neben einer beträchtlichen Menge Kohlenstoff, Wasserstoff und Sauerstoff im Wasserbildungsverhältnisse.

Von diesem allgemeinen Typus der Zusammensetzung entfernen sich nur die Holzstoffe, der Kork und die zur Pektinreihe gehörigen Verbindungen.

### §. 2.

Alle jugendliche Zellwände bestehen aus Einem und demselben Stoffe, der mit dem Namen Zellstoff, Cellulose, belegt wurde. So findet man ausschließlich Zellstoff in der Wand der ovalen Parenchymzellen von Aloë lingua und den runden Parenchymzellen von Agave americana, in den jungen Spiralfäden und in der Wand der Spiralfaserzellen der letztgenannten Pflanze, in der Wand der Spiralgefäße von Mammillaria pusilla, der Ringfaserzellen von

Opuntia microdasys, der Netzfaserzellen von Tradescantia virginica. Aus Zellstoff besteht die innere Wand der porösen Zellen von
Vitis vinifera und Cycas revoluta, die Wand der jungen Holzzellen, der Cambiumzellen, der Rindenparenchymzellen, die nicht ver-
dickte Wand der Markzellen verschiedener Pflanzen, die innere Schichte,
bisweilen sogar die ganze Wand der Milchsaftgefäße. (Harting
und Mulder).

Wenn die Zelle älter wird, so werden nach und nach verschiedene Stoffe in oder gegen ihre Wandung abgelagert, und in Folge
dessen der Zellstoff mit anderen Bestandtheilen der Pflanze vermischt.
Deßhalb findet man die Spiralfäden, die Ringfasern und Netzfasern,
welche der Innenwand der Pflanzenzellen anliegen, nur im ganz jugendlichen Zustande vorherrschend aus Zellstoff, in älteren Zellen dagegen aus mittlerem Holzstoff zusammengesetzt. Oder es liegen
Schichten von mittlerem und äußerem Holzstoff um eine innere
Wand, die selbst aus Zellstoff besteht; so in den Holzzellen (Harting und Mulder). Nach Mitscherlich sind die Zellen im Holze
des Steins der Steinfrüchte von einer Korkschichte umgeben, welche
durch die innere Zellstoffwand hindurchgeschwitzt ist [1].

Eiweiß, Holzstoff, Stärkmehl, Pflanzenschleim, Pektose können aber auch die junge Zellwand durchdringen, so daß man die
einzelnen Stoffe nicht an getrennten Schichten erkennt. Daher besteht die dicke äußere Wand der Zellen des regelmäßigen Parenchyms
von Cycas revoluta nicht ausschließlich aus Zellstoff, sondern aus
Zellstoff und Pektose, wie Mulder vermuthet. Die Wand der Col-
lenchymzellen unter der Epidermis bei Phytolacca decandra, Opuntia brasiliensis, Sambucus nigra, Tilia parvifolia ist ein inniges
Gemenge von Zellstoff und Pektose. In den Zellwänden des
schwammförmigen Parenchyms von Musa paradisiaca ist dem Zellstoff ein eiweißartiger Körper beigemischt. Und in den Samen von
Iris cruciata und Alstroemeria aurea ist der Zellstoff der Wände
zur größeren Hälfte durch Pflanzenschleim, in der mittleren Schichte
der Bastfaserzellen von Agave americana durch Holzstoff verdrängt.
(Harting und Mulder).

---

1) Liebig und Wöhler, Annalen, Bd. LXXV. S. 314.

## §. 3.

Für die Zusammensetzung des Zellstoffs wird nur von Mulder die Formel $C^{24}H^{21}O^{21}$ vertheidigt. Alle übrige Forscher leiten aus ihren Zahlen den Ausdruck $C^{12}H^{10}O^{10}$ ab, z. B. ganz neuerdings wieder Mitscherlich [1]).

In Wasser, Alkohol, Aether, verdünnten Säuren und Alkalien ist der Zellstoff unlöslich. Durch keine Eigenschaft wird aber der Zellstoff besser bezeichnet, als durch seine Fähigkeit mit Schwefelsäure in Stärkmehl umgewandelt zu werden. Diese von Schleiden entdeckte Umsetzung wird nach Harting und Mulder, die bei der Untersuchung von Pflanzengeweben einen so schönen Gebrauch dieser Eigenschaft machten, am allerbesten durch das dritte, zweite und erste Hydrat der Schwefelsäure hervorgerufen. Je reiner der Zellstoff ist, desto verdünnter darf die Schwefelsäure sein, um die Stärkmehlbildung zu bewirken. Eine ganz gesättigte, syrupdicke Auflösung der Phosphorsäure leistet nach Mulder [2]) dasselbe wie das zweite Hydrat der Schwefelsäure; Salzsäure und Salpetersäure dagegen nicht.

Weil nun Stärkmehl durch Jod blau gefärbt wird, so giebt es kein besseres Mittel die Gegenwart des Zellstoffs zu erkennen, als wenn man den betreffenden Pflanzentheil mit Jodtinctur befeuchtet und, nachdem der Alkohol verdunstet ist, mit dem geeigneten Schwefelsäurehydrat behandelt. Hat man das Pflanzengewebe nicht vorher getrocknet, dann erhält man auf den Zusatz der Säure einen krystallinischen Niederschlag des Jods.

Das aus dem Zellstoff gebildete Stärkmehl verwandelt sich durch Schwefelsäure nach und nach in Dextrin und Zucker. Wenn also die Säure zu stark oder zu lange eingewirkt hat, dann wird durch das Jod keine blaue, sondern eine dunkel rothbraune Farbe hervorgebracht. Deshalb arbeitet man bei mikrochemischen Untersuchungen am besten mit dem dritten Hydrat der Schwefelsäure. Und aus demselben Grunde ist es vorzuziehen, die Gegenstände vorher mit Jod zu behandeln und sie von dem Augenblicke des Zusatzes der Schwefelsäure an genau zu beobachten. Auf diese Weise sind die Angaben

---

1) A. a. O. Bd. LXXV. S. 306.
2) A. a. O. S. 435.

über das Vorkommen des Zellstoffs von Harting und Mulder gefunden.

Nach neueren Untersuchungen hält Mitscherlich es für wahrscheinlich, daß auch die Alkalien Zellstoff in Stärkmehl verwandeln. Wenn die Alkalien eine Zeit lang eingewirkt haben, dann wird der mit Job behandelte Zellstoff nach ihm violett.

Als Zellstoff wird also dieser Körper von Säuren und Alkalien nicht gelöst, wohl aber nachdem die durch diese Stoffe eingeleitete Umsetzung bis zur Dextrinbildung fortgeschritten ist.

Wenn man den Zellstoff durch Schwefelsäure in Stärkmehl umgewandelt hat, kann man nach Mulder durch Auswaschen der Schwefelsäure das Stärkmehl in einen Stoff umsetzen, der durch Job nicht mehr blau gefärbt wird. Mulder hält es für wahrscheinlich, daß dabei eine Rückbildung des Zellstoffs aus dem Stärkmehl sich ereignet [1].

Diastase verwandelt den Zellstoff in Dextrin (Payen, E. H. von Baumhauer).

Aus der so überaus weiten Verbreitung, durch welche der Zellstoff alle andere Pflanzenbestandtheile übertrifft, indem er nicht nur wie das Eiweiß beinahe überall, sondern auch überdies in reichlicher Menge auftritt, ergiebt sich, daß sehr verschiedene Pflanzentheile zu seiner Darstellung benützt werden können. Payen hat den Zellstoff aus den Samenknospen (Eierchen) der Mandeln, der Aepfel und der Sonnenblume, aus Gurkensaft, Gurkengewebe, Hollundermark, dem Mark von Aeschynomene paludosa, Baumwolle und Wurzelspitzen (sogenannten Wurzelschwämmchen) bereitet. Später untersuchte Payen denselben Stoff aus den Blättern der Endivie, der Aylanthus glandulosa, der Agave americana, der virginischen Pappel, aus dem Holz der Coniferen, dem Kern der Samenknospe (Perispermium) von Phytelephas, aus Conserven, Flechten und Pilzen. Er wies nach, daß gehörig gereinigtes Medullin, Fungin, Lichenin nichts Anderes sind als Zellstoff. Fromberg hat den Zellstoff aus isländischem Moos, aus Rüben, Weißkraut, Endivie, E. H. von Baumhauer aus den Samen von Phytelephas, Kokosnüssen, dem Holze des Goldregens, der Ulme, des Tulpenbaums und aus dem Flachse gewonnen. Kurz, es giebt wohl keinen allge-

---

1) A. a. O. S. 434, 435.

mein verbreiteten Pflanzenbestandtheil, der aus so verschiedenen Fund-
orten untersucht wäre.

Am allerbesten eignen sich junge Wurzeln oder junges Mark
zur Darstellung des Zellstoffs. Zu diesem Behufe werden sie mit
Wasser, Alkohol, Aether, verdünnter Salzsäure und verdünntem
Kali ausgewaschen. Getrocknet bildet der Zellstoff eine grauweiße,
zähe Masse, die im specifischen Gewicht beinahe mit Wasser übereinstimmt. Reiner Zellstoff aus Mandeln schwimmt oben im Wasser
oder bleibt auf dem Boden des Gefässes liegen, je nach der Lage,
in welche man ihn von Anfang an gebracht hat.

## §. 4.

Bald spiralförmig nach innen, bald schichtenweise nach außen
lagern sich in den Gefäßpflanzen Holzstoffe gegen die aus Zellstoff
bestehende jugendliche Zellwand, die bei den Zellenpflanzen das ganze
Leben hindurch des Holzstoffs entbehrt.

In den jungen Spiralfäden, Ringfasern, Netzfasern ist neben
dem Zellstoff schon frühe mittlerer Holzstoff enthalten, dessen Menge
beim Altern der Zelle beständig zunimmt; so in den Spiralgefäßen
von **Mammillaria pusilla**, in den Ringfaserzellen von **Opuntia microdasys**, den Netzfaserzellen von **Tradescantia virginica**.

Aeltere Markzellen besitzen um die innere Zellstoffschichte eine
Lage von mittlerem Holzstoff, z. B. in dem vierten und siebenten
Internodium von Hoya carnosa. Ebenso die Holzzellen und die
Bastfaserzellen. Der mittlere Holzstoff scheint also durch die Zellstoff-
wand nach außen hindurchzuschwitzen.

Außer diesem mittleren Holzstoff enthalten aber die ausgebildeten Holzzellen noch eine dritte Schichte nach außen, welcher Mulder den Namen äußeren Holzstoff gegeben hat. Auf gleiche Weise
ist in den Treppengefäßen von Aspidium Filix mas der mittlere
Holzstoff der Fasern von einer Schichte äußeren Holzstoffs umgeben.

Bisweilen liegt der äußere Holzstoff unmittelbar der Zellstoffwand an, ohne zwischenliegenden mittleren Holzstoff. In einem jungen
Internodium von Clematis vitalba findet man die Wand der Holzzellen nur aus Zellstoff zusammengesetzt. Sind die Holzzellen etwas
älter, dann liegt zunächst eine Lage äußeren Holzstoffs um die Zellstoffwand, und zuletzt entwickelt sich zwischen beiden der mittlere Holz-

ftoff. Dagegen fehlt diese mittlere Schichte dauernd in der Wand der porösen Zellen von Vitis vinifera und Cycas revoluta. Diese porösen Zellen enthalten einen Utriculus internus, dann folgt nach außen eine nur aus Zellstoff bestehende Zellwand, welcher der äußere Holzstoff unmittelbar anliegt. Es sind gleichsam Holzzellen ohne mittleren Holzstoff, so wie sich umgekehrt die älteren Markzellen dadurch von den Holzzellen unterscheiden, daß ihnen die äußere Holzstoffschichte fehlt. — Die Rindenparenchymzellen von Clematis vitalba scheinen gleichfalls nur aus Zellstoff und äußerem Holzstoff zu bestehen.

Die äußere Schichte der Milchsaftgefäße von Euphorbia caput Medusae stimmt, soweit ihre Eigenschaften bis jetzt beobachtet sind, mit der äußeren Hülle der Holzzellen überein.

Indeß scheint der äußere Holzstoff auch nach innen vom mittleren Holzstoff liegen zu können. In den Bastfaserzellen von Agave americana soll diesseits und jenseits der mittleren Wand, die aus mittlerem Holzstoff und etwas Zellstoff besteht, eine Schichte äußeren Holzstoffs zugegen sein. (Harting und Mulder).

Diese Lagerung der Holzstoffe um die Zellstoffwand hat Payen veranlaßt, dieselben mit dem Namen des krustenbildenden Stoffs (matière incrustante) zu bezeichnen. Allein fast ebenso häufig ist der mittlere Holzstoff in einer und derselben Schichte mit Zellstoff innig gemischt. So findet man in den verdickten Zellwänden von Hoya carnosa, in den Spiralfäden und den von diesen abgeleiteten Gebilden ein inniges Gemenge von Zellstoff und mittlerem Holzstoff. Der Holzstoff wird also nicht bloß um, sondern auch in die Zellstoffwand abgelagert. (Harting und Mulder).

## §. 5.

Für den krustenbildenden Stoff, der aber noch mit Zellstoff verunreinigt war, fand Payen die Formel $C^{35} H^{24} O^{20}$. Fromberg und E. H. von Baumhauer analysirten das ganze Holz und gelangten für dasselbe zu dem empirischen Ausdruck $C^{44} H^{44} O^{39}$. Indem Mulder von dieser Formel seinen Zellstoff ($C^{24} H^{21} O^{21}$) abzog, leitete er für den mittleren und äußeren Holzstoff zusammen die For-

mel $C^{40}H^{23}O^{18}$ ab [1]). Mulder selbst analysirte später die gereinigten Spiralfäden von Agave americana und gelangte für dieselben
zu der Zusammensetzung $C^{64}H^{49}O^{47}$. Auch diese Spiralfäden bestehen aus Zellstoff und (mittlerem) Holzstoff. Mulder zog also für
den Zellstoff $C^{24}H^{21}O^{21}$ ab und legte dem mittleren Holzstoff den
Ausdruck $C^{40}H^{28}O^{26}$ bei [2]). Allein die Zusammensetzung des ganzen
Holzes führte zu sehr verschiedenen Formeln, was um so weniger zu
verwundern ist, da das Holz ein Gemenge von vier Stoffen, von
mittlerem und äußerem Holzstoff, von Eiweiß und Zellstoff darstellt.
So fand von Baumhauer für das Holz des Goldregens und der
Ulme $C^{64}H^{47}O^{45}$, für das Holz des Tulpenbaums $C^{64}H^{48}O^{47}$ [3]),
während die oben angegebene Formel $C^{64}H^{44}O^{39}$ sich auf das harte
Holz des Steins von Pfirsichen, Nüssen, Kokosnüssen und Mandeln
bezieht.

Aus Chevandier's Zahlen für das Holz berechnet Mulder
durch Abzug der Eiweißgruppe ($N^5 C^{40}H^{30}O^{12}$) und seiner Zellstoff-
formel ($C^{24}H^{21}O^{21}$) den Ausdruck $C^{599}H^{427}O^{401}$. Wenn man diese
Zahlen auf $C^{40}$ zurückführt, ergiebt sich $C^{40}H^{28}O^{27}$ für mittleren
und äußeren Holzstoff zusammen. Da nun Mulder für den mittle-
ren Holzstoff der Spiralfäden zu der Formel $C^{40}H^{28}O^{26}$ gelangte, so
hält er für wahrscheinlich, daß der mittlere und der äußere Holzstoff
mit einander isomer sind.

Da indeß alle diese Formeln nur aus der Analyse von verschiedenen Gemengen gefunden wurden, ohne irgend eine Bürgschaft,
daß gerade 1 Aeq. Zellstoff oder 1 Aeq. Eiweiß mit den betreffenden
Holzstoffen verbunden ist, so versteht es sich ganz von selbst, daß es
höchst willkürlich wäre, wenn man diesen Formeln einen wissenschaftlichen Werth beilegen wollte. Während Mulder z. B. in dem
harten Holz der Steinfrüchte oder in den Spiralfäden 1 Aeq. Zellstoff auf 1 Aeq. der betreffenden Holzstoffe annimmt, bringt er bei
Chevandier's Zahlen für 1 Aeq. Zellstoff und 1 Aeq. Eiweiß

---

1) Mulder's Scheikundige onderzoekingen Deel II, in von Baumhauer's
Abhandlung S. 210, bei Fromberg S. 338.
2) Scheikundige onderzoekingen, Deel III, p. 341—343 und physiologische
Chemie, in der von mir besorgten Uebersetzung S. 447, 448.
3) Scheikundige onderzoekingen, Deel II, p. 204, 205.

15 Aeq. Holzstoff in Rechnung. Mulder hält denn auch in neue=
rer Zeit[1]) selbst jene Ausdrücke nur für Winke, die uns wenigstens
ein annäherndes Bild von der Zusammensetzung der Holzstoffe geben
können.

So viel scheint aus allen jenen Formeln mit Gewißheit abgelei=
tet werden zu dürfen, daß in beiden Holzstoffen weniger Sauerstoff
mit dem Wasserstoff verbunden ist, als dem Wasserbildungsverhältnisse
entspricht.

Nach Mulder unterscheidet sich die Zusammensetzung des har=
ten Holzes deshalb von jungem, weichem Holze, weil jenes Ulminsäure
enthält[2]). Von jenem Ulmingehalt soll die braune Farbe der Steine
der Steinfrüchte herrühren. Der mittlere Holzstoff wird leicht in Ul=
minsäure verwandelt, denn

Mittlerer Holzstoff        Ulminsäure

$$C^{40} \ H^{28} \ O^{26} - 14 | HO = C^{40} \ H^{14} \ O^{12} \ {}^{3}).$$

Der äußere und der mittlere Holzstoff sind beide unlöslich in
Wasser, Alkohol, Aether und verdünnten Säuren. In Alkalien lösen
sich die Holzstoffe und aus der Lösung werden sie durch Säuren ge=
fällt. In Folge dieser Löslichkeit werden die Wände der Holzzellen
dünner, wenn man das Holz mit Kali kocht.

Durch Schwefelsäure wird der mittlere Holzstoff in Ulminsäure
verwandelt, während der äußere Holzstoff dadurch nicht angegriffen
wird. Starke Schwefelsäure löst den mittleren Holzstoff auf.

Jod und Schwefelsäure ertheilen den beiden Holzstoffen eine
braune Farbe. In den Pflanzengeweben läßt sich der mittlere Holzstoff
vom äußeren sehr häufig dadurch mikroskopisch unterscheiden, daß mit dem
mittleren Holzstoff Zellstoff vermischt ist; weil nun der Zellstoff durch
Jod und Schwefelsäure blau wird, so erhält das Gemenge von Zell=
stoff und mittlerem Holzstoff durch diese Prüfungsmittel eine grüne
Farbe. Auf die Weise treten nach der Behandlung mit Jod und
Schwefelsäure in erwachsenen Holzzellen drei verschieden gefärbte Schich=
ten auf: eine innere blaue, aus Zellstoff bestehend, eine mittlere grüne,

---

1) Physiolog. Chemie, S. 483.

2) A. a. O. S. 484.

3) A. a. O. S. 448.

in welcher dem mittleren Holzstoff Zellstoff beigemischt ist, und nach außen eine braune von äußerem Holzstoff.

Wegen des innigen Zusammenhangs des Zellstoffs mit den Holz= stoffen ist es bisher nur sehr mangelhaft gelungen, die letzteren rein darzustellen. Payen bereitete Holzstoff, indem er Holz in Kali löste und dann mit Säuren niederschlug. Allein auch der Zellstoff wird theilweise in Kali gelöst, der Holzstoff in Ulminsäure verwandelt. Des= halb hat Payen ein Gemenge von Holzstoff, Zellstoff und Ulminsäure der Analyse unterworfen. Mulder benützte die aus mittlerem Holz= stoff und Zellstoff bestehenden Spiralfäden von Agave americana, um wenigstens annähernd reinen Holzstoff zu gewinnen. Diese Spi= ralfäden wurden mit starker Essigsäure, mit Wasser, Alkohol und Ae= ther ausgewaschen. Durch die Essigsäure wird das eingemengte Ei= weiß, durch die anderen Lösungsmittel etwaige Harze, Wachs, Fett und Farbstoff entfernt, und auf diese Weise wenigstens ein Gemenge erhalten, das nur aus Einem Holzstoff, dem mittleren, und aus Zell= stoff besteht.

## §. 6.

Nach dem Zellstoff hält Mitscherlich den Kork, das soge= nannte Suberin, für den wichtigsten Bestandtheil der Zellwand. Die Kartoffeln sind von mehren Schichten überzogen, deren Zellen aus Kork bestehen. Ebenso sind die zartesten Pflanzenhaare häufig mit ei= ner dünnen Korkschichte bedeckt. Nach Mitscherlich[1]) stimmt näm= lich der von Brongniart und Mulder als Cuticula beschriebene Körper mit dem Korkstoff überein; so das Häutchen, welches die Dorne und bei den meisten Pflanzen die Zellen der Oberhaut überzieht. Dahin gehört also z. B. die Cuticula der Blätter von Agave americana, ferner der Kork der Korkeiche, aber auch der Linden, Pappeln, Weiden und anderer Bäume, und, wie es scheint, auch die äußere Haut der Sporen und Pollenkörner[2]).

1) Liebig und Wöhler, Annalen. Bd. LXXV, S. 310 u. folg.

2) Vgl. Mohl, die vegetabilische Zelle in R. Wagner's Handwörterbuch Bd. IV, S. 196.

In der Cuticula bildet der Kork nach Harting und Mulder keine Zellen, sondern eine ganz gleichförmige Masse. Nach Mitscher=lich stellt der Kork nicht selten die äußerste Schichte der Zellwände dar, so zwar daß er die einzelnen Zellen gleichsam zusammenkittet.

Mitscherlich hat den Kork analysirt und dieselben Zah=len gefunden, welche Döpping früher schon für den Kork der Kork=eiche und Mulder später für die Cuticula von Agave americana erhielt. Aber auch der Kork läßt sich so schwer reinigen, daß Mit=scherlich die Zusammensetzung noch nicht durch eine Formel auszu=drücken wagt.

Wasser, Alkohol, Aether, starke Essigsäure lösen den Kork nicht auf, ja selbst von starker Schwefelsäure wird dieser Stoff nur sehr lang=sam angegriffen. Die Cuticula läßt sich von vielen Pflanzentheilen durch Schwefelsäure trennen; sie bleibt unversehrt, während der Zell=stoff gelöst wird. Hiebei erleidet die Cuticula indeß eine Zersetzung, wie daraus hervorgeht, daß sie eine bräunliche Farbe annimmt. Jod und Schwefelsäure färben den Korkstoff braun. Ein sehr bezeichnen=des Merkmal des Korks besteht darin, daß er sich so gut wie gar nicht vom Wasser benetzen läßt und dadurch in hohem Grade das Austrocknen verhindert bei allen Pflanzentheilen, welche er überzieht.

Durch Salpetersäure wird der Kork oxydirt; die Korkzellen schwel=len auf, wenn sie mit dieser Säure behandelt werden, und lösen sich in Kali. Die Aufnahme des Sauerstoffs verwandelt den Kork in eine Reihe von Säuren, deren Endglieder Korksäure ($C^8 H^6 O^5 + HO$) und Bernsteinsäure ($C^4 H^2 O^3 + HO$) sind. Die ersten Erzeugnisse dieser Oxydation besitzen eine röthliche Farbe.

Am leichtesten läßt sich der Korkstoff aus dem Kork der Kork=eiche gewinnen, indem man denselben mit Wasser, Alkohol, Aether und starker Essigsäure reinigt.

## §. 7.

An die Holzstoffe und den Kork schließt sich noch ein vierter Kör=per, der die Zellenwände verdickt und unter dem chemisch schlecht be=zeichnenden Namen des hornigen Albumens bekannt ist. Ich will ihn Hornstoff nennen, wobei freilich nicht an die hornigen Gewebe der Thiere gedacht werden darf. Dieser Hornstoff verdickt den Pflanzenschleim der

Zellwände in den Samen von Iris cruciata und Alstroemeria aurea (Harting und Mulder).

Mulder hat nach seinen Analysen dem Hornstoff der letztgenannten Samen die Formel $C^{24} H^{19} O^{19}$ beigelegt[1]).

In Wasser, Alkohol und Aether ist der Hornstoff unlöslich. Durch
Kali quillt er auf; ebenso durch Salpetersäure. Jod und Schwefelsäure färben ihn hellgelb, nicht blau.

Mulder stellte diesen Hornstoff dar aus den Samen von Iris
und Alstroemeria, indem er sie nach Entfernung der Oberhaut und
des Embryo mit Aether, Wasser und Alkohol auszog.

## §. 8.

Stärkmehl findet sich am häufigsten als Inhalt der Zellen,
in der Gestalt von ovalen oder rundlichen Körnern, die aus mehren
um Einen Mittelpunkt gelagerten Schichten bestehen. Wenn die Stärkmehlkörner sehr dicht zusammengedrängt sind, werden sie vieleckig. Formlos findet sich das Stärkmehl in den Samen von Cardamomum
minus und vielleicht in der Rinde der Jamaica-Sassaparille (Schleiden)[2]).

Nach Payen's Beobachtungen ist das Stärkmehl um so reichlicher vertreten, je weniger die Pflanzentheile dem Licht ausgesetzt sind.
So findet man in den Wurzeln mehr Stärkmehl als in dem Stamm,
in dem Mark der Stengel mehr als an der Oberfläche. Die Cacteen
besitzen im Innern des Marks die größten Körner. In den Schuppen von Zwiebeln verschwindet das Stärkmehl nach und nach, wenn
sie dem Lichte ausgesetzt werden. Es fehlt ferner in der Oberhaut
und den derselben nahe liegenden Zellen, nach Mitscherlich z. B.
auch in den Korkzellen der Kartoffeln.

Alle jugendliche Pflanzentheile bestehen ausschließlich aus Zellstoff. In jungen Wurzeln, Sprossen, Stengeln ist kein Stärkmehl
enthalten. Ebenso fehlt es in Gefäßen und Intercellulargängen.

Viele Flechten enthalten Stärkmehl, die sogenannte Moosstärke, in der Zellwand. Das Stärkmehl übernimmt also hier die

---

1) Scheikundige onderzoekingen Deel III. p. 269.

2) Schleiden, Grundzüge der wissenschaftlichen Botanik, Bd. I, S. 176.

Rolle eines die Zellwand verdickenden Stoffs. Die Zellwand verdünnt sich, wenn man sie mit Wasser auskocht (Mulder).

Das Stärkmehl der Gefäßpflanzen sowohl, wie die Moosstärke,
ist nach der Formel $C^{12} H^{10} O^{10}$ zusammengesetzt.

Kaltes oder auch warmes Wasser, dessen Wärme 55° C. nicht
übersteigt, macht die Stärkmehlkörner bloß aufquellen. Wasser von
72° wird schon in größerer Menge von den Körnchen aufgenommen
und macht die äußeren härtesten Schichten platzen. Erhöht man den
Wärmegrad bis zum Sieden, dann gehen 99 Hundertstel durch das
Filtrum. Diese warme Lösung gesteht beim Erkalten zu Kleister.

Reibt man die Stärke mit Quarzsand, dann werden die äußeren härtesten Hüllen gesprengt und auch von kaltem Wasser eine bedeutendere Menge gelöst (Guérin-Varry).

Von Alkohol und Aether wird die Stärke nicht aufgenommen;
ebenso wenig von fetten und flüchtigen Oelen.

Erhitzt man das Stärkmehl in einem verschlossenen Gefäß bis
zu 150°, dann wird es in fünf bis sechs Stunden gelöst. Beim Erkalten setzt sich die Stärke aber wieder in Kügelchen ab, die sich bei
72° reichlich lösen (Jacquelain).

Aus der wässerigen Lösung wird das Stärkmehl durch basisch
essigsaures Blei und durch Barytwasser gefällt. Galläpfeltinctur erzeugt einen gelben Niederschlag, der bei 36° C. verschwindet und bei
30° wieder erscheint.

Säuren setzen die Stärke nach vorherigem Aufquellen der Körner in Dextrin und das Dextrin in Zucker um. Durch Diastase oder
durch Röstung geht die Dextrinbildung ebenso vor sich. Nach Mohl[1])
geschieht die Umwandlung durch Diastase in der lebenden Pflanze so,
daß die Stärkekörner fest bleiben und von außen nach innen schichtenweise gleichsam angefressen und aufgelöst werden.

Das eigenthümlichste Merkmal des Stärkmehls, das im Jahre
1814 von Colin und Gaultier de Claubry entdeckt wurde[2]),
besteht in der violettblauen Farbe, die es, im festen wie im gelösten

---

1) Mohl, die vegetabilische Zelle in R. Wagner's Handwörterbuch, Bd. IV.
S. 207.

2) Journ. de pharm. et de chim. 3e sér. T. XVIII. Décembre 1850.
p. 410, 411.

Zustande, und selbst bei großer Verdünnung mit Jod annimmt. In nicht zu dünnen Lösungen entsteht ein blauer Niederschlag von Jod-stärke, der nach Lassaigne aus $C^{12} H^{10} O^{10} + J$ besteht. Payen dagegen behauptet, daß der höchste Jodgehalt des Niederschlags etwa Einem Aequivalent auf 10 Aeq. Stärkmehl entspricht.

In der Verbindung des Jods mit der Stärke haben wir den Uebergang von einer chemischen zu einer physikalischen Verbindung. Für eine Anziehung der Atome in unmeßbaren Entfernungen spricht es, daß sich die Jodstärke viel schwerer zersetzt als reines Stärkmehl. Jodstärke bis zu 200—220° erhitzt wird weder vollständig entfärbt, noch in Dextrin verwandelt. Dagegen wird die Annahme einer blo-ßen Anziehung im Sinne der Physiker dadurch begünstigt, daß sich durch Waschen mit Alkohol der Jodgehalt vermindert.

Erwärmt man die blaue Lösung der Jodstärke bis zu 66° C., dann verschwindet die blaue Farbe. Beim Erkalten kehrt sie wie-der. Durch das Erwärmen soll sich aus Jod und Wasser Jodwas-serstoff und Jodsäure bilden, die sich beim Erkalten wieder in Jod und Wasser umsetzen. Aus

$$5 HO \text{ und } 6 J \text{ wird } 5 HJ \text{ und } JO^5$$

und umgekehrt. Dadurch wird es befriedigend erklärt, warum nach zu häufig wiederholtem oder zu lange fortgesetztem Erhitzen die blaue Farbe auch beim Erkalten nicht wiederkehrt; es wird dabei der flüch-tige Jodwasserstoff zuletzt gänzlich entfernt.

Moosstärke giebt sich als eine Uebergangsstufe zum Dextrin oder auch zum Inulin dadurch zu erkennen, daß sie mit Jod nicht blau, sondern gelb gefärbt wird. Neben der Moosstärke kommt aber gewöhnliches Stärkmehl in Flechten vor. Dichte Lösungen neh-men deshalb mit Jod eine grüne Farbe an, während sich verdünnte Mischungen in eine obere blaue und eine untere gelbe Schichte tren-nen. In dieser gelben Schichte ist auch Inulin vorhanden, das im Verhalten zu Jod mit der Moosstärke übereinstimmt. Dagegen ent-fernt sich die Moosstärke vom Inulin wieder dadurch, daß sie, wie das gewöhnliche Stärkmehl, durch Bleiessig gefällt wird (Mulder).

Während sich die Stärkekörner aus Gefäßpflanzen hauptsächlich durch ihre Größe, durch ihre Gestalt und durch die Dichtigkeit ihres Kleisters von einander unterscheiden (Pfaff), finden sich in dem Verhalten der Stärke verschiedener Flechten bedeutendere Abweichun-gen. Beim Verdunsten bedeckt sich die Moosstärke von Cetraria islandica und die von Lichen fastigiatus mit einer Haut. Während nun die Stärke des Isländischen Mooses beim Erkalten gallertig gesteht, ist dies nicht der Fall mit dem Stärkmehl von Lichen fastigiatus und Lichen fraxineus. Die beiden letzteren Stärkmehl-arten werden überdies durch Galläpfeltinctur nicht gefällt. Die Stärke von Lichen fraxineus giebt mit Bleiessig gar keinen, die von Lichen fastigiatus nur einen gallertig durchsichtigen Niederschlag (Mulder).

Aus zerriebenen Kartoffeln bereitet man das Stärkmehl, indem man sie in grober Leinwand unter Wasser knetet. Dann dringt durch die Maschen milchichtes Wasser, aus welchem die Stärkekörner sich absetzen, die man durch Waschen mit kaltem Wasser reinigt.

Um die Moosstärke aus Flechten zu gewinnen, befreit man den Pflanzentheil durch Kali von seinem Bitterstoff (Cetraria islandica z.B. von der Cetrarsäure). Dann kocht man die Flechten mit Wasser aus, filtrirt die erkaltete Flüssigkeit und läßt die Stärke sich absetzen. Ein schwarzfärbender Stoff wird nach Guérin-Barry dadurch entfernt, daß man die siedendheiße Lösung mit Alkohol versetzt. Es entsteht ein farbloser Niederschlag, der beim Trocknen gelblich wird.

#### §. 9.

Eine Abart, die sich bereits weiter von dem Stärkmehl entfernt, als die Moosstärke, ist das Inulin, das nach Schleiden und Mohl bisweilen in Körnchen vorkommt [1].

Obgleich es etwas unwahrscheinlich klingt, wenn Mulder [2] dem Inulin eine weit größere Verbreitung im Pflanzenreich beilegt, als dem gewöhnlichen Stärkmehl, so ist doch nicht zu läugnen, daß es in den Wurzeln von Dahlia, Inula Helenium, Leontodon Taraxacum, Cichorium Intybus, überhaupt in den Wurzeln sehr vieler Syngenesisten reichlich vorhanden ist. Daher die älteren Namen Dahlin, Helenin, Synantherin, ferner Datiscin von Datisca cannabina.

Für die Zusammensetzung ist $C^{12} H^{10} O^{10}$ unzweifelhaft der wahre Ausdruck, der auch von Mulder für das Inulin aus Inula

1) Mohl, a. a. O. S. 208.
2) Physiologische Chemie S. 227.

Helenium und Leontodon Taraxacum gefunden wurde. Denn die von Parnell und Croockewit für das Inulin der Georginenwurzel erhaltenen Zahlen, aus welchen diese Forscher die Formel $C^{24} H^{21} O^{21}$ ableiteten, beziehen sich höchst wahrscheinlich auf ein mit Zucker verunreinigtes Inulin.

Das Inulin, für welches Mulder's Formel gefunden wurde, ist nämlich in kaltem Wasser schwer löslich, es wird aber durch bloßes Kochen in Wasser nach und nach in Zucker und dadurch in ein leichter lösliches Gemenge verwandelt. Da nun mit der Löslichkeit des Inulins zugleich der Wasserstoff und Sauerstoff zunehmen, da ferner Zucker leicht in Wasser löslich und reicher an Wasserstoff und Sauerstoff ist als das Inulin, so muß gewiß angenommen werden, daß Parnell und Croockewit mit Zucker vermischtes Inulin untersucht haben.

Warmes Wasser löst Inulin auf. Beim Erkalten setzt sich das Inulin pulverförmig ab; es tritt keine Kleisterbildung ein. In Alkohol und Aether ist das Inulin unlöslich.

Nicht nur durch langes Kochen, auch durch Essigsäure wird Inulin in unkrystallisirbaren Zucker verwandelt (Payen).

Jod ertheilt dem Inulin eine gelbe Farbe (Mulder). Durch Bleizucker und Kalkwasser wird die Inulinlösung nicht, durch Barytwasser nur schwach und nur in der Kälte getrübt.

Inulinlösungen lenken den polarisirten Lichtstrahl nach links.

Man bereitet sich Inulin, indem man die Wurzeln einer der obengenannten Pflanzen, z. B. Georginenwurzeln in grober Leinwand zu einem Brei zerreibt und das Wasser durch die Maschen drückt. Das Wasser fließt milchicht durch und das Inulin setzt sich daraus beim Stehen ab. Weil sich das Inulin auf einem Filter nicht waschen läßt, so rührt man es in einem Gefäß so lange wiederholt mit Wasser an, bis dieses rein über dem Brei steht. Bisweilen setzt sich das Inulin nicht ab. Dann wird es mit Wasser gekocht, wobei das Eiweiß gerinnt und entfernt wird. Darauf fällt das Inulin beim Erkalten pulverförmig nieder und es braucht dann nur noch mit kaltem Wasser und Alkohol ausgewaschen zu werden. Es ist aber immer mit etwas Zucker verunreinigt.

### §. 10.

In der Verbreitung durch die Pflanzenwelt hat das Dextrin, eine Art von Gummi, die größte Aehnlichkeit mit dem löslichen Eiweiß, indem es gewöhnlich in den betreffenden Pflanzentheilen nicht reichlich enthalten ist, aber wohl selten irgend einem Pflanzensaft ganz fehlt.

Zellstoff, Stärkmehl, kurz die wichtigsten unlöslichen Körper dieser Gruppe können nur durch die Umwandlung in Dextrin in lösliche Formen übergeführt werden. Eine Ortsbewegung derselben ist durchaus an Dextrinbildung geknüpft.

Zu dem Dextrin verhält sich das gewöhnliche, das sogenannte arabische oder Mimosen-Gummi, dem Vorkommen nach ganz ähnlich wie das ungelöste Pflanzeneiweiß zu dem löslichen. Das arabische Gummi findet sich nur in wenigen Pflanzen; gewöhnlich ist es durch die Rinde von **Mimosa**- und **Prunus**-Arten ausgeschwitzt und dann mit Harzen verunreinigt. Daher die Namen Mimosengummi, Kirschgummi, Cerasin, welche mit **Gummi arabicum, Gummi Senegal, Arabin** gleiche Bedeutung haben. Nach Mohl findet sich Gummi in den Intercellulargängen der Linden und Cycadeen [1]).

Dextrin und Gummi werden beide ausgedrückt durch die Formel $C^{12} H^{10} O^{10}$.

Sie werden beide mit großer Leichtigkeit in Wasser gelöst. Die Dextrinlösung lenkt aber den polarisirten Lichtstrahl zur Rechten, die Gummilösung zur Linken.

In Alkohol und Aether sind Dextrin und Gummi unlöslich.

Gummi gerinnt durch den Zusatz von wenig Kali aus seiner Lösung und scheint sich dabei wie eine schwache Säure zu verhalten. Ueberschüssiges Kali löst das Gerinnsel auf; in dieser Lösung entsteht ein käsig flockiger Niederschlag durch Alkohol.

Dextrin dagegen wird durch Kali nicht gefällt. Setzt man zu der kalihaltigen Dextrinlösung schwefelsaures Kupferoxyd, dann entsteht eine tiefblaue Lösung, die durch Erwärmung bis zu 85° C. das Kupferoxyd in einen rothen, krystallinischen Niederschlag von Kupferoxydul verwandelt [2]).

---

1) Mohl, a. a. O. S. 195.
2) Delffs, reine Chemie, zweite, gänzlich umgearbeitete Auflage, Kiel 1845. II. S. 201.

Beide Gummiarten werden, wenn man sie mit Diastase oder mit Säuren erwärmt, in Stärkezucker umgesetzt, der im Wesentlichen mit Traubenzucker übereinstimmt. Gummi erleidet aber diese Umwandlung langsamer als Dextrin [1]). Daß alles Dextrin in Zucker übergegangen ist, wird dadurch erkannt, daß die reine Zuckerlösung mit Alkohol keinen Niederschlag giebt. Weil aber die Diastase auch in Alkohol unlöslich ist, muß man bei dieser Probe die Umsetzung durch Schwefelsäure einleiten.

Die gewöhnlichen Gummiarten, mit Salpetersäure behandelt, liefern Schleimsäure ($C^6 H^4 O^7 + HO$), das Dextrin dagegen nur Kleesäure ($C^2 O^3$).

Um das Dextrin darzustellen, erwärmt man am besten in Wasser vertheiltes Stärkmehl mit Schwefelsäure bis zu 60°. Aus der filtrirten Lösung wird das Dextrin (Stärkegummi) durch Alkohol gefällt und mit Alkohol gewaschen. Man kann die durchgelaufene Flüssigkeit aber auch eindampfen und dann mit Alkohol reinigen.

Gummi gewinnt man, indem man das unrein ausgeschwitzte Kirschgummi oder Mimosengummi in Wasser löst, die Lösung durch Verdunsten verdichtet und mit Weingeist niederschlägt.

Das Gummi ist die bekannte weiße, mehr oder minder rissige, schwach durchsichtige Masse von muschligem Bruch; Dextrin ist nicht rissig und besitzt einen matteren Glanz und geringere Durchsichtigkeit.

Ein dem Dextrin verwandter Stoff ist der Pflanzenschleim, der vorzüglich in dem Traganthgummi von Astragalus verus, in den Salepknollen der Orchis‑Arten, in den Quittenkernen von Pyrus Cydonia, in den Samen von Plantago Psyllium, Linum usitatissimum, sodann in den Boragineen und Malvaceen vorkommt. Der Pflanzenschleim ist nach Harting und Mulder der krustenbildende Stoff der Zellen von Sphaerococcus crispus, und er setzt die Zellwände der Samen von Iris cruciata und Alstroemeria aurea zusammen. Das Carrhageenin ist vom Pflanzenschleim nicht wesentlich verschieden, ebenso wenig das Bassorin.

Nach der Analyse von C. Schmidt ist der Pflanzenschleim mit Dextrin und Gummi isomer.

In den Eigenschaften unterscheidet sich der Pflanzenschleim von den beiden letztgenannten Stoffen hauptsächlich dadurch, daß er sich

---

[1]) Delffs, a. a. O. S. 203.

viel schwerer im Wasser löst, eigentlich in demselben nur aufquillt. Alkohol und Aether lösen den Pflanzenschleim nicht. Nach Schmidt besitzt dieser Körper, ebenso wie die übrigen Gummi-Arten, die wichtige Eigenschaft, durch Säuren in Zucker übergeführt zu werden.

Man bereitet den Pflanzenschleim am besten, indem man Traganthgummi in Wasser vertheilt, und dann mit Alkohol, dem man, um die Salze zu lösen, etwas Salzsäure zusetzt, fällt. Durch wiederholte Vertheilung in Wasser und Versetzung mit Alkohol wird der Pflanzenschleim gereinigt.

### §. · 11.

Nicht ganz so allgemein wie Dextrin ist der Zucker verbreitet. Am häufigsten wird von den verschiedenen Zuckerarten der Traubenzucker gefunden, so in den verschiedenartigsten Früchten, namentlich in Trauben, Feigen, Pflaumen, in vielen Wurzeln, z. B. den Möhren, Schwarzwurzeln, Rapunzeln [1]), in den Nektarien der Blüthen und in den verschiedensten anderen Pflanzentheilen.

Das Vorkommen des Rohrzuckers ist schon aus dem Grunde beschränkter, weil derselbe in sauren Pflanzensäften nicht bestehen kann. Er findet sich vorzugsweise im Zuckerrohr, im Zuckerahorn und in den Runkelrüben.

Krystallisirter Traubenzucker hat die Formel $C^{12}H^{12}O^{12} + 2HO$, krystallisirter Rohrzucker $C^{12}H^{11}O^{11}$.

Beide Zuckerarten lösen sich in Wasser und besitzen die Fähigkeit zu krystallisiren.

Durch den Mangel der Krystallisationsfähigkeit unterscheidet sich der Stärkezucker, der auch Fruchtzucker und von den französischen Chemikern Glucose genannt wird, vom Traubenzucker. Der Traubenzucker lenkt, wie der Rohrzucker, den polarisirten Lichtstrahl nach rechts, der Fruchtzucker im engeren Sinne nach links. Weil man den Rohrzucker in Fruchtzucker verwandeln und damit das Verhalten zum polarisirten Lichtstrahl umkehren kann, nennen die Franzosen den Fruchtzucker auch Sucre interverti.

---

1) Vgl. Jac. Moleschott, die Physiologie der Nahrungsmittel, Darmstadt 1850. S. 357—359.

In Weingeist wird nur eine geringe Menge von diesen Zuckerarten gelöst, Rohrzucker und Fruchtzucker jedoch etwas leichter als
der Traubenzucker, welcher letztere auch mehr Wasser zur Auflösung
erfordert. Kalter absoluter Alkohol und Aether lösen die Zuckerarten
nicht. Siedender Alkohol nimmt aber Ein Hundertstel Rohrzucker
und etwas weniger Traubenzucker auf.

Wird eine Auflösung von Traubenzucker und Kali so lange mit
schwefelsaurem Kupferoxyd versetzt, als sich der gebildete Niederschlag
von basisch schwefelsaurem Kupferoxydhydrat wieder löst, dann entsteht in kurzer Zeit eine Fällung von gelbem Kupferoxydulhydrat,
von rothem wasserfreiem Kupferoxydul oder auch von braunem metal-
lischem Kupfer; das letztere besonders beim Erhitzen. Beim Rohrzucker
erfolgt diese Reduction des Kupferoxyds erst in viel längerer Zeit.

Von den beiden Hauptarten des Zuckers ist nur der Traubenzucker unmittelbar gährungsfähig, d. h. er wird durch Hefe in Alkohol und Kohlensäure umgesetzt. Rohrzucker erleidet die Gährung,
wenn er durch Säuren in Traubenzucker übergeführt ist.

Wenn man den krystallisirten Traubenzucker längere Zeit bei
100° erhitzt, dann verliert er 2 Aeq. Wasser und verwandelt sich in
Fruchtzucker. Aus
$$C^{12} H^{12} O^{12} + 2HO \text{ wird } C^{12} H^{12} O^{12}.$$
Nach Soubeiran läßt sich der Rohrzucker, wenn er in
wässriger Lösung im Wasserbad bei Abschluß der Luft längere Zeit
erhitzt wird, ebenso gut wie durch Säuren, in Stärkezucker verwandeln, der den polarisirten Lichtstrahl zur Linken ablenkt [1].

Um Traubenzucker darzustellen, versetzt man den Staub getrock-
neter Feigen oder Pflaumen mit Wasser. Die wässrige Lösung wird
mit basisch essigsaurem Blei gefällt, um das Gummi zu entfernen,
überschüssiges Blei durch Schwefelwasserstoff ausgeschieden. Darauf
wird die Lösung durch Thierkohle entfärbt, bis zur Syrupsdicke eingedampft und sich selbst überlassen. In einigen Tagen schießt der
Traubenzucker in körnigen Krystallen an.

Erhitzt man den Saft des Zuckerrohrs mit Kalk, dann wird
das Eiweiß ausgeschieden. Der geklärte Saft wird eingesotten. Je
vorsichtiger man die Erhitzung leitet, desto größer ist die Menge des

1) Journ. de pharm. et de chim., 3e sér. T. XVI, p. 262.

Rohrzuckers, die beim Erkalten in Krystallen anschießt. Bei höheren
Wärmegraden wird nämlich der Zucker zu unkrystallisirbarem Syrup.
Um die Wärme weniger hoch steigern zu müssen, läßt Howard
den Zuckersaft in luftleer gepumpten Kesseln eindampfen.

Als Anhang zum Zucker verdient der Schwammzucker Erwähnung. Er ist ein Gemenge von Traubenzucker und Mannit. Nicht
nur in Schwämmen findet er sich, sondern auch in manchen Algen,
Zwiebeln, in der Queckenwurzel (von Triticum repens), im Splint
von Pinus-Arten und ganz besonders in der Manna von Fraxinus
Ornus.

Knop hat nach Analysen von Stenhouse dem Mannit die
Formel $C^{12} H^{14} O^{12}$ zugewiesen.

Der Mannit ist löslich in Wasser, ebenso in heißem Weingeist
und Alkohol, aus welchen Flüssigkeiten er in Krystallen gewonnen wird.
In kaltem Weingeist und Aether wird der Mannit nicht gelöst. Er
ist nicht gährungsfähig.

Man erhält Mannit aus der Manna, aus Queckenwurzeln oder
anderen Pflanzentheilen, indem man sie mit kochendem Alkohol auszieht; beim Erkalten scheidet sich der Mannit in seinen Krystallen
aus, die durch Umkrystallisiren gereinigt werden.

Der Traubenzucker wird leicht in Mannit und Milchsäure umgewandelt. Deshalb ist der Mannit gewiß in manchen Pflanzentheilen nur ein Erzeugniß der Zersetzung.

## §. 12.

Ein Körper, der sich zwar durch seine Zusammensetzung von
dem Stärkmehl und den zunächst zur Stärkmehlreihe gehörigen Stoffen unterscheidet, aber eine ähnliche Reihe von Umwandlungsstufen
durchmachen kann, ist die Grundlage der gallertartigen Pflanzenstoffe.
Frémy nennt diesen Stoff Pektose. Ich will ihn Fruchtmark
nennen.

Das Fruchtmark ist der Stoff, der in den unreifen Früchten die
Zellstoffwände der Zellen verdickt, zum Theil aber auch mit dem Zellstoff selbst vermischt oder endlich zwischen den einzelnen Zellen als
sogenannte Intercellularsubstanz gelagert ist. Häufig findet sich dieses
Fruchtmark ferner in Wurzeln, so z. B. in reichlicher Menge in

den weißen Rüben als wahrer krustenbildender Stoff um die Zell=
stoffwände herum. Die Milchsaftgefäße von **Euphorbia caput Medusae**, deren innere Wand aus Zellstoff besteht, scheinen ebenfalls
von Fruchtmark umgeben zu sein. Ueberhaupt kann die Pektose den
Zellstoff in den verschiedensten Pflanzentheilen begleiten. (Harting
und Mulder, Frémy).

Mit dem Fruchtmark, so wie es in den Pflanzen enthalten ist,
konnte bisher keine Analyse vorgenommen werden, weil es sich ohne
Zersetzung nicht von dem Zellstoff, dem Eiweiß, Dextrin und ande=
ren allgemein verbreiteten Bestandtheilen trennen läßt. In seinem
ursprünglichen Zustande ist es nach Frémy unlöslich in Wasser,
Alkohol und Aether [1]).

Durch bloßes Kochen läßt sich das Fruchtmark in Pektin ver=
wandeln. Das Pektin ist der eigentliche Gallertbildner, aus welchem
die gallertartigen Stoffe des Pflanzenreichs unmittelbar hervorgehen
können. Wenn die Pektinlösung gekocht wird, dann verwandelt sich
das Pektin in Parapektin. Kocht man endlich Parapektin in ver=
dünnten Säuren, dann entsteht ein dritter Stoff, den Frémy Me=
tapektin nennt.

Pektin, Parapektin und Metapektin werden alle drei durch die
Formel $C^{64} H^{48} O^{64}$ ausgedrückt.

Verdünnte Kalilauge verwandelt Pektin, Metapektin und Para=
pektin erst in Pektosinsäure, $C^{32} H^{20} O^{31}$, und bei längerer Einwir=
kung in Pektinsäure, $C^{32} H^{22} O^{30}$. Diese beiden Säuren sind die
eigentlichen gallertartigen Stoffe, die man aus den Früchten gewin=
nen kann. Ich werde deshalb die Pektosinsäure auch saure Pflanzen=
gallerte und die Pektinsäure Gallertsäure nennen.

Die Gallertsäure kann wieder zwei lösliche, nicht gallertig geste=
hende Säuren liefern. Wenn sie nämlich einige Stunden unter fortwäh=
render Ersetzung des verdampfenden Wassers gekocht wird, dann ent=
steht erst die Parapektinsäure, $C^{24} H^{17} O^{23}$. Setzt man aber das
Kochen mehre Tage lang fort, dann entsteht die Uebergallertsäure
oder Metapektinsäure, $C^6 H^7 O^9$.

---

1) Vgl. Frémy in Liebig und Wöhler, Annalen, Bd. LXVII. S. 259
u. folg. Diese Arbeit Frémy's liegt vorzugsweise der folgenden Darstellung
zu Grunde.

Unter der Annahme, daß ein Theil des Wasserstoffs und Sauerstoffs als Wasser in den aufgezählten Verbindungen steckt, findet ein überraschender Zusammenhang zwischen den obigen Formeln statt. Es lassen sich dieselben nämlich auf $C^8 H^5 O^7$ oder ein Vielfaches dieses Ausdrucks nebst Wasser zurückführen. So werden dann:

Pektin, Parapektin und Metapektin $= 8 (C^8 H^5 O^7) + 8\,HO.$
Saure Pflanzengallerte, Pektosinsäure $= 4 (C^8 H^5 O^7) + 3\,HO.$
Gallertsäure, Pektinsäure . . . $= 4 (C^8 H^5 O^7) + 2\,HO.$
Parapektinsäure . . . . . . . $= 3 (C^8 H^5 O^7) + 2\,HO.$
Uebergallertsäure, Metapektinsäure . $= C^8 H^5 O^7 + 2\,HO.$

Von diesen Stoffen findet sich das Pektin oder der eigentliche Gallertbildner niemals in unreifen Früchten. Dagegen ist es im Safte reifer Früchte, in entwickelten Wurzeln und anderen Pflanzentheilen vorhanden.

Parapektin wurde von Frémy gleichfalls in reifen Früchten gefunden.

Die Pektinsäure, welche man aus Früchten und Wurzeln erhält, ist größtentheils ein Erzeugniß der Zersetzung des Fruchtmarks oder des Gallertbildners. Nach Frémy ist indeß in den Wurzeln bisweilen fertiggebildete Gallertsäure enthalten, und zwar in alten mehr als in jungen. In weißen Rüben fand Mulder weder Pektinsäure, noch Parapektinsäure [1].

Endlich wurde auch die Uebergallertsäure (Metapektinsäure) von Frémy in der Natur nachgewiesen. Wenn nämlich die Frucht nahe daran ist, sich zu zersetzen, dann findet sich in der Regel keine Spur von Pektin mehr. Der Gallertbildner hat sich in Uebergallertsäure verwandelt, die an Kali oder Kalk gebunden ist.

### §. 13.

Ich habe schon angeführt, daß das Fruchtmark in Wasser, Alkohol und Aether unlöslich ist, und daß es sich durch bloßes Kochen mit Wasser in den eigentlichen Gallertbildner, in das Pektin, verwandelt. Diese Umwandlung wird noch kräftiger herbeigeführt, wenn

---

1) Scheikundige onderzoekingen, Deel III, p. 242, 243.

man das Fruchtmark auch nur mit sehr verdünnten Säuren kocht. Die Essigsäure übt indeß keinen merklichen Einfluß auf das Fruchtmark [1]). Durch Alkalien wird die Umsetzung desselben gleich weiter geführt, indem dann die Pektose in der Wärme sehr rasch in gallertsaure Salze übergeht.

In allen Geweben, welche Fruchtmark enthalten, findet sich ein eigenthümlicher Gährungserreger, den Frémy Pektase nennt und den ich als Fruchthefe bezeichnen will. Nach Frémy läßt sich dieser Stoff in jeder Beziehung mit der Gerstenhefe und der Mandelhefe vergleichen. Ob die Fruchthefe Stickstoff enthält und also den eiweißartigen Körpern anzureihen ist, wurde von Frémy nicht ausdrücklich angegeben. Sie ist, so wie sie in Aepfeln und anderen sauren Früchten vorkommt, unlöslich in Wasser, in Wurzeln dagegen, z. B. in Mohrrüben, Runkelrüben und anderen, in Wasser löslich; sie besitzt die wichtige Eigenschaft, das Fruchtmark in den Gallertbildner und diesen in die saure Pflanzengallerte und in Gallertsäure zu verwandeln. Diese Pektingährung, wie sie Frémy nennt, wird durch eine Wärme von 30° C. wesentlich unterstützt; sie erfolgt aber auch beim Abschluß der Luft. Obgleich die Fruchthefe aus ihrer wässrigen Lösung durch Alkohol gefällt wird, verliert sie dabei ihre Wirksamkeit nicht. Dagegen verschwindet die gährungerregende Kraft der Pektase, wenn diese längere Zeit gekocht oder auch bei gewöhnlichem Wärmegrade in Wasser sich selbst überlassen bleibt. Eine Lösung der Fruchthefe bedeckt sich nämlich sehr bald mit Schimmel.

Pektin, Parapektin und Metapektin sind in Wasser löslich und das Pektin bildet in dichten Lösungen einen gummiartigen Schleim. Durch Alkohol werden sie alle drei aus den wässrigen Lösungen gefällt, und zwar das Pektin aus verdünnter Lösung gallertartig, aus einer dichten Lösung in langen Fäden.

Pektin und Parapektin sind weder sauer, noch basisch. Pektin verbindet sich nicht mit Kalk. Es wird durch neutrales essigsaures Bleioxyd nicht, durch basisches dagegen wohl gefällt. Das Parapektin unterscheidet sich vom Pektin dadurch, daß es durch neutrales essigsaures Bleioxyd reichlich niedergeschlagen wird.

---

1) Frémy, a. a. O. S. 260.

Für das Metapektin, das sich von Pektin und Parapektin schon durch seine saure Beschaffenheit unterscheidet, ist die Fällbarkeit mit Chlorbaryum ein eigenthümliches Merkmal.

Durch kochendes Wasser geht Pektin in das viel löslichere, in der Lösung nicht gummiartige Parapektin über, und dieses verwandelt sich in Metapektin, wenn es mit verdünnten Säuren gekocht wird. Das Metapektin verbindet sich mit Salzsäure, Schwefelsäure und Kleesäure zu gallertigen, löslichen Körpern, welche häufig das Pektin verunreinigen.

Fruchthefe verwandelt Pektin erst in Pektosinsäure und dann in Pektinsäure. Durch ätzende und kohlensaure Alkalien, sowie durch alkalische Erden, verwandeln sich Pektin und Parapektin beinahe augenblicklich in Pektinsäure; die Stufe der Pektosinsäure wird gleich verlassen. Noch kräftiger ist die Einwirkung der Säuren, welche Pektin in Metapektinsäure verwandeln.

Reines Pektin ist niemals gallertartig. Den Namen Gallertbildner verdient es aber deshalb, weil die Pektosinsäure und die Pektinsäure, die ich oben saure Pflanzengallerte und Gallertsäure nannte, aus ihm hervorgehen. Daher quellen Zellwände, die Pektose enthalten, durch das Kochen in Wasser anfangs auf. Beide diese Säuren sind die eigentlich gallertartigen Stoffe. Die saure Pflanzengallerte ist kaum löslich in kaltem Wasser und bei der Gegenwart von Säuren vollständig unlöslich; in kochendem Wasser wird sie aber gelöst und gesteht aus der Lösung gallertig beim Erkalten. Kochendes Wasser führt die saure Pflanzengallerte rasch in Gallertsäure über. Diese ist in kaltem Wasser gar nicht und in warmem kaum etwas löslich.

Nach Mulder ist die Gallertsäure löslich in Dextrin, in Fruchtzucker und Pektinlösungen [1]. Mit dem Zucker bildet sie eine lösliche und eine unlösliche Verbindung.

Lösliche gallertsaure Salze geben in einer ammoniakalischen Lösung von essigsaurem Bleioxyd basische Niederschläge (Frémy.)

Die Doppelsalze von pektinsaurem und äpfelsaurem, kleesaurem oder citronensaurem Alkali sind dem Pektin sehr ähnlich; sie sind lös-

---

[1] Scheikundige onderzoekingen Deel III, p. 251, 252.

lich in Wasser und werden aus der wässerigen Lösung durch Alkohol gallertig gefällt. Wenn das Pektin selbst gallertig erscheint, ist es nach Frémy in der Regel durch solche Doppelsalze verunreinigt.

Wenn man die Gallertsäure einige Stunden in Wasser kocht, dann verwandelt man dieselbe in Parapektinsäure, die in Wasser löslich ist und mit den Alkalien lösliche Verbindungen eingeht. Deshalb werden die Zellwände, in welchen der Zellstoff mit Fruchtmark vermischt ist, durch lange fortgesetztes Kochen durchsichtig. Die Alkalisalze werden durch Alkohol aus ihren Lösungen gefällt. Ueberschüssiges Barytwasser erzeugt in der Lösung der Parapektinsäure einen Niederschlag.

Dieser Niederschlag unterscheidet die Parapektinsäure von der Metapektinsäure oder Uebergallertsäure, welche durch Barytwasser nicht gefällt wird. Die in Wasser lösliche Uebergallertsäure bildet nämlich mit allen Basen lösliche Salze. Von Kalkwasser und neutralem, essigsaurem Bleioxyd wird sie nicht gefällt, wohl aber durch Bleiessig. Wenn sie lange gekocht wird, zerfällt sie in Ulminsäure und Kohlensäure.

Je weiter sich die Körper der Pektinreihe von dem Fruchtmark (der Pektose) entfernen, desto saurer ist ihre Beschaffenheit. Während Pektin und Parapektin neutral sind, wird von Metapektin Lackmus geröthet, und in der Reihe: Pektosinsäure, Pektinsäure, Parapektinsäure und Metapektinsäure besitzt jede später genannte eine größere Sättigungscapacität als die zunächst vorhergehende.

Nach Frémy läßt sich Pektin durchaus nicht in Zucker umwandeln. Die Parapektinsäure und die Metapektinsäure sind aber dadurch ausgezeichnet daß sie weinsaures Kupferoxyd-Kali, ebenso wie der Zucker, reduciren. Wo man also die Anwesenheit von Pektinstoffen vermuthen kann, darf die Reduction der Kupferoxydsalze nur mit Vorsicht zur Erkennung des Zuckers angewandt werden.

### §. 14.

Es ist sehr schwer das Pektin oder den Gallertbildner rein darzustellen, weil derselbe sich so leicht umsetzt durch eben die Mittel, welche man zu seiner Reinigung gebraucht. Daher rühren nach

Frémy die so überaus widersprechenden Angaben über die Beschaffenheit und die Zusammensetzung dieses Körpers.

Die Darstellung gelingt am besten, wenn man den Saft reifer Birnen auspreßt und den Kalk durch Kleesäure, das Eiweiß durch eine starke Gerbstofflösung fällt. Dann wird durch Alkohol das Pektin in langen, gallertartigen Fäden ausgeschieden. Diese Fäden wäscht man mit Alkohol, löst sie von Neuem in Wasser auf und fällt sie wieder durch Alkohol. Dieses Verfahren wird so lange wiederholt, bis das Pektin keine organische Säure und keinen Zucker mehr enthält. Aus dem Pektin bereitet man das Parapektin durch mehrstündiges Kochen mit Wasser. Das Parapektin liefert Metapektin beim Kochen mit verdünnten Säuren.

Gallertsäure und saure Pflanzengallerte werden am besten aus dem Gallertbildner dargestellt. Wenn man das Pektin mit wenig kohlensaurem Natron kocht, entsteht die Pektosinsäure. Wendet man mehr kohlensaures Natron an, dann geht die anfangs gebildete Pektosinsäure in Pektinsäure über. Durch Salzsäure werden die Säuren ausgeschieden und schließlich mit Wasser gewaschen.

Parapektinsäure kann bereitet werden, indem man die Gallertsäure oder gallertsaure Salze einige Stunden hindurch mit Wasser kocht und das verdunstende Wasser beständig ersetzt.

Die Uebergallertsäure erhält man, wenn man den Gallertbildner mit verdünnten Säuren kocht, oder auch wenn man denselben mit einem Ueberschuß von Kali oder Natron behandelt.

## §. 15.

Zur Beurtheilung der Mengenverhältnisse der stärkmehlartigen Körper theile ich hier unten einige der zuverlässigeren Zahlen mit, welche bisher bekannt geworden sind [1]).

In 100 Theilen.

Zellstoff in Kirschen . . . . 1,12 Bérard.
     „   in Weizen . . . . 1,75 Mittel aus 8 Analysen,
                                      Vauquelin, Péligot.

---

1) Auch für die hier mitgetheilten arithmetischen Mittel findet man die Einzelzahlen in meiner Physiologie der Nahrungsmittel, Darmst. 1850.

In 100 Theilen.

| | | | |
|---|---|---|---|
| Zellstoff | in Pfirsichen | . . . | 1,86 Bérard. |
| " | in Birnen | . . . . | 2,19 Bérard. |
| " | in Mandeln | . . . | 4,50 Mittel aus 2 Analysen, Vogel, Boullay. |
| " | in Bohnen | . . . . | 5,64 Mittel aus 3 Analysen, Einhof, Braconnot, Horsford und Krocker. |
| " | in Roggen | . . . . | 6,38 Einhof. |
| " | in Kartoffeln | . . . | 7,14 Mittel aus 9 Analysen, Einhof, Lampadius, Henry. |
| " | in Stachelbeeren | . . | 8,01 Bérard. |
| " | in der Kokosnuß | . . | 9,05 Mittel aus 2 Analysen, Brandes, Büchner. |
| " | in Hafer | . . . . | 11,30 Christison. |
| " | in Erbsen | . . . . | 14,15 Mittel aus 2 Analysen, Einhof Braconnot. |
| " | in Gracilaria lichenoides | . . . . | 18,00 D'Shaugnessy. |
| " | in Linsen | . . . . | 18,75 Einhof. |
| " | in Tamarinden | . | 34,35 Vauquelin. |
| " | in Helvella mitra | . | 39,60 Schrader. |
| " | in Muskatnuß | . . | 54,00 Bonastre. |
| Stärkmehl | in Kartoffeln | . . | 14,15 Mittel aus 9 Analysen, Einhof, Lampadius, Henry. |
| " | in Gracilaria lichenoides | . . . | 15,00 D'Shaugnessy. |
| " | in den Wurzeln von Dioscorea triphylla | | 15,51 Mittel a. 3 Analysen, Shier. |
| " | in der Wurzel von Maranta arundinacea | . . . . | 20,92 Mittel aus 3 Analysen, Shier und Benzon. |
| " | in Jatropha Loefflingii | . . . | 6,92 Shier. |
| " | in Linsen | . . . . | 36,40 Mittel aus 2 Analysen, Einhof, Horsford und Krocker. |

In 100 Theilen.

| | | | |
|---|---|---|---|
| Stärkmehl in Erbsen | . . . | 37,51 | Mittel aus 2 Analysen, Einhof, Braconnot. |
| " in Bohnen | . . . | 38,59 | Mittel aus 3 Analysen, Einhof, Braconnot, Horsford und Krocker. |
| " in Cetraria islandica | | 57,30 | Mittel aus 2 Analysen, Berzelius, Knop und Schnedermann. |
| " in Roggen | . . . | 61,07 | Einhof. |
| " in Weizen | . . . | 64,20 | Mittel aus 25 Analysen, Vauquelin, Vogel, Zenneck, Péligot. |
| " in Hafer | . . . | 65,90 | Mittel aus 2 Analysen, Vogel, Christison. |
| " in Gerste | . . . | 67,18 | Einhof und Prouft. |
| " in Mais | . . . | 77,00 | Gorham. |
| " in Reis | . . . . | 84,48 | Mittel aus 2 Analysen, Braconnot. |
| Inulin in den Wurzeln von Helianthus tuberosus | . . . . | 2,43 | Mittel aus 2 Analysen, Braconnot, Payen, Poinfot und Féry. |
| Dextrin in Reis | . . . . . | 0,94 | Mittel aus 3 Analysen, Braconnot, Gorham. |
| " in Birnen | . . . . . | 2,07 | Bérard. |
| " in Mais | . . . . . | 2,22 | Mittel aus 3 Analysen, Bizio, Gorham. |
| " in Hafer | . . . . . | 2,50 | Vogel. |
| " in Mandeln | . . . . | 3,00 | Mittel aus 2 Analysen, Vogel, Boullay. |
| " in Cetraria islandica | . | 3,70 | Berzelius. |
| " in Gerste | . . . . | 4,62 | Einhof und Prouft. |
| " in Pfirsichen | . . . . | 5,12 | Bérard. |
| " in Helvella mitra | . | 5,40 | Schrader. |
| " in Weizen | . . . . | 6,11 | Mittel aus 22 Analysen, Vauquelin, Péligot. |
| " in Erbsen | . . . | 6,37 | Einhof. |

In 100 Theilen.

| | | | |
|---|---|---|---|
| Dextrin in Roggen . . . . . | 11,09 | Einhof. | |
| „ in Linſen . . . . . | 15,52 | Mittel aus 2 Analyſen, Einhof, Horsford und Krocker. | |
| „ in Bohnen . . . . . | 19,37 | Einhof. | |
| Traubenzucker in Bohnen . . | 0,20 | Braconnot. | |
| „ in Gurken . . | 1,66 | John. | |
| „ in Erbſen . . . | 2,05 | Mittel aus 2 Analyſen, Einhof, Braconnot. | |
| „ in Linſen . . . | 3,12 | Einhof. | |
| „ in Cetraria islandica | 3,60 | Berzelius. | |
| „ in Mandeln . . | 6,25 | Mittel aus 2 Analyſen, Vogel, Boullay. | |
| „ in Birnen . . | 11,52 | Bérard. | |
| „ in Tamarinden . | 12,50 | Vauquelin. | |
| „ in den Wurzeln von Helianthus tuberosus . . | 14,75 | Mittel aus 2 Analyſen, Braconnot, Payen, Poinſot und Féry. | |
| Traubenzucker in Pfirſichen . . | 16,48 | Bérard. | |
| „ in Kirſchen . . | 18,20 | Bérard. | |
| „ in Reine Clauden | 24,81 | Bérard. | |
| „ in Hagebutten . | 30,60 | Bilz. | |
| „ in Feigen . . . | 62,50 | Pereira. | |
| Rohrzucker in Runkelrüben . . | 8,46 | Mittel aus 13 Analyſen, Hermann, Péligot. | |
| „ in Zuckerrohr . . . | 18,02 | Payen. | |
| Mannit in Helvella mitra . . | 2,00 | Schrader. | |
| Pektin in den Wurzeln von Helianthus tuberosus . . . . | 0,37 | Payen, Poinſot und Féry. | |
| Pektin in Tamarinden . . . | 6,25 | Vauquelin. | |
| „ in Gracilaria lichenoides | 55,50 | O'Shaugneſſy. | |
| Pektinſäure in den Wurzeln von Helianthus tuberosus . . | 0,92 | Payen, Poinſot und Féry. | |

## §. 16.

Da die ganze Gruppe der stärkmehlartigen Körper nur Kohlenstoff, Wasserstoff und Sauerstoff enthält, und da wir wissen, daß die
Pflanzen das Wasser, welches ihre Wurzeln, und die Kohlensäure,
welche ihre Blätter aufnehmen, zerlegen, so kann es keinem Zweifel
unterliegen, daß die Hauptmasse des Pflanzenleibes der Kohlensäure,
der Luft und dem Wasser ihren Ursprung verdankt.

Denn Zellstoff, Holzstoff, Stärkmehl und Fruchtmark sind die
Verbindungen, welche bei weitem den größten Antheil an dem Aufbau
der Pflanzen nehmen.

Deshalb kann man sagen, daß Kohlensäure und Wasser diejenigen Nahrungsstoffe der Pflanze sind, aus welchen der Hauptvor-
rath der Gewebe sich bildet. Das Ammoniak der Luft und die Humussauren Ammoniaksalze des Ackers liefern dagegen, indem sie zu eiweißartigen Körpern verarbeitet werden, diejenigen Bestandtheile des
Pflanzensaftes, welche vor allen anderen den Umsatz der Stoffe bedingen. Diese sind durch ihre Eigenschaften so wichtig wie jene durch
ihre Menge. Nach einer Rechnung, welche das Verhältniß natürlich
nur annähernd ausdrückt, soll eine Pflanze, die in fruchtbarer Gartenerde wächst, höchstens $\frac{1}{10}$ ihres Gewichts der Aufnahme organischer
Stoffe verdanken (de Saussure) [1].

Bei der Bildung der stärkmehlartigen Körper ist leider, in ganz
ähnlicher Weise wie bei der Eiweißgruppe, nur das Endziel bekannt,
das die Nahrungsstoffe in ihrer Entwicklungsgeschichte erreichen. Eine
annähernde Veranschaulichung mag es immerhin sein, daß 12 Aeq.
Kohlensäure und 10 Aeq. Wasser unter Ausscheidung von 24 Aeq.
Sauerstoff 1 Aeq. Stärkmehl bilden können.

$$12 CO^2 + 10 HO - 24 O = C^{12} H^{10} O^{10}.$$

Durch welche Vermittlungen aber wirklich die Bildung des
Stärkmehls aus Wasser und Kohlensäure zu Stande kommt, darüber
vermag die Wissenschaft bis jetzt auch nicht den geringsten Aufschluß

---

1) Vgl. Mohl. a. a. O. S. 287.

zu geben. Nur die eine Folgerung läßt sich aus jenem Schema ableiten, daß die Entwicklung der Hauptstoffe der Stärkmehlreihe von einer kräftigen Reduction begleitet sein muß, so zwar, daß hierbei die reichlichste Quelle der Entwicklung des Sauerstoffs gegeben ist, für welchen die Pflanzen die Kohlensäure der Atmosphäre eintauschen.

Aus der allgemeinen Verbreitung und der Löslichkeit des Dextrins läßt sich entnehmen, daß es in der Mehrzahl der Fälle der Mutterkörper der mit ihm isomeren Verbindungen sein muß.

Zellstoff und Stärkmehl können durch die Gerstenhefe sowohl wie durch Säuren in Dextrin verwandelt werden. Nur nachdem sie diese Veränderung erlitten haben, ist ihre Ortsbewegung möglich. In den Samen wird offenbar diese Umsetzung des Stärkmehls durch die Gerstenhefe oder irgend einen andern Eiweißkörper eingeleitet. Ganz ähnlich in der Kartoffel. In der Mutterkartoffel verwandelt sich der größte Theil des Stärkmehls in Dextrin, wenn auch immer eine beträchtliche Anzahl von Zellen noch mit Stärkmehlkörnchen gefüllt ist. So wird auch der Zellstoff, der im Frühling die Zellenwände des Hollundermarks zusammensetzt, aufgelöst und verändert; vorjährige Aeste enthalten keinen Zellstoff. Beim Reifen der Früchte dagegen sind es die Säuren, Aepfelsäure, Citronensäure oder auch Uebergallertsäure, welche das Stärkmehl der unreifen Frucht, der Aepfel z. B., in Dextrin und Zucker überführen. Denn die Dextrinbildung schreitet allemal bis zur Zuckerbildung fort, wenn die Einwirkung von Diastase oder Säuren fortdauert.

Das Inulin wird durch bloße Wärme in Zucker umgebildet. Was wir in kurzer Zeit durch das Kochen bewirken, das leistet in einem längeren Zeitraum die brütende Wärme der Sonne, von organischen Säuren unterstützt.

Da endlich auch der Rohrzucker durch Säuren in Traubenzucker umgesetzt wird, und in Folge dessen in sauren Pflanzensäften keinen Bestand hat, so sehen wir, wie alle die bisher genannten Stoffe vom Zellstoff an, wenn sie einmal löslich geworden sind, dasselbe Ziel der Entwicklung erreichen können. Hierdurch erhält es eine doppelte Wichtigkeit, daß auch der Traubenzucker nur höchst selten ganz in einem Pflanzensafte fehlt.

Wenn man bedenkt, in wie naher Verbindung der Zellstoff mit den krustenbildenden Holzstoffen in verschiedenen Gewebetheilen vorkommt, und daß gewöhnlich die Menge des Zellstoffs in demselben

9 *

Maaße abnimmt, in welchem sich die Holzstoffe vermehren, dann liegt allerdings die Vermuthung nahe, daß sich die Holzstoffe aus dem Zellstoff entwickeln könnten. Weil die Holzstoffe weniger Sauerstoff enthalten als dem Wasserbildungsverhältniß entspricht, so müßte ihre Bildung aus dem Zellstoff auf's Neue durch eine Desorydation vermittelt werden. Freilich könnte ebenso gut irgend ein löslicher Stoff des Zelleninhalts durch die Zellstoffwand hindurch schwitzen und sich dort erst in Holzstoffe umsetzen, während der Zellstoff nach der Umwandlung in Dextrin seinen Ort verließe. Es fehlen bis jetzt alle bestimmtere Anhaltspunkte für die eine wie für die andere Ansicht, und die Entwicklung des Holzstoffs aus Zellstoff ist ebenso wenig bewiesen, wie Mulder's Vermuthung, daß sich der mittlere Holzstoff aus dem Eiweiß erzeugen möchte [1]).

Ueber den Ursprung des Fruchtmarks, der ersten Grundlage der gallertartigen Stoffe, sind wir nicht besser unterrichtet. Von dem Fruchtmark an hat Frémy die Entwicklung der Pektinreihe auf das Schönste beleuchtet. Unter der Einwirkung der Fruchthefe verwandelt sich das Fruchtmark der unreifen Früchte in Pektin und Parapektin. In Folge dessen werden die undurchsichtigen Zellwände der grünen Frucht während des Reifens nach und nach durchsichtig. Dadurch wird einerseits die Frucht weich und andererseits die Säure eingehüllt. Eine fortdauernde Einwirkung der Fruchthefe oder der Einfluß freier organischer Säuren können den Gallertbildner in die Gallertsäure verwandeln. Diese kommt jedoch nach Frémy nur selten in den Pflanzen vor und ist dann in der Regel an Kalk gebunden. So fand sie Frémy namentlich in alten Wurzeln. Wenn endlich die Früchte teigig geworden sind, dann hat sich die ganze Menge des Gallertbildners in Uebergallertsäure verwandelt. Diese stärkste Säure in der Reihe der vom Fruchtmark abgeleiteten Stoffe ist das Endergebniß der Pektingährung.

Der Gallertbildner, die saure Pflanzengallerte, die Gallertsäure, kurz alle zu dieser Reihe gehörige Stoffe zeichnen sich dadurch aus, daß sie eine größere Sauerstoffmenge besitzen als das Wasserbildungsverhältniß erfordert. Die Frage, ob diese Stoffe einer niedri-

---

1) Mulder, Versuch einer allgemeinen physiologischen Chemie, übers. von Jac. Moleschott S. 450, 451.

geren Desoxydationsstufe der Kohlensäure und des Wassers entsprechen, oder ob sie aus stärkmehlartigen Körpern in engerem Sinne
durch Aufnahme von Sauerstoff hervorgegangen sind, läßt sich für
jetzt durchaus nicht beantworten.

So viel aber darf man nach dieser freilich noch sehr skizzenhaften
Entwicklungsgeschichte der stärkmehlartigen und gallertigen Stoffe behaupten, daß die Pflanzen diejenigen Elemente, welche die Hauptmasse ihres Leibes bilden, vorzugsweise aus der Luft beziehen. Darum
war es eine so große Leistung Senebier's und anderer Forscher,
daß sie die Kohlensäure der Luft als Nahrungsstoff der Pflanzen kennen lehrten. Und Liebig hat durch seine glänzende Beleuchtung
dieser Thatsache dem Leben einen nicht minder wichtigen Dienst
geleistet.

## Kap. III.

## Die Fette und das Wachs.

### §. 1.

Fett und Wachs laſſen ſich bekanntlich ſchon nach ihren Löslich-
keitsverhältniſſen in Eine Abtheilung zuſammenfügen. Aber auch in
ihrer Zuſammenſetzung bieten ſie das Gemeinſchaftliche, daß ſie in
allen ihren Arten und Abarten weniger Sauerſtoff enthalten als der
Menge des Waſſerſtoffs entſpricht, um Waſſer zu bilden. Hierin
ſind ſie den Holzſtoffen ähnlich, von welchen ſie ſich aber dadurch
unterſcheiden, daß ſie noch viel ärmer an Sauerſtoff ſind. Den Eigenſchaften nach laſſen ſie ſich nicht mit den Holzſtoffen vergleichen.

Wie das Stärkmehl, ſo finden ſich die Fette vorzugsweiſe als
Inhalt der Zellen. Ja ſie ſind häufig an eben den Stellen vorhanden, an welchen ſonſt Stärkmehl vorzukommen pflegt (Schleiden) [1].

Obgleich wahrſcheinlich kein Pflanzentheil der Fette gänzlich
entbehrt, ſind doch Wurzeln, Früchte und ganz beſonders die Samen
am häufigſten die Träger des Fetts. In den Samen iſt daſſelbe
wieder in ausgezeichneter Weiſe in den Samenlappen angehäuft; ſo
namentlich in den Cruciferen, Amentaceen, Drupaceen, Palmen.
Mohnſamen, Leinſamen, Hanfſamen ſind im gemeinen Leben durch
ihren Reichthum an Fett bekannt.

In den ausgebildeten Zellen der Samen von Alstroemeria
aurea und Iris cruciata ſahen Harting und Mulder reine Fettkügelchen, die durch keinen anderen Stoff von einander getrennt wa-

---

1) M. J. Schleiden, Grundzüge der wiſſenſchaftlichen Botanik. Leipzig 1845.
I, S. 185.

ren. Die genannten Forscher vermißten diese Oelkörperchen in den
jugendlichen Zellen derselben Samen, ohne dafür Stärkmehl aufzu=
finden [1]). Für die meisten öligen Samen ist es sonst eigenthümlich,
daß sie im unentwickelten Zustande eine bedeutende Menge Stärk=
mehl enthalten, welches in den ausgebildeten Samen spurlos ver=
schwunden ist.

Die verschiedenen Getreidesamen enthalten das Fett nach Don=
ders und Harting vorzugsweise in den äußeren Zellen des Ei=
weißkörpers, in welchem ebenfalls kein Stärkmehl vorhanden ist.
Auch die meisten Zellen des Embryo sind reichlich mit Fettkörperchen
versehen, die hier beim Mais sogar größer und zahlreicher sind als
in der äußeren Zellenschichte des Eiweißkörpers [2]).

Einige Früchte führen das Fett am reichlichsten in dem Fleisch,
das den Kern umgiebt, z. B. die Oliven; andere, wie die Nüsse,
Datteln und viele Palmfrüchte überhaupt durch den ganzen Kern
vertheilt.

Unter den Wurzeln sind durch ihren Fettgehalt die Erdnüsse
von Cyperus esculentus, die Erdeicheln von Arachis hypogaea,
die Faseln von Dolichos-Arten, die Lama=Wurzel von Bauhinia
esculenta und andere ausgezeichnet [3]).

Wachs wird von den meisten Pflanzen an ihrer Oberfläche
ausgeschwitzt. Es ist der Hauptbestandtheil des Reifs der Pflaumen,
Schlehen und Trauben, der Früchte von Myrica sapida, des Ueber=
zugs der Deckblättchen von Musa paradisiaca und vieler anderer
Pflanzen.

Physiologisch am wichtigsten ist indeß das Wachs, welches die
verschiedenen Farbstoffe in den Fruchtschalen und an anderen Orten,
namentlich aber das Blattgrün begleitet. Letzteres hat natürlich die
weiteste Verbreitung durch das Pflanzenreich. Als Grundlage des
Blattgrüns findet es sich sehr häufig im Zelleninhalt (Mohl, Mul=
der). Allein auch sonst ist das Wachs bei manchen Pflanzenfamilien
als Zelleninhalt beobachtet, z. B. bei den Balanophoren [4]).

---

1) Mulder, Phys. Chemie, S. 462.
2) Nederlandsch lancet, uitgegeven door Donders, Ellerman en Jan=
sen, Deel IV, p. 748.
3) Vgl. meine Physiologie der Nahrungsmittel, S. 355, 356.
4) Schleiden a. a. O. S. 186.

Im Saft der Milchsaftgefäße ist das Wachs gleichfalls vertreten. Es wurde schon oben unter den Bestandtheilen des Saftes des Kuhbaums aufgeführt (S. 72).

### §. 2.

Die Fette lassen sich bald bei gewöhnlichem, bald bei erhöhtem Wärmegrad in Gestalt eines flüssigen Oeles aus den Samen aus- pressen. Diejenigen Oele, welche erst über 60° C. schmelzen, unter- scheidet man als trockne von den leichtflüssigen.

In der Regel besitzen diese Oele keinen oder doch nur einen geringen Geschmack, keine oder eine schwach gelbliche Farbe und, wenn nicht andere flüchtige Stoffe beigemengt sind, auch keinen Geruch.

Einige Oele nehmen leicht Sauerstoff auf und werden dadurch harzig, z. B. Leinöl, Nußöl, Mohnöl. Man nennt sie trocknende Oele im Gegensatze zu anderen Arten, die, wie Olivenöl, Mandelöl, Rüböl nur in unreinem Zustande eine Verbindung mit Sauerstoff eingehen und dadurch ranzig werden. Die nicht trocknenden Oele erstarren mit salpetrichter Salpetersäure oder mit salpetersaurem Queck- silberoxydul zu einer gelblich weißen Masse, dem sogenannten Elaïdin.

Die fetten Oele sind in Wasser gar nicht, in kaltem Weingeist wenig, in heißem leichter, am leichtesten aber in Aether löslich.

Gewöhnlich sind die ausgepreßten Oele Gemenge eines leicht schmelzbaren und eines nur bei hohen Wärmegraden schmelzenden Stoffs, von welchen jener früher als Elaïn, dieser als Stearin be- zeichnet wurde. Man weiß jetzt, daß das Stearin im engeren Sinne nur ganz vereinzelt in den Pflanzen vorkommt und daß die meisten pflanzlichen Oele der Hauptsache nach aus Elaïn und Margarin bestehen.

### §. 3.

Die Zusammensetzung des Elaïns läßt sich durch die Formel $C^{39} H^{39} O^4$, die des Margarins nach Iljenko und Laskowsky durch $C^{35} H^{35} O^4$ ausdrücken. Theoretisch wird die Formel des Margarins zerlegt in $C^3 H^4 O + C^{32} H^{31} O^3$ d. h. in margarinsaures Glycerin. Der für das Elaïn angegebene Ausdruck ist nicht unmittelbar gefunden, sondern das Ergebniß der Uebertragung jener Theorie auf die Oelsäure.

Elain oder Oelstoff findet sich in den allermeisten Pflanzen-ölen, wenn es auch stets von anderen Fetten begleitet ist. Es ist das flüssigste von allen, indem es erst bei einem tief unter dem Null-punkte liegenden Wärmegrad erstarrt. Ferner ist der Oelstoff dadurch ausgezeichnet, daß er sich auch in kaltem Alkohol mit Leichtigkeit auf-löst. Mit Zucker und Schwefelsäure giebt der Oelstoff die purpur-violette Farbe, welche Pettenkofer bei Anwendung dieses Prü-fungsmittels für die Gallensäuren entdeckte (Kunde, M. S. Schultze) [1]).

Das Perlmutterfett oder Margarin, welches sich zum Oelstoff am häufigsten gesellt, ist bei gewöhnlichem Wärmegrade fest und schmilzt erst bei + 53° C. Es löst sich in Alkohol und Aether schwerer als der Oelstoff, und krystallisirt in Nadeln, welche ein perlmutterglänzendes Hauswerk von Strahlenbüscheln und Garben darstellen.

Wenn man diese Fette, die, weil sie selbst weder saure, noch basische Eigenschaften besitzen, neutrale Fette genannt werden, mit Alkalien behandelt, dann zerfallen sie in eine Seife und in Glycerin-hydrat. So wird Margarin in margarinsaures Kali und Glycerin-hydrat zerlegt. Aus

$$C^{35}H^{35}O^4 \text{ und } KO \text{ wird } KO + C^{32}H^{31}O^3 \text{ und } C^3H^4O + HO.$$

Aus dem Elain entsteht in derselben Weise die Elainsäure, für welche Delfs aus Gottlieb's Zahlen die Formel $C^{36}H^{35}O^3 + HO$ ab-geleitet hat.

Die reine Elainsäure oder Oelsäure ist nach Gottlieb über 14° eine wasserhelle, farblose Flüssigkeit, schmierig wie Oel und bei etwa + 4° C. erstarrend. Während sie im flüssigen Zustande außer-ordentlich leicht Sauerstoff aufnimmt, findet dies, wenn die Säure erstarrt ist, nicht statt. Lackmuspapier wird durch die Oelsäure nicht geröthet. Mit Zucker und Schwefelsäure versetzt, nimmt Oelsäure dieselbe Farbe an, wie der Oelstoff.

---

1) Schultze in den Annalen von Liebig und Wöhler, Bd. LXXI, S. 270.

Die Margarinsäure oder Perlmutterfettsäure schmilzt bei 60°. Sie krystallisirt in feinen, perlmutterglänzenden Nadeln, die sehr häufig zu Büscheln und Garben vereinigt sind.

Beide Säuren lösen sich in heißem Weingeist und in Aether; ihre Alkalisalze, die Seifen auch in Wasser.

Von jenen beiden neutralen Fetten ist die Darstellung bisher nur für das Perlmutterfett vollkommen gelungen. Dieses erhält man, wenn man irgend ein Oel, das nur Oelstoff und Perlmutterfett enthält, mit kochendem Weingeist behandelt. Beim Erkalten setzt sich eine körnige Masse ab, die sich zu Butter zerreiben läßt. In warmem Aether wird diese Butter mit gelber Farbe gelöst, und durch wiederholte Krystallisation aus Aether erhält man schneeweiße Flocken von Margarinkrystallen, die sich unter dem Mikroskop als strahlenförmige Nadelbüschel zu erkennen geben [1]).

Wenn es auch nicht gelungen ist, den Oelstoff ganz rein darzustellen, so läßt sich derselbe doch in ziemlicher Reinheit gewinnen, wenn man irgend ein Oel mit halb so viel Kali verseift, als die vollständige Zersetzung der neutralen Fette erfordern würde. Das Perlmutterfett wird dabei eher in die entsprechende Seife umgewandelt als der Oelstoff und dieser läßt sich demnach von dem perlmutterfettsauren Kali, das in Wasser löslich ist, trennen.

Um die Margarinsäure zu bereiten, verseift man ein fettes Pflanzenöl mit Kali. Aus den Seifen scheidet man durch Schwefelsäure die Margarinsäure und die Elainsäure, wäscht die Säuren mit Wasser und drückt sie zwischen Fließpapier aus, um den größten Theil der Oelsäure zu entfernen. Die mit Oelsäure immer noch verunreinigte Perlmutterfettsäure wird darauf in heißem Alkohol gelöst. Dann scheidet sich beim Erkalten die Margarinsäure krystallinisch aus, und je öfter man diese Auflösung und Krystallisation wiederholt hat, desto mehr ist die Perlmutterfettsäure von Oelsäure gereinigt. Da sie aber immer noch etwas Oelsäure enthält, so wird die Masse aufs Neue mit Kali verseift und dann durch essigsaures Bleioxyd niedergeschlagen. Das saure ölsaure Bleioxyd löst sich in kochendem Aether, das perl-

1) Nach diesem Verfahren wurde das Perlmutterfett zuerst von Iljenko und Laskowsky aus Limburger Käse bereitet. Liebig und Wöhler, Annalen, Bd. LV. S. 88.

mutterfettſaure nicht. Letzteres wird durch kohlenſaures Kali, das perlmutterfettſaure Alkali darauf durch Salzſäure zerſetzt, die Säure aber durch kochenden Alkohol und Kryſtalliſation gereinigt.

Die Oelſäure wird aus dem ölſauren Bleioxyd in derſelben Weiſe getrennt. Gottlieb[1]) nennt den ſo erhaltenen Stoff rohe Oelſäure, weil man ein Gemenge der reinen Oelſäure mit Oxy= dationsprodukten derſelben vor ſich hat. Gottlieb hat zuerſt die Oelſäure gereinigt, indem er dieſelbe in einem großen Ueberſchuß von Ammoniak löſte und durch Chlorbaryum niederſchlug. Der ölſau= re Baryt wird dann getrocknet und mit Alkohol von mittlerer Stärke gekocht. Aus dieſem ſcheidet ſich derſelbe in kleinen kryſtalli= niſchen Schuppen aus, während ein verunreinigender Körper im Al= kohol gelöſt bleibt. Der ſo erhaltene ölſaure Baryt ſchmilzt noch nicht bei 100°. Durch Weinſäure wird die Oelſäure ausgeſchieden und dann mit Waſſer gewaſchen.

Glycerin endlich bleibt in Löſung, wenn man die neutralen Fette mit Alkalien verſeift oder durch Bleioxyd in Pflaſter verwandelt. Man gewinnt es am leichteſten, wenn man die Flüſſigkeit, die nach der Pfla= ſterbildung aus irgend einem Oel zurückbleibt, mittelſt Schwefelwaſſer= ſtoff vom überſchüſſigen Blei trennt. Das Glycerin oder Oelſüß $C^3 H^4O + HO$ bleibt dann beim Verdunſten als farbloſe oder hell= gelbe Flüſſigkeit übrig, die einen ſüßen Geſchmack beſitzt und ſehr leicht Waſſer aus der Luft anzieht. In Waſſer und Alkohol iſt das Oel= ſüß löslich, in Aether nicht.

### §. 4.

Außer dem Oelſtoff und dem Perlmutterfett ſind mehre an= dere neutrale Fette in einzelnen Pflanzen aufgefunden worden. Da= hin gehört zunächſt das Stearin in der Kakaobutter von **Theobroma Cacao.**

Das Stearin oder der Talgſtoff, $C^{27} H^{27} O^4$, ſchmilzt et= was über 60° und kryſtalliſirt in perlmutterglänzenden Blättchen, die ſich in Alkohol und Aether ſchwerer löſen als das Margarin. In kaltem Aether wird der Talgſtoff ſehr ſchwer gelöſt.

---

1) Liebig und Wöhler, Annalen, Bd. LVII, S. 34 und folg.

Bei der Behandlung mit Alkalien verwandelt sich der Talgstoff in Talgsäure und Oelsüß. Die Talgsäure, Stearinsäure,
$C^{34} H^{33} O^3 + HO$, schmilzt bei 70° und erstarrt beim Erkalten zu
einer krystallinisch-blättrigen Masse. Aus kochendem Alkohol krystallisirt sie in perlmutterglänzenden Nadeln.

Gottlieb hat für Gemenge von Talgsäure und Perlmutterfettsäure, in denen die letztere so viel oder mehr als die Hälfte beträgt, die lehrreiche Beobachtung gemacht, daß der Schmelzpunkt des
Gemenges unter 60° liegt, also tiefer als der Schmelzpunkt der Perlmutterfettsäure, die von beiden am leichtesten schmilzt. Wenn die
Talgsäure in dem Gemenge vorherrscht, dann schmilzt dieses zwischen
60° und 70° [1]).

Den Talgstoff kann man aus der Kakaobutter bereiten, wenn
man diese im Wasserbade schmelzt und reichlich mit Aether übergießt. In der Kälte scheiden sich Krystalle ab, die man mit kaltem Aether und Alkohol auswäscht, um das Elain und Margarin
zu entfernen. Von etwas anhängendem Margarin läßt sich das Stearin befreien, wenn man es wiederholt aus kochendem Alkohol krystallisiren läßt, indem der Talgstoff rascher aus der heißen Lösung anschießt als das Perlmutterfett.

Da sich der Talgstoff selbst rein darstellen läßt, so bietet es keine
Schwierigkeit durch Verseifung des Talgstoffs und Zerlegung der
Seife durch Salzsäure auch die Talgsäure in reinem Zustande zu ge-
winnen.

## §. 5.

In einigen Palmen, Cocos butyracea, Avoira Elais, aber auch
in den Kaffeebohnen (Rochleder), findet sich ein eigenthümliches Fett,
das unter dem Namen Palmitin oder Palmfett beschrieben wird.

Das Palmfett, $C^{33} H^{33} O^4$ nach Stenhouse, schmilzt bei 48°.
Erkaltet bildet es eine halbdurchsichtige, wachsähnliche Masse, die wie
der Talgstoff, leicht in kochendem, wasserfreiem Alkohol und in heißem
Aether, dagegen sehr schwer in kaltem Aether löslich ist. Aus dem
heißen Aether scheidet es sich aus in kleinen farblosen Krystallen.

Die durch Verseifung des Palmitins entstehende Palmitinsäure,

---

1) Liebig und Wöhler, Annalen, Bd. LVII. S. 37.

$C^{35} H^{19} O^2 + HO$ nach Stenhouse und Frémy, ſchmilzt nach
Rochleder bei 58,5°. Sie kryſtalliſirt in glänzenden Blättchen, die
der Perlmutterfettſäure ähnlich ſind.

Aus Palmöl bereitet man das Palmfett, nachdem man durch
Auspreſſen zwiſchen Leinwand den flüſſigen Theil des Oeles entfernt
hat, durch wiederholte Behandlung des feſten Rückſtandes mit kochendem Weingeiſt, der das Palmfett nur ſpurweiſe löſt. Dann wird die
feſte Maſſe in heißem Aether gelöſt, filtrirt und durch mehrfaches Kryſtalliſiren gereinigt.

### §. 6.

Die Muskatbutter der Nüſſe von **Myristica moschata** enthält
ein eigenthümliches neutrales Fett, das Myriſtin oder Muskatfett, das durch die Formel $C^{79} H^{29} O^4$ nach Playfair bezeichnet
wird. Der Schmelzpunkt des Muskatfetts liegt bei 31° und die Kryſtalle bilden weiße, ſeidenglänzende Schuppen und Nadeln. Ein eigenthümliches Merkmal des Myriſtins beſteht darin, daß es ſelbſt in
warmem Alkohol ſchwer löslich iſt. Während heißer Aether daſſelbe
in reichlicher Menge aufnimmt, wird in der Kälte der größte Theil
des Fetts kryſtalliniſch ausgeſchieden.

Nach Playfair entſpricht der beim Verſeifen des Myriſtins
gebildeten Myriſtinſäure der Ausdruck $C^{26} H^{25} O^3 + HO$. Dieſe Säure
ſchmilzt bei 48° und kryſtalliſirt in weißen, ſeidenglänzenden Blättchen.
Ihre Alkaliſalze ſind leicht löslich in Alkohol und in Weingeiſt.

Myriſtin bleibt in ähnlicher Weiſe wie das Palmitin aus Palmöl zurück, wenn man die Muskatbutter mit Weingeiſt digerirt. Der
feſte Rückſtand wird durch wiederholtes Umkryſtalliſiren aus Aether-
löſungen gereinigt.

### §. 7.

Aus den Beeren von **Laurus nobilis** läßt ſich das Lorbeerfett, Lauroſtearin gewinnen, für deſſen Zuſammenſetzung Marſſon
die Formel $C^{27} H^{27} O^4$ gefunden hat. Das Lorbeerfett ſchmilzt bei
45° und kryſtalliſirt aus kochendem Alkohol in kleinen ſeidenglänzenden Nadeln, welche ſich ſternförmig an einander legen.

Die Lauroſtearinſäure, (Pichurimtalgſäure) $C^{24} H^{23} O^3 + HO$

(St. Evre) schmilzt zwischen 42 und 43° und kann nach Görgey in nadelförmigen Kryſtallen erhalten werden, welche zu haſelnußgroßen Gruppen vereinigt ſind [1]).

Wenn man die Lorbeeren mit kochendem Weingeiſt behandelt, dann wird das Laurostearin aufgelöſt. In vierundzwanzig Stunden ſetzt es ſich aus der erkalteten Löſung ab als ein gelblich weißer, käſiger Niederſchlag, den man mit kaltem Weingeiſt waſchen und aus heißem Alkohol umkryſtalliſiren muß. Von anhängendem Harz befreit man das Laurostearin, indem man zwiſchen Fließpapier den Weingeiſt ausdrückt, und dann die feſte Maſſe im Waſſerbade ſchmelzt. Dann trennt ſich das Harz in der Form von braungrünen Flocken, die man mit Hülfe eines durch heißes Waſſer erwärmten Doppeltrichters entfernen kann.

## §. 8.

Das Cocin der Kokosnüſſe von Cocos nucifera, $C^{25} H^{25} O^4$, ſoll bei 20° ſchmelzen und beſonders leicht auch in kaltem Aether löslich ſein. Ihm ſollte die Cocinſäure $C^{22} H^{21} O^3 + HO$ (Marſſon) entſprechen, eine Säure, deren Schmelzpunkt zu 35° angegeben wird. Aus der Formel der Cocinſäure iſt die des Cocins abgeleitet.

Vor nicht langer Zeit nun wurde von Arthur Görgey ein Kokosnußöl unterſucht, welches keine eigenthümliche Cocinſäure enthielt, ſondern Laurostearinſäure und außerdem drei flüchtige Fettſäuren, Caprinſäure, Caprylſäure und Capronſäure, von denen die beiden letzteren ſchon früher von Fehling in der Butter der Kokosnuß nachgewieſen wurden [2]). Görgey iſt demnach geneigt, die Cocinſäure für ein Gemenge von Caprinſäure und Laurostearinſäure zu halten.

Da die Caprinſäure und die Caprylſäure bei der trockenen Deſtillation der Oelſäure als Zerſetzungsprodukte auftreten, ſo wäre es möglich, daß ſie als ſolche nicht fertig gebildet in den Kokosnüſſen auftreten. Deshalb und namentlich weil der eigentliche Fundort dieſer flüchtigen Säuren dem thieriſchen Organismus angehört, werde ich

---

1) Arthur Görgey in Liebig und Wöhler, Annalen, Bd. LXVI, S. 290 u. folg.

2) Liebig und Wöhler, Annalen, Bd. LIII, S. 399 und Bd. LXVI, S. 290.

erſt weiter unten auf die Zuſammenſetzung und die Eigenſchaften derſelben eingehen.

### §. 9.

Moringa oleifera Lam. ein Baum, der auf den Weſtindiſchen
Inſeln häufig gebaut wird, enthält nach Völcker's Unterſuchungen
in ſeinem Oele außer Oelſtoff und Perlmutterfett ein eigenthümliches
Fett, das beim Verſeifen die Behenſäure liefert.

Aus Völcker's Zahlen hat Strecker für die Behenſäure die
Formel $C^{44} H^{43} O^3 + HO$ abgeleitet. Die Säure ſchmilzt nach
Völcker bei 76°; ſie erſtarrt zu pulveriſirbaren Nadeln, die der Talg-
ſäure ähnlich ſind.

Das Behenöl wurde durch langes Kochen mit Kali verſeift, die
Seife durch Salzſäure zerſetzt. Nachdem die feſten Säuren durch Auspreſſen zwiſchen Fließpapier von den flüſſigen getrennt waren, wurden
ſie in heißem Weingeiſt gelöſt. Die anſchießenden Kryſtalle wurden
darauf wiederholt aus ſtarkem Alkohol umkryſtalliſirt. Dann kryſtalliſirte zuerſt die Behenſäure heraus[1].

### §. 10.

In den Blättern von Pelargonium roseum findet ſich die Roſenkrautſäure oder Pelargonſäure, $C^{18} H^{17} O^3 + HO$ (Pleß und
Redtenbacher)[2].

Die Roſenkrautſäure bildet eine ölige, farbloſe Flüſſigkeit, welche
bei niederen Wärmegraden leicht erſtarrt, bei + 10° C aber wieder
flüſſig wird und ſich bei höheren Wärmegraden leicht verflüchtigt. Sie
erinnert im Geruch an Butterſäure. Obgleich ſie in Waſſer faſt gar
nicht gelöſt wird, ertheilt ſie demſelben doch die Eigenſchaft, Lackmus
zu röthen. In Alkohol und Aether iſt ſie leicht löslich.

Man gewinnt die Pelargonſäure aus den Blättern des Pelargonium roseum, wenn man dieſelben mit Kali behandelt und dann

---

1) Völcker in Mulder's Scheikundige onderzoekingen, Deel III, p. 549,
und Liebig und Wöhler, Annalen Bd. LXIV, S. 343.
2) Liebig und Wöhler, Annalen Bd. LIX, S. 52—54.

mit Schwefelſäure beſtillirt. Da nämlich die Pelargonſäure unvermiſcht mit anderen flüchtigen Säuren in den genannten Blättern vorkommt, ſo geht ſie bei dieſem Verfahren rein in die Vorlage über.

### §. 11.

An die flüchtige Pelargonſäure reiht ſich die Baldrianſäure
$C^{10}$ $H^9$ $O^3$ + HO, die in der Baldrianwurzel, in der Angelica-Wur-
zel, nach Chevreul in den Beeren und nach von Moro in der Rinde
von Viburnum opulus [1]) als ſolche vorkommt, in dem Thierreich dagegen mit Glycerin verbunden zu ſein ſcheint und als neutrales Fett
beſchrieben wurde. Denn die Phocenſäure des Phocenins im Fiſch-
thran ſtimmt nach Dumas mit der Baldrianſäure überein.

Wenn die Baldrianſäure möglichſt waſſerfrei iſt, dann bildet ſie
eine farbloſe, ölige Flüſſigkeit, die ſelbſt bei 15° C noch nicht erſtarrt,
ſich in 30 Theilen Waſſer löſt und mit Weingeiſt und Aether in jedem Verhältniß gemiſcht werden kann. Sie beſitzt einen eigenthümlich ſtechenden Geruch und einen ſäuerlich ſcharfen Geſchmack. Mit
allen Baſen geht ſie in Waſſer lösliche Verbindungen ein; das Zink-
ſalz iſt indeſſen ziemlich, das Silberſalz ſehr ſchwer löslich.

Man kann die Baldrianſäure aus dem wäſſrigen Deſtillat der
Baldrianwurzel gewinnen, indem man ſie an irgend eine Baſis bindet, die durch andere Säuren in unlöslicher Form von ihr geſchieden
werden kann.

### §. 12.

Die Butterſäure, $C^8$ $H^7$ $O^3$ + HO, findet ſich im Safte
des Kuhbaums (Marchand), in dem Johannisbrod von Ceratonia
Siliqua (Redtenbacher), vielleicht auch in den Tamarinden und in
den Früchten von Sapindus saponaria, wenn ſie hier nicht erſt durch
Zerſetzung entſtanden war (Gorup-Beſanez[2]).

Bei 20° C wird die Butterſäure noch nicht feſt. Sie ſtellt in
waſſerfreiem Zuſtande eine ölige Flüſſigkeit dar, die bei gewöhnlicher

---

1) Liebig und Wöhler, Annalen, Bd. LV, S. 330—332.
2) Liebig und Wöhler, Annalen, Bd. LXIX, S. 369—372.

Wärme stark verdunstet und in sehr hohem Grade den Geruch nach ranziger Butter verbreitet. Mit Wasser, Alkohol und Aether läßt sich die Buttersäure in jedem Verhältnisse mischen.

Zur Darstellung ist das Johannisbrod geeignet. Man versetzt dasselbe mit kohlensaurem Kalk und Wasser und läßt das Gemenge so lange stehen als noch eine Gasentwicklung stattfindet. Dann scheidet man aus der filtrirten Flüssigkeit den Kalk mittelst kohlensauren Natrons aus, dampft die Lösung des buttersauren Natrons ein und destillirt die verdichtete Flüssigkeit nach vorherigem Zusatz von Schwefelsäure. Schließlich destillirt man die Buttersäure über Chlorcalcium, um dieselbe von Wasser und Essigsäure zu befreien.

### §. 13.

Dumas hat zuerst auf die überraschende Aehnlichkeit der Zusammensetzung aufmerksam gemacht, welche sowohl die neutralen Fette wie die fetten Säuren zu einer sehr merkwürdigen Reihe unter einander verbindet. Alle Fettsäuren lassen sich nämlich, wenn sie 1 Aeq. Wasser enthalten, auf die Formel $C^x H^x O^4$ zurückführen, in welcher x eine gerade Zahl ist, alle neutrale Fette auf den Ausdruck $C^{x+1} H^{x+1} O^4$. Dieß ergiebt sich unmittelbar aus folgender Uebersicht der Formeln:

| | |
|---|---|
| Behensäure | $C^{44} H^{44} O^4$ |
| Oelsäure | $C^{36} H^{36} O^4$ |
| Stearinsäure | $C^{34} H^{34} O^4$ |
| Margarinsäure | $C^{32} H^{32} O^4$ |
| Palmitinsäure | $C^{30} H^{30} O^4$ |
| Myristinsäure | $C^{26} H^{26} O^4$ |
| Laurostearinsäure (Pichurimtalgsäure) | $C^{24} H^{24} O^4$ |
| Cocinsäure | $C^{22} H^{22} O^4$ |
| Caprinsäure | $C^{20} H^{20} O^4$ |
| Pelargonsäure | $C^{18} H^{18} O^4$ |
| Caprylsäure | $C^{16} H^{16} O^4$ |
| Capronsäure | $C^{12} H^{12} O^4$ |
| Baldriansäure (Phocensäure) | $C^{10} H^{10} O^4$ |
| Buttersäure | $C^8 H^8 O^4$. |

Die durch Analyse gefundenen Formeln der entsprechenden neutralen Fette führen zu folgender Reihe:

| | | | |
|---|---|---|---|
| Stearin | $C^{37}$ | $H^{37}$ | $O^4$ |
| Margarin | $C^{35}$ | $H^{35}$ | $O^4$ |
| Palmitin | $C^{33}$ | $H^{33}$ | $O^4$ |
| Myristin | $C^{29}$ | $H^{29}$ | $O^4$ |
| Laurostearin | $C^{27}$ | $H^{27}$ | $O^4$ |

Unter den neutralen Fetten ist besonders das Butyrin deßhalb von lehrreicher Wichtigkeit, weil es Pélouze und Gélis gelungen ist, unter dem Einfluß der Schwefelsäure Buttersäure mit Glycerin zu Butyrin zu verbinden:

$$C^8 H^4 O + C^8 H^7 O^3 = C^{11} H^{11} O^4.$$

In dieser Erzeugung des Butyrins, das indessen keiner Elementaranalyse unterworfen wurde, hat die Theorie, nach welcher die neutralen Fette als Verbindungen der entsprechenden wasserfreien Fettsäuren mit wasserfreiem Glycerin zu betrachten sind, ihre hauptsächlichste Stütze. Die oben für den Oelstoff und das Cocin aufgestellten Formeln sind aus dieser Vorstellung abgeleitet.

### §. 14.

Obgleich das Urbild des Wachses, jenes Gemenge, welches man früher als Cerin und Myricin beschrieb und eine Zeit lang für unverseifbar gehalten hat, nur vom Bienenwachs her genauer bekannt ist, so lassen sich doch diese Kenntnisse gewiß auch auf manche in Pflanzen fertiggebildete Wachsarten übertragen. Bisher sind aber die Fundorte dieser beiden Hauptstoffe im Pflanzenreich nicht erforscht, und ich muß mich also bei der Schilderung der wichtigsten Bestandtheile des Wachses an das Bienenwachs anschließen.

Daß sich das Wachs verseifen läßt, hatte Lewy schon vor einiger Zeit gelehrt. Während aber van der Bliet dem Cerin die Formel $C^{10}H^{10}O$, dem Myricin den Ausdruck $C^{20}H^{20}O$ beilegte, hielt Lewy beide Stoffe für isomer, gleich $C^{68}H^{68}O^4$, Heß sogar beide für Einen Körper, dem er van der Bliet's Formel des Myricins zuschrieb.

Brodie hat aber unsere Kenntnisse über das Wachs in neuerer Zeit beträchtlich erweitert. Er bestätigte zunächst, daß sich Cerin und

Myricin beide mit Kali versetzen lassen. Das Cerin ist eine Säure, welche Brodie Cerotinsäure genannt und im Bienenwachs in freiem Zustande gefunden hat. Brodie's Zahlen ergaben für die Cerotinsäure die Formel $C^{54} H^{56} O^3 + HO$. Sie ist in Alkohol und in Aether löslich. Wenn die Cerotinsäure wiederholt aus Aether umkrystallisirt wurde, dann schmilzt sie bei 78° [1]), und Brodie glaubt, daß sich der Schmelzpunkt bis 80—81° erhöhen lasse.

Die Cerotinsäure erhält man, wenn man Wachs, das ungefähr bei 62 oder 63° geschmolzen ist, wiederholt in kochendem Alkohol auflöst. Dadurch gewinnt man einen Stoff, welcher bei 70 oder 72° schmilzt und mit Kalihydrat sehr leicht eine Seife bildet. Chlorbaryum zerlegt diese Seife. Den cerotinsauren Baryt wäscht man mit Aether aus, um einen nicht verseifbaren Körper, das Cerain zu entfernen, dessen Schmelzpunkt bei 70° liegt. Aus dem cerotinsauren Baryt kann man schließlich durch Schwefelsäure die Cerotinsäure in Freiheit setzen.

Cerotinsaurer Baryt aus chinesischem Wachse enthält nach Brodie einen zweiten Körper beigemengt, der sich durch Alkohol, Aether oder Naphtha entfernen läßt und nach der Formel $C^{54} H^{56} O^2$ zusammengesetzt ist. Brodie nennt diesen Stoff, dessen Zusammensetzung im Verhältniß zur Cerotinsäure an die Alkohole erinnert, Cerotin. Wenn das Cerotin mit Kalk und Kali stark erhitzt wird, verwandelt es sich unter Wasserstoffentwicklung in Cerotinsäure.

Das Myricin, das seinen Namen der wachsreichen Myrica cerifera verdankt, von Chevreul aber auch in Kohlblättern gefunden wurde [2]), enthält zunächst einen neutralen Stoff, den Brodie Melissin nennt. Melissin, $C^{60} H^{62} O^2$, ist ein krystallinischer, in heißem Alkohol und in Aether löslicher Körper, der nach wiederholter Krystallisation bei 85° schmilzt. Mit Kali-Kalk erhitzt, verwandelt sich das Melissin in Melissinsäure, $C^{64} H^{63} O^5 + HO$ [3]). Diese Säure schmilzt bei 88—89°.

---

1) Liebig und Wöhler, Annalen Bd. LXVII, S. 194, 209.

2) Liebig's Handbuch der organischen Chemie, Heidelberg 1843. S. 429.

3) Brodie, a. a. O. Bd. LXXI, S. 145 und folg.

Um das unreine Myricin von der Cerotinsäure getrennt zu erhalten, kocht Brodie das Wachs wiederholt mit Alkohol aus, bis essigsaures Blei in der alkoholischen Lösung keinen Niederschlag mehr erzeugt. Aber auch dann wird das Wachs noch ein Paar Male mit Alkohol ausgekocht, weil das cerotinsaure Bleioxyd in heißem Alkohol nicht ganz unlöslich ist. Der Rückstand ist das Gemenge, das man bisher Myricin nannte. Dieses Myricin ist grünlich, von wachsartiger Festigkeit, nicht krystallinisch und schmilzt bei 64°. Wenn man es mit starker Kalilauge oder auch mit einer alkoholischen Kalilösung kocht, dann wird es verseift. Das Melissin erhielt Brodie nun, indem er die Myricinseife mit Salzsäure zersetzte, den ausgefällten wachsartigen Bestandtheil in heißem Alkohol löste und dann erkalten ließ. Es scheidet sich hierbei ein krystallinischer Stoff aus, der wieder in Naphtha gelöst werden muß. Aus der Naphtha schießt das Melissin krystallinisch an.

Bei jenem Verfahren fand Brodie in der Alkohollösung, aus welcher sich das unreine Melissin ausschied, eine Säure, die nach Verdichtung des Alkohols ebenfalls krystallinisch gewonnen werden konnte. Mit Kali gab diese Säure eine Seife, die durch Chlorbaryum gefällt, mit Aether ausgewaschen, durch Salzsäure zerlegt und dann aus Aether umkrystallisirt einen Körper darstellt, der bei 62° schmilzt und nach der Elementaranalyse die Formel $C^{32} H^{31} O^3 + HO$ besitzt. Brodie nennt diese Säure Palmitinsäure. Da aber die Palmitinsäure nach Rochleder's Untersuchungen bei 58,5°, die Margarinsäure dagegen nach früheren Angaben bei 60° schmilzt, da ferner auch die Formel besser zur Margarinsäure paßt, und endlich Brodie selbst[1]) in dem alkoholischen Auszug des ursprünglichen Wachses eine der Margarinsäure ähnliche Säure gefunden haben will, so möchte ich die von Brodie für Palmitinsäure erklärte Verbindung als Margarinsäure bezeichnen.

In der Naphthalösung, aus welcher das reine Melissin herauskrystallisirt war, blieb ein Körper gelöst, der bei 72° schmolz und mit Kali-Kalk erhitzt eine Säure gab, die nach wiederholter Krystallisation aus Aether ihren Schmelzpunkt bis zu 85° erheben ließ und in ihrer Zusammensetzung vorläufig dem Ausdruck $C^{49} H^{48} O^3 + HO$ zu ent-

---

1) A. a. O. Bd. LVII, S. 196.

sprechen schien. Brodie hält selbst indeß eine genauere Untersuchung jenes Körpers für nöthig.

Das grünliche Myricin, welches anfangs bei 64° schmolz, läßt sich durch wiederholtes Umkrystallisiren aus heißem Aether reinigen. Sein Schmelzpunkt liegt dann zuletzt bei 72°; es bildet, aus Naphtha umkrystallisirt, quastförmige, in Alkohol nicht leicht lösliche Krystalle, und, als solches analysirt, liefert es Zahlen, aus welchen die Formel $C^{92} H^{92} O^4$ abgeleitet werden kann. Weil nun dieses Myricin Perlmutterfettsäure und Melissin enthält, so darf man es mit Brodie vielleicht in folgender Weise zerlegen:

$$\text{Myricin} \qquad \text{Margarinsäure} \qquad \text{Melissin}$$
$$C^{92} H^{92} O^4 + HO = C^{32} H^{31} O^3 + C^{60} H^{62} O^2.$$

Ein fettes Oel, welches die Klebrigkeit des Wachses bedingt, soll auch den Geruch desselben verursachen (Lewy, Brodie).

Nicht alle Wachsarten enthalten die sämmtlichen hier beschriebenen Stoffe. Brodie hat Ceylon'sches Bienenwachs untersucht, welches alle Merkmale des unreinen Myricins besaß, aus Margarinsäure (Palmitinsäure?) und Melissin bestand, aber keine Cerotinsäure lieferte.

Dagegen enthält das Japanische Wachs nach Meyer eine Verbindung von Glycerin mit der Cetylsäure (Aethalsäure), welche ich erst weiter unten beim Wallrath beschreiben werde.

## §. 15.

Wenn man diese Hauptarten des Wachses mit den Fetten vergleicht, dann findet man für die eigenthümlichen Bestandtheile derselben die Aehnlichkeit, daß sie sich in Wasser nicht, in Aether leichter als in Alkohol lösen, und daß sie sich mit Alkalien verseifen lassen. Der Hauptunterschied gegen die Fette liegt darin, daß die Wachsarten bei der Verseifung kein Glycerin liefern.

Die von Brodie gefundenen Formeln schließen sich sehr enge an die Dumas'sche Fettreihe an:

$$\text{Myricin} \ . \ . \ . \quad C^{92} H^{92} O^4$$
$$\text{Melissinsäure} \ . \quad C^{64} H^{64} O^4$$
$$\text{Cerotinsäure} \ . \ . \quad C^{54} H^{54} O^4$$
$$\text{Eine unbenannte, näher zu}$$
$$\text{untersuchende Säure} \ . \quad C^{40} H^{40} O^4.$$

Cerotin und Melissin reihen sich dagegen ihren Formeln nach an die Alkoholarten:

$$\text{Cerotin} \quad . \quad . \quad . \quad C^{54} \ H^{56} \ O^2$$
$$\text{Melissin} \quad . \quad . \quad . \quad C^{60} \ H^{62} \ O^2.$$

### §. 16.

Der grüne Farbstoff der Blätter und Stengel, das Chlorophyll, ist so wie es sich in der Pflanze findet, ein Gemenge von einem stickstoffhaltigen Farbstoff, den ich unten bei den Farbstoffen beschreiben werde [1]), und einem Wachse.

Mulder hat dieses Wachs aus den Blättern von Syringa, Populus, Vitis vinifera und Gras untersucht und für die Zusammensetzung die Formel $C^{16} \ H^{16} \ O$ gefunden. Demnach ist das Chlorophyllwachs isomer mit dem Caprylon, das von Guckelberger unter den Erzeugnissen der trocknen Destillation des caprylsauren Baryts entdeckt wurde. Es ist wie die übrigen Wachsarten in Alkohol, namentlich in kaltem, weniger löslich als in Aether.

Wenn man grüne Blätter mit Aether auszieht, dann wird das ganze Chlorophyll, der Farbstoff sowohl wie das Wachs gelöst. Läßt man die ätherische Lösung verdunsten und löst man den Rückstand in kochendem Alkohol auf, dann scheidet sich das Wachs beim Erkalten aus und es kann durch Auskochen mit Wasser und Waschen mit kaltem Alkohol gereinigt werden.

### §. 17.

Ich habe bereits oben bemerkt, daß auch andere Farbstoffe des Pflanzenreichs von Wachs begleitet zu sein pflegen. Ein solches Wachs ist mit dem rothen Farbstoff der Wachholderbeeren verbunden und nach der Formel $C^{40} \ H^{32} \ O^{20}$ zusammengesetzt. Es hat die Eigenschaften der Wachsarten, unter denen es sich jedoch durch seinen hohen Sauerstoffgehalt auszeichnet (Mulder).

Aus den Wachholderbeeren gewann Mulder dieses Wachs, indem er dieselben mit Aether oder Alkohol auszog und darauf den

---

1) Vgl. das vierte Buch.

Aether oder den Alkohol verdunsten ließ. Durch Salzsäure, Schwefelsäure, Kali oder Natron ließ sich aus dem Gemenge der rothe Farbstoff entfernen. Das zurückbleibende Wachs wurde mit kaltem Alkohol gereinigt.

In der Rinde der Wurzel des Apfelbaums ist nach Mulder ein Wachs von gleicher Zusammensetzung enthalten.

Stroh und Zuckerrohr führen beide ein krystallisirbares Wachs. Das des Zuckerrohrs besitzt nach Avequin, der es Cerosa nannte, die Zusammensetzung $C^{48} H^{50} O^2$.

Doepping endlich hat in dem Kork von Quercus suber ein Wachs gefunden, dem er die Formel $C^{25} H^{20} O^3$ beilegt. Chevreul hat dasselbe Cerin genannt, ein Name, der um so eher beibehalten werden könnte, da das oben erwähnte Cerin jetzt Cerotinsäure heißen muß.

### §. 18.

Folgende Tabelle giebt eine Uebersicht der Zahlenverhältnisse von Fett und Wachs in verschiedenen Pflanzentheilen.

#### In 100 Theilen

| | | |
|---|---|---|
| Fett in einer Kürbißart (Courge sucrine du Brésil) . . | 0,002 | Girardin. |
| " in der Jerusalemartischocke . | 0,007 | Girardin. |
| " in einer neuen Kürbißart . | 0,02 | Mittel aus 2 Analysen, Braconnot, Girardin. |
| " im Kürbiß . . . . . . . | 0,06 | Braconnot. |
| " in Hagebutten . . . . . | 0,06 | Bilz. |
| " in Wurzeln von Helianthus tuberosus . . . . . | 0,13 | Mittel aus 3 Analysen, Braconnot, Payen, Poinsot und Férÿ. |
| " in Kartoffeln . . . . . | 0,16 | Mittel aus 3 Analysen, Michaëlis, Dumas, Payen. |
| " im Fleisch der Datteln . . | 0,20 | Reinsch. |
| " in Bohnen . . . . . . . | 0,70 | Braconnot. |
| " in Reis . . . . . . . . | 0,75 | Mittel aus 4 Analysen, Braconnot, Vogel, Gorham. |

In 100 Theilen

| | | | |
|---|---|---|---|
| Fett im Kern der Datteln | . . | 0,80 | Reinsch. |
| „ in Bataten | . . . . . . | 1,12 | Henry. |
| „ in Weizen | . . . . . . | 1,42 | Mittel aus 17 Analysen, Dumas, Péligot. |
| „ in Roggen | . . . . . . | 1,75 | Dumas. |
| „ in Hafer | . . . . . | 2,00 | Vogel. |
| „ in Helvella Mitra | . . . | 3,00 | Schrader. |
| „ in Weizenkleie | . . . . | 3,60 | Millon. |
| „ in Mais | . . . . . . . | 3,62 | Mittel aus 2 Analysen, Gorham, Liebig. |
| „ in Eicheln | . . . . . . | 4,30 | Löwig. |
| „ in den Beeren von Laurus Persea | . . . . . . | 5,56 | Ricord Madianna. |
| „ in der Wurzel von Polypodium vulgare | . . . . | 8,60 | Bucholz. |
| „ in Kaffeebohnen | . . 10—13,00 | | Payen. |
| „ in der Wurzel von Cyperus esculentus | . . . . | 16,67 | Lesant. |
| „ in den Samen von Cannabis sativa | . . . . | 19,10 | Bucholz. |
| „ in der Frucht von Laurus nobilis | . . . . . | 19,90 | Bonastre. |
| „ in bitteren Mandeln | . . . | 28,00 | Vogel. |
| „ in der Muskatnuß | . . . | 31,60 | Bonastre. |
| „ in dem Fleisch der Kokosnuß | | 33,73 | Mittel aus 3 Analysen, Brandes, Buchner. |
| „ in geschälten Kakaobohnen | . | 53,10 | Lampadius. |
| „ in süßen Mandeln | . . . | 54,00 | Boullay. |
| „ in den Samen von Canarium commune | . . . . | 67,00 | Bizio. |
| „ in dem Fleisch der Frucht von Cocos lapidea | . . | 73,25 | Bizio. |
| Elain im Kern der Datteln | . . | 0,30 | Reinsch. |
| „ im Olivenöl | . . . . | 72,00 | |
| „ im Mandelöl | . . . . | 76,00 | |
| Margarin in Mandelöl | . . . | 24,00 | |
| „ in Olivenöl | . . . . | 28,00 | |

In 100 Theilen

| | | |
|---|---|---|
| Stearin (?) im Kern der Datteln | 0,50 | Reinsch. |
| Myristin in der Muskatnuß . . | 7,70 | Mittel aus 2 Analysen, Bonastre, Bley. |
| Wachs in der Wurzel von Helianthus tuberosus . . | 0,03 | Braconnot. |
| „ in Hagebutten . . . | 0,06 | Bilz. |
| „ im Fleisch der Datteln | 0,10 | Reinsch. |
| „ in der Wurzel von Lathyrus tuberosus . . | 0,18 | Braconnot. |
| „ im Saffran . . . . | 0,50 | Bouillon Lagrange, Vogel. |
| „ im Samen von Carum Carvi . . . . . . | 1,50 | Trommsdorf. |
| „ im spanischen Pfeffer . | 7,60 | Bucholz. |
| Cerotinsäure in Bienenwachs . | 22,00 | Brodie. |

## §. 19.

Ob die Pflanzen unmittelbar aus den einfachen Nahrungsstoffen, die sie aufnehmen, Fette und Wachsarten zu erzeugen vermögen, ist eine Frage, die auf keine Weise entschieden beantwortet werden kann, deren Verneinung aber viel mehr Wahrscheinlichkeit bietet als ihre Bejahung. Seitdem Huber dargethan und Gundelach bestätigt hatte, daß die Bienen Wachs aus Zucker bereiten, hat man überhaupt jene Frage so ziemlich aus dem Gesichtskreis verloren und in den stärkmehlartigen Körpern die Quelle der Wachsarten und der Fette gesucht.

Es versteht sich indeß von selbst, daß die Umwandlung des Zuckers im Leibe der Bienen keinen Maaßstab abgeben kann für die Entstehung von Wachs in der Pflanze. Die Wichtigkeit jener von Huber entdeckten Thatsache liegt nur darin, daß sie zuerst dem Gedanken Raum gab, Stärkmehl und Zucker möchten überhaupt in der organischen Welt als Wachs- oder Fettbildner auftreten können.

Durch diesen Gedanken wird es verständlich, daß die öligen Samen, bevor sie vollständig entwickelt sind, eine bedeutende Menge Stärkmehl enthalten, das in den reifen Samen durch Fett verdrängt ist. Das Stärkmehl verschwindet spurlos, die Zellen sind mit Fett er-

füllt. Verwandlung von Stärkmehl in Fett scheint sich als unmittelbare Folgerung zu ergeben, wenn man jene Erscheinungen in einen
Gedanken übersetzen will. Es liegt die Vermuthung nahe, daß das
lösliche Eiweiß, die Mandelhefe oder irgend ein stickstoffhaltiger Stoff
das Stärkmehl in Dextrin und Zucker verwandelte, und daß das
Fett durch andere Vermittlungsstufen aus dem Zucker hervorging.
Allein die Stoffe, welche zwischen Fett und Stärkmehl liegen, sind
nicht erforscht, und es ist nicht unsere Aufgabe die Wege, die zu dem
Ziel der Umwandlung führen, zu errathen, sondern die nächsten Zwi-
schenerzeugnisse zu ergründen, die man als unmittelbare Mutterkörper
der Fette betrachten darf.

So wie das Fett in den öligen Samen, so entsteht in den
grünen Pflanzentheilen das Wachs des Chlorophylls aus Stärkmehl.
Nach den Beobachtungen Mohl's besteht nämlich das Chlorophyll
der Botaniker in seiner körnigen Form aus einem inneren Stärkmehlkernchen und einer äußeren grünen Schichte, die man durch Alkohol und Aether entfernen kann. Diese grüne Schichte ist um so
mächtiger, je kleiner das weiße Stärkmehlkörnchen ist. Wenn man
überhaupt weiß, daß die Verwandlung von Zucker in Wachs möglich
ist und daß sich Stärkmehl nach vorheriger Dextrinbildung sehr leicht
in Zucker umsetzt, dann scheint der Schluß gerechtfertigt, daß sich das
Wachs des Chlorophylls auf Kosten jenes Stärkmehlkörnchens bildet.

Mohl hat zwar in den älteren Theilen von Conferven (Zygne-
ma-Arten) das körnige Chlorophyll mit größeren Stärkmehlkernchen
versehen gefunden, als in jüngeren Theilen. Eine Widerlegung jener
Schlußfolgerung kann ich aber deshalb in dieser Beobachtung nicht
sehen, weil Niemand die Möglichkeit läugnen kann, daß alte Pflanzentheile junge Chlorophyllkörner enthalten sollten und umgekehrt,
während ja andererseits ein Theil des Stärkmehls unverändert bleiben könnte. Wenn aber, wie Mohl angiebt, das Chlorophyll in
Pflanzentheilen auftreten kann, die vorher durchaus kein Stärkmehl
führten, so ginge daraus hervor, daß das Wachs des Chlorophylls
nicht immer aus Stärkmehl gebildet wird. Indeß ist es noch immer
die Frage, ob jene Theile nicht gelöstes Stärkmehl enthielten, das
dem Auge des Anatomen entgehen konnte [1]).

---

1) Vgl. Mohl, die vegetabilische Zelle, in Rud. Wagner's Handwörterbuch,
Bd. IV. S. 204, 205.

Es verdient jedenfalls ganz besonders hervorgehoben zu werden, daß in dem grünen Chlorophyll häufig weiße Körnchen liegen, die aus reinem Stärkmehl bestehen und sich später mit einer grünen Schichte umgeben (Mohl).

Die Umbildung von Zucker in Wachs in den Pflanzen läßt sich unmittelbar erschließen aus Avequin's Beobachtung, daß die Arten des Zuckerrohrs, die viel Wachs liefern, wenig Zucker enthalten, und umgekehrt.

Wenn sich Zucker oder Stärkmehl in Fett oder Wachs umsetzen können, so ist zugleich die Möglichkeit einer Bildung von Fett und Wachs bewiesen für alle Stoffe, die sich selbst in Stärkmehl oder Zucker verwandeln können, also auch für Zellstoff, Inulin und Gummi. In dieser Richtung ist eine Angabe Blondeau's zu verstehen, daß in den Oliven Zellstoff und Gerbsäure abnehmen, während sich die Menge des Oels vermehrt. Blondeau schließt hieraus, daß während des Reifens der Oliven die Gerbsäure den Zellstoff in Fette überführt. Daß indeß der Einfluß der Gerbsäure hierbei richtig gewürdigt ist, scheint mir von Blondeau nicht mit zwingender Ueberzeugungskraft erwiesen zu sein [1].

Zellstoff, Stärkmehl, Zucker müssen bei der Umwandlung in Fette oder in Wachs Sauerstoff verlieren. Weil man die Zwischenstoffe nicht kennt, aus welchen als letztes Ergebniß der Entwicklung die Fette und Wachsarten gebildet werden, so läßt sich die Art und Weise des Sauerstoffverlustes nicht durch Formeln versinnlichen. Alle Fettbildner enthalten Wasserstoff und Sauerstoff im Wasserbildungsverhältnisse, während Fett und Wachs immer weniger Sauerstoff enthalten als der Aequivalentzahl des Wasserstoffs entspricht. Denkt man sich, daß durch irgend eine Vermittlung 3 Aeq. Zucker sich in 1 Aeq. Oelsäure verwandeln, dann muß der Zucker, wenn das Ziel erreicht ist, 32 Aeq. Sauerstoff verloren haben:

$$\text{Zucker} \qquad\qquad\qquad\qquad \text{Oelsäure}$$
$$3\ C^{72}\ H^{72}\ O^{72} - 32\,O = C^{36}\ H^{36}\ O^{36} - 32\,O = C^{36}\ H^{36}\ O^{4}.$$

Es ist nun bekannt, daß die Pflanzen nur im Lichte Sauerstoff

1) Vgl. Erdmann und Marchand, Journal für prakt. Chemie, Bd. XLVII. S. 411.

entwickeln und nur im Licht ihre gesunde grüne Farbe zu behaupten im Stande sind. Der grüne Farbstoff des Chlorophylls ist beständig von Wachs begleitet. Dieses stetige Verhältniß zweier Trabanten zu einander läßt einen nothwendigen Zusammenhang in der Entwicklung nicht verkennen. Ich werde weiter unten mitzutheilen haben, daß der Farbstoff des Chlorophylls keinesweges arm an Sauerstoff ist. Die Ausscheidung des Sauerstoffs und die grüne Farbe von Blättern und Stengeln scheinen also beide an die Entstehung des Wachses geknüpft, welches ohne reichlichen Sauerstoffverlust aus dem Stärkmehl nicht hervorgehen kann (Mulder).

Daraus lernt man begreifen, weshalb das Stärkmehl in allen Theilen, die dem Lichte ausgesetzt sind, spärlich vertreten ist, während Fett und Wachs in den oberflächlichsten Zellen so häufig gerade die Stelle einnehmen, welche sonst den Stärkmehlkörnchen gehört. In den Korkzellen fehlt das Stärkmehl, während dieselben Wachs enthalten können. Durch die sauerstoffraubende Gewalt des Lichtes auf die Pflanzen erklärt sich endlich die Thatsache, daß ein so sauerstoffarmer Körper, wie das Wachs, in der Mehrzahl der Fälle die Oberfläche duftig überzieht oder unmittelbar an die Cuticula grenzt.

Alle stickstofffreie Körper, die eine allgemeine Verbreitung im Pflanzenreich besitzen, vom Zellstoff an bis zum Fett und Wachs, können nach allen obigen Erörterungen nur durch eine Ausscheidung von Sauerstoff aus den Nahrungsstoffen der Pflanzen hervorgehen. Die Kohlensäure und das Wasser gehen mit ihrem Kohlenstoff, Wasserstoff und einem Theil ihres Sauerstoffs in die Gewebe der Pflanze ein. Der größte Theil des Sauerstoffs dagegen kann bei dem Aufbau des Pflanzenleibes nicht mit verwendet werden. Dieser Sauerstoff wird nach und nach in Freiheit gesetzt, aus dem Wasser sowohl wie aus der Kohlensäure.

Schon deßhalb darf man sich den Austausch von Kohlensäure und Sauerstoff zwischen der Luft und den Pflanzen nicht so denken, daß von diesen eben der Sauerstoff in die Luft entweicht, den sie in der Kohlensäure der Luft entzogen haben. Gesetzt auch es wäre bewiesen, was nicht bewiesen ist, daß die Pflanze gerade soviel Sauerstoff aushaucht, wie sie in der Kohlensäure aufnimmt, so müßte doch ein Theil dieses Sauerstoffs von zersetztem Wasser abgeleitet werden (vgl. oben S. 61).

Es wird aber auch nicht etwa die Kohlensäure in dem Pflanzenleib plötzlich in Kohlenstoff und Sauerstoff zersetzt. Wenn Kohlensäure und Wasser oder auch Humusstoffe Zellstoff, Stärkmehl, Fett bilden, so ist die lange Reihe von Entwicklungen dadurch ausgezeichnet, daß sich die Tochterkörper durch immer größere Armuth an Sauerstoff von den Mutterkörpern entfernen. Und diese allmälige Ausscheidung des Sauerstoffs erhebt die elementaren Verbindungen, welche die Pflanze aus ihren Ernährungsquellen schöpft, immer höher auf die Stufenleiter organisationsfähiger Gebilde. Indem die Pflanze Kohlensäure und Wasser verwandelt in Zucker und Fett, vermittelt sie die Auferstehung des thierischen Lebens, das ganz wie der biblische Mythus es lehrt, aus Luft und Erde gezeugt wurde — aber durch die allmächtige Hülfe der Pflanzen

# Kap. IV.

## Die anorganischen Bestandtheile der Pflanzen.

### §. 1.

Nur in den seltensten Fällen können die Organismen oder ihre Werkzeuge ohne alle anorganische Stoffe bestehen. So fand Mulder gar keine Asche in dem Pilze, der die Essigmutter darstellt, und wenigstens keine wägbare in dem Hornstoff der Samen von **Iris cruciata** und **Alstroemeria aurea**.

In der Regel sind alle Theile der Pflanzen reichlich mit anorganischen Stoffen geschwängert, die in einem wesentlichen Verhältniß zu den organischen Gewebetheilen stehen. Bisher ist es freilich nicht gelungen, die Grade der Verwandtschaft, welche diesem Verhältniß zu Grunde liegen, durch scharfe Zahlen zu bestimmen. So viel aber steht nach den jetzt vorliegenden Untersuchungen bereits fest, daß der Bestand und die Verrichtung der Organe an die Gegenwart anorganischer Stoffe geknüpft sind. Und doch hat man erst vor sehr kurzer Zeit die ganze Fruchtbarkeit solcher Untersuchungen einsehen gelernt und erst eben begonnen die geeigneten Mittel zu erkennen, durch welche diese Forschungen zu einer richtigen Einsicht in die Verbindungen der anorganischen Elemente unter sich und mit den organischen Körpern der Pflanze führen können.

Wenn man die Pflanzen als einen großen Gattungsbegriff betrachtet, dann findet man, daß Kali, Bittererde, Kieselsäure und Phosphorsäure unter den anorganischen Bestandtheilen vorherrschen. Unter den Alkalien ist jedoch auch das Natron, unter den Erden Kalk und Thonerde, unter den Metalloxyden das Eisenoxyd sehr allgemein vertreten. Sowie aber das Eisen in der anorganischen Natur nur höchst selten ganz frei ist von beigemengtem Mangan, so pflegen auch in der organischen Welt Spuren dieses Metalls das Eisen zu begleiten.

Zur Phosphorsäure gesellen sich in den Pflanzen beinahe immer Schwefelsäure und Chlor, seltner Kohlensäure, Salpetersäure und Jod.

Das Vorkommen des letztgenannten Zünders ist indeß viel allgemeiner, als man lange Zeit hindurch angenommen hat. Von seinem Auftreten in Meerespflanzen hat man zwar schon lange gewußt. Es stellt sich aber täglich in zahlreicheren Beispielen heraus, daß auch die Süßwassergewächse und selbst die Landpflanzen Jod enthalten, ähnlich wie man durch Henry weiß, daß das Jod nicht bloß im Kochsalz der See, sondern auch im Steinsalze spurweise gefunden wird.

Preuß hatte schon vor zehn Jahren Jod in der Pottasche gefunden [1]). Später wies Lamy dasselbe nach in Runkelrüben, die er aus der Fabrik zu Waghäusl bezogen hatte, und Fehling hat dies für die Pottasche der Rübenmelasse bestätigt [2]). Die ausführlichste Reihe von Untersuchungen über das Vorkommen des Jods verdankt indeß die Wissenschaft Chatin [3]), der, veranlaßt durch eine Angabe Müller's, daß Jod in einer Kresse von unbekanntem Ursprung gefunden sei, diesen Zünder erst in einer ganzen Reihe von Süßwasserpflanzen, dann aber auch in mehren Landpflanzen entdeckte. Unter den Wasserpflanzen fand Chatin das Jod z. B. in Veronica Beccabunga, Oenanthe Phellandrium und Nasturtium aquaticum, drei heilkräftigen Pflanzen, deren Wirkung Chatin vom Jodgehalte ableitet. Eugène Marchand erhielt Jod aus Ranunculus aquaticus und einer anderen nicht näher bestimmten Süßwasserpflanze, Personne aus Jungermannia pinguis, einer Flußpflanze, Meyrac aus Anabaina thermalis und Oscillaria Gratelupi, zwei Oscillarieën, die in der Nähe der Quellen von Bax wachsen.

Sogar aus fossilen Fucus hat Dorvault Jod gewonnen.

Nach Dorvault [4]) findet sich das Jod in den Meerespflanzen als Jodkalium. Chatin beobachtete es gleichfalls immer in löslicher Form; das ausgepreßte und ausgewaschene Parenchym enthält kein Jod.

1) Liebig und Wöhler, Annalen Bd. LXXV, S. 66.
2) A. a. O. S. 67.
3) Journal de pharmacie et de chimie 3e sér. T. XVII, p. 412 et suiv.
4) Comptes rendus, T. XXVIII, 1849 p. 66.

Seltner als Jod tritt das Brom in der Pflanzenwelt auf. Man hat es indeß in Meerespflanzen gefunden und Meyrac beobachtete in Anabaina thermalis und Oscillaria Gratelupi Bromkalium neben Jodkalium [1]).

Endlich reiht sich auch noch das Fluor an die Zünder, die in Pflanzen gefunden worden. James, Müller und Blake wiesen dasselbe in Gerste nach, die in der französischen Schweiz gebaut war, und Bölcker hat es neuerdings in Armeria maritima gefunden [2]).

Neben den genannten Stoffen, die mit Ausnahme des Broms alle mehr oder weniger allgemein durch das Pflanzenreich verbreitet sind, trifft man bisweilen in geringer Menge einzelne Stoffe, die aus dem zufälligen Aufenthaltsorte der Pflanze herzuleiten sind und in keiner nothwendigen Beziehung zu dem Leben derselben stehen. Schon früher hatte Sarzeau in Weizen einmal Kupfer aufgefunden, und neuerdings haben Durocher, Malaguti und Sarzeau berichtet, daß Kupfer, Silber und Blei in Seetang vorkommen [3]). Vielleicht ist das Kupfer in der Pflanzenwelt verbreiteter als man bisher weiß, da nach Harleß Kupfer ein wesentlicher Bestandtheil des Blutes einiger pflanzenfressender Weichthiere sein soll. Ganz neuerdings fand Stein in Dresden unzweifelhafte Spuren von Arsenik in Holzkohlen, Roggenstroh — nicht in den Körnern —, in den äußeren Blättern des Kopfkohls (Brassica oleracea), in den Wurzeln der weißen Rübe (Brassica rapa) und in den Knollen der Kartoffeln [4]). Stein erinnert an ältere Beobachtungen von Chatin und Legrip, die in Pflanzen, welche auf einem mit Arsenik absichtlich vergifteten Boden wuchsen, ebenfalls dieses Element nachweisen konnten. Während Legrip den Arsenik nur in dem Wurzelstock und den Wurzelblättern beobachtete, fand ihn Chatin in allen Theilen der Pflanze, jedoch in Samen und Früchten weniger als in den blattartigen Organen.

---

1) Journal de pharm. et de chim. 3e sér. T. XVII p. 450.
2) Froriep's Notizen, December 1849. S. 294.
3) Journ. de pharm. et de chim., 3e sér. T. XVII, p. 281.
4) Stein in Erdmann's Journal für praktische Chemie, Bd. LI, S. 305 — 309.

## §. 2.

So lange man bloß weiß, welche Säuren und Basen die Pflanze besitzt, oder gar nur welche Grundstoffe, hat man nur wenig erreicht für die Beurtheilung der Form, in welcher der lebende Organismus die anorganischen Elemente führt. Die anorganischen Elemente werden gewöhnlich in der Pflanzenasche aufgesucht. Wer aber vermag zu bestimmen, wie oft ein Grundstoff, der in die Constitution eines organischen Körpers einging, in der Asche als Basis oder als Säure auftritt?

Der Schwefel und Phosphor der eiweißartigen Verbindungen werden bei der Bereitung der Asche wenigstens theilweise zu Schwefelsäure und Phosphorsäure verbrannt. Die organische Grundlage des Badeschwamms enthält Jod, das in der Asche als jodsaures Kali auftritt, und solche Fälle wiederholen sich vielleicht öfter als man bisher vermuthet.

Nach H. Rose sollten sogar diejenigen Grundstoffe, von denen man es am wenigsten anzunehmen geneigt ist, zum Theil in nicht oxydirtem Zustande mit den organischen Bestandtheilen der Pflanze verbunden sein. Pflanzentheile, die eine große Menge nicht oxydirter Mineralstoffe enthalten, nennt Rose meroxydisch, im Gegensatz zu den teleoxydischen, deren sämmtlicher Gehalt an anorganischen Stoffen in der Form von Basen und Säuren mit Sauerstoff verbunden ist.

Die Grundlage jener von Rose aufgestellten Eintheilung ist aber durch eine lehrreiche Arbeit Strecker's bedeutend erschüttert worden. Rose betrachtet nämlich alle diejenigen Grundstoffe als anoxydisch, d. h. als unmittelbar, in sauerstofffreiem Zustande zur Constitution der organischen Verbindungen gehörig, die sich aus den verkohlten Pflanzentheilen durch Wasser und Salzsäure nicht ausziehen lassen [1].

Strecker hat aber durch Versuche gezeigt, daß die sogenannten anoxydischen Stoffe nur dann wirklich in der Kohle zurückbleiben, wenn die Menge der letzteren im Verhältniß zur Menge der anorganischen Bestandtheile sehr groß ist. Wenn sehr viel Kohle neben den

---

[1] Poggendor's Annalen, Bd. LXX, S. 449 u. folg.

Mineralstoffen vorhanden ist, dann hüllt sie diese ein und schützt dieselben vor der Einwirkung der gewöhnlichen Lösungsmittel, ganz so
wie Gold das Silber theilweise dem Eingriff des Scheidewassers entzieht, wenn man es mit goldreichen Legirungen zu thun hat[1]).

Dem entsprechend sind diejenigen Stoffe, welche Rose teteroxy-
disch nennt, nach der Verbrennung verhältnißmäßig arm an Kohle
und reich an anorganischen Bestandtheilen, so daß die letztgenannten
leicht ausgezogen werden können, so z. B. das Stroh, oder im Thierreich, (auf welches Rose's Eintheilung sich auch erstrecken sollte),
Horn, Knochen und Galle.

Nach Strecker könnte auch die Verwandtschaft der Kohle zu
den Mineralbestandtheilen die Ursache sein, weshalb letztere durch
Wasser und Salzsäure aus Rose's meroxydischen Pflanzentheilen
nicht entfernt würden. Strecker hält jedoch mit Recht die einhül-
lende Wirkung der Kohle für bedeutender, weil die in Pflanzen (und
Thieren) vorkommenden anorganischen Stoffe im Allgemeinen von
der Kohle nicht aus wässrigen Lösungen aufgenommen, oder wenn
dies geschieht, — wie z. B. beim Kalk, — aus der Kohle durch Salzsäure wieder ausgewaschen werden.

Aus den angeführten Gründen werde ich mich weder für die
Pflanzen, noch für die Thiere an Rose's Eintheilung halten. Denn
je bedeutender Rose's Verdienste um die Aschenanalyse sind, desto
mehr wäre es zu bedauern, wenn man durch irrige physiologische
Schlußfolgerungen den Werth seiner mühevollen Forschungen in Zweifel hüllen sollte.

Wenn man nun oft noch Ursache hat, es dahingestellt sein zu
lassen, ob und in welcher binären Verbindung die anorganischen Grundstoffe in der Pflanze enthalten sind, — nicht minder großen Schwierigkeiten begegnet man, wenn man es versucht die Salze zu bestimmen,
in welchen die aus der Asche gewonnenen Säuren und Basen im
Organismus auftreten. Selbst wenn man gewiß weiß, daß diese
Säuren und Basen als solche auch in der Pflanze vorhanden sind,
bleibt bei der Vertheilung derselben zu Salzen der Willkür ein allzu
großer Spielraum. Neuerdings hat z. B. Caillat darauf aufmerk-

1) Liebig und Wöhler, Annalen, Bd. LXXIII, S. 351—353.

sam gemacht, daß man nicht alle Schwefelsäure der Asche von Pflanzen, die Gyps aufnehmen konnten, auf Kali beziehen darf. Wenn man Pflanzen, die auf gegypstem Boden wuchsen, verbrennt, dann geht ein Theil der Schwefelsäure verloren. Dies rührt nach Caillat daher, daß die organischen Stoffe bei hoher Temperatur den schwefelsauren Kalk zersetzen, während dies mit dem schwefelsauren Kali nicht der Fall ist [1]). Ebenso werden bei starker Glühhitze kohlensaure Salze zersetzt, Phosphorsäure theilweise reducirt und verflüchtigt, während andererseits Kieselsäure, die im freien Zustande abgelagert war, sich mit Alkalien verbindet [2]).

Wegen dieser Unsicherheit, welche uns bei der Vertheilung der einzelnen Basen an bestimmte Säuren entgegentritt, wird es in neuerer Zeit immer mehr beliebt, die Ergebnisse quantitativer Analysen auf die Säuren und Basen einzeln, und nicht auf die Salze zu beziehen.

Als Ausnahmen, in welchen man die Salze, zu welchen Basen und Säuren in der Pflanze verbunden sind, mit Bestimmtheit kennt, sind die Fälle hervorzuheben, in welchen man anorganische Salze in Krystallform beobachtet hat. Dahin gehört das nicht seltne Auftreten des kohlensauren Kalks in Zellmembranen und der krystallisirte schwefelsaure Kalk, den man in Musaceen findet [3]).


§. 3.

Obgleich wir in diesem Augenblicke noch weit davon entfernt sind, eine erschöpfende und zugleich gehörig charakteristische Eintheilung der Pflanzen nach ihren Aschenbestandtheilen vornehmen zu können, so kennt man doch viele Pflanzenarten, die ohne bestimmte anorganische Stoffe ihre volle Entwicklung nicht erreichen.

---

1) Comptes rendus, T. XXIX, 1849 Octobre p. 448, 449.
2) Vergl. die ausführliche Arbeit von Emil Wolff, über die mineralischen Stoffe der Roßkastanie, in dem Journal von Erdmann und Marchand, Bd. XLIV, S. 476.
3) Vergl. Mohl, die vegetabilische Zelle in R. Wagner's Handwörterbuch, Bd. IV, S. 240, 249.

So gedeiht der Weinstock nicht ohne Kali, das Getreide nicht ohne phosphorsaure Alkalien und Erden, die Equisetaceen nicht ohne einen großen Reichthum an Kieselsäure. Nach Liebig erfordern die Tabackspflanze, die Weinrebe, Erbsen und Klee eine reichliche Menge Kalk, die Kartoffeln, Runkelrüben und andere Pflanzen in derselben Weise die Bittererde [1]). Salpeter ist eigenthümlich für den Taback, den Weinstock, den Nußbaum, für Boratsch, Pisangfrüchte, Sellerieblätter, und nach Bödeker für die Columbowurzel [2]). Blumenkohl, Schnittsalat, Weintrauben, Kartoffeln, Ingwer-, Kurkuma- und Galanga-Wurzeln, die Rinde von Winterana Canella, das isländische Moos, der Thee enthalten Mangan, der Thee nach Mulder als übermangansaures Kali. Kupfer, das, wie ich oben angab, in Seetang und vereinzelt in Weizen beobachtet wurde, ist außerdem in der Galangawurzel, in Pfeffer und Vanille aufgefunden worden.

Allein soviel auch, namentlich von der Gießner Schule, für die Erforschung der Pflanzenaschen geschehen ist — man denke nur an die fleißigen Analysen, die Fresenius und Will veröffentlicht haben, — die Zahl der untersuchten Pflanzen und Pflanzentheile ist immer noch viel zu klein, als daß man eine Eintheilung mit Glück versuchen könnte. Fresenius und Will theilten die Aschen ein in

1) solche, die vorwaltend kohlensaure Alkalien und kohlensaure Erden enthalten;

2) solche, in welchen die phosphorsauren Alkalien und alkalischen Erden vorherrschen;

3) solche, die einen großen Reichthum an Kieselsäure besitzen.

Zur ersten Klasse rechnen Fresenius und Will die Aschen der Holzarten und der krautartigen Gewächse, so weit diese reich sind an pflanzensauren Salzen, zur zweiten Klasse fast alle Samenaschen, zur dritten die Halme der Gramineen und die der Equisetaceen.

Man sieht aber auf den ersten Blick, daß der Eintheilungs-grund weder hinlänglich charakteristisch, noch erschöpfend ist, so daß man keinerlei Bürgschaft hat, daß nicht eine und dieselbe Asche zu-

---

1) Liebig, die Chemie in ihrer Anwendung auf Agricultur und Physiologie, 6te Auflage Braunschweig 1846, S. 99.

2) Liebig und Wöhler, Annalen, Bd. LXIX, S. 51.

gleich in zwei Klassen vorkommen könne, noch auch daß wirklich sämmtliche Pflanzenaschen zu einer dieser drei Rubriken gehören müssen. So läßt sich die Asche der Apfel- und Beerenfrüchte zugleich in die erste und in die zweite Klasse einreihen, während z. B. die Asche der Endivie nach Richardson's Zahlen keiner der drei Klassen deutlich untergeordnet ist.

Es ist indessen schon viel damit gewonnen, daß man weiß, wie in einzelnen Pflanzen bestimmte anorganische Bestandtheile so beständig vorherrschen, daß man eine feste Verwandtschaft verschiedener Pflanzenarten zu verschiedenen anorganischen Stoffen annehmen muß.

## §. 4.

Troß jener festen Verwandtschaft, die allen Pflanzenarten gewisse anorganische Bestandtheile unentbehrlich macht, findet man, daß der eine oder andere Stoff, namentlich die eine oder die andere Basis durch verwandte andere vertreten werden kann. Man erwartet dies von vorne herein zunächst für Kali und Natron, für Bittererde und Kalk. Die Spargeln enthalten bald viel Kali und wenig Natron, bald viel Natron und wenig Kali (Levi, Richardson, Schlienkamp). Dickie in Aberdeen fand in Pflanzen, die an der Seeküste Natron und Jod enthielten, vorherrschend Kali und kein Jod, wenn sie im Binnenlande wuchsen. Völcker bestätigte dies für die Seenelke, Armeria maritima[1]. In ähnlicher Weise fand Richardson in Blumenkohl ungefähr gleichviel Kalk wie Bittererde, während in Blumenkohl, den Herapath untersuchte, nur Spuren von Bittererde einen großen Reichthum an Kalk begleiteten. Im letzteren Falle war also die Bittererde durch Kalk ersetzt.

Aber die Erden können auch theilweise die Alkalien vertreten. Richardson fand in der Asche von Blumenkohl beinahe 50 Procent Kali und Natron und 5 Procent Erden, während Herapath aus derselben Pflanze in der Asche 30 Procent Alkalien und 23 Procent Kalk erhielt.

---

1) Froriep's Notizen, December 1849. S. 294.

Viel beständiger ist im Allgemeinen das Verhältniß der Säuren, namentlich der Phosphorsäure und Schwefelsäure, von denen jene in der großen Mehrzahl der Fälle bedeutend das Uebergewicht hat. In einzelnen Beispielen hat man jedoch auch eine gegenseitige Vertretung dieser beiden Säuren wahrgenommen. In 100 Theilen der Asche des Spinats fand Saalmüller 8,56 Phosphorsäure und 4,44 Schwefelsäure, Richardson dagegen umgekehrt 7,89 Phosphorsäure und 9,30 Schwefelsäure.

Aehnliche Thatsachen haben Liebig veranlaßt, die Möglichkeit jener Vertretung in einem allgemeinen Gesetze so auszudrücken, daß die Pflanze einer nie wechselnden Menge von Basen bedürfe, unter denen die eine jedoch die andere häufig vertreten könne, vorausgesetzt daß die Sättigungscapacität, d. h. die Anzahl der Sauerstoffäquivalente in der Gesammtmenge der Basen sich gleich bleibe.

Wenn nun gleich aus dem Verhältniß der Weinrebe zum Kalk, der Runkelrübe zur Bittererde, der Equisetaceen zur Kieselerde und aus so vielen anderen Thatsachen, die Liebig selbst hervorgehoben hat, unzweideutig hervorgeht, daß Liebig mit jenem Gesetze keine ganz unbedingte Vertretbarkeit der einen Basis durch die andere lehren will, so läßt sich doch nicht läugnen, daß er überhaupt diese gegenseitige Vertretung in viel zu weiten Grenzen angenommen hat.

Zunächst ist die Menge der Basen in einer und derselben Pflanzenart keineswegs so beständig, wie Liebig angenommen hat. Nach Davy kann die Menge der Asche im Weizen von 3 bis 15 Procent wechseln, in den Kartoffeln nach Herapath zwischen 0,88 und 1,30. Und für den Sommerroggen hat E. Wolff gezeigt, daß der Gehalt an anorganischen Bestandtheilen beträchtlich wechseln kann, während die procentische Zusammensetzung der Asche durchaus dieselbe bleibt [1]).

Daß wenigstens die Sättigungscapacität unveränderlich sein sollte, gleichviel wo die zu einer und derselben Art gehörigen Pflanzen gewachsen wären, schloß Liebig aus Analysen von Berthier für Tannen und Fichten. Will und Fresenius haben indeß zehn Tabackssorten untersucht und für diese den Sauerstoffgehalt der Basen in einem gleichen Gewicht der Asche keineswegs so übereinstimmend gefunden, wie es bei genauen Analysen dem Liebig'schen Gesetz ent-

1) E. Wolff in Erbmann's Journal, Bd. LII. S. 97.

zwecken würde [1]). Ebenso fand Herapath den Sauerstoffgehalt der Basen in wilden Spargeln gleich 5,69, während derselbe in kultivirten Spargeln 7,52 betrug [2]). Das Minimum des Sauerstoffs der Basen in 100 Theilen Asche des Flachses war nach Mayer und Brazier 13,36, das Maximum 17,89. Nach Way schwankt die Menge des basischen Sauerstoffs im Weizen zwischen 11,09 und 14,46 [3]).

Es ist also weder das Gewicht der Basen überhaupt, noch auch die Sauerstoffmenge derselben eine beständige Größe.

Gegen die unbedingte Vertretung sprechen aber zahlreiche Thatsachen.

Bei der Lehre der Endosmose habe ich bereits erwähnt, daß die Pflanzen die anorganischen Bestandtheile keineswegs in denselben Verhältnissen führen wie die Ackererde. So beträgt nach Karl Bischof die Natronmenge in der Asche von Buchenholz und Eichenholz nur einige Procente von der Menge der Alkalien, und dies selbst dann, wenn das Holz auf einem Gestein gewachsen ist, in welchem die Natronmenge den Kaligehalt beinahe um das Fünffache übertrifft [4]). Nach Forchhammer's Analyse enthalten die Seepflanzen im Durchschnitt eben so viel Kali wie Natron, einige Pflanzen, wie Laminaria latifolia, Eklonia buccinalis, Iridaea edulis und Polysiphonia elongata, sogar mehr Kali als Natron.

Also ist die Verwandtschaft der Pflanze das Entscheidende, nicht der Reichthum der Quelle, aus welcher sie diesen oder jenen Bestandtheil schöpft.

Daher ist es möglich, daß Pflanzen Einer Art die gleiche Asche liefern, wenn sie auch in sehr verschieden gemischten Erden gewachsen sind. Lampadius machte fünf Versuchsbeete von 4 Fuß im Quadrat und 1 Fuß tief, in welchen er Gartenerde mischte 1) mit Kieselsäure, 2) mit Thonerde, 3) mit Kalk, 4) mit Bittererde, während er das

---

1) Liebig und Wöhler, Annalen. Bd. L, S. 394.

2) Erdmann und Marchand, Journal für praktische Chemie, Bd. XLVII, S. 397.

3) Liebig und Wöhler, Annalen, Bd. LXXI, S. 323.

4) Erdmann und Marchand, Journal Bd. XLVII, S. 297.

fünfte unvermischt ließ. Zu jedem Beete setzte er sodann 8 Pfund
Kuhdünger hinzu. Der in diesen Mischungen gesäte Roggen besaß
für alle fünf Beete dieselbe Asche [1]).

Aus demselben Grunde gedeihen die Pflanzen besser, wenn ihnen
die anorganische Verbindung zu Gebot steht, zu welcher sie eine besondere Verwandtschaft besitzen. Das hat schon Sprengel durch einen
unmittelbaren Versuch in Erfahrung gebracht. Sprengel theilte
nämlich einen Kübel in sechs Fächer, die er alle mit Gartenerde füllte,
welche im ersten Fach mit kohlensaurem Kali, im zweiten mit Knochenpulver, im dritten mit Kochsalz, im vierten mit Gyps, im fünften
mit Kali, Knochenpulver und Gyps gemischt, im sechsten unvermischt
war. Er setzte auf diesen Kübel einen anderen, der keinen Boden
hatte, füllte denselben auch mit Gartenerde und setzte in diese eine
Pflanze von Trifolium pratense, die mit vielen, etwa sechs Zoll langen Wurzeln versehen war. Nach vier Monaten verhielten sich die
Wurzeln in den einzelnen Fächern des unteren Gefäßes sehr verschieden. Das Fach, welches den Zusatz des Knochenpulvers enthielt, hatte
die meisten und üppigsten Wurzeln, während die wenigsten und die
feinsten in dem Fache waren, in welchem das Kochsalz sich befand.
In ähnlicher Weise sah Wiegmann Astragalus Cicer, Coro-
nilla varia und Galega orientalis auf einem harten, mit Kalk
geschwängerten Weg üppig wachsen und lange Wurzeln schießen, während sie in benachbarter lockerer Gartenerde nur sehr kurze und wenige Wurzeln getrieben hatten [2]).

Salm Horstmar hat durch Versuche, bei welchen er reine Kohle
als künstlichen Boden mit verschiedenen anorganischen Bestandtheilen
vermischte, gefunden, daß Kali, Kalk, Bittererde, Eisen, Phosphorsäure,
Schwefelsäure und Kieselsäure für Hafer unentbehrliche Bestandtheile
sind. Natron konnte das Kali nur auf Kosten der Stärke der Haferpflanze ersetzen, Magnesia den Kalk gar nicht. [3]). Für die einzelnen
Theile der Roßkastanie lehrten Wolff und Staffel, daß eine Ver-

---

1) Erdmann und Marchand, Journal, Bd. XLIX, S. 253, 254.

2) Vgl. meine Kritische Betrachtung von Liebig's Theorie der Pflanzenernährung, Harlem 1845, S. 80, 81.

3) Erdmann und Marchand, Journal, Bd. XLVI, S. 208, 209 und Bd.
LII, S. 30.

tretung des Kalks durch Bittererde nur innerhalb sehr enger Grenzen, dagegen eine Vertretung von Kali durch Natron gar nicht stattfindet[1]).

Daher erklärt es sich, daß Pflanzen den Boden erschöpfen, daß man dieselbe Frucht auf einem und demselben Acker nicht immer aufs Neue bauen kann, wenn man der Erde nicht die anorganischen Bestandtheile als Dünger zuführt, welche ihm die Erndte entzogen hatte. Daher also der Nutzen der Wechselwirthschaft, des Einackerns der Stoppeln, der Brachfrüchte, des Gypses, des Knochenpulvers, kurz aller Düngerarten, welche die geeigneten Mineralstoffe auf den Acker bringen.

Je nach ihrer eigenthümlichen Zusammensetzung entziehen die Pflanzen dem Acker die anorganischen Stoffe in verschiedener Menge. Von einer Fläche Lands, der Weizen 7,5 Pfund Alkalien und 6,9 Pfund Phosphorsäure entzieht (Way), werden durch Flachs nach den Analysen von Kane, von Mayer und Brazier 12,21 Pfund Alkalien und 5,94 Pf. Phosphorsäure entfernt[2]). Flachs erschöpft also den Boden n hohem Grade, hinsichtlich der Phosphorsäure beinahe so stark, wie die Feldfrüchte, und hinsichtlich der Alkalien bedeutend stärker.

Diese regelmäßig wiederkehrende Verwandtschaft lehrt also, daß die Pflanzen ohne ihre eigenthümlichen anorganischen Stoffe nicht bestehen können. Sehr zu beherzigen sind deshalb für den Landwirth die Worte von Mayer und Brazier: „Die Vegetation der Flachspflanze gleicht dem Wachsthum des Zuckerrohrs, von dessen Pflege wir ein ganz aus atmosphärischen Bestandtheilen zusammengesetztes Produkt erwarten. Die anorganischen Theile, welche von der Pflanze aufgenommen werden, sind nur die Werkzeuge um es hervorzubringen und sollten ebenso sorgfältig bewahrt werden, wie die Werkzeuge in einer Fabrik, um bei der Erzielung künftiger Erndten ferner Dienste zu leisten[3])."

### §. 5.

Nicht nur die Pflanzenart, auch die verschiedenen Theile dersel-

1) Ebendaselbst Bd. XLIV, S. 485 und Erdmann's Journal Bd. LII, S. 128.
2) Liebig und Wöhler, Annalen, Bd. LXXI. S. 320.
3) A. a. O. S. 321.

ben Pflanze zeigen eine verschiedene Verwandtschaft zu verschiedenen anorganischen Stoffen.

Im Allgemeinen herrschen in den Samen Kali, Bittererde und Phosphorsäure vor, in dem Stamm und den Stengeln dagegen Natron, Kalk, Schwefelsäure und Chlor. So fand es Rammelsberg für Raps und Erbsen. Die Erbsen enthielten 3½ mal soviel und die Rübsamen 8 mal so viel Phosphorsäure wie das Stroh. Erdmann[1]) hat diese Verhältnisse für Erbsen durchweg, und Alexander Müller[2]) für Olea europaea mit alleiniger Ausnahme des Chlors bestätigt. Das gleiche Verhältniß fand Letellier für den Samen und Hruschauer für das Stroh des Mais hinsichtlich des Natrons und der Phosphorsäure, Petzholdt für Kali, Natron, Kalk, Talk, Phosphorsäure und Schwefelsäure im Weizen. Will und Fresenius, Bichon, Gerathewohl beobachteten das Vorherrschen der Bittererde und der Phosphorsäure im Samen des Roggens, Way in dem Samen der Gerste, während Chlornatrium und Kalk reichlich in Gerstenstroh vertreten waren. Dieselbe Vertheilung von Kalk, Bittererde und Phosphorsäure in der Haferpflanze beobachteten Boussingault, Knop und Schnedermann, Levi und Salm Horstmar, welcher letztere sie auch für Natron, Schwefelsäure und Chlor bestätigt fand. Poleck und Levi beobachteten das Vorwalten der Phosphorsäure in den Samen und das Vorherrschen des Kalks im Holz von Pinus picea, Böttinger ebenso für Pinus sylvestris, welcher Baum überdies vorzugsweise das Kali im Samen, das Natron im Holz enthielt.

Von Erdmann, der die mitgetheilten Bestätigungen dieser Regeln zusammengestellt hat, wurden auch einige Ausnahmen derselben gesammelt. Way und Salm Horstmar haben nämlich im Roggen- und Haferstroh mehr Kali gefunden als in den Samen; Boussingault, Knop und Schnedermann, Levi fanden im Stroh und in den Samen des Hafers gleich viel Kali. Nach E. Wolff enthält das Holz der Roßkastanie gar kein Natron, welche Basis freilich auch in den übrigen Theilen dieses Baumes äußerst spärlich vertreten ist[3]).

---

1) Erdmann und Marchand, Journal Bd. XLI, S. 84, 89, 90.

2) Journal für praktische Chemie, Bd. XLVII, S. 340.

3) E. Wolff in Erdmann's Journal Bd. LII, S. 123, 124.

Die Samen der Apfelsine enthalten kaum ¹/₁₂ des Natrongehalts der Frucht ohne Samen (How und Rowney). Hülsen und Ovarien sehr vieler Monocotyledonen sind reich an Kieselerde (Schultz).

In Pflanzen, die auf gypsigem Boden wachsen, enthalten die Knospen, Blätter und Blüthen viel mehr Gyps als die alten Stengel (Caillat)[1].

Während Rinde und Holz der Roßkastanie ausgezeichnet sind durch den Gehalt an kohlensaurem Kalk, sind die Blätter vorzugsweise reich an Kieselerde und schwefelsaurem Kali, und die Früchte führen eine beträchtliche Kalimenge, an Phosphorsäure und an Kohlensäure gebunden. Innerhalb der Frucht vertheilen sich diese Alkalisalze wieder so, daß das phosphorsaure Kali dem Kern, das kohlensaure Kali neben dem kohlensauren Kalk der grünen Schale gehört. (Emil Wolff).

Demnach haben die einzelnen Pflanzenorgane so gut ihre feste Verwandtschaft zu den Mineralbestandtheilen, wie das Vorkommen der organischen Stoffe an bestimmte Gewebe geknüpft ist. Welche organische Stoffe oder organisirte Gewebetheile aber vorzugsweise diese oder jene Basen und Säuren anziehen, das ist leider bisher gänzlich unbekannt. Die Pflanze steht hier als Gegenstand der Forschung im Nachtheil gegen das Thier, weil dort weniger als hier eigenthümliche Gewebe auf bestimmte Organe beschränkt sind.

Wer sich daran gewöhnt hat, die anorganischen Stoffe nicht als zufällige Beimengungen, sondern als wesentliche Gewebetheile zu betrachten, als Stoffe, deren Beziehung zu den organischen Grundlagen der Gewebe von strengen Gesetzen einer unverbrüchlichen Nothwendigkeit beherrscht wird, der kann in den angeführten Thatsachen zwar sehr erwünschte, aber doch erst ganz bescheidene Anfänge erblicken für einen Abschnitt der Physiologie, in welcher die Thierchemie schon weit größere Fortschritte gemacht hat. Es läßt sich nicht bezweifeln, daß eine Zellwand, die von Fruchtmark verdickt ist, andere anorganische Bestandtheile enthalten muß, als eine Zellwand, in welcher die verdickenden Schichten aus den Holzstoffen, Stärkmehl, Pflanzenschleim oder Hornstoff bestehen. Leider wird aber die Wissenschaft noch so vielfach gedrückt von den unruhigen, die sichere Bahn der causalen Forschung

[1] Comptes rendus, T. XXIX, 1849 p. 446, 449.

überhüpfenden Erstrebungen eines Ziels, das vielfach an die Goldma-
cherei erinnern könnte, daß wir der Beantwortung jener Fragen nur
mit geduldigem Eifer entgegensehen können[1]).

### §. 6.

Neben der Beschaffenheit ist auch die Menge der anorganischen
Stoffe in den verschiedenen Theilen der Pflanze verschieden. So enthält in der Regel der Stamm in seinen unteren Theilen weniger anorganische Bestandtheile als in den höheren, der Stamm überhaupt weniger als die Zweige, die Zweige weniger als die Samen, die Samen
weniger als die Blätter, was zum Theil durch die reichliche Verdunstung von den Blättern erklärt wird. Die Wurzeln enthalten häufig
mehr anorganische Bestandtheile als das Stroh (Johnston)[2]). Nach
Rammelsberg enthält indeß das Stroh der Gramineen und Leguminosen mehr anorganische Bestandtheile als der Samen, und Erdmann hat dies für die Erbsen bestätigt.

Asche in 100 Theilen Erbsenstroh 4,15, Erbsen 3,28 Rammelsberg,
  "    "  "     "       "    8,28,  "  3,34 Erdmann.

Aus diesen Zahlen ergiebt sich zugleich, daß die Menge der anorganischen Bestandtheile in den Körnern beständiger ist als im Stroh,
eine Wahrheit, die sich nach Magnus besonders auch für Chlor und
Phosphorsäure bestätigt, wenn man deren Menge in dem Stroh und
den Körpern der Rapspflanze vergleicht. Das Stroh führt eine reichlichere Menge von anorganischen Stoffen im Safte gelöst, die von
der Verwandtschaft der Gewebe nur mittelbar abhängig sind und deshalb innerhalb breiterer Grenzen schwanken können[3]).

Die Menge der in Wasser löslichen Salze nimmt in der Roßkastanie ab von der Rinde gegen die inneren Schichten des Holzes

---

1) Ich habe bei dieser Darstellung sehr bedauert, daß ich Herapath's Arbeit
   über den Maulbeerbaum nur nach einer Anführung in Svanberg's Jahresbericht kenne.

2) Johnston's Elements of agricultural chemistry and geology, fourth
   edition, London and Edinburgh, 1845, p. 43. Vgl. auch die so eben erschie-
   nene Abhandlung von E. Wolff in Erdmann's Journal, Bd. LII, S. 94.

3) Vgl. Magnus in Erdmann und Marchand, Journal für praktische
   Chemie, Bd. XLVIII. S. 478.

(Wolff)[1]), dagegen zu vom Stamm bis zur Frucht. Vogel jun. fand für Pyrus spectabilis das Verhältniß der löslichen Salze in Stamm, Blättern und Frucht wie 1 : 2 : 8. In Pyrus spectabilis und Sambucus nigra nahm die Menge der phosphorsauren Salze vom Stamm bis zur Frucht um das Vierfache zu[2]).

Alle diese Verhältnisse werden sowohl in qualitativer wie in quantitativer Hinsicht sehr schön bestätigt durch die Zahlen Alexander Müller's für das Holz, die Blätter und die Früchte von Olea europaea, die deßhalb hier einen Platz finden mögen[3]).

|  | Olivenholz. | Olivenblätter. | Olivenfrüchte. |
|---|---|---|---|
| Aschenmenge in 100 Theilen | 0,58 | 6,45 | 2,61 |
| In 100 Theilen Asche |  |  |  |
| Kali . . . . . . . . | 20,60 | 24,81 | 54,03 |
| Chlorkalium . . . . | 1,00 | 2,76 | 9,56 |
| Kalk . . . . . . . | 63,02 | 56,18 | 15,72 |
| Bittererde . . . . . | 2,31 | 5,18 | 4,38 |
| Phosphorsaures Eisen und |  |  |  |
| Mangan . . . | 1,39 | 1,07 | 2,24 |
| Phosphorsäure . . . | 4,77 | 3,24 | 7,30 |
| Schwefelsäure . . . | 3,09 | 3,01 | 1,19 |
| Kieselsäure . . . . . | 3,82 | 3,75 | 5,58. |

## §. 7.

Schon de Saussure kannte den Einfluß, den die Entwicklungsstufe auf die Vertheilung der anorganischen Stoffe in den Pflanzen ausübt. Aus seinen Analysen wurde zuerst die Regel abgeleitet, daß die jugendlichen Werkzeuge vorzugsweise die löslichen Alkalisalze, die älteren dagegen Erdsalze und Metallsalze führen.

In ähnlicher Weise sind nach den neuesten Untersuchungen Wolff's[4]) der phosphorsaure und der kohlensaure Kalk an junge und alte Pflanzenorgane vertheilt. Von diesen Kalksalzen ist das

1) E. Wolff, in derselben Zeitschrift, Bd. XLIV, S. 453.

2) Liebig und Wöhler, Annalen, Bd. LI, S. 142, 143.

3) Erdmann und Marchand, Journal Bd. XLVII, S. 340.

4) Emil Wolff, in Erdmann's Journal, Bd. LII, S. 133.

phosphorsaure der Gewebebildner der jugendlichen Werkzeuge, während der Kalk in alten Pflanzentheilen vorzugsweise an Kohlensäure oder an organische Säuren gebunden ist.

Durch die Verwandtschaft der Frucht zur Phosphorsäure, der Blätter zu schwefelsauren Salzen wird es bedingt, daß der Stamm und die Stengel um so weniger Phosphorsäure oder Schwefelsäure enthalten, je weiter die Fruchtbildung bereits gediehen, je üppiger die Blätterkrone entfaltet ist. Nach Wolff ist die Menge der Phosphorsäure im Stroh dann besonders verringert, wenn ein bedeutendes Gewicht an Körnern erzeugt ist. Und derselbe Forscher fand in dem Holz und der Rinde des Roßkastanienbaums zur Zeit der Blüthe auch nicht eine Spur von Schwefelsäure [1].

Phosphorsaures Kali tritt in der Roßkastanie nicht eher auf als in den Blüthenstengeln. Wolff schließt mit Recht, daß dieses Salz, das in den Früchten so bedeutend vorherrscht, nicht als solches in die Wurzel überging, sondern durch doppelte Wahlverwandtschaft aus dem phosphorsauren Kalk und dem kohlensauren Kali des Holzes und der Blattstengel gebildet wurde [2].

Auf die Menge der anorganischen Bestandtheile hat die Entwicklungsstufe der Pflanzen gleichfalls einen wesentlichen Einfluß. Stroh von reifem Weizen giebt nach Johnston mehr Asche als das Stroh von unreifen Pflanzen, altes Holz mehr als junges [3].

## §. 8.

Da die Verwandtschaft der organischen Grundlagen der Pflanzen zu bestimmten Basen, Säuren und Zündern nicht in allen Fällen so ausschließlich ist, daß nicht eine gegenseitige Vertretung nahe verwandter Stoffe innerhalb engerer Grenzen möglich wäre, so übt auch der Boden oder das Wasser, in welchem die Pflanzen wachsen, seinen Einfluß auf die Zusammensetzung der Pflanzenaschen.

So vermehrt sich in vielen Pflanzen, z. B. in Luzern und Klee, die Menge des Kalks, wenn der Acker mit Gyps bestreut wurde (Boussingault), und zwar macht sich diese Vermehrung nach Caillat's

---

1) Wolff, a. a. O. Bd. XLIV, S. 459, und LII, S. 100, 108, 109, 117.

2) Wolff, a. a. O. Bd. XLIV, S. 470, 481, 482.

3) Johnston, a. a. O. p. 45.

Beobachtungen vorzugsweise in den ersten Monaten geltend[1]). Nach Beobachtungen von Boubée übt auch der härteste Marmormörtel einen günstigen Einfluß auf den Boden, auf welchem man Getreide erzielt. Mehre Labiaten, Teucrium- und Thymus-Arten wucherten besonders üppig an den Stellen, an welchen der Marmorstaub aufgetragen ward[2]).

Manche Küstenpflanzen, z. B. Armeria maritima, enthalten an ihrem natürlichen Standort eine reichliche Menge Natron, während sie im Binnenlande vorherrschend Kali führen. (Dickie, Völcker).

Der chinesische Thee wird in eisenreichem Boden auf Java so viel eisenhaltiger, daß man chinesischen und Javathee durch die röthere Farbe der Asche des letzteren von einander unterscheiden kann. (Mulder).

Auf gegypstem Boden vermehrt sich nach Caillat in Luzern und Klee nicht bloß die Menge des Kalks, sondern auch die der Schwefelsäure. Der Gyps wird demnach als solcher aufgenommen, und erweist sich in diesen Fällen unmittelbar nützlich, nicht bloß dadurch, daß er kohlensaures Ammoniumoxyd zerlegt und vor der Verflüchtigung schützt.

Runkelrüben enthalten auf Aeckern, die reichlich mit thierischem Dünger versehen wurden, wenig Zucker, aber viel salpetersaure Salze[3]).

Daß die Meerespflanzen sich durch ihren Brom- und Jodgehalt auszeichnen, mag wenigstens zum Theil daher rühren, daß sie diese Stoffe so leicht aus dem Meerwasser aufnehmen können. Ich habe oben bereits nach Dickie und Völcker mitgetheilt, daß in manchen Pflanzen die Jodalkalimetalle durch Chloralkalimetalle vertreten werden können.

Chatin fand in einigen Pflanzen, die, wenn sie im Wasser wachsen, Jod enthalten, kein Jod, wenn sie in der Erde wurzelten. Häufiger noch wird das Jod in fließendem Wasser vermehrt, weil in diesem die Zufuhr des Jods beständig erneuert wird. Ohne zu wissen weßhalb, hat man die heilkräftigen Pflanzen, in denen Jod vor-

---

1) Comptes rendus, T. XXIX, p. 448.

2) Ebendaselbst S. 401—403.

3) Schloßberger, organische Chemie, S. 88.

handen ist, — Nasturtium officinale z. B. — aus fließendem Wasser denen, die in stehenden Gewässern gesammelt waren, vorgezogen.

Wenn sich die Wirkung des Bodens so bedeutend zeigt für Bestandtheile, die auch durch andere vertreten werden könnten, so muß natürlich dieser Einfluß noch mächtiger werden für alle diejenigen Stoffe, deren Aufnahme unerläßliche Bedingung des Lebens und Wachsthums der einen oder der anderen Pflanzenart ist. Heide wird fruchtbar, wenn man das Heidekraut verbrennt und dadurch dessen anorganische Stoffe in den höheren Schichten ansammelt. Holzasche macht erschöpfte Aecker von Neuem ergiebig. Havannah-Taback entartet auf Java, weil er die nöthigen anorganischen Stoffe nicht vorfindet. Weizen wächst nicht, wo eine hinlängliche Menge von Kali und Phosphorsäure fehlt. Und weil Flachs dem Boden ebenfalls viel Kali und Phosphorsäure entzieht, so ist es unvortheilhaft, Flachs nach Weizen zu bauen.

Die Pflanze schafft keine anorganische Stoffe. Und deshalb sind Analysen des Bodens behufs der Vergleichung mit der Zusammensetzung der Erndten, die man erzielen will, die allerunentbehrlichsten Hülfsmittel des Landwirths. Was dem Acker fehlt, das muß man ihm ersetzen. Die Zeiten blind umhertappender Erfahrung sind zu Grabe geläutet, und Liebig und Johnston haben allein schon durch ihre Anregung zu solchen Ackeranalysen ihre Namen verewigt.

Magnus[1]) hat zwar neulich darauf aufmerksam gemacht, daß verschiedene Proben derselben Ackererde, von gleich tüchtigen und gleich bereitwilligen Chemikern auf Veranlassung des Preußischen Landes-Oekonomie-Collegiums untersucht, zu sehr verschiedenen Zahlen geführt haben. Allein die Abweichungen halten sich oft innerhalb der Bruchtheile eines Procentes — und die Chemiker, die selbst Aschenanalysen gemacht haben und die Unvollkommenheiten der Untersuchungsmethoden kennen, werden gewiß nicht mit Magnus übereinstimmen, wenn er daraus folgert, „daß von Ackererde-Analysen für die Landwirthschaft nichts zu halten sei." Möge dies Wort allen Chemikern ein Stachel sein, um Rose's analytischen Bestrebungen nachzueifern und die Wissenschaft vor einem Bannfluch zu sichern, der dem Leben so schwere Nachtheile bringen würde. Die edle Absicht des Preußischen

---

1) Erbmann und Marchand, Journal für praktische Chemie, Bd. XLVIII.

Landes-Oekonomie-Collegiums würde sich in eine traurige That verwandeln, wenn jenes Magnus'sche Wort bei Landwirthen Anklang finden sollte.

Der von Magnus gemachte Einwurf, daß die Ackererde keine chemische Verbindung, sondern ein sehr ungleichartiges Gemenge ist der Stoffe, die sie enthält, hat seine Richtigkeit und fällt schwer ins Gewicht. Es kann aber nur daraus hervorgehen, daß man sehr viele Analysen derselben Ackererde machen muß, um in dem Mittel aus mehren Zahlen für jeden Stoff den möglichst richtigen Werth zu finden. Die Schwierigkeit der Mittel darf nicht abschrecken, wo es sich darum handelt, eine hohe Aufgabe zu lösen.

Magnus hat ferner bemerkt, daß die Ackererde oft verhältnißmäßig wenig von den Stoffen enthalte, die in der Frucht reichlich vertreten sind. Allein Magnus hat selbst aus den ihm vorliegenden Versuchen den sehr richtigen Schluß gezogen, daß die Pflanzen keine sehr viel größere Menge eines Körpers im Boden vorzufinden brauchen, als sie zu ihrer Entwicklung erfordern. So viel wie sie bedürfen, wird also doch da sein müssen, und man findet einen Mangel, dem sich abhelfen läßt, wenn weniger da ist.

Darum sei es noch einmal mit Nachdruck wiederholt, daß die Pflanzen keine schöpferische Thätigkeit besitzen, daß sie nur verbinden und zersetzen können, was sie von außen aufnehmen. Die Pflanze kann kein Eisen machen — das ist eine unumstößliche Wahrheit. Wenn sie also Eisen braucht, dann muß es ihr von außen dargeboten werden. Enthält der Acker keins, dann werde er gedüngt. Und wenn wir noch nicht ganz am Ziel sind in dem Verfahren, die Ackererde auf ihre anorganischen Stoffe zu prüfen, so wollen wir deshalb das Ziel nicht aufgeben, sondern immer eifriger bemüht sein es zu erringen.

## §. 9.

Die Menge der Asche, welche 100 Theile frischer Pflanzenstoffe enthalten, und die Menge der einzelnen allgemein verbreiteten anorganischen Bestandtheile in 100 Theilen Asche sind in folgender Tabelle an einigen charakteristischen Beispielen zusammengestellt.

**Asche in 100 Theilen.**

| | | |
|---|---|---|
| Aepfel . . . . . . . . . . | 0,27 | Richardson. |
| Stachelbeeren . . . . . . . | 0,34 | " |

### Asche in 100 Theilen.

| | | |
|---|---|---|
| Erdbeeren . . . . . . . . | 0,41 | Richardson. |
| Olivenholz . . . . . . | 0,58 | Alexander Müller. |
| Blumenkohl . . . . . . | 0,75 | Mittel aus 2 Analysen, Richardson, Herapath. |
| Fruchtboden von Cynara Scolymus | 1,17 | Richardson. |
| Kern von Orleanspflaumen . . | 1,64 | „ |
| Weizenkörner . . . . . . | 1,68 | Mittel aus 7 Analysen, Péligot. |
| Isländisches Moos . . . . | 1,90 | Knop und Schnedermann. |
| Olivenfrüchte . . . . . . | 2,61 | Alexander Müller. |
| Bohnen . . . . . . . . | 2,69 | Mittel aus 2 Analysen, Braconnot, Horsford und Krocker. |
| Erbsen . . . . . . . | 2,78 | Mittel aus 4 Analysen, Einhof, Braconnot, Rammelsberg, Erdmann. |
| Weizenklee . . . . . . | 5,70 | Millon. |
| Erbsenstroh . . . . . . | 6,22 | Mittel aus 2 Analysen, Erdmann, Rammelsberg. |
| Olivenblätter . . . . . . | 6,45 | Alexander Müller. |

### In 100 Theilen Asche.

| | | |
|---|---|---|
| Kali in Ackerbohnen . . . | 20,82 | Levi. |
| „   „   Erbsen . . . . | 31,19 | Bichon. |
| „   „   Bohnen . . . . | 38,89 | Levi. |
| „   „   Weißkraut . . . . | 48,32 | Stammer. |
| „   „   Kirschen . . . . | 51,85 | Richardson. |
| „   „   Eicheln . . . . . | 64,64 | Kleinschmidt. |
| „   „   Kartoffeln . . . . | 65,60 | Mittel aus 6 Analysen, Griepenkerl, Herapath. |
| Natron in Kartoffeln . . . . | | Spuren nach 5 Analysen, Herapath. |
| „   „   Samen von Apfelsinen | 0,92 | Mittel aus 2 Analysen, How und Rowney. |
| „   „   Nüssen . . . . . | 2,25 | Richardson. |
| „   „   Wicken . . . . . | 10,91 | Levi. |

In 100 Theilen Asche.

| | | | |
|---|---|---|---|
| Natron in der Apfelsine ohne Samen | . . . . . . | 11,42 | Mittel aus 2 Analysen, How und Rowney. |
| „ in Aepfeln | . . . . . | 26,09 | Richardson. |
| Bittererde in Linsen | . . . . | 1,98 | Levi. |
| „ in Kirschen | . . . . | 5,46 | Richardson. |
| „ in Isländischem Moos | | 8,30 | Knop und Schnedermann. |
| „ in Erbsen | . . . . | 8,60 | Bichon. |
| „ in Gerste | . . . . | 9,32 | Mittel aus 2 Analysen, Bichon, Köchlin. |
| „ in Weizen | . . . . | 12,98 | Bichon. |
| „ in schwarzem Senf | . | 14,38 | James. |
| Kalk in Erbsen | . . . . . | 2,46 | Bichon. |
| „ in Weizen | . . . . | 3,91 | Bichon. |
| „ in Wicken | . . . . | 4,79 | Levi. |
| „ in Linsen | . . . . | 5,07 | Levi. |
| „ in Roggen | . . . . | 7,05 | Bichon. |
| „ in Nüssen | . . . . | 14,28 | Mittel aus 2 Analysen, Glasson, Richardson. |
| „ in Feigen | . . . . . | 18,91 | Richardson. |
| „ in der Wurzel von Allium sativum | . . . . . | 23,76 | Herapath. |
| „ in Olivenholz | . . . . | 63,02 | Alexander Müller. |
| Thonerde in Kartoffeln | . . . | Spuren | Herapath. |
| „ in der Wurzel von Brassica oleracea napobrassica | . . . | Spuren | Herapath. |
| „ in Equisetum limosum | . . . . . | 0,99 | H. Rose. |
| „ in Equisetum hiemale | | 1,70 | „ |
| „ in Spongia lacustris | | 1,77 | „ |
| „ in Equisetum arvense | | 2,56 | „ |
| Eisenoxyd in Bohnen | . . . . | 0,11 | Levi. |
| „ in Weizen | . . . . | 0,50 | Bichon. |
| „ in Nüssen | . . . . | 0,73 | Glasson. |
| „ in Roggen | . . . . | 1,90 | Bichon. |

12 *

In 100 Theilen Asche.

| | | | |
|---|---|---|---|
| Eisenoxyd in Spargeln | . . . | 3,73 | Mittel aus 3 Analysen, Levi, Schlienkamp, Herapath. |
| „ in Isländischem Moos | | 6,90 | |
| und phosphorsaures Eisenoxyd in | | | Knop u. Schnedermann. |
| Isländischem Moos | . . . . | 6,50 | |
| Manganoxyd in Kartoffeln | . . | Spuren | Griepenkerl, Herapath. |
| „ in der Wurzel von Brassica oleracea napobr. | . . . . | Spuren | Herapath. |
| „ in Kastanien | . . | 5,84 | Richardson. |
| „ in Isländischem Moos | | 7,20 | Knop und Schnedermann. |
| Manganoxydul in der Rinde von Winterana canella | | 2,50 | Meyer und von Reiche. |
| Phosphorsäure in der Ananas | . | 4,08 | Richardson. |
| „ in Kastanien | . . | 7,33 | „ |
| „ in Kirschen | . . | 14,21 | „ |
| „ in Kartoffeln | . . | 17,40 | Mittel aus 6 Analysen, Griepenkerl, Herapath. |
| „ in Bohnen | . . | 31,34 | Levi. |
| „ in den Fruchtboden von Cynara scolymus | . . . . | 36,23 | Richardson. |
| „ in Gerste | . . . | 40,21 | Mittel aus 2 Analysen, Bichon, Köchlin. |
| „ in Roggen | . . | 51,81 | Bichon. |
| Schwefelsäure in Weizen | . . | 0,27 | „ |
| „ in Roggen | . . | 0,51 | „ |
| „ in Ackerbohnen | . | 1,34 | „ |
| „ in Wicken | . . | 4,10 | Levi. |
| „ in Kirschen | . . | 5,09 | Richardson. |
| „ in Feigen | . . . | 6,73 | „ |
| „ in Weißkraut | . | 8,30 | Stammer. |

In 100 Theilen Asche.

| | | |
|---|---|---|
| Schwefelsäure in Blumenkohl . | 12,66 | Mittel aus 2 Bestimmungen, Richardson, Herapath. |
| „ in Knospen des Seekohls | 23,19 | Herapath. |
| Chlor in Weizen . . . . . . | Spuren | Bichon. |
| „ in weißem Senfsamen . | 0,20 | James. |
| „ in Erbsen . . . . . | 0,31 | Bichon. |
| „ in Kaffeebohnen . . . | 1,22 | Payen. |
| „ in Linsen . . . . . . | 3,70 | Levy. |
| „ in Spargeln · . . . | 4,40 | Levy. |
| Kieselsäure in Weizen . . . . | 0,42 | Bichon. |
| „ in Wicken . . . | 2,01 | Levi. |
| „ in Aepfeln . . . . | 4,32 | Richardson. |
| „ in Kirschen . . . | 9,04 | „ |
| „ in Gerste . . . . | 24,82 | Mittel aus 2 Analysen, Bichon, Köchlin. |
| „ in Isländischem Moos | 41,67 | Mittel aus 3 Analysen, Knop und Schnedermann. |
| „ in Spongia lacustris | 94,66 | H. Rose. |
| „ in Equisetum arvense | 95,43 | „ |
| „ in Equisetum hiemale | 97,52 | „ |
| „ in der Epidermis der Stolonen von Calamus Rotang . . . | 99,20 | „ |

Aus diesen Zahlen ersieht man, daß Kali und Kieselsäure in der Asche am reichlichsten vertreten sind. Unter den Säuren herrscht die Phosphorsäure bedeutend vor, unter den Erden im Allgemeinen die Bittererde. In einzelnen Früchten jedoch, in vielen Wurzeln und namentlich in Stengeln und Holz erhält der Kalk ein ansehnliches Uebergewicht. Viel weniger beträgt die Menge des Chlors, des Eisens und Mangans, am wenigsten die Thonerde. Hinsichtlich des Chlors ist jedoch zu berücksichtigen, daß alle Aschenanalysen nach Weber zu wenig geben, was nicht davon herrührt, daß sich die Chloralkalimetalle zum Theil verflüchtigen, sondern von einer Austreibung des Chlors bei der Verkohlung [1].

---

[1] Vgl. Weber in Poggendorff's Annalen, Bd. LXXXI. S. 405—407.

Bedenkt man nun, daß die Ackererdeanalysen in der großen Mehrzahl der Fälle mehr Natron als Kali, viel mehr Kalk als Bittererde, mehr Schwefelsäure und bisweilen auch mehr Chlor als Phosphorsäure ergeben haben, so sieht man, daß die Verwandtschaft der Wurzeln die anorganischen Stoffe der Ackererde in einem Verhältniß anzieht, das unabhängig ist von der Menge, in welcher die Stoffe den Acker durchziehen. Nur die Eine Bedingung muß erfüllt sein, daß von den nothwendigen Mineralbestandtheilen die nothwendige Menge im Acker vorhanden ist. Dann bethätigt sich das endosmotise Aequivalent der Stoffe des Ackers im Verhältniß zur Pflanzenwurzel—unabhängig von dem Reichthum an einzelnen Bestandtheilen, zu welchen die organische Grundlage der Pflanzen eine geringere Verwandtschaft besitzt. Und so wird es möglich, daß die Alpenflora, welche dem Kalk angehört, in der Polarzone wiedergefunden wird, ohne daß sie an einen kalkreichen Boden gebunden wäre, daß auf Seeen, Flüssen, Bächen und Teichen häufig dieselben Wasserpflanzen blühen, wenn auch der Grund der Gewässer ganz verschiedenen Formationen angehört, daß endlich so viele Culturpflanzen als bodenvage bezeichnet werden können, d. h. daß sie an keinen bestimmten Boden gebunden sind.

Wenn man die Aschenanalysen, welche die Wissenschaft besitzt, mit der Anzahl der bekannten Pflanzen vergleicht, dann kann man erschrecken über die wenig zahlreichen Untersuchungen, welche bisher vorliegen. Allein aus diesen wenigen Forschungen hat sich bereits mit entschiedener Deutlichkeit ergeben, daß hier so gut wie überall ein festes Gesetz der Nothwendigkeit herrscht. Kein Mann der Wissenschaft, kein einsichtsvoller Landwirth kann die Asche mehr als ein zufälliges Anhängsel der anorganischen Stoffe betrachten. Und darin liegt die sichere Bürgschaft, daß sich die Analysen der anorganischen Bestandtheile der Pflanzen immer rascher mehren werden, der reinen Wissenschaft und dem Landbau gleich sehr zum Reichthum.

# Drittes Buch.

## Die Bildung der allgemein verbreiteten Bestandtheile der Thiere.

# Drittes Buch.

## Die Bildung der allgemein verbreiteten Bestandtheile der Thiere.

### Kap. I.

## Die Nahrungsstoffe der Thiere.

### §. 1.

Es ist oft wiederholt worden, daß seit Mulder's Arbeiten über die eiweißartigen Körper der physiologischen Chemie in ihren wichtigsten Lehren ein neues Licht vorgetragen wurde. Wenn es auch auf den ersten Blick scheinen könnte, als wäre dieses Licht wesentlich verdunkelt, weil die Lehre von der Constitution der eiweißartigen Körper auch in ihrer zweimaligen Bearbeitung unter Mulder's baulustiger Hand keine haltbare Ergebnisse geliefert hat, so muß es doch gerade hier betont werden, daß dieser Verlust auf Seiten des Chemikers größer ist, als auf Seiten des Physiologen. Nicht als wenn sich der Physiologe nicht zu kümmern hätte um die Constitution der organischen Stoffe, welche die Grundlage des Organismus darstellen. Allein so viel ist für ewig von Mulder's erster bahnbrechender Untersuchung über die eiweißartigen Verbindungen stehen geblieben, daß die Eiweißkörper des pflanzlichen und des thierischen Leibes die allergrößte Aehnlichkeit mit einander haben, eine Aehnlichkeit die nicht steht und fällt mit dem Protein.

Sie verdienen immer wiederholt zu werden, die Worte, mit denen Mulder bereits im Jahre 1838 die großartigste Folgerung seiner Untersuchungen erfaßte: „Die Pflanzenfresser genießen ähnliche „Nahrung wie die Fleischfresser: sie genießen beide Eiweißstoff, jene „von Pflanzen, diese von Thieren; der Eiweißstoff ist aber für beide „gleich" [1]. So einfach und anspruchslos der Satz auch hier ver- kündigt worden, er hat Anklang gefunden bei den Chorführern der Wissenschaft, und Liebig's begeisterte Darstellung hat diesem Ge- danken in Deutschland das ganze Verständniß eröffnet.

Mulder's Worte bezeichnen den großartigsten Wendepunkt in der Lehre der Ernährung. Daß die Pflanzen, indem sie durch ihre Wurzeln unmittelbar zusammenhängen mit der Muttererde, die anor- ganischen Bestandtheile der Erdrinde, Kalk und Kali, Kochsalz und Bittererde, Phosphorsäure und Eisen den Thieren zuführen, das konnte man schon früher hervorheben. Daß ebenso Stärkmehl und Fett, Zucker und Gummi von den Pflanzen gebildet werden, war schon länger bekannt. Daß aber die Pflanzen überhaupt die Nahrung der Thiere bereiten, das konnte in dieser Allgemeinheit und zugleich mit wissenschaftlicher Schärfe erst von dem Augenblick verkündigt wer- den, als Mulder die große Aehnlichkeit zwischen den Eiweißkörpern der Thiere und denen der Pflanzen kennen lehrte. So lange man die Pflanzenfresser von Gras und Hafer leben sah, ohne die Eiweiß- körper dieser Futterstoffe genau zu kennen, wußte Niemand, wie be- deutend möglicher Weise die Umbildung sein könnte, welche die Thiere mit ihrer Nahrung vornehmen. Seit dem Jahre 1838 weiß man, daß auch der Pflanzenfresser seine Nahrung fertiggebildet auf- nimmt. Denn, mit Ausnahme der stärkmehlartigen Körper, ist die Umsetzung sehr gering, welche die Nahrungsstoffe im Verdauungs- kanal der Pflanzenfresser erleiden.

### §. 2.

Das Thier verwandelt die Nahrung in Blut. Dies ist der ein- zige Gesichtspunkt, von welchem sich die Bedeutung der Nahrung richtig beurtheilen läßt.

---

[1] G. J. Mulder en W. Wenckebach, Natuur- en Scheikundig Ar- chief 1838, p. 128.

Alle wesentliche Bestandtheile des Bluts, d. h. alle diejenigen, welche nicht aus der Rückbildung der Stoffe des Thierleibes hervorgegangen sind, lassen sich als die Mutterkörper aller übriger Stoffe des Organismus betrachten. Die Bestandtheile der Gewebe, der Absonderungen und Ausscheidungen werden sämmtlich aus dem Blut gebildet. Es sind selbst Blutbestandtheile gewesen, bald in derselben Zusammensetzung und mit denselben Eigenschaften begabt, bald in veränderter Form.

Darum hat das Blut eine viel mächtigere physiologische Geltung als der Saft der Pflanzen. Indem das Blut in der sehr großen Mehrzahl der Thiere durch verschiedene Vorrichtungen sich durch den Körper bewegt, wird den verschiedensten Werkzeugen eine ziemlich gleichartige Flüssigkeit zugeführt. Und wenn die Zusammensetzung des Bluts auch in verschiedenen Abschnitten der Blutbahn Unterschiede in der Zusammensetzung zeigt, so sind diese doch nicht der Art, daß nicht in allen Gefäßen eine Flüssigkeit vorhanden wäre, aus welcher die Hauptstoffe der Gewebe gebildet werden können. Aus diesem Grunde läßt sich das Blut als die Summe der allgemein verbreiteten Bestandtheile der Thiere betrachten. Und deshalb umfaßt dieses Buch nur die wesentlichen Bestandtheile des Bluts und deren Entwicklungsgeschichte.

Außer der Grenze, die uns für die Aufsuchung der allgemein verbreiteten Thierstoffe in den Blutgefäßwandungen gegeben ist, bietet der Bau der Thiere noch einen anderen Vortheil vor den Pflanzen, wenn man sich die Lehre von dem Werden der allgemeinen Bestandtheile zur Aufgabe stellt.

Wir kennen nämlich den Ort, an welchem das Blut aus der Nahrung des Thiers gebildet wird. In den Verdauungsorganen lassen sich die verschiedenen Umsetzungen und Entwicklungen verfolgen, aus welchen das Blut als letztes Ergebniß hervorgeht.

### §. 3.

Aus dem so eben angedeuteten Verhältniß des Bluts zu den Geweben ergiebt sich, daß man ganz im mathematischen Sinne den Gehalt und die materielle Grundlage des Körpers auf das Blut reduciren darf. Daraus ergiebt sich aber auch von selbst der wissenschaftliche Begriff des Nahrungsstoffs, von dem in neuester Zeit so häufig mit Unrecht ausgesagt wurde, daß er sich nicht bestimmen lasse, vielleicht nur deshalb, weil man willkürliche und falsche Definitionen vor Augen hatte.

Nahrungsstoff ist jede anorganische oder organische Verbindung, welche den wesentlichen Blutbestandtheilen entweder gleich, oder ähnlich genug ist, um sich durch die Verdauung in dieselben umzuwandeln [1]).

Kennt man die Zusammensetzung des Bluts, so läßt sich daraus von vorne herein bestimmen, welche von den allgemein verbreiteten Bestandtheilen der Pflanzen, die im vorigen Buch geschildert wurden, als die Nahrungsstoffe der Thiere zu betrachten sind.

Das Blut enthält anorganische Bestandtheile, stickstofffreie organische und stickstoffhaltige organische Stoffe. Die stickstofffreien organischen Stoffe sind Fette, die stickstoffhaltigen Eiweißkörper.

Durch diese drei Rubriken ist ohne Weiteres die einzig logische Eintheilung der Nahrungsstoffe gegeben. Auch die Nahrungsstoffe sind anorganisch oder organisch, die organischen stickstofffrei oder stickstoffhaltig.

## §. 4.

Zu den anorganischen Nahrungsstoffen gehören vor allen Dingen das Wasser und die phosphorsauren Salze der Alkalien und der Erden. Darum ist es auch für das thierische Leben auf der Erde so wichtig, daß die endosmotischen Aequivalente der anorganischen Stoffe des Ackers im Verhältniß zur Pflanzenwurzel der Art sind, daß die Pflanzen die Phosphorsäure, die Alkalien und die Erden aus dem Boden sammeln. Im Blut herrscht die Phosphorsäure vor über die Schwefelsäure. Ganz so in den Pflanzen. Aber das Blut besitzt mehr Natron als Kali, mehr Kalk als Bittererde und einen sehr großen Reichthum an Chlor, Verhältnisse, von denen die als Nahrungsmittel vorzugsweise gebräuchlichen Pflanzentheile gerade das Umgekehrte zu zeigen pflegen. Dies beweist, daß die Blutgefäße und Chylusgefäße ebenso durch Endosmose die anorganischen Stoffe der

---

1) Vgl. meine Physiologie der Nahrungsmittel, Darmstadt 1850, S. 108, oder meine Lehre der Nahrungsmittel für das Volk, Erlangen 1850. S. 76.

pflanzlichen Nahrungsmittel in anderen Verhältnissen aufnehmen, als in der Nahrung gegeben sind, wie die Pflanzenwurzel ihre Nahrungsstoffe aus dem Acker.

Den bereits genannten anorganischen Nahrungsstoffen reihen sich noch Eisenoxyd, Thonerde, Kieselerde und Fluorcalcium an, die aber sämmtlich in verhältnißmäßig geringerer Menge in die Gewebe der meisten Thiere eingehen. In einzelnen Klassen kann jedoch dieser oder jener Bestandtheil reichlicher auftreten, wie zum Beispiel die Kieselsäure in den Federn der Vögel (von Gorup-Besanez).

### §. 5.

Die stickstofffreien organischen Nahrungsstoffe zerfallen in Fettbildner und Fette.

Eine Reihe von stärkmehlartigen Stoffen kann nämlich, wie wir in dem nächsten Kapitel sehen werden, in Fett verwandelt werden. Es gehören dahin das Stärkmehl selbst, Dextrin, Gummi, Zucker, in geringerem Maaße auch der Zellstoff. Ich vereinige diese Körper unter dem Namen der Fettbildner.

Zu den Fetten, die wir als Nahrungsstoffe betrachten müssen, gehören vor allen Dingen Elain, Margarin und Stearin und die diesen neutralen Fetten entsprechenden Fettsäuren und Seifen; sodann die Buttersäure.

Daß auch Palmfett, Muskatfett, Lorbeerfett, Kokosnußfett, Behensäure und die flüchtigen Fettsäuren als Nahrungsstoffe verwandt werden können, läßt sich nicht bezweifeln. Es mag aber in Wirklichkeit ziemlich selten geschehen, weil sie seltner vorkommen.

### §. 6.

Als eiweißartige Nahrungsstoffe liefert das Pflanzenreich das Eiweiß und den Erbsenstoff, den Kleber im engeren Sinne und den Pflanzenleim.

Es sind die eiweißartigen Nahrungsstoffe häufig als Blutbildner bezeichnet worden. Jedoch mit Unrecht. Denn das ganze Blut können sie nicht bilden. Wir werden unten zur Genüge sehen, daß die anorganischen Bestandtheile und die Fette ebenso wesentlich in die Zusammensetzung des Blutes eingehen wie die eiweißartigen Verbin bungen. Es sollte denn auch mit jenem Namen bloß bezeichnet werden, daß die Eiweißkörper an der Bildung des Bluts einen vorherrschenden Antheil nehmen. Auf die Einseitigkeit des Namens wird hier nur deshalb aufmerksam gemacht, weil wiederholt der irrige Gedanke auftauchte, daß man den Werth der Nahrungsmittel nach dem bloßen Stickstoffgehalt bestimmen könne.

Allein lange vor dieser einseitigen Auffassung wußte man durch Versuche von Tiedemann und Gmelin und von Magendie, daß die Thiere sterben, wenn man sie nur mit eiweißartigen Stoffen füttert.

Ebenso wie die Pflanze nicht zur Entwicklung kommt, wenn ihr im Boden die nothwendigen anorganischen Bestandtheile fehlen, oder wenn sie nicht Kohlensäure, Wasser und Ammoniak in den gehörigen Verhältnissen aufnehmen kann, so erfordert auch ein Nahrungsmittel, das den thierischen Bedürfnissen genügen soll, durchaus eine richtige Vertheilung von anorganischen Nahrungsstoffen, Fetten oder Fettbildnern und eiweißartigen Verbindungen [1]).

---

1) Das Genauere über die Nothwendigkeit der richtigen Verbindung der Nahrungsstoffe zu Nahrungsmitteln findet sich in meiner Physiologie der Nahrungsmittel, dem völlig umgearbeiteten dritten Bande von Friedrich Tiedemann's Physiologie des Menschen, S. 144—165.

# Kap. II.

## Die Verdauung.

### §. 1.

Mit dem Namen Verdauung wird diejenige Verrichtung des thierischen Körpers belegt, durch welche die Nahrungsstoffe in Blutbestandtheile verwandelt werden. Diese Umwandlung aber besteht entweder in einer bloßen Auflösung, oder zugleich in einer Auflösung und einer Umsetzung, sofern die Nahrungsstoffe den Blutbestandtheilen nicht gleich zusammengesetzt sind. So braucht z. B. das Kochsalz nur gelöst zu werden, um als wesentlicher Blutstoff in die Gefäße einzugeben. Das Stärkmehl muß aber nicht nur gelöst, sondern auch in seinen Eigenschaften und in seiner Zusammensetzung verändert werden.

Alle Verwandlungen, welche die verschiedenen Nahrungsstoffe vor der Blutbildung erleiden, werden bewirkt durch die Verdauungsflüssigkeiten, Speichel, Magensaft, Galle, Bauchspeichel und Darmsaft. Mit diesen Säften werden sie im Verdauungskanal um so vollständiger vermischt, da die wurmförmigen Bewegungen der Magen- und Darmwände eine beständige Ortsveränderung des Inhalts herbeiführen. Und wie die Vertheilung der Körper dieselben überhaupt chemischen Einwirkungen zugänglicher macht, so werden auch bei allen Thieren, die mit Kauwerkzeugen versehen sind, die Nahrungsmittel in der Mundhöhle für die Einwirkung der Verdauungssäfte vorbereitet.

Die Verdauungssäfte sind sämmtlich durch organische Stoffe ausgezeichnet, die im Speichel, Magensaft, Bauchspeichel und Darmsaft indifferenter Natur zu sein scheinen, während sie in der Galle durch zwei an Natron gebundene Säuren dargestellt werden. Im Speichel des Mundes, wie des Pankreas, und im Darmsaft sind jene organischen Stoffe, die man als Gährungserreger betrachten darf, in einer alkalischen Flüssigkeit gelöst. Die Galle ist meist alkalisch, obwohl sie von manchen neueren Forschern auch häufig neutral befunden wurde. Durch freie Milchsäure ist der Magensaft ausgezeichnet.

Weil alle Verdauungssäfte aus dem Blut gebildet werden, so kann ich, dem Plane dieses Werkes gemäß, auf eine genaue Beschreibung derselben erst im fünften Buche eingehen. Die wenigen hier gegebenen Andeutungen genügen, um die Einwirkung jener Flüssigkeiten auf die Nahrungsstoffe zu schildern. Und da es mir vor allen Dingen darauf ankommt, den Nahrungsstoffen selbst in ihrer Entwicklungsgeschichte bis zum Uebergang in die Blutbahn zu folgen, so erhebe ich in der Lehre der Verdauung die Nahrungsstoffe zum Eintheilungsgrund. In diesem Kapitel will ich also zeigen, wie die anorganischen Nahrungsstoffe, die Fettbildner, die Fette und die Eiweißkörper unter dem Einfluß der Verdauungssäfte in die Bestandtheile des Bluts übergeführt werden.

### §. 2.

Von den anorganischen Nahrungsstoffen sind die Chloralkalimetalle und die phosphorsauren und schwefelsauren Salze der Alkalien schon in dem Wasser der Verdauungsflüssigkeiten löslich. Auch Chlorcalcium und Chlormagnesium, die indeß seltner in den pflanzlichen Nahrungsmitteln vorkommen, und schwefelsaure Magnesia lösen sich leicht in Wasser.

Weniger leicht wird bereits die phosphorsaure Magnesia vom Wasser aufgenommen; schwer löslich sind die Salze des Kalks und das phosphorsaure Eisenoxyd.

Schon Tiedemann und Gmelin haben gezeigt, daß die Erdsalze der Nahrungsmittel durch die freie Säure des Magensafts gelöst werden. Sie fanden in Alkohol lösliche Salze der Erden in der vom Mageninhalt durchs Filter gehenden Flüssigkeit, und wir wissen jetzt, daß die Säure dieser Salze, welche jene Forscher noch für Essigsäure hielten, Milchsäure war. Frerichs hat neuerdings die Angaben von Tiedemann und Gmelin bestätigt[1]). Wenn man den Rückstand

---

[1] Frerichs, Artikel Verdauung in Rud. Wagner's Handwörterbuch der Physiologie, Bd. III, S 799. 800.

des Filtrates verbrennt, dann findet man kohlensauren Kalk und kohlensaure Bittererde in der Asche.

Eisen wird von der Milchsäure des Magensafts gleichfalls gelöst und zwar nach Frerichs im metallischen sowohl wie im oxydirten Zustande, in letzterer Form jedoch in größerer Menge.

Lösung der Erdsalze und des Eisenoxyds bewirken auch die Flüssigkeiten des Darms so lange diese noch sauer reagiren. Da aber der Darmsaft, als eigenthümliche Absonderung der Darmdrüsen gefaßt, nach den neuesten Forschungen von Frerichs niemals eine ihm eigenthümlich angehörende freie Säure enthält, so kann die saure Beschaffenheit der Mischung im Darm nur von der freien Säure des Magens oder einer aus den Nahrungsstoffen gebildeten Säure herrühren. Die saure Reaction geht durch die bloße Beimischung der Galle und des Bauchspeichels nicht immer verloren; sie pflegt erst weiter unten im Dünndarm durch das Alkali des Darmsafts vollständig gesättigt zu werden.

In dem Verdauungskanal wird nämlich außer der mit dem Magensaft abgesonderten Milchsäure auch aus Zucker Milchsäure gebildet. Wenn in Folge einer reichlichen Zufuhr der Fettbildner die Bildung der Milchsäure sich vermehrt, dann kann auch eine reichlichere Menge des Kalks und des Talks gelöst werden. Dies ist bei Pflanzenfressern häufig der Fall.

Man würde indeß irren, wenn man alle Lösung der Erdsalze und des Eisenoxyds nur auf Rechnung der freien Magensäure schreiben wollte. Chlorkalium ertheilt dem Wasser die Eigenschaft kohlensauren Kalk zu lösen. Kochsalz und die gewöhnlichen phosphorsauren Alkalien nehmen in ihren Lösungen erhebliche Mengen der phosphorsauren Erden und des phosphorsauren Eisenoxyds auf. Lassaigne hat gelehrt, daß Ein Litre einer Lösung, die $1/_{12}$ Chlornatrium enthält, $6^3/_5$ Gramm phosphorsaure Erden aufnimmt. Endlich trägt auch das in dem Darminhalt verflüssigte Eiweiß dazu bei phosphorsauren Kalk in gelöster Form zu erhalten [1]).

---

1) Vgl. C. Schmidt's vortrefflichen Aufsatz in Liebig und Wöhler, Annalen Bd. LXI, S. 297, und Gobley (Journ. de pharm. et de chim. 3e sér. T. XVII, p. 406), der jedoch mit Unrecht mehr an ein emulsionsartiges Verhältniß, als an eigentliche Lösung denkt.

Fluorcalcium geht in so geringer Menge aus den Nahrungsmitteln in den Thierleib über, daß zur Erklärung dieses Uebergangs der von Wilson gelieferte Nachweis genügt, wie schon bei einer Wärme von + 15° wägbare Spuren des Fluorcalciums in Wasser gelöst bleiben[1]). Bei der Wärme des Magens, die bei Vögeln und Säugethieren zwischen 38 und 40° schwankt, kann also diese Auflösung um so leichter erfolgen.

Kieselsäure und Thonerde sind ebenfalls nur in sehr geringer Menge oder doch in wenig zahlreichen Fällen wesentliche Bestandtheile des thierischen Organismus. Die Thonerde wird von Säuren gelöst; Kieselerde als solche nur in Fluorwasserstoff. Sofern nun gerade im Körper der Vögel Kieselsäure reichlicher gefunden wurde, wäre es von Bedeutung, wenn sich eine ältere Angabe über das Vorkommen von Fluorwasserstoff im Magensaft der Vögel bestätigen sollte, was indeß nicht zu gelingen scheint. Deshalb ist es wichtig, daß man eine lösliche Verbindung der Kieselsäure mit Kali kennt, welche die Kieselerde ins Blut und von hier in die Knochen und Federn bringen kann.

Bei allen anorganischen Stoffen handelt es sich also nur um die Auflösung, indem sich die Umsetzung auf die Zerlegung einiger Salze beschränkt. Mulder hat indeß darauf aufmerksam gemacht, wie das Chlormagnesium verschiedener Gewässer schon bei gewöhnlicher Temperatur in Bittererde und Chlorwasserstoff zersetzt wird. Die höhere Wärme und die freie Säure des Magensafts können natürlich eine solche Zersetzung nur befördern. Auf solche Weise gebildete Salzsäure muß Kalk und Thonerde im Magen lösen.

## §. 3.

Stärkmehlkörnchen, die durch Kochen ihre äußerste feste Hülle verloren haben, und Stärkekleister werden nach der Entdeckung von Leuchs durch die Flüssigkeiten des Mundes ebenso wie durch Gerstenhefe in ausgezeichneter Weise erst in Dextrin und dann in Zucker umgesetzt. Daß diese kräftige Einwirkung nicht durch den Speichel allein, sondern durch die Mischung von Speichel und Schleim, die in der Mundflüssigkeit

---

1) Vergl. oben S. 50.

gegeben ist, herbeigeführt wird, wurde zuerst von Laffaigne bemerkt, später von Magendie, Rayer und Payen, Bernard, Jacubowitsch und Anderen bestätigt.

Andererseits weiß man durch Magendie, daß Blut, Fleischflüssigkeit, ein wässeriger Auszug des Hirns, der Nieren, der Leber, kurz alle Säfte, welche thierische Eiweißstoffe enthalten, das Vermögen besitzen, Stärkmehl in Dextrin und Zucker zu verwandeln. Schon daraus ergiebt sich, daß mehre Schriftsteller, Bernard und Barreswil z. B., dem reinen Speichel, andere dem reinen Schleim mit Unrecht alle umsetzende Wirkung absprechen. Frerichs schreibt ganz richtig die Fähigkeit, Stärkmehl in Zucker überzuführen, in geringem Grade allen Mundflüssigkeiten einzeln zu, welche sie mit einander vermischt so kräftig bethätigen. Es gelingt mir manchmal, wenn ich die Zunge möglichst stark auf die eine Seite lege, durch plötzliches Umwenden auf die andere einige Tropfen Speichel aus dem ductus Whartonianus auszuspritzen. Durch diesen ganz reinen Speichel läßt sich Stärkmehl in Zucker umsetzen, wenn auch erst in viel längerer Zeit als durch die gemischte Flüssigkeit des Mundes.

Hinzugefügte Säuren heben die Wirkung des Speichels auf Stärkmehl nicht auf. Das hatte vor mehren Jahren Schwann's Beobachtung bereits ermittelt. Nur weil in neuerer Zeit Bernard und Barreswil behauptet haben, daß der Einfluß der Mundflüssigkeit an die alkalische Reaktion derselben gebunden ist, hebe ich es hervor, daß Jacubowitsch, Frerichs[1]) und ich selbst die Angabe Schwann's bestätigt haben. Nach Frerichs ist indeß die Zuckerbildung, wenn der Speichel angesäuert war, etwas geringer.

Daraus geht also unmittelbar hervor, — was auch Versuche von Jacubowitsch und Frerichs gezeigt haben — daß der saure Magensaft die umsetzende Kraft des Speichels nicht vernichtet.

Der Magensaft an und für sich besitzt indeß nur in sehr geringem Grade das Vermögen aus Stärkmehl Zucker zu bilden. Lehmann konnte Stärkmehl mit dem Magensaft kochen, ohne daß es die Eigenschaft verlor, durch Jod gebläut zu werden[2]). Auch Jacubo-

---

1) A. a. O. S. 772.
2) Lehmann's Lehrbuch der physiologischen Chemie, zweite Auflage, Leipzig 1850. Bd. 1. S. 98.

witſch und Schmidt und Frerichs melden in neueſter Zeit, daß
der Magenſaft Stärkmehl nicht raſcher in Zucker verwandle als jeder
andere in Zerſetzung begriffene Körper. Ich kann dies nach eigenen
Verſuchen beſtätigen.

Einige Wirkung wird alſo wenigſtens von jenen Forſchern zugegeben, wie es von einer Flüſſigkeit, die einen ſehr wandelbaren organiſchen Stoff und eine freie Säure enthält, nicht anders zu erwarten iſt. Bernard und Barreswil heben es übrigens ausdrücklich
hervor, daß die Milchſäure des Magenſafts ſich von Salzſäure und
anderen Mineralſäuren dadurch unterſcheidet, daß ſie Stärkekleiſter
nicht in Zucker überführt.

Uebt ſchon der Magenſaft einen geringen Einfluß auf die Zuckerbildung, der Galle fehlt in dieſer Richtung jede Wirkſamkeit.

Deſto mächtiger iſt die zuckerbildende Kraft des Bauchſpeichels.
Nachdem Valentin die Fähigkeit des Bauchſpeichels Stärkmehl in
Zucker umzuſetzen kennen gelehrt hatte, wurde ſeine Beobachtung von
vielen Forſchern, unter Anderen von Bouchardat und Sandras, von
Strahl, Frerichs und mir ſelber wiederholt. Wenn Jacubowitſch
durch Unterbindung und Durchſchneidung der Stenoniſchen und Whar-
toniſchen Gänge den Speichel vom Verdauungsgeſchäft ausſchloß, dann
fand er die Stärke im Magen nicht, im Dünndarm aber wohl in
Dextrin und Zucker übergeführt[1]). Nach Lenz verwandelt der Bauch-
ſpeichel, dem auch Frerichs eine kräftigere Wirkung zuſchreibt als
der Mundflüſſigkeit, beinahe auf der Stelle Stärkmehl in Zucker[2]).

Viel ſchwächer iſt wiederum die Wirkung des Darmſafts. Wenn
auch die Behauptung von Jacubowitſch zu weit geht, daß durch
Darmſchleim die Zuckerbildung nicht raſcher erfolge als in einfachem
Kleiſter, ſo fand doch auch Frerichs, daß die Darmſchleimhaut ſo-
wohl wie der Darmſaft nur langſam Stärkelöſungen umſetzt.

### §. 4.

Da ſich Stärkmehl erſt in Dextrin verwandeln muß, um Zucker
zu bilden, ſo wird natürlich Dextrin im Verdauungskanal raſcher um-
geſetzt als Stärkmehl.

---

1) Müller's Archiv 1848. S. 365.
2) Ed. Lenz, de adipis concoctione et absorptione, dissert. inaug. Dor-
patensis, Mitaviae 1850. p. 57.

An das Dextrin schließt sich der Rohrzucker, von dem es bekannt ist, daß er sich durch freie Säuren in Traubenzucker verwandeln läßt. Bouchardat und Sandras haben denn auch diese Umsetzung unter dem Einfluß des Magensaftes beobachtet. Wenn Frerichs aus der Einwirkung des Magensaftes auf Rohrzucker keinen Traubenzucker, sondern Milchsäure hervorgehen sah, so ist das kein Beweis, daß die Bildung von Traubenzucker nicht statt fand, sondern daß die Umsetzung des Rohrzuckers bereits über den Traubenzucker hinaus weiter fortgeschritten war (Vergl. §. 5).

Nach den Versuchen von Frerichs wird der Zellstoff weder durch Speichel, Magensaft und Galle, noch auch durch den Bauchspeichel und den Darmsaft verändert [1]). Da aber Säuren und Alkalien auch im verdünnten Zustande allmälig kleine Mengen Zellstoff in Stärkmehl verwandeln, und da der Zellstoff in den Verdauungswerkzeugen mit verdünnter Säure und verdünntem Alkali zusammenkommt, so muß ein Theil des Zellstoffs auch durch die Verdauungssäfte angegriffen werden. Mulder hebt mit Recht hervor, daß viele Pflanzenfresser, namentlich viele Wiederkäuer, in ihrer Nahrung, dem Grase und Heu, zu wenig Stärkmehl, Dextrin oder Zucker erhalten, um nicht anzunehmen, daß sie in ihrem langen Darmkanal einen Theil des Zellstoffs umsetzen [2]). Autenrieth hat Schweine mit Sägemehl gemästet. Und wenn nur erst Stärkmehl aus dem Zellstoff gebildet ist, dann geht die Entwicklung bis zum Zucker fort. Frerichs giebt denn auch eine Auflösung der ganz jugendlichen Zellwände zu. Wenn erst der Zellstoff durch eine reichliche Menge der Holzstoffe verdickt ist, dann wird durch das feste Gefüge der Gewebe die Lösung unmöglich.

Gegen die Verdauung des Gummis sind die unmittelbaren Versuche von Tiedemann und Gmelin, Boussingault, Blondlot und Anderen ungünstig ausgefallen. Arabisches Gummi, mit Speichel und Magensaft vermischt, quillt nach Frerichs auf und löst sich allmälig, jedoch ohne Vermehrung des Zuckers oder der Säure.

---

1) A. a. O. S. 806, 853.

2) Mulder, proeve leener algemeene physiologische Scheikunde, Rotterdam 1847, p. 1071.

Da indeß manchen Chemikern die Möglichkeit, Gummi durch Säuren
in Zucker zu verwandeln, entgangen ist, da ferner diese Umsetzung nur
sehr langsam erfolgt, so scheint mir immer noch ein Zweifel erlaubt
zu sein, ob das Ergebniß jener Beobachtungen als ein allgemein
gültiges zu betrachten ist.

Pektin wird nach Blondlot und Frerichs durch die Verdauungssäfte nicht verändert. Dies stimmt vollkommen zu Frémy's
Angaben, daß man Pektin durch Säuren oder durch einen Ueberschuß
von Alkalien wohl in Parapektinsäure und Metapektinsäure, jedoch
nicht in Zucker verwandeln könne.

Fruchtmark wird nach Frémy durch den Magensaft nicht in
Pektin übergeführt.

Daß endlich der Kork durch die Verdauungssäfte sich nicht angreifen läßt, also auch die Cuticula der Pflanzen in dem Verdauungskanal nicht gelöst wird, das ergiebt sich aus den im zweiten Buch
(S. 110) mitgetheilten Eigenschaften dieses Körpers von selbst. Auch
die Holzstoffe werden von den Verdauungssäften nicht angegriffen.


## §. 5.

Soweit diejenigen Stoffe, die wir im zweiten Buch unter dem
Namen der stärkmehlartigen Körper vereinigt haben, verdaut werden,
erleiden sie nach den Mittheilungen der letzten beiden Paragraphen
neben der Auflösung allemal auch die Umsetzung in Zucker. Man
kann die Zuckerbildung als einen ersten wichtigen Zeitraum in der
Verdauung der Fettbildner bezeichnen. —

Wenn nun auch der Zucker, zumal bei einem reichlichen Genuß
des Stärkmehls oder zunächst verwandter Stoffe, als solcher in das
Blut übergehen kann, so erfährt er doch im Darmkanal eine weitere
Umsetzung, die ihn gewöhnlich nicht als Zucker in das Blut gelangen
läßt.

Unter den neueren Forschern haben namentlich Bouchardat
und Sandras nach der Fütterung mit gekochtem Stärkmehl die
Milchsäure im Magen niemals vermißt. Frerichs [1]) bestreitet zwar

---

1) A. a. O. S. 303.

die Bildung von Milchsäure im Magen der Hunde und des Menschen bei regelmäßiger Verdauung. Wenn dieser Forscher jedoch in dem Uebergang von Traubenzucker ins Blut bei stärkmehlreicher Nahrung den sichersten Beweis gegen jene Bildung von Milchsäure im Magen sehen will, so läßt sich dagegen erinnern, daß er erstens selbst eine Bildung von Milchsäure in den unteren Theilen des Dauungskanals einräumt, die, wenn das Vorkommen des Zuckers im Blut ein Gegenbeweis wäre, auch nicht stattfinden könnte. Zweitens aber — und das ist die Hauptsache — geht bei weitem nicht aller Zucker als solcher in die Blutbahn über. Weil aber der Magensaft selbst Milchsäure enthält, so wären allerdings quantitative Nachweise einer Vermehrung der Milchsäure, die im Magen auf Kosten des Zuckers stattfindet, sehr zu wünschen.

Den Hauptort der Milchsäurebildung haben indeß van den Broek's wichtige Untersuchungen in den Zwölffingerdarm verlegt [1]. Van den Broek hat von zwei Theilen Galle den einen unvermischt, den anderen nachdem er 24 Stunden lang bei 36° auf Zucker eingewirkt hatte, getrocknet und mit absolutem Aether ausgezogen. Während die Lösung der bloßen Galle schwach sauer war und keine Milchsäure enthielt, bekam van den Broek aus dem mit Zucker versetzten Theil eine stark saure Lösung, die nach dem Eintrocknen beim Verbrennen durchaus keinen feuerfesten Rückstand hinterließ. Der trockne Rückstand der ätherischen Lösung, mit Wasser behandelt, gab eine stark saure Flüssigkeit und beim Versetzen dieser mit kohlensaurem Zinkoryd unter Entwicklung von Kohlensäure ein Salz, das alle Eigenschaften, namentlich auch die Krystallform des milchsauren Zinkoryds besaß. Vor dem Löthrohr verbrannt bildete das Zinksalz einen weißen Anflug, der sich mit Brausen in verdünnter Salpetersäure löste. Wenn es in einem Proberöhrchen erhitzt wurde, so erhob sich ein weißer Dampf, der in den höheren Theilen des Röhrchens als Lactid sublimirt wurde. Kurz es hatte sich der Zucker unter dem Einfluß der Galle in Milchsäure umgesetzt, ein Schluß, den van den Broek noch dadurch zu unterstützen sucht, daß die ätherische Lösung

---

1) Nederlandsch lancet, uitgegeven door Donders, Ellerman en Jansen, III, p. 155 en volg.

der mit Zucker vermischten Galle gar keine feuerfeste Bestandtheile
übrig ließ, was der vollkommenen Unlöslichkeit des milchsauren Na=
trons entspreche. — Auch Frerichs konnte wenigstens kleine Men=
gen von Traubenzucker und von Rohrzucker durch frische Galle in
Milchsäure umsetzen [1]).

Durch den alkalischen Darmsaft sah Frerichs gleichfalls Zucker
in Milchsäure übergehen [2]), und Lehmann hat uns auf die sehr
lehrreiche Thatsache aufmerksam gemacht, daß die Bildung der Milch=
säure durch die Gegenwart von Fetten wesentlich gefördert wird [3]).

Frerichs hat die Bildung der Milchsäure ganz vorzüglich im
Blinddarm beobachtet und leitet die saure Beschaffenheit des Darm=
safts in diesem, welche früher so häufig der Absonderung selbst zuge=
schrieben wurde, von den zersetzten stärkmehlartigen Körpern ab.

## §. 6.

Bildung von Milchsäure — das ist also die zweite wichtige
Umwandlungsstufe, auf welcher sich die stärkmehlartigen Nahrungs=
stoffe begegnen.

Die Milchsäure, im wasserfreien Zustande eine farblose, geruch=
lose, syrupsdicke Flüssigkeit, wird ausgedrückt durch die Formel
$C^6 H^5 O^5 + HO$. Ihrer kräftigen Verwandtschaft zu den Basen ent=
spricht ihre stark saure Reaction. Sie vermag Chlorcalcium zu zer=
legen. In Wasser, Alkohol und Aether ist sie leicht löslich. Ihre
Salze sind gleichfalls in Wasser löslich; viele, z. B. milchsaurer
Kalk und milchsaure Bittererde, auch in Alkohol. Aether löst die
Salze nicht.

Wenn man die freie Milchsäure bis zu 250° erhitzt, dann ent=
steht neben anderen Zersetzungsprodukten ein krystallinisches Subli=
mat, das Lactid. Dieser Stoff krystallisirt aus Alkohol in rhombi=
schen Tafeln. Mit Wasser vermischt geht er wieder in Milchsäure
über. Da die Zusammensetzung des Lactids der Formel $C^6 H^4 O^4$

---

1) Frerichs a. a. O. S. 835.

2) A. a. O. S. 853.

3) Lehmann a. a. O. S. 273.

entspricht, so braucht dasselbe nur 2 HO aufzunehmen, um sich rückwärts in Milchsäurehydrat zu verwandeln.

Die Eigenschaft des Traubenzuckers, unter dem Einfluß verschiedener Gährungserreger, unter anderen auch durch Gerstenhefe, Milchsäure zu bilden, ist eine Entdeckung von Boutron und Frémy. Da man jedoch die Milchsäure am zweckmäßigsten aus Milchzucker darstellt, so werde ich die Gewinnungsweise im fünften Buch bei der Milch zur Sprache bringen.

## §. 7.

Wenn Traubenzucker mit thierischen Hefen längere Zeit einer Wärme von 30—40° ausgesetzt wird, dann tritt eine Buttersäuregährung ein (Pélouze und Gélis). Es war Engelhardt und Maddrell vorbehalten, den für die Physiologie so werthvollen Nachweis zu liefern, daß dieser Bildung von Buttersäure die Entstehung von Milchsäure vorausgeht.

Ein Aequivalent wasserfreien Traubenzuckers liefert 2 Aeq. Milchsäurehydrat:

$$C^{12} H^{12} O^{12} = 2 (C^6 H^5 O^5 + HO).$$

Indem die Gährung bis zur Buttersäurebildung fortschreitet, wird Kohlensäure und Wasserstoffgas entwickelt:

Milchsäurehydrat    Buttersäurehydrat
$$2 (C^6 H^5 O^5 + HO) = C^8 H^7 O^3 + HO + 4 CO^2 + 4 H.$$

Wer nur irgend alle willkürliche Zweifelsucht, so gut wie allen willkürlichen Glauben über Bord geworfen und sich gepanzert hat mit der festen Ueberzeugung, daß allüberall nothwendige Naturgesetze herrschen, der mußte, jene Thatsachen, die Verdauungsflüssigkeiten und die Nahrungsstoffe kennend, mit Bestimmtheit die Bildung von Buttersäure im Darmkanal annehmen. So Liebig.

Aber die unmittelbare, nicht die denkende, sondern die den Gedanken nur noch abschreibende Erfahrung steht uns überdies zur Seite. Valentin beobachtete schon vor längerer Zeit bei der Einwirkung des Bauchspeichels auf Zuckerlösungen kräftige Gährungserscheinungen, eine stark saure Reaction und einen widerlich sauren

Geruch [1]). Es ist durch verschiedene Untersuchungen bekannt, daß der Darmkanal ein Gasgemenge enthält, das reich ist an Kohlensäure und Wasserstoff (Magendie und Chevreul, Chevillot). Bis zur Bildung der Milchsäure sind wir in §. 5 der Umsetzung des Zuckers gefolgt. Sollen wir noch zweifeln, daß die Gährungserreger der Verdauungssäfte die Milchsäure unter Entwicklung von Kohlensäure und Wasserstoff auch in Buttersäure verwandeln?

Frerichs theilt uns unter den Ergebnissen seiner zahlreichen und gediegenen Forschungen über die Verdauung mit, daß er wiederholt im Darminhalt von Hunden, die mit Kartoffeln und Brod gefüttert waren, Buttersäure beobachtet hat [2]).

### §. 8.

Darum also nannte ich die stärkmehlartigen Körper Fettbildner.

Unter den vielen genialen Lichtblitzen, mit denen Liebig plötzlich die Nacht aufhellte, in der die Physiologie des Stoffwechsels ein kümmerliches Leben dahin träumte, war dies einer der leuchtendsten. Die Thiere bereiten aus Stärkmehl Fett.

Liebig machte darauf aufmerksam, daß gerade die Körper, deren man sich vorzugsweise zur Fettmästung bedient, Kartoffeln, Rüben, Reis, Hülsenfrüchte, sehr wenig Fett und sehr viel stärkmehlartige Verbindungen enthalten.

Er lieferte durch Wägungen den Beweis, daß die Thiere das Fett, welches sie nach der Mast im Körper führen, unmöglich als solches aus ihrem Futter aufnehmen können.

Liebig zeigte durch Zahlenbelege, daß eine Kuh in ihrem Koth ziemlich ebenso viel Fett ausleert, wie sie in ihrer Nahrung, in Heu und Kartoffeln erhält. Eine solche Kuh liefert Milch und Butter. Ihre Butter muß von den stärkmehlartigen Nahrungsstoffen herrühren.

Man wußte durch Gundelach, der in Huber's Fußstapfen getreten war, daß die Bienen Zucker in Wachs verwandeln.

---

1) Valentin's Lehrbuch der Physiologie des Menschen, zweite Auflage, Braunschweig 1847, Bd. I. S. 356, 357.

2) A. a. O. S. 353.

Alle diese Thatsachen, die Liebig in einen so überzeugenden Zusammenhang brachte, wurden von ihren heftigsten Bekämpfern, von Dumas, Payen, Boussingault, nach und nach anerkannt. Von diesem Augenblick an stand die Lehre, daß Stärkmehl im Thierleib in Fett übergeht, fest. Die stärkmehlartigen Nahrungsstoffe sind Fettbildner.

Lehmann [1]) wundert sich darüber, daß der Chylus trotzdem nach pflanzlicher Nahrung ärmer an Fett ist als nach fetter thierischer Kost? Fett, das schon gebildet ist, kann leichter aufgenommen werden, als Fett, das sich erst aus Stärkmehl entwickelt. Boussingault habe „in seinen neueren Versuchen an Enten nie gefunden, daß der Fettgehalt der Darmcontenta nach Fütterung mit Stärkmehl oder Zucker sich mehre." Wenn aber eine Vermehrung des Fetts im Körper dennoch feststeht — nach Boussingault's eigenen Versuchen feststeht —, wird man dann nicht aus jener Beobachtung bloß schließen, daß das Fett aus dem Darm schon in die Gefäße übergegangen war? Wird man nicht aus dem verhältnißmäßig niedrigen Fettgehalt des Chylus in solchen Fällen folgern, daß das Fett reichlicher in die Adern überging? Thomson sei „bei seinen Versuchen über den Einfluß verschiedener Futterarten auf die Erzeugung von Milch und Butter zu dem Schlusse gelangt, daß Zucker keinen Antheil an der Erzeugung des Fettes nimmt." Aber Thomson [2]) gerade fand, daß Kühe, die Gerste und Heu fraßen, in der Milch und den festen Excrementen zusammen 5,64 Pfund Fett mehr enthielten als in dem Futter vorhanden war.

Also sind es Fettbildner die stärkmehlartigen Nahrungsstoffe, die sich in Zucker verwandeln können.

Die Fettbildung beginnt bei dem Auftreten der Buttersäure, von der wohl nur wenige Chemiker mit Lehmann meinen, daß sie den Fetten nicht näher stehe als Ameisensäure oder Essigsäure. Auf welche Weise die Buttersäure in Fette übergeht, die mehr Kohlenstoff und Wasserstoff enthalten als sie selbst, das wissen wir nicht. Hier, wie so oft, kennen wir nur das Endziel der Umsetzung. Nur so viel läßt sich aus der Zusammensetzung der übrigen Fette unmittelbar entnehmen, daß

---

1) Lehrbuch der physiologischen Chemie, zweite Auflage, Bd. I. S. 264.
2) Liebig und Wöhler, Annalen, Bd. LXI. S. 234.

die Buttersäure Sauerstoff verlieren muß, um sich in jene zu verwandeln. Gesetzt 4 Aeq. Buttersäurehydrat lieferten 1 Aeq. Margarinsäurehydrat, dann müssen sie 12 Aeq. Sauerstoff verlieren:

Buttersäurehydrat　　　　　　　　Margarinsäurehydrat

$$4 \ (C^8 \ H^7 \ O^3 + HO) - 12 \ O = C^{32} \ H^{31} \ O^3 + HO.$$

Eine solche Reduction im Darmkanal steht nicht vereinzelt da. Schwefelsaure Alkalien werden im Darm in Schwefelleber verwandelt [1]).

### §. 9.

Es ist ein ziemlich übereinstimmendes Ergebniß aller Untersuchungen, daß die Fette durch den Speichel und den Magensaft keine Veränderung erleiden. Nur Leuret und Lassaigne wollen bei Pferden, die sie mit Hafer gefüttert hatten, schon im Magen einige durch aufgenommenes Fett milchweiß gewordene Chylusgefäße beobachtet haben. Lenz hat indeß diese Angabe bei Katzen, Hunden und Kaninchen niemals bestätigen können [2]).

Eine volksthümliche Beobachtung, daß die Galle mancherlei Fettflecken wegnimmt, hat schon vor alter Zeit Veranlassung gegeben, daß man der Galle eine starke auflösende Kraft für die Fette zuschrieb (Haller). Bernard und Lenz betonen indeß, daß die Galle dieses Auflösungsvermögen nur für freie Fettsäuren besitze, während es sich in der großen Mehrzahl der Fälle bei der Verdauung um die Auflösung neutraler Fette handle. Dieser letzteren sind aber ältere und neuere Versuche allerdings ungünstig. Valentin, Bouchardat und Sandras und ganz neuerdings wieder Lenz konnten keine chemische Veränderung der Fette durch die Galle bewirken.

Man weiß seit längerer Zeit, und H. Müller's Untersuchungen haben es vollends über allen Zweifel erhoben, daß die milchweiße Farbe des Chylus von aufgenommenem Fett herrührt. Brodie nun hat bei Unterbindung des Gallengangs (und des Bauchspeichelgangs) keine milchweiße Speisesaftgefäße beobachtet. Magendie dagegen

---

1) Vgl. Lehmann, a. a. O. Bd. I. S. 455.

2) Ed. Lenz, de adipis concoctione et absorptione, Mitaviae 1850. p. 75.

und Lenz [1]), welcher letztere noch überdies für freien Abfluß der
Galle sorgte, sahen fetthaltige Chylusgefäße auch bei Thieren, denen
sie den Ausführungsgang der Leber unterbunden hatten, und es ist
in physiologischen Dingen ein ganz richtiger Grundsatz, wenn man in
Fällen dieser Art auf Einen bejahenden Versuch mehr Werth legt als
auf hundert verneinende.

Aus diesen und jenen Versuchen zieht man denn in neuester
Zeit ziemlich allgemein den Schluß, daß die Galle auf die neutralen
Fette chemisch nicht einwirkt.

Wenn aber auch bei unterbundenem Gallengang milchweiße
Chylusgefäße auftreten, so ist das allerdings ein Beweis, daß die
Galle nicht durchaus nothwendig ist zur Auflösung der Fette im
Darmkanal, aber eine Einwirkung der Galle könnte dennoch statt-
finden. Dafür spricht schon die Beobachtung von Tiedemann und
Gmelin, die bei Hunden, deren Gallengang unterbunden war, den
Chylus weniger milchig fanden [2]).

Den erstgenannten verneinenden Ergebnissen der Forschungen
von Valentin, Bouchardat und Sandras, Lenz u. A. gegenüber ist jedoch zu erwägen, daß die Galle kohlensaure Alkalien enthält, daß kohlensaure Alkalien, wenn die Einwirkung lange genug
fortdauert, neutrale Fette verseifen können, und daß eine solche Einwirkung, begünstigt von einer Wärme von etwa 38°, im Darmkanal
stattfindet. So weit also der Vorrath des kohlensauren Alkalis der
Galle reicht, muß eine theilweise Verseifung der Fette allerdings stattfinden, die wegen der raschen und fortwährenden Zersetzung der Galle
selbst durch quantitative Untersuchungen gar nicht so leicht zu beobachten ist, daß man hier auf bloß qualitative Versuche hin entschieden zu verneinen berechtigt wäre. Es geschieht Vieles im Organismus, was sich nicht unmittelbar wahrnehmen läßt. Mulder hat
nach meiner Meinung am treuesten den Grundsatz festgehalten, daß
Erscheinungen, die außerhalb des Organismus unter bestimmten Bedingungen sich ereignen, auch im Körper auftreten müssen, wenn in
diesem dieselben Bedingungen gegeben sind. — Nach Strecker be-

---

1) A. a. O. S. 58.
2) Vgl. H. Nasse, Art. Chylus in Rud. Wagner's Handwörterbuch. S.
247, 248.

sitzt auch das choleinsaure Natron die Fähigkeit Fettsäuren und neutrale Fette in den gelösten Zustand überzuführen [1]).

Klein wird die Wirkung des kohlensauren Alkalis immerhin sein, einmal weil die Menge desselben in der Galle nicht groß ist, und zweitens weil das Alkali noch überdieß theilweise durch die Säure des Magensafts gesättigt wird. Keinenfalls aber darf das lösende Vermögen der kohlensauren und der choleinsauren Alkalisalze für die Fette ganz übersehen werden.

Je mehr nun die verdauende Kraft der Galle in dieser Richtung bestritten wurde, um so willkommner waren die Versuche Bernard's, der Bauchspeichel mit Fetten sehr rasch eine Emulsion bilden sah, in welcher die neutralen Fette sich bald in Glycerin und die entsprechenden Fettsäuren verwandeln. Behandelt man in dieser Weise Butter mit Bauchspeichel, dann entwickelt sich in kurzer Zeit ein kräftiger Geruch nach Buttersäure [2]). Bernard's Angaben wurden von Magendie, Milne Edwards und Dumas in Paris, von Lenz [3]) in Dorpat und von mir selber bestätigt. Seitdem erhielten Lassaigne und Colin dieselben Ergebnisse [4]). Frerichs dagegen scheint es nicht gelungen zu sein, Bernard's Versuche mit gleich günstigem Erfolg zu wiederholen, was sich indeß ganz einfach daraus erklären würde, daß Frerichs laut seiner eigenen Aussage [5]) als Bauchspeichel eine ganz andere Flüssigkeit vor sich hatte, als diejenige, welche Bernard für die regelmäßige gesunde Absonderung erklärt.

Trotz der Bestätigung, die Lenz selbst außerhalb des Thierkörpers für jenen Hauptversuch des französischen Forschers gefunden hat, nimmt er an, die Aufnahme des Fetts in die Chylusgefäße erfolge nicht durch Verseifung, weil die Hauptmasse des Fetts in den Chylusgefäßen neutral sei. Wenn uns aber Lehmann als eine allgemeine Eigenschaft in Zersetzung begriffener Eiweißkörper die Zerlegung

---

1) Strecker in den Annalen von Liebig und Wöhler, Bd. LXV. S. 29.

2) Bernard in den Annales de chimie et de physique, 3e série. T. XXV, p. 476.

3) Lenz, a. a. O. p. 26, 34.

4) Comptes rendus, T. XXXI, p. 746, XXXII, p. 374, 375.

5) Frerichs Art. Verdauung in Rud. Wagner's Handwörterbuch, S. 844, 845.

neutraler Fette in Glycerin und Fettsäuren kennen lehrt [1]), wenn wir
an dem eiweißreichen Bauchspeichel diese Eigenschaft außerhalb des
Körpers wiederfinden, wenn wir endlich wissen, daß Glycerin sowohl,
wie fettsaure Alkalien in Wasser löslich sind, wird es dann nicht viel
natürlicher sein anzunehmen, daß Glycerin und Seifen als solche in
die Chylusgefäße übergehen, dort aber sehr bald wieder die Fettsäuren sich mit dem Glycerin zu neutralen Fetten verbinden? Oder
wäre eine solche Verbindung wunderbarer, als die Zersetzung in Seifen, welche die neutralen Fette wieder erfahren, wenn sie in das
Blut gelangt sind?

Es ist wirklich auffallend, daß Lenz aus den negativen Versuchen mit Galle und Fett schließt, die Galle besitze keine auflösende
Kraft für die neutralen Fette, und dieselbe Folgerung aus seinen Versuchen mit dem Bauchspeichel ableitet, während er doch hier das
neutrale Fett in Glycerin und Fettsäure übergehen sah, bloß deßhalb,
weil er die Fettsäure da nicht mehr wiederfinden konnte, wo er sie
noch vermuthete.

Jedenfalls geht aber Bernard zu weit, wenn er dem Bauchspeichel ganz ausschließlich die Fähigkeit zuschreibt, Fette zu lösen.
Bernard wollte bei Unterbindung des Ductus Wirsungianus in
den Chylusgefäßen allemal einen durchsichtigen, klaren, ganz von
Fett entblößten Speisesaft auffinden. Brodie's ältere Versuche, der
bei Katzen, denen er nur den Gallengang unterbunden zu haben
glaubte, milchweißen Chylus vermißte, erklärte Bernard dadurch,
daß in der Katze der Gallengang mit dem Bauchspeichelgang vereint
in den Zwölffingerdarm einmünde. Brodie habe deßhalb nicht bloß
die Galle, sondern auch den Bauchspeichel aus dem Verdauungskanal
abgeschlossen. Bei Kaninchen, bei denen der Ductus Wirsungianus
etwa 35 Centimeter tiefer als der ductus choledochus in den Darm
einmünde, treffe man nach der Fütterung mit Fett milchweiße Speisesaftgefäße erst abwärts von der Stelle, an welcher der Bauchspeichel ergossen wird. Frerichs und Lenz haben aber nach ihren
Versuchen diesen Angaben Bernard's auf das Bestimmteste widerspro-
chen. Wenn Frerichs den oberen Theil des Dünndarms unterhalb
der Einmündungsstelle der Ausführungsgänge der Leber und der

---

[1) Lehrbuch der physiol. Chemie, zweite Auflage, Bd. I. S. 251.

Bauchspeicheldrüse unterband und in den unteren Theil des Darms von oben Milch mit Olivenöl einspritzte, dann sah er beinahe immer die Speisesaftgefäße mit milchweißem Chylus gefüllt [1]). Ebenso fand Lenz [2]) in mehren Versuchen, in welchen dem Bauchspeichel der Eintritt in den Darm verwehrt war, die Chylusgefäße mit einem milchweißen Inhalt versehen. Bei diesen Versuchen ist aber nach Frerichs und Lenz sehr zu berücksichtigen, daß eine starke Entzündung des Darms, die in Folge der blutigen Eingriffe leicht entsteht, die Aufnahme des Fetts hindert. Deßhalb und weil Bernard die Oeffnung seiner Thiere zu spät — 5 bis 6 Stunden — nach der Fütterung vornahm, habe er zu viel Gewicht gelegt auf die durchsichtige Flüssigkeit, die er in den Chylusgefäßen beobachtete. Bei Kaninchen, denen Lenz vor 4½, 2½, ½ Stunde Oel durch den Mund eingespritzt hatte, sah er [3]) auch oberhalb der Einmündung des Bauchspeichelgangs milchweißen Speisesaft.

Ausschließlich ist also die lösende Einwirkung des Bauchspeichels auf die Fette nicht. Das ergiebt sich schon aus dem, was ich oben über den Einfluß der Galle auseinandersetzte, und aus Frerichs' Versuchen, der bei einer Vergleichung der lösenden Kraft des Bauchspeichels, der Galle, des Blutserums und des Speichels nur einen geringen Unterschied zu Gunsten des erstgenannten beobachtete [4]). Am bezeichnendsten ist aber eine Wahrnehmung von Buttersäure im Darminhalt, die Lenz [5]) bei einer mit Butter gefütterten Katze machte, welcher vorher der Bauchspeichelgang unterbunden war.

Das darf uns indeß nicht wundern, da auch der alkalische Darmsaft die Eigenschaft besitzt, Fette zu lösen. Frerichs [6]) schüttelte Olivenöl mit Darmsaft. Das Fett ging mit der zähen Flüssigkeit eine feine Vertheilung ein, aus der es sich nur langsam und unvollständig wieder ausschied.

---

1) Frerichs, A. a. O. S. 849.
2) Lenz, a. a. O. p. 51—57.
3) Lenz, a. a. O. p. 83, 84.
4) Frerichs, a. a. O. S. 848.
5) Lenz, a. a. O. p. 31.
6) Frerichs, a. a. O. S. 852.

Galle, Bauchspeichel und Darmsaft üben also vereinigt lösende Wirkung auf die Fette. Der Bauchspeichel zeichnet sich indeß vorzüglich durch sein Auflösungsvermögen aus, für welches Bernard, Dumas, Magendie, Milne Edwards, Lenz, ich, Lassaigne, Colin und auch Frerichs, der wenigstens einen geringen Unterschied zu Gunsten des Bauchspeichels zugiebt, die Gewährsmänner sind, obgleich Lenz und Frerichs abweichende Schlüsse aus ihren Beobachtungen ziehen.

Fette werden aber um so leichter durch Galle, Bauchspeichel und Darmsaft verseift, weil diese klebrigen Flüssigkeiten eine große Neigung haben, sich mit Fett zu Emulsionen zu verbinden, in welchen die Einwirkung an möglichst zahlreichen Angriffspunkten stattfindet. Die Emulsion leistet hier der Bethätigung chemischer Kräfte denselben Vorschub, den wir sonst durch die Auflösung erreichen.

Wenn nun die oben nach Versuchen geschilderte chemische Auflösung der Fette im Darmkanal bewirkt wird, dann brauchen wir zu der Aufnahme sein vertheilter Fette als solcher, ohne daß sie gelöst wären, unsere Zuflucht nicht zu nehmen. Einer solchen Annahme stehen überdies die von Valentin und Lenz [1] über die Endosmose der Fette angestellten Forschungen durchaus im Wege. Es steht ihr ferner im Wege, daß Margarin und Stearin, die erst weit über 38° C. schmelzen, also im Darmkanal einer solchen Vertheilung nicht fähig sind, dennoch verdaut werden.

Aus den Beobachtungen von E. H. Weber, Frerichs [2] und Lenz [3], die kleine Fetttröpfchen in den Cylinderepithelien des Darms vorfanden, dürfen wir also nur schließen, daß durch irgend einen chemischen Einfluß schon hier die Fettsäuren theilweise mit Glycerin verbunden oder als solche in Freiheit gesetzt werden, so daß sie der mikroskopischen Beobachtung zugänglich sind. Vielleicht ist dies jedoch nur eine Folge des Todes.

Keinenfalls ist es gerechtfertigt, die Lösung der Fette durch Bauchspeichel im Darmkanal zu läugnen, weil der Chylus neutrale Fette führt. So gut wir die Seifen des Bluts in den Geweben als

1) A. a. O. p. 42, 43.
2) A. a. O. S. 854.
3) A. a. O. p. 88, 89.

Moleschott, Phys. des Stoffwechsels. 14

neutrale Fette wiederfinden, ebenso gut können die Seifen des Darminhalts in den Chylusgefäßen als neutrale Fette auftreten. Ja Letzteres ist viel leichter zu begreifen, weil wir die Quelle des Glycerins
dabei kennen, die uns in jenem Falle bisher entgangen ist.

Wachs wird viel schwieriger verseift als Fett. Das ist der
Grund, warum nach Bouchardat und Sandras sowohl wie nach
Thomson [1]) der größte Theil des Wachses mit dem Koth wieder
ausgeleert wird.

### §. 10.

Wenn schon ältere Versuche der Ansicht, daß der Speichel eine
lösende Kraft für die eiweißartigen Stoffe besitze, nicht günstig waren,
so wiederholt sich dieses Ergebniß in den neuesten Beobachtungen
von Jacubowitsch, Bidder und Schmidt und von Frerichs.
Diese Forscher fanden, daß geronnenes Eiweiß mit der Mundflüssigkeit bei einer Wärme von 35—40° vermischt selbst in vielen Stunden nur einen höchst unbedeutenden Gewichtsverlust erlitt. Gekochter
Weizenkleber wurde nach Frerichs durch Speichel etwas aufgelockert
und verlor in einem Versuch 2 Procent, in einem zweiten 6 Proc.
an Gewicht. Frerichs leitet jedoch diesen Gewichtsverlust von einer
Verunreinigung des Klebers mit Stärkmehl ab [2]). Dagegen ist zu
erwähnen, daß Spallanzani, Helm und Wright geronnene
Eiweißkörper durch den Magensaft leichter verdaut werden sahen,
wenn vorher Speichel auf dieselben eingewirkt hatte.

Demnach ist die Einwirkung des Speichels auf die Eiweißkörper nur gering. Das eigentliche Lösungsmittel der geronnenen eiweißartigen Verbindungen ist nach der einstimmigen Aussage aller Beobachter der Magensaft. Wenn auch Erbsenstoff und lösliches Eiweiß durch bloße verdünnte Säuren nach Mulder gelöst werden
können [3]), so wird die Wirkung der Säuren doch beträchtlich erhöht,
wenn zugleich der organische Stoff des Magensafts zugegen ist.
Und Beccaria's Kleber wird auch nach Mulder durch verdünnte
Säuren ohne jene organische Hefe nicht gelöst.

---

1) Liebig und Wöhler, Annalen, Bd. LXI. S. 134.

2) A. a. O. S. 771.

3) Proeve eener algemeene physiologische Scheikunde, p. 1063, 1064.

Andererseits ist es durch zahlreiche Untersuchungen bekannt, wie mächtig die Säure die Einwirkung des organischen Dauungsstoffs unterstützt, ja nach Lehmann[1]) scheint es als ob die verdauende Kraft desselben durch Zunahme des Wassers und der Säure bis ins Unendliche vermehrt werden könne. Dies erklärt sich aus dem günstigen Einfluß der Säure von selbst. Denn die Alkalien und namentlich der phosphorsaure Kalk, welche die Eiweißstoffe durchdringen, werden durch die Säure gelöst. Allein die Säure wird dabei durch das Alkali gesättigt. Wird diese gesättigte Säure ersetzt, dann wirkt der Magensaft um so kräftiger, weil die Eiweißkörper leichter angegriffen werden, nachdem sie der Salze beraubt sind. Wenn man indeß die Säure des Magensafts über eine gewisse Grenze vermehrt, dann wird nach Lehmann die Verdauung gehemmt[2]).

Milchsäure und Salzsäure fand Lehmann in ihrem Einfluß auf die Verdauung gleich thätig und viel kräftiger als Essigsäure und Phosphorsäure[3]). Deshalb ist es so wichtig daß die Milchsäure Chlorcalcium und Chlormagnesium zu zersetzen vermag, so daß die Nahrungsmittel selbst nicht selten eine Quelle von Salzsäure abgeben. Nach Mulder zerfällt das Chlormagnesium des Trinkwassers selbst bei gewöhnlicher Temperatur und ohne daß Säuren zugegen sind in Bittererde und Salzsäure, also um so leichter bei einer Wärme von 38°, in welcher noch überdies die Säure des Magensafts die Bittererde sättigt. (Vgl. oben S. 194). Der Behauptung von Bernard und Barreswil entgegen wird jedoch das Kochsalz nach Lehmann durch Milchsäure nicht zerlegt[4]).

Fette befördern, wie ich schon oben berichtete, nicht nur die Entstehung von Milchsäure aus den Fettbildnern, sondern auch die Verdauung der Eiweißstoffe durch den Magensaft (Lehmann[5], Elsässer).

---

1) Lehmann, in Erdmann und Marchand, Journal ffür prakt. Chemie, Bd. XLVIII, S. 127.
2) A. a. O. S. 149.
3) Ebendaselbst S. 153.
4) Lehmann, Lehrbuch der physiol. Chemie, 2. Auflage. Bd. I, S. 98.
5) Ebendaselbst S. 273.

In ihren Eigenschaften werden die Eiweißstoffe bei der Verdauung im Magen verändert. Zunächst findet nach den Angaben Prout's, Beaumont's und Mulder's[1]), mit denen freilich Tiedemann und Gmelin und Blondlot nicht übereinstimmen, eine Gerinnung des löslichen Eiweißes und des Erbsenstoffs statt. Die geronnenen Eiweißkörper werden darauf gelöst. In diesen Lösungen nun entsteht durch Siedhitze, durch die meisten Metallsalze, durch Säuren, Alkalien, durch Essigsäure und Blutlaugensalz keine Trübung. Lehmann hat wegen dieser Veränderung in den Eigenschaften die im Magen verdauten Eiweißkörper als Peptone, Mialhe als Albuminose bezeichnet. Es verdient jedenfalls Beachtung, daß diese Veränderungen nach Lehmann nur dann stattfinden, wenn die Eiweißkörper durch die vereinte Wirkung des organischen Stoffs des Magensafts und der Säure, nicht wenn sie durch letztere allein gelöst sind.

Als eiweißartige Verbindungen werden indeß die Peptone immer noch erkannt, indem sie beim Kochen mit Salpetersäure Fourcroy's gelbe Säure und mit Alkohol, Sublimat, essigsaurem Bleioxyd nebst einigen Tropfen Ammoniak, oder mit Gerbsäure versetzt, Niederschläge geben[2]). Durch basisch essigsaures Bleioxyd wird nach Lehmann nur eine geringe Trübung bewirkt, die in einem Ueberschuß des Prüfungsmittels verschwindet[3]).

Jener Veränderung in den Eigenschaften, welche schon von J. Vogel und Anderen beobachtet wurde, entspricht indeß keine Veränderung in dem quantitativen Verhältniß der Elemente. Mulder hat Eiweiß in verdünnter Salzsäure, der ein Stückchen Magenschleimhaut zugesetzt war, gelöst und durch kohlensaures Ammoniumoxyd niedergeschlagen, ohne daß sich bei der Elementaranalyse andere Zahlen ergaben[4]). Lehmann fand die Zusammensetzung seiner Peptone für Schwefel, Stickstoff, Kohlenstoff, Wasserstoff ganz unverändert wie in den Mutterkörpern.

1) Mulder, a. a. O. S. 1064.
2) Frerichs, a. a. O. S. 810.
3) Lehmann, a. a. O. Bd. II, S. 52.
4) Scheikundige onderzoekingen, Deel IV, p. 399, Lehmann, a. a. O. Bd. II. S. 53.

Manche neuere Forscher sprechen der Galle, dem Bauchspeichel, ja sogar dem Darmsaft jede merkliche Einwirkung auf die Eiweißstoffe ab. Für den Darmsaft ist dies jedenfalls irrig. Wenn gleich Mulder nach der entgegengesetzten Seite hin ebenso übertreibt, wenn er den Dickdarm als den Hauptort der Eiweißverdauung betrachtet wissen will[1]), so ist doch diese Ansicht eine sehr willkommene Mahnung gegen Beobachter, die wie Frerichs nach einigen mißlungenen physiologischen Versuchen chemische Gesetze umstoßen zu können glauben[2]). Der Darmsaft muß durch sein Alkali lösend auf die Eiweißkörper einwirken, und diese Nothwendigkeit fand Steinhäuser in seinen Beobachtungen bestätigt. Nach einer vorläufigen Mittheilung Lehmann's haben sich Bidder und Schmidt durch umfassende Versuche gleichfalls überzeugt, daß der Darmsaft eiweißartige Nahrungsstoffe zu lösen vermag.

Uebrigens nehmen nach Frerichs[3]) die eiweißartigen Verbindungen unter dem Einfluß der Galle, des Bauchspeichels und des Darmsaftes die gewöhnlichen Eigenschaften des Eiweißes (und des Käsestoffs) wieder an.

In ähnlicher Weise wie schon im Magen die Verdauung gefördert wird durch Milchsäure und Salzsäure, die aus den Nahrungsstoffen entstehen, wird auch im Blinddarm, zumal bei den Pflanzenfressern, häufig eine ziemlich beträchtliche Menge geronnener Eiweißkörper gelöst durch die Milchsäure, die auch hier noch aus den Fettbildnern hervorgeht.

## §. 11.

Ein großer Theil der oben erörterten Thatsachen ist durch sogenannte künstliche Verdauungsversuche gefunden, zu denen Reaumur den ersten Anstoß gab, während dieselben später von Spallanzani, Eberle (1834), Joh. Müller und Schwann (1836), Pappenheim, Wasmann (1839) und vielen Neueren vervollkommnet wurden.

---

1) Proeve eener algemeene phys. Scheik. p. 1089, 1090.

2) Frerichs, A. a. O. S. 882.

3) Ebendaselbst S. 855.

Diese künstlichen Verdauungsversuche bestehen darin, daß man die Nahrungsstoffe oder die Nahrungsmittel in Brutmaschinen oder ähnlichen Vorrichtungen, in welchen eine beständige Wärme von 37 bis 40° erhalten werden kann, mit den verschiedenen Verdauungsflüssigkeiten vermischt. Sie haben unstreitig den Vorzug, daß sie, wie alle Versuche, zu denen die richtigen Mittel gewählt sind, die Bedingungen vereinzeln, unter denen die Erscheinungen im Organismus stattfinden, und dadurch die Beobachtung vereinfachen. Es ist indeß noch weit davon entfernt, daß man in solchen vereinfachten Verhältnissen die einzelnen Nahrungsstoffe so systematisch untersucht hätte, wie es im Interesse des Lebens zu wünschen wäre. Und andererseits tragen diese Verdauungsversuche insofern das Gepräge der Unvollkommenheit an sich, als bei denselben vielfach übersehen wurde, daß die behufs der Forschung getrennten Flüssigkeiten auch in ihrer vereinten Wirkung zu verfolgen sind.

Dem Physiologen kann es nimmermehr genügen, wenn er bloß weiß, wie der Speichel auf Stärkmehl, der Magensaft auf Eiweiß, die Galle auf Zucker, der Bauchspeichel auf Fett wirkt. Es gilt ihm den Einfluß sämmtlicher, nach einander und vereint wirkender Verdauungssäfte auf zusammengesetzte Nahrungsmittel zu erkennen. Dieses Ziel aber erfordert noch große und umfassende Arbeiten.

Darum verdient es die höchste Anerkennung, daß zahlreiche neuere Forscher, Blondlot, Bouchardat und Sandras, Bernard und Barreswil, Frerichs, Lenz und Andere die Bahn wieder betreten, auf welcher Tiedemann und Gmelin durch ihre unsterbliche Arbeit vorangeleuchtet haben. Die letztgenannten Forscher sind bei so viel weniger vollkommenen Hülfsmitteln chemischer Prüfung nicht zurückgeschreckt vor der weitführenden Aufgabe, die Veränderungen der Nahrungsstoffe im Thierleib selbst aufzusuchen. Eine systematische Anwendung der künstlichen Verdauungsversuche auf die einzelnen Nahrungsstoffe, für die Frerichs bereits Rühmliches geleistet, verbunden mit der Beobachtung im Thierkörper selbst nach Tiedemann's und Gmelin's klassischem Vorbild, unter sorgfältiger Benützung aller der Fortschritte, auf welche die analytische Chemie stolz sein darf, — das ist das nächste, noch lange nicht erreichte Ziel in der Lehre der Verdauung.

Für die Anstellung künstlicher Verdauungsversuche ist es eine

Thatsache von großer Wichtigkeit, daß, wie Frerichs[1]) berichtet, die Versuche mit der Magenschleimhaut von Fröschen, Kaninchen, Eseln, Katzen, Hunden und Menschen gleichen Erfolg haben. Und zwar gelingen die Versuche ebenso vollständig, wenn die Luft abgeschlossen wird, als wenn dieselbe freien Zutritt hat.

Während eine Wärme von 37—40° die lösende Kraft von Verdauungssäften in hohem Grade verstärkt, wird die Einwirkung derselben durch niedere Wärmegrade bedeutend geschwächt. Schon Spallanzani meldete, daß der Magensaft bei 12° kaum mehr leistet als reines Wasser, was natürlich nur auf die warmblütigen Thiere Anwendung findet.

### §. 12.

Als Ergebnisse der bisherigen Untersuchungen über die Verdauung stellt sich nun Folgendes heraus.

Die löslichen Chloralkalimetalle und die löslichen Salze werden durch das Wasser der verschiedenen Verdauungssäfte, die schwer löslichen Erdsalze und das Eisenoxyd durch die freie Säure des Magensafts gelöst.

Alle stärkmehlartige Körper, die sich in Zucker verwandeln lassen, werden — die einen rasch, die anderen langsam, zum Theil sehr langsam — durch die Mundflüssigkeit und den Bauchspeichel in Zucker umgesetzt und in Folge dieser Umsetzung löslich. Obgleich die im Verdauungskanal auftretende Milchsäure und andere freie Säuren diese Umwandlung verzögern, heben sie dieselbe doch keineswegs auf.

Zucker verwandelt sich unter der Einwirkung der Galle in Milchsäure, und in dieser Richtung arbeitet auch der Darmsaft fort an dem Umsatz der Fettbildner. Die Milchsäure geht nach und nach in Buttersäure über, deren Bildung der Bauchspeichel vorzüglich zu fördern scheint.

Fett wird am leichtesten gelöst vom Bauchspeichel. Allein die Absonderung des Pankreas wird unterstützt von den alkalischen Salzen

---

1) A. a. D. S. 796.

der Galle und des Darmsafts. Galle, Bauchspeichel und Darmsaft verwandeln die neutralen Fette in Seifen und Glycerin.

Durch den Speichel einigermaßen vorbereitet werden die Eiweißkörper im Magensaft gelöst. Nach Boerhave's Vorgang meinen noch viele neuere Forscher — ich will nur Mulder anführen—; die Galle schlage die eiweißartigen Körper, die der Magensaft gelöst hatte, nieder. Allein Frerichs[1]) hat neuerdings wieder die Angabe von Tiedemann und Gmelin bestätigt, daß sich diese Fällung auf Schleim und Epithelien beschränkt. Die Galle und der Bauchspeichel sollen keine Wirkung auf die eiweißartigen Verbindungen ausüben. Durch ihre alkalischen Salze und durch den alkalischen Darmsaft wird aber jedenfalls die dem Magensaft hauptsächlich zufallende Auflösung derselben vollendet.

So ist denn der Chymus schon im Magen mit einer Flüssigkeit getränkt, welche Salze, Zucker und Eiweiß gelöst enthält. Zu diesen Stoffen gesellen sich aber im Dünndarm, in dem der Speisebrei immer mehr zu Speisesaft, der Chymus zu Chylus wird, Milchsäure, Buttersäure, Seifen. Mit Einem Worte die anorganischen Bestandtheile, die Fettbildner und Fette, die Eiweißkörper sind gelöst und umgesetzt, zum Theil eben durch die Umsetzung verflüssigt.

Diese Verflüssigung ist die Bedingung des Uebergangs der Nahrungsstoffe in die Speisesaft- und Blutgefäße des Verdauungskanals. Die Schleimhaut der Verdauungswege und die hinter ihr liegenden Wandungen der Chylusgefäße und der Adern sind die Membranen, welche die Endosmose bedingen.

Nach Mulder ginge immer die dünnere Flüssigkeit des Chymus zu der dichteren des Bluts[2]). Daß dies im Magen möglich ist, hat Frerichs durch Zahlenbelege bewiesen. Er fand, daß der flüssige Theil des Chymus im Magen ein specifisches Gewicht von 1024 bis 1035 besaß, während das des Bluts 1050—1059 beträgt. Allein der Annahme, daß aus dem Darm jederzeit eine dünnere Flüssigkeit zu einer dichteren in die Gefäße hinübergehen müsse, hat man nach einer einseitigen Auffassung der Endosmose viel zu sehr gehuldigt. Es ist nach meiner Meinung ein entschiedener Fehler in Mulder's Dar-

---

1) A. a. O. S. 834.

2) Proeve eener alg. physiol. Scheikunde p. 1059.

stellung aller ähnlicher Verhältnisse, daß er zu ausschließlich die Dichtigkeit der Mischungen berücksichtigt, welche durch eine Membran getrennt sind.  Der Chylus in den Chylusgefäßen besitzt nach Marcet
ein specifisches Gewicht von 1021—1022 und gewiß häufig ein noch
geringeres [1]).  Nach diesen Zahlen hat also Frerichs im Magen den
flüssigen Theil des Chymus dichter gefunden.  Die Möglichkeit des
Uebergangs einer dichteren Flüssigkeit zur dünneren zeigt uns das oben
(S. 40) hervorgehobene Beispiel, in welchem durch die Blase Wasser
zum Weingeist geht.  Noch auffallender wird dies in Liebig's schö-
nem Versuch, durch welchen er Hales' Lehre von dem Einfluß der
Verdunstung auf das Aufsteigen der Säfte erweitert hat: durch Indigo gefärbtes Salzwasser hebt sich in Folge der Verdunstung, entgegen dem endosmotischen Aequivalent, zum reinen Wasser hinauf.  Der
Versuch gelang mir sehr schön auch mit einer lazurblauen ammoniakalischen Kupferlösung, die leichter zubereitet wird.

Und wie mächtig wirkt nicht diese Verdunstung von der Oberfläche des thierischen Körpers!  Auch hier ist dieselbe wie ein mittelba-
rer Druck zu betrachten, der den dichteren Speisesaft des Darminhalts in
die Gefäße der Darmwand hinauftreibt.  Wenn man auch auf Chossat's Angabe, daß das Blut hungernder Thiere verdünnter sei, kein
allzu großes Gewicht legen darf, weil sie nur auf Schätzung beruht,
so ist doch dieser Punkt durch H. Nasse's Beobachtungen ermittelt,
und es läßt sich schwerlich annehmen, daß der Chylus bei der Ernährung gewöhnlich verdünnt werde, wenn man auch die Möglichkeit für
einzelne, von der Beschaffenheit der Nahrung abhängige Fälle natürlich nicht läugnen kann.  Tiedemann und Gmelin haben beide
Möglichkeiten beobachtet [2]).  Nach H. Nasse wird beim Fasten ein
sehr wässeriger Chylus gebildet [3]).

In Folge des Stoffwechsels verarmt das Blut in seinen
wesentlichsten Bestandtheilen, und diese werden ihm zugeführt, indem
die Adern und Chylusgefäße dem Darminhalt Lösungen entziehen, die

1) Vgl. H. Nasse, Art. Chylus in Rud. Wagner's Handwörterbuch, S. 225.
2) Nasse, ebendaselbst S. 236, 237.
3) A. a. O. S. 249.

das Blut und den Chylus der Gefäße an Dichtigkeit übertreffen. Nach
Lehmann wird das Blut während der Verdauung reicher an festen
Bestandtheilen [1]).   Auch hier leistet die Endosmose im Bunde mit der
Verdunstung, was sie allein nicht bewirken könnte [2]).

Ueber die Art und die Mengenverhältnisse der Stoffe, in deren
Aufnahme sich die Chylusgefäße und Adern des Verdauungskanals
theilen, besitzen wir erst sehr vereinzelte Aufschlüsse.   Nach Bouchardat und Sandras soll der Zucker nur in die Adern, nicht in die
Chylusgefäße übergehen. Wir werden aber unten sehen, daß auch in den
Chylusgefäßen Zucker auftreten kann. Hewson und Thomson fanden einige Stunden nach genossener Nahrung das Blutserum durch
reichlichen Fettgehalt milchig getrübt.. Es kann aber dieses Fett aus
den Chylusgefäßen, die jedenfalls die Hauptmenge aufnehmen, in das
Blut gelangt sein. Autenrieth hat jene Angabe bestätigt, Nasse [3])
und Lehmann [4]) dagegen nicht.   Wachs geht nach Bouchardat
und Sandras in geringer Menge in die Chylusgefäße über.   Nach
Fr. Ch. Schmid nimmt der Eiweißgehalt des Pfortaderbluts während der Verdauung zu.  Eiweiß und Zucker werden also bestimmt
auch von den Adern aufgenommen.  Es ist überhaupt mehr als wahrscheinlich, daß alle gelöste Nahrungsstoffe die Wand der Chylusgefäße
und die der Adern beide durchsetzen, wenn anch das endosmotische
Aequivalent der einzelnen Stoffe im Verhältniß zu beiden Membranen
verschieden sein mag.

Lösliche Fettbildner, soweit sie bereits im Magen vorhanden
sind, gelangen nur zu einem kleinen Theil in den Dünndarm. Schon
im Magen werden sie von den Adern aufgenommen (Frerichs).
Wenn man trotzdem nach der Fütterung mit Stärkmehl im ganzen
Darme Zucker zu finden pflegt, so rührt dieß daher, daß der Bauchspeichel wieder neue Mengen der Stärke in Zucker verwandelt.   Die
weitere Umsetzung des Zuckers erfolgt langsamer als die Bildung von

1) Lehmann, phys. Chemie, Bd. II, S. 251.
2) Vgl. oben die Aufnahme von Säften durch die Pflanzenwurzel, S. 48.
3) Nasse, Art. Blut in R. Wagner's Handwörterbuch S. 126.
4) Lehmann, a. a. O. S. 236.

Zucker aus Dextrin. Letztere Umwandlungsstufe konnte Frerichs im Darmkanal nicht ereilen.

Die Menge der anorganischen Bestandtheile ist in dem Inhalt des Darms kleiner als in dem des Magens. Besonders die Erden haben merklich abgenommen. Demnach tritt ein großer Theil der anorganischen Nahrungsstoffe schon im Magen in die Chylus- und Blutgefäße hinüber [1]).

---

[1]) Frerichs, a. a. O. S. 857

## Kap. III.

## Der Chylus.

### §. 1.

Eine meist schwach alkalische, seltner neutrale, samenartig riechende, bald durchsichtig-opalisirende, bald milchweiße Flüssigkeit wird in den Chylusgefäßen vom Darmkanal der Blutbahn zugeleitet. Dieser aus den Nahrungsmitteln entstandene Speisesaft oder Chylus gelangt mit Lymphe vermischt in den Milchbrustgang, der selbst an der Stelle in das System der Adern zu münden pflegt, an welcher sich die gemeinschaftliche Drosselader mit der Unterschlüsselbeinader der linken Seite vereinigt.

Bei Fischen, Amphibien und Vögeln pflegt der Speisesaft farblos und durchsichtig zu sein. Während er bei Katzen von H. Nasse am vollständigsten milchweiß gefunden wurde, führen Pferde nach der Aussage von J. Müller, Gurlt und Anderen den röthlichsten Chylus. Tiedemann und Gmelin bemerkten wenig Unterschied in dem Speisesaft von Pferden, Hunden und Schaafen, den der letztgenannten Thiere fanden sie jedoch am seltensten röthlich.

In die Zusammensetzung des Chylus geht am reichlichsten das thierische Eiweiß ein, das beim Blut genauer beschrieben werden soll. Hier sei nur erwähnt, daß das Eiweiß des Chylus durch Siedhitze in minder festen Flocken gerinnt. Weil nun außerdem der Chylus, mit Essigsäure versetzt, sich trübt, so hat schon Nasse[1]) vermuthet, daß das Eiweiß an Natron gebunden das sogenante Natronalbuminat im

---

1) H. Nasse in seiner vortrefflichen, gründlichen Abhandlung über den Chylus in Rud. Wagner's Handwörterbuch S. 231.

Chylus darstellen möchte. Dies hat Lehmann[1]) für den Chylus des Milchbrustgangs der Pferde bestätigt. Dem entspricht es denn, daß der Chylus beim Abdampfen an seiner Oberfläche gerunzelte Häute bildet, und daß das Eiweiß desselben in viel festeren Flocken gerinnt, wenn die Lösung vor dem Erhitzen mit etwas Kochsalz oder Salmiak versetzt wird (Vgl. unten Eiweiß des Bluts). Lehmann fand in dem gut ausgewaschenen Eiweiß des Chylus 2,07 Procent Asche, die reich war an kohlensauren Alkalien.

Die mittlere Menge des nur noch mit Kalk verunreinigten Eiweißes im Pferdechylus beträgt 31,3 in 1000 Theilen (Tiedemann und Gmelin).

Ein zweiter eiweißartiger Körper des Chylus, der von selbst gerinnt, sowie der Speisesaft aus den Gefäßen ausgeflossen ist, wird als Faserstoff bezeichnet, dessen genauere Beschreibung ebenfalls dem Kapitel vom Blut angehören soll. Für den Faserstoff des Chylus ist es eigenthümlich, daß er bei der Gerinnung an der Luft, ähnlich wie das Eiweiß beim Kochen, in der Regel weniger fest wird. Nasse hat jedoch im Katzenchylus einen sehr festen Faserstoff beobachtet, der sich sogar stärker zusammenzog als der Faserstoff des Katzenbluts[2]). Marcet sah, wie sich der Faserstoff des Chylus einige Stunden nach der Gerinnung wieder auflöste. Dies erfolgt um so leichter, wenn der ausgeschiedene Kuchen mit verdünnten Alkalien, Säuren, oder wenn er mit neutralen Alkalisalzen behandelt wird. — Auch der Faserstoff des Chylus ist reich an Asche; Lehmann fand in demselben 1,77 Procent. Die Asche war stark alkalisch.

Die Menge des Faserstoffs im Chylus beträgt im Mittel aus 16 Bestimmungen von Leuret und Lassaigne, Tiedemann und Gmelin, Prout, Rees, Simon und H. Nasse an Hunden, Katzen, Pferden, Eseln und Schaafen 3,14 in tausend Theilen. Uebrigens war der Faserstoff immer mit Fett und Chyluskörperchen verunreinigt. Weil sich der Faserstoff selbst so leicht wieder auflöst, so lassen sich namentlich die letzteren nicht leicht entfernen.

Es ist für die Chyluskörperchen eigenthümlich, daß sie sich nur langsam senken. Andererseits kennt man kein Mittel, dieselben durch

---

1) Lehrbuch der physiologischen Chemie, 2. Auflage, Bd. II, S. 275.
2) Nasse a. a. O. S. 231.

Filter von der Flüssigkeit zu trennen. So werden denn die Chyluskörperchen zum Theil in den Faserstoffkuchen eingeschlossen, zum Theil
aber trüben sie immer die über diesem stehende Flüssigkeit, das Chylusserum. Daher sind auch die Eiweißflocken, die man durch Siedhitze ausscheidet, immer mit Körperchen vermischt.

### §. 2.

In dem Speisesaft ist ein schmieriges nicht krystallisirbares Fett
enthalten, welches zu einem großen Theil den Chyluskörperchen angehört. Schon Nasse hat berichtet, daß beinahe all dieses Fett
neutral und nur von einer geringen Menge fettsaurer Alkalien begleitet ist[1]). Dies wurde seither durch chemische und mikroskopische Analyse mannigfach bestätigt.

Schon in der Lehre der Verdauung habe ich erörtert, daß das
Vorkommen neutraler Fette im Chylus durchaus nicht beweisen kann,
daß dieselben nicht als Seifen aufgenommen wurden. Man müßte
sich denn auch bewogen fühlen, die neutralen Fette der Gewebe umgekehrt als einen Beweis gegen die Seifen des Bluts zu betrachten.
Die fettsauren Alkalien treten in den Chylusgefäßen höchst wahrscheinlich ihr Alkali an das Eiweiß ab. Ihre Säuren verbinden sich aber
mit dem aufgenommenen Glycerin zu neutralen Fetten.

Im Mittel aus 6 Untersuchungen, die Tiedemann und Gmelin, Schultz, Rees, Simon und Nasse bei Pferden, dem Esel
und der Katze vorgenommen haben, beträgt das Fett 17,53 Tausendstel des Chylus.

### §. 3.

Unter den anorganischen Bestandtheilen des Chylus herrscht das
Chlornatrium vor. An das Kochsalz schließen sich zunächst die kohlensauren und phosphorsauren Alkalien und das Chlorkalium. Schwefelsaure Salze findet man in der Asche nur als Ergebniß der Verbrennung der Eiweißstoffe. Die Erdsalze haben das Uebergewicht über
das Eisen, das nur in Spuren gefunden wurde.

---

1) H. Nasse a. a. O. S. 234.

Sämmtliche Salze betragen im Chylus des Esels nach Rees 7,11 in tausend Theilen. Als Mittel für die alkalischen Salze ergeben sich aus den Untersuchungen von Marcet, Prout, Simon und Nasse bei Hunden, Katzen und Pferden 7,93, für die Erdsalze nach drei Bestimmungen bei dem Pferd und der Katze 1,49 (Tiedemann und Gmelin, Simon, Nasse).

Was endlich den Wassergehalt betrifft, so ist die Durchschnittszahl aus 21 Analysen bei Pferden, Eseln, Schaafen, Hunden, Katzen 928,96 in 1000 Th. (Reuß und Emmert, Tiedemann und Gmelin, Prout, Rees, Simon, Nasse). Die niederste Zahl 892 fand Prout beim Hunde, die höchste 974 erhielten Tiedemann und Gmelin beim Schaafe, woraus hervorgeht, daß der Wassergehalt des Chylus um 82 Tausendstel schwanken kann.

## §. 4.

Aus der unmittelbaren Beziehung, in welcher der Inhalt der Chylusgefäße zu den Nahrungsmitteln steht, erklärt es sich, warum der Speisesaft in seiner Zusammensetzung größere Verschiedenheit zeigt, als irgend eine Flüssigkeit des thierischen Körpers. Darum haben schon Leuret und Lassaigne gelehrt, daß die Mischung des Chylus weit mehr abhängt von der Beschaffenheit der Nahrung als von der Art des Thiers.

Die meisten festen Bestandtheile führt der Chylus der Fleischfresser, die wenigsten der Chylus der Schaafe. Und daß dies wirklich von der Nahrung, nicht von der Thierart abhängt, ersieht man daraus, daß für ein und dasselbe Thier bei thierischer Kost der Kuchen zum Serum als mittleres Verhältniß 1 : 10, bei Pflanzenkost dagegen 1 : 15 zeigt (Marcet und Prout).[1]. Aus diesen Zahlen folgt, daß sich die Vermehrung vorzugsweise auf den Faserstoff und die Chyluskörperchen bezieht, die beide im Kuchen enthalten sind, also auf die Eiweißkörper und Fette. Natürlich hat die Bestimmung des Verhältnisses vom Kuchen zum Serum nur einen annähernden Werth

---

[1] Vgl. H. Nasse, a. a. O. S. 238, dessen Zahlen ich auf die Einheit bezogen habe. Die Rechnung ergiebt eigentlich für den ersten Fall 1 : 9,87, für den zweiten 1 : 14,86.

für die Beurtheilung der Menge der festen Bestandtheile. Wenn
Krimer das Gegentheil gefunden hat, so kann dies von der gleichzeitig genossenen Wassermenge bedingt sein. Es darf uns aber diese
Abweichung von Marcet's und Prout's Ergebniß um so weniger
irren, da Lehmann auch für das Blut die Vermehrung des Faserstoffs durch eiweißreiche Nahrung bewiesen hat.

Nach der Fütterung mit Stärkmehl sahen Tiedemann und
Gmelin zuerst Zucker im Chylus eines Hundes auftreten. Bouisson, Lehmann und Andere haben diese Thatsache bestätigt, und
der letztgenannte Forscher hat dieselbe dahin erweitert, daß nach reichlichem Genuß von stärkmehlartigen Nahrungsstoffen milchsaure Salze
im Speisesaft auftreten [1]. Es verdient Beachtung, daß schon Rees
die organische Säure, die im Chylus vorkommt, als Milchsäure bezeichnete [2].

Fettreiche Nahrung vermehrt auch den Fettgehalt des Chylus.
Daher haben Tiedemann und Gmelin und andere Forscher den
Fettgehalt des Speisesafts häufig nach thierischer Kost größer gefunden als nach pflanzlicher Nahrung. Boussingault und Lenz haben jedoch nachgewiesen, daß in einer gegebenen Zeit die Aufnahme
des Fetts eine bestimmte Grenze nicht überschreiten kann.

In den großen Schwankungen, die der Chylus im Wassergehalt
zeigt, giebt sich deutlich der Einfluß der Nahrungsmittel kund. Nach
H. Nasse wird bei hungernden Thieren ein sehr wässeriger Chylus
gebildet, während dieser bei nahrhafter, reicher Kost weißer und dicker
ist [3]. Oben habe ich bereits angeführt, daß nach Tiedemann's
und Gmelin's Versuchen der Chylus bisweilen durch die aufgenommene Nahrung verdünnt wird. Wenn man das Mittel des Wasser-
gehalts im Chylus dreier nüchterner Pferde (939,7) mit dem Mittel
vergleicht, das drei mit Hafer gefütterte Pferde ergaben (944,8), dann
scheint dies sogar nicht allzu selten der Fall zu sein.

---

[1] Lehmann, physiologische Chemie, 2te Auflage, Bd. I. S. 100, Bd. II.
S. 277.

[2] H. Nasse, a. a. O. S. 232.

[3] A. a. O. S. 237, 249.

## §. 5.

Von dem Augenblick an, in welchem der Speisesaft aus dem Darm in die Chylusgefäße übergeht, ist seine Entwicklung keineswegs beendigt. Auf dem Wege von der Darmwand bis ins Blut unterliegt er sogar fortwährender Veränderung.

Dahin gehört zunächst eine allmälige Vermehrung des Eiweißes und des Faserstoffs. Prout, Reuß und Emmert, Tiedemann und Gmelin fanden mehr Eiweiß und namentlich mehr Faserstoff in dem Inhalt des Milchbrustgangs als in dem Speisesaft der Chylusgefäße des Darms. Aus diesem Grunde gerinnt der Chylus nur unvollkommen, bevor er durch die sogenannten Gekrösdrüsen hindurchgetreten ist. Entwicklung des Faserstoffs aus einer anderen eiweißartigen Verbindung ist ein Hauptmoment in der fortschreitenden Verwandlung des Speisesafts.

Mit der Vermehrung des Eiweißes hängt eine andere Umsetzung innig zusammen. Die Vermehrung des Eiweißes ist nämlich nach Rasse nur eine Zunahme des freien Eiweißes und beruht auf der Zerlegung des Natronalbuminats, dessen Alkali die neutralen Fette des Chylus verseift. Denn darin besteht eine zweite Hauptumwandlung des Chylus, daß sich die neutralen Fette immer mehr verseifen. Die Speisesaftgefäße des Darms enthalten viel freies Fett und wenig Seife; im Milchbrustgang ist das Verhältniß umgekehrt.

Dabei nimmt die Menge des Fetts im Chylusserum ab, indem sich dieses der Blutbahn nähert. Mit Lehmann läßt sich annehmen, daß diese Verminderung durch die Bildung der Chyluskörperchen herbeigeführt wird. Schon die ersten feinen Molecüle, welche H. Müller in den Anfängen der Speisesaftgefäße wahrnahm, bestehen aus Fett und einer eiweißartigen Hülle. Dieses Fett allein bedingt die milchige Beschaffenheit des Chylus nach der Verdauung. Wenn man das Fett durch Aether wegnimmt, wird der Speisesaft durchsichtig, opalisirend. Neben jenen feinsten Molecülen finden sich größere Körnchen; diese werden durch einen Bindestoff zu kleinen Häufchen vereinigt, in denen Kerne auftreten. Das vollendete Chyluskörperchen ist blaß, weißlich, mattglänzend, feinkörnig, mit Einem oder mit mehren Kernen versehen. Aus dieser Entwicklungsgeschichte und aus der von H. Müller am gründlichsten vorgenommenen mikroskopischen Prüfung der ausgebildeten Zellen ergiebt sich, daß die Chyluskörperchen außerordentlich reich find an Fett [1]). Zur Zeit der Verdauung wird die Anzahl dieser Körperchen bedeutend vermehrt.

Die sehr wichtige Frage, ob die Bildung des rothen Farbstoffs des Bluts bereits im Chylus beginnt, harrt immer noch einer allem Zweifel überhobenen Entscheidung. Daß rothe Blutkörperchen auch im Speifefaft auftreten, namentlich nachdem die Chylusgefäße durch die mefaraischen Knoten hindurchgetreten sind und nachdem sich die Lymphe der Milz mit dem Chylus vermischt hat, darüber sind die verschiedensten Forscher einig (Schulz, Arnold, Valentin, Simon, Bouiffon und viele Andere). Arnold und Bouiffon sehen diese Blutkörperchen als im Speifefaft neu entstandene an und verlegen den Ort der Farbstoffbildung in die Chylusgefäße.

Für diese Annahme spricht erstens, daß der Chylus von den sogenannten mefaraischen Drüsen bis zur Einmündungsstelle des Milchbrustgangs in die Adern immer röther wird (Reuß und Emmert, Vauquelin, Prout, Seiler Schulz). Zweitens sahen Reuß und Emmert, Krimer, Seiler den Speifefaft, selbst wenn er vorher farblos war, an der Luft immer röther werden. Drittens beobachtete Elsner, daß der Chylus sich röthet im unterbundenen Milchbrustgang.

Der zuletzt genannte Grund ist besonders wichtig. Seit Fohmann, Lauth und Panizza Verbindungen zwischen den Chylusgefäßen und den Adern im Gekröse entdeckt hatten, und seit Gerber beim Pferd, das den rötheften Chylus im Milchbrustgang führt, solche Einmündungen von Chylusgefäßen in die Adern genauer beschrieb, hat man nämlich vielfach alle rothe Blutkörperchen des Speifefafts für Eindringlinge aus den Blutgefäßen erklärt. Daß sie es theilweise sind, da die Chylusgefäße sich zu jenen Adern oft als Aspiratoren verhalten, läßt sich nicht bezweifeln. Elsner's Versuch beweist aber, daß ein Theil jener farbigen Blutkörperchen seine Bildungsstätte im Chylus hat. Naffe's Beobachtung, die einen negativen Erfolg hatte, läßt sich leicht so erklären, daß der Chylus sich nicht auf der richtigen Entwicklungsstufe befand, und das scheint mir auch von den Fällen zu gelten, in welchen so ansehnliche Forscher, wie J. Müller, die Röthung des Chylus an der Luft nicht beobachten konnten.

---

1) Vgl. H. Müller in Henle und Pfeufer, Zeitschrift für rationelle Medicin, III. S. 204 und folg.

Pflanzenfresser müssen den Farbstoff, der aus Stickstoff, Kohlenstoff, Wasserstoff, Sauerstoff und Eisen besteht, aus Eiweißkörpern und Eisen bilden können. Es sind aber im Chylus alle Bedingungen erfüllt, damit diese Bildung schon hier ihren Anfang nehme. Daß im Speisesaft nicht aller Farbstoff gebildet wird, versteht sich von selbst.

Bouisson will es beobachtet haben, daß sich farblose Chyluskörperchen röthen an der Luft. Es wäre also möglich, daß der Farbstoff sich theilweise in den Körperchen entwickelt. Nach Emmert haftet aber der rothe Farbstoff vorzugsweise am Faserstoff und läßt sich in Wasser lösen. Deshalb neige ich mich zu der Ansicht, daß der im Chylus sich bildende Farbstoff von den Körperchen durch Endosmose aufgenommen wird. Dagegen darf ich freilich nicht unerwähnt lassen, daß Lehmann[1]) im Chylus des Milchbrustgangs von Pferden keinen gelösten Blutfarbstoff auffinden konnte. Auch dieses negative Ergebniß müßte durch den Zeitraum der Entwicklung zu erklären sein.

Aus dem Obigen ergiebt sich, daß der Speisesaft dem Blute immer ähnlicher wird durch die Vermehrung des Eiweißes und des Faserstoffs, durch die Verseifung des Fetts und durch die beginnende Bildung des Blutroths.

---

1) A. a. O. Bd. II. S. 290.

# Kap. IV.

## Das Blut.

### §. 1.

Wenn im Chylus die farblosen Körperchen noch über die farbigen vorherrschen, so übertrifft im Blut die Zahl dieser Abkömmlinge die Menge jener Mutterzellen bereits bedeutend. Daher kommt es denn, daß die Angaben über die stoffliche Mischung der Blutkörperchen sich beinahe sämmtlich auf die farbigen beziehen.

Das Blut, eine alkalische, hell kirschrothe bis heidelbeerfarbige Flüssigkeit, in welcher die genannten Körperchen schweben, ist das vollendete Ergebniß der Verdauung, die man wesentlich als Blutbildung zu fassen hat. Indem diese Flüssigkeit in den Gefäßen allen Geweben des Körpers zuströmt, und zwar in Gefäßen deren Oeffnung immer enger, deren Wände immer dünner werden, treten durch Endosmose die verschiedensten Stoffe in die Gewebe hinüber. Deshalb ist das Blut der Muttersaft aller Werkzeuge des Körpers, die Blutflüssigkeit ist die Mutterlauge, aus der sich alle Grundformen, alle Zellen und Fasern entwickeln. Darum habe ich oben die wesentlichen Bestandtheile des Bluts und die allgemein verbreiteten Bestandtheile des thierischen Körpers als gleichbedeutend hingestellt.

In dem Blut finden wir die Eiweißkörper, die Fette, einen Fettbildner und die anorganischen Nahrungsstoffe der Nahrungsmittel wieder. Weil ich das Blut als Erzeugniß der Entwicklung der Nahrungsstoffe betrachten will, so sind mit jener Eintheilung der Nahrungsstoffe auch die Klassen der Blutbestandtheile gegeben.

### §. 2.

Als Urbild der Eiweißkörper galt von jeher neben dem Eiweiß des Hühnereis das Eiweiß des Bluts. In dem ersten Buch, bei der

Besprechung der eiweißartigen Verbindungen der Pflanzen, sind die
Gründe entwickelt, warum die Wissenschaft bis jetzt keine Formeln für
die Eiweißstoffe zu geben vermag. Wenn ich daher hier an den Ausdruck
N$_5$ C$^{40}$ H$^{30}$ O$^{12}$ erinnere, durch welchen Mulder früher das Verhältniß
des Stickstoffs, Kohlenstoffs, Wasserstoffs und Sauerstoffs in den Eiweißkörpern bezeichnete, so geschieht es bloß, um mit demselben die Zusammensetzung der hierher gehörigen Verbindungen des Bluts, so weit
es nöthig ist, zu vergleichen. Die Aequivalentzahlen der vier genannten Grundstoffe sind in jener Formel für das Eiweiß richtig
ausgedrückt. Mulder und Rüling fanden außerdem im Eiweiß
des Bluts 1,3 Procent Schwefel. Der Phosphorgehalt beträgt nach
einer älteren Bestimmung Mulder's 0,3 Procent.

Es scheinen jedoch immer anorganische Bestandtheile zur eigentlichen Constitution des Eiweißes zu gehören. Nur mit dieser Annahme läßt sich der stets so große Gehalt an phosphorsaurem Kalk
und an Kochsalz erklären, die dem Eiweiß zwar in wechselnder Menge,
aber doch so hartnäckig anhängen, daß man das Kalksalz durch Säuren, das Kochsalz durch Wasser nur schwer entfernen kann. Aus
diesem Grunde habe ich oben bereits das Eiweiß als ein Mittel bezeichnet, den phosphorsauren Kalk des Bluts gelöst zu erhalten.

Ein ziemlich beträchtlicher Theil des Eiweißes steht zum Natron
im Blut in dem Verhältniß einer schwachen Säure. Es bildet mit
dem Natron ein Salz, das sehr viele Eigenthümkeiten der Blutflüssigkeit bedingt.

Wie das lösliche Pflanzeneiweiß, so ist auch das Eiweiß des
Bluts in Wasser löslich. Beim Erwärmen zeigt es dieselben Gerin-
nungserscheinungen [1]. Durch verdünnten Alkohol wird es zwar aus
seiner Lösung gefällt, jedoch ohne in den geronnenen Zustand überzu-
gehen, d. h. es ist nachher wieder in Wasser löslich. Mit starkem
Alkohol versetzt gerinnt das Eiweiß des Bluts.

Daß das Eiweiß des Bluts durch organische Säuren, mit Ausnahme der Gerbsäure, nicht gefällt wird durch anorganische Säuren,
mit Ausnahme der gewöhnlichen Phosphorsäure, dahingegen wohl,

1) Vgl. oben S. 92 und S. 77, wo die allgemeinen Eigenschaften der eiweißartigen Stoffe angegeben sind, die hier natürlich nicht wiederholt werden.

ist eine Eigenschaft, durch welche es sich ebenfalls an das Pflanzeneiweiß anschließt.

Ein Theil des Eiweißes, der mit Natron zu dem sogenannten
Natronalbuminat verbunden ist, gerinnt beim Erwärmen des Blutwassers nicht in Flocken, sondern in gerunzelten, oft ziemlich derben,
wenn auch mehr oder weniger durchsichtigen Häuten, die sich an der
Oberfläche, nachdem man die zuerst gebildeten weggenommen hat,
mehrmals erneuern (Scherer). Dieses Natronalbuminat ist in
Wasser viel löslicher als das gewöhnliche Eiweiß. Darin liegt der
Grund, weßhalb beim einfachen Kochen des Blutwassers in der Regel
noch etwas, und zwar häufig ziemlich viel Eiweiß im Blutwasser gelöst bleibt, das indeß in der Wärme gerinnt, so wie man das Alkali
durch ein paar Tropfen Essigsäure vom Eiweiß trennt. Das Natronalbuminat läßt sich aber leicht in dichten Flocken als solches ausscheiden, wenn man das Blutwasser vor dem Kochen mit einer hinlänglichen Menge Kochsalz, Salmiak oder Glaubersalz versetzt [1].

Durch Kochen verliert das Eiweiß einen Theil seines Schwefels,
das Natronalbuminat einen Theil seines Alkalis. Deßhalb ist das
Blutwasser nach dem Kochen stärker alkalisch als vorher.

Aus dem Blutwasser läßt sich das Eiweiß gewinnen, wenn man
es nach dem Zusatz von Kochsalz bis zu 90° erwärmt und den geronnenen Körper mit verdünnter Salzsäure wäscht. Dabei entsteht
eine salzsaure Verbindung, die man in Wasser lösen und in größerer
Reinheit aus der Lösung durch kohlensaures Ammoniak fällen kann.
Den Niederschlag wäscht man mit Wasser, Alkohol und Aether.

In 1000 Theilen Menschenblut beträgt die mittlere Eiweißmenge
nach zahlreichen Bestimmungen 71,88 (Dénis, Lecanu, Berthold,
Richardson, Simon, Becquerel und Robier [2]).

## §. 3.

Ein Körper, der zwar in weit geringerer Menge als das Eiweiß im Blut enthalten ist, trotzdem aber einen der wesentlichsten

---

1) Vgl. Lehmann (a. a. O. I. S. 342), der ohne Zweifel die Eigenschaften
der einzelnen eiweißartigen Körper am gründlichsten erörtert hat.

2) Häser, über den gegenwärtigen Standpunkt der pathologischen Chemie des
Bluts, Jena 1846. S. 11.

Stoffe desselben darstellt, ist der Faserstoff. Hinsichtlich der Zusammensetzung unterscheidet er sich durch seinen größeren Sauerstoffgehalt vom Eiweiß, und diese Vermehrung des Sauerstoffs scheint nach Mulder's Zahlen auf Kosten des Kohlenstoffs stattzufinden. Mulder fand im Faserstoff 1,2 Procent Schwefel, Rüling 1,32, Verdeil 1,59. Da das Eiweiß des Bluts 1,3, das des Hühnereis dagegen nach den neuesten Analysen 1,6 Procent Schwefel enthält, so möchte man jene Verschiedenheit in den Zahlen für den Schwefel des Faserstoffs beinahe von Abarten desselben herleiten, wenn man nicht wüßte, daß der Faserstoff regelmäßig mit den Hüllen von Blutkörperchen verunreinigt ist, deren Menge natürlich wechselt. Hundert Theile Faserstoff enthalten 0,3 Phosphor (Mulder).

Ebenso wie das Eiweiß enthält der Faserstoff viel phosphorsauren Kalk, dessen Menge nach Mulder sogar 1,7 Procent betragen kann.

Weil dieser eiweißartige Körper, besonders beim heftigen Umrühren des Bluts oder wenn man dieses in sehr dünnen Schichten ausgebreitet hat, in Fasern gerinnt, heißt er Faserstoff. Und diese Gerinnung, die ohne Zusatz anderer Stoffe stattfindet, wenn das Blut dem Kreislauf entzogen wird, möge dies innerhalb oder außerhalb des Körpers geschehen, ist des Faserstoffs hervorragendste Eigenschaft.

In seiner Lösung kennen wir den Faserstoff einigermaßen durch J. Müller, der Froschblut mit Zuckerwasser so filtriren lehrte, daß die großen elliptischen Blutkörperchen auf dem Filter bleiben, während die Lösung des Eiweißes und der Salze, die auch den Faserstoff enthält, durchgeht. Aus dieser Lösung wird der Faserstoff durch Essigsäure ebenso wenig wie das Eiweiß gefällt.

Der frisch geronnene Faserstoff enthält seine Elemente in einem sehr beweglichen Zustande, er wird leicht zersetzt, und die Entdeckung von Berzelius, daß er Wasserstoffhyperoxyd zerlegt, ist ein Ausdruck dieser Eigenthümlichkeit, die durch das Kochen des Faserstoffs verloren geht.

Uebrigens läßt sich der geronnene Faserstoff von anderen unlöslichen Eiweißkörpern nicht unterscheiden. In Mulder's Angabe, daß der Faserstoff mit starker Salzsäure eine indigoblaue, das Eiweiß dagegen eine violette oder mehr dem Purpur ähnliche Farbe erzeuge, fand ich bei meinen Beobachtungen an sorgfältig gereinigten Stoffen

durchaus kein scharfes Mittel zur Unterscheidung. Auch reiner Faserstoff wird bisweilen violett und das Eiweiß wenigstens so blau, daß
man nach diesen Färbungen die beiden Eiweißkörper nicht wieder-
erkennt.

Man gewinnt den Faserstoff in größerer Menge am reinsten,
wenn man das aus der Ader geflossene Blut sich selbst überläßt.
Weil dann der gerinnende Faserstoff die Blutkörperchen einschließt,
senkt sich im Gefäß ein rother Kuchen, über dem eine gelbliche Flüssigkeit, das Blutwasser oder Blutserum, steht. Der Kuchen wird zer-
schnitten und bis zum völligen Verschwinden der rothen Farbe mit
Wasser ausgewaschen. Der so bereitete Faserstoff enthält weniger
Körperchen beigemengt als der durch Schlagen gewonnene. Er wird
nachträglich durch schwefelsäurehaltigen Alkohol, unvermischten Alkohol
und Aether gereinigt.

Aus den Zahlen von Dénis, Simon Nasse, Becquerel
und Rodier berechnete Häser als arithmetisches Mittel des Faser-
stoffgehalts in 1000 Theilen Menschenblut 2,27 [1]).

## §. 4.

Daran daß der Faserstoff im kreisenden Blute wirklich gelöst sei
und nicht aus dem Platzen der Blutkörperchen oder dem Aneinander-
legen sonstiger im Blute schwebender Molecüle hervorgehe, ist wohl
seit jenem Versuch J. Müller's, der die Blutkörperchen von der
gerinnenden Blutflüssigkeit trennte, nicht mehr ernstlich gezweifelt
worden. Freilich könnten die Hüllen der Blutkörperchen trotzdem auch
Faserstoff enthalten oder gar aus Faserstoff bestehen. Die letztere
Ansicht wird neuerdings von Hlasiwetz, einem tüchtigen Chemiker,
vertreten, jedoch ohne daß dieser überzeugende Beweisgründe für dieselbe beigebracht hätte [2]). In diesem Augenblick ist der Stoff der
Hüllen der Blutkörperchen nicht mit Sicherheit charakterisirt [3]).

Wenn nun feststeht, daß jedenfalls der größte Theil des Faserstoffs im Blut, das den lebenden Körper durchströmt, gelöst ist, so

---

1) Häser, a. a. O. S. 11.
2) Hlasiwetz, in Prager Vierteljahrschrift, 1850, Bd. IV. S. 11.
3) Vgl. Lehmann, a. a. O. Bd. II, S. 174.

thut sich von selbst die Frage auf, welche Veränderung der Constitution des Faserstoffs die Gerinnung bedingt. Die chemische Zusammensetzung des ungeronnenen Faserstoffs ist nicht erforscht. Eine veränderte Constitution ist daher nur in den verschiedenen Verbindungen
gesucht worden, in denen der Faserstoff vor und nach der Gerinnung
enthalten sei.

So vermuthete D é n i s, daß der Faserstoff im kreisenden Blut
durch kaustisches Alkali gelöst erhalten werde. Das aus der Ader
geflossene Blut sollte so viel Kohlensäure aufnehmen, daß der Faserstoff aus jener Verbindung getrennt und zur Gerinnung gebracht
werde. Ja, D é n i s ging so weit, die ganze Faserstoffmenge als
Natronalbuminat zu betrachten, das durch jene Kohlensäure zerlegt sei.
Wäre diese Anschauung richtig, dann müßte das Blut der Adern,
welches mehr Kohlensäure enthält, als das Blut der Schlagadern,
dieses an Gerinnbarkeit übertreffen, was nicht der Fall ist. Nasse
hat denn auch die Vorstellung von D é n i s auf das Schlagendste
widerlegt, indem er darauf aufmerksam machte, daß man, wenn jene
Ansicht richtig wäre, willkürlich die Menge des Faserstoffs durch einen
größeren oder geringeren Zusatz des Fällungsmittels müßte vermehren und vermindern können, während doch die Menge des Faserstoffs
eine ziemlich beständige ist [1]).

Wir begegnen denn auch hier einem Beispiel, das sich in ähnlichen Fällen oft in der Wissenschaft wiederholt, daß nämlich die gerade entgegengesetzte Ansicht auch ihren Vertreter gefunden hat. S c u -
d a m o r e meinte, das Entweichen der Kohlensäure sei die Ursache der
Gerinnung. Das Blut nimmt jedoch Kohlensäure auf, statt dieselbe
zu verlieren. Somit bedarf S c u d a m o r e ' s Meinung gar keiner
weiteren Beurtheilung.

Für den Chemiker steht es längst fest, daß in diesem Augenblick
jeder Versuch die Gerinnung des Bluts aus einer bestimmten Veränderung in der Constitution des Faserstoffs zu erklären, scheitern muß
an dem für jetzt nicht auszufüllenden Mangel an Thatsachen, die
uns dabei leiten könnten.

---

1) Vgl. H. N a s s e, dessen Artikel in R. W a g n e r ' s Handwörterbuch (1842)
in physiologischer Beziehung auch jetzt noch die erschöpfendste Abhandlung ist,
welche die Wissenschaft über das Blut besitzt, a. a. O. S. 158.

Nur die veränderte Constitution würde indeß als Ursache der Gerinnung des Faserstoffs betrachtet werden dürfen. Da wir eine solche nicht kennen, so ist auch bisher die Ursache der Gerinnung durchaus unbekannt.

### §. 5.

Desto eifriger war man bemüht, den Bedingungen nachzuspüren, welche die Gerinnung des Bluts befördern. Und wie gewöhnlich, beinahe jede dieser Bedingungen hat das Mißgeschick gehabt mit der, Ursache verwechselt zu werden.

Geschichtlich verdient es Erwähnung, daß Hippocrates bereits eine Ansicht über die Gerinnung des Faserstoffs aufstellte. Er hielt die Abkühlung des Bluts für die Ursache der Gerinnung, und Galen und Hoffmann stimmten ihm bei.

Allein es ist soweit davon entfernt, daß die Abkühlung als Ursache der Gerinnung betrachtet werden dürfte, daß sie nicht einmal eine begünstigende Bedingung ist. Hunter, Davy, Scudamore, Nasse beobachteten ¡bei niederen Wärmegraden eine Verzögerung, bei erhöhter Wärme eine Beschleunigung des Gerinnens. Marchal (de Calvi) hat neuerdings diese Thatsache in Zahlen gebracht [1]. Indem er von dem Blut desselben Aderlasses die eine Hälfte einer Wärme von 55—60°, die andere einer kühlenden Mischung von Eis und Salz aussetzte, fand er in 1000 Theilen der ersteren durchschnittlich 0,24 mehr Faserstoff als in der letzteren. Hewson, Hunter, Nasse, ich sahen Blut gefrieren und flüssig wieder aufthauen, so daß es erst nachher in der Wärme gerann. Wenn endlich das Blut nach Nasse's Versuchen bei 37° C., also bei der Wärme, die es im Körper der Säugethiere besitzt, auch langsamer gerinnt, als bei höheren und niederen Wärmegraden, so gerinnt es eben doch [2], und das ist der unwiderleglichste Beweis, daß die Abkühlung keine nothwendige Bedingung des Gerinnens ausmacht. Abeille hat vor Kurzem den beschleunigenden Einfluß erhöhter Wärme und die Verzögerung der Gerinnung durch niedere Wärmegrade bestätigt [3].

---

1) Journ. de pharm. et de chim. 3e sér. T. XVI. Sept. 1849.
2) Nasse, a. a. O. S. 109.
3) Comptes rendus, T. XXXII, p. 378.

Nach Boerhaave und Haller sollte die Ruhe die Gerinnung des Bluts veranlassen. Einerseits aber bleibt das Blut in unterbundenen Gefäßen manchmal flüssig, während andererseits außerhalb des Körpers die Bewegung selbst im luftleeren Raum die Gerinnung beschleunigt.

Einen viel entscheidenderen Einfluß übt die Luft auf die Gerinnung. Dies giebt sich bei vermehrtem Zutritt durch die Beschleunigung, bei verminderter Einwirkung der Luft durch die Verzögerung des Gerinnens zu erkennen.

In einer unterbundenen Ader gerinnt das Blut nach dem Eindringen atmosphärischer Luft (Hewson). Je dünner der Strahl, je weiter und flacher das Becken ist, in welches man das aus der Ader fließende Blut auffängt, desto vollkommener ist die Gerinnung (Belhomme). Wenn man das Blut aus der Ader in eine gesättigte Lösung von Glaubersalz strömen läßt, dann bildet sich an der Oberfläche eine farblose Schichte geronnenen Faserstoffs, die sich nach Wegnahme der gebildeten erneuert (Liebig). Auch mir gelang es durch letzteren Versuch deutlich zu zeigen, wie die Gerinnung von oben nach unten fortschritt und in dem unteren Theil des ziemlich hohen Cylinders eine nicht von Faserstoff eingeschlossene Schichte von Blutkörperchen übrig blieb. Das Glaubersalz verzögert die Gerinnung, und wie überhaupt ein farbloses Gerinnsel, eine sogenannte Speckhaut, sich so oft über dem rothen Kuchen bildet, als das Mißverhältniß zwischen der Schnelligkeit des Sinkens der Körperchen und der Langsamkeit der Gerinnung groß genug ist, so war hier der in lockeren Streifen gebildete rothe Kuchen nach unten bloß von Körperchen, nach oben nur von Faserstoff begrenzt. Endlich konnte ich Schweineblut, das ich in eine Verbrennungsröhre auffing, die gleich darauf verschlossen wurde, unter Mitwirkung der Kälte zwei Tage lang vor der Gerinnung schützen.

Es ist bekannt, wie man durch kräftiges Umrühren, sei es indem man das Blut mit Schrotkörnern in einer Flasche schüttelt, oder indem man es mit einer Ruthe heftig schlägt, die Gerinnung befördern kann. Und diese Erscheinung wird mit Recht von der begünstigten Einwirkung der Luft sammt der Bewegung hergeleitet. Um so mehr muß es verwundern, daß Marchal und Corne aus gerührtem Blut in vielen Versuchen weniger Faserstoff erhielten, als durch

Auswaschen des Kuchens [1]). Obgleich hierdurch weder die Beschleunigung des Gerinnens durch Bewegung, noch auch die durch Zutritt der Luft widerlegt wird, und obgleich ich mich nicht entschließen kann, solche unerwartete Beobachtungen kurzweg zu verwerfen, so kann ich mich doch der Vermuthung nicht erwehren, Marchal und Corne möchten den Kuchen weniger vollständig ausgewaschen haben als die durch Rühren erhaltenen Fasern, abgesehen davon, daß man von letzteren sehr leicht einen Verlust erleiden kann. So eben hat Abeille in geradem Gegensatz zu Marchal und Corne beim Schlagen des Bluts mehr Faserstoff erhalten als beim Auswaschen des Kuchens [2]).

Daß beim Zutritt der Luft die Beschleunigung der Kuchenbildung auf Rechnung des Sauerstoffs zu schreiben ist, ergiebt sich aus Beobachtungen von Bebboes und Schröder van der Kolk, die das Blut von Thieren, welche Sauerstoff geathmet hatten, rascher gerinnen sahen, als nach dem Athmen in gewöhnlicher Luft. Nach Scudamore gerinnt das Blut in Sauerstoff in kürzerer Zeit als in der Atmosphäre. Dadurch erklärt es sich denn, daß das Blut schneller gerinnt, wenn die Eigenwärme in Folge einer reichlicheren Sauerstoffaufnahme beim Athmen erhöht ist. Das Blut von Vögeln und Säugethieren bildet seinen Kuchen schneller als das der kaltblütigen Wirbelthiere (Nasse). Deshalb gerinnt auch das Blut der Schlagadern rascher als das der Adern.

Und umgekehrt wird die Gerinnung verzögert, wenn man das Blut unter Oel auffängt (Babbington, ich), oder auch, wenn man es in einen leeren Darm einfließen läßt (Schultz). In allen Krankheiten, in denen das Athmen gehemmt ist, zeichnet sich das Blut durch langsame Gerinnung aus. Schröder van der Kolk hat in diesem Sinne auf das Blut der Blausüchtigen aufmerksam gemacht.

Wenn man nach allen diesen positiven und negativen Beobachtungen dem Sauerstoff der Luft einen wesentlich begünstigenden Einfluß auf die Gerinnung zuschreiben muß, so würde man doch sehr irren, wenn man deshalb die atmosphärische Luft für die Ursache der Gerinnung halten wollte. Wasserstoff und Stickstoff verzögern zwar die Gerinnung, jedoch ohne dieselbe gänzlich aufzuheben (Scuda-

1) Comptes rendus, T. XXX, p. 30, p. 316.
2) Comptes rendus, T. XXXII, p. 378.

more). Ja nach Magendie hebt kein Gas die Gerinnung vollständig auf, Naffe fah Blut gerinnen, das er über Queckfilber auffing, und Scudamore und Krimer beobachteten die Gerinnung
fogar unter der Luftpumpe [1]. Die letzteren beiden Forscher schnitten
also den einzigen noch möglichen Ausweg ab, der dahin führte die Gerinnung von dem im Blut gelösten Sauerstoff abzuleiten. Auch
hier wurde also eine günstige, wohl die günstigste Bedingung über-
schätzt, indem man sie zur Ursache stempelte.

Einen sehr bedeutenden Einfluß auf die Gerinnung übt der Salzgehalt des Bluts. Naffe fand in langsam gerinnendem Vogelblut
die Menge der Salze um ein Drittel bis um die Hälfte vermehrt.
Daher mag es rühren, daß wässeriges Blut rascher gerinnt als solches, das die regelmäßige Wassermenge führt. Im Versuch läßt sich
die Beschleunigung zeigen, wenn man nicht mehr als die doppelte Wassermenge zufügt. Im Zusammenhang mit dieser Erscheinung verdient
es Beachtung, daß verschiedene Salzlösungen, namentlich kohlensaure
Salze und Salpeter, den Faserstoff des aderlichen Bluts zu lösen vermögen.

Naffe fand übrigens, daß beinahe alle Stoffe, als Lösung und
als Pulver, wenn sie in großer Menge zugesetzt werden, die Gerinnung
verzögern, während sie, in kleiner Menge zugefügt, die Kuchenbildung
beschleunigen. Bei den kaustischen Alkalien ist die Menge, welche bereits eine Verzögerung herbeizuführen im Stande ist, am kleinsten [2].

Daß die Gerinnungszeit, wie Schröder van der Kolk und
Sigwart meinten, im geraden Verhältniß zur Menge des Faserstoffs
stände, das heißt, daß die Gerinnung um so schneller erfolgte, je kleiner die Menge des Faserstoffs wäre, ist als ein Irrthum widerlegt worden. Naffe hat bewiesen, daß zwischen der Menge des Faserstoffs
und der Zeit der Gerinnung durchaus kein regelmäßiges Verhältniß
waltet [3].

---

1) Naffe, a. a. O. S. 111, 112, der alle hierher gehörige Fragen vortrefflich erörtert hat.

2) Naffe, a. a. O. S. 116, wo überhaupt für viele Stoffe die Grenzen angegeben sind, welche die Beschleunigung von der Verzögerung trennen.

3) Ebendafelbst S. 105.

## §. 6.

Der Kuchen des Bluts erleidet längere Zeit hindurch eine Zusammenziehung, in deren Folge sich die Menge des Blutwassers vermehrt. Es dauert lange bevor diese Zusammenziehung ganz vollendet ist. Im gesunden Blut erfolgt die Gerinnung nach 2 bis 10 Minuten, und es werden nach Nasse 10—48 Stunden erfordert, bis die Zusammenziehung ganz aufgehört hat.

Im Widerspruch mit Andral und Gavarret und mit C. Schmidt haben Thackrah und ich gefunden, daß das Serum um so mehr feste Bestandtheile enthält, je später es aus dem Kuchen ausgepreßt wurde. Dabei habe ich zugleich den Nachweis geliefert, daß der Kuchen deshalb ein dichteres Serum einschließt, weil die Blutkörperchen die gelösten Stoffe anziehen, ganz so wie aus einer Mutterlauge die Krystalle zuerst anschließen um einen festen Kern[1]).

In einem hohen, engen Gefäß und bei höheren Wärmegraden zieht sich nach Nasse der Kuchen besser zusammen als in einem weiten Becken bei niederer Wärme. Auch durch eine große Wassermenge wird die Zusammenziehung des Kuchens verhindert. Durch diese Verhältnisse wird es bedingt, daß häufig einer scheinbaren Vermehrung oder Verminderung des Blutwassers die wirkliche Menge nicht entspricht. Darum kann man die Menge des Blutwassers nur dann ungefähr schätzen, wenn man neben der ausgepreßten Flüssigkeit auch den Grad der Festigkeit des Kuchens berücksichtigt.

## §. 7.

Die Blutkörperchen enthalten in reichlicher Menge eine eiweißartige Verbindung, welche Berzelius in ihren Hüllen suchte, während die neueren Chemiker dieselbe immer mehr und mehr dem Inhalt der Körperchen zuschreiben. So viel ist gewiß, daß die Hülle der Blutkörperchen nicht deutlich die Merkmale einer bestimmten Eiweißverbindung erkennen läßt, daß man aber aus den Blutkörperchen ei-

---

1) Moleschott, über eine Fehlerquelle in der Andral-Gavarret'schen Methode der Blutanalyse, Henle und Pfeufer, Zeitschrift, Bd. VII, S. 228—236.

nen mit dem Blutfarbstoff verunreinigten eiweißartigen Stoff gewinnen
kann, der nach allem, was jetzt vorliegt, mit demjenigen der Krystalllinse des Auges übereinstimmt. Deßhalb wird dieser Körper auch ohne
Unterschied bald Globulin, bald Krystallin genannt.

In dem Gehalt an Stickstoff, Kohlenstoff, Wasserstoff und
Sauerstoff schließt sich das Globulin an das Eiweiß, von dem es in
der Zusammensetzung hauptsächlich durch den Mangel des Phosphors verschieden ist. Rüling fand in demselben 1,2, Lehmann
1,1 Procent Schwefel und nur wenig phosphorsauren Kalk.

Das Globulin gehört zu den in Wasser löslichen Eiweißkörpern.
Aus der Lösung wird es zwar durch Alkohol gefällt, allein kochender
Alkohol löst einen Theil des Niederschlags wieder auf.

Beim Erwärmen bis zu 73° opalisirt die wässerige Lösung des
Globulins, bei 83° wird sie trüb und erst bei 93° scheidet sich ein
milchiges Gerinnsel aus, das ganz unklar durch das Filter geht. Durch
den Zusatz von neutralen Alkalisalzen gerinnt indeß das Globulin in
Flocken, die sich vortrefflich filtriren lassen (Lehmann). Dasselbe
konnte ich durch den Zusatz von Alkohol und nachheriges Kochen erreichen.

Essigsäure oder Ammoniak, einzeln zugefügt, bewirken keine Fällung in der Globulinlösung, wohl aber, wenn man beide Prüfungsmittel vereinigt so anwendet, daß das eine das andere sättigt (Lehmann). Wenn man sehr verdünnte Essigsäure zusetzt, dann wird
die wässerige Globulinlösung opalisirend, sie gerinnt beim Kochen und
wird durch großen Ueberschuß von Essigsäure zwar wieder opalisirend,
nie aber völlig klar.

Ganz rein läßt sich das Globulin aus dem Blut nicht gewinnen. Mit dem rothen Farbstoff des Bluts verunreinigt erhält man
es, wenn man das gerührte Blut etwa mit 8 Raumtheilen einer gesättigten Glaubersalzlösung versetzt und filtrirt. Dann bleibt auf dem
Filter ein Gemenge von Globulin und Blutfarbstoff, welches man sonst
Blutroth nannte. Der größte Theil des Farbstoffs läßt sich durch Behandlung des Gemenges mit schwefelsäurehaltigem Alkohol entfernen.
Allein etwas rother Farbstoff bleibt immer mit dem Globulin verbunden. Von der Schwefelsäure ist das Globulin auch nicht wohl zu
trennen, ohne wenigstens theilweise zersetzt zu werden, so wie es denn
überhaupt für diesen Eiweißkörper eigenthümlich ist, daß er viel leichter als andere in Fäulniß übergeht und schon beim Kochen Ammo-

nial entwickelt (Lehmann). Darum zieht man es vor, das Globulin aus der Krystallinse zu bereiten.

Nach diesen Mittheilungen ergiebt es sich von selbst, daß die Globulinmenge des Bluts nur sehr ungenau bekannt ist. Ungefähr wird der Globulingehalt von 1000 Theilen Blut durch Lecanu's Zahl 125,6 ausgedrückt.

### §. 8.

Die neuerdings zur Sprache gekommenen Zweifel gegen L. Gmelin's Entdeckung des Käsestoffs im Blut [1] habe ich mit Berücksichtigung einer etwaigen Verwechslung des Käsestoffs mit Natronalbuminat und der hübschen Prüfungsmittel, die der sorgfältige Lehmann vorgeschrieben, beseitigt [2]. Es ist demnach keinem Zweifel mehr unterworfen, daß der Käsestoff zu den regelmäßigen Bestandtheilen des Bluts gehört, wenn auch in geringer, bisher nicht gewogener Menge.

In seiner Zusammensetzung stimmt der Käsestoff, wenn man davon absieht, daß er keinen Phosphor und im Mittel nach den Bestimmungen von Rüling, Walther und Verdeil nur 0,9 Procent Schwefel enthält, mit dem Eiweiß überein. Er führt mehr phosphorsauren Kalk als irgend eine andere eiweißartige Verbindung, nach Lehmann 6 Procent.

Eine nicht allzusehr verdünnte wässerige Lösung des Käsestoffs gerinnt beim Kochen in gerunzelten Häuten, die sich so oft erneuern als man die gebildeten weggenommen hat. Hierin besitzt der Käsestoff also vollständige Aehnlichkeit mit dem Natronalbuminat.

Wie das Globulin läßt sich der Käsestoff aus der Lösung in Wasser durch Alkohol niederschlagen, und die Fällung wird theilweise von reichlicher zugesetztem, besonders von siedendem Alkohol gelöst (Lehmann). Wenn der Niederschlag nicht durch zu starken Alkohol erzeugt wurde, dann ist er in Wasser wieder löslich.

Die wässerige Lösung wird durch Essigsäure gefällt, namentlich wenn man zu gleicher Zeit erhitzt, die alkoholische dagegen nicht. Ein

---

1) Lehmann a. a. O. Bd. I. S. 391, 392, 394, 395.

2) Moleschott, Käsestoff im Blut, in Vierordt's Archiv für physiologische Heilkunde, 1851.

Ueberschuß der Essigsäure löst den Niederschlag langsam auf. Während sich der Käsestoff hierdurch deutlich vom Erbsenstoff unterscheidet (vgl. S. 92), stimmt er in dieser Eigenschaft mit dem Natronalbuminat überein, und Lehmann hat mit Recht hervorgehoben, daß gerade dieses Merkmal am häufigsten eine Verwechslung beider Stoffe veranlaßte.

Schwefelsaure Erden und Chlorcalcium fällen wässerige Lösungen des Käsestoffs beim Erhitzen.

Lab macht Käsestofflösungen gerinnen, und da dieselben nach der Gerinnung noch alkalisch sein können (Selmi), so scheint die vorherige Bildung von Milchsäure keine nothwendige Bedingung des Gerinnens zu sein. Ich sah in dem Blutwasser von Schweinen, aus welchem ich das Natronalbuminat sorgfältigst entfernt hatte, durch das Lab eines Hammels nach anderthalb Stunden eine deutliche Trübung entstehen.

Mulder und Schloßberger haben in neuester Zeit, und zwar aus gewichtigen Gründen, die Einfachheit des Käsestoffs bezweifelt[1]). Wenn man nämlich geronnenen Käsestoff mit verdünnter Salzsäure einer Wärme von 35—40° aussetzt, dann findet man nach 2 Tagen einen großen Theil des Käsestoffs gelöst. In der filtrirten Lösung erhält man durch kohlensaures Ammoniumoxyd einen Niederschlag, und wenn man diesen durch Filtriren trennt, dann wird die Lösung durch Salzsäure gefällt. Dagegen berichtete Bopp, daß Salzsäure in alkalischen so gut wie in sauren Lösungen einen und zwar denselben Niederschlag erzeuge[2]). Mulder und Schloßberger hätten nun entweder zu viel oder zu wenig kohlensaures Ammoniak hinzugesetzt. Im ersteren Fall erhielten sie durch Salzsäure einen Niederschlag aus einer alkalischen, im zweiten aus einer sauren Käsestofflösung. Bopp fand für beide Niederschläge bei der Elementaranalyse denselben Gehalt an Stickstoff und Kohlenstoff.

Dieser Einwurf Bopp's ist wichtig, aber nicht entscheidend. Denn einmal hat Schloßberger in dem Niederschlag, den er durch kohlensaures Ammoniak erhielt, Schwefel gefunden, in dem durch Salz-

---

1) Scheikundige onderzoekingen, Deel III, p. 454.
2) Bopp in Liebig und Wöhler, Annalen, Bd. LXIX, S. 18.

säure gefällten Körper nicht. Andererseits fand Mulder, daß eine Käsestofflösung, nachdem man einen durch Salzsäure gebildeten Niederschlag aus ihr entfernt hat, durch Erhitzen aufs Neue getrübt wird. Ich hatte häufig Gelegenheit dies zu bestätigen, muß aber andererseits, ebenso wie Mulder, hervorheben, daß man diese zweite Trübung nicht ganz beständig erhält.

Aus Blut habe ich den Käsestoff bereitet, indem ich das Blutwasser mit Kochsalz versetzt wiederholt kochte, um nicht nur das Eiweiß, sondern auch das Natronalbuminat, das sich durch jenen Zusatz vortrefflich zusammenballt und filtriren läßt, zu entfernen. Nachdem auch durch längeres Kochen die Flüssigkeit völlig klar blieb, wurde sie mit schwefelsaurer Bittererde gemengt und 12—14 Stunden sich selbst überlassen, zur Abscheidung der Phosphorsäure. Nach der Filtration wurde aufs Neue schwefelsaure Bittererde zugesetzt, bis keine Trübung mehr entstand und dann erhitzt. Der entstehende Niederschlag ist eine Verbindung des Käsestoffs mit Bittererde. — Da in dem Blut die Menge des Käsestoffs zu gering ist, um Blutwasser zur Gewinnung von Käsestoff zu benützen, so wäre es nutzlos, wenn ich Vorschriften zu einer weiteren Reinigung des Talk-Käsestoffs angeben wollte. Ich komme bei der Milch noch einmal auf die Darstellung des Käsestoffs zurück.

## §. 9.

Außer den bisher beschriebenen wesentlichsten Eiweißkörpern des Bluts hat Mulder zwei Stoffe in demselben beobachtet, die sich durch einen größeren Sauerstoffgehalt vom Eiweiß unterscheiden. Den sauerstoffärmeren nennt Mulder im Anschluß an seine neue Proteïntheorie Proteïnprotoxyd, den sauerstoffreicheren Proteïntritoxyd.

Der erstgenannte Körper enthält Schwefel und ist schwer in Wasser löslich, der zweite ist schwefelfrei und löslich in Wasser. Jener wird durch Salpetersäure und Ammoniak viel weniger gelb gefärbt als andere eiweißartige Verbindungen. Dieser entwickelt in der Wärme einen leimähnlichen Geruch.

E. J. W. von Baumhauer erhielt die niedere Oxydationsstufe durch lange fortgesetztes Kochen des Faserstoffs, die höhere auf

demselben Wege sowohl aus Eiweiß wie aus Faserstoff [1]). Das sogenannte Proteinprotoxyd wurde aus Eiweiß nicht gewonnen. Demnach scheint sich das Eiweiß leichter mit Sauerstoff zu verbinden als
der Faserstoff.

§. 10.

Bedenkt man nun, daß in vielen Fällen die Nahrungsmittel
Eiweißstoffe in den Verdauungskanal bringen, welche mit denen des
Bluts nicht übereinstimmen, so versteht es sich von selbst, daß sich
der eine Eiweißkörper in den anderen muß verwandeln können.

Weil hier nur auf die Entstehung des Bluts aus den allgemein
verbreiteten Bestandtheilen der Pflanzen Rücksicht zu nehmen ist, so
ergiebt sich zunächst die Nothwendigkeit, daß die pflanzlichen Eiweißstoffe sich in thierische verwandeln. Denn so groß auch die Aehnlichkeit zwischen beiden sein mag, eine völlige Uebereinstimmung findet
keineswegs statt. So enthält das lösliche Pflanzeneiweiß weniger
Schwefel als das Eiweiß des Bluts. Das ungelöste Pflanzeneiweiß
unterscheidet sich von dem Faserstoff, indem es auch in der lebenden
Pflanze immer in geronnenem Zustande vorkommt und durch seinen
geringeren Sauerstoffgehalt. Erbsenstoff wird von überschüssiger Essigsäure nicht gelöst, der durch wenig Essigsäure aus Käsestofflösungen
erhaltene Niederschlag wohl. Ueberdies ist der Erbsenstoff der phosphorreichste Stoff unter den Eiweißkörpern, während Käsestoff gar
keinen Phosphor enthält. Für Pflanzenleim und Globulin hat endlich noch Niemand Uebereinstimmung zu behaupten gewagt. Deshalb
habe ich im zweiten Buch die Unrichtigkeit der Bezeichnungen Pflanzenfibrin und Pflanzencasein angedeutet.

Für lösliches und ungelöstes Pflanzeneiweiß ist bisher nicht
einmal der Phosphorgehalt bestimmt. Eine ins Einzelne gehende
Entwicklungsgeschichte der Eiweißstoffe des Bluts aus den Eiweißkörpern der Pflanzen ist deshalb für jetzt durchaus unmöglich.

Nur so viel läßt sich allgemein angeben, daß schwefelärmere
und phosphorfreie eiweißartige Verbindungen aller Wahrscheinlichkeit
nach durch Oxydation des Schwefels und Phosphors aus schwefel-

1) **Mulder**, Scheikundige onderzoekingen Deel I, p. 580, 581.

16 *

reicheren und phosphorhaltigen hervorgehen. Umgekehrt muß lösliches Eiweiß der Pflanzen, wenn es in Eiweiß des Bluts übergeht, Schwefel, Käsestoff des Bluts, wenn er sich in Eiweiß verwandelt, Phosphor aufnehmen. Die in der Lehre der Verdauung erwähnte Reduction der schwefelsauren Salze zu Schwefellebern giebt uns einen Wink, der bereits mehre Schriftsteller veranlaßt hat, behufs jener Aufnahme von Schwefel und Phosphor eine Reduction schwefelsaurer und phosphorsaurer Salze anzunehmen. Allein bewiesen ist hier nichts.

Eine Umwandlungsweise steht fest. Wenn nämlich Eiweiß im Thierkörper in Faserstoff, wenn der Faserstoff in Mulder's Oxyde übergeführt wird, so ist dies das Ergebniß einer Oxydation. Und zwar haben wir es hier schon in der Blutbildung mit einer solchen Aufnahme von Sauerstoff zu thun, der wir später wiederholt als Ursache der Gewebebildung und namentlich als Bedingung des Verfalls der höchst organisirten Wesen begegnen werden.

## §. 11.

Wegen des Stickstoffgehalts und wegen der innigen Verbindung mit dem Globulin bringe ich hier den rothen Farbstoff des Bluts, das Hämatin, zur Sprache. Nach Mulder wird die Zusammensetzung desselben ausgedrückt durch die Formel $N^3 C^{44} H^{22} O^6$ Fe. Das Eisen steckt nicht als Oxyd in dem Hämatin. Mulder hat dies schlagend dargethan, indem er zeigte, daß man durch Behandlung mit Chlor oder auch mit starker Schwefelsäure ein eisenfreies Hämatin darstellen kann, in welchem der Sauerstoffgehalt unverändert ist. Er ließ Chlor auf Hämatin einwirken, das in Wasser vertheilt war, und bekam einen Körper von der Zusammensetzung $N^3 C^{44} H^{22} O^6 + 6 ClO^3$. Durch starke Schwefelsäure wurde dem Hämatin alles Eisen entzogen, und der ausgewaschene Körper gab Zahlen, die der Formel $N^3 C^{44} H^{22} O^6$ entsprachen. In dem letzteren Falle fand eine Wasserzersetzung statt. Wasserstoff entwickelte sich, ein Zeichen, daß das Eisen erst den Sauerstoff aufnahm, bevor es sich mit der Schwefelsäure zu einem Salze verband. Wäre das Eisen ursprünglich als Oxydul oder als Oxyd in dem Hämatin enthalten, so müßte $N^3 C^{44} H^{22} O^6$ Fe — FeO einen Körper von der Zusammensetzung $N^3 C^{44} H^{22} O^5$, oder aber

$$2 (N^3 C^{44} H^{22} O^6 Fe) - Fe^2 O^3$$

einen Stoff von der Formel $N^6 C^{98} H^{44} O^9$ zurücklassen. Allein das ursprüngliche Verhältniß für die Aequivalentzahlen des Stickstoffs, Kohlenstoffs, Wasserstoffs und Sauerstoffs fand Mulder unverändert wieder. Gegen die Annahme, daß das Eisen im Hämatin bereits oxydirt sei, spricht ferner die von Mulder beobachtete Thatsache, daß man durch verdünnte Säuren das Eisen aus dem Hämatin nicht entfernen kann.

In dem Blut befindet sich das Hämatin im löslichen Zustande. Es läßt sich jedoch als solches nicht vom Globulin trennen. Getrocknet ist das schwarzbraune, metallisch-glänzende Pulver unlöslich in Wasser, Alkohol, Aether und Säuren. Dagegen löst es sich in Alkohol, der mit Schwefelsäure oder Salzsäure versetzt ist, und sehr leicht in kaustischen wie in kohlensauren Alkalien.

Wenn man das in Kali gelöste Hämatin kocht, so nimmt dasselbe eine dunkel kirschrothe Farbe an. Aus der ammoniakalischen Lösung wird das Hämatin gefällt durch Blei-, Kupfer- und Silbersalze.

Die oben erwähnte Verbindung der chlorichten Säure mit eisenfreiem Hämatin bildet weiße Flocken, das Hämatin, dem durch starke Schwefelsäure der Eisengehalt entzogen wurde, ist ein dunkelbrauner Körper. Letztere Eigenschaft verdient besonders darum Beachtung, weil man längere Zeit geneigt war, die Farbe des Bluts nur vom Eisen abzuleiten.

Zur Darstellung des Blutfarbstoffs wird das geschlagene Blut, wie ich es oben bei der Bereitung des Globulins angab, etwa mit acht Raumtheilen einer gesättigten Lösung schwefelsauren Natrons oder auch mit einer Kochsalzlösung vermischt und nach einiger Zeit filtrirt. Die auf dem Filter zurückbleibenden Blutkörperchen werden mit derselben Salzlösung gewaschen und darauf in Wasser gelöst. Durch Erhitzen gerinnt das Globulin sammt dem Hämatin, und aus dem getrockneten Gerinnsel erhält man den Farbstoff durch Auskochen mit schwefelsäurehaltigem Alkohol. Aus dieser Lösung wird mittelst Ammoniak die Schwefelsäure und ein Theil des Globulins gefällt. Sie wird dann wieder filtrirt und abgedampft. Den festen Rückstand löst man in ammoniakhaltigem Alkohol auf, wodurch das noch übrige Globulin unlöslich zurückbleibt. Die filtrirte Lösung wird dann noch einmal verdunstet und zur Entfernung des Ammoniaks mit Wasser gewaschen.

Nach einer von Berzelius herrührenden Bestimmung des Eisengehalts des Bluts berechnet Lehmann für 1000 Theile Blut des Menschen 7,32 Hämatin, indem er Mulder's Zahl für den Eisengehalt deſſelben zu Grunde legt. Simon fand 7,18, Lecanu nur 2,27 in tauſend Theilen.

Ueber die Entſtehung des Hämatins wiſſen wir nur, daß die Pflan=zenfreſſer daſſelbe aus ſtickſtoffhaltigen Nahrungsſtoffen und Eiſenſalzen be=reiten müſſen. Durch welche Vermittlung dies geſchieht, iſt völlig unbekannt.

Daß das Fett einen Antheil hätte an der Bildung des Blutfarb=ſtoffs, läßt ſich weder beweiſen noch widerlegen. Zur Bildung der Blut=körperchen überhaupt muß das Fett, das ſo reichlich in denſelben enthal=ten iſt, in einer weſentlichen Beziehung ſtehen, ob aber deshalb gerade zum Farbſtoff, das iſt eine unerledigte Frage. Wenn Lehmann [1] glaubt, das Hämatin müſſe nothwendiger Weiſe aus einer ſauerſtoff=ärmeren Verbindung hervorgehen, weil es in den ſauerſtoffreichen Blutkörperchen gebildet werde, ſo kann ich ihm durchaus nicht bei=ſtimmen. Oder wäre es nicht möglich, daß aus Eiweiß und Eiſen=ſalzen neben einem ſauerſtoffreicheren Körper zugleich das ſauerſtoff=ärmere Hämatin entſtände? Geſchieht doch etwas Aehnliches, wenn aus faulenden Eiweißkörpern neben ſauerſtoffreichen Säuren Ammo=niak gebildet wird, oder wenn Amygdalin ſauerſtoffreichen Zucker und daneben ſauerſtoffarmes Bittermandelöl und Blauſäure liefert.

Ich habe oben wahrſcheinlich zu machen geſucht, daß die Farb=ſtoffbildung bereits in den Chylusgefäßen beginnt. Hierfür ſpricht noch, daß nach längerem Faſten die Menge des Farbſtoffs im Milch=bruſtgang am größten zu ſein pflegt. Die verflüſſigten Nahrungs=mittel liefern einen milchweißen Chylus, der ſich erſt nach und nach röthet, und alſo um ſo röther ſein wird, je länger er unvermiſcht bleibt mit nachfließendem Speiſeſaft. Daß indeß nicht alles Hämatin, ja ſogar wahrſcheinlich nur der kleinſte Theil deſſelben in den Chylus=gefäßen entſteht, bedarf wohl kaum der Erinnerung.

### §. 12.

Eine Abart des Hämatins iſt das von Virchow genauer be=ſchriebene Hämatoidin, das Kölliker beim Menſchen, beim Hunde, bei Python bivittatus und beim Flußbarſch in den Blutkörperchen beobachtet hat [2].

---

1) A. a. O. Bd. I. S. 314.
2) Vgl. Kölliker, in Kölliker und v. Siebold, Zeitſchrift für wiſſen=ſchaftliche Zoologie, Bd. I. S. 266.

Das Hämatoidin kommt formlos, in körnigen, kugligen, zacki‑
gen Massen und krystallisirt in Form schiefer rhombischer Säulen oder
fast reiner Rhomboëder vor.  Die Farbe des Hämatoidins wechselt
vom Gelbrothen bis zum Rubinrothen.

Virchow fand das Hämatoidin unlöslich in Wasser, Alkohol,
Aether, Essigsäure, verdünnten Mineralsäuren und Alkalien; Kölliker
dagegen fand es löslich in Essigsäure, Kali und Salpetersäure, ein
Widerspruch, der sich wird erklären lassen, wenn es gelungen sein
wird, den Körper von allen anderen zu trennen.  Lehmann sah
einige Male kleine Krystalle, die sich lösten in schwefelsäurehaltigem
und in ammoniakhaltigem Alkohol und beim Sättigen der Säure oder
des Alkalis gefällt wurden.

Kalihydrat färbt das Hämatoidin brennender roth; dieses zer‑
fällt dabei in rothe Körnchen, wird allmälig gelöst und kann durch
Sättigung des Kalis nicht gefällt werden.  Starke Schwefelsäure be‑
raubt die Krystalle ihrer scharfen Umrisse; die rundlichen Bruchstücke
werden nach einander braunroth, grün, blau, rosa (Virchow).

Da es bisher nicht gelang, das Hämatoidin rein darzustellen,
so läßt sich natürlich über die Zusammensetzung desselben nichts sagen.
Bisweilen war in der Schwefelsäure nach Auflösung der Krystalle
Eisen enthalten, immer jedoch nicht.

## §. 13.

Eine zweite Klasse von wesentlichen Blutbestandtheilen umfaßt
die Fette.  So weit sich diese an die auch im Pflanzenreich allgemei‑
ner verbreiteten Fettarten anschließen, sind es keine neutrale Fette,
sondern fettsaure Alkalisalze.  Neben diesen enthält das Blut unver‑
seifbare Fette, die leider außerordentlich mangelhaft erforscht sind.

Bei weitem die größte Menge des Fetts ist in den Blutkörper‑
chen enthalten, und man muß dieses Verhältniß als ein durch Ver‑
wandtschaft bedingtes und andererseits selbst den Bestand der Blutkör‑
perchen bedingendes betrachten.  Die farblosen Blutkörperchen sind noch
reicher an Fett als die farbigen, wie es der beim Chylus geschilderte
Ursprung erklärt.

Schon an einem anderen Orte habe ich darauf aufmerksam ge‑
macht, daß die namentlich von Berzelius vertretene Ansicht, das
Eiweiß und der Faserstoff sollten bestimmte Fette des Bluts zu regel‑

mäßigen Trabanten haben, nicht gerechtfertigt ist. Beim Gerinnen schließen diese beiden Eiweißkörper eine bedeutende Menge Fett ein, das jedoch einer physikalischen, keiner chemischen Anziehung folgt [1]. Deshalb wäre es auch werthlos, wenn ich Zahlen angeben wollte für das Fett, welches in dieser Weise z. B. dem Faserstoff anhängt.

Das Fett des Bluts pflegt nach Schulz und Lehmann ein festeres zu sein als das des Chylus. Im Blut ist wiederum das Fett des Serums weniger schmierig, leichter krystallisirbar und freier von Farbstoff als das der Körperchen [2].

## §. 14.

Unter den Seifen des Bluts hat man von jeher die ölsauren und perlmutterfettsauren Alkalien aufgeführt. Unter diesen findet sich eine saure Ammoniakseife [3].

Da nun viele Thiere, besonders die Wiederkäuer, in ihren Geweben eine reichliche Menge Talgstoff führen, so war es zu verwundern, daß kein Naturforscher talgsaure Salze im Blut gefunden haben wollte. Um so willkommener ist die Angabe von Bouchardat und Sandras, daß sie bei Thieren, die mit festem Fett gefüttert waren, auch Stearinsäure im Blut nachweisen konnten.

Aus dem Blut einer Wöchnerin hat Lehmann [4] bei der Destillation mit verdünnter Schwefelsäure eine flüchtige Säure erhalten, welche deutlich nach Buttersäure roch. Barruel's Angabe, daß der dem Blut verschiedener Thierarten eigenthümliche Geruch auf den Zusatz von Schwefelsäure besonders deutlich hervortrete, weist offenbar darauf hin, daß jener Geruch von flüchtigen Fettsäuren herrührt. Und da dieser Geruch bei verschiedenen Thieren sehr verschieden ausfällt, was C. Schmidt wenigstens für Ziegen, Schaafe und Katzen bestätigen konnte, so hat man allen Grund anzunehmen, daß außer Buttersäure bei verschiedenen Thierarten auch Capronsäure, Capryl-

---

1) Vgl. meine Physiologie der Nahrungsmittel, Darmstadt, 1850 S. 9.

2) Lehmann, a. a. O. Bd. II, S. 198.

3) Lehmann, ebendaselbst S. 199.

4) Lehrbuch der physiologischen Chemie, erste Ausgabe, Bd. I. S. 254.

säure oder Caprinsäure im Blut vorkommen werden. Es liegt in der Natur der Sache, daß analytische Belege hiefür zur Zeit noch fehlen.

### §. 15.

Ein nicht verseifbares Fett, welches Boudet entdeckt hat, ist das Serolin, das durch seinen Stickstoffgehalt ausgezeichnet ist.

Es bildet bei gewöhnlichen Wärmegraden perlmutterglänzende Flocken, die bei 36° schmelzen, in kaltem Alkohol wenig, dagegen leicht löslich sind in heißem Alkohol und in Aether.

Man gewinnt das Serolin, wenn man getrocknetes Blut mit Wasser auszieht und, nachdem man es wieder getrocknet hat, mit siedendem Alkohol behandelt. Aus der alkoholischen Lösung scheiden sich beim Erkalten die perlmutterglänzenden Flocken aus, die mit kaltem Alkohol gewaschen werden.

Noch weniger als das Serolin sind die phosphorhaltigen Fette des Bluts geprüft. Man weiß nur, daß sie, wie die Blutfette überhaupt, vorzugsweise den Blutkörperchen angehören.

Das phosphorhaltige Blutfett wurde immer mit dem entsprechenden Hirnfett verglichen. Da es niemals rein dargestellt wurde und alles, was sich hier mittheilen ließe, nur nach den Eigenschaften des Hirnfetts vermuthet wird, so will ich dasselbe erst bei den Fetten der Gewebe erörtern. Rees will an venösem Blut einen eigenthümlichen Knoblauchgeruch beobachtet haben, der sich deutlich entwickelte, wenn die Körperchen durch plötzliche Vermischung mit Wasser platzten[1]).

Hinsichtlich der Entstehung der phosphorhaltigen Fette hat Nasse die Vermuthung ausgesprochen, das Eiweiß könne den Phosphor liefern, indem es sich in phosphorfreies Globulin verwandelt[2]). Es soll jedoch diese ganz sinnige Vorstellung unsre Unwissenheit über einen Gegenstand, der bisher nur wenig Beachtung fand, nicht verbergen.

Nach Boussingault ist die mittlere Fettmenge des gesunden Bluts 2,4 in tausend Theilen.

---

1) Erdmann und Marchand, Journal für praktische Chemie, Bd. XLVI, S. 130.

2) H. Nasse, Art. Chylus, in Rud. Wagner's Handwörterbuch S. 243.

### §. 16.

An die Fette reiht sich auch im Blut ein Körper, der den Wachsarten viel näher steht als dem Fett. Ich meine das sogenannte Gal-
lenfett oder Cholesterin, welches sich nach den Zahlen von Marchand,
Schwendler und Meissner und von Payen durch die Formel
$C^{37} H^{31} O$ ausdrücken läßt.

Das Cholesterin krystallisirt in rhombischen Tafeln und schmilzt
bei 135°. Es ist unlöslich in Wasser und schwer löslich in kaltem
Alkohol. In heißem Alkohol und in Aether wird es dagegen leicht
gelöst. Von Seifenwasser und fetten Oelen wird es ebenfalls aufgenommen. Von den Hauptarten des Wachses unterscheidet sich das
Cholesterin indeß ebensogut wie von den neutralen Fetten dadurch, daß
es sich nicht verseifen läßt.

Eine wichtige Eigenschaft des Cholesterins besteht in der rosen-
rothen Farbe, die es bei der Behandlung mit starker Schwefelsäure
annimmt. Dabei wird das Cholesterin zersetzt in Kohlenwasserstoffe,
denen Zwenger den Namen Cholesteriline beilegt.

Aus dem Blut kann man das Cholesterin gewinnen, wenn man das
getrocknete, mit Wasser ausgewaschene und wieder getrocknete Blut mit
Alkohol auskocht. Beim Erkalten der alkoholischen Lösung scheiden
sich zugleich das Serolin und das Cholesterin ab. Erwärmt man dieses Gemenge bis zu etwa 40°, dann schmilzt das Serolin, während
das Cholesterin fest bleibt. Letzteres ließe sich durch Alkohol waschen.

Becquerel und Rodier fanden in 1000 Theilen Blut durchschnittlich 0,088 Cholesterin. Diese kleine Menge kann gewiß durch
die Seifen des Bluts gelöst erhalten werden.

Bei den Pflanzenfressern entsteht das Cholesterin des Bluts aller Wahrscheinlichkeit nach aus dem Wachs, das in geringer Menge
in ihre Chylus-Gefäße übergeht. Die Art und Weise der Umsetzung
ist aber für jetzt ein unauflösliches Räthsel.

### §. 17.

Von den Fettbildnern ist nur der Zucker im Blut vertreten, und
zwar der Traubenzucker, den man, wenn er aus thierischen Körpern
gewonnen ist, häufig mit dem Namen Krümelzucker belegt. Ma-

genbie fand zuerst den Traubenzucker im Blut eines Hundes, der mit stärkmehlreicher Nahrung gefüttert war. Danach lag es sehr nahe, den Ursprung des Zuckers im Blut nur von stärkmehlartigen Stoffen abzuleiten. Aus neueren Versuchen von C. Schmidt stellt sich indeß heraus, daß bei den verschiedensten Säugethieren, bei Fleischfressern wie bei Pflanzenfressern, Zucker als ein regelmäßiger Bestandtheil des Bluts auftritt. Und hiermit stimmen die Angaben von Bernard und van den Broek völlig überein [1]).

Weil der Zucker bei Katzen in dem Gewebe der Leber auftritt, selbst wenn die Thiere acht Tage lang nichts als Fleisch gefressen hätten (Frerichs)[2]), so liegt die Vermuthung nahe, daß der Zucker auch im gesunden Zustande aus eiweißartigen Verbindungen gebildet werden könne[3]).

In Folge der Umwandlung, die der Zucker bereits im Verdauungskanal erleidet (vgl. oben S. 198), ist indeß die Menge des Zuckers im Blute immer nur gering. C. Schmidt fand im Blut von Rindern durchschnittlich 0,0071, bei einem Hunde 0,015, bei einer Katze 0,021 Zucker in 1000 Theilen.

Wenn man bedenkt, daß Milchsäure in den ersten Wegen, und wie wir später sehen werden, auch in den Geweben auftritt, also diesseits und jenseits der Blutbahn, so wird es mehr als wahrscheinlich, daß sie wenigstens vorübergehend auch im Blute vorkommt. Ist diese Annahme richtig, dann muß die Milchsäure das Blut bald wieder verlassen oder in überaus geringer Menge in demselben enthalten sein. Enderlin, ich und Schloßberger[4]) konnten im Blut keine Milchsäure nachweisen.

§. 18.

Die anorganischen Bestandtheile des Bluts sind Chlornatrium

---

1) Van den Broek in Nederlandsch lancet, 2e sér. Deel VI, p. 108.

2) Frerichs, Art. Verdauung, in Rud. Wagner's Handwörterbuch S. 831.

3) Vgl. unten Buch V, Kap. I, §. 13.

4) Schloßberger hat zuletzt große Mengen von Pferdeblut geprüft, ohne Milchsäure zu finden. Vgl. seine Anzeige meiner Physiologie der Nahrungsmittel in Vierordt's Archiv für physiol. Heilkunde, Bd. IX. S. 511.

und Chlorkalium, saure kohlensaure, gewöhnliche phosphorsaure und schwefelsaure Salze der Alkalien, ferner Kalk, Bittererde und Eisenoxyd zum Theil an Phosphorsäure gebunden.

Gegen das Vorhandensein der kohlensauren Salze haben sich Enderlin und noch vor Kurzem auch Liebig[1]) ausgesprochen. Enderlin erschloß die Abwesenheit kohlensaurer Salze im Blut daraus, daß er in der Asche keine kohlensaure Alkalien fand. Da aber gewöhnliches phosphorsaures Natron und kohlensaures Natron beim Glühen in dreibasisches phosphorsaures Natron verwandelt werden, wobei die Kohlensäure entweicht, so mußte Enderlin annehmen, das phosphorsaure Natron des Bluts sei 3 NaO + PO⁵. Aus

$$(2\,NaO + HO) + PO^5 \text{ und } NaO + CO^2$$

wird nämlich beim Glühen

$$3\,NaO + PO^5,\; HO,\; CO^2.$$

Nun kann aber in dem Blut, das freie Kohlensäure enthält, dreibasisch phosphorsaures Natron (3 NaO + PO⁵) unmöglich bestehen, weil sich 3 NaO + PO⁵ in einer Flüssigkeit, welche freie Kohlensäure enthält, verwandelt in (2 NaO + HO) + PO⁵ und NaO + CO². Trotzdem läugnet Enderlin die Gegenwart von (2 NaO + HO) + PO⁵ im Blut, weil sonst in der Asche nicht dreibasisch phosphorsaures Natron (3 NaO + PO⁵), sondern pyrophosphorsaures Natron (2 NaO + PO⁵) vorkommen müßte.

Enderlin setzt also, um dreibasisch phosphorsaures Natron im Blut nachzuweisen, voraus, daß kohlensaures Natron im Blut fehle, und umgekehrt nimmt er an, daß dreibasisch phosphorsaures Natron im Blute fertig gebildet sei, um mit der von ihm beobachteten Abwesenheit des kohlensauren Natrons in der Asche zugleich die Abwesenheit desselben im Blut annehmen zu dürfen. Das heißt: er beweist das eine Mal seine Annahme mit einer Voraussetzung, und das andere Mal die Voraussetzung mit seiner Annahme.

Es ist überdies nach meinen Beobachtungen unrichtig, daß die Asche nicht aufbraust, wenn man sie vorsichtig mit Säuren versetzt[2]).

---

1) Liebig's Thierchemie, dritte Auflage 1846, S. 57.

2) Jac. Moleschott, die an Basen gebundene Kohlensäure des Bluts; in Donders, van Deen und Moleschott, holländischen Beiträgen, Bd. I, S. 169.

Wenn aber auch das Blut ausnahmsweise eine Asche liefern sollte, die
kein kohlensaures Alkali mehr enthält, so wäre das nur ein Beweis,
daß die Menge des gewöhnlichen phosphorsauren Natrons groß genug
war um das kohlensaure zu zersetzen. Denn letzteres ist im Blut aufs
Entschiedenste nachgewiesen von van Enschut, Marchand, mir,
Lehmann und Mulder. Verdeil, ein Schüler Liebig's, hat
unsre Angaben neulich bestätigt für die Blutasche von Menschen, Ochsen,
Kälbern, Schaafen, Schweinen, und zwar bei thierischer und gemischter Kost sowohl, wie bei ausschließlich pflanzlicher Nahrung [1]).

Wegen der gleichzeitigen Anwesenheit der freien Kohlensäure im
Blut ist das kohlensaure Salz, wie es auch früher Liebig that, für
doppeltkohlensaures Natron zu halten.

Dem gewöhnlichen phosphorsauren Natron verdankt das Blut
seine alkalische Reaction. Es ist also klar, daß die Menge der freien
Kohlensäure nicht groß genug ist, um jene alkalische Beschaffenheit zu
verdecken. Lehmann konnte Froschblut, das vorher schon mit Kohlensäure vermischt war, mit doppelt kohlensaurem Natron versetzen,
und doch wurde in demselben ein rothes Lackmuspapier gebläut [2]).

Einer Angabe von Schmidt und Nasse, daß das Blutwasser
des Ochsen kein Eisen enthalte, muß ich nach meinen Beobachtungen
widersprechen. Wenn G. Roser [3]) aus der Menge der Phosphorsäure, welche er in der Asche zu gering fand, um mit dem Kalk und
der Bittererde die Salze $3\,CaO + PO^5$ und $3MgO + PO^5$ zu bilden,
ableitet, es könne im Blut kein phosphorsaures Eisen enthalten sein,
so ist der Schluß kein zwingender. Wenn die Phosphorsäure nicht hinreicht, um den Kalk und die Bittererde zu sättigen, so muß ja ohne-
dies ein Theil dieser Erden mit einer anderen Säure verbunden gewesen sein, oder Calcium und Magnesium mit einem Zünder. An
Schwefelsäure können Kalk und Bittererde im Blut nicht gebunden
sein, weil sie durch das kohlensaure Alkali in kohlensaure Erden verwandelt werden müssen. Vielleicht ist kohlensaurer Kalk, dem wir später in den Geweben begegnen werden, im Blut mittelst des Chlorna-

---

1) Verdeil, in Liebig und Wöhler, Annalen, Bd. LXIX, S. 94—97.
2) Lehmann, a. a. O. Bd. II, S. 169.
3) Roser in Liebig und Wöhler, Annalen Bd. LXXIII, S. 339.

triums und Chlorkaliums, die noch von der freien Kohlensäure und organischen Stoffen unterstützt sein mögen, gelöst.

Kieselerde fand zuerst Henneberg im Vogelblut, später wies Millon dieselbe im Blut des Menschen, Weber im Rindsblut nach [1]).

Nach den neuesten Untersuchungen Chatin's enthalten Land- und Wasserthiere, sowohl wie die Pflanzen, Jod. Er fand diesen Zünder z. B. in Lymnaeus, Blutigeln, Krebsen, Gründlingen, Fröschen, Wasserhühnern, Wasserratten, aber wie gesagt auch in Thieren, die ausschließlich dem Lande angehören [2]). Demnach hat man aller Wahrscheinlichkeit nach auch im Blut Jodkalium anzunehmen, welches die Pflanzenfresser so häufig in ihrer Nahrung erhalten können.

Fluorcalcium wurde im vorigen Jahre von Wilson im Blute nachgewiesen [3]).

Außer dem Eisen sind noch andere Metalle im Blut wahrgenommen worden. Am natürlichsten ist wohl das von Wurzer beobachtete Vorkommen des Mangans, welches das Eisen überhaupt so stetig begleitet. Deschamps fand aber auch Kupfer [4]), eine Beobachtung, die von Sarzeau, Millon und Anderen bestätigt ward. Millon erhielt Blei, Durocher, Malaguti und Sarzeau Silber aus Ochsenblut [5]). Aus dem Vorkommen dieser Metalle in der Ackererde und in verschiedenen Gewässern, aus welchen sie in einige Pflanzen übergehen können, wird es erklärlich, daß das Auftreten derselben im Blut möglich ist. Als regelmäßige Bestandtheile sind sie bei höheren Thieren nicht zu betrachten, wie denn auch Melsens im Blut kein Kupfer finden konnte. Manche niedere Thiere scheinen aber regelmäßig Kupfer im Blut zu führen. Harleß und von Bibra fanden viel Kupfer in dem Blut der Weinbergschnecke, ja in dem Blut der Ascidien und Cephalopoden sogar Kupfer und kein Eisen, so daß man allerdings auf die Vermuthung kommen muß, das Kupfer möchte bei diesen Thie-

1) Weber in Poggendorff's Annalen, Bd. LXXXI, S. 410.

2) Chatin, Journ. de pharm. et de chim. 3e sér. T. XVIII p. 241.

3) Froriep's Notizen, 1850 No. 215.

4) Erdmann und Marchand, Journal für praktische Chemie, Bd. XLVI, S. 115. 116.

5) Ebendaselbst Bd. XLIX, S. 435.

rer zum Farbstoff des Bluts in einem ähnlichen Verhältniß stehen, wie das Eisen zum Hämatin der Wirbelthiere.

Titansäure endlich will Rees im Blut beobachtet haben. Allein diese Säure wurde weder von Valentin und Brunner, noch von Marchand wiedergefunden.

## §. 19.

Aus den Zahlen von Dénis, Richardson und Nasse berechnet Häser als mittleren Salzgehalt in tausend Theilen Menschenblut 6,88, von denen 6,36 auf die Chloralkalimetalle und die alkalischen Salze, 0,52 auf die Erdverbindungen kommen[1]. Sehr nahe stimmen mit jener Zahl die neuesten Angaben von Verdeil und Stölzel überein; jener fand im frischen Blut im Mittel 6,45 Asche[2] dieser im Ochsenblut etwa 7,0 in tausend Theilen[3].

Nach den Untersuchungen C. Schmidt's ist die Menge der Salze in den Blutkörperchen viel geringer als im Serum. Lehmann fand im Serum des Venenbluts eines Pferdes 8,35 Salze auf tausend Theile, im feuchten Blutkuchen 8,19, und indem er nach einer wahrscheinlichen Schätzung das im Blutkuchen eingeschlossene Serum abzieht, berechnet er für 1000 Theile feuchter Blutkörperchen einen Salzgehalt von nur 6,48 bis 6,81[4].

Die Menge des Wassers beträgt als Mittel aus den Untersuchungen von Lecanu, Nasse, Simon, Richardson, Becquerel und Rodier 789,75 in 1000 Theilen.

Unter den anorganischen Bestandtheilen des Bluts findet sich nach dem Wasser das Kochsalz in der reichlichsten Menge. Ueberhaupt herrscht in dem Blut das Natron weit über das Kali vor. Nach Liebig und Henneberg kommen im Blut des Ochsen auf 100 Theile Natron nur 5,9 Kali, und Enderlin hat kürzlich dieses Verhältniß

---

1) Häser, a. a. O. S. 12.

2) Liebig und Wöhler, Annalen, Bd. LXIX. S. 97. Es heißt dort gewiß durch einen Druckfehler oder Schreibfehler 6,45 p. C. statt 6,45 p. M.

3) Stölzel, ebendaselbst Bd. LXXVII. S. 257.

4) Lehmann, a. a. O. Bd. II. S. 176.

für den Menschen bestätigt [1]). Von den Erden hat nach Liebig der Kalk das Uebergewicht über die Bittererde. Ich selbst habe im Ochsenblut nur Spuren von Bittererde gefunden, ebenso Dénis im Blut des Menschen.

Nach dem Kochsalz sind die kohlensauren und phosphorsauren Alkalien im Blut am reichlichsten vertreten, und zwar sind mehr Aequivalente des kohlensauren als des phosphorsauren Alkalis im Blut enthalten [2]).

Durch eine vortreffliche Untersuchung von C. Schmidt, einem der geistvollsten Forscher auf dem Gebiet der Physiologie des Stoffwechsels, haben wir vor Kurzem bereits im Blut eine solche Trennung der anorganischen Stoffe nach der Verwandtschaft organisirter Formbestandtheile kennen gelernt, wie .sie bereits früher, namentlich durch Liebig, in den Geweben an schönen, leuchtenden Beispielen ermittelt wurde. Schmidt hat nämlich durch sprechende Zahlen bewiesen, daß in den Blutkörperchen vorzugsweise das Kali und die Phosphorsäure, in der Blutflüssigkeit dagegen vorherrschend das Natron, die Erden, die schwefelsauren und die kohlensauren Salze enthalten sind. So findet sich das Chlorkalium größtentheils in den Blutkörperchen, von denen Berzelius bereits behauptete, daß sie kein Kochsalz enthielten [3]), das Chlornatrium nebst einem kleinen Theil des Chlorkaliums in der Blutflüssigkeit. Und da das Chlornatrium im Blut überhaupt bedeutend über das Chlorkalium vorherrscht, so versteht es sich von selbst, daß die Blutflüssigkeit durch ihren Chlorgehalt die Körperchen weit übertrifft. Ganz in derselben Weise sind in der Flüssigkeit die organischen Stoffe nur an Natron gebunden, in den Körperchen dagegen an Kali und Natron.

Am deutlichsten ergeben sich diese Unterschiede nach Schmidt's Zahlen an dem Blut des Menschen, während unter den Säugethieren

---

[1] Enderlin, in Liebig und Wöhler, Annalen, Bd. LXXV. S. 151.

[2] Jac. Moleschott, a. a. O. S. 174.

[3] Nasse, Art. Blut, S. 92. Neuerdings hat Enderlin ebenfalls eine Bestätigung dieser Angabe geliefert. Bei einer Frau, die vor 4½ Monaten geboren hatte, fand er für die Asche des ganzen Bluts das Verhältniß des Natrons zum Kali wie 100 : 3,8, für die Cruorasche wie 100 : 418,0 und ein anderes Mal wie 100 : 354,0. Liebig und Wöhler, Annalen, Bd. LXXV. S. 151.

jenes Verhältniß der Alkalien bei den Pflanzenfressern, das der Säuren bei den Fleischfressern deutlicher ausgeprägt ist [1].

Für das Ochsenblut fand ich Schmidt's Angaben, die ich als eine der schönsten Bereicherungen unseres physiologischen Wissens von der Materie betrachte, hinsichtlich der Alkalien und der Phosphorsäure so deutlich bestätigt, daß ich dieselben qualitativ zeigen konnte.

Nach Schmidt's Beobachtungen sind die Verhältnisse der anorganischen Bestandtheile zu den Körperchen und der Flüssigkeit des Bluts so fest, daß sie durch die Nahrung ebenso wenig wie durch den Volksstamm verändert werden. Es wiederholt sich also hier die Verwandtschaft zwischen organisirten Formbestandtheilen und anorganischen Stoffen, die ich oben für das Pflanzenreich erörterte. Diese Verwandtschaft ist es, welche die Menge und die Zusammensetzung der Asche nothwendigen Gesetzen unterwirft. Die hierher gehörigen Thatsachen sind leicht zu ermitteln. Daß Schmidt sich aber diese Fragen zur Beantwortung vorlegte, das zeigt nach meiner Meinung, daß er weiß, auf welchem Felde am meisten zu erndten ist.

## §. 20.

Ueber die Menge des Bluts besitzen wir absolut so wenig zuverlässige Zahlen, daß mir für den Plan dieses Werks eine Mittheilung der vorliegenden Untersuchungen nutzlos schiene. Darum erwähne ich nur, daß nach Valentin, dessen Verfahren zur Bestimmung der Blutmenge unstreitig das sinnreichste ist, der Mensch mehr Blut besitzt als irgend ein Thier.

Hinsichtlich der Mengenverhältnisse der einzelnen Blutbestandtheile zeigen die Thiere große Unterschiede, welche der Verschiedenheit der Arten entsprechen. Es eröffnet sich hier ein weites Gebiet der Forschung, auf dem erst wenige Thatsachen die Geltung vernünftiger Gesetze gewonnen haben. Allein auch diese Anfänge sind der Beachtung werth.

Im Allgemeinen besitzen die Vögel, aber auch die Amphibien und die Fische weniger Eiweiß in ihrem Blut als die Säugethiere.

---

1) Vgl. Lehmann, a. a. O. Bd. II. S. 178, 179.

Nur ist dies leider eine Regel, von welcher sehr erhebliche Ausnahmen bekannt sind. So fand Simon den allerhöchsten Eiweißgehalt im Blut der Kröte, Prévost und Dumas eine sehr hohe Zahl beim Aal, und in der Reihe der beiden letztgenannten Forscher macht auch die Ente eine Ausnahme von der Regel, die sonst auf das Blut der Vögel die beständigste Anwendung findet [1]). Unter den Säugethieren selbst zeichnet sich das Pferdeblut durch einen hohen Eiweißgehalt aus (Prévost und Dumas, Simon).

Der Faserstoff ist nach Berthold und Nasse im Blut der Vögel reichlicher vertreten als in dem der Säugethiere und bei diesen nach Nasse und Simon wieder viel reichlicher als bei den kaltblütigen Wirbelthieren [2]). Unter den Säugethieren übertrifft das Blut der Pflanzenfresser durch seinen Faserstoffgehalt das der Fleischfresser, ein Beispiel, das in sehr einleuchtender Weise den die Nahrung überwindenden Einfluß der Art bekundet. — Uebrigens fehlt der Faserstoff auch den wirbellosen Thieren nicht. Schmidt sah blasse Faserstoffgerinnsel im Blut der Teichmuschel.

Wegen der unzuverläßigen Scheidung des Globulins und des Farbstoffs beziehen sich die Angaben der Mengenverhältnisse dieser Stoffe gewöhnlich auf die Blutkörperchen im Ganzen. Durch den Reichthum derselben steht das Schwein obenan, dann folgen die Vögel, welche die Mehrzahl der Säugethiere übertreffen. Den Säugethieren stehen die Amphibien näher als die Fische; die Landschildkröte nähert sich den Vögeln nicht nur in ihrem ganzen Bau, sondern auch im Reichthum an Körperchen (Prévost und Dumas). R. Wagner stellt viele Ringelwürmer in Eine Reihe mit den Amphibien. In nachstehender Reihenfolge fand er aber allemal das Blut der später genannten Gruppe ärmer an Körperchen: Ascidien und Cephalopoden, die höheren Krustenthiere, die Insekten und Arachniden, die Acephalen — mit Ausnahme der Ascidien —, die Cephalophoren und die niederen Krustenthiere.

So weit wir Bestimmungen der Globulinmengen (Simon) und des Hämatins (Nasse) einzeln besitzen [3]), stimmen dieselben im

---

1) Vgl. Nasse's erschöpfende Monographie, S. 146.
2) Ebendaselbst, S. 144.
3) Ebendaselbst, S. 137, 138.

Allgemeinen mit jenen Angaben für die Blutkörperchen überein. E. J. W. von Baumhauer fand indeß einen höheren Hämatingehalt im Blut des Ochsen als irgend ein anderer Forscher in dem Blute von irgend einem anderen Thier (25,19 in 1000 Th.), ob er gleich das Hämatin sorgfältig von den begleitenden Eiweißstoffen trennte[1]).

Mit dem Reichthum an Hämatin hält die Dunkelheit der Blutfarbe ziemlich gleichen Schritt. So ist das Blut der Schweine das dunkelste von allen, aber auch das der Ochsen, welches mehr Hämatin enthält als das der Menschen, ist dunkler als dieses. Die hellsten Blutarten unter den Säugethieren, die der Schaafe, Katzen und Ziegen, besitzen auch am wenigsten Hämatin[2]).

Eine sehr große Verschiedenheit zeigt der Fettgehalt des Bluts verschiedener Thiere. Die Vögel enthalten durchschnittlich weniger Fett als die Säugethiere. Jedoch bei den Vögeln fand Nasse[3]) gerade die allergrößten Schwankungen. Unter den Säugethieren übertreffen die Fleischfresser und die von gemischter Kost lebenden die Pflanzenfresser. In dem Blut von Hunden und Schweinen fand Nasse den Fettgehalt ziemlich gleich. Das Blut der Pferde enthält weniger Fett als das der Hunde, am wenigsten aber das Blut von Schaafen und Ziegen. Simon erhielt aus Ochsenblut viel mehr, Poggiale ziemlich gleich viel[4]), E. J. W. von Baumhauer viel weniger Fett als Nasse in dem Blut der Hunde. Von Baumhauer fand sogar beim Ochsen weniger (0,19) als Nasse bei Ziegen und Schaafen (0,5 — 1,0 in 1000 Th.). Nach Lehmann[5]) wäre das Blut der Raupen das fettreichste von allen.

In dem Blut von Raupen gelang es Lehmann bisweilen auch Zucker nachzuweisen. Sofern man aus den oben (S. 251) mitgetheilten Zahlen Schmidt's einen allgemeinen Schluß zu ziehen berechtigt ist, scheint das Blut der Fleischfresser (Hunde, Katzen) mehr Zucker zu führen als das der Pflanzenfresser (Rinder).

---

1) Mulder, Scheikundige onderzoekingen, Deel I. p. 519, 520.

2) Nasse, a. a. O. S. 76, 138.

3) Ebendaselbst, S. 164.

4) Erdmann und Marchand, Journal für praktische Chemie, Bd. XLIII. S. 294.

5) Lehmann, a. a. O. II. S. 248.

17 *

In dem Wassergehalt stehen nach Nasse's Bestimmungen [1] die Vögel den Säugethieren nach; dem entsprechend besitzt das Blut der Vögel durchschnittlich ein höheres specifisches Gewicht als das der Säugethiere. Um überhaupt zu zeigen, wie nahe das specifische Gewicht mit dem Wassergehalt in umgekehrter Richtung steigt und fällt, stelle ich hier die Zahlen für den Wassergehalt und das specifische Gewicht einer Reihe von Thieren zusammen. Wo kein Name genannt ist, haben wir die Bestimmungen Nasse zu verdanken [2].

| | Wassergehalt. | Specifisches Gewicht. |
|---|---|---|
| Fische . | 865,3 Mittel aus 3 Bestimmungen von Prévost und Dumas bei 3 verschiedenen Arten. | 1035 Mittel aus Davy's Bestimmungen bei 7 Arten. |
| Frosch . | 884,6 Prévost und Dumas. | 1040 J. Davy. |
| Ziege . | 848 | |
| Schaaf . | 847 | 1042,5 |
| Kaninchen | 821 | |
| Pferd . | 820 | |
| Katze . | 807 | |
| Ochs . | 793 | 1054,5 |
| Hund . | 791 | |
| Schwein | 773 | 1060 |
| Taube . | 774 | 1054 (Gänse, Truthähne, |
| Huhn . | 770 | Hühner, Maximum 1065). |

im Mittel 1052,3

Man sieht die Abweichungen sind kaum der Rede werth. Und doch würden sich ziemlich große Unterschiede aus dem schwankenden Fettgehalt des Bluts erklären lassen. Das Blut der Ziegen und Schaafe ist indeß so wasserreich, daß es trotz seiner Fettarmuth das leichteste unter den Säugethieren darstellt. Aus dem Wasserreichthum des Schaafbluts erklärt Schultz die größere Neigung des Serums desselben, sich durch Lösung des Hämatins zu röthen.

---

1) Nasse, a. a. O. S. 132.
2) Ebendaselbst, S. 82, 83, 132.

Uebrigens besteht kein einfaches gerades Verhältniß zwischen der Menge des Wassers im ganzen Blut und der Menge des Serums, die sich über dem Kuchen ansammelt. Das Schaafblut giebt zwar sehr viel, das Schweineblut sehr wenig Serum, wie man es nach dem Wassergehalt erwarten sollte. Allein das Pferdeblut, das im Wasserreichthum dem Schaafblut so nahe steht, liefert sehr wenig, das wasserärmere Hundeblut dahingegen sehr viel Serum. Natürlich sind hier die Mengen der Blutkörperchen und des Faserstoffs von großem Einfluß. Bei Schaafen und Ziegen ist die Menge der Blutkörperchen gering, beim Pferde beinahe so groß wie beim Schwein.

Ich habe oben bereits bemerkt, daß nach Henneberg, Liebig und Enderlin im Blut des Ochsen und des Menschen das Verhältniß des Natrons zum Kali ziemlich übereinstimmt. Im Blut des Hammels fand Enderlin merkwürdiger Weise gar kein Kali, während sich im Blut von Kälbern und Tauben die Kalimenge beinahe bis zur Hälfte des Natrons erhob [1]).

Das Blut der Teichmuschel zeichnet sich aus durch seinen Reichthum an Kalk. Nicht nur ist das Eiweiß desselben meist an Kalk gebunden, sondern es schießen beim Verdunsten Krystalle an, welche dem Gayluffit ähnlich sind und aus kohlensaurem Kalk mit etwas kohlensaurem Natron bestehen (E. Schmidt).

Auf den Kupfergehalt des Bluts der verschiedenen Abtheilungen der Weichthiere wurde bereits hingewiesen. Unter den Cephalophoren haben es Harleß und von Bibra im Blut der Weinbergschnecke gefunden, unter den Acephalen bei den Ascidien und endlich bei den Cephalopoden. Dem Blut der untersuchten Kopflosen und Kopffüßer fehlte das Eisen.

Die Beobachtung Schmidt's, daß die phosphorsauren Salze vorzugsweise den Blutkörperchen angehören, findet eine sehr hübsche Bestätigung in Nasse's Angabe, nach welcher das an Körperchen reiche Blut der Schweine, Gänse, Hühner viel Phosphate enthält, während das Blut von Schaafen und Ziegen arm ist an Blutkörperchen, so wie an phosphorsauren Salzen.

<hr>

[1] Enderlin, in Liebig und Wöhler, Annalen, Bd. LXXV. S. 151.

## §. 21.

Individualität, Alter, Geschlecht und verschiedene Lebenszustände
äußern einen gesetzmäßigen Einfluß auf die Mischung des Bluts,
der zum Theil für die einzelnen Bestandtheile in Zahlen ermittelt ist.

Wenn ich hier Lecanu's Angabe niederschreibe, daß das lym-
phatische Temperament sich durch ein wasserreiches Blut auszeichne
mit weniger Blutkörperchen und mehr Eiweiß als das sanguinisch-
cholerische besitzt, so geschieht es weniger, weil ich glaube, daß damit
jene Hauptunterschiede der Individualität bereits auf eine sichere stoffliche Grundlage zurückgeführt seien, als zum Wahrzeichen, daß wesentliche Unterscheidungen menschlicher Gemüthsanlagen noch ihrer
stofflichen Begründung harren.

Die alten Aerzte schrieben fetten Menschen wenig Blut zu.
Schultz giebt an, daß er die Blutmenge bei einem gemästeten Ochsen
um 20—30 Pfund geringer fand, als bei mageren Thieren. Valentin hat jedoch bemerkt, daß fette Körper mehr Blut in den Haargefäßen zurückhalten.

Hinsichtlich der verschiedenen Lebensalter besitzen wir eine lehrreiche Vergleichung des Bluts des Fötus mit dem des Mutterkuchens
von Poggiale [1]). Nach dieser Untersuchung enthielt das Blut des
Fötus weniger Wasser, mehr Blutkörperchen und mehr Eisen als das
der Erwachsenen; Eiweiß und Fett zeigten keinen Unterschied. Für
die Jungen von Hunden, Katzen, Kaninchen und Tauben stellte sich
das Verhältniß in Betreff der Blutkörperchen als ein nicht beständiges
heraus, was sich ganz einfach daraus ergiebt, daß Poggiale nicht
mit dem Blut Erwachsener überhaupt, sondern mit dem Blut des
Mutterkuchens verglichen hat (siehe unten Blut in der Schwangerschaft). Nasse [2]) fand im Blute neugeborener Kinder weniger Faserstoff als in dem Erwachsener, was sich jedoch beim Kalb nicht bestätigte. Zur Zeit der Geschlechtsreife nimmt nach demselben Forscher der
Faserstoff des Bluts zu, und bei alten Leuten sah Nasse der gewöhnlichen Behauptung entgegen keine Verminderung. Dénis fand im
Blut Erwachsener weniger Eiweiß als in dem der Kinder, während

---

1) Berzelius, Jahresbericht, XXVIII. S. 496.
2) Nasse, a. a. O. S. 142.

Simon bei Ochsen das umgekehrte Verhältniß beobachtet hat. Bemerkenswerth ist es, daß der Faserstoff in verschiedenen Lebensaltern
verschieden geartet zu sein scheint; das Blut der Neugeborenen giebt
nach Nasse wenig Serum, weil sich der Kuchen unvollkommen zu-
sammenzieht. Aus dem Blutkuchen der Erwachsenen wird mehr Serum ausgedrückt als aus dem der Greise [1]). Das Blut junger Hunde
enthält mehr Fett als das von alten, ebenso Kälberblut mehr als
Ochsenblut (Nasse). Simon dagegen fand bei Kälbern in 1000
Theilen 4,19, bei Ochsen 5,59 Fett. Becquerel und Rodier [2])
wollen das Cholesterin im Blut von Greisen vermehrt gefunden haben,
eine Beobachtung, die wegen der Kleinheit der Zahlen gewiß eine
Bestätigung wünschenswerth macht. Ueber das Verhalten der anorganischen Bestandtheile besitzen wir nur Lehmann's Mittheilung,
daß das Blut von Kindern weniger Salze führt [3]), und eine vereinzelte Angabe Enderlin's, nach welcher das Blut junger Thiere im
Kaligehalt das Blut der alten beständig übertreffen soll [4]).

Weibliche Thiere besitzen nach Valentin, mit dem jedoch Schulz
für Ochsen und Kühe nicht übereinstimmt, weniger Blut als die männlichen. Lecanu, Dénis und Simon fanden in dem Blut der
Männer weniger Eiweiß als in dem der Frauen. Unterschiede in Betreff des Gehalts an Faserstoff, die durch das Geschlecht bedingt wären, sind bisher nicht mit deutlichen Zahlen belegt. Indeß soll das
Blut der Männer langsamer, zugleich aber fester gerinnen als das
der Frauen. Die Menge der Blutkörperchen ist im Blut der Männer
weit größer als bei den Frauen (Lecanu, Simon). Dagegen fand
Becquerel das Frauenblut reicher an Fett. Im Wassergehalt des
Bluts der beiden Geschlechter konnte Nasse [5]) wenig Unterschied
beobachten; er giebt jedoch an, daß das Blut des Weibes mehr Serum
liefert [6]), und in dem Serum fand C. Schmidt bei Frauen mehr Wasser

---

1) Nasse, ebendaselbst, S. 124.
2) Ebendaselbst, S. 164.
3) Lehmann, a. a. O. Bd. II. S. 245.
4) Enderlin, Liebig und Wöhler, Annalen, Bd. LXXV. S. 152 in
   der Note.
5) Nasse, a. a. O. S. 132.
6) Ebendaselbst, S. 124.

(917,15) als bei Männern (908,84). Ebenso Becquerel und Robier im ganzen Blut der Männer 779,0, der Frauen 791,1. Nach
Lehmann's Angabe[1] beträgt der Salzgehalt in 1000 Theilen des
Serums der Männer etwas mehr (8,8), als in 1000 Theilen des Serums der Frauen (8,1). Durch den größeren Serumgehalt des Frauen-
bluts erklärt es sich, daß dieses trotzdem im Ganzen mehr lösliche
Salze enthalten kann.

Vor dem Eintritt der monatlichen Reinigung haben Becquerel und Robier und Nasse ein Sinken der Blutkörperchen beobachtet.

In dem Menstrualblut selbst, das sich durch Reichthum an Wasser auszeichnet (etwa 840)[2], ist gar kein Faserstoff enthalten (Jul.
Vogel, C. Schmidt, Lehmann).

Während nach Dénis das Eiweiß in der Schwangerschaft sich
etwas vermindert, hat Nasse eine bedeutende Faserstoffvermehrung
in dieser Zeit beobachtet[3]. Die Menge der Blutkörperchen nimmt ab
(Becquerel und Robier, Nasse). Natalis Guillot und Fé-
lix Leblanc wollen neulich das Auftreten des Käsestoffs als etwas
Eigenthümliches für das Blut stillender Frauen in Anspruch nehmen[4].
So wahrscheinlich eine Vermehrung dieses Körpers, der regelmäßig
im Blut vorkommt, während der Zeit der Milchabsonderung sein mag,
so haben doch jene Forscher dieselbe keinesnwegs erwiesen[5]. Milchiges, fettreiches Serum soll nach Nasse bei schwangeren Frauen häufiger gefunden werden als sonst. Die Regel, daß Weiberblut durch
die Menge des Serums das Männerblut übertrifft, erleidet für die
Zeit der Schwangerschaft eine Ausnahme (Nasse)[6]. Trotzdem ist
das Blut während derselben reicher an Wasser, was hauptsächlich die
Vermehrung des Faserstoffs und die Verminderung des Eiweißes erklären müßten.

---

1) Lehmann, a. a. O. Bd. II. S. 241. Es heißt wahrscheinlich in Folge
eines Schreibfehlers 8,8% und 8,1% statt 8,8 p. M. und 8,1 p. M.

2) Lehmann, a. a. O. S. 251.

3) Nasse, a. a. O. S. 143.

4) Gazette des hopitaux, 17. Octobre, 1850, p. 492.

5) Vgl. meine Mittheilung in Bierordt's Archiv für physiologische Heilkunde,
1851.

6) Nasse, a. a. O S. 124.

In Betreff der anorganischen Bestandtheile will Enderlin nach der Niederkunft Veränderungen beobachtet haben. Nach seinen Bestimmungen, die man nur zahlreicher wünschen könnte, würde das Blut der Frau nach der Geburt des Kindes eine Vermehrung der Bittererde, eine Verminderung des Kalks und des Chlors zeigen. Die sehr bedeutende Zunahme des Eisens, welche Enderlin gefunden hat, entspricht der Steigerung der Blutkörperchen, die nach der Niederkunft stattfindet. Ich theile Enderlin's[1]) Zahlen hier mit, weil sie so deutlich sprechen, daß sie zu näherer Prüfung bringend auffordern müssen.

| In 100 Theilen Asche. | Sechster Monat der Schwangerschaft. | 1½ Monat vor der Niederkunft. | 4 Monate nach der Niederkunft. | |
|---|---|---|---|---|
| | | | I. | II. |
| Kalk . . . . | | 2,44 | 1,62 | 1,63 |
| Bittererde . . | | 0,70 | 1,62 | 1,57 |
| Kochsalz[2]) . . | 58,43 | 62,96 | 57,12 | |
| Eisenoxyd . . | 8,64 | 8,05 | 16,20. | |

Enderlin hat in Einem Fall in der Blutasche einer stillenden Mutter einen großen Reichthum an Kali wahrgenommen. Im sechsten Monat der Schwangerschaft verhielt sich in der Asche des Serums das Natron zum Kali wie 100 : 1,6, 1½ Monat vor der Geburt wie 100 : 1,2, 4 Monate nach der Geburt endlich wie 100 : 3,8[3]).

Wenn in späteren Jahren die Regeln bei Frauen ganz ausbleiben, dann findet nach Becquerel und Rodier und nach Nasse von Neuem ein Sinken der Blutkörperchen statt.

---

1) Liebig und Wöhler, Annalen, Bd. LXXV. S. 152, 153.

2) Ich habe Enderlin's Zahlen für das Kochsalz in der Folgerung nur auf das Chlor bezogen, weil das Kali in der Asche nicht bestimmt war und alles Chlor von jenem Chemiker als Chlornatrium berechnet wurde.

3) A. a. O. S. 151.

## §. 22.

Wenn die Nahrung reich ist an Eiweißkörpern, dann nimmt der Eiweißgehalt des Serums zu[1]). Daſſelbe hatten früher ſchon Prout und Naſſe für den Faſerſtoff angegeben, deſſen Vermehrung im ganzen Blut bei eiweißreicher Diät am ſicherſten von Lehmann ermittelt wurde. Lehmann konnte in ſeinem Blut durch die Nahrung den Faſerſtoffgehalt von 2,29 bis auf 6,65 in tauſend Theilen ſteigern, das Eiweiß dagegen nur von 51,01 bis 62,75[2]). Naſſe hat in Folge großer Kochſalzgaben eine Verminderung des Faſerſtoffs[3]), Poggiale beim Zuſatz von Kochſalz zur Nahrung eine Vermehrung der Blutkörperchen beobachtet[4]).

Hinſichtlich des Fetts hat zwar Bouſſingault berichtet, daß die Menge deſſelben im Blut durch die Nahrung nicht verändert werde. Allein Naſſe ſah den Fettgehalt im Blut von Gänſen ſchwanken von 1,5 bis 70,8 in 1000 Theilen[5]).

Eine Steigerung des Waſſergehalts des Bluts durch aufgenommene Getränke ſcheint nur ſehr vorübergehend ſtattzufinden. Schultz behauptet zwar, daß in 1000 Theilen Ochſenblut das Waſſer bei reichlichem Trinken um 57 zunehmen kann; dagegen läugnet aber Dénis beim Menſchen jede Veränderung, und auch Naſſe ſchreibt der Aufnahme des Getränks einen geringen Einfluß auf die Dichtigkeit des Blutwaſſers zu[6]). Durch einen reichlichen Zuſatz von Kochſalz zur Nahrung findet eine Abnahme des Waſſergehalts ſtatt (Poggiale).

Einen ſehr großen Einfluß übt die Diät auf die Salze des Bluts. Die vortrefflichen Unterſuchungen, welche Verdeil in Liebig's Laboratorium verrichtete, haben gelehrt, daß Brod und Körner, die bekannt ſind durch ihren Reichthum an phosphorſauren Sal-

---

1) Naſſe, a. a. O. S. 198.

2) Vgl. Lehmann, Lehrbuch der phyſiologiſchen Chemie, erſte Ausgabe Bd. I. S. 191.

3) A. a. O. S. 144.

4) Poggiale, in Comptes rendus. 1848, XXV, p. 110.

5) Naſſe, a. a. O. S. 164.

6) Naſſe, a. a. O. S. 128. 131.

zen, die Menge der phosphorsauren Alkalien im Blut vermehren. Kräuter dahingegen verringern die Menge der Phosphate, während sie eine ansehnliche Zunahme der kohlensauren Salze bewirken. So stellte sich je nach der Nahrung zwischen der Phosphorsäure und der Kohlensäure ein umgekehrtes Verhältniß heraus. Aber auch Berdeil hat immer Kohlensäure in der Asche gefunden [1]).

Poggiale sah durch reichlichen Kochsalzgenuß die Menge der Salze überhaupt und namentlich das Kochsalz im Blut zunehmen.

## §. 23.

Damit man die quantitative Zusammensetzung des Bluts und des Chylus überblicken könne, stelle ich hier für die beiden Flüssigkeiten Zahlen zusammen, die wir für einen Pflanzenfresser und einen Fleischfresser besitzen.

| In 1000 Theilen. | Pferd [2]). | | Katze. Rasse. | |
|---|---|---|---|---|
|  | Blut. | Chylus. | Blut. | Chylus. |
| Körperchen . . . | 92,80 | 4,00 | 115,90 | — [3]) |
| Faserstoff . . . | 2,80 | 0,75 | 2,40 | 1,3 |
| Eiweiß . . . . | 80,00 | 31,00 | 61,00 | 48,9 [3]) |
| Extractivstoffe . . | 5,20 | 6,25 |  |  |
| Fett . . . . . | 1,55 | 15,00 | 2,70 | 32,7 |
| Chlornatrium . . | — | — | 5,37 | 7,1 |
| Alkalisalze . . . | 6,70 | 7,00 | 1,63 | 2,3 |
| Erdsalze . . . . | 0,25 | 1,00 | 0,49 | 2,0 |
| Eisenoxyd . . . | 0,70 | Spuren | 0,51 | Spuren |
| Wasser . . . . | 810,00 | 935,00 | 810,00 | 905,7 |

1) Berdeil's Arbeit, eine der wichtigsten, die wir der Anregung Liebig's in dieser Richtung verdanken, findet sich in Liebig und Wöhler, Annalen, Bd. LXIX, S. 94—97. Die ausführliche Mittheilung von Berdeil's Zahlen gehört der Physiologie der Nahrungsmittel.

2) Die Zahlen sind die Mittel aus mehren Bestimmungen, wie sie von H. Rasse (Art. Chylus S. 234) mitgetheilt wurden.

3) Beim Chylus der Katze hat Rasse die Körperchen mit Eiweiß und Extractivstoffen zusammen bestimmt.

Für die wirbellosen Thiere besitzen wir nur einige wenige Bestimmungen, die indeß schon jetzt lehrreich sind:

| In 1000 Theilen. | Blut der Teichmu-schel. C. Schmidt. | Blut der Weinberg-schnecke. Harleß u. v. Bibra. |
|---|---|---|
| Feste Bestandtheile | 8,54 | 145,18 |
| Organische Stoffe | 5,98 | 83,98 |
| Anorganische Stoffe | 2,56 | 61,20 |
| Faserstoff . . . | 0,33 | — |
| Eiweiß . . . . | 5,65 | — |
| Kalk . . . . . | 1,89 | — |
| Phosphorsaur.Natron Chlorcalcium . . Gyps . . . . | 0,33 | — |
| Phosphorsaurer Kalk | 0,34 | — |
| Kupferoxyd . . . | — | 0,33 |

Die neuesten Untersuchungen der Blutasche sollen hier ebenfalls
durch ein Paar Beispiele vertreten werden.

| In 100 Theilen Asche. | Men-schenblut. Berdeil[1] | Hunde-blut. (Fleisch-kost). Berdeil[1] | Schaafs-blut. Berdeil[1] | Ochsen-blut. Weber[2] | Ochsen-blut. Stölzel[3] |
|---|---|---|---|---|---|
| Chlornatrium . | 61,99 | 49,85 | 57,11 | 46,66 | 51,19 |
| Natron . . . | 2,03 | 5,78 | 13,33 | 31,90 | 12,41 |
| Kali . . . . | 12,70 | 15,16 | 5,29 | 7,00 | 7,62 |
| Kalk . . . . | 1,68 | 0,10 | 1,00 | 0,73 | 1,56 |
| Bittererde . . | 0,99 | 0,67 | 0,30 | 0,24 | 1,02 |
| Eisenoxyd . . | 8,06 | 12,75 | 8,70 | 7,03 | 10,58 |
| Phosphorsäure . | 9,35 | 13,96 | 5,21 | 4,17 | 5,66 |
| Schwefelsäure . | 1,70 | 1,71 | 1,65 | 1,16 | 5,16 |
| Kieselsäure . | — | — | — | 1,11 | 2,81 |
| Kohlensäure . | 1,43 | 0,53 | 7,09 | —[4] | 1,99 |

1) Liebig und Wöhler, Annalen, Bd. LXXV. S. 96, 94 und 95.

2) Die mitgetheilten Zahlen sind Weber's verbesserter Analyse entnommen,
    Poggendorff's Annalen, Bd. LXXXI, S. 410.

3) Liebig und Wöhler, Annalen, Bd. LXXVII. S. 259.

4) Weber giebt ausdrücklich an, daß nur deshalb keine Kohlensäure gefunden
    wurde, weil dieselbe beim Verbrennen der Kohle ausgetrieben ward.

Naffe fand, daß im Thierblut die Menge des Faferstoffs zu der des Alkalis in geradem Verhältniß steht, und er sah häufig auch im Menschenblut zugleich mit dem Faferstoff das Alkali vermehrt, ohne sich indeß für berechtigt zu halten, letzteres zur Regel zu erheben [1]).

### §. 24.

Wenn man nun das Blut, wie dieses hier in seiner Mischung geschildert wurde, mit den allgemein verbreiteten Bestandtheilen der Pflanzen vergleicht, die als Mutterkörper der Thierwelt betrachtet werden dürfen, dann wird man alsbald gewahr, daß die Thiere, als Gattungsbegriff genommen, nur durch die Fettbildung an der Organisation der Materie fortarbeiten. Und selbst diese Arbeit theilen sie mit den Pflanzen.

Daher ist denn auch die Fettbildung aus den stärkmehlartigen Körpern das einzige erhebliche Beispiel, in welchem organische Stoffe im thierischen Organismus Sauerstoff verlieren. Es ragt hier gleichsam das Eigenthümliche des Stoffwechsels der Pflanzen in das Thierleben herein.

Aber diese Entwicklung von Fett aus stärkmehlartigen Verbindungen ist zugleich das Höchste, was die Thiere an ursprünglicher Erzeugung zu leisten vermögen. Alle übrige Entfaltungen der Materie laufen im Thier auf sehr geringfügige Umsetzungen der Stoffe oder auf eine Verbrennung hinaus.

Diese Verbrennung ist zwar die eigentliche Macht, welche die Bestandtheile des Bluts in Gewebe und Absonderungen, die Gewebe in Ausscheidungsstoffe überführt. Allein sie beginnt bereits bei der Bildung der wesentlichen Blutbestandtheile selbst. Unter Aufnahme von Sauerstoff geht das lösliche Eiweiß der Pflanzen in Faserstoff über, unter Aufnahme von Sauerstoff kann der Erbsenstoff thierisches Eiweiß und Käsestoff und andere Eiweißkörper des Bluts liefern, die sich alle durch Armuth oder Mangel an Phosphor von ihm unterscheiden. Ein Theil des Phosphors wird zu Phosphorsäure verbrannt.

So verschlingen sich einerseits die ersten Ringe in der Kette des Thierlebens, mit den Trieben jener organisirenden Schöpferkraft,

---

1) Naffe, a. a. O. S. 160.

welche die Pflanzen als das blühende Reich der unbewußten Dichtung
erscheinen läßt. Andererseits wird das Blut selbst schon theilweise gebildet von dem Träger der Feuergluth, der zwar das Blut läutert zu
dem Gewebe, dessen Stoffwechsel die Gedanken bedingt, der aber auch
Hirn und Blut wieder verbrennt zu den elementaren Verbindungen,
aus denen sich die knospende Pflanze verjüngt. Es ist Tod in dem
Leben und Leben im Tode. Dieser Tod ist kein schwarzer, schrecken-
der. Denn in der Luft und im Moder schweben und ruhen die ewig
schwellenden Keime der Blüthe. Wer den Tod in diesem Zusammenhang kennt, der hat des Lebens unerschöpfliche Triebkraft erfaßt und
mit ihr die ganze Fülle der göttlichen Dichtung, die unwandelbar ruht
auf den Marmorsäulen der Wahrheit.

# Viertes Buch.

# Geschichte der allgemein verbreiteten Bestandtheile der Pflanzen innerhalb des Pflanzenleibes.

# Viertes Buch.

## Geschichte der allgemein verbreiteten Bestandtheile der Pflanzen innerhalb des Pflanzenleibes.

### Einleitung.

Eiweißartige und stärkmehlartige Verbindungen sehen wir in den Pflanzen überall und unter allen Verhältnissen auftreten, in den niedersten Pilzen und Flechten so gut wie in unseren Culturpflanzen. Die allgemein verbreiteten Glieder jener Gruppen werden unmittelbar aus den Nahrungsstoffen der Pflanzen erzeugt. Sie sind zugleich die Mutterkörper aller übrigen.

Indem die Pflanze in ihrem eigenen Leibe Fett und Wachs aus dem Stärkmehl und Zucker zu bereiten vermag, sehen wir Eine Gruppe allgemein verbreiteter Pflanzenbestandtheile bereits zu den abgeleiteten Stoffen gehören.

Allein neben dem Fett und Wachs gehen aus den stärkmehlartigen Körpern und den Eiweißstoffen der Pflanzen wichtige Reihen von stickstofffreien und stickstoffhaltigen Verbindungen hervor, die zwar zum Theil eine ziemlich weite Verbreitung in der Pflanzenwelt besitzen, von welchen aber auch nicht eine einzige in allen Pflanzen nachgewiesen werden kann. Diese Verbindungen sind deshalb schon häufig von Chemikern als besondere Pflanzenbestandtheile den allgemein verbreiteten entgegengesetzt.

Wenn die Mehrzahl der allgemein verbreiteten Stoffe, die aus den Nahrungsftoffen der Pflanzen entftehen, als urfprüngliche Beftandtheile betrachtet werden dürfen, fo find andererfeits die befonderen, vielleicht nur mit einzelnen Ausnahmen, von jenen allgemein verbreiteten abgeleitet. Ja, wenn nicht die Fette und Wachsarten durch ihre Entftehung aus ftärkmehlartigen Körpern eine wefentliche Ausnahme darftellten, fo wäre es nicht unpaffend, die allgemein verbreiteten Beftandtheile geradezu als urfprüngliche Pflanzenftoffe von den befonderen, abgeleiteten, zu unterfcheiden.

Somit ift die Gefchichte der einmal gebildeten allgemein verbreiteten Beftandtheile der Pflanzen innerhalb der Pflanzenwelt nichts Anderes als die Lehre jener befonderen Beftandtheile. Sie handelt von den Säuren, den Alkaloiden und indifferenten Stoffen, den Farbftoffen, den ätherifchen Oelen und den Harzen.

## Kap. I.

## Die Säuren.

### §. 1.

Pflanzensäfte führen beinahe immer die eine oder die andere organische Säure, theils frei, theils an Basen gebunden. Freie Säuren kommen am häufigsten im Saft der Früchte vor. Die Salze der organischen Säuren enthalten bald organische, bald anorganische Basen. Beispiele des ersteren Falls lassen sich zwar in ziemlicher Anzahl aufführen, — so ist die Gerbsäure in den Theeblättern nach Mulder an Theïn gebunden und ebenso nach Payen die Kaffeegerbsäure in den Kaffeebohnen —, allein die Verbindung organischer Säuren mit Kali oder Kalk ist doch ungleich häufiger.

Nach Schleiden finden sich viele Säuren gewöhnlich in eigenen Höhlen, Secretionsbehältern, oder in den Milchsaftgefäßen, nicht dagegen in den Zellen [1]. Ausnahmen giebt Schleiden selbst zu. Vom kleesauren Kalk ist es bekannt, daß er in der Regel in den Zellen enthalten ist [2]. Ganz vorzugsweise sind in alten Pflanzen aus der Familie der Cacteen Krystalle von kleesaurem und weinsaurem Kalk in reichlicher Menge in den Zellen abgelagert. Die Zellen, welche solche Krystalle führen, sind nach Mohl gewöhnlich dadurch ausgezeichnet, daß sie keine andere körnige Gebilde, kein Chlorophyll oder Stärkmehl enthalten. Dies ist jedoch nicht durchgreifende Regel. Bei vielen Urticeen, Morus, Ficus elastica findet man in besonderen Zellen, die auf der oberen Blattseite liegen, einen zapfenförmi-

---

1) Schleiden, Grundzüge der wissenschaftlichen Botanik, zweite Auflage, Bd. I. S. 198.

2) Vgl. Schleiden, ebendaselbst, S. 165.

gen, aus Zellstoff bestehenden Vorsprung der Zellwand, welchem die
Krystalle in Form einer Druse aufsitzen (Mohl) [1].

Es liegt nicht in der Absicht meiner Darstellung alle bisher bekannte oder auch nur alle genauer erforschte und allgemein wichtige
Säuren zu beschreiben. Meine Auswahl wird vielmehr nur diejenigen
treffen, die entweder durch ihre deutlich ausgeprägten Eigenschaften
und unsere Kenntniß von ihrer Zusammensetzung zur chemischen Charakteristik und zur Besprechung der Constitution unentbehrlich sind,
oder auch diejenigen, deren Entstehung unter Verhältnissen beobachtet
wurde, die uns wenigstens Winke geben für eine dereinstige Entwicklungsgeschichte. Diese Entwicklungsgeschichte der Materie ist das Ziel
der Physiologen, das sich freilich nur auf dem Wege der mühevollsten
chemischen Forschung erreichen läßt. Wozu aber diese zu führen vermag, das wird man erst vollständig erkennen, wenn die Physiologie
sich mehr und mehr bemüht, die chemischen Kenntnisse in ihrem Sinne
zu verwenden. Von diesem Standpunkt wünsche ich alle Vorwürfe
der Unvollständigkeit, die dem Chemiker so nahe liegen werden, abzu-
wehren, und dies nicht nur für die Säuren, sondern für alle übrige
besondere Pflanzenbestandtheile, die hier zur Sprache kommen. Man
versündigt sich nicht an der Erfahrung, wenn man mit dem Bewußtsein der bestehenden Lücken die vorhandenen Baustoffe als Entwick-
lungsglieder in das System des Stoffwechsels einzureihen sucht.
Man gefährdet aber mit der Systematik zugleich die Empirie, wenn
man die Thatsache nur als ein Geschehenes und nicht als ein Wer-
dendes betrachtet.

### §. 2.

Eine der meist verbreiteten und zugleich eine der einfachsten
Pflanzensäuren ist unstreitig die Kleesäure. In reichlichster Menge ist
sie in den Rumex- und Oxalis-Arten enthalten als zweifach kleesaures Kali, sodann als kleesaurer Kalk in den Wurzeln der Rhabarber, der Saponaria, Gentiana, Bistorta, Tormentilla und ganz
vorzüglich in vielen Flechten, z. B. in Parmelia-Arten, in Variolaria

---

1) Mohl, die vegetabilische Zelle in R. Wagner's Handwörterbuch, Bd. IV.
S. 210.

communis, die auf kalkichtem Boden wachsen. Schmidt hat in einer hübschen Arbeit, die ich schon oben anführte [1]), gezeigt, daß der kleesaure Kalk den einfachsten Zellenpflanzen, den Hefenzellen, angehört. Freie Kleesäure findet sich nach Schleiden im Saft der Crassulaceen, Ficoideen, Cacteen und anderen Saftpflanzen der Gärtner und in den Drüsenhaaren von Cicer arietinum [2]).

Krystallisirte Kleesäure wird nach Dulong ausgedrückt durch die Formel $C^2 O^3 + 3 HO$. Ihre Krystallform ist ein Prisma des klinorhombischen Systems, farblos, durchscheinend, glänzend.

Von kaltem Wasser und von wässerigem Weingeist wird die Kleesäure leicht gelöst, dagegen ist sie unlöslich in absolutem Alkohol und in Aether. Starke Schwefelsäure, von Wärme unterstützt, zerlegt die Kleesäure in Kohlensäure und Kohlenoxydgas, die in heftigem Brausen entweichen, ohne daß ein brauner Rückstand bleibt.

Nur die Alkalisalze der Kleesäure sind in Wasser löslich, das saure kleesaure Kali erfordert aber 40 Theile kalten Wassers um gelöst zu werden. In warmem Wasser löst sich dasselbe viel leichter.

Der kleesaure Kalk ist in Wasser unlöslich, bildet aber nach C. Schmidt mit Eiweiß ein lösliches Doppelsalz, den kleesauren Eiweißkalk. Dadurch kann der kleesaure Kalk, ebenso wie im Thierreich der phosphorsaure, mit dem Saft fortbewegt werden. Auf diese Weise ist nach Schmidt der kleesaure Kalk während der Zeit der kräftigsten Vegetation im Inhalt der Zellen gelöst. Die freien organischen Säuren, welche manche Pflanzensäfte führen, sind gewöhnlich viel zu verdünnt, um den kleesauren Kalk als solchen auflösen zu können [3]). Daher rührt es zum Theil, daß der kleesaure Kalk so außerordentlich häufig krystallisirt in der Pflanze gefunden wird.

Saures kleesaures Kali, das bekannte Sauerkleesalz krystallisirt in schiefen rhombischen Säulen, der kleesaure Kalk in quadratischen Oktaëdern und in rechtwinkligen vierseitigen Prismen.

Um die Kleesäure zu gewinnen wird der Saft des Sauerampfers oder des Sauerklees mit essigsaurem Bleioxyd versetzt. Dann fällt

---

1) Liebig und Wöhler, Annalen, Bd. LXI. S. 288 u. folg.

2) Schleiden, a. a. O. S. 164.

3) C. Schmidt, in Liebig und Wöhler, Annalen, Bd. LXI. S. 297.

Heesaures Bleioxyd nieder, das man gehörig wäscht und mittelst Schwefelwasserstoff zerlegt. Die Lösung, welche die Säure enthält, wird vom Schwefelblei abfiltrirt und zur Krystallisation abgedampft.

## §. 3.

Die Weinsäure oder Weinsteinsäure hat ihren Namen von dem reichlichen Vorkommen in den Weintrauben, in welchen sie mit Kali ein saures Salz, den sogenannten Weinstein bildet. Außerdem findet sich die Weinsäure in Feigen, Maulbeeren, in den Beeren von Rhus Coriaria, in Rheum rhaponticum, in der Ananas. Die Beeren von Rhus typhinum, die Krappwurzel, die Knollen von Helianthus tuberosus, die Meerzwiebel von Scilla maritima, das Holz von Quassia amara enthalten die Weinsäure an Kalk gebunden.

In ihrer Zusammensetzung entspricht die Weinsäure der Formel $C^4 H^2 O^5 + HO$ (Berzelius). Ihre Krystalle bilden schiefe rhomboidische Säulen, die sich meist in drusenförmigen Platten an einander legen.

Krystallinisch ist die Weinsäure in kaltem Wasser und in verdünntem Weingeist löslich, in absolutem Alkohol und in Aether nicht. Wenn man ihr aber durch eine Wärme von 150—200° das Krystallwasser entzogen hat, dann wird sie nur sehr langsam in kaltem, rascher in kochendem Wasser gelöst, indem sie das verlorene Aequivalent Wasser wieder aufnimmt.

So viel Kalkwasser als zur Sättigung der Weinsäure erforderlich ist, fällt dieselbe als ein krystallinisches Pulver, das man durch Salmiak wieder lösen kann.

Die neutralen Alkalisalze der Weinsäure sind löslich in Wasser; der Weinstein, das saure weinsaure Kali, welches kleine glänzende, schiefe, rhomboidische Säulen bildet, löst sich nur um die Hälfte leichter als der Gyps in kaltem, dagegen in 18 Theilen kochenden Wassers. Neutraler weinsaurer Kalk ist unlöslich in kaltem und sehr schwer löslich in siedendem Wasser. Er krystallisirt in regelmäßigen Oktaëdern oder in seidenglänzenden Nadeln.

Man bereitet die Weinsäure aus dem Weinstein oder besser aus neutralem weinsaurem Kali, dessen Lösung zu diesem Behufe mit Chlorcalcium versetzt wird. Der weinsaure Kalk wird durch Schwefelfäure zerlegt, die leicht lösliche Weinfäure vom schwer löslichen Gyps getrennt und durch Krystallisation vollständig gereinigt.

Sehr eng an die Weinfäure schließt sich die Traubenfäure, die in einigen Trauben neben der Weinfäure gefunden wurde. Sie war in Verbindung mit Kalk in den Trauben enthalten.

Nach der Analyse von Berzelius wird die Traubenfäure durch $C_4 H_2 O_5 + 2 HO$ ausgedrückt, so daß sie sich nur durch 1 Aeq. Kry-stallwasser von der Weinfäure unterscheiden würde. Sie krystallisirt in großen durchsichtigen Prismen des schiefen rhomboidischen Systems.

Die Traubenfäure löst sich leicht in kaltem Wasser, wenig in verdünntem Weingeist, fast gar nicht in Alkohol und Aether.

Von der Weinfäure unterscheidet sich die Traubenfäure haupt-fächlich dadurch, daß sie, mit Kalkwasser gesättigt, einen in Salmiak unlöslichen, krystallinisch pulverigen Niederschlag giebt.

Schon in der Einleitung ist Pasteur's lehrreiche Entdeckung erwähnt worden, daß man durch Bereitung eines Doppelsalzes der Traubenfäure mit Natron und Ammoniak oder mit Kali und Natron zweierlei hemiedrische Krystalle erhält, welche durchaus die gleiche Form besitzen, nur daß bei der einen die hemiedrischen Flächen zur Linken, bei der anderen zur Rechten liegen. Aus diesen Krystallen lassen sich zwei Säuren abscheiden, welche ganz gleiche Eigenschaften besitzen. Diese Säuren krystallisiren auch hemiedrisch, besitzen aber die hemiedrischen Krystallflächen auf entgegengesetzten Seiten, und während die eine den polarisirten Lichtstrahl nach links ablenkt, dreht ihn die andere nach rechts.

Die rechtsdrehende Säure ist nach Pasteur durchaus gleich der Weinfäure.

Werden die beiden Säuren zusammen in Wasser gelöst, dann entsteht nach Pasteur wieder die ursprüngliche Traubenfäure, so daß man annehmen muß, die letztere bestehe von vorn herein aus einer rechtsdrehenden und einer linksdrehenden Säure [1].

---

1) Pasteur in den Annales de chim. et de phys. 3e sér. T. XXVIII. p. 72 und folg. Vgl. oben die Einleitung.

## §. 4.

Noch weiter verbreitet als die Weinsäure dürfte die Aepfelsäure
sein, wenigstens in Früchten. Sie findet sich nicht nur in Aepfeln und
Birnen, in Aprikosen und Pfirsichen, sondern auch in den verschiedensten Beeren, sodann in den Kartoffeln, in den Knollen von Helianthus tuberosus, in den Mohrrüben, den Wurzeln von Lathyrus
tuberosus und vielen anderen Wurzeln, in den Spargeln, in Sem-
pervivum tectorum und in den grünen Theilen der meisten Gemüse-
pflanzen. Am reichlichsten ist sie in den Vogelbeeren vertreten, deren
organische Säure anfangs für eine eigene (Spiersäure, acide sor-
bique) gehalten wurde, bis Braconnot ihre Uebereinstimmung mit
der Aepfelsäure nachwies [1].

Man hat die Aepfelsäure hin und wieder als eine zweibasische
Säure betrachtet. Hagen hat diese Anschauungsweise gestützt auf
den Wassergehalt des äpfelsauren Kalks, des Zink- und des Natron-
salzes. Es ist indeß von Delffs [2] auf überzeugende Weise dargethan, daß Hagen's Analysen die zweibasische Natur der Aepfelsäure nicht beweisen können. Die Zahlen, welche Hagen für das
äpfelsaure Zinkoxyd gefunden hat, stimmen gar nicht zu seiner Voraussetzung. Von dem Kalk- und dem Strontian-Salz hat Hagen
aber bloß den Kalk und den Strontian, nicht aber die Säure oder
das Wasser bestimmt. Die Aepfelsäure wurde nach der Sättigungscapacität berechnet, und sodann Aepfelsäure plus Basis von dem ganzen
Gewicht abgezogen. Delffs hat so klar gezeigt, daß Hagen bei der
Kalkbestimmung einen Verlust, bei der Strontianbestimmung einen Ueberschuß gehabt haben muß, daß sich daraus der Wassergehalt der Salze,
wie ihn Hagen in seinen Formeln annahm, als unrichtig ergiebt.
Bringt man die nothwendige Verbesserung von Hagen's Zahlen für
Kalk und Strontian in Rechnung, dann erhält man für das erstere
Salz den Ausdruck $CaO + C^4 H^2 O^4 + 2HO$, für das zweite die
Formel $SrO + C^4 H^2 O^4 + 2HO$.

Deshalb betrachte ich mit Delffs die Aepfelsäure als einbasisch.
Da sich nun in neuerer Zeit immer wahrscheinlicher herausstellt, daß

---

[1] Liebig, Handbuch der organischen Chemie, Heidelberg 1843. S. 310.

[2] Delffs, über den angeblich zweibasischen Charakter der Aepfelsäure, in dem
　　Jahrbuch für praktische Pharmacie, Bd. XII. S. 243.

alle diejenigen organiſchen Säuren, von denen man glaubte, daß ſie mehr als Ein Aequivalent Baſis zu ihrer Sättigung erfordern, entweder complex, oder, wie die Aepfelſäure, in ihren Salzen nicht richtig berechnet ſind, ſo neige ich zu der Anſicht, daß die meiſten, wo nicht alle organiſche Säuren, die man jetzt als polybaſiſch betrachtet, für complexe Säuren zu halten ſeien. Aus dieſem Grunde nannte ich oben (S. 12) die Quellſäure und die Quellſatzſäure complex.

Nach den obigen Formeln und Liebig's Elementaranalyſen iſt $C^4 H^2 O^4 + HO$ der wahre Ausdruck für die kryſtalliſirte Aepfelſäure, nicht $C^8 H^4 O^8 + 2HO$. Liebig erhielt die Aepfelſäure in körnigen, undeutlich kryſtalliniſchen Kruſten. Unter der Abdampfungsglocke kryſtalliſirt dieſelbe ſehr ſchwierig in feinen, zu rundlichen Gruppen vereinigten Prismen [1]).

In Waſſer iſt die Aepfelſäure ſo leicht löslich, daß ſie an der Luft zerfließt, und auch von Weingeiſt und Aether wird ſie in großer Menge aufgenommen.

Man kann die wäſſerige Löſung der Aepfelſäure mit Kalkwaſſer ſättigen, und es entſteht weder in der Kälte noch in der Wärme ein Niederſchlag. Hieraus ergiebt ſich, daß der äpfelſaure Kalk in Waſſer ebenſo gut löslich iſt, wie die äpfelſauren Alkalien.

Zur Darſtellung der Aepfelſäure werden die nicht ganz reifen Vogelbeeren von Sorbus aucuparia benutzt. Der geklärte Saft wird mit eſſigſaurem Bleioxyd gefällt. Anfangs iſt der Niederſchlag käſig, nach einiger Zeit gewinnt er ein kryſtalliniſches Anſehen, und es läßt ſich dann durch Schlemmen der kryſtalliniſche Theil von dem käſig ſchleimigen trennen. Das äpfelſaure Bleioxyd iſt in Waſſer löslich, wird durch Schwefelwaſſerſtoff zerſetzt und nach der Filtration wird die Löſung der Säure mit Baryt geſättigt. Dadurch werden die verunreinigende Weinſäure und Citronenſäure niedergeſchlagen. Den äpfelſauren Baryt läßt man kryſtalliſiren, zerlegt dann die Löſung deſſelben durch Schwefelſäure und reinigt endlich die ausgeſchiedene Säure ſo gut als möglich durch Kryſtalliſation.

---

1) Delffs, die reine Chemie in ihren Grundzügen; zweite Auflage, zweiter Theil, S. 112.

## §. 5.

Die Citronenfäure verdankt ihren Namen den Beeren der Ei-trus-Arten, in welchen fie in der reichlichften Menge enthalten ift. Außerdem findet fie fich aber in zahlreichen Beeren, unter den Stein-früchten in den Sauerkirfchen, den Traubenkirfchen, im Safte von Helianthus annuus, Allium Cepa und in zahlreichen anderen Pflan-zen. Ueberhaupt können Citronenfäure, Apfelfäure und Weinfäure in verfchiedenen Pflanzentheilen vereinigt vorkommen, und dies ift nicht eben felten der Fall.

Aus der Elementaranalyfe von Berzelius ift für die Citronen-fäure die Formel $C^4 H^2 O^4 + HO$ abgeleitet worden. Diefe Formel ift an Kryftallen gefunden, welche aus einer heiß gefättigten Löfung der Citronenfäure angefchoffen waren. Solche Kryftalle geben bei 100° kein Waffer ab. Läßt man dagegen eine kalt gefättigte Löfung der Citronenfäure freiwillig verdunften, dann entftehen glänzende, durch-fichtige, rhombifche Prismen, die bei der Elementaranalyfe zur Formel $C^4 H^2 O^4 + 1\frac{1}{3} HO$, oder weil von $\frac{1}{3}$ Aequivalent nicht die Rede fein kann, zu dem Ausdruck $C^{12} H^6 O^{12} + 4HO$ führen. Wenn diefe letzteren Kryftalle bei 100° getrocknet werden, dann verlieren fie die Hälfte ihres Waffergehalts, fo daß fie der Formel $C^{12} H^6 O^{12} + 2HO$ entfprechen. Liebig betrachtete nun die Citronenfäure als $C^{12} H^5 O^{11} + 3HO$ und hielt diefelbe für eine dreibafifche Säure.

Allein Berzelius fah beim Erhitzen der citronenfauren Alka-lien bis zu 200° oder des citronenfauren Silberorydes bis zu beinahe 100° Aconitfäure entftehen, fo daß er ein Gemifch von diefer und un-zerfetzter Citronenfäure vor fich hatte. Er erklärte deshalb die Citro-nenfäure für eine complere Säure. Nur könnte diefelbe nicht aus Citronenfäure und Aconitfäure beftehen, wenigftens wäre dadurch die Unregelmäßigkeit des Waffergehalts nicht erklärt und die Annahme der Polybafie nicht widerlegt. So wahrfcheinlich alfo mir felbft die complere Natur der Citronenfäure dünkt, fo ift doch die Art und Weife ihrer Zufammenfetzung aus mehren Säuren noch keineswegs erkannt und durch jenen Uebergang in Aconitfäure um fo weniger befriedigend beleuchtet, da bei dem Erhitzen der Citronenfäure außer der Aconitfäure auch noch Itaconfäure ($C^5 H^3 O^3 + HO$) und die mit letzterer ifomere Citraconfäure entftehen.

Wasser löst die Citronensäure sehr leicht auf, ziemlich leicht auch Alkohol und Aether. Die Sättigung mit Kalk erzeugt in der Kälte nicht, in der Wärme aber wohl einen weißen, krystallinischen Niederschlag. Es ist dieß eins von den seltneren Beispielen, in welchen ein Körper in warmem Wasser schwerer gelöst wird als in kaltem.

Während also der citronensaure Kalk in warmem Wasser schwer löslich ist, sind es die citronensauren Alkalien leicht in der Wärme wie in der Kälte.

Die Citronensäure wird aus dem Saft der Citronen oder aus Preißelbeeren gewonnen. Zu dem Ende wird der Saft geklärt und mit kohlensaurem Kalk gesättigt. Der citronensaure Kalk wird mit heißem Wasser gewaschen, durch Schwefelsäure zerlegt, und die Säure durch Krystallisation gereinigt.

## §. 6.

Aus den neuesten Untersuchungen Baup's hat sich mit Bestimmtheit ergeben, daß die Aconitsäure weiter verbreitet ist, als man früher gewußt hat. Sie findet sich nicht nur in Aconitum Napellus, sondern wie dies schon wiederholt vermuthet wurde, ebenso in den Equisetaceen, z. B. in Equisetum fluviatile, und die Equisetsäure sowohl wie die Brenzgallussäure sind nach Baup ganz gleich der Aconitsäure [1]).

Die Aconitsäure wird nach L. A. Buchner bezeichnet durch $C^4HO^3 + HO$. Sie bildet eine weiße, warzig krystallinische Masse.

In Wasser, Alkohol und Aether ist die Aconitsäure löslich. Sie ist nicht flüchtig; bei gelinder, allmäliger Steigerung der Wärme schmilzt sie, indem sie sich bräunt.

Nach Baup wird die Lösung der Säure gefällt durch salpetersaures Quecksilberoxydul und durch essigsaures Bleioxyd, nicht dagegen durch salpetersaures Bleioxyd oder salpetersaures Silber. Wenn indeß die Säure ganz oder zum Theil durch Basen gesättigt ist, dann entsteht auch durch die beiden letztgenannten Prüfungsmittel ein reichlicher, weißer Niederschlag. Durch Eisenoxydsalze nimmt die freie

---

1) Erdmann's Journal für praktische Chemie, Bd. LII, S. 52 u. folg.

Aconitſäure eine röthliche Farbe an, und ihre neutralen und ſauren Salze erzeugen mit dem Eiſenoxyd einen rothen, gallertartigen, flocki- gen Niederſchlag.

Die neutralen und die ſauren aconitſauren Alkalien löſen ſich im Waſſer, von den ſauren am leichteſten die zweifach ſauren. Es iſt nämlich eigenthümlich für die Aconitſäure, daß ſie mit Kali und Am- moniak nicht nur zweifach, ſondern auch dreifach ſaure Salze bildet, nach den Formeln

$$KO + 3 C^4 HO^3 + 2 HO$$

$$und \ NH^4 O + 3 C^4 HO^3 + 2 HO\ ^1).$$ Baup hebt her- vor, daß dieſes Beiſpiel, welches an Serullas' dreifach jodſaures Kali erinnert, in der organiſchen Chemie das erſte ſeiner Art iſt.

Aconitſaurer Kalk, der in dem Safte von **Aconitum Napellus** in beträchtlicher Menge zugegen iſt, und die aconitſaure Bittererde, welche in **Equisetum fluviatile** reichlich vorkommt, ſind in Waſſer ſchwer löslich, jedoch nicht ſo ſchwer, daß Kalk- oder Bittererde-Salze in den Löſungen aconitſaurer Alkalien einen Niederſchlag erzeugten. Erſt wenn man eine dichte Kalklöſung mit einem aconitſauren Alkali längere Zeit ſtehen läßt oder abdampft, bilden ſich kurze glänzende Säulen von aconitſaurem Kalk, die in Waſſer ſehr ſchwer löslich ſind [2]).

Man erhält die Aconitſäure, wenn man den Saft von **Equise- tum fluviatile** mit eſſigſaurem Bleioxyd fällt, und nach Vertheilung des Niederſchlags in einer gehörigen Menge Waſſer die Bleiverbindung durch Schwefelwaſſerſtoff zerlegt. Die Löſung der Säure muß bei gelinder Wärme abgedampft werden. Nach einigen Tagen bilden ſich weiße, warzen- ähnliche Kryſtallkruſten, welche durch Behandlung mit Aether gereinigt werden. Der Aether läßt nämlich anhängenden aconitſauren Kalk und aconitſaure Bittererde ungelöſt zurück.

---

1) Baup ſchreibt ſtatt letzterer Formel mit Unrecht $NH^3 + C^4 HO^3 + 3HO$, vgl. ſeine oben angeführte Arbeit. S. 56.

2) Liebig, Handbuch der organiſchen Chemie, S. 272.

### §. 7.

Daß der Bernstein, wie schon so lange vorher vermuthet ward, wirklich von vorweltlichen Coniferen herstammt, läßt sich als unzweifelhaft betrachten, seitdem man die Bernsteinsäure in dem Harze mehrer jetzt lebender Nadelhölzer aufgefunden hat. Zwenger fand die Bernsteinsäure auch in Artemisia Absynthium[1]).

D'Arcet gab der Bernsteinsäure, welche in feinen seidenglänzenden Nadeln oder in durchscheinenden, schwach glänzenden, schiefen rectangulären Prismen krystallisirt, die Formel $C^4 H^2 O^3 + HO$.

Krystallisirte Bernsteinsäure ist leicht in kaltem, noch reichlicher in kochendem Wasser löslich. Auch in Alkohol und Aether wird sie gelöst.

Bernsteinsaure Alkali- und Erdsalze sind löslich in Wasser. Sie geben mit Eisenchlorid einen hellbraunen Niederschlag, der viel Raum einnimmt und leicht in Salzsäure gelöst wird, mit Kupferoxydsalzen ein grünlich blaues, krystallinisches Pulver, das in Essigsäure löslich ist, mit salpetersaurem Quecksilberoxyd endlich ein krystallinisches Pulver, welches im Ueberschuß des Fällungsmittels nicht wieder aufgenommen wird.

Aus den Harzen der Nadelhölzer läßt sich Bernsteinsäure gewinnen, indem man dieselben der trocknen Destillation unterwirft. Die Bernsteinsäure läßt sich nämlich unzersetzt verflüchtigen. Es hängen ihr aber nach dem Destilliren noch andere brenzliche Stoffe an, die sich durch Salpetersäure in der Wärme entfernen lassen. Die Säure wird durch Umkrystallisiren gereinigt. Viel reichlicher ist die Menge, welche man aus dem Bernstein erhält.

### §. 8.

Die Ameisensäure, welche man als ein Erzeugniß der Umwandlung thierischer Stoffe kannte, bevor sie im Pflanzenreich nachgewiesen wurde, kommt in den Nadeln vieler Pinus-Arten, in Wachholderbee-

---

1) Delffs, a. a. O. S. 116.

ren [1]), und nach Brendel und von Gorup-Besanez in den Brennnesseln vor. Will und Lucas wissen durch die mikroskopische Untersuchung nach, daß die Säure in den Haaren der Urtica-Arten ihren Sitz hat [2]).

Der Ameisensäure gehört die Formel $C_2HO_3 + HO$. Die
Säure ist äußerst flüchtig, besitzt einen stark sauren Geruch und einen
brennenden Geschmack und krystallisirt unter 0° in glänzenden Blättchen.

Mit Wasser, Alkohol und Aether läßt sich die Ameisensäure leicht
mischen.

Alle ameisensaure Salze sind löslich in Wasser. Das hervorragendste Merkmal derselben ist die kräftige Reduction, welche sie gegen
Silber- und Quecksilber-Salze bethätigen.

Brendel hat die Ameisensäure mit von Gorup-Besanez
dargestellt, indem er fünf Pfund frischer Brennnesseln mit Wasser de-
stillirte. Die übergegangene Flüssigkeit wurde mit kohlensaurem Natron gesättigt, abgedampft, mit verdünnter Schwefelsäure versetzt und
wieder destillirt. Das saure Destillat wurde mit kohlensaurem Kalk
digerirt und dann filtrirt. Die durchs Filter gehende Flüssigkeit ist
eine Lösung von ameisensaurem Kalk, aus welcher man die Ameisensäure gewinnt durch Destillation mit verdünnter Schwefelsäure.

### §. 9.

Die Benzoësäure findet sich im Harz von Styrax Benzoin; ob
sie in der Pflanze fertig gebildet ist, unterliegt gerechtem Zweifel.

Ihre Zusammensetzung wird ausgedrückt durch die Formel
$C_{14}H_5O_3 + HO$ (Liebig und Wöhler). Für die Constitution
der Benzoësäure ist es lehrreich, daß dieselbe aus Bittermandelöl
($C_{14}H_6O_2$) durch Aufnahme von Sauerstoff entstehen kann. Aus

$$C_{14}H_6O_2 + 2O \text{ wird } C_{14}H_5O_3 + HO.$$

Krystallisirt stellt die Benzoësäure glänzende, durchscheinende

---

1) Lehmann, a. a. O. Bd. I. S. 54.

2) Erdmann und Marchand, Journal für praktische Chemie, Bd. XLVIII, S.
192.

Blättchen und Nadeln dar, die 200 Theile kalten und 25 Theile ko=
chenden Waſſers erfordern, um gelöſt zu werden, dagegen in Alkohol
und Aether viel leichter löslich ſind.

Eiſenchlorid fällt die in Waſſer löslichen benzoëſauren Alkalien
und Erden röthlich weiß, ſchwefelſaures Kupferoryd graublau, beide
in großen Flocken. Durch ſalpeterſaures Queckſilberoryd entſteht ein
weißer Niederſchlag, der ſich im Ueberſchuß des Prüfungsmittels löſt.

Man bereitet die Benzoëſäure aus dem Benzoëharz durch Su=
blimation.

### §. 10.

In dem Saft von **Myrospermum peruiferum, M. toluiferum,
Liquidambar styraciflua** iſt die Zimmtſäure enthalten.      Ihre For=
mel iſt nach **Dumas** $C^{18} H^{7}O^{3} + HO$.

Die Zimmtſäure kryſtalliſirt in durchſichtigen, ſchief rhomboidi=
ſchen Tafeln oder in feinen, ſeidenglänzenden Nadeln. Sie läßt ſich
unzerſetzt verflüchtigen.      Ihre Löslichkeitsverhältniſſe ſtimmen mit de=
nen der Benzoëſäure überein, nur wird ſie noch ſchwerer von Waſſer
aufgenommen.

Zimmtſaure Alkali= und Erdſalze ſind in Waſſer löslich. Durch neu=
trales Eiſenchlorid werden ſie citronengelb, durch ſchwefelſaures Kupferoryd
bläulich weiß, durch ſalpeterſaures Queckſilberoryd weiß gefällt, immer
in großen Flocken.      In einem Ueberſchuß des Prüfungsmittels wird
der durch ſchwefelſaures Kupferoryd entſtandene Niederſchlag nur we=
nig, der durch ſalpeterſaures Queckſilberoryd gebildete beim Zuſatz von
Waſſer langſam gelöſt. Die weſentlichſte Unterſcheidung von der Ben=
zoëſäure liegt jedoch darin, daß die Zimmtſäure bei der Erwärmung
mit Schwefelſäure und ſaurem chromſaurem Kali Bittermandelöl liefert.

Um die Zimmtſäure zu gewinnen, löſt man Perubalſam in Kali=
lauge unter gelinder Erwärmung. Dann ſchwimmt nach einiger Zeit
gelbliches Perubalſamöl oben auf, welches man durch Deſtillation rei=
nigt. Dieſes Oel wird in Weingeiſt gelöſt und mit einer weingeiſti=
gen Kalilöſung vermiſcht. Dann erſtarrt das zimmtſaure Kali glim=
merartig. Die Säure wird durch Chlorwaſſerſtoff ausgeſchieden und
durch Umkryſtalliſiren aus Alkohol gereinigt.

## §. 11.

Zwei Säuren, die in der Natur viel häufiger vorkommen als die
Benzoëſäure oder die Zimmtſäure, und die wegen der nahen Beziehung, in welcher ſie zu einander ſtehen, zuſammen behandelt zu werden verdienen, ſind die Gerbſäure — Eichengerbſäure — und die
Galluſſäure.     Am häufigſten tritt die Gerbſäure in Rinden auf, zumal in denen der verſchiedenſten Quercus-Arten, aber auch in Blättern, z. B. in denen von Eichen und von Thea bohea, in Früchten,
wie in Eicheln, Datteln, in den Beeren von Myrtus caryophyllata,
in manchen öligen Samen[1]), in den Schalen vieler Trauben, in den
Blüthen von Eugenia caryophyllata, im Holz und in der Wurzel
der Eichen.     Kurz ſie kann in allen Pflanzentheilen vorkommen.     Am
reinſten und reichlichſten findet ſie ſich jedoch in den Galläpfeln, Aus-
wüchſen, die auf den jüngeren Zweigen von Quercus infectoria
durch den Stich von Cynips Quercus infectoriae entſtehen.

Die Gerbſäure iſt häufig von der Galluſſäure begleitet.     Weil
aber die Galluſſäure aus Gerbſäure entſtehen kann, ſo wird es in
vielen Fällen zweifelhaft, ob die Galluſſäure in den friſchen Pflanzentheilen fertig gebildet enthalten war.     Avequin fand jedoch in den
Mangoſamen der Mangifera-Arten viel Galluſſäure und wenig Gerbſäure[2]), und Stenhouſe erhielt fertig gebildete Galluſſäure aus den
kleinen Zweigen des Sumachs, Rhus Coriaria, aus den Eicheln von
Quercus aegilops (der ſogenannten Valonia), und aus den Samen-
kapſeln von Caesalpinia Coriaria, die unter dem Namen Dividivi
im Handel bekannt ſind[3]).     Nach Schloßberger's Angabe ſoll ſie in
den Blüthen von Arnica montana, in Colchicum autumnale, Helle-
borus niger, Strychnos nux vomica, nach Schloßberger und
Döpping in der Rhabarber fertig gebildet vorhanden ſein[4]).

Der Gerbſäure gehört die Formel $C^9 H^3 O^5 + HO$, der Gal-

---

1) Jac. Moleſchott, Phyſiologie der Nahrungsmittel, Darmſtadt 1850,
   S. 316.

2) Vgl. Büchner in Liebig und Wöhler, Annalen, Bd. LIII. S. 179.

3) Stenhouſe, ebendaſelbſt Bd. XLV, S. 9, 15, 17.

4) Schloßberger, Lehrbuch der organiſchen Chemie, Stuttgart 1850, S. 343.

luſſäure $C^7 H^3 O^5 + HO$ (Pelouze). Jene bildet eine nicht kryſtalliniſche, hellgelbliche Maſſe von glänzendem Bruch, die Gallus-
ſäure dagegen kryſtalliſirt in weißen lockeren Nadeln.

Beide Säuren löſen ſich in Waſſer und in waſſerhaltigem Alkohol, in Aether dagegen nur in ſehr geringer Menge. Die Gallus-
ſäure löſt ſich indeſſen in kaltem Waſſer bei Weitem nicht ſo
leicht wie die Gerbſäure; 1 Theil Galluſſäure erfordert zur Löſung
100 Theile kalten Waſſers. Gerbſäure ſchmeckt in der Auflöſung rein
zuſammenziehend, Galluſſäure beſitzt einen ſäuerlichen Nebengeſchmack.

Während beide Säuren mit neutralen Eiſenorydſalzen ſchwarz-
blaue Niederſchläge erzeugen, unterſcheiden ſie ſich von einander dadurch, daß die Gerbſäure durch Leim aus ihren Löſungen in dichten
grauweißen Flocken gefällt wird, die Galluſſäure nicht.

Die gerbſauren und galluſſauren Alkalien ſind in Waſſer leicht
löslich, die Salze des Kalks und der Bittererde ſchwer.

Da die Gerbſäure im freien Zuſtande in den Galläpfeln enthalten iſt, ſo läßt ſie ſich leicht bereiten, indem man Galläpfelpulver in
einem Verdrängungsapparat mit waſſerhaltigem Aether übergießt. In
der Flaſche, in welche die Flüſſigkeit herunterfließt, ſondern ſich zwei
Schichten, indem ſich der Aether oben anſammelt, während die Gerbſäure in der unteren wäſſerigen Schichte enthalten iſt. Die wäſſerige
Löſung wird vom Aether getrennt, dann wiederholt mit Aether ge-
ſchüttelt und unter der Luftpumpe über Schwefelſäure abgedampft.
Der Rückſtand ſtellt die oben beſchriebene hellgelbe Maſſe dar mit
glänzendem Bruch (Pelouze).

Aus den Pflanzentheilen, welche fertig gebildete Galluſſäure enthalten, gewinnt man dieſe nach Stenhouſe, wenn man die betreffenden Theile wiederholt mit Waſſer auskocht und filtrirt. Aus der
Flüſſigkeit wird die Gerbſäure entfernt durch die Fällung mit Leim.
Die abgeſchiedene Löſung wird dann bis zur Dicke eines dichten Sy-
rups verdampft und der Rückſtand mit heißem Alkohol ausgezogen.
Aus dieſem wird die Galluſſäure durch Kryſtalliſation gereinigt.

### §. 12.

Die Kaffeebohnen und die Blätter von Ilex paraguariensis
enthalten eine der Gerbſäure ähnliche Säure, die Kaffeegerbſäure oder

Chlorogenſäure, welche nach den Analyſen von Payen und Rochleber ausgedrückt wird durch die Formel $C^{14} H^9 O^7$. Neben der Kaffeegerbſäure fand Rochleber in den Kaffeebohnen die Viridinſäure,
$C^{14} H^6 O^7$, neben der gewöhnlichen Gerbſäure in den Theeblättern die
Boheaſäure $C^7 H^3 O^4 + 2 HO$.

Dieſe Säuren ſind alle drei in Waſſer und in Alkohol löslich,
die Boheaſäure in Waſſer ſo leicht, daß ſie an der Luft zerfließt.

Die Kaffeegerbſäure iſt im trocknen Zuſtande ſpröde und läßt
ſich zu einem gelblichweißen Pulver zerreiben; ſie beſitzt nach Rochleber einen ſchwach ſäuerlichen und etwas zuſammenziehenden Geſchmack. Die Viridinſäure zeichnet ſich durch ihre bläulich grüne Farbe
aus, die namentlich auch ihrem Kalkſalze eigen iſt, das den Kaffeebohnen die grünliche Farbe ertheilt. Boheaſäure bildet eine der Eichengerbſäure ähnliche hellgelbe Maſſe.

Eiſenoxydſalze werden durch die Boheaſäure und die Viridinſäure dunkel gefärbt. Schwefelſaures Eiſenoxydul erzeugt in der Löſung der Kaffeegerbſäure beim nachherigen Zuſatz von Ammoniak einen
beinahe ſchwarzen Niederſchlag. Nach früheren Angaben fällt die
Kaffeegerbſäure Eiſenſalze grün.

Kaffeegerbſäure nimmt an der Luft ſehr leicht Sauerſtoff auf.
Sie wird dabei grün, indem ſie ſich in Viridinſäure verwandelt.

Rochleber hat die Kaffeegerbſäure bereitet, indem er getrocknete und zerſtoßene Kaffeebohnen mit Alkohol auskochte und die Flüſſigkeit durchſeihte. Durch den Zuſatz von Waſſer werden weiße Flocken
ausgeſchieden, nach deren Entfernung die Löſung durch eſſigſaures
Bleioxyd gefällt wird. Nachdem man die Flüſſigkeit mit dem Niederſchlag etwas gekocht hat, läßt ſich dieſer durch Filtration leicht trennen.
Man wäſcht denſelben mit weingeiſtigem Waſſer, rührt mit Waſſer
an und zerlegt durch Schwefelwaſſerſtoff. Der Rückſtand der ver-
dampften Löſung iſt die Kaffeegerbſäure, welche ſich nur durch ſehr
langes Trocknen aus einer gummiartigen Maſſe in einen ſpröden, zer-
reiblichen Körper verwandeln läßt [1]).

Viridinſäure erhielt Rochleber nur aus der Kaffeegerbſäure,
indem er die Löſung der letzteren mit überſchüſſigem Ammoniak ver-

---

1) Rochleber in Liebig und Wöhler, Annalen, Bd. LIX, S. 361, 362.

setzte. Unter Aufnahme von Sauerstoff ward die Flüssigkeit in 36 Stunden blaugrün. Diese blaugrüne Lösung wurde mit einem Ueberschuß von Essigsäure und mit Alkohol vermischt. Dadurch schieden sich schwarze Flocken aus, und die braune abfiltrirte Flüssigkeit gab auf den Zusatz von essigsaurem Bleioxyd einen blauen Niederschlag mit einem schwachen Stich ins Grüne. Aus dem Bleisalz läßt sich die Viridinsäure durch Schwefelwasserstoff absondern [1]).

Die Boheasäure wurde endlich von Rochleder dargestellt, indem er die siedendheiße Abkochung von Theeblättern mit essigsaurem Bleioxyd fällte. Der Niederschlag ward entfernt. Nach 24 Stunden hatte sich eine neue Fällung gebildet, die ebenfalls abfiltrirt ward, und die Flüssigkeit wurde darauf mit Ammoniak gesättigt. Dadurch entstand ein gelber Niederschlag, der in absolutem Alkohol angerührt und durch Schwefelwasserstoff zersetzt ward. Die von Schwefelwasserstoff befreite Flüssigkeit wurde durch eine alkoholische Lösung von essigsaurem Bleioxyd grauweiß gefällt. Diese Fällung, mit Alkohol angerührt und mit Schwefelwasserstoff zerlegt, gab die Boheasäure, welche durch Verdunsten der Lösung und abermaliges Auflösen in Wasser gereinigt und schließlich getrocknet wurde [2]).

## §. 13.

Während alle Säuren, welche bisher beschrieben wurden, stickstofffrei sind, hat sich durch Piria's hübsche Untersuchung ergeben, daß wir in dem früher für neutral gehaltenen Asparagin einen stickstoffhaltigen Körper kennen, der entschieden saure Eigenschaften besitzt. Die Asparagsäure oder Spargelsäure, wie das Asparagin jetzt heißen sollte, ist so stark, daß sie die Essigsäure aus essigsaurem Kupferoxyd austreibt [3]). Ursprünglich ist die Spargelsäure, wie der Name besagt, in den Spargeln gefunden worden. Sie kommt aber außerdem vor in den Kartoffeln, in den Runkelrüben, in dem Boratsch, in den Wur-

---

1) Rochleder, ebendaselbst, Bd. LXIII. S. 194.

2) Rochleder, ebendaselbst, S. 207, 209.

3) Piria in den Annales de chimie et de physique, 3e série. T. XXII, p. 160—179,

zeln von Symphytum officinale, Glycyrrhiza glabra und Althaea officinalis.

Die Formel der Spargelsäure ist $N^2 C^8 H^7 O^5 + 3 HO$ nach den Analysen von Liebig und Piria, welcher letztere aus den Salzen den Ausdruck $N^2 C^8 H^7 O^5$ ableitete. Es krystallisirt die Spargelsäure in farblosen, glänzenden Oktaëdern oder in sechsseitigen Säulen des rhombischen Systems.

Ein Theil der Spargelsäure erfordert 58 Theile kalten Wassers zur Lösung, in Weingeist wird dieselbe leichter, in absolutem Alkohol und in Aether dagegen nicht gelöst.

Aus den Pflanzentheilen, welche die Spargelsäure in hinlänglicher Menge führen, aus der Althäawurzel z. B., gewinnt man dieselbe, indem man die Stoffe mit Wasser auszieht, einbampft, krystallisiren läßt und zur vollkommenen Reinigung umkrystallisirt.

### §. 14.

Aus den unten mitgetheilten Zahlen läßt sich über die Menge, in welcher die Säuren in verschiedenen Pflanzentheilen auftreten, ein annäherndes Urtheil bilden, wobei freilich nicht zu vergessen ist, daß die Menge vorzugsweise nur bei solchen Pflanzen bestimmt wurde, die sich durch einen Reichthum an Säure auszeichnen.

In 100 Theilen (Unreifen). (Reifen).

| | | Unreifen | Reifen | |
|---|---|---|---|---|
| Aepfelsäure | in Pfirsichen . . | 2,70 | 1,80 | Bérard. |
| " | in Aprikosen . . | 1,07 | 1,10 | " |
| " | in Reine Clauden | 0,45 | 0,56 | " |
| " | in Kirschen . . | 1,75 | 2,01 | " |
| " | in Birnen . . | 0,11 | 0,18 | " |
| " | in Stachelbeeren | 1,80 | 2,41 | " |
| " | in Tamarinden . . . | 0,45 | | Vauquelin. |
| " | im Saft von Vogelbeeren . . . . . | 7,76 | | Liebig. |
| " | in Hagebutten . . . | 7,77 | | Bilz. |
| Weinsäure | in Tamarinden . . . | 1,55 | | (neben 3,25 Weinstein) Vauquelin. |
| Citronensäure | in unreifen Stachelbeeren . . . . . | 0,12 | | Bérard. |

In 100 Theilen

| | | | |
|---|---|---|---|
| Citronenfäure in reifen Stachelbeeren | 0,31 | Bérard. |
| „ | in Hagebutten . . . | 2,95 | Bilz. |
| „ | in Tamarinden . . | 9,40 | Bauquelin. |
| Bernfteinfäure [1]) im Terpenthin von | | | |
| Pinus Picea . . . | 0,85 | Caillot. |
| Gerbfäure in Eicheln . . . . . | 9,00 | Löwig. |
| „ | in der Schaale der Bee- | | |
| ren von Myrtus caryo- | | | |
| phyllata . . . . . | 11,40 | Bonaftre. |
| „ | in den Kernen derfelben | | |
| Beeren . . . . . . | 39,80 | „ |
| „ | in den trocknen Blättern | | |
| des grünen Thees . . | 17,68 | Mittel aus 2 Beftimmun- |
| | | gen. Mulder. |
| Gallusfäure in Mangofamen . . | 18,75 | Avequin. |
| Kaffeegerbfaures Kali = Caffeïn in | | | |
| Kaffeebohnen . . . . | 3,50—5,00 | Payen. |
| Spargelfäure in Kartoffeln . . . | 0,8 | Mittel aus 2 Beftimmun- |
| | | gen. Michaëlis, Bau- |
| | | quelin. |

Man fieht, daß die Gerbfäure die höchften Zahlen erreicht. Diefe Säure hat außerdem die Eigenthümlichkeit, daß fie gewöhnlich frei vorkommt, während die übrigen Säuren an Kali, Kalk oder Bittererde gebunden zu fein pflegen. Die organifchfauren Salze find oft neutral, allein nicht felten auch fauer, wie der Weinftein in den Trauben, der äpfelfaure Kalk in den Vogelbeeren, das kleefaure Kali im Sauerampfer und im Sauerklee, u. a.

### §. 15.

Die Pflanzenfäuren gehören zu den fauerftoffreichften Körpern, die in der organifchen Welt auftreten, ja die Kleefäure ift der fauer- ftoffreichfte von allen organifchen Stoffen. Weil nun gerade die Klee-

---

1) Mit Extractioftoff verunreinigt.

säure vielleicht unter allen Säuren die weiteste Verbreitung hat und durch ihre Zusammensetzung in einer nahen Beziehung zur Kohlensäure steht, so lag es allerdings nahe zu vermuthen, daß die Kleesäure bei der so allgemein im Pflanzenreich herrschenden Reduction die erste Stufe sein möchte, welche die Kohlensäure bei ihrer Umwandlung in allgemein verbreitete Pflanzenstoffe betritt. Aus 2 Aequivalenten Kohlensäure weniger 1 Aeq. Sauerstoff würde dann 1 Aeq. Kleesäure: $2 CO^2 - O = C^2 O^3$.

Zu dieser Ansicht neigt sich Liebig, der die Säuren überhaupt als Ergebnisse der Reduction in der Pflanze zu betrachten scheint. In den Wachholderbeeren soll ein Beispiel der Desorydation als Ursache der Säurebildung vorliegen; man will nämlich in den Wachholderbeeren erst einen reichlichen Gehalt an Weinsäure und später Aepfelsäure gefunden haben. Wenn aber wirklich die Aepfelsäure einem späteren Entwicklungsgliede der Weinsäure entspricht, dann muß die letztere 1 Aeq. Sauerstoff verlieren. Aus $C^4 H^2 O^5 - O$ würde $C^4 H^2 O^4$. Indem Liebig nun weiter eine Umwandlung der Säuren in Zucker annimmt, müßten Kleesäure, Weinsäure, Aepfelsäure als Uebergänge betrachtet werden, deren Bildung die Entwicklung allgemein verbreiteter stärkmehlartiger Verbindungen aus Kohlensäure und Wasser vermittelt [1]).

Allein gerade in dem wichtigsten Falle, in welchem eine Bildung von Zucker aus organischen Säuren angenommen wurde, ist eine solche nicht bewiesen worden. Nach den Untersuchungen Bérard's, dessen Zahlen oben mitgetheilt sind, enthalten die reifen Früchte nicht selten mehr freie Säure als in den unreifen vorhanden war. Da nun in den stärkmehlartigen Körpern, namentlich im Dextrin der Früchte, die ergiebigste Quelle der Zuckerbildung gegeben ist, so scheint vor der Hand kein genügender Grund die Annahme einer Entstehung des Zuckers aus Säuren zu fordern.

Berücksichtigt man aber die Angabe Schleiden's, die, wenn auch Ausnahmen zugegeben werden müssen, in der Mehrzahl der Fälle gewiß die richtige ist, daß nämlich die organischen Säuren in

---

1) Vgl. Liebig, die organische Chemie in ihrer Anwendung auf Agricultur und Physiologie, sechste Auflage, Braunschweig 1846, S. 188—191.

eigenen Höhlen, in sogenannten Secretionsbehältern, vorzukommen
pflegen, dann gewinnt aus physiologischen Gründen die entgegen-
stehende Meinung, daß die Säuren durch Orydation aus allgemein
verbreiteten Pflanzenstoffen abgeleitet sind, eine nicht geringe Wahrscheinlichkeit.

Ich will der genialen Gedankenverbindung Liebig's nicht im
Mindesten zu nahe treten, da eine allmälige Reduction der wichtigsten Nahrungsstoffe der Pflanzen, der Kohlensäure und des Wassers,
mit Nothwendigkeit angenommen werden muß. Die Bildung organischer Säuren erscheint sogar als die natürlichste Vermittlung einer
allmäligen Reduction. Und die Bildung von Aepfelsäure aus Weinsäure in den Wachholderbeeren wäre ein unwiderleglicher Beweis, daß
eine Bildung organischer Säuren durch Desorydation in der Pflanze
wirklich möglich ist.

Auf der anderen Seite verdient es alle Erwägung, daß Körper
mit so scharf ausgeprägten chemischen Eigenschaften, wie Säuren und
Alkaloide, Körper die zu ihren Gegensätzen eine mächtige Verwandtschaft besitzen, krystallisationsfähig sind und im Organismus nicht
selten, wenn ich so sagen darf, als todte Krystalle abgelagert werden,
durchaus an die Rückbildung organischer und organisirter Materie erinnern. Im Thierreich werden wir diesen Gedanken beinahe durchweg
bestätigt finden. Aber auch in der Pflanze stehen diese Körper an der
Grenze des Lebens, sie sind Glieder in der langen Kette der Rückbildung, welche in der Regel mit der Aufnahme von Sauerstoff gleichen Schritt hält.

Im Pflanzenleben sind Organisation und Reduction beinahe
gleichbedeutende Begriffe. Aber ebenso nahe entspricht die Orydation
der Rückbildung.

Und es fehlt nicht an chemischen Erscheinungen, welche diese
Ansicht unterstützen.

Es ist eine bekannte Thatsache, daß die Bernsteinsäure durch
Orydation der Fettsäuren gebildet wird. Vor Kurzem erst hat Dessaignes [1] die Buttersäure mittelst Salpetersäure in Bernsteinsäure

---

[1] Liebig und Wöhler, Annalen, Bd. LXXIV. S. 261.

verwandelt, eine Umwandlung, die nach folgendem Schema denkbar ist:

Buttersäurehydrat.        Bernsteinsäurehydrat.

$$C^8 H^7 O^3 + HO + 6 O = 2 (C^4 H^2 O^3 + HO) + 2 HO.$$

Ebenso findet sich Bernsteinsäure in altem Kümmelöl, in welchem sie gewiß in Folge einer Aufnahme von Sauerstoff entstand.

In der Pflanze tritt aber die Bernsteinsäure immer in den äußeren Theilen auf, zu welchen der Sauerstoff leicht Zutritt hat, und zwar mit Harzen vermischt, welche letzteren selbst aus einem Oxydationsproceß hervorgingen.

Benzoësäure entsteht aus vielen ätherischen Oelen, wenn man diese mit Salpetersäure behandelt.

Zimmtöl wird durch Oxydation in zwei Harze und Zimmtsäure verwandelt. Mulder theilt dafür folgendes Schema mit [1]):

$$
\left.
\begin{array}{l}
\text{Zimmtöl} \\
3\ C^{20} H^{11} O^2 \\
O^8 \\
\hline
C^{60} H^{33} O^{14}
\end{array}
\right\}
=
\left\{
\begin{array}{l}
\alpha \text{Harz} \quad C^{30} H^{15} O^4 \\
\beta \text{Harz} \quad C^{12} H^5 O \\
\text{Zimmtsäurehydrat } C^{18} H^8 O^4 \\
5 \text{ Aeq. Wasser} \quad H^5 O^5 \\
\hline
C^{60} H^{33} O^{14}.
\end{array}
\right.
$$

Gallussäure entsteht unter Entwicklung von Kohlensäure durch Oxydation der Gerbsäure:

Gerbsäure        Gallussäure

$$C^9 H^3 O^5 + 4 O = C^7 H^3 O^5 + 2 CO^2.$$

In den Theeblättern ist die von Rochleder analysirte Boheasäure wahrscheinlich ein Uebergangsglied zu der Umwandlung von Gerbsäure in Gallussäure:

Gerbsäure        Boheasäure

$$C^9 H^3 O^5 + 3 O = C^7 H^3 O^4 + 2 CO^2.$$

Aus der Kaffeegerbsäure entsteht die Viridinsäure ebenfalls durch Aufnahme von Sauerstoff:

Kaffeegerbsäure        Viridinsäure

$$C^{14} H^8 O^7 + 2 O = C^{14} H^6 O^7 + 2 HO.$$

---

1) Mulder, Proeve eener algemeene physiologische Scheikunde, p. 917.

Vielleicht läßt sich die Boheasäure als ein Oxydationsprodukt der Viridinsäure betrachten. Denn

Viridinsäure          Boheasäure
$$C^{14} H^8 O^7 + O = 2(C^7 H^3 O^4) \; (^1).$$

Piria hat uns gelehrt, daß man die Asparagsäure durch salpetrichte Säure in Aepfelsäure überführen kann. Auch dies geschieht nur, indem die Asparagsäure sich mit einer reichlichen Menge Sauerstoff verbindet.

Wasserfreie Asparagsäure          Aepfelsäure
$$N^2 C^8 H^7 O^5 + 6O = 2 C^4 H^2 O^4 + 3 HO + 2N.$$

Es wird bei dieser Umsetzung Stickstoff frei.

Hieraus ergiebt sich mit überzeugender Klarheit, daß sehr häufig die Säurebildung wirklich als Folge einer Oxydation zu betrachten ist.

Nicht selten entsteht eine Säure, die man auf den ersten Blick für sauerstoffärmer hält, aus einer sauerstoffreicheren; und die Entwicklung der sauerstoffarmen ist deshalb doch nicht das Erzeugniß einer Desoxydation, weil nebenher andere sauerstoffreiche Körper gebildet werden. So wenn nach der hübschen Entdeckung von Dessaignes äpfelsaurer Kalk durch Gährung Bernsteinsäure liefert. Liebig, der diese Umsetzung durch Bierhefe ebenfalls bewirkte, hat gezeigt, daß dabei neben Bernsteinsäure Kohlensäure und Essigsäure gebildet werden; 6 Aeq. Aepfelsäure nehmen 3 Aeq. Wasser auf, und daraus entstehen 4 Aeq. Bernsteinsäure, 4 Aeq. Kohlensäure und 1 Aeq. Essigsäure:

$$\left. \begin{array}{l} 6 \text{ Aeq. Aepfelsäure } C^{24} H^{12} O^{24} \\ 3 \text{ Aeq. Wasser } \quad \dfrac{H^3 \; O^3}{C^{24} H^{15} O^{27}} \end{array} \right\} = \left\{ \begin{array}{l} 4 \text{ Aeq. Bernstsäurehydr. } C^{16} H^{12} O^{16} \\ 4 \text{ Aeq. Kohlensäure } \quad C^4 \qquad O^8 \\ 1 \text{ Aeq. Essigsäure } \quad \dfrac{C^4 \; H^3 \; O^3}{C^{24} H^{15} O^{27}}. \end{array} \right.$$

Die sauerstoffärmere Bernsteinsäure ($C^4 H^2 O^3$) entsteht aus der sauerstoffreicheren Aepfelsäure ($C^4 H^2 O^4$), ohne daß eine Reduction dabei stattfindet [2].

---

1) Vgl. Gustav Liebig in Liebig und Wöhler, Annalen, Bd. LXXI, S. 57, und Rochleder, ebendaselbst, S. 11.

2) Liebig in seinen Annalen, Bd. LXX, S. 364.

Indem sich die Asparagsäure in Aepfelsäure, die Aepfelsäure in Bernsteinsäure verwandeln kann, läßt sich die Asparagsäure in der Sommerwärme, wenn man Käsestoff als Hefe anwendet, auch in Bernsteinsäure überführen. Dessaignes erhielt auf diese Weise aus der Asparagsäure bernsteinsaures Ammoniumoxyd.

Da die Mehrzahl der Säuren stickstofffrei ist, so läßt sich mit großer Wahrscheinlichkeit annehmen, daß hauptsächlich die stärkmehlartigen Körper zur Entstehung der organischen Säuren Veranlassung geben. Es ist bekannt, daß Kleesäure durch Oxydation des Zuckers entsteht. Insofern sich nun Kleesäure oder andere Säuren als unthätige Stoffe in eigenthümlichen Secretionsbehältern ansammeln, sind sie als Ergebnisse der Zersetzung der allgemein verbreiteten Pflanzenbestandtheile zu betrachten. Und obgleich diese Körper von der Pflanze nicht wirklich ausgeschieden werden, so sind sie doch annähernd gleichen Rangs mit den Ausscheidungsstoffen der Thiere.

Kleesäure und Asparagsäure sind für die Pflanzen von ähnlicher Bedeutung wie die Kohlensäure und die Harnsäure im thierischen Organismus. Der raschere Stoffumsatz und die höheren Organisationsverhältnisse halten im Thierreich gleichen Schritt; die verbrauchten Gewebetheile werden aus den Thierkörpern ausgestoßen. Der Pflanze bleiben die Zersetzungsprodukte ihrer allgemein verbreiteten Bestandtheile einverleibt. Und hierin ist zu einem großen Theil die Mannigfaltigkeit in der Zusammensetzung verschiedener Pflanzenarten begründet.

In verschiedenen Pflanzen erfolgt die Zersetzung in verschiedener Richtung. Und rückwärts üben die Ergebnisse der Zersetzung auf die Umwandlung der Stoffe innerhalb der Pflanze einen wesentlichen, wenn auch noch sehr wenig erkannten Einfluß.

Kap. II.

## Die Alkaloide und die indifferenten Stoffe.

§. 1.

Hinsichtlich des Vorkommens der Alkaloide und der besonderen Pflanzenbestandtheile, welche die schlecht charakterisirte Gruppe der indifferenten Stoffe bilden, gilt im Allgemeinen dieselbe Regel, welche oben nach Schleiden für die Säuren angegeben wurde. Gewöhnlich kommen diese Stoffe in besonderen Höhlen oder in den Milchsaftgefäßen vor.

Allein auch hier sind wichtige Ausnahmen beobachtet worden. So fand Böbeker in den Zellen der Columbowurzel von Cocculus palmatus das indifferente Columbin, während die gelben Verdickungsschichten der Zellwände das Berberin enthielten [1]. Nach Payen ist das kaffeegerbsaure Kali=Caffeïn in der Zellstoffwand der Zellen des Perisperms der Kaffeebohnen gelagert [2].

Nicht selten sind namentlich die schwächeren Alkaloide in freiem Zustand in den Pflanzentheilen vorhanden. Am häufigsten jedoch sind die Pflanzenbasen theils an anorganische, theils an organische Säuren gebunden. Und in diesen Verbindungen hat Liebig in sehr hübscher Weise auf die Vertretung anorganischer Basen und Säuren durch gleichartige organische Stoffe aufmerksam gemacht. In den Kartoffeln erzeugt sich das giftige Solanin, wenn dieselben aus der Erde keine Basen aufnehmen können, wenn sie z. B. in unseren Kellern

---

[1] Böbeker in Liebig und Wöhler, Annalen, Bd. LXIX, S. 47.

[2] Annales de chim. et de phys. 3e sér. T. XXVI, p. 113.

keimen. In den Chinarinden ist um so mehr Chinasäure an Chinin und Cinchonin gebunden, je weniger die Menge des chinasauren Kalks beträgt, die in denselben vorhanden ist. Und so kann umgekehrt in den Papaveraceen, deren Milchsaft das Opium darstellt, eine organische Säure, die Mekonsäure, welche mit Kalk verbunden zu sein pflegt, durch Schwefelsäure vertreten werden. Robiquet fand in manchen Opiumsorten keine Spur von mekonsaurem Kalk [1]).

Wenn auch einzelne Alkaloide und indifferente Stoffe in mehren verschiedenen Pflanzen angetroffen werden, so ist doch das Vorkommen derselben viel mehr auf einzelne Arten oder Familien beschränkt als das der Säuren. Sie verdienen daher in weit höherem Grade den Namen besonderer Pflanzenbestandtheile.

### §. 2.

Abgesehen von ihren basischen Eigenschaften herrscht eine große Aehnlichkeit zwischen den einzelnen Alkaloiden. Mit wenigen Ausnahmen lassen sich die Pflanzenbasen krystallisiren. In Weingeist werden sie ohne Ausnahme leicht gelöst, dagegen sind die meisten, und zwar alle nicht flüchtige Alkaloide nur schwer in Wasser löslich.

Mit Chlorwasserstoff verbinden sich die Alkaloide als solche. Diese chlorwasserstoffsauren Verbindungen werden durch Sublimat weiß, durch Platinchlorid gelb und krystallinisch gefällt. Hierbei entstehen Doppelverbindungen von chlorwasserstoffsaurem Alkaloid mit Quecksilberchlorid oder mit Platinchlorid.

In ähnlicher Weise wie mit Chlorwasserstoff gehen die Alkaloide auch mit Jodwasserstoff eine Verbindung ein, die durch Quecksilberjodid weiß oder gelblich weiß gefällt wird. Man kann diesen Niederschlag in den verschiedenen Salzen der Pflanzenbasen hervorbringen, wenn man dieselben mit Jodquecksilberkalium versetzt.

Ein gemeinschaftliches Merkmal der Alkaloide ist ferner die Fällbarkeit ihrer neutralen Salze durch Gerbsäure.

---

1) Liebig, die Chemie in ihrer Anwendung auf Agricultur und Physiologie, Braunschweig 1846, S. 93.

### §. 3.

Es war eine der angenehmsten Ueberraschungen für die Freunde der organischen Chemie und der Diätetik, daß sich Caffein und Thein als ein und dasselbe Alkaloid erwiesen. Es findet sich dieser Stoff also in den Blättern des Thees, zum Theil frei, zum Theil an gewöhnliche Gerbsäure gebunden, in den Kaffeebohnen zum Theil als kaffeegerbsaures Kali-Caffein, in den Blättern des Ilex paraguariensis, dem sogenannten Paraguaythee, in welchem er höchst wahrscheinlich auch an Kaffeegerbsäure gebunden ist (vgl. oben S. 289), und in den Früchten von Paullinia sorbilis.

Die Zusammensetzung des Caffeins wird nach Liebig und Pfaff ausgedrückt durch die Formel $N^2 C^8 H^5 O^2$. Rochleder verdoppelt diese Formel und betrachtet das Caffein als $N^4 C^{16} H^{10} O^4$.

Es ist Rochleder nämlich gelungen, das Caffein durch Behandlung mit Chlor zu verwandeln in eine neue Basis, das von Wurtz entdeckte Methylamin ($NC^2 H^5$), in eine schwache Säure, die Amalinsäure [1] ($N^2 C^{12} H^7 O^8$) und in einen äußerst flüchtigen, die Augen zu Thränen reizenden und Kopfweh in der Stirngegend verursachenden Körper, den Rochleder für eine Cyanverbindung hält [2]. Wenn man nämlich Caffein mit starker Kalilauge oder mit Natronkalk erhitzt, dann entsteht nach Rochleder Cyankalium oder Cyannatrium, was mit vielen anderen Alkaloiden, Chinin, Cinchonin, Morphin, Piperin z. B., nicht der Fall ist. Deshalb erklärt Rochleder jenen eigenthümlich riechenden Körper, den er in zu geringer Menge erhielt, um eine genaue Untersuchung mit demselben vorzunehmen, für das Erzeugniß der Einwirkung des Chlors auf Cyan. Es findet sich bei jener Einwirkung Salzsäure in der Lösung, die von einer Wasserzersetzung herrührt, und das Methylamin ist an Chlorwasserstoff gebunden.

Demnach ist es klar, daß eine Entwicklung von Sauerstoff stattfindet, mit welchem sich das Caffein verbindet, und es ist ein einfacher Ausdruck der beobachteten Erscheinung, wenn Rochleder die Entwicklung durch folgende Gleichung versinnlicht:

---

1) Von ἀμαλις, schwach.
2) Rochleder in Liebig und Wöhler, Annalen, Bd. LXXI, S. 2 u. folg.

Caffein.                 Cyan. Methylamin. Amalinfäure.

$$N^4 C^{16} H^{10} O^4 + 2 HO + 2O = NC^2 + NC^2 H^5 + N^2 C^{12} H^7 O^8.$$

Caffein verwandelt sich unter Aufnahme von 2 Aeq. Wasser und 2 Aeq. Sauerstoff in Cyan, Methylamin und Amalinfäure.

Das Caffein kryftallifirt in langen, seidenglänzenem Nadeln, die häufig in Strahlenbüscheln vereinigt find. Es erfordert 100 Theile kalten Wasfers und noch mehr Alkohol und Aether, um gelöst zu werden. Dagegen löst es sich leicht in warmem Wasfer.

Gerbfaures Caffein ist in kaltem Wasfer unlöslich, das Doppel-salz der Kaffeegerbsäure mit Caffein und Kali dagegen ist löslich (Payen). Uebrigens ist das Caffein eine schwache Basis.

Die Amalinfäure nimmt mit Ammoniak eine purpurrothe Farbe an. Weil nun dieses Zersetzungsprodukt des Caffeins auch beim Er-wärmen mit Salpeterfäure entsteht, so ist dies ein hübsches Prü-fungsmittel für Caffein. Die hellgelbe salpeterfaure Löfung dampft man ab und den trocknen Rückstand versetzt man mit etwas Ammo-niak. Dann entsteht eine purpurrothe Färbung.

Auf sehr einfache Weise läßt sich das Caffein durch Sublima-tion aus Theeftaub gewinnen [1]).

### §. 4.

Das Berberin findet sich in der Columbowurzel von Cocculus palmatus und in der Wurzel, dem Baft und der übrigen Rinde von Berberis vulgaris. In der Columbowurzel ist das Berberin mit Columbofäure, $C^{42} H^{21} O^{11}$, verbunden (Böbeker).

$NC^{42} H^{18} O^9 + 12 HO$ ist die Formel des in hellgelben, seiden-glänzenden Nadeln kryftallifirenden Berberins nach Analysen von Fleitmann und Böbeker. Bei 100° getrocknet entspricht dasselbe dem Ausdruck $NC^{42} H^{18} O^9 + 2 HO$ (Fleitmann).

In Wasfer und Weingeist wird das Berberin gelöst. Aus der weingeistigen Löfung wird es jedoch durch Aether niedergeschlagen.

---

1) Siehe Mulber und Heynfius in Mulber's Scheikundige onderzoe-kingen, Deel V, p. 318.

Columbofaures Berberin ist schwerer löslich in Wasser als das freie Alkaloid, welches auch mit den meisten anorganischen Säuren mehr oder weniger schwer lösliche Salze bildet.

Aus der Columbowurzel bereitete Böbeker salzsaures Berberin, indem er den weingeistigen Auszug verdampfte und den trocknen Rückstand mit siedendem Kalkwasser behandelte. Die braunrothe Lösung wurde filtrirt, die Flüssigkeit mit Salzsäure gesättigt, worauf sich ein fast ganz formloser Körper ausschied, der ebenfalls durch Filtration entfernt wurde. Zu der Lösung ward ein Ueberschuß von Salzsäure zugesetzt. Nach zwei Tagen hatte sich das salzsaure Berberin in gelben Krystallen ausgeschieden. Böbeker löste die Krystalle in Alkohol auf und fällte und wusch das Salz mit Aether [1]. Das salzsaure Berberin wird nach Fleitmann [2] durch verdünnte Schwefelsäure in schwefelsaures verwandelt, welches man krystallisiren und bei 100° trocknen muß, um die anhängende Salzsäure zu entfernen. Durch Barytwasser wird das Berberin von der Schwefelsäure geschieden, und der überschüssige Baryt wird aus der dunkelrothen Flüssigkeit durch Kohlensäure gefällt. Die filtrirte Lösung wird beinahe zur Trockne abgedampft, der Rückstand in wenig Alkohol gelöst und mit Aether niedergeschlagen. Schließlich wird das Berberin durch Umkrystallisiren aus Wasser gereinigt.

## §. 5.

Die bekannten Alkaloide der Chinarinde der verschiedenen Cinchona-Arten, das Chinin, das Cinchonin und das Aricin bringe ich hier besonders deshalb zur Sprache, weil sie in der Zusammensetzung bis auf den Sauerstoffgehalt mit einander übereinstimmen. Diese Alkaloide, die in verschiedenen Chinarinden in sehr verschiedener Menge vorkommen, sind in denselben zum größten Theil an Chinasäure gebunden.

Cinchonin hat nach Liebig's Zahlen, die vor ganz Kurzem von Hlasiwetz bestätigt wurden, die Formel $NC^{20} H^{12} O$ [3]. Das

---

1) Böbeker in Liebig und Wöhler, Annalen, Bd. LXIX, S. 41.

2) Ebendaselbst Bd. LIX, S. 163.

3) Liebig und Wöhler, Annalen, Bd. LXXVII, S. 51.

Chinin und ein zweites Alkaloid, welches van Heyningen β Chinin, Hlasiwetz Cinchotin nennt, entsprechen dem Ausdruck $NC^{20}H^{12}O^2$ (Liebig, van Heyningen, Hlasiwetz). Dem Aricin endlich gehört nach Pelletier die Formel $NC^{20}H^{12}O^3$.

Das Cinchonin krystallisirt nach Hlasiwetz in mäßig großen glänzenden Prismen. So wie dasselbe bisher untersucht wurde, ist es häufig mit dem Cinchotin vermischt; Hlasiwetz[1]) fand daher in dem käuflichen Cinchonin zwei Alkaloide, von welchen bei der Krystallisation zuerst das Cinchonin im engeren Sinne und dann das Cinchotin anschießt. Letzteres krystallisirt in schönen, rhomboidalen, festen Krystallen. Das Chinin bildet am häufigsten ein weißes formloses Pulver; es läßt sich jedoch in feinen, seidenglänzenden Nadeln erhalten. Das Aricin endlich krystallisirt in weißen, glänzenden, durchscheinenden Nadeln.

Von diesen Alkaloiden ist das Chinin am leichtesten in Wasser löslich, indem es sich in kaltem Wasser ebenso leicht löst wie der Gyps (in 400 Th.) und von kochendem Wasser nur 200 Theile erfordert. Das Cinchonin ist dagegen in kaltem Wasser fast ganz unlöslich und löst sich nur in 2500 Theilen kochenden Wassers. Aricin löst sich in Wasser gar nicht. Chinin, Aricin und Cinchotin lösen sich leicht in Weingeist und in Aether, Cinchonin dagegen wird zwar in kochendem Weingeist gelöst, allein in kaltem Weingeist wenig und in Aether gar nicht.

Durch starke Salpetersäure wird das Aricin dunkelgrün gefällt.

Basisch schwefelsaures Cinchonin löst sich in kaltem Wasser viel leichter als das entsprechende Chininsalz, auch in Alkohol löst sich jenes leichter. Das basisch schwefelsaure Chinin ist in Aether wenig, das Cinchoninsalz gar nicht löslich. Basisch salzsaures Cinchonin ist in kaltem Wasser leicht, basisch salzsaures Chinin schwer löslich; von kochendem Wasser wird jedoch auch letzteres leicht aufgenommen.

Nach Brandes wird eine Auflösung von schwefelsaurem Chinin mit Chlorwasser versetzt durch Zusatz von kaustischem Ammoniak smaragdgrün. Wenn man statt des Ammoniaks eine starke Lösung von Eisenkaliumcyanür hinzufügt, dann entsteht nach Vogel jun. eine dunkelrothe Farbe, welche einige Stunden anhält und dann besonders

---

1) A. a. O. S. 49.

durch Einwirkung des Lichts ins Grüne übergeht. Nimmt man anstatt des Ammoniaks kaustisches Kali, dann wird die Lösung schwefelgelb [1]).

In der Verbindung mit Chinasäure bildet Chinin ein lösliches Salz.

Die Alkaloide werden in der Form von schwefelsauren Salzen durch verdünnte Schwefelsäure aus den betreffenden Chinarinden ausgezogen, das Cinchonin aus China Huamalies und China Huanuco, das Chinin aus China calisaya, das Aricin aus China cusco. Man scheidet durch Natron die Alkaloide aus den schwefelsauren Salzen aus. Hat man dann ein Gemenge von Chinin und Cinchonin, so kann man durch Aether das Chinin auflösen, wobei das Cinchonin ungelöst zurückbleibt. Um nun das Aricin von den beiden anderen Alkaloiden zu trennen, läßt sich die Unlöslichkeit desselben in Wasser benützen, welches das Chinin löst, und die Löslichkeit des Aricins in Aether, welcher das Cinchonin ungelöst zurückläßt.

### §. 6.

Zur Vertretung der flüchtigen Alkaloide mag hier das Coniin eine Stelle finden, das in Conium maculatum durch die ganze Pflanze verbreitet und nach Bird an Aepfelsäure gebunden ist.

Gerhardt drückt die Zusammensetzung des Coniins aus durch die Formel $NC^{16}H^{15}$. Im wasserfreien Zustande ist das Coniin eine farblose oder hellgelbe ölartige Flüssigkeit von stechendem Geruch. Es wird in kaltem Wasser leichter gelöst als in heißem. In Weingeist und Aether ist es sehr leicht löslich.

An der Luft bräunt sich das Coniin, es läßt Ammoniak entweichen und nimmt eine harzähnliche Beschaffenheit an. Die in Wasser und Weingeist leicht löslichen Coniinsalze werden in ihrer Lösung an der Luft nach einander roth, violett, blau, grün.

Man bereitet das Coniin aus dem Schierling, indem man letzteren mit einer stark verdünnten Kalilösung destillirt. Die übergegangene Flüssigkeit wird mit Schwefelsäure gesättigt, eingedampft und mit Alkohol behandelt, wobei das Ammoniak, welches aus einem

---

[1]) Vogel jun. in Liebig und Wöhler, Annalen, Bd. LXXIII, S. 222.

Theil des Coniins in Folge der Einwirkung des Kalis entſtand, als ſchwefelſaures Ammoniumoxyd ungelöſt bleibt. Die alkoholiſche Lö- ſung des ſchwefelſauren Coniins wird unter der Luftpumpe verdunſtet, der Rückſtand in Waſſer gelöſt und mit Barytwaſſer verſeßt. Das gelöſte Coniin wird dann vom ſchwefelſauren Baryt abfiltrirt und über Chlorcalcium rectificirt.

## §. 7.

Wenn man die oben beſchriebenen Alkaloide der Chinarinden hinſichtlich der Zuſammenſeßung mit einander vergleicht, dann findet man, daß ſie eine Reihe darſtellen, in welcher bei gleichem Gehalt an Stickſtoff, Kohlenſtoff und Waſſerſtoff jedes folgende 1 Aeq. Sauer- ſtoff mehr enthält als das vorige. Denn

$$\text{Cinchonin} = NC^{20} \, H^{12} \, O$$
$$\text{Chinin, Cinchotin} = NC^{20} \, H^{12} \, O^2$$
$$\text{Aricin} = NC^{20} \, H^{12} \, O^3.$$

Ueberträgt man nun auf dieſe Alkaloide die Begriffe von Sätti- gungscapacität, die in der anorganiſchen Chemie gelten, ſo würde man erwarten, daß 1 Aeq. Chinin 2 Aeq. Säure, 1 Aeq. Aricin 3 Aeq. Säure erforderte, um neutrale Salze zu bilden. Das trifft nicht ein, und daher ſagt man bekanntlich, daß ſich die Sättigungscapacität der Alkaloide nicht nach dem Sauerſtoffgehalt derſelben richtet. Dagegen erfordern viele Alkaloide, um ein neutrales Salz zu bilden, für je 1 Aeq. des Stickſtoffs, den ſie enthalten, 1 Aeq. Säure.

Dadurch wurde Berzelius ſchon vor vielen Jahren veranlaßt, die Alkaloide als gepaarte Ammoniakverbindungen zu betrachten, eine Vorſtellung, die beſonders dadurch unterſtüßt wird, daß dieſe Al- kaloide, ganz ebenſo wie das Ammoniak, in den Salzen der Sauer- ſtoffſäuren 1 Aeq. Waſſer enthalten und die ſogenannten Waſſerſtoff- ſäuren als ſolche aufnehmen. Es iſt als wenn ſich das Ammoniak der Baſen bei ſolchen Verbindungen in Ammoniumoxyd oder in Chlor- ammonium verwandeln müßte. Und dazu kommt noch, daß die chlor- waſſerſtoffſauren Alkaloide, ebenſo wie der Salmiak, ſich mit Queck- ſilberchlorid und mit Platinchlorid verbinden.

Es dürfte wenige Phyſiologen geben, die nicht beim erſten Er-

ſcheinen der glänzenden Arbeit von Wurtz über die ſogenannten zu⸗
ſammengeſetzten Ammoniakarten gehofft hätten, daß die Frage über
die Conſtitution der Alkaloide mit einem Male ſpruchreif geworden
ſei. Wurtz hat die vortreffliche Entdeckung gemacht, daß man durch
die Einwirkung von Kali auf cyanſaure Aetherarten drei Alkaloide ge⸗
winnen kann, die außer den Elementen des Ammoniaks drei Kohlen⸗
waſſerſtoffe enthalten, deren Kohlenſtoffgehalt mit dem des betreffenden
Aethers übereinſtimmt. So erhielt Wurtz aus cyanſaurem Methyl⸗
oxyd und Kalihydrat Methylamin und kohlenſaures Kali:

Cyanſaures Methyloxyd                          Methylamin.
$$C^2 H^3 O + NC^2 O + 2KO + 2HO = 2 (KO + CO^2) + NC^2 H^5;$$

aus cyanſaurem Aethyloxyd und Kalihydrat Aethylamin und kohlen⸗
ſaures Kali:

Cyanſaures Aethyloxyd                          Aethylamin.
$$C^4 H^5 O + NC^2 O + 2KO + 2HO = 2 (KO + CO^2) + NC^4 H^7;$$

aus cyanſaurem Amyloxyd und Kalihydrat Amylamin und kohlenſau⸗
res Kali:

Cyanſaures Amyloxyd                          Amylamin.
$$C^{10} H^{11} O + NC^2 O + 2KO + 2HO = (2KO + CO^2) + NC^{10} H^{13}$$

Das Aethylamin wurde von Hofmann dargeſtellt, indem er
Ammoniak auf die bromwaſſerſtoffſauren und jodwaſſerſtoffſauren Ver⸗
bindungen des Aethers einwirken ließ, nach folgendem Schema:

Bromäthyl                          Bromwaſſerſtoffſaures Aethylamin.
$$C^4 H^5 Br + NH^3 = NC^4 H^7 + HBr.$$

Außer dieſen drei Baſen, von denen, wie oben mitgetheilt wurde,
das Methylamin nach Rochleder bei der Einwirkung von Chlor auf
Caffein entſteht, iſt in Anderſon's Petinin das ganz analog zuſam⸗
mengeſetzte Butylamin bekannt, während vor Kurzem Wertheim
und Anderſon auch das Propylamin entdeckt haben. So beſitzen
wir denn jetzt folgende Reihe:

Methylamin $= NC^2 H^5,$
Aethylamin $= NC^4 H^7,$
Propylamin $= NC^6 H^9,$

$$\text{Butylamin} = NC^8 H^{11} \; (\text{Petinin}),$$
$$\text{Amylamin} = NC^{10}H^{13}.$$

Während man nun nach Berzelius dieſe Alkaloide als ge-paarte Ammoniakverbindungen betrachten müßte, neigt ſich Wurtz zu der Anſicht, daß dieſe Körper wirkliche Ammoniakarten darſtellen, in welchen 1 Aeq. Waſſerſtoff durch die Radikale der entſprechenden Aether-arten (Methyl, Aethyl, Propyl, Butyl, Amyl) ſubſtituirt wäre. Hier unten ſind die Formeln nach beiden Anſichten zerlegt:

Gepaarte Ammoniakverbindungen     Zuſammengeſetzte Ammo-niakarten

nach der Theorie von Berzelius.     nach Wurtz.

$$NH^3 + C^2 H^2 = \text{Methylamin} = N \begin{cases} H^2 \\ C^2 H^3, \end{cases}$$
$$NH^3 + C^4 H^4 = \text{Aethylamin} = N \begin{cases} H^2 \\ C^4 H^5, \end{cases}$$
$$NH^3 + C^6 H^6 = \text{Propylamin} = N \begin{cases} H^2 \\ C^6 H^7, \end{cases}$$
$$NH^3 + C^8 H^8 = \text{Butylamin} = N \begin{cases} H^2 \\ C^8 H^9, \end{cases}$$
$$NH^3 + C^{10} H^{10} = \text{Amylamin} = N \begin{cases} H^2 \\ C^{10} H^{11}. \end{cases}$$

Wurtz, der in den Folgerungen, die er aus ſeinen ſchönen Ver-ſuchen ableitet, ebenſo umſichtig wie genial iſt, fällt kein unbedingt entſcheidendes Urtheil über die Richtigkeit der einen oder der anderen Theorie, wiewohl er der Anſicht von den zuſammengeſetzten Ammoniak-arten den Vorzug giebt. Er läßt namentlich die Frage offen, in wie weit die ſauerſtoffhaltigen Baſen der einen oder der anderen Vorſtel-lung unterzuordnen ſind. Ich werde als Phyſiologe gewiß nicht weiter gehen, habe hier jedoch die Anſichten von Berzelius und von Wurtz um ſo lieber zuſammengeſtellt, weil beide gleich hübſch die ammoniak-ähnliche Beſchaffenheit der Alkaloide erklären.

Durch die klaſſiſche Arbeit von Wurtz[1]) iſt für alle folgende

---

1) Sie findet ſich in vortrefflicher Zuſammenſtellung der Ergebniſſe in den An-nales de chim. et de phys., 3e série T. XXX, Décembre 1850 p. 446 et suiv.

Untersuchungen eine Bahn gebrochen, auf der das glänzendste Ziel erreichbar scheint. Zwei deutsche Chemiker, Wurtz in Paris und Hofmann in London, haben, indem sie, von verschiedenen Seiten ausgehend, auf dieser Bahn zusammentrafen, die Wissenschaft um Thatsachen bereichert, die jeden Aufmerksamen darüber belehren können, welch' hohen Schwunges die organische Chemie fähig ist, ich möchte beinahe sagen, in unseren Tagen erst recht fähig wird. Die Entdeckungen von Wurtz und Hofmann gehören unstreitig zu den schönsten Lorbeeren der organischen Chemie, die nicht verfehlen werden, auch der Physiologie ihre Früchte zu tragen.

### §. 8.

Die indifferenten Stoffe sind leider nicht durch ein so logisches Band zu einer Gruppe vereinigt, wie die Alkaloide. Eben deßhalb schienen sie mir nicht zu verdienen, zu einer besonderen Abtheilung erhoben zu werden, und da sich einige derselben durch ihren Stickstoffgehalt und eine gewisse Aehnlichkeit der Eigenschaften an die Alkaloide anschließen, so mögen sie auch hier neben den Pflanzenbasen eine Stelle finden, für deren logische Nothwendigkeit ich keineswegs Bürgschaft leisten will. Es steht um die Gruppe der indifferenten Stoffe nur wenig besser als um die Extractivstoffe, eine Abtheilung, die vor den reißenden Fortschritten der Wissenschaft täglich mehr zurückweicht und endlich als solche ganz verschwinden wird.

Dadurch mag es zugleich gerechtfertigt erscheinen, wenn ich bei der Besprechung der indifferenten Stoffe mehr noch als bei den Alkaloiden wählerisch bin.

### §. 9.

Das Amygdalin, der Mandelstoff, verdankt seinen Namen den bitteren Mandeln, kommt aber außerdem vor in den Beeren von Prunus laurocerasus, in den Pfirsichkernen und wahrscheinlich in den bitteren Kernen der Steinfrüchte überhaupt. Nach den Analysen von Liebig und Wöhler wird die Zusammensetzung des Amygdalins ausgedrückt durch die Formel $NC^{40} H^{27} O^{22} + 6HO$. Die Krystalle desselben bilden seidenglänzende Schuppen oder große, durchsichtige, glänzende Prismen.

In Waſſer und in Weingeiſt wird das Amygdalin gelöſt, in Aether nicht.

Durch die Einwirkung des Emulſins, der oben (S. 96) beſchriebenen Mandelhefe, erleidet der Mandelſtoff eine eigenthümliche Gährung, als deren wichtigſte Erzeugniſſe Blauſäure und Bittermandelöl auftreten. Nach Liebig und Wöhler, die dieſe Gährung genau beſchrieben haben [1]), wird außerdem Zucker gebildet. Aus 1 Aeq. Amygdalin $= NC^{40} H^{27} O^{22}$ und 4 Aeq. Waſſer entſtehen:

$$
\begin{array}{ll}
\text{1 Aeq. Bittermandelöl} & C^{14}\ H^6\ O^2 \\
\text{1 Aeq. Blauſäure} & NC^2\ \ H \\
\text{2 Aeq. Zucker } (C^{12}\ H^{12}\ O^{12}) = & C^{24}\ H^{24}\ \ O^{24} \\
\hline
& NC^{40}\ H^{31}\ O^{26} = NC^{40}H^{27}O^{22} + 4HO.
\end{array}
$$

Um das Amygdalin aus bitteren Mandeln zu bereiten, wird aus dieſen erſt ſo gut als möglich das fette Oel ausgepreßt. Darauf werden die Mandeln mit Alkohol gekocht und die Löſung durch Leinwand durchgeſeiht. Nach einiger Zeit hat ſich der Alkohol über einer Oelſchichte angeſammelt. Dieſe alkoholiſche Löſung enthält das Amygdalin und muß abgehoben werden. Der Alkohol wird durch Deſtillation entfernt und der ſyrupartige Rückſtand mit Waſſer und Hefe der Gährungswärme ausgeſetzt, damit der Zucker zerlegt werde, der die Kryſtalliſation des Mandelſtoffs hindert. Nach beendigter Gährung wird die Flüſſigkeit filtrirt, bis zur Syrupsconſiſtenz eingedampft und mit Alkohol vermiſcht. Dann fällt das Amygdalin als weißes kryſtalliniſches Pulver nieder, das man durch Umkryſtalliſiren aus Alkohol reinigt. [2])

### §. 10.

Sehr viele Weidenarten und einige Pappelarten enthalten in ihren Rinden, die Weiden auch in ihren Blättern, einen indifferenten Bitterſtoff, das Salicin.

Die Formel des Salicins iſt $C^{26} H^{18} O^{14}$; es enthält keinen

---

1) Wöhler in ſeinen Annalen Bd. LXVI, S. 289.

2) Liebig, Handbuch der organiſchen Chemie, Heidelberg 1843, S. 85.

Stickstoff. Das Salicin krystallisirt in farblosen, seidenglänzenden Schuppen, die leicht in kaltem und noch leichter in kochendem Wasser sowie in Weingeist gelöst werden, in Aether dagegen unlöslich sind.

Eine wässerige Lösung des Salicins wird durch Goldchlorid blau gefärbt. In starker Schwefelsäure löst sich das Salicin mit rother Farbe und es wird auf den Zusatz von Wasser aus dieser Lösung in hellrothen Flocken gefällt.

Wenn das Salicin mit verdünnten Säuren oder mit Mandel-hefe behandelt wird, dann verwandelt es sich in Zucker und Salige-nin (Piria).

| Salicin. | Zucker. | Saligenin. |
|---|---|---|

$$C^{26} H^{18} O^{14} + 2 HO = C^{12} H^{12} O^{12} + C^{14} H^8 O^4.$$

Das Saligenin verliert unter dem Einfluß von Säuren 2 Aeq. Wasser und verwandelt sich in das dem Bittermandelöl isomere Saliretin, $C^{14} H^6 O^2$; Saliretin ist demnach wasserfreies Saligenin. Saligenin bildet glänzende rhomboidale Krystalle, die sich fettig an-fühlen und in heißem Wasser, Alkohol und Aether leicht löslich sind. Saliretin dagegen ist ein harziger Körper, unlöslich in Wasser, löslich in Alkohol und Aether.

Man gewinnt das Salicin aus der Weidenrinde, indem man diese mit Wasser auskocht und aus der Flüssigkeit durch Bleioxyd das Gummi und die Farbstoffe in der Siedhitze niederschlägt. Die filtrirte Lösung wird mit Schwefelwasserstoff versetzt, um etwa aufgelöstes Bleioxyd abzuscheiden, und dann abgedampft, um das Salicin durch Krystallisation vollends zu reinigen.

### §. 11.

Eine dem Salicin ähnliche Verbindung findet sich in der Rinde der Wurzel von Aepfelbäumen, Birnbäumen, Kirschbäumen, Pflaumen-bäumen, und ist unter dem Namen Phlorrhizin bekannt.

Nach einer kleinen Verbesserung, welche Delffs nach dem neuen Mischungsgewicht des Kohlenstoffs mit Liebig's früherer Formel vor-genommen hat, muß das Phlorrhizin durch $C^{42} H^{24} O^{20} + 4 HO$ aus-gedrückt werden[1]).

---

1) Delffs, a. a. O. S. 159.

Das Phlorrhizin krystallisirt in selbenglänzenden, feinen Nadeln, die sich locker zusammenhäufen. Es löst sich sehr leicht in kochendem Wasser und in Weingeist, dagegen fast gar nicht in kaltem Wasser und in Aether.

Verdünnte Salzsäure oder Schwefelsäure verwandeln das Phlorrhizin in Zucker und Phloretin[1]):

| Phlorrhizin | Zucker | Phloretin. |

$$C^{42} \ H^{14} \ O^{20} + 2\,HO = C^{12} \ H^{12} \ O^{12} + C^{30} \ H^{14} \ O^{10}.$$

Das Phloretin krystallisirt in kleinen farblosen Blättchen, die leicht in Weingeist, dagegen wenig in Wasser und in Aether löslich sind.

Durch die Behandlung mit Ammoniak färbt sich das Phlorrhizin unter Aufnahme von Sauerstoff erst gelb, dann roth und zuletzt durch Purpurroth hindurchgehend dunkelblau. Der tiefrothe Farbstoff, der hierbei auftritt, ist das Phlorrhizein,

$N^2 \ C^{42} \ H^{30} \ O^{26} + 4\,HO$, dessen Bildung Strecker durch nachstehende Gleichung versinnlicht:

| Phlorrhizin | | Phlorrhizein. |

$$C^{42} \ H^{28} \ O^{24} + 2\,NH^3 + O^6 = N^2 \ C^{42} \ H^{30} \ O^{26} + 4\,HO.$$

Aus der Wurzelrinde der betreffenden Pyrus- und Prunus-Arten wird das Phlorrhizin bereitet, indem man jene mit verdünntem Weingeist bei 50—60° auszieht, die Lösung decantirt, den Weingeist größtentheils abdestillirt und die Masse der Krystallisation überläßt. Die Krystalle müssen durch Thierkohle entfärbt werden.

## §. 12.

Das indifferente Columbin findet sich nach Böbeker[2]) in der Columbowurzel von Cocculus palmatus, in dem Theil des parenchy-

---

1) Siehe Rofer in Liebig und Wöhler, Annalen. Bd. LXXIV, S. 185. 186.

[2] Liebig und Wöhler, Annalen, Bd. LXIX, S. 52.

matischen Gewebes, in welchem noch keine Gefäßbildung auftritt, und zwar in den Zellen.

Böbeker ertheilt dem Columbin, das in durchsichtigen geraden rhombischen Säulen krystallisirt, die Formel $C^{42} H^{22} O^{14}$.

Nur in kochendem Weingeist wird das Columbin leicht gelöst; in kaltem Wasser, Weingeist und Aether ist es wenig löslich.

Durch starke Schwefelsäure wird das Columbin orangegelb und später dunkelroth; die Lösung scheidet mit Wasser vermischt einen rostgelben Niederschlag aus.

Ein einfaches Verfahren, das Columbin zu bereiten, ist von Lebourdais angegeben worden [1]). Ein starker Aufguß der Columbowurzel wird durch Kohle filtrirt und die Kohle so lange gewaschen, als das abfließende Wasser bitter schmeckt. Dann enthält die Flüssigkeit das Columbin, während der größte Theil des Farbstoffs in der Kohle zurückblieb. Filtrirt man nun die Lösung noch einmal durch Kohle, dann hält diese das bittere Columbin zurück. Man trocknet die Kohle, zieht dieselbe mit Alkohol aus und läßt das Columbin krystallisiren.

### §. 13.

Ueber die Mengenverhältnisse, in welchen einige der oben beschriebenen Alkaloide und indifferenten Stoffe in den Pflanzen vorkommen, geben folgende Zahlen Aufschluß:

In 100 Theilen des betreffenden Pflanzentheils.
Caffein in den Blättern von Ilex
    paraguariensis . . . 0,13 Stenhouse.
  „ in grünen Theeblättern 0,51 Mittel aus 2 Bestimmungen,
                     Mulder.
  „ in Theeblättern . . . 5,84 Péligot.
  „ (freies) in Kaffeebohnen 0,80 Payen.
Kaffeegerbsaures Kali-Caffein in
  Kaffeebohnen . . . . . . 3,50 — 5,00 Payen.
Berberin in der Wurzelrinde von
    Berberis vulgaris . 1,30 Buchner (Vater u. Sohn).

---

1) Liebig und Wöhler, Annalen, Bd. LXVII, S. 254.

Berberin in der Rinde und dem
    Holz derselben Pflanze 17,60 Buchner (Vater u. Sohn).
Berberin (? wahrscheinlich an Co-
    lumbosäure gebunden)
    in den Wurzeln von Coc-
    culus palmatus . . 5,00 Buchner.
Cinchonin in China Huanuco . 1,74 Mittel aus 10 Bestimmun-
    gen, Michaelis, Barenton,
    Henry, Duflos, Stratingh,
    Badollier, Chevallier, van
    Santen.
   „  in China regia . . 0,15 Mittel aus 3 Bestimmun-
    gen, Wittstock, Thiel, Her-
    mann.
Chinin in China Huanuco . . 0,55 Mittel aus 6 Bestimmungen,
    Michaelis, Barenton, Henry.
    Duflos, Stratingh.
   „  in China regia . . . 2,03 Mittel aus 13 Bestimmun-
    gen, Pelletier und Caventou,
    Barenton, Flashof, Stra-
    tingh, Henry, Arnaud, Witt-
    stock, Thiel, Michaelis, van
    Santen[1]).
Amygdalin in bitteren Mandeln 3—4,00 Liebig.
   „  in Canarium commune 11,40 Bizio.
   „  im Fleisch von Cocos
    nucifera . . . . 14,00 Brandes.
   „  im Wasser von Cocos
    nucifera . . . . 11,90 Brandes.
Columbin (?) in der Wurzel von
    Cocculus palmatus 12,20 Buchner.

## §. 14.

Leider sind die Anhaltspunkte, welche uns die chemische Zusam-

---

1) Vgl. Wiggers, Grundriß der Pharmacognosie, Göttingen 1840 S. 197
und 201.

menſetzung der Alkaloide und der indifferenten Stoffe bietet, zur Beurtheilung der Entwicklungsgeſchichte dieſer Körper bei weitem nicht
ſo ſicher wie bei den Säuren.

Phyſiologiſch ſpricht das Vorkommen in eigenen Secretionsbehältern und das vorzugsweiſe häufige Auftreten in Rinden (Berberin, Alkaloide der China, Salicin, Phlorrhizin) dafür, daß die
Alkaloide und die, indifferenten Körper als Ausſcheidungsſtoffe zu betrachten ſind, die, wenn ſie auch in den Pflanzen verbleiben, aus der
Zerſetzung allgemein verbreiteter Pflanzenbeſtandtheile hervorgehen
müſſen [1]).

Aber wie und aus welchen?

Berückſichtigt man den Stickſtoffgehalt, der die Alkaloide und
das Amygdalin auszeichnet, und daneben den Sauerſtoffreichthum des
Berberins und des Amygdalins, dann ſcheint es die einfachſte Vorſtellung, dieſe Körper möchten aus eiweißartigen Stoffen durch Aufnahme
von Sauerſtoff entſtehen. Chinin, Cinchonin, Aricin, die weniger
Sauerſtoff enthalten als die Eiweißkörper, und nun gar die ſauerſtofffreien flüchtigen Alkaloide, wie das Coniin, könnten freilich auf dieſem
Wege nur gebildet werden, wenn nebenher andere ſauerſtoffreiche
Verbindungen erzeugt würden, wie wir dies oben bei der Umwandlung von Aepfelſäure in Bernſteinſäure geſehen haben. Allein hier
ſchwindet der ſichere Boden der Beobachtung unter den Füßen.

Sieht man andererſeits, wie leicht Amygdalin, Salicin, Phlorrhizin bei ihrer Zerſetzung durch Mandelbeſe oder durch verdünnte
Säuren Zucker liefern, ſo drängt ſich allerdings die Vermuthung auf,
daß an der Bildung dieſer Stoffe vorzugsweiſe die ſtärkmehlartigen
und andere ſtickſtofffreie Verbindungen betheiligt ſein mögen, die ſich
bald mit Ammoniak verbinden, bald nicht. Indem aber hier zur Erzeugung des Amygdalins und der ſtickſtoffhaltigen Alkaloide verwickeltere Umſetzungen erforderlich ſind als etwa eine Oxydation der Eiweißkörper, iſt es noch viel gewagter, den Entwicklungsgang nach dieſem
Gedanken in Formeln einzukleiden.

Ich habe oben berichtet, daß es Rochleder gelungen iſt, das
Caffein durch bloße Aufnahme von Waſſer und Sauerſtoff zu ſpalten
in Cyan, Methylamin und Amalinſäure.

---

1) Vgl. oben S. 305.

Caffein.  Cyan. Methylamin. Amalinsäure.

$$N^4\ C^{16}\ H^{10}\ O^4 + 2HO + 2O = NC^2 + NC^2\ H^5 + N^2\ C^{12}\ H^7\ O^8$$

Denkt man sich nach dem Vorbilde der von Rochleder[1] entworfenen Schemata die Amalinsäure als entstanden aus Kaffeegerbsäure, die sich etwa erst zu Viridinsäure orydirt, und Ammoniak, so wäre diese Umsetzung nach folgender Gleichung denkbar:

Viridinsäure.  Amalinsäure.

$$C^{14}\ H^7\ O^8 + 2NH^3 + O^{10} = N^2\ C^{12}\ H^7\ O^8 + 2CO^2 + 6HO.$$

In ähnlicher Weise könnten aus 1 Aeq. Zucker und 6 Aeq. Ammoniak 3 Aeq. Blausäure (Cyanwasserstoff) und 3 Aeq. Methylamin neben Wasser entstehen:

Zucker  Cyanwasserstoff Methylamin.

$$C^{12}\ H^{12}\ O^{12} + 6NH^3 = 3NC^2\ H + 3NC^2\ H^5 + 12HO.$$

Nach allem was ich oben bei wiederholter Gelegenheit über dergleichen Formelzusammensetzungen gesagt habe, glaube ich nicht, daß ich mich ausdrücklich gegen den Verdacht verwahren muß, als wollte ich durch jene Gleichungen den wirklichen Entwicklungsgang bezeichnet wissen. Allein deshalb scheinen mir solche Beziehungen in der Zusammensetzung der Mittheilung werth, weil die im höchsten Grad beachtungswürdigen Spaltungsweisen, wie sie die schöne Entdeckung Piria's für Salicin und die nicht minder ausgezeichneten Beobachtungen Rochleder's für Caffein kennen lehrten, doch die eigentlichen Winke sind, von welchen sich in der Zukunft die reichste Ausbeute für die Entwicklungsgeschichte hoffen läßt.

Die stickstofffreien Körper, aus welchen auf jene Weise die stickstoffhaltigen Alkaloide oder das Amygdalin hervorgehen, werden natürlich die allerverschiedensten sein. Als Böder das indifferente Columbin in den Zellen des Parenchyms, das columbosaure Berberin dahingegen vorzugsweise in den Verdickungsschichten der Gefäße und der den Gefäßen zunächst liegenden Zellen beobachtet hatte, kam er auf den Gedanken, das columbosaure Berberin möchte sich aus Columbin und den Elementen des Ammoniaks entwickeln[2].

Columbin.  Berberin.  Columbosäure.

$$2\,C^{42}\ H^{24}\ O^{14} + NH^3 = NC^{42}\ H^{18}\ O^9 + C^{42}\ H^{21}\ O^{11} + 8HO.$$

---

1) Liebig und Wöhler, Annalen, Bd. LXXI, S. 11.

2) Böder in Liebig und Wöhler, Annalen, Bd. LXIX, S. 52, 53.

Wenn auch Böbeker's Versuche, aus Columbin und Ammoniak columbosaures Berberin zu gewinnen, bisher erfolglos blieben, so sind doch solche Gedanken herzerfreuende Wegweiser auf der Bahn der Forschung, auf der sich Mancher in fruchtlosen Versucheleien verirrt. Henle hat ganz richtig gesagt: Niemand mag beobachten, ob das Wasser bergab fließt; wenn nur auch Niemand in der Nordsee beobachten wollte, wie das Wasser des Neckars zusammengesetzt ist.

Auf die Entstehung des Berberins übt vielleicht die zuvor gebildete Columbosäure einen bedeutenden Einfluß. Denn daß die Säuren in diesem Sinne überhaupt gleichsam prädisponirend die Bildung von Alkaloiden veranlassen, das geht aus den oben mitgetheilten Thatsachen hervor, welche eine Vertretung fehlender anorganischer Basen durch organische Alkaloide lehren (Vgl. S. 298, 299).

Mögen nun aber die Alkaloide und die indifferenten Stoffe aus Eiweißkörpern oder aus stärkmehlartigen Verbindungen hervorgehen, mögen sie selbst unmittelbare Erzeugnisse einer Orybation sein oder durch Orybation neben sauerstoffreichen Bestandtheilen gebildet werden, so viel scheint mir aus der Krystallisationsfähigkeit und dem Vorkommen der meisten dieser Stoffe abgeleitet werden zu dürfen, daß sie etwa dem Kreatinin und dem Harnstoff des Thierkörpers an physiologischer Bedeutung verglichen werden dürfen.

# Kap. III.

## Die Farbstoffe.

### §. 1.

Nur deshalb sind die das Auge so angenehm überraschenden Stoffe, welche die Farben der Pflanzen bedingen, so mangelhaft unterfucht, weil sie in unverhältnißmäßig geringer Menge eine außerordentliche Wirkung erzeugen und doch häufig einen so wenig ausgeprägten chemischen Charakter besitzen, daß einer Physiologie der Pflanzenfarben bisher nur eine sehr mangelhafte Grundlage chemischer Thatsachen untergebreitet werden konnte. Kleine Veränderungen in der stofflichen Mischung bewirken so vielerlei umfangreiche Abstufungen in dem Farbengepränge, daß in der Regel der bedingende Stoffumsatz in seiner Größe weit zurückbleibt hinter dem leuchtenden Schein, mit dem die Blüthe ins Auge strahlt. Daher rührt es, daß eben die Farbengluth, die zuerst unsren Blick für die Pflanzenwelt fesselt, noch so auffallend unvollkommen auf stoffliche Vorgänge zurückgeführt worden ist.

In dem Licht erglüht die Farbe. Die Theile, die dem Licht ausgesetzt sind, führen beinahe ausschließlich die ausgebildeten Farbstoffe, sind die Träger der wirklichen Farbe. Am weitesten nach innen erstreckt sich der grüne Farbstoff von Blättern und Stengeln. Sehr häufig birgt die Blüthenknospe grüne, bisweilen auch weiße Blumenblätter, die sich färben, indem sie sich im Licht entfalten. Viel seltner ist die eigenthümliche Farbe der Blume schon innerhalb der Knospe vorhanden.

Bald sind die Farbstoffe im wässerigen Inhalt der Zellen gelöst, wie namentlich die rothen und blauen. Bald bedingt es ihre harzige Beschaffenheit, daß sie in Wasser unlöslich sind und in der Gestalt von Körnchen die Zellen erfüllen; so ist es mit vielen gelben Farbstoffen und dem Blattgrün, die mit einander die Eigenthümlichkeit theilen, daß sie nicht selten in tieferen Zellschichten gefunden werden [1].

In manchen Fällen gehört der Farbstoff den Verdickungsschichten der Zellen an.

Eine allgemeine Charakteristik der Pflanzenfarbstoffe läßt sich, wie aus den obigen Andeutungen hervorgeht, nicht geben. Viele Farbstoffe sind als schwache Säuren zu betrachten, andere sind indifferent, einzelne basisch.

### §. 2.

Beinahe alle grüne Pflanzentheile verdanken ihre Farbe jenem Blattgrün, welches ich oben bereits als den Trabanten einer sehr allgemein verbreiteten Wachsart [2] angeführt habe. Dieses Blattgrün ist bald formlos, bald körnig durch den Inhalt der Zellen vertheilt, und indem in den Körnchen, welche die Botaniker als Chlorophyll beschreiben, sehr häufig um ein Kernchen von Wachs oder von Stärkmehl der reine Farbstoff gelagert ist, hat Mulder den letzteren als C Chlorophyll von dem B Chlorophyll der Botaniker unterschieden. In den Epidermiszellen pflegt das Chlorophyll zu fehlen.

Unstreitig ist dieses reine Chlorophyll der Chemiker, von dem hier allein die Rede sein soll, von allen Farbstoffen am weitesten verbreitet, und doch ist die Menge desselben in den Blättern so gering, daß die Darstellung des Blattgrüns den größten Schwierigkeiten unterworfen ist. Daher besitzen wir nur Eine Analyse von demselben, welche die Formel $NC^{18}$ $H^9$ $O^8$ ergeben hat (Mulder). Dieses Blattgrün war den Blättern von Populus tremula entnommen.

Das Chlorophyll ist unlöslich in Wasser, löslich in Alkohol und Aether. Kaustische und kohlensaure Alkalien, Kalk- und Barytwasser lösen es mit grüner Farbe. Essigsäure fällt dasselbe aus diesen Lösungen, ist aber für sich im Stande, das Chlorophyll zu lösen. In Salzsäure wird das Chlorophyll gelöst, durch Marmor jedoch aus der Lösung ausgeschieden. Auch Wasser fällt das Chlorophyll aus der salzsauren Lösung und läßt einen gelben Körper gelöst. Wenn man den

---

1) Vgl. Schleiden, a. a. O. Bd. I, S. 191.

2) Vgl. oben S. 150.

durch Marmor gewonnenen Niederschlag des Blattgrüns trocknet und darauf wieder in Alkohol löst, dann nimmt der Alkohol häufig eine blaue Farbe an. Das Chlorophyll läßt sich demnach in einen gelben und einen blauen Farbstoff zerlegen, deren verschiedenes Verhältniß eine Hauptursache der zahllosen Schattirungen sein mag, welche die grüne Farbe in Blättern und Stengeln zeigt. (Berzelius, (Mulder) [1]).

Am einfachsten läßt sich diese Zersetzbarkeit des Chlorophylls in einen gelben und einen blauen Farbstoff nach meinen Beobachtungen darthun, wenn man die schön saftgrüne ätherische Lösung des Chlorophylls mit starker Salzsäure versetzt. Dann trennt sich die Flüssigkeit in eine untere blaugrüne salzsaure und eine obere schmutziggelbe ätherische Schichte.

Wenn eine alkoholische oder ätherische Lösung des Chlorophylls dem Lichte ausgesetzt wird, dann wird sie nach meinen Beobachtungen erst bräunlich, zuletzt gelb (Berzelius, Mulder).

Nach Berzelius besteht die einfachste Darstellung des Chlorophylls darin, daß man die grünen Pflanzentheile mit Aether auszieht, der jedoch nicht nur den Farbstoff, sondern zugleich das früher beschriebene Wachs auflöst [2]). Man läßt den Aether verdunsten, behandelt den Rückstand mit heißem Alkohol und läßt die alkoholische Lösung erkalten, wobei sich das Wachs in Flocken ausscheidet, während das Chlorophyll gelöst bleibt. Auch die alkoholische Lösung wird jetzt verdampft, der Rückstand in Salzsäure gelöst und endlich der Farbstoff durch Wasser niedergeschlagen und gewaschen. In Folge dieser Darstellung wird das Chlorophyll schwer löslich in Alkohol und in Aether.

### §. 3.

Jener gelbe Farbstoff, der durch Zersetzung des Chlorophylls entstehen kann, ist nach Berzelius derselbe, der in den Herbstblät-

---

1) Vgl. meine Uebersetzung von Mulder's physiologischer Chemie, Heidelberg 1844, S. 283—285.

2) Vgl. oben S. 150.

tern auftritt und von diesem Chemiker mit dem Namen Xanthophyll, Blattgelb, belegt worden ist. Auch das Blattgelb findet sich stets in Begleitung von Wachs.

Bisher ist das Xanthophyll keiner Elementaranalyse unterworfen worden.

Das eigentliche Lösungsmittel des gelben Farbstoffs der Herbstblätter ist der Aether. In Alkohol wird derselbe weniger reichlich, in Wasser gar nicht gelöst.

Alkalien lösen das Blattgelb auf, wenn auch nicht in bedeutender Menge; durch Säuren entsteht in den gelben Lösungen ein gelber Niederschlag.

Im Sonnenlicht wird das Xanthophyll allmälig entfärbt, durch Schwefelsäure gebräunt und dabei in geringer Menge gelöst.

Das Blattgelb kann durch Alkohol aus den gelben Blättern ausgezogen werden. Wenn man den Alkohol abdestillirt, dann wird der Rückstand körnig getrübt durch das Xanthophyll, das sich mit Harz, Fett und Spuren von Wachs verunreinigt ausscheidet. Diese körnige Masse wird noch einmal in Alkohol gelöst und mit einer alkoholischen Bleizuckerlösung versetzt, welche jene beigemengten Stoffe niederschlägt. Nach der Filtration entfernt man das überschüssig zugesetzte Blei durch etwas Salzsäure, verdünnt die Lösung mit Wasser und destillirt die Säure und den Alkohol ab. Nach dem Trocknen bildet das Blattgelb einen schmierigen Körper. Berzelius.

In den Blättern sehr vieler Pflanzen, die rothe Früchte tragen, entwickelt sich im Herbst statt des gelben Farbstoffs ein rother, das sogenannte Erythrophyll oder Blattroth. Berzelius fand, daß dieses Blattroth der Herbstblätter übereinstimmt mit dem rothen Farbstoff der Kirschen und Johannisbeeren. Das Blattroth, dessen Zusammensetzung wir nicht kennen, ist dadurch ausgezeichnet, daß es sich in Wasser und Alkohol löst, dagegen in Aether nicht.

Wenn man die wässerige Lösung des Blattroths verdampft, dann bräunt sich der Farbstoff und er scheidet sich theilweise aus. Kalkmilch erzeugt in der rothen Lösung eine graugrüne Fällung. Alkalien ertheilen dem Blattroth eine grüne Farbe.

Berzelius hat das Blattroth dargestellt, indem er rothe Herbstblätter mit Alkohol auszog und die alkoholische Lösung mit Wasser versetzte, welches Fett und Wachs niederschlug. Durch essigsaures Blei wurde dann aus der wässerigen Lösung das Erythrophyll gefällt mit grüner Farbe, die bald in Graubraun überging. Das Blei ließ sich durch Schwefelwasserstoff ausscheiden, dabei wurde der Farbstoff wieder gelöst und schließlich die Lösung eingedampft, der Rückstand getrocknet.

§. 4.

In den kugelrunden Zellen der Flechten ist nach den Untersuchungen von Knop und Schnedermann statt des Chlorophylls ein anderer grüner Farbstoff enthalten, dem diese Chemiker den Namen Thallochlor gegeben haben.

Einer Elementaranalyse haben Knop und Schnedermann das Flechtengrün oder Thallochlor nicht unterworfen, weil es nur in äußerst geringer Menge aus den Flechten gewonnen und nur mit großer Mühe gereinigt wird.

Das Thallochlor ist unlöslich in Wasser, dagegen wird es in starkem Weingeist und in Aether mit dunkelgrüner Farbe gelöst. Ein wesentliches Unterscheidungsmerkmal vom Chlorophyll geben Knop und Schnedermann dahin an, daß das Thallochlor von Salzsäure wenig oder gar nicht gelöst wird.

Gegen Basen verhält sich das Flechtengrün wie eine schwache Säure; aus der alkoholischen Lösung wird es mittelst trocknen Kalkhydrats gelbgrün, durch eine weingeistige Lösung von essigsaurem Bleioxyd grün gefällt.

Knop und Schnedermann bereiteten das Flechtengrün aus Cetraria islandica. Das isländische Moos wurde mit Aether ausgezogen. Wie der Aether theilweise abdestillirt wurde, schied sich verunreinigende Cetrarsäure aus. Nach der Filtration wurde der Aether ganz verdampft, der Rückstand in kochendem Weingeist gelöst und die Lösung mit etwas siedendem Wasser versetzt. Durch ein- oder zweimalige Wiederholung dieses Verfahrens wird Lichosterinsäure entfernt, die sich selbst in sehr verdünntem, heißem Weingeist leicht löst. Durch Filtration erhält man das Thallochlor, das jedoch noch mit Cetrarsäure und mit einem braunen Körper, der an der Luft aus Thallochlor entsteht, verunreinigt ist. Da sich diese verunreinigenden Stoffe in Steinöl nicht lösen, Thallochlor dagegen wohl, so läßt sich das Flechtengrün aus dem Rückstand durch Steinöl auflösen. Diese Lösung eingedampft, der Rückstand getrocknet, giebt mit Aether oder starkem Weingeist dunkelgrüne Lösungen, in welchen das Flechtengrün nur noch mit Fett verunreinigt ist. Die weingeistige Lösung giebt mit essigsaurem Blei, das in Alkohol gelöst ist, den vorhin erwähnten grünen Niederschlag, den man mit Aether auskocht, um das Fett vollends zu entfernen, und dann mittelst Essigsäure zerlegt. Auf diese Weise läßt sich das Thallochlor als eine spröde, pulverisirbare Masse gewinnen [1]).

## §. 5.

In der Wurzel von Rubia tinctorum und Rubia mungista ist nach Decaisne eine gelbliche Flüssigkeit enthalten, welche das Innere der Zellen erfüllt. Die jugendliche Wurzel ist blaßgelb und nimmt erst mit zunehmendem Alter eine dunklere Farbe an.

An der Luft röthet sich die Wurzel und zwar zuerst in dem Theil des Zellgewebes, welcher den Gefäßen am nächsten ist. Zu diesen Gefäßen gehören die Saftgefäße. Darauf röthet sich der Inhalt derjenigen Zellen, welche in den Zwischenräumen der punktirten Gefäße in der Mitte der Wurzel liegen. Zuletzt entsteht die rothe Farbe an verschiedenen Stellen des Zellgewebes, welches den fleischigen Theil der Wurzel darstellt.

Das Wesentliche dieses Vorkommens beruht darauf, daß die farbige Flüssigkeit in den Zellen und in den Saftgefäßen, nicht in besonderen Höhlungen ihren Sitz hat (Decaisne) [2]).

Bei jener Röthung scheidet sich der Farbstoff in der Gestalt von Körnchen aus, welche nach Art der Harze zum Theil in Alkohol gelöst werden. Jod färbt die Körnchen nicht blau, und man kann dieselben mittelst des Mikroskops nur wahrnehmen, wenn mehre Körnchen sich zu einem Häufchen vereinigt haben, was indeß nach meinen Erfahrungen regelmäßig geschieht.

Durch jene Beobachtungen von Decaisne werden demnach die früheren Angaben von Chevreul und Köchlin bestätigt, daß das Krapproth als solches nicht in der frischen Krappwurzel enthalten

---

1) Knop und Schnedermann in Liebig und Wöhler, Annalen, Bd. LV, S. 154, 155.

2) Erdmann und Marchand, Journal, Bd. XV, S. 395.

ift, sondern erst aus einem gelben Farbstoffbildner (Chromogen, Schloßberger) hervorgeht.

Ursprünglich besteht das Krapproth vorzugsweise aus Alizarin, dem Wolff und Strecker die Formel $C^{20}H^6O^6$ beilegen [1]). Das Alizarin krystallisirt nach Debus in morgenrothen, durchsichtigen, langen Nadeln und Säulen.

In Wasser und Alkohol wird Alizarin selbst in der Siedhitze nur wenig gelöst; es nimmt dabei eine gelbe Farbe an. Starke Schwefelsäure erzeugt mit dem Alizarin eine dunkel gelbbraune Lösung, aus welcher das Wasser tief orangefarbige Flocken niederschlägt In ätzenden und kohlensauren Alkalien löst sich das Alizarin leicht, mit prächtig purpurrother Farbe; durch Säuren entsteht ein Niederschlag von tief orangefarbigen Flocken.

Kalk- und Barytwasser geben in der Kalilösung, die Salze von Bittererde und Eisenoxyd in der ammoniakalischen Lösung des Alizarins purpurfarbige Niederschläge.

Eine Auflösung von Zinnoxydul in kaustischem Kali reducirt das Alizarin. Schunck [2]).

Bei der Gährung des Krapps verwandelt sich das Alizarin in Purpurin $C^{18}H^6O^6$. Wolff und Strecker.

Um das Alizarin aus der Krappwurzel zu gewinnen, verfährt Schunck in folgender Weise. Die Wurzel wird mit einer reichlichen Wassermenge mehre Stunden lang gekocht und siedendheiß durch ein Stück Zitz gegossen. Durch Säuren erhält man aus dieser dunkelbraunen Lösung einen dunkelbraunen Niederschlag, der so lang mit kaltem Wasser gewaschen werden muß, bis alle Säure entfernt ist. Der Rückstand wird dann mit kochendem Alkohol ausgezogen, der in der Siedhitze filtrirt wird und beim Erkalten Harz absetzt. Die filtrirte Lösung wird zum Kochen erhitzt und darauf mit frisch gefälltem Thonerdehydrat versetzt. Das Alizarin bildet mit der Thonerde einen rothen Niederschlag, der aber zugleich noch andere Stoffe enthält; von diesen Verbindungen bleibt beim Kochen mit einer Lösung

1) Liebig und Wöhler, Annalen, Bd. LXXV, S. 1—27.

2) Vgl. Schunck in Liebig und Wöhler, Annalen, Bd. LXVI, S. 188—190.

von kohlensaurem Kali nur die Alizarin-Thonerde ungelöst. Die tief braunrothe Alizarin-Thonerde wird durch kochende Salzsäure zersetzt; das Alizarin bleibt als ein hellrothes, etwas krystallinisches Pulver zurück, das gehörig ausgewaschen und schließlich aus kochendem Alkohol umkrystallisirt werden muß [1]).

### §. 6.

Die Blüthen von **Carthamus tinctorius**, die den bekannten Saflor liefern, enthalten einen rothen Farbstoff, das Carthamin.

Nach den neuesten Untersuchungen Schlieper's besitzt das Carthamin die Formel $C^{14} H^8 O^7$, welche eine Isomerie mit der Kaffeegerbsäure ausdrücken würde, wenn nicht von Schlieper außerdem 0,3 Procent Stickstoff in dem Carthamin gefunden wären [2]). Es gelang bisher nicht das Mischungsgewicht dieses Farbstoffs zu bestimmen.

Schlieper beschreibt das Carthamin als ein dunkel braunrothes, grünlich schillerndes Pulver, das in dünnen Schichten oder auch in Weingeist gelöst die schönste Purpurfarbe zeigt.

Das Carthamin löst sich ziemlich leicht in Alkohol, zumal in warmem, schwer in Wasser, gar nicht in Aether. In kohlensauren und in ätzenden Alkalien wird das Carthamin in jedem Verhältnisse gelöst. Trotzdem ist nach Schlieper das Carthamin durchaus als ein indifferenter Körper zu betrachten.

Alkalische, ja selbst wässerige und alkoholische Lösungen des Carthamins werden beim Kochen zersetzt, und diese außerordentliche Unbeständigkeit ist für das Carthamin bezeichnend. Durch das Kochen in Alkohol entsteht nach Schlieper ein gelbes Oxydationsprodukt, dessen Analyse zu der empirischen Formel $C^{14} H^7 O^9$ geführt hat. Indem das Carthamin 1 Aeq. Wasser verliert und 3 Aeq. Sauerstoff aufnimmt, soll dieser neue Körper entstehen:

$$\text{Carthamin}$$
$$C^{14} H^8 O^7 - HO + O^3 = C^{14} H^7 O^9.$$

---

1) Schunck, ebendaselbst S. 176—179.

2) Liebig und Wöhler, Annalen, Bd. LVIII, S. 364.

Aus den Blüthen von Carthamus tinctorius wird zur Bereitung des Carthamins durch Waschen mit Wasser erst ein gelber
Farbstoff, das Saflorgelb, entfernt. Darauf wird der Saflor mit
einer Lösung von kohlensaurem Natron ausgezogen. Die rothe Lösung
wird allmälig mit Essigsäure gesättigt, wobei sich das Carthamin auf
Baumwolle, die man in die Lösung bringt, niederschlägt. Von der
gewaschenen Baumwolle wird dann wieder der Farbstoff in Alkalien
gelöst, der auf den Zusatz von Citronensäure in leichten, schön car-
minrothen Flocken niederfällt, die durch Decantiren gewaschen werden,
weil Filtrirpapier das fein zertheilte Carthamin durch seine Poren hin-
durchläßt, so wie das Waschwasser keine Salze mehr enthält [1]).

## §. 7.

Die kaum aufgeblühte Pflanze von Carthamus tinctorius ist
am reichsten an Farbstoff. Neben dem soeben beschriebenen Carthamin
enthält der Saflor einen gelben Farbstoff, das sogenannte Saflorgelb.

Schlieper hat dasselbe analysirt und, ohne das Mischungsgewicht bestimmen zu können, die empirische Formel $C^{24} H^{15} O^{15}$ gefunden. Der Körper enthielt außerdem etwas Stickstoff, indeß noch
kein halbes Procent.

Das Saflorgelb ist in Wasser und in Alkohol löslich. Die wässerige Lösung reagirt sauer; sie besitzt eine dunkel braungelbe Farbe,
einen eigenthümlichen Geruch und einen bitter salzigen Geschmack.

In der wässerigen Lösung nimmt das Saflorgelb sehr leicht
Sauerstoff auf, und dabei scheidet sich ein in Wasser unlöslicher, in
Alkohol dagegen sehr leicht löslicher, brauner Körper ab, dessen Zusammensetzung Schlieper durch die empirische Formel $C^{24} H^{12} O^{13}$
ausdrückt. Diese und die Formel des Saflorgelbs haben nach Schlieper keinen anderen Werth, als das Verhältniß des Sauerstoffs in
beiden Körpern zu versinnlichen. Denn;

$$C^{24} H^{15} O^{15} - 3 HO + O = C^{24} H^{12} O^{13}.$$

Zur Bereitung des Saflorgelbs wird nach Schlieper bengali-
scher Saflor mit Wasser ausgezogen und die mit Essigsäure angesäuerte

---

1) Schlieper, a. a. O. S. 362, 363.

Flüssigkeit mit essigsaurem Bleioxyd versetzt, das gummiartige Stoffe und Eiweiß niederschlägt, den Farbstoff jedoch in Verbindung mit Bleioxyd in der Essigsäure gelöst läßt. Durch Sättigung mit Ammoniak wird die Verbindung des Bleioxyds mit Saflorgelb in orangegelben Flocken ausgeschieden. Verdünnte Schwefelsäure trennt den Farbstoff vom Blei, und ein Zusatz von essigsaurem Baryt entfernt die überschüssig zugefügte Schwefelsäure. Nach der Filtration wird die Flüssigkeit bis zur Syrupsdicke eingedampft, sodann mit Alkohol von zurückgebliebenem Eiweiß und Gummi getrennt, die alkoholische Farbstofflösung filtrirt und abgedampft. Wasser löst hierauf den reinen Farbstoff mit schön gelber Farbe, während er den oxydirten braunen Farbstoff, der sich bei der Darstellung bildete, ungelöst zurückläßt [1]).

## §. 8.

In dem Sandelholz von Pterocarpus santalinus ist ein harzähnlicher rother Farbstoff enthalten, den Pelletier als Santalin, Meyer als Santalsäure beschrieben hat.

Nach den Analysen von Weyermann und Häffely wird das Santalin ausgedrückt durch die Formel $C^{30} H^{14} O^{10}$ ([2]).

Dieser Farbstoff ist in Wasser unlöslich, löst sich dagegen mit blutrother Farbe in Alkohol und in Aether. In Alkalien, in den feuerbeständigen wie im flüchtigen Ammoniak, löst er sich mit violetter Farbe. Auch in warmer Essigsäure und in starker Schwefelsäure wird er gelöst.

Lösungen des freien Santalins röthen das Lackmus. Der saure Farbstoff verbindet sich mit Kalk und Baryt zu Salzen, die in Wasser beinahe ganz unlöslich sind.

Man gewinnt das Santalin, indem man das Sandelholz mit Aether auszieht und die ätherische Auflösung mit Bleioxydhydrat versetzt. Dann wird nach Bolley [3]) das Bleioxyd röthlich violett gefärbt. Leitet man nun Schwefelwasserstoff in die Flüssigkeit, dann

---

1) Schlieper in Liebig und Wöhler, Annalen, Bd. LVIII, S. 358 u. folg.

2) Liebig und Wöhler, Annalen Bd. LXXIV, S. 227, 228.

3) Liebig und Wöhler, Annalen, Bd. LXII, S. 132, 133.

wird diese beinahe ganz farblos, und zwar haftet der Farbstoff am Schwefelblei, aus welchem er durch Alkohol ausgezogen wird.

### §. 9.

Das Blauholz von Haematoxylon campechianum führt einen blaßgelben Farbstoff, das Hämatoxylin, welches als der Mutterkörper des rothen Hämateins betrachtet werden darf.

Nach Erdmann's Analysen gehört dem Hämatoxylin die Formel $C^{40} H^{17} O^{15} + 8 HO$. Die Krystalle dieses Farbstoffs sind blaßgelbe, durchsichtige, stark glänzende, schiefe rectangulaire Säulen.

In kaltem Wasser, in Weingeist und in Aether wird das Hämatoxylin nur langsam gelöst.

Alkalien lösen das Hämatoxylin mit Leichtigkeit und bestimmen dasselbe zur Aufnahme von Sauerstoff. In Kali wird das Hämatoxylin erst veilchenblau, dann purpurroth und zuletzt braun. Die ammoniakalische Lösung wird an der Luft schwarzroth und scheidet auf den Zusatz von Essigsäure das rostfarbige Hämatein aus.

Dieses Hämatein, dessen Zusammensetzung durch die Formel $C^{40} H^{14} O^{16}$ ausgedrückt wird, löst sich schwer in kaltem Wasser, noch schwerer in Aether, dagegen leicht in heißem Wasser und in Alkohol. Getrocknet nimmt das Hämatein eine dunkelgrüne Farbe und Metallglanz an. Es giebt jedoch ein rothes Pulver und scheint in dünnen Schichten roth durch.

Man gewinnt das Hämatoxylin aus dem Extract des Blauholzes, das, weil es leicht zusammenbackt, mit Quarzsand gemengt und dann mit Aether ausgezogen wird. Von der filtrirten Lösung wird der Aether abbestillirt, der Rückstand mit Wasser versetzt, und durch Umkrystallisiren werden die blaßgelben Säulen des Hämatoxylins gewonnen.

### §. 10.

In der Aloë, dem eingedampften bitteren Safte, der unter der Oberhaut der Blätter von Aloë soccotrina, A. spicata, A. vulgaris in eigenen Gefäßen vorkommt[1]), findet sich ein Körper, der im reinen Zustande ursprünglich beinahe farblos ist, an der Luft jedoch eine tief rothe Farbe annimmt. Es ist Robiquet's Aloëtin.

Robiquet giebt diesem Körper, der in Schuppen krystallisirt, die Formel $C^6 H^{14} O^{10}$, erklärt jedoch diesen Ausdruck selbst für empirisch[2]).

Das Aloëtin ist leicht löslich in Wasser und Alkohol, dagegen wenig in Aether und gar nicht in ätherischen oder fetten Oelen. Es ist ein Körper von harziger Beschaffenheit. Die Krystallschuppen brauchen nur an der Luft getrocknet zu werden, um die oben erwähnte rothe Farbe anzunehmen.

Salpetersäure erzeugt aus dem Aloëtin neben anderen Zersetzungsprodukten die Chrysamminsäure, die im trocknen Zustande ein amorphes, bisweilen krystallinisches Pulver darstellt, von gelber Farbe, bisweilen mit einem Stich ins Grüne. Die Chrysamminsäure ist in kaltem Wasser wenig löslich, leichter in der Siedhitze, noch leichter in Alkohol und Aether. Die Lösungen sind purpurroth[3]). Chrysamminsäure ist nach Mulder eine ebenso kräftige Säure wie die Kleesäure. Die meisten Salze derselben sind schön roth, einige, z. B. die Eisensalze, violett. Nach Robiquet ist die Formel der Chrysamminsäure $N^2 C^{15} H^2 O^{13}$, nach Mulder $N^2 C^{14} HO^{11} + HO$.

Die Darstellung des Aloëtins ist nach Robiquet[4]) folgende. Gepulverte Aloë wird mit kaltem Wasser ausgezogen, die Lösung im Wasserbade zur Hälfte eingedampft und mit essigsaurem Bleioxyd im Ueberschuß versetzt. Dabei entsteht ein Niederschlag, der hauptsächlich Gallussäure, Ulminsäure und Eiweiß aus der Lösung entfernt. Diese wird mit Ammoniak niedergeschlagen; der Niederschlag bildet einen ziemlich reinen orangegelben Lack, aus Aloëtin und Bleioxyd bestehend. Schwefelwasserstoff scheidet das Blei ab. Die über dem Schwefelblei stehende farblose Flüssigkeit wird im luftleeren Raum verdampft. Dann erhält man das Aloëtin in Form eines schuppigen Firnisses.

---

1) Vgl. G. Bischoff, Medicinisch-pharmaceutische Botanik, Erlangen, 1844. S. 704. 705.

2) Liebig und Wöhler, Annalen, Bd. LX, S. 298.

3) Mulder, scheikundige onderzoekingen, Deel IV, p. 466, 467.

4) Liebig und Wöhler, Annalen, Bd. LX, S. 297.

## §. 11.

Indigo ist ein blauer Farbstoff, der als solcher nicht im Pflanzenreich vorkommt, sondern durch Aufnahme von Sauerstoff aus dem Indigweiß hervorgeht. Letzteres findet sich wahrscheinlich in löslicher Verbindung mit Basen in mehren Indigofera-Arten, in Nerium tinctorium, Isatis tinctoria, Polygonum tinctorium, Wrightia tinctoria, Galega tinctoria u. a. Es ist nicht in allen Arten derselben Gattung vorhanden [1]).

Das Indigweiß besitzt nach Dumas die Formel $NC^{16} H^5 O + HO$. Es löst sich nicht in Wasser, wohl aber in Alkohol und Aether, und leicht in Alkalien. Die alkalischen Lösungen sind gelb und geben mit verschiedenen Metallsalzen Niederschläge von verschiedener Farbe. Auch durch Säuren werden die alkalischen Lösungen gefällt.

Am wichtigsten ist aber die Neigung des Indigweißes Sauerstoff aufzunehmen, wobei es sich in Indigblau, $NC^{16} H^5 O^2$, verwandelt, das sich von dem wasserfreien Indigweiß nur durch Mehrgehalt von 1 Aeq. Sauerstoff unterscheidet. Das Indigblau ist in Wasser, Alkohol, Aether, Alkalien, verdünnter Salzsäure und Schwefelsäure unlöslich, wird jedoch in starker Schwefelsäure mit dunkelblauer Farbe gelöst.

Daß der Farbstoffbildner des Indigblaus wirklich im farblosen Zustande in der Pflanze vorkommt, geht daraus hervor, daß Pelletier ein Blatt von Indigofera, indem er das Blattgrün in Aether löste, vollständig entfärben konnte und es nachher an der Luft blau werden sah. Trotzdem hat man bisher das Indigweiß nicht unmittelbar aus den betreffenden Pflanzentheilen gewinnen können, sondern nur durch Reduction des Indigblaus. Zu dieser benützt man bald schwefelsaures Eisenoxydul und Kalk, bald Traubenzucker nebst Kali.

## §. 12.

Die Orseille ist das Erzeugniß mehrer Flechtenarten, die verschiedene Farbstoffbildner enthalten, aus welchen trotz der ursprünglichen

---

1) Vgl. Schloßberger, Lehrbuch der organischen Chemie. Stuttgart 1850. S. 507.

Verschiedenheit häufig dieselben farbigen Körper hervorgehen. Hierher gehörige Flechten sind vorzugsweise die Roccella tinctoria, Lecanora parella, Lecanora tartarea, Variolaria dealbata, Evernia prunastri, Gyrophora pustulata, u. a.

Zum Vertreter der Farbstoffbildner dieser Flechten wähle ich die in Roccella tinctoria vorkommende Erythrinsäure, welche nach den Analysen von Stenhouse die Formel $C^{20} H^{10} O^9 + HO$ besitzt[1].

Die farblose und geruchlose Erythrinsäure löst sich nur sehr schwer in kaltem, und erst in 240 Theilen heißem Wasser, leicht dagegen in Alkohol und Aether. Chlorkalk ertheilt ihr eine blutrothe Farbe.

Wenn man die Erythrinsäure mit Barytwasser kocht, dann zerfällt sie in Orsellinsäure und Pikroerythrin:

2 Aeq. Erythrinsäure        Orsellinsäure      Pikroerythrin.

$$C^{40} H^{22} O^{20} + 2HO = C^{16} H^8 O^8 + C^{24} H^{16} O^{14}.$$

Die Orsellinsäure selbst zerfällt beim weiteren Kochen in Orcin und Kohlensäure:

Orsellinsäure        Orcin.

$$C^{16} H^8 O^8 = C^{14} H^8 O^4 + 2 CO^2.$$

Orcin krystallisirt in großen farblosen Prismen, die sich sehr leicht in Wasser und Weingeist lösen und stark süß schmecken. Dieser Stoff nun ist der nächste Mutterkörper des Farbstoffs der Orseille und kann noch aus mehren anderen Flechtenstoffen gewonnen werden. Setzt man nämlich das Orcin im feuchten Zustande der Luft und der Einwirkung des Ammoniaks aus, dann verwandelt es sich in Orcein, $NC^{14} H^7 O^6$. Laurent, das mit Ammoniak eine tiefrothe, mit den feuerbeständigen Alkalien eine violette Farbe erzeugt. Da das Orcin bei der Umwandlung in Orcein wirklich Sauerstoff und Ammoniak aufnimmt, so läßt sich die Bildung des Orceins durch folgendes Schema versinnlichen:

Orcin                     Orcein

$$C^{14} H^8 O^4 + O^6 + NH^3 = NC^{14} H^7 O^6 + 4 HO \ (^2).$$

---

1) Liebig und Wöhler, Annalen, Bd. LXVIII, S. 73.
2) Vgl. Schlossberger, a. a. O. S. 544.

Auf dieſem Wege entſteht aus der Erythrinſäure, wie aus vie=
len anderen Säuren der Flechten, der Farbſtoff der Orſeille.

Nach Stenhouſe wird die Erythrinſäure aus Roccella tinctoria gewonnen, indem die Flechte mit überſchüſſiger Kalkmilch ge=
kocht und darauf die Flüſſigkeit durch Salzſäure geſättigt wird. Es
entſteht ein gallertartiger Niederſchlag, der nach dem Waſchen und
Trocknen in heißem — jedoch nicht kochendem — Alkohol gelöſt wird.
Durch Entfärbung mit Kohle und Umkryſtalliſiren wird die Erythrin=
ſäure gereinigt [1]).

### §. 13.

Eine ſehr verbreitete Säure, welche in vielen Usnea-Arten, fer=
ner in mehren Arten der Gattung Cladonia, in Parmelia, Evernia,
Ramalina, Alectoria und anderen Flechten gefunden wurde, iſt die
Uſneaſäure oder Uſninſäure.

Nach Knop wird ſie in den Salzen, wie im freien Zuſtande,
ausgedrückt durch die Formel $C^{38} H^{17} O^{14}$ [2]). Aus Aether kryſtalli=
ſirt die Uſninſäure in ſtrohgelben bis ſchwefelgelben, durchſichtigen
Blättchen.

Sie iſt unlöslich in Waſſer, ſehr wenig löslich ſelbſt in heißem
Alkohol; in kaltem Aether wird ſie ſchwer, dagegen leicht in kochendem
Aether gelöſt. Auch ihre Alkaliſalze ſind in Waſſer ſchwer löslich.

Starkes Aetzkali löſt die Uſninſäure in der Wärme mit karmin=
rother Farbe. Die Löſung giebt mit Säuren einen goldgelben Nie=
derſchlag. Jene rothe Farbe iſt hier nicht durch Orceinbildung be=
dingt.

Für die Uſninſäure empfiehlt Stenhouſe dieſelbe Bereitungs=
weiſe, die im vorigen Paragraphen für die Erythrinſäure beſchrieben
wurde.

### §. 14.

Ueber die Menge der Farbſtoffe in den betreffenden Pflanzen=

---

1) Stenhouſe, in den Annalen von Liebig und Wöhler, a. a. O. S. 58.
2) Knop, in Liebig und Wöhler, Annalen, Bd. XLIX, S. 105, 115.

theilen iſt die Wiſſenſchaft arm an Zahlen.    Die folgenden geben ein
Bild von den jetzt bekannten Verhältniſſen.

In hundert Theilen.

Chlorophyll in geſchälten Gurken     0,04 John.

 „      in unreifen Birnen .    0,08 Bérard.

 „      in reifen Birnen   .    0,01 Bérard.

 „      in unreifen Reine Clau=
        ben . . . . . .    0,03 Bérard.

 „      in reifen Reine Clauben 0,08 Bérard.

 „      im Saft von Brassica
        oleracea viridis  .    0,63 Schrader.

 „      im Samen von Carum
        Carvi . . . . .    0,70 Trommsdorf.

 „      in Erbſen . . . .    1,20 Braconnot.

Thallochlor in Cetraria islandica 0,80 Mittel aus 2 Beſtimmungen,
        Berzelius, Knop und Schne=
        bermann.

Carthamin im Saflor . . . .    0,41 Mittel aus 8 Beſtimmungen,
        Salvétat [1])

Saflorgelb  im Saflor (mit ſchwe=
        felſauren Salzen verunreinigt) 26,13 Mittel aus 8 Beſtimmungen,
        Salvétat [1]).

Aloëtin in trockner Succotrinaloë 85,00 Robiquet.

## §. 15.

Es liegt ſchon in der ſo überaus verſchiedenen Natur der Farb=
ſtoffe, daß ſich über ihre Entwicklungsgeſchichte kaum etwas Allgemei=
nes ausſagen läßt.    Sind doch die oben beſchriebenen Körper zum
Theil ſtickſtoffhaltig, zum Theil ſtickſtofffrei, und wenn man die voll=
endeten Farbſtoffe neben den Farbſtoffbildnern berückſichtigt, ſo fin=
det man unter den ſtickſtofffreien  die drei Prout'ſchen Klaſſen ver=
treten.    Während z. B. das Alizarin und Purpurin des Krapps und
das Saflorgelb Waſſerſtoff und Sauerſtoff im Waſſerbildungsverhält=

---

1) Annales de chim. et de phys. 3e série, T. XXV. p. 340.

niß führen, übertrifft die Wasserstoffmenge in den meisten oben genannten Farbstoffen den Sauerstoffgehalt, welcher letztere seinerseits in
dem Hämatein größer ist, als dem Wasserbildungsverhältniß entspricht.

Chlorophyll und Chrysamminsäure sind durch einen bedeutenden
Reichthum an Sauerstoff ausgezeichnet. Und wie die Chrysamminsäure
mittelst Salpetersäure aus dem Aloëtin erzeugt wird, so läßt es sich
kaum bezweifeln, daß das Blattgrün durch Aufnahme von Sauerstoff
aus den eiweißartigen Körpern hervorgeht.

Trotzdem scheiden die Pflanzen bekanntlich gerade dann Sauerstoff aus, wenn sie grün werden. Und im Licht, welches die Zersetzung
der Kohlensäure in den Werkzeugen der Pflanzen so kräftig befördert,
kommt vorzugsweise die grüne Farbe zur Entwicklung. Daß Alexander von Humboldt grüne Gräser in dunkelen Gruben wachsen
sah, gehört entschieden zu den Ausnahmen, und die Spargeln werden
grün, nachdem sie kaum die Köpfe über die Erde erheben.

Ja man muß mehr sagen, nur die grünen Pflanzentheile hauchen Kohlensäure aus. Von farbigen Blumenblättern wird Kohlensäure
ausgeschieden und Sauerstoff eingesogen (Senebier).

Es war Mulder's Verdienst, diesen scheinbaren Widerspruch
anzulösen, indem er auf das sauerstoffarme Wachs, welches das reine
Blattgrün beständig begleitet, die Aufmerksamkeit lenkte. Indem sich
Stärkmehl in dieses Wachs verwandelt, wird eine sehr bedeutende
Menge Sauerstoff frei (vgl. oben S. 154). Ein Theil dieses Sauerstoffs kann die Eiweißkörper oxydiren, kann Blattgrün erzeugen; die
größere Hälfte wird von den Blättern ausgehaucht.

Ganz richtig ist von Mulder der Vorgang so aufgefaßt: die
Blätter entwickeln Sauerstoff nicht weil sie grün sind, sondern indem
sie grün werden [1]).

Im Dunkeln erblassen die Pflanzen. Allein nicht nur die Entziehung des Lichts, auch der Mangel an gewissen Mineralbestandtheilen hindert die Entstehung des Chlorophylls. Die Behauptung, daß
die grüne Farbe der Pflanzen nicht zu Stande kommt, wenn im Boden das Eisen fehlt, hat wohl Manchen zum Zweifel veranlaßt, der
mit Recht die Verwirrung fürchtet, welche die Uebertragung thierischer
Zustände auf die Pflanze so häufig veranlaßt hat. Allein erst vor

---

1) Vgl. meine Uebersetzung von Mulder's physiologischer Chemie, S. 274.

Kurzem hat es Salm Horstmar bestätigt: ohne Eisen im Boden fehlt der Haferpflanze die grüne Farbe; sie wird mehr oder weniger Pflanzen ähnlich, die ohne Licht gezogen sind; die Blüthenbildung hört auf [1]).

Aus dem Blattgrün entwickelt sich im Lichte Blattgelb; unter Aufnahme von Sauerstoff verschwindet im Herbst die grüne Farbe. Weil der Sauerstoff im Lichte das Chlorophyll in Xanthophyll verwandelt, so können die Blätter nur grün bleiben, wenn immer neues Chlorophyll gebildet wird. Im Herbst erreicht diese Entwicklung ihr Ende und so werden die Blätter gelb. Dasselbe geschieht nach Mulder, wenn Insektenstiche oder Hagelkörner die Blätter verletzen; es entstehen gelbe, braune, rothe Flecken mitten in einem gesunden Blatte.

Das rothe Herbstlaub verdankt aller Wahrscheinlichkeit nach seine Farbe gleichfalls verändertem Chlorophyll. Es ist kein Widerspruch, wenn Mohl trotzdem noch Chlorophyllkörnchen in rothen Herbstblättern vorfand. Denn nach Mulder ist die Menge desselben bedeutend vermindert [2]). Weil man die Zusammensetzung des Blattroths nicht kennt, so läßt sich nach den vorliegenden Thatsachen nicht entscheiden, ob die Entwicklung desselben an die Aufnahme von Sauerstoff geknüpft ist. Es spricht indeß dafür die Beobachtung, daß Blattroth durch desoxydirende Stoffe, z. B. durch schwefelsaures Eisenoxydul, eine grüne Farbe annimmt, von welcher freilich nicht ausgemacht ist, ob sie wahres Chlorophyll darstellt [3]). Der gelbe Farbstoff auf dieselbe Weise behandelt wird nicht grün.

Wenn Blattgelb und Blattroth wirklich aus Blattgrün hervorgehen, so ist es bei der Uebereinstimmung des rothen Farbstoffs mancher Früchte mit dem Blattroth mehr als wahrscheinlich, daß viele andere farbige Pflanzentheile verändertem Blattgrün ihre Farbe verdanken. Es wurde oben bereits erwähnt, daß farbige Blumenblätter, so lange sie in der Knospe eingeschlossen sind, bisweilen eine grüne Farbe besitzen.

Nach Decaisne ist die gelbe Flüssigkeit von Rubia tinctorum, aus welcher die rothen Farbstoffe des Krapps hervorgehen, wirklich

---

1) Salm Horstmar, in Erdmann's Journal, Bd. LII, S. 30.

2) Mulder, a. a. O. S. 294.

3) Mulder, a. a. O. S. 292, 293.

durch oxydirtes Chlorophyll gefärbt [1]). Leider ist der gelbe Farbstoffbildner als solcher bisher nicht analysirt. Bis es jedoch zur Erzeugung des Alizarins gekommen ist, muß das Chlorophyll vor allen Dingen seinen Stickstoff verlieren.

Aus dem blaßgelben Hämatoxylin wird durch Aufnahme von
Sauerstoff das farbige Hämatein:

Hämatoxylin.                              Hämatein.

$$C^{40} H^{17} O^{15} - 3HO + O^4 = C^{40} H^{14} O^{16}.$$

In ähnlicher Weise wird das Aloëtin, welches im reinen Zustande beinahe farblos ist, an der Luft tief roth.

Indigweiß verwandelt sich durch Oxydation in Indigblau.

Wenn die Usninsäure in erwärmtem Aetzkali mit tief rother Farbe
gelöst wird, so ist wahrscheinlich auch die Einwirkung des Sauerstoffs
die Ursache der Röthung.

In anderen Fällen wird die Wirkung des Sauerstoffs durch
Ammoniak unterstützt, wie wenn Phlorrhizin an der Luft durch Einwirkung von Ammoniakgas in Phlorrheizin übergeführt wird. So sehen wir den Farbstoff der Orseille aus Orcin, Sauerstoff und Ammoniak entstehen.

Die ursprünglichen Farbstoffbildner sind leider beinahe sämmtlich
unbekannt, und namentlich die Zusammensetzung ist nur bei ganz einzelnen erforscht. Preißer hatte einige wenige Farbstoffbildner analysirt und beschrieben. Ich nahm jedoch auf seine Arbeit keine Rücksicht, da die Beobachtungen derselben nach den Untersuchungen von
Elsner [2]), Schlieper [3]) und Bolley [4]) als durchaus irrthümlich
zu verwerfen sind. Aus Preißer's Versuchen darf demnach die Fol-

1) Erbmann und Marchand, Journal für praktische Chemie, Bd. XV, S.
397, 398.

2) Erbmann und Marchand, Journal für praktische Chemie Bd. XXXV,
S. 378. Die erste Widerlegung von Preißer's Angaben rührt von Arppe
her (Liebig und Wöhler, Annalen, Bd. LV, S. 102, 103). Da sich jedoch die Arbeit von Arppe, ebenso wie die spätere von Warren de la
Rue, auf die Cochenille, einen thierischen Farbstoff, bezieht, so gehört sie streng
genommen nicht hierher.

3) Liebig und Wöhler, Annalen, Bd. LVIII, S. 367.

4) Liebig und Wöhler, Annalen, Bd. LXII, S. 129 u. folg.

gerung nicht abgeleitet werden, daß alle Farbstoffe durch Oxydation aus farblosen Farbstoffbildnern hervorgehen.

Nichtsdestoweniger folgt aus der Beachtung der oben erörterten Thatsachen, daß der Sauerstoff in sehr vielen, um nicht zu sagen in allen gehörig untersuchten Fällen, die letzte Bedingung der Farbe ist. Gerade hierdurch wird es vortrefflich erklärt, weshalb die Blumen nur im Licht ihre Farbenpracht entfalten. Denn, wie es Schön-bein's sinnige Versuche vor Kurzem lehrten [1]), nur im Licht entwickelt der Sauerstoff seine ganze Macht. Und was man dichterisch Farben-gluth nennt, das ist, wie der Chemiker lehrt, in Wirklichkeit das Er-zeugniß einer Verbrennung im Lichte.

---

1) Schönbein, in Erdmann's Journal Bd. LI.

## Kap. IV.

### Die flüchtigen Oele und die Harze.

#### §. 1.

Weil es keinem Zweifel unterliegt, daß die meisten Harze zu den flüchtigen Oelen in demselben Verhältnisse stehen, wie mehre oben beschriebene Farbstoffe zu ihren Farbstoffbildnern, deshalb sollen die flüchtigen Oele und die Harze nur Eine Abtheilung bilden. In der großen Mehrzahl der Fälle sind die Harze als reine Orydationsprodukte der flüchtigen Oele zu betrachten.

Die flüchtigen Oele und die Harze kommen häufiger in Zellen vor als die Säuren, die Alkaloide oder die indifferenten Stoffe. Es ist aber sogleich im physiologischen Sinne eine sehr bezeichnende Thatsache, daß die Zellen, in welchen jene Körper enthalten sind, häufig keine andere Stoffe führen, so daß die flüchtigen Oele und die Harze einer lebendigen Einwirkung anderer Bestandtheile entzogen, von diesen räumlich getrennt sind [1]).

Theilweise sind die ätherischen Oele und die Harze auch in Milchsaftgefäßen eingeschlossen, oder sie finden sich in wandungslosen Kanälen, die man als Harzgänge beschrieben hat, in Intercellulargängen, welche sonst Luft führen [2]).

Nicht selten ist das flüchtige Oel durch alle Theile einer Pflanzenart verbreitet, welche letztere gewöhnlich ausschließlich oder nur mit

---

1) Vgl. Schleiden, a. a. O. Bd. I, S. 196 und Mohl, die vegetabilische Zelle, in R. Wagner's Handwörterbuch 1850, S. 251.

2) Mohl, a. a. O. S. 195.

wenigen Genossinnen ein bestimmtes Oel besitzt. Blüthen, Samen und Wurzeln sind jedoch die Theile, welche sich vorzugsweise durch ihren Reichthum an flüchtigem Oel auszeichnen.

Harz schwitzt oft aus den Rinden der Bäume aus, von Gummi und von flüchtigem Oel begleitet. Es geht daraus hervor, daß sich die Harze vielfach in der Nähe der Oberfläche vorfinden. Wo aber immer Harze in Pflanzentheilen auftreten, pflegt jedesmal auch ätherisches Oel vorhanden zu sein.

## §. 2.

Die flüchtigen Oele der einzelnen Pflanzen sind häufig aus mehren, gewöhnlich aus zwei verschiedenen Oelen zusammengesetzt. Von diesen ist das eine sauerstofffrei und flüchtiger als das andere sauerstoffhaltige. Jedoch auch dieses enthält wenig Sauerstoff. Sauerstoffarmuth ist überhaupt ein wesentliches Merkmal der flüchtigen Oele.

Mit sehr wenigen Ausnahmen verdanken die Pflanzentheile ihren Geruch den flüchtigen Oelen, die als die eigenthümlichen Riechstoffe der Pflanzen mit den flüchtigen Fettsäuren der Thiere verglichen werden können. Flüchtige Fettsäuren kommen im Allgemeinen selten in der Pflanze vor und sind dann noch häufig an Basen gebunden.

Nach der Stärke des Geruchs darf man jedoch die Menge des flüchtigen Oels in den Pflanzentheilen verschiedener Arten nicht beurtheilen. Philadelphus coronarius und Hyacinthus enthalten z. B. nur wenig flüchtiges Oel in ihren Blüthen [1]. Aehnlich wie bei den Farbstoffen wird eine mächtige Wirkung durch eine verhältnißmäßig sehr kleine Stoffmenge hervorgebracht.

Im reinen Zustande sind die flüchtigen Oele in der Regel hellgelb oder farblos. Das blaue Kamillenöl und das grüne Cajaputöl sind Ausnahmen. Die meisten ätherischen Oele sind leichter als Wasser. Bei gewöhnlichen Wärmegraden sind sie meist flüssig, das Cumarin jedoch bildet feste Krystalle. Während Citronenöl bei — 20°

---

1) Vgl. Delffs, a. a. O. S. 57.

noch flüssig ist, liegt der Gefrierpunkt von Anisöl, Fenchelöl und anderen über 0°, ja das Cumarin schmilzt erst bei 50°.

Die eigentlichen Lösungsmittel der flüchtigen Oele sind Alkohol und Aether. In Wasser sind sie jedoch nicht durchaus unlöslich. Die weniger flüchtigen sauerstoffhaltigen Oele lösen sich in Alkohol leichter als die sauerstofffreien.

Auch für die Darstellung der flüchtigen Oele läßt sich ein allgemeines Verfahren angeben. Die betreffenden Pflanzentheile werden mit Wasser destillirt. In der Vorlage sammelt sich das flüchtige Oel über dem Wasser. Nur bei den in Wasser leicht löslichen und in den Pflanzen spärlich vertretenen Oelen tritt der Uebelstand ein, daß alles Oel im Wasser gelöst bleibt. Dann wird die übergegangene Flüssigkeit aufs Neue mit frischen Blüthen, Samen, Wurzeln destillirt (cohobirt), bis so viel Oel übergegangen ist, daß das Destillat sich in zwei Schichten trennt.

Da nun die so erhaltenen Oele aus einem sauerstoffhaltigen und einem sauerstofffreien Bestandtheil zusammengesetzt sind, so gilt es diese beiden von einander zu trennen. Für das minder flüchtige, sauerstoffhaltige gelingt dies, indem man das sauerstofffreie abdestillirt. Letzteres reißt aber immer etwas sauerstoffhaltiges Oel mit sich. Von diesem wird es nach Gerhardt und Cahours durch die Behandlung mit schmelzendem Aetzkali gereinigt. Dann wird der sauerstoffhaltige Theil verändert und zurückgehalten, während das sauerstofffreie Oel in reinem Zustande übergeht.

### §. 3.

In dem Terpenthin, der von Pinus-Arten herrührt, findet sich neben den Harzen ein flüchtiges Oel, das Terpenthinöl.

Mit Salzsäure verbunden ergab Terpenthinöl bei der Analyse Zahlen, aus welchen von Blanchet und Sell die Formel $C^{20} H^{16} + HCl$ abgeleitet wurde. Demnach wäre $C^{20} H^{16}$ der richtige Ausdruck für das Terpenthinöl, von welchem Déville ein Hydrat von der Zusammensetzung $C^{20} H^{16} + 6 HO$ kennen lehrte [1]).

---

1) Comptes rendus, XXVIII, p. 324.

Dem Terpenthinöl ist eine große Anzahl von ätherischen Oelen polymer. Für die salzsaure Verbindung des Kümmelöls, des Copaivaöls und des Pomeranzenöls wurde die Formel $C^{10} H^8 + HCl$, für Cubebenöl und Wachholderöl $C^{15} H^{12} + HCl$, für Pfefferöl $C^{25} H^{20} + 2 HCl$ mitgetheilt [1]. Ebenso sind Citronenöl, Apfelsinenöl, Elemiöl, Fenchelöl, Gewürznelkenöl, Baldrianöl und Birkenöl nach der Formel $C^{10} H^8$ oder einem Multiplum derselben zusammengesetzt. Auf den Ausdruck $C^{10} H^8$ lassen sich alle eben mitgetheilte Formeln zurückführen.

Rautenöl aus Ruta graveolens besteht nach Gerhardt und Cahours aus dem sauerstoffhaltigen Dele $C^{20} H^{20} O^2$, dem in geringer Menge ein Kohlenwasserstoff beigemengt ist. Unter Aufnahme von Sauerstoff verwandelt sich das sauerstoffhaltige Rautenöl in eine Säure, $C^{20} H^{20} O^4$, welche Cahours Rutinsäure nannte. Gerhardt zeigte später, daß die Rutinsäure vollkommen mit der Caprinsäure, $C^{20} H^{19} O^3 + HO$, übereinstimmt. Demnach verhält sich das Rautenöl in seiner Zusammensetzung zur Caprinsäure, wie das Aldehyd zur Essigsäure. Denn

$$\underset{\text{Rautenöl}}{C^{20} H^{20} O^2} + O^2 = \underset{\text{Caprinsäure}}{C^{20} H^{19} O^3} + HO,$$

ebenso wie
$$\underset{\text{Aldehyd}}{C^4 H^4 O^2} + O^2 = \underset{\text{Essigsäure}}{C^4 H^3 O^3} + HO.$$

Mit Einem Worte das Rautenöl ist nichts Anderes als Caprinsäure-Aldehyd. Dies hat R. Wagner in vortrefflicher Weise auch an den Eigenschaften und den Zersetzungsprodukten des Rautenöls bewiesen [2].

In Salvia officinalis ist ein Gemenge von sauerstoffhaltigen flüchtigen Oelen enthalten, von denen eines nach Rochleder's Analyse durch die Formel $C^{12} H^{10} O$ bezeichnet wird.

Das Zimmtöl der Rinde von Laurus Cinnamomum hat nach Mulder die Formel $C^{20} H^{11} O^2$. Es ist ausgezeichnet durch die Verwandtschaft zum Sauerstoff, durch welchen es sich, wie oben gezeigt wurde, in Harze und Zimmtsäure verwandelt (vgl. S. 296).

---

1) Delffs, a. a. O. S. 66.
2) R. Wagner in Erdmann's Journal, Bd. LII, S. 48 u. folg.

### §. 4.

Unter den flüchtigen Oelen trifft man auch einige schwefelhaltige, die hier durch die Oele des Stink-Asands und durch das Senföl vertreten werden mögen.

Hlasiwetz hat die rohen Oele des Milchsafts von **Ferula asa foetida** analysirt und die nachstehenden Formeln erhalten:

$$C^{24} H^{22} S^3, \quad C^{48} H^{44} S^7, \quad C^{84} H^{77} S^{12} \text{ und } C^{36} H^{33} S^4.$$

Durch Erhitzen des Stinkasandöls mit Natronkalk gelang es Hlasiwetz als Oxydationsprodukte Valeriansäure, Metacetonsäure ($C^6 H^5 O^3 + HO$) und Essigsäure zu erhalten; durch Oxydation mittelst Salpetersäure und Chromsäure entstanden Metacetonsäure, Essigsäure und Kleesäure. Von diesen Säuren besitzt die Valeriansäure ($C^{10} H^9 O^3 + HO$) den höchsten Kohlenstoffgehalt, und indem Hlasiwetz die Entstehung dieser flüchtigen Fettsäure mit der Erzeugung von Caprinsäure aus Rautenöl in Zusammenhang bringt, meint er, das Stinkasandöl müsse das Radikal einer Fettsäure enthalten, deren Kohlenstoffgehalt nicht niedriger sein dürfe als der der Valeriansäure. Da der Kohlenstoffgehalt in den Formeln der rohen Stinkasandöle durch 12 theilbar ist, so dachte Hlasiwetz zunächst an das Radikal der Capronsäure ($C^{12} H^{11}$) und zerlegte die oben mitgetheilten Formeln in folgender Weise [1]:

$$C^{24} H^{22} S^3 = C^{12} H^{11} S^2 + C^{12} H^{11} S,$$
$$C^{48} H^{44} S^7 = 3 C^{12} H^{11} S^2 + C^{12} H^{11} S,$$
$$C^{84} H^{77} S^{12} = 5 C^{12} H^{11} S^2 + 2 C^{12} H^{11} S,$$
$$C^{36} H^{33} S^4 = C^{12} H^{11} S^2 + 2 C^{12} H^{11} S.$$

Das Stinkasandöl, welches selbst in einer Kältemischung nicht erstarrt, ist dadurch ausgezeichnet, daß es in ziemlich bedeutender Menge in Wasser gelöst wird. Es besitzt einen milden, hintennach aber kratzenden Geschmack, röthet jedoch die Haut nicht wie andere schwefelhaltige Oele. Im reinen Zustande ist es weder sauer noch basisch. An der Luft nimmt es leicht Sauerstoff auf. Wie der rohe

---

[1] Hlasiwetz in den Annalen von Liebig und Wöhler, Bd. LXXI, S. 55.

Stinkasand entwickelt es beim Stehen Schwefelwasserstoff (Hla-siweß).

Das Senföl, welches aus den Samen von Sinapis nigra ge-wonnen werden kann, ist dadurch ausgezeichnet, daß es nicht nur Schwefel, sondern auch Stickstoff enthält. Nach Will's Analysen wird es durch die Formel $NC^8 H^6 S^2$ bezeichnet.

Allein das Senföl ist im Senfsamen nicht fertig gebildet. Aus einem eigenthümlichen Senfstoff, den Buffy Myronsäure nennt, welche an Kali gebunden sein soll, entsteht das Senföl unter dem Einfluß der Senfhefe, des Myrosins von Buffy. Nach Buffy ist das Myrosin der Mandelhefe oder dem Emulsin sehr ähnlich; die Myronsäure enthält Stickstoff, Kohlenstoff, Wasserstoff, Sauerstoff und Schwefel. Da nun dem Senföl der Sauerstoff fehlt, so versteht es sich von selbst, daß die Myronsäure bei ihrer Gährung außer dem Senföl noch andere Stoffe liefern muß.

Das Senföl ist eine hellgelbe Flüssigkeit, die sehr scharf riecht, das Auge zu Thränen reizt und die Haut röthet. Es ist in Wasser schwer löslich, dagegen wie die übrigen flüchtigen Oele leicht in Al-kohol und Aether.

## §. 5.

Zwei Stoffe, das Cumarin und das Kautschuck, verdienen hier deshalb eine Besprechung, weil sie als Uebergangsglieder zu den Harzen angesehen werden dürfen, jenes wegen seiner Zusammensetzung, dieses wegen seiner Eigenschaften.

Das Cumarin macht unter den flüchtigen Oelen in ähnlicher Weise eine Ausnahme, wie das Thein unter den Alkaloiden, insofern es nicht auf einzelne Pflanzenarten beschränkt, sondern in den Vertre-tern sehr verschiedener Familien zerstreut ist. Es wurde von Koß-mann und Bleibtreu im Waldmeister (Asperula odorata), von Guibourt, Boutron und Boullay in den Tonkabohnen von Dipterix odorata, von Guillemette in Melilotus officinalis, von Bleibtreu in Anthoxanthum odoratum und zuletzt von Gobley in den Blättern von Angraecum fragrans gefunden[1]).

---

1) Gobley in Journ. de pharm. et de chim. T. XVII. p. 340.

Das Cumarin hat von Dumas, Gerhardt und Bleibtreu die Formel $C^{18} H^6 O^4$ erhalten [1]). Durch seinen Sauerstoffgehalt übertrifft es die meisten flüchtigen Dele und nähert sich eben dadurch den Harzen. Es krystallifirt nach Gobley in kurzen Prismen mit schrägen Endflächen, welche kleine, weiße, seidenglänzende Nadeln darstellen, sehr aromatisch riechen und scharf schmecken. Die Krystalle schmelzen bei 50°.

In kaltem Wasser ist das Cumarin wenig löslich, dagegen sehr leicht in warmem Wasser, in Alkohol und in Aether.

Aus lufttrocknem Waldmeister, der kurz vor und während der Blüthe gesammelt war, hat Bleibtreu das Cumarin in folgender Weise bereitet. Die Pflanzentheile wurden mit Weingeist ausgezogen und von der Lösung der Weingeist im Wasserbad entfernt. Der dunkelbraune, syrupdicke Rückstand wurde mit Wasser gekocht, filtrirt, um die ungelösten Stoffe zu entfernen und mit Aether geschüttelt. Nachdem der Aether abbestillirt war, blieb ein gelber Rückstand, der dem Ansehen und dem Geruch nach an Honig erinnerte, und in einiger Zeit die Nadeln des Cumarins anschießen ließ, welche durch oft wiederholtes Umkrystallisiren gereinigt wurden [2]).

### §. 6.

Das Kautschuck verdient in physiologischer Beziehung unsre Aufmerksamkeit besonders deshalb, weil es im Pflanzenreich sehr weit verbreitet ist. Es findet sich nämlich im Milchsaft der meisten Pflanzen, und zwar, wie Mohl gezeigt hat, in ungelöstem Zustande, in der Gestalt von Kügelchen, die sich beim Stehen des Milchsafts wie ein weißer Rahm an der Oberfläche sammeln. Reich an Kautschuck ist der Milchsaft der Urticeen, Euphorbiaceen und der Apocyneen.

Nach Faraday's Analyse stimmt die Zusammensetzung des Kautschucks am nächsten zu der Formel $C^6 H^7$. Der Mangel an Sauerstoff reiht dasselbe an die flüchtigen Dele.

---

1) Bleibtreu in Liebig und Wöhler, Annalen, Bd. LIX, S. 181.

2) Bleibtreu, a. a. O. S. 179.

Dagegen bildet das Kautschuck einen Uebergang zu den Harzen, namentlich zu den Hartharzen, indem es in kaltem, wie in heißem Waſſer ganz unlöslich iſt. Auch von Alkohol wird es weder in der Wärme, noch in der Kälte aufgenommen.

Reines Kautschuck iſt weiß oder gelblich, durchſcheinend, ohne Geruch und ohne Geſchmack. Die hervorragendſten Eigenſchaften ſind die bekannte Elaſticität und der kräftige Widerſtand, den es Säuren, Alkalien und Gaſen, die andere Stoffe heftig angreifen, entgegenſeßt.

Gewöhnlich kommt das Kautschuck als Beſtandtheil des getrock= neten Milchſafts in den Handel. Wenn man den getrockneten Milch= ſaft mit verdünnten Alkalien, Säuren, Waſſer und Alkohol gehörig auswäſcht,. dann muß zuleßt reines Kautschuck zurückbleiben.

## §. 7.

Es iſt ſchon oben angedeutet worden, daß die Harze ſich durch einen größeren Sauerſtoffgehalt von den flüchtigen Oelen unterſchei= den. Sie ſind als ſchwache Säuren zu betrachten. Auch die Harze ſind in der Regel Gemenge von mehren verſchiedenen Arten, die, wenn ſie Einer Pflanze angehören, nur durch Vorſeßung der Buch= ſtaben des griechiſchen Alphabets (α Harz, β Harz u. ſ. w.) verſchie= den benannt werden.

Waſſer löſt die Harze nicht, Weingeiſt dagegen die meiſten ſchon in der Kälte. Die leßteren werden Weichharze genannt, wäh= rend als Hartharze diejenigen bezeichnet werden, die nur in heißem Weingeiſt löslich ſind. In der Regel werden die Harze auch von Aether und von flüchtigen Oelen aufgenommen.

Je nach der Leichtigkeit, mit welcher die Harze in Ammoniak löslich ſind oder nicht, und nach der Löslichkeit oder Unlöslichkeit in Kali und Natron hat Unverdorben die Harze in vier Klaſſen ein= getheilt, die nicht ſelten zur näheren Beſtimmung derſelben benüßt werden.

In der Regel können die Harze dargeſtellt werden, indem man die betreffenden Pflanzentheile mit kaltem oder warmem Weingeiſt auszieht. Aus der weingeiſtigen Löſung wird das Harz durch Waſſer gefällt. Bisweilen führt Aether beſſer zum Ziel. Die niedergeſchla= genen Harzarten werden lange bei 100° getrocknet, um von dem ſehr hartnäckig anhängenden Weingeiſt oder Aether befreit zu werden.

## §. 8.

Fichtenharz ist der Hauptbestandtheil des oben bereits erwähnten Terpenthins. Es besteht aus zwei Harzen, von denen das Alphaharz oder die Pininsäure mit dem Betaharz oder der Silvinsäure isomer ist. Beide lassen sich nach H. Rose durch die Formel $C^{40} H^{30} O^4$ ausdrücken.

Die Pininsäure ist nicht krystallisirbar, löst sich aber in kaltem Weingeist; die Silvinsäure krystallisirt in rhomboidischen Tafeln, wird jedoch nur durch heißen Alkohol gelöst.

Beide Säuren bilden mit den Alkalien in Wasser lösliche Salze, die mit einem Ueberschuß des Alkalis einen Niederschlag erzeugen.

In der Rinde von Pinus sylvestris wurde von Stähelin und Hofstätter außerdem ein wachsartiges Harz gefunden, das in Alkohol unlöslich, in Aether dagegen löslich war. Nach den Zahlen von Stähelin und Hofstätter hat Heldt die Formel $C^{40} H^{32} O^6$ berechnet [1]).

Auch das Euphorbiumharz, welches in dem Milchsaft von Euphorbia canariensis und E. officinarum enthalten ist, besteht aus einem in kaltem Weingeist leicht löslichen Alphaharz und aus einem Betaharz, das nur in heißem Weingeist reichlich gelöst wird. Nach H. Rose's Analyse entspricht das Weichharz der Formel $C^{40} H^{32} O^4$ das schwerer lösliche Hartharz der Formel $C^{40} H^{31} O^5$.

Copalharz aus Hymenaea- und Trachylobium-Arten, die zur Familie der Caesalpineën gehören, besteht nach Filhol aus fünf verschiedenen Arten, für welche Heldt nach Filhol's Analysen folgende Formeln aufstellt [2]). Das Alphaharz ist dem Betaharz isomer, gleich $C^{40} H^{30} O^5$, das Gammaharz gleich $C^{40} H^{30} O^3$, das Epsilonharz gleich $C^{40} H^{30} O^2$. Das Deltaharz ist nicht analysirt.

Von diesen Harzen sind das Deltaharz und das Epsilonharz in Alkohol und in Aether gar nicht, die drei übrigen in Alkohol schwer, in Aether leichter löslich. Aus der alkoholischen Lösung werden das Alphaharz und das Gammaharz durch essigsaures Kupferoxyd gefällt,

---

1) Liebig und Wöhler, Annalen, Bd. LI, S. 65 und Bd. LXIII, S. 63.

2) Heldt in den Annalen von Liebig und Wöhler, Bd. LXIII, S. 58.

das Betaharz nicht. Von den Verbindungen des Kupferoxyds mit dem Alphaharz und dem Gammaharz ist nur die erstere in Aether löslich. Aus diesen Eigenschaften ergiebt sich die Darstellung der Co-, palharze von selbst.

Das Elemiharz von Iclea Icicariba enthält ein saures Weich-harz, für welches Heldt nach Rose's Zahlen die Formel $C^{50} H^{46} O^6$ berechnet. Dem indifferenten, aus kochendem Alkohol in feinen Na-deln kryſtalliſirenden Betaharz, dem sogenannten Elemin, ertheilt Heldt ebenfalls nach Rose's Analyse die Formel $C^{50} H^{41} O^2$ [1].

### §. 9.

Zur Beurtheilung der Mengenverhältniſſe, in welchen die flüch-tigen Oele und die Harze in Pflanzen und deren Erzeugniſſen vor-kommen, dienen folgende Zahlen:

In 100 Theilen.

Terpenthinöl  im Terpenthin  von
Pinus picea . . 33,50  Caillot.

„  im Terpenthin von
Pinus balsamea  18,60  Bonaſtre.

Gewürznelkenöl  in den Gewürz-
nelken . . . . . . . .  18,62 Mittel aus 5 Beſtimmungen,
Trommsdorf, Oſtermeier,
Halmt, — Funcke, Brandes
und Firnhaber — Schmitts-
hals.

Kümmelöl in den Samen von Carum Carvi . . . . .  0,44  Trommsdorf.

Rautenöl im Kraut von Ruta graveolens . . . . . .  0,25  Mähl.

Salbeiöl im Kraut von Salvia of-
ficinalis . . . . . .  0,31  Mittel aus 2 Beſtimmungen,
Iliſch, Bartels.

Zimmtöl in der Caſſia-Rinde .  0,80  Bucholz.

---

1) Heldt, a. a. O. S. 73.

Zimmtöl in der Rinde von Laurus
     Culilavan . . . . . 1,10  Schloß.
Stinkasandöl in Stinkasand . . 3,12  Hlasiwetz.
Kautschuk im getrockneten Milchsaft
     des Handels . . . 32,00  Faraday.
  „  im getrockneten Milchsaft
     von Euphorbia  . . 4,02  Mittel aus 2 Bestimmun-
                   gen, Brandes, Mühlmann.

Pininsäure und Silvinsäure im Ter-
     penthin von Pinus picea  46,39  Caillot.
Krystallisirbares indifferentes Harz
     in demselben . . . . . 10,85   „
In kaltem Wasser unlösliches Harz
     in demselben . . . . . 6,20   „
Weichharz im Terpenthin von Pi-
     nus balsamea  . . 40,00  Bonastre.
Hartharz im Terpenthin von Pi-
     nus balsamea . . . . 33,00   „
Harz in dem getrockneten Milchsaft
     von Euphorbia . . . . 51,91  Mittel aus 5 Bestimmun-
                   gen, Brandes, Braconnot,
                   Pelletier, Laudet, Mühl-
                   mann.

Leicht lösliches Copalharz in dem
     Gummi Anime von Hymenaea
     Courbaril  . . . . . 54,30  Paoli.
Schwer lösliches Copalharz in dem-
     selben . . . . . . . 42,80  Paoli.
In kaltem Alkohol lösliches Harz in
     dem Elemi von Icica Icica-
     riba . . . . . . . 60,00  Bonastre.
Elemin in demselben . . . . 24,00   „

## §. 10.

Aus der Zusammensetzung der flüchtigen Oele ergiebt sich, daß dieselben aus den allgemein verbreiteten Bestandtheilen der Pflanzen nur unter Ausscheidung von Sauerstoff hervorgehen können.

Da nun die flüchtigen Fettsäuren selbst bereits auf einer sehr niedrigen Orybationsstufe stehen und wie wir oben sahen, durch eine bloße Aufnahme von Sauerstoff aus gewissen ätherischen Oelen gebildet werden können, so liegt es nahe, an eine Entwicklung der flüchtigen Oele durch Reduction flüchtiger Fettsäuren zu denken. Das ist die physiologische Bedeutung der Bildung von Caprinsäure aus Rautenöl, von Baleriansäure aus dem flüchtigen Oele des Stinkasands.

Eine ganz besondere Aufmerksamkeit von Seiten des Physiologen verdienen aber die hübschen, sich in neuester Zeit wiederholenden Entdeckungen, daß manche flüchtige Oele mit großer Leichtigkeit in andere übergeführt werden können. Deville hat vor Kurzem gelehrt, daß man Terpenthinöl in Citronenöl verwandeln kann, wenn man das Hydrat des Terpenthinöls mit Salzsäure und nachher die salzsaure Verbindung mit Kalium behandelt[1]). Aus

Terpenthinölhydrat                        Citronenkampher
$C^{20} H^{16} + 6HO$ und $2HCl$ entstehen $C^{20} H^{16} + 2HCl$ und $6HO$.

Citronenkampher                        Citronenöl
Und aus $C^{20} H^{16} + 2HCl$ und $2K$ entstehen $C^{20} H^{16}$, $2KCl$ und $2H$.

Noch auffallender wird diese Umsetzung, wenn Oele aus einander hervorgehen, die in der Zusammensetzung bedeutend von einander abweichen. So hat Hlasiwetz, indem er Senföl mit Natronlauge kochte, neben Ameisensäure und Schwefelcyannatrium Salbeiöl erhalten[2]).

Senföl                        Schwefelcyanallyl
$10 NC^6 H^5 S^2 + 12 NaO$ oder $10 (C^6 H^5 + NC^2 S^2) + 12 NaO$

geben nach Hlasiwetz

---

1) Déville in Comptes rendus. XXVIII, p. 324.

2) Hlasiwetz, in Erdmann und Marchand, Journal für praktische Chemie, Bd. LI, S. 373.

Salbeiöl     Metacetonsaures Natron     Schwefelcyannatrium.
$$4\,C^{12}\,H^{10}\,O \ , \ 2\,(NaO + C^6\,H^5\,O^3) \ \text{und} \ 10\,Na\,NC^2\,S^2.$$

Die Metacetonsäure selbst wurde zwar unter den Erzeugnissen der Umsetzung nicht gefunden. Hlasiwetz meint aber mit Recht, daß dies nicht gegen seine Auffassung des Vorgangs spreche, weil die Metacetonsäure beim Ueberschuß des Natrons leicht in Ameisensäure übergehen konnte.

Endlich gelang es Hlasiwetz, indem er Stinkasandöl in einer starken Alkohollösung mit Quecksilberchlorid versetzte, Quecksilberverbindungen zu gewinnen, in welchen Allyl, das vorausgesetzte Radikal des Knoblauchöls, vorkam. Das Allyl soll aber mit Schwefelcyan Senföl bilden. Und wirklich erhielt Hlasiwetz Senföl, indem er eine jener Quecksilberverbindungen mit Schwefelcyankalium zusammenrieb [1]). In jenen Verbindungen kam z. B. Chlorallyl vor, und die einfachste Zersetzung kann aus diesem und Schwefelcyankalium Senföl und Chlorkalium erzeugen:

Chlorallyl    Schwefelcyankalium     Senföl.
$$C^6\,H^5\,Cl + KNC^2\,S^2 = NC^6\,H^5\,S^2 \ \text{und} \ KCl.$$

Bedenkt man nun, daß Salbeiöl der Zusammensetzung nach übereinstimmt mit 2 Aeq. Allyl plus 1 Aeq. Sauerstoff,

Salbeiöl     Allyl.
$$C^{12}\,H^{10}\,O = 2\,C^6\,H^5 + O,$$

so sieht man ein, wie leicht die schwefelhaltigen flüchtigen Oele aus schwefelfreien und Schwefelcyanverbindungen erzeugt werden könnten.

Und das ist die glänzendste Belohnung der vielfach so mühsamen Untersuchung der Zersetzungsprodukte, daß sie uns rückwärts den Bildungsvorgängen in der Natur auf die Spur bringt. Nur an der Hand solcher chemischer Forschungen kann der Physiologe hoffen in die Entwicklungsgeschichte der Materie einzudringen. Und deshalb wird

---

1) Hlasiwetz in den Annalen von Liebig und Wöhler, Bd. LXXI, S. 51—54.

es von Tag zu Tage eine dringendere Pflicht, daß sich der Physiologe angelegentlichst kümmere um diese Studien des Chemikers, die nur dann Unheil säen, wenn man durch vorschnelle Anwendungen das Ziel erjagen will, mit Ueberspringung des anstrengenden Wegs, und die nur von demjenigen verschmäht werden können, der keine Freude hat an der zeugenden Thätigkeit einer werdenden Wissenschaft.

Daß die Harze durch eine Oxydation der flüchtigen Oele geboren werden, ist eine längst bekannte Thatsache. Sie wird erwiesen durch das physiologische Nebeneinander der ätherischen Oele und der Harze, durch das Vorkommen dieser letzteren an Orten, zu denen der Sauerstoff leichten Zutritt hat, durch die häufige Uebereinstimmung im Kohlenstoffgehalt zwischen den flüchtigen Oelen und den entsprechenden Harzen, und endlich eben durch den Sauerstoffgehalt, der die Harze auszeichnet.

Allein man würde sehr irren, wenn man die Harzbildung in allen Fällen für eine einfache Oxydation nehmen wollte. Heldt hat sich das Verdienst erworben, durch eine sinnige und fleißig ausgeführte Zusammenstellung der Thatsachen, über welche die Wissenschaft verfügen kann, zu zeigen, daß die Vorgänge bei der Entwicklung der Harze mannigfaltiger sind, als man gewöhnlich annahm. Heldt hat in folgender Weise fünf Hauptformen der Harzbildung unterschieden [1].

1) Das flüchtige Oel verharzt sich unter Aufnahme von Sauerstoff, allein für je Ein Aequivalent des aufgenommenen Sauerstoffs wird ein Aequivalent Wasserstoff ausgeschieden. So entsteht das Epsilon-Copalharz aus dem entsprechenden flüchtigen Oele $C^{10} H^8$.

Flüchtiges Oel     Epsilon-Copalharz.
$$4 (C^{10} H^8) - 2H + 2O = C^{40} H^{30} O^2.$$

2) Das flüchtige Oel verliert bei der durch Oxydation bedingten Harzbildung so viel Wasserstoff wie es Sauerstoff aufnimmt, allein außerdem verbindet es sich mit Wasser. So wenn Euphorbiumöl in das Euphorbium-Weichharz übergeht.

Euphorbiumöl     Alpha-Euphorbiumharz.
$$C^{40} H^{32} - H + O + 2HO = C^{40} H^{33} O^3.$$

---

[1] Liebig und Wöhler, Annalen, Bd. LXIII, S. 79—81.

3) Das flüchtige Oel nimmt bei der Verharzung mehr Sauerstoff auf, als es Wasserstoff ausscheidet. In dieser Weise wird Terpenthinöl in Sylvinsäure verwandelt.

Terpenthinöl          Sylvinsäure.

$$2\,C^{20}\,H^{16} - 2\,H + 4\,O = C^{40}\,H^{30}\,O^4.$$

4) Es wird bei der Verharzung nicht nur mehr Sauerstoff mit dem flüchtigen Oel verbunden, als Wasserstoff verloren geht, sondern außerdem noch Wasser. So wird das in Alkohol unlösliche, in Aether lösliche Fichtenharz von Stähelin und Hofstätter aus dem Terpenthinöl erzeugt.

Terpenthinöl.          Fichtenharz von St. und H.

$$2\,C^{10}\,H^{16} - 2\,H + 4\,O + 2\,HO = C^{40}\,H^{32}\,O^6.$$

5) Endlich kann die Harzbildung in einer bloßen Aufnahme von Wasser bestehen. 5 Aeq. Elemiöl plus 6 Aeq. Wasser gleich Elemi-Weichharz.

Elemiöl          Elemiweichharz.

$$5\,(C^{10}\,H^8) + 6\,HO = C^{50}\,H^{46}\,O^6.$$

Zwischen den flüchtigen Oelen und den Harzen sind Uebergänge bekannt, die auf eine allmälige Aufnahme von Sauerstoff hinweisen. Schon der Theil der flüchtigen Oele, der auf den Geruchssinn wirkt, scheint immer etwas Sauerstoff aufgenommen zu haben. Es lassen sich nämlich mehre sauerstofffreie Oele über gebranntem Kalk in Gefäßen, die luftleer oder mit Kohlensäure gefüllt sind, destilliren, so daß die übergegangenen Flüssigkeiten ganz geruchlos sind. Und man weiß, daß alle flüchtige Oele sich an der Luft mit Sauerstoff verbinden; die geruchlos dargestellten entwickeln an der Luft in kurzer Zeit ihren eigenthümlichen Geruch[1]). Auch diese Wirkung des Sauerstoffs wird nach Schönbein mächtig gesteigert, wenn jenes Gas der Luft durch Licht erregt ist. Und man wird gewiß dem denkenden Baseler Chemiker gerne beistimmen, wenn er meint, daß hiermit manche Gerüche

---

1) Vgl. Delffs, a. a. O. S. 57.

zusammenhängen dürften, die wir je nach dem Grade der Beleuchtung der Atmosphäre bald schwächer, bald stärker in der Pflanzenwelt wahrnehmen [1]). In diesem Sinne könnte man den ätherischen Oelen als Riechstoffen ihre Riechstoffbildner zuschreiben, in demselben Sinne, in welchem manche Farbstoffe sauerstoffärmere Farbstoffbildner haben.

Durch Analyse kennt man ferner manche in der Kälte fest gewordene Erzeugnisse der flüchtigen Oele, sogenannte Stearoptene, die sich von dem entsprechenden Oel durch den größeren Sauerstoffgehalt unterscheiden. Die Stearoptene stehen in der Mitte zwischen den flüchtigen Oelen und den Harzen.

---

1) Vgl. Schönbein's Bemerkungen und Betrachtungen in Erbmann, Journal, Bd. LII, S. 188—190, und oben S. 337.

# Rückblick auf die besonderen Pflanzenbestandtheile.

Wenn man sich die Eigenschaften vergegenwärtigt, welche die besonderen Pflanzenbestandtheile von den allgemein verbreiteten unterscheiden, so ist es zunächst klar, daß wir es in diesem Buche gerade mit denjenigen Körpern zu thun hatten, durch welche die Pflanzen vorzugsweise auf die Sinne wirken. Farbe, Geruch und Geschmack verdanken sie vor Allem ihren Farbstoffen, ihren flüchtigen Oelen, ihren Säuren und Basen.

Eine zweite sehr wesentliche Eigenthümlichkeit, welche man für die besonderen Pflanzenbestandtheile in Anspruch nehmen muß, liegt in dem scharf ausgeprägten chemischen Charakter, in der runden Constitution, wenn ich so sagen darf, welche diese Körper entweder von vorne herein auszeichnet, wie die Säuren und Basen, oder denselben mit großer Leichtigkeit unter Aufnahme von Sauerstoff zu Theil wird. Farbstoff oder Farbstoffbildner, flüchtige Oele oxydiren sich leicht und nehmen mehr oder weniger entschieden die Eigenschaften von Säuren an. Jener chemischen Bestimmtheit entspricht die Krystallisationsfähigkeit, welche so viele der hierher gehörigen Körper auszeichnet.

Für das Leben der Pflanzen, für das Wachsthum und die Verrichtungen der Gewebe sind die besonderen Pflanzenbestandtheile nicht unentbehrlich. Sie sind nicht die Bedingung, sondern in der Mehrzahl der Fälle nur die unumgänglich nothwendige Folge des Lebens. Daher können diese Stoffe zum Theil je nach den äußeren Verhältnissen ganz fehlen, oder doch in überaus wechselnder Menge in der Pflanze vorhanden sein. So fehlt das Coniin in dem Schierling der asiatischen Steppen, das Solanin in den Kartoffeln unserer Aecker. Chinin und Cinchonin können durch Kalk, Mekonsäure ($C^7 HO^6 + HO$) durch Schwefelsäure vertreten werden.

Dazu kommt nun, daß die hierher gehörigen Verbindungen bald in Milchsaftgefäßen oder in eigenen Höhlen, bald in Zellen, die keine andere Stoffe und deshalb auch kaum einen Stoffwechsel besitzen, oder wie bei Rhus in besonderen wandungslosen Gängen auftreten.

Endlich haben wir gesehen, daß wenigstens eine sehr bedeutende Anzahl dieser Körper durch eine Aufnahme von Sauerstoff aus den allgemein verbreiteten Pflanzenbestandtheilen hervorgehen.

Von diesen Thatsachen erläutert die eine die andere. Und aus ihrer vereinten Betrachtung wird es offenbar, daß wir es in den besonderen Pflanzenbestandtheilen mit Ausscheidungsstoffen zu thun haben, mit Ausscheidungsstoffen, die in der Pflanze verbleiben, für jede Pflanzenart, je nach der Richtung ihres Stoffwechsels verschieden sind, und darum einen sehr großen Antheil haben an der unendlichen Mannigfaltigkeit, die in der Pflanzenwelt unsre Sinne ergötzt.

Die Verschiedenheit der in der Pflanze verbleibenden Ausscheidungsstoffe wirkt auf die in dem Pflanzenleibe vor sich gehenden Umsetzungen zurück. Trotzdem sind die besonderen Pflanzenbestandtheile nicht die Ursache, sie sind nur das deutlichste Merkmal der Eigenthümlichkeit der Arten.

Gegen das Thierleben ist die Thätigkeit der Pflanze durch dieses Zurückbleiben der Ausscheidungsstoffe innerhalb der Gewebe in sehr wesentlicher Weise unterschieden.

Fehlt deshalb der Pflanze jegliche Ausscheidung im strengeren Sinne des Worts?

Aeltere Versuche, welche eine Ausscheidung verbrauchter Stoffe durch die Wurzel lehren sollten, haben sich zum Theil als ungenau, zum Theil geradezu als irrig erwiesen. Eine unvollkommene Kenntniß der Endosmose glaubte später, daß die Aufnahme von Flüssigkeiten durch die Wurzelmembran eine Ausscheidung als Erosmose erfordere. Ich habe oben dargethan, daß eine solche Wechselwirkung nicht nothwendig ist, und die Verdunstung, die unablässig von den Blättern vor sich geht, kann jedenfalls eine reichliche Menge von Lösungen in die Wurzel einpumpen, ohne daß ein Strom von der Wurzel nach außen stattfindet. (Vgl. oben S. 48).

Trotzdem hat es die größte Wahrscheinlichkeit für sich, daß wenigstens in vielen Fällen von der Wurzel, wie von anderen Theilen, Stoffe ausgeschieden werden. Becquerel hat die Ausscheidung einer freien Säure durch Wurzeln, Knollen, Zwiebeln, Knospen und Blätter beobachtet. Ebenso wird bei Calla aethiopica, Arum Colacasia und namentlich bei Caladium destillatorium aus den Blattspitzen eine reichliche Menge von Wasser ausgeleert, welches, wenn gleich in sehr geringer Menge, organische Stoffe gelöst enthält. In ähnlicher Weise hat Trinchinetti bei sehr vielen Pflanzen während der Nacht und des Morgens eine Ausscheidung von Wasser in tröpfbar flüssiger

Form beobachtet[1]). Die Blätter des Eiskrauts, Mesembryanthe-mum crystallinum, sondern nach Völcker eine Flüssigkeit aus, welche Eiweiß, Kleesäure, Kochsalz, Kali, Bittererde und Schwefelsäure ent-hält[2]).

Allein, obschon solche Wahrnehmungen die Möglichkeit und die Wirklichkeit von Ausscheidungen durch die Pflanzen erweisen, so ist doch die Menge der im ausgesonderten Wasser gelösten Stoffe in al-len Fällen so äußerst gering, daß man der Ansicht, als wenn die ver-brauchten Gewebebestandtheile von der Pflanze in ähnlicher Weise wie beim Thier ausgeleert würden, durchaus nicht Raum geben kann. Die Zersetzungsprodukte, welche die Pflanze selbst aus ihren allgemein ver-breiteten Bestandtheilen bereitet, bleiben größtentheils in ihrem Leibe zurück.

Ich sage größtentheils, weil die flüchtigen Oele und ebenso der Theil flüchtiger Säuren und Basen, der nicht chemisch gebunden ist, in kleiner Menge von der Oberfläche der Pflanze entweicht, weil nach Draper's Beobachtung von den Pflanzen etwas Stickstoff ausgeschie-den wird[3]), und weil alle nicht grüne Theile der Pflanze Sauerstoff aufnehmen und Kohlensäure aushauchen. Diese Kohlensäure ist ganz oder theilweise nur das Endziel der Oxydationsvorgänge, welche auch im Pflanzenleben die Rückbildung bedingen. Es ist aber das Vor-recht der Pflanzen, daß ihnen dieses Zersetzungsprodukt, die elementarste Säure, in welche die organische Materie zerfällt, rückwärts als Nah-rungsstoff dient.

Es herrscht überhaupt bei der Pflanze ein viel weniger feindli-cher Gegensatz zwischen den Bestandtheilen der Gewebe und den Er-zeugnissen des Verfalls, zwischen Leben und Verwesung als beim Thiere. Lange trägt der Baum innerhalb der herbstlichen Blätter die schwarz-braune Ulminsäure oder andere Humusstoffe mit sich, bevor das fal-lende Laub seine Bestandtheile der Muttererde zur vollständigen Ver-wesung und zugleich zur neuen Nahrung der Wurzeln überantwortet.

---

1) Vgl. Mohl, die vegetabilische Zelle, in R. Wagner's Handwörterbuch, 1850. S. 255, 256.

2) Aug. Völcker, in dem Journal von Erdmann und Marchand, Bd. L, S. 243.

3) Vgl. oben S. 62.

Fünftes Buch.

# Geschichte der allgemein verbreiteten Bestandtheile der Thiere innerhalb des Thierleibes.

# Fünftes Buch.

## Geschichte der allgemein verbreiteten Bestand-
## theile der Thiere innerhalb des Thier-
## leibes.

### Kap. I.

### Die Gewebe.

#### §. 1.

Wenn es wahr ist, daß ein Theil des Bluts durch die Wand der Haargefäße hindurchschwitzt und jenseits dieser Wand zum Mut-tersaft der festen Formbestandtheile des Thierkörpers wird, so drängt sich sogleich die Frage auf, welche Stoffe des Bluts wirklich durch-schwitzen und in welchem Verhältniß ihre Menge zu der ursprünglichen Blutmischung steht.

Ein wesentlicher Unterschied ergiebt sich gegen die Zusammen-setzung des Bluts sogleich darin, daß die Poren der Haargefäßwände keine Blutkörperchen durchlassen. Also können überhaupt nur die ge-lösten Bestandtheile des Bluts die Grundlage der Gewebe bilden bei allen den Thieren, die, wie die Wirbelthiere und die Ringelwürmer, ein geschlossenes Gefäßsystem besitzen. Bei denjenigen Mollusken und Arthropoden, deren Blut zum Theil in freien Bahnen, in sogenann-ten lacunairen Strömungen den Körper durchkreist, könnten freilich

die Blutzellen sich unmittelbar an der Erzeugung der Gewebe be-
theiligen.

Der Untersuchung des Saftes, der bei den Wirbelthieren die
Blutbahn verläßt und die Mutterflüssigkeit darstellt für Kerne, Zellen
und Fasern, steht sogleich die Schwierigkeit entgegen, daß man jenen
ausgeschwitzten Theil des Bluts beinahe nirgends so von den Bestandtheilen der Gewebe trennen kann, daß man sicher wäre, der Stoff
der Analyse gehöre bloß dem ausgeschwitzten Nahrungssaft an. Nahrungssaft nennt man diese Flüssigkeit, weil man den Vorgang, welcher die Gewebebildung zur Folge hat, im engeren Sinn als Ernährung bezeichnet.

Wegen der Schwierigkeit, den Gegenstand der Untersuchung
unmittelbar aus den Geweben zu erhalten, bleibt uns kein anderer
Ausweg übrig, als die Flüssigkeiten zu betrachten, welche sich in den
serösen Höhlen des Körpers ansammeln. Ich rechne also hierher die
Flüssigkeit, die sich in den Lungenfellsäcken, in der Bauchhöhle und in
den Gelenkhöhlen ansammelt, den Inhalt der Hirnhöhlen, die wässerige
Augenflüssigkeit, das Fruchtwasser, kurz diejenigen Säfte, welche
Lehmann kürzlich unter dem Namen Transsudate, Durchschwitzungen, vereinigt hat [1].

Allein abgesehen davon, daß auch über diese Durchschwitzungen
zwar einige gute, jedoch nicht eben zahlreiche Untersuchungen vorliegen, können uns die Flüssigkeiten, die sich an der Oberfläche seröser
Häute ansammeln, deshalb nur ein mangelhaftes Bild geben von dem
Nahrungssaft der festen Werkzeuge, weil ihnen der Faserstoff fehlt.

Sonst finden sich allerdings die wesentlichsten Stoffe der Blutflüssigkeit in den Durchschwitzungen wieder, sie enthalten Eiweiß und
Fette, Chloralkalimetalle und Salze. So hat Frerichs in der Gelenkflüssigkeit eines neugeborenen Kalbes Eiweiß, Fett, Kochsalz, basisch phosphorsaures und schwefelsaures Alkali, kohlensauren Kalk und
phosphorsaure Erden nachgewiesen [2]. Scherer beobachtete im
Fruchtwasser Eiweiß, Salze mit alkalischer Basis und phosphorsauren
Kalk [3].

1) Lehmann, physf. Chemie, zweite Auflage, Bd. II, S. 300 u. folg.

2) Frerichs, Art. Synovia, in Rud. Wagner's Handwörterbuch, S. 467.

3) Scherer in der Zeitschrift für wissenschaftliche Zoologie von v. Siebold
und Kölliker, Bd. I, S. 92.

Ein sehr wichtiges Ergebniß ist nach diesen Forschungen gesichert, wenn man diejenigen Analysen zu Grunde legt, die eine
möglichst unveränderte Durchschwitzung betreffen. Hierzu empfiehlt sich
vor allen Dingen die sehr hübsche Untersuchung, welche Frerichs
für die Gelenkflüssigkeit geliefert hat. Es ergiebt sich nämlich aus
den von diesem Forscher gefundenen Zahlen der Satz, den ich an
einem anderen Orte aus allgemeinen Betrachtungen entwickelt habe,
daß nämlich im gesunden Zustande mehr Wasser als Eiweiß, mehr
Eiweiß als Salze, mehr Salze als Fett durch die Haargefäße hindurchgehen [1]. Das heißt aber, die wesentlichen Bestandtheile des
Bluts treten im Großen und Ganzen in ähnlichen Mengenverhältnissen durch die Haargefäßwand in die Gewebe, in welchen sie im
Blut vorhanden sind. Oder: wir dürfen die Summe der Gewebebestandtheile wirklich auf das Blut zurückführen. Das Blut ist der
kürzeste, summarische Ausdruck für die Mischung des gesunden Körpers. Als Bestätigung dieses Gedankens sind die von Frerichs
erhaltenen Zahlen so wichtig, daß ich dieselben hier unten mittheile:

| In 1000 Theilen. | Synovia eines neuge-borenen Kalbes. | Synovia ei-nes im Stall gemästeten Ochsen. | Synovia ei-nes Ochsen, der den gan-zen Sommer auf der Wei-de war. |
|---|---|---|---|
| Wasser . . . . . . . . | 965,68 | 969,90 | 948,54 |
| Eiweiß (nebst Extractivstoff) | 19,90 | 15,76 | 35,12 |
| Salze . . . . . . . . | 10,60 | 11,32 | 9,98 |
| Fett . . . . . . . . | 0,56 | 0,62 | 0,76 |
| (Schleimstoff und Epithelium) | 3,26 | 2,40 | 5,60 |

Die Menge der ausschwitzenden Salze ist auffallend groß und
freilich größer als sie sonst gewöhnlich gefunden wurde. In der Regel enthalten nämlich die Durchschwitzungen etwas weniger Salze als
die entsprechende Blutflüssigkeit [2], während die von Frerichs angestellten Analysen für die Synovia das Gegentheil lehren.

---

1) Vgl. meine Physiologie der Nahrungsmittel, S. 168—171.
2) Vgl. Lehmann, a. a. O. II, S. 319,

Aus allen Zahlen folgt aber, daß die Austrittsgeschwindigkeit der Salze eine größere ist als die des Eiweißes und namentlich als die des Fetts. Nur ist die Ungleichheit in der Schnelligkeit des Durchschwitzens nicht so groß, daß dadurch das Wechselverhältniß zwischen der Zusammensetzung des Bluts und der Mischung des Nahrungssafts in jener Allgemeinheit, in der ich es oben angab, eine wesentliche Veränderung erlitte.

Natürlich ist auch hier das endosmotische Aequivalent der einzelnen Blutbestandtheile der mächtigste Einfluß, der die Ausschwitzung regelt. Wie aber die Endosmose überhaupt sich bedeutend verändert je nach dem Druck, der auf die trennende Membran einwirkt, so ist, nächst dem endosmotischen Aequivalent der Blutstoffe im Verhältniß zur Haargefäßwand, die Spannung, unter welcher die Flüssigkeiten diesseits und jenseits der trennenden Haut verkehren, eine Hauptbedingung, welche Verschiedenheiten in der Schnelligkeit der Durchschwitzung veranlaßt.

Die Breite, in welcher das endosmotische Aequivalent einwirkt, ist in der geistvollsten Weise von C. Schmidt zur Sprache gebracht, der für das Eiweiß je nach den einzelnen Gruppen der Haargefäße eine sehr verschiedene Austrittsgeschwindigkeit beobachtete. So sollen nach Schmidt die Durchschwitzungen des Lungenfells, des Bauchfells, der Hirnhäute und des Unterhautzellgewebes, in der hier aufgestellten Reihenfolge immer ärmer an Eiweiß werden [1]). Es ist vor der Hand nur zu bedauern, daß viele der hierher gehörigen Zahlen von Schmidt an den Flüssigkeiten kranker Körper gefunden wurden.

Weil nun das endosmotische Aequivalent, wie oben ausführlich erörtert wurde, zugleich von der Dichtigkeit der Säfte und von dem Druck, unter welchem sich dieselben bewegen, abhängig ist, so versteht es sich von selbst, daß die von Schmidt zuerst bezeichnete Gesetzmäßigkeit in dem Verhalten der Haargefäßgruppen nur so lang beständig bleibt, als der Einfluß der Dichtigkeit und des Drucks nicht größer wird als die Verschiedenheit der Wandungen der Haargefäße.

---

1) C. Schmidt, Charakteristik der epidemischen Cholera, Leipzig und Mitau 1850, S. 145.

Ob es wirklich eine Veränderung der Wand der Haargefäße bekundet, wenn das Fruchtwasser in den früheren Monaten der Schwangerschaft mehr Eiweiß und mehr feste Bestandtheile enthält, als in den späteren (Vogt, Scherer), ob also dieser Unterschied der ursprünglichen Durchschwitzung zugeschrieben werden muß, oder aber der Schnelligkeit, in welcher die gelösten Stoffe anderweitig aufgenommen werden, das scheint mir eine Frage, die billiger Weise noch offen bleiben muß. Das endliche Schicksal des Fruchtwassers ist nicht bekannt, und es ist mindestens möglich, daß die Zusammensetzung der Flüssigkeit sich erst nach der Durchschwitzung bedeutend verändert. Deshalb wurden bei den obigen allgemeinen Folgerungen die an und für sich so werthvollen Zahlen von Vogt und Scherer für das Fruchtwasser nicht berücksichtigt.

Außer neutralen und versetzten Fetten kommen nach Lehmann auch in den Durchschwitzungen gesunder Körper Cholesterin und Serolin vor. Das Auftreten von Cholesterin ist namentlich bekannt für die Flüssigkeit, welche den Adergeflechten der Hirnhöhlen ihren Ursprung verdankt [1].

Es hat sich wiederum aus höchst willkommenen Untersuchungen Schmidt's ergeben [2], daß die einzelnen Salze in den durchgeschwitzten Flüssigkeiten in denselben Mengenverhältnissen auftreten, wie in dem Blutwasser. Die Durchschwitzung der Adergeflechte der Hirnhöhlen macht jedoch insofern eine Ausnahme, als sie mehr Kali-Verbindungen und phosphorsaure Salze führt, ganz so wie der Inhalt der Blutkörperchen. Auch die Cerebrospinalflüssigkeit zeichnet sich vor den übrigen Durchschwitzungen aus durch Reichthum an Phosphorsäure und durch eine verhältmäßige Armuth an Chlor.

Allein weil eine solche Verschiedenheit in dem Austritt der einzelnen Salze und der Chlorverbindungen bei den Durchschwitzungen zu den Ausnahmen gehört, gerade deshalb bietet uns die Untersuchung jener Flüssigkeiten vorläufig nur einen dürftigen Ersatz für die Kenntniß des Nahrungssaftes, der die Gewebe tränkt. Denn daß die einzelnen Gewebe auch auf die Salze eine verschiedene und regelmäßige

---

1) Vgl. Lehmann II. S. 314, 315.

2) C. Schmidt, a. a. O.

Anziehungskraft ausüben, das ist eine der wichtigsten unter den Thatsachen, welchen wir im Folgenden begegnen werden.

Da es nun bei dem jetzigen Besitzthum der Wissenschaft unmöglich ist, die Erzeugung der einzelnen Gewebe unmittelbar an den
Nahrungssaft anzuknüpfen, so bleibt uns keine andere Aufgabe, als
die Entwicklungsgeschichte der Bestandtheile des Bluts durch die Gewebe zu schildern, indem wir wie früher bei wiederholter Gelegenheit
den Eiweißstoffen, den Fetten, den Fettbildnern und den Mineralbestandtheilen folgen.

### Die eiweißartigen Stoffe als Gewebebildner.

### §. 2.

In fast allen Werkzeugen des thierischen Körpers ist der Nahrungssaft mit Eiweiß geschwängert. Und es richtet sich deshalb der
Eiweißgehalt der einzelnen Theile hauptsächlich nach der Menge des
Nahrungssafts, die sie enthalten. Da jedoch die einzelnen Durchschwitzungen, wie oben angeführt wurde, auch je nach den Haargefäßgruppen das Eiweiß in sehr verschiedenen Verhältnissen führen,
so läßt sich trotzdem der Reichthum an Eiweiß nicht einfach nach dem
Feuchtigkeitsgrade der Werkzeuge bemessen. In den trockensten Theilen des Körpers, in Zähnen, Knochen, Knorpeln wurde freilich bisher
kein Eiweiß nachgewiesen. Dagegen ist der Glaskörper des Auges
trotz seinem Reichthum an Wasser arm an Eiweiß. Sehr viel Eiweiß
besitzen die größeren Drüsen, die Thymus, die Leber, die Nieren.

Für alle diese Fälle läßt sich jedoch schwer entscheiden, wie viel
von der vorhandenen Eiweißmenge dem Blut, wie viel dem ausgeschwitzten Nahrungssafte, wie viel selbst im löslichen Zustande vielleicht den Formbestandtheilen der Gewebe angehört. Um so charakte-
ristischer ist das Vorkommen des Eiweißes in Hirn und Nerven. Nach
Mulder ist nämlich das Eiweiß des Gehirns im geronnenen Zustande
vorhanden; es ist nicht löslich in Wasser und läßt sich durch Essigsäure verflüssigen [1]. Dieses Eiweiß findet sich nun auch in den

---

[1] Vgl. meine Uebersetzung von Mulder's physiologischer Chemie, S. 642.

Nerven und zwar nach den vortrefflichen Untersuchungen von Donders und Mulder sowohl in dem sogenannten Achsencylinder, wie
in dem übrigen Inhalt der Nervenröhren, welcher den Achsencylinder
scheidenartig umgiebt. Nach Bauquelin enthalten die Nerven verhältnißmäßig mehr Eiweiß als Hirn und Rückenmark. Daß das
Hirn bei Greisen fester ist als bei Jünglingen (Dénis), mag zum
Theil von einer festeren Gerinnungsform des Eiweißes herrühren;
zum Theil wird es jedenfalls durch den geringeren Wassergehalt des
Hirns alter Leute erklärt. Nach H. Nasse ist das Gehirn der Frösche durch Reichthum an Eiweiß und Salzen ausgezeichnet [1].

Während der Schwefelgehalt im Eiweiß der Fischmuskeln mit
dem des Bluteiweißes übereinstimmt, berichten von Baumhauer
und Weidenbusch übereinstimmend, daß jenes keinen Phosphor enthält [2].

Für eine Vergleichung des Muskelfaserstoffs mit dem Faserstoff
des Bluts, für welche Körper man so lange einen sehr zweifelhaften
Grad von Uebereinstimmung anzunehmen genöthigt war, hat endlich
eine Arbeit Liebig's die ersten erwünschten Anhaltspunkte gegeben.
Man muß jetzt vom Faserstoff behaupten, daß er nicht ganz unverändert die Blutbahn verläßt. Konnte man dies früher schon wahrscheinlich machen, weil doch der Faserstoff in ungelöster Form Antheil
nimmt an der Bildung der Muskelfasern, so hat die Unterscheidung
nunmehr ihren bestimmten Ausdruck darin gefunden, daß der Faserstoff des Bluts in Salzsäure bloß aufquillt, während der Faserstoff
der Muskeln in derselben Säure zu einer durch Fetttheile schwach
getrübten Flüssigkeit gelöst wird. Wenn man diese Lösung mit Alkalien sättigt, dann gerinnt dieselbe zu einem gallertartigen Brei, der
sich wieder löst in einem Ueberschuß des Alkalis oder in Kalkwasser.
Das Kalkwasser, welches den Niederschlag aufgenommen hat, gerinnt
beim Erhitzen wie eine verdünnte Eiweißlösung. In der alkalischen
Lösung jenes Niederschlags bewirken Kochsalz und Mittelsalze ein Gerinnsel, das auf de  Zusatz von vielem Wasser wieder verschwindet.

---

1) H. Nasse, Art. thierische Wärme in R. Wagner's Handwörterbuch,
S. 104.

2) Weidenbusch in Liebig und Wöhler, Annalen, Bd. LXI, S. 373.

Einem solchen Unterschied der Eigenschaften entspricht auch ein
Unterschied in der Zusammensetzung. Liebig fand in dem Faserstoff
des Bluts mehr Stickstoff, wogegen sich der Muskelfaserstoff durch
einen beständigen Eisengehalt auszeichnet [1]). Nach einer Angabe, die
sich bei Mulder [2]) findet, wurde in dem Muskelfleisch einer Kuh
kein freier Phosphor gefunden.

Die Primitivfasern der Muskeln bestehen jedoch nicht bloß aus
dieser Abart des Faserstoffs; das haben Donders und Mulder
überzeugend gelehrt, und ich komme gleich darauf zurück. Liebig's
Untersuchung bestätigt diese Thatsache; während sich nämlich die Fleisch-
faser des Huhns und des Ochsen beinahe ganz in Salzsäure löste,
ließ die vom Hammelfleisch schon mehr, und die des Kalbfleisches
sogar weit über die Hälfte ungelöst. Dieser Rückstand war elastisch,
aber immer weicher als Faserstoff des Bluts, der in schwach saurem
Wasser aufgequollen war.

In den Muskelfasern der Schlagadern hat Max. Sigm.
Schultze [3]) einen eiweißartigen Körper gefunden, der sich weder in
kaltem, noch in heißem Wasser löste. Da dieser Stoff beim längeren
Sieden mit Wasser einen löslichen Körper bildet, der anfangs mit
Essigsäure einen Niederschlag giebt, welcher auf reichlicheren Zusatz der
Säure wieder verschwindet [4]), so darf es nicht für unwahrscheinlich
gelten, daß jene Muskelfasern ursprünglich aus Faserstoff bestanden,
welchen das längere Kochen mit Wasser zum Theil in Mulder's
höhere Oxydationsstufe der Eiweißkörper verwandelte (vgl. oben
S. 242). Demnach dürften die organischen Muskelfasern zum Theil
aus Faserstoff oder doch aus einem sehr ähnlichen Körper bestehen.
Entschieden ist hierüber leider nichts.

Während vom Käsestoff noch vor Kurzem behauptet werden
mußte, daß er als solcher nicht in den Geweben auftritt, verdanken
wir jetzt einer Untersuchung Schultze's die sehr willkommene That-

1) Liebig in seinen Annalen, Bd. LXXIII, S. 125—128.
2) Mulder, a. a. O. S. 623.
3) Liebig und Wöhler, Annalen, Bd. LXXI, S. 289.
4) Mulder en Wenckebach, Natuur- en Scheikundig Archief, 1836,
p. 355.

fache, daß er einen wesentlichen Bestandtheil der sogenannten mittleren
Schlagaderhaut (der Ringsfaserhaut sammt Längsfaserhaut von Donders und Mulder) ausmacht. Ich schließe dies nicht aus dem
Verhalten des wasserhellen Auszugs der mittleren Haut zur Essigsäure,
welches ebenso gut auf Natronalbuminat sich beziehen könnte, sondern
daraus, daß die Lösung durch Kälberlab gerann und andererseits
Milchzucker in Gährung versetzte [1]). Schultze fand den Käsestoff
beim Menschen und bei Ochsen in der mittleren Haut verschiedener
Schlagadern. Die mittlere Haut der Aorta, welche verhältnißmäßig
weniger Muskelfasern besitzt, enthielt auch viel weniger Käsestoff als
die Schenkelschlagader und die Kopfschlagader. Wir haben also hier das
lehrreiche Beispiel eines Körpers, der im löslichen Zustande wesentlich
Theil nimmt an der Constitution eines festen Formbestandtheils. —
Nichtsdestoweniger wurde von Schultze auch in den Wandungen der
Adern, die keine Muskelfasern enthalten, eine reichliche Menge Käse-
stoff beobachtet, und zwar beim Menschen, beim Schaaf und beim
Kalbe. — Außerdem ist der Käsestoff in dem Zellgewebe und dem
Nackenbande vertreten, jedoch in viel geringerer Menge als in den
Gefäßwandungen.

Das Globulin des Bluts findet sich unverändert in der Krystallinse des Auges wieder, weshalb es auch Krystallin heißt. Dieses
Krystallin enthält, wie die übrigen Eiweißkörper im Blut, eine reichliche Menge phosphorsauren Kalks. Es wurde oben bemerkt, daß sich
das Globulin aus dem Blut wegen des hartnäckig anhängenden Hämatins nicht rein darstellen läßt. Aus Krystalllinsen wird es gewonnen, indem man dieselben mit Wasser auszieht, diese Lösung mit Essigsäure sättigt und kocht. Dann gerinnt das Globulin, welches nur
noch mit Alkohol und Aether gewaschen wird.

Auch die beiden Oxydationsstufen der Eiweißkörper scheinen das
Blut unverändert zu verlassen. So liefert die Haut des Fötus nach
Güterbock keinen Leim, sondern Pyin, einen Körper der nach Mul-
der ganz übereinstimmt mit dem sogenannten Proteintritoxyd [2]).

---

1) Vgl. Schultze a. a. O. S. 277 u. folg.
2) Mulder, physs. Chemie, S. 567. In meiner Uebersetzung ist statt Bioxyd
Tritoxyd zu lesen.

Die Primitivfasern der gestreiften Muskelbündel bestehen nach Donders und Mulder aus zwei verschiedenen Stoffen, von welchen der eine in Kali und in Essigsäure leichter gelöst wird als der andere. Der schwerer lösliche Stoff zeigt sich nach Behandlung mit Essigsäure in der Gestalt von dickeren Kügelchen, welche durch schmälere kurze Streifchen perlschnurförmig mit einander verbunden sind. Es ist ein Irrthum, wenn Henle [1]) diese Gliederung und die Zusammensetzung der Primitivfasern aus zwei verschiedenen Stoffen für einen „optischen Betrug" hält. Ich habe mit Baumhauer — nicht mit Mulder, wie Henle in Folge eines Versehens berichtet — jene Angaben von Donders und Mulder an den Muskeln des Flußbarsches aufs Schärfste bestätigt gefunden [2]). Mulder hält den einen jener beiden Stoffe für eine Abart des Faserstoffs, den anderen für die niedere Oxydationsstufe der eiweißartigen Verbindungen, weil beide jene Körper, wenn sie in Essigsäure gelöst und mit kohlensaurem Ammoniak behandelt werden, einen Niederschlag erzeugen, welche Eigenschaft den Primitivfasern der Muskeln auch zukommt. Ob aber die breiteren Kügelchen oder die schmäleren Streifchen das Oxyd bilden, läßt Mulder unentschieden [3]). C. Schmidt hat für die Zusammensetzung der Muskelfasern der Insekten die Formel $NC^8 H^6 O^3$ aufgestellt, die, mit 5 multiplicirt, Mulder's älterer Formel für Proteintritoxyd ($N^5 C^{40} H^{30} O^{15}$) gleich kommt. Diese Angabe verdient um so eher Beachtung, weil die Primitivbündel der Insektenmuskeln nicht von Bindegewebe umgeben sind.

Ein gleichmäßiger Bau unterscheidet nach Donders und Mulder die glatten Muskelfasern von den Primitivfasern gestreifter Bündel. Eine einzige Beobachtung deutete darauf hin, daß auch in der organischen Muskelfaser mehr als Ein Stoff verborgen sein mag. Die Ringfasern aus der Kopfschlagader einer Kuh erschienen nach siebenstündiger Einwirkung einer starken Kalilauge als durchsichtige,

---

1) Canstatt und Eisenmann, Jahresbericht für 1846, Erlangen 1847, Bd. I, S. 70.

2) Mulder, Scheikundige onderzoekingen, Deel IV. p. 299—301.

3) Vgl. Mulder's Physiolog. Chemie, S. 612—615 und 623.

blaffe, mit unebenen Rändern verſehene Fäden, denen feine Körnchen
eingeſtreut waren [1]).

Mulder iſt ſehr geneigt ſeinem Proteinprotoxyd in der Bildung der Formbeſtandtheile des Thierkörpers eine ähnliche Bedeutung beizulegen wie dem Zellſtoff für die Pflanzen. Den jugendlichen Zellenwänden der Thiere fehlen nach Mulder die Merkmale
der Eiweißſtoffe niemals, und wie im Eidotter jene Oxydationsſtufe
des Eiweißes den Mutterkörper der Zellen darſtelle, ſo verhalte ſich
dieſelbe im Thierleib überhaupt. Der Wand der Haargefäße wird
von Mulder Proteinprotoxyd als Hauptbeſtandtheil zugeſchrieben.
Leider läßt ſich für alle dieſe Angaben zwar ein hoher Grad von
Wahrſcheinlichkeit, jedoch, wie Mulder ſelbſt hervorzuheben nicht
unterläßt, keine Sicherheit in Anſpruch nehmen.

So viel läßt ſich indeß als allgemeines Ergebniß der Forſchungen über die Eiweißkörper der Gewebe behaupten, daß die eiweißartigen Verbindungen des Bluts unverändert durch die Haargefäße hin-
durchſchwitzen können. Nur für den Faſerſtoff muß vielleicht in allen
Fällen eine kleine Veränderung zugegeben werden.

### §. 3.

Neben jenen Geweben, die unveränderte Eiweißkörper enthalten,
giebt es zahlreiche Werkzeuge oder Gewebetheile, die vorherrſchend
aus umgewandelten Eiweißſtoffen beſtehen. Es gehören dahin die
Horngebilde, die elaſtiſchen Faſern und die verſchiedenen leimgebenden
Gewebe.

Vielleicht war es das ſchönſte Ergebniß der werthvollen Unter-
ſuchungen, welche Donders und Mulder über die chemiſche Natur
der Formbeſtandtheile des thieriſchen Körpers angeſtellt haben, daß
alle Horngebilde durch eine angemeſſene Behandlung mit Kali in
Zellen verwandelt werden können, welche in den meiſten Fällen mit
Kernen verſehen ſind und im aufgequollenen Zuſtande in vortrefflicher
Weiſe das Urbild von Zellen darſtellen. Da dieſe Zellen jedoch aus
Wand, Kern und ſonſtigem, häufig vertrocknetem Inhalt beſtehen und

---

1) Mulder, a. a. O. S. 627.

durch einen Bindestoff mit einander verbunden sind, so ist von vorn herein die Möglichkeit gegeben, daß ein Horngewebe aus drei bis vier verschiedenen organischen Stoffen zusammengesetzt ist. Und dieser Voraussetzung entspricht nicht selten die verschiedene Löslichkeit der einzelnen Theile des Gewebes in Kali oder anderen Lösungsmitteln.

Darum bezieht sich die Analyse der Horngebilde, deren Zusammensetzung genauer untersucht wurde, auf den vorherrschenden Formbestandtheil, vorzugsweise auf die Zellwand. Nach den Zahlen verschiedener Forscher theile ich nachstehende empirische Formeln mit, die alle auf $N^{60}$ zurückgeführt sind:

Oberhaut . $N^{60}$ $C^{400}$ $H^{330}$ $O^{150}$ $S^2$  Mulder.

Kuhhorn . $N^{60}$ $C^{440}$ $H^{352}$ $O^{154}$ $S^{11}$  J. L. Lilanus.

Fischbein . $N^{60}$ $C^{480}$ $H^{372}$ $O^{156}$ $S^{12}$  van Kerckhof.

Nägel . . $N^{60}$ $C^{420}$ $H^{325}$ $O^{126}$ $S^{14}$  Mulder.

Haare . 8($N^{60}$ $C^{400}$ $H^{310}$ $O^{120}$ $S^{15}$) $+ P^5$ van Laer.

Alle diese Horngebilde, zu denen sich noch die verschiedenen Epithelien und das Schildpatt gesellen, stimmen darin mit einander überein, daß sie sich in Kali lösen und aus diesen Lösungen durch Essigsäure niedergeschlagen werden. Dieser Niederschlag ist, wenn man nur so viel Essigsäure hinzusetzt, daß die Lösung nicht sauer wird, sehr gering, während beim reichlicheren Zusatz von Essigsäure eine bedeutende Fällung entsteht in den Lösungen von Oberhaut, Horn und Fischbein. — Eine Lösung von Epitheliumzellen — Schleimstoff — in einer alkalischen Durchschwitzung hat Frerichs durch seine hübsche Untersuchung über die Synovia kennen gelehrt[1]).

Geht nun schon aus der Zusammensetzung und aus der so eben angeführten Eigenschaft eine nahe Beziehung der Horngebilde zu den Eiweißkörpern hervor, so wiederholt sich diese in verschiedener Schattirung im Verhalten zu mehren anderen Prüfungsmitteln. So werden die Oberhaut, die Nägel, Haare, Fischbein und Horn durch Salpetersäure und Ammoniak gelb bis orangegelb, die Wände der Epitheliumzellen dagegen nur schwach gelblich.

Salpetersaures Quecksilberoxyd, mit salpetersaurem Quecksilberoxydul und salpetrichter Säure vermischt, ertheilt dem Horn und der

---

1) Frerichs in R. Wagner's Handwörterbuch, Bd. III, S. 446.

Oberhaut, ebenso der Wolle und den Federn, die gleichfalls zu den Horngebilden gehören, eine rothe Farbe (Millon).

Durch Zucker und starke Schwefelsäure werden die Horngebilde nach Schultze roth, wie die eiweißartigen Körper [1]), zumal wenn sie erst in Kali aufgequollen sind.

In starker Essigsäure werden die Epitheliumzellen, die Oberhaut und die Nägel am leichtesten gelöst, Horn, Fischbein und Schildpatt schwerer, indem sie beim Kochen erst gallertig werden und dann allmälig sich auflösen, wobei das Schildpatt jedoch einen bedeutenden Rückstand hinterläßt. Die Haare zeichnen sich vor allen Horngeweben dadurch aus, daß sie von Essigsäure kaum aufgelöst werden (Mulder).

Horn und Fischbein unterscheiden sich nach Mulder dadurch, daß ersteres aus der essigsauren Lösung durch Ammoniak beinahe unverändert niedergeschlagen wird, während der Niederschlag der essigsauren Fischbeinlösung aus dem sogenannten Proteinprotoxyd besteht.

Die Kerne der Epitheliumzellen der Mundhöhle unterscheiden sich von anderen Zellenkernen, indem sie in starker Essigsäure blaß werden; die Kernkörperchen sind in Essigsäure unlöslich.

## §. 4.

Wenn sich die mikroskopische Untersuchung irgendwo der Physiologie des Stoffwechsels nützlich erwiesen hat, so ist es bei den Geweben, die elastische Fasern enthalten. Indem sich nämlich die eiweißartigen Stoffe und die leimgebenden Fasern in Kalilauge lösen, werden die elastischen Fasern weder durch eine starke, noch durch eine verdünnte Kalilauge angegriffen. Wenn man das Nackenband, die gelben Bänder der Wirbelsäule, die Bänder, durch welche die Knorpel der Athemwerkzeuge mit einander verbunden sind, das Lungengewebe selbst, die elastischen Knorpel, die Wände der Adern und Schlagadern, der Chylus- und Lymphgefäße, die Fascien und Sehnen, seröse Membranen oder den aus Bindegewebe bestehenden Theil der äußeren Haut, kurz alle die Theile, welche eine irgend erhebliche

---

1) Liebig und Wöhler, Annalen, Bd. LXXI, S. 275.

Menge von Bindefaſern enthalten, mehre Stunden lang bis zu zwei Tagen mit Kalilauge behandelt, dann bleiben zuletzt nur die elaſtiſchen Faſern ungelöſt. Bald hat man die ſchönſten geſchwungenen und verzweigten elaſtiſchen Faſern ganz vereinzelt vor ſich, wie in dem Lungengewebe, bald ſind dieſelben ſo enge mit einander verwebt, daß man gleichmäßige elaſtiſche Platten vor ſich zu haben glaubt, die an einzelnen Stellen durchlöchert ſind, ſo in der geſtreiften Haut beider Arten von Blutgefäßen und in der Ringsfaſerhaut der Schlagadern (Donders und Mulder, a. a. O. Fig. 176). Henle's Kernfaſern ſtimmen mit den elaſtiſchen Faſern überein (Donders und Mulder).

Nach den Analyſen von J. W. R. Tilanus laſſen ſich die elaſtiſchen Faſern ausdrücken durch die Formel $N^7 C^{32} H^{40} O^{14}$.

In Waſſer, Alkohol und Aether ſind die elaſtiſchen Faſern ganz unlöslich, aber auch in ſtarker, kochender Eſſigſäure und in einer mäßig verdünnten Kalilauge werden ſie erſt nach vielen Tagen gelöſt. Salpeterſäure färbt die elaſtiſchen Faſern nicht gelb, Salzſäure löſt dieſelben langſam, ohne daß die Löſung violett wird.

Elaſtiſche Faſern geben beim Kochen keinen Leim; die elaſtiſchen Gewebe wohl, jedoch nur weil ſie neben den elaſtiſchen Faſern immer auch Bindefaſern enthalten (Donders und Mulder). Schultze will indeß aus elaſtiſchen Faſern Leim erhalten haben, indem er dieſelben 30 Stunden lang bei 160° erhitzte [1]).

Am reinſten läßt ſich der Stoff der elaſtiſchen Faſern gewinnen, wenn man das Nackenband der Ochſen trocknet, fein ſchabt und nacheinander mit Kali, Eſſigſäure, Waſſer, Alkohol und Aether wäſcht.

### §. 5.

Die Knochen, das Bindegewebe, welches die einzelnen Werkzeuge des Körpers, namentlich die Muskeln mit der Haut und die Muskeln unter ſich verbindet, die contractilen Faſern der Haut, des Fächergewebes der cavernöſen Körper, die Längsfaſern und Ringsfaſern in der Wand von Adern und Lymphgefäßen, die nicht con-

---

[1) Schultze in den Annalen von Liebig und Wöhler, Bd. LXXI, S. 292 — 295.

tractilen Fasern der verschiedenen Bindegewebehäute (tunicae adven-
titiae), der elastischen Haut der Schlagadern, der serösen Häute, der
fibrösen Häute (Sclerotica des Auges), der Fascien, der Klappen in
Adern und Lymphgefäßen, Neurilem, Perichondrium und Periosteum,
die Bänder, die Zwischengelenkknorpel des Kniegelenks, der Meniscus
des Unterkiefergelenks, — alle diese Theile geben beim Kochen mit Wasser
diejenige Leimart, welche nach den Knochen benannt ist (Glutin).

In manchen Fällen werden Membranen oder Bindestoffe, die
gar keine Structur zeigen, wie es scheint, durch ein inniges Gemenge
des Stoffs der elastischen Fasern und des leimgebenden Körpers gebildet. Dahin gehören das Neurilema und das Sarcolema, welches
die Primitivbündel der Muskeln umgiebt, während das Perimysium,
welches die Primitivbündel zu secundären Bündeln vereinigt, aus
Bindefasern besteht, und die Primitivfasern innerhalb der Primitivbündel durch einen nicht näher bestimmten Eiweißkörper von einander
getrennt sind. Vielleicht ist hierher auch die Röhre der einzelnen Ner-
venfasern zu zählen, welche die emulsionsartige Mischung von Eiweiß
und Fett enthält.

Ein einziges Beispiel ist bisher bekannt geworden, in welchem
ein Theil der Zellenwände aus leimgebendem Stoff zu bestehen scheint.
Die Fettzellen besitzen nämlich nach Donders und Mulder nicht
selten eine doppelte Wand, von welcher die äußere in Essigsäure und
Kali löslich, die innere dagegen unlöslich ist. Mulder hält die
äußere für leimgebenden Stoff [1]).

Endlich geben manche Fischschuppen beim Kochen ebenfalls Leim.

Die Zusammensetzung des Leims ist nach den Analysen Mulder's $N^2 C^{18} H^{10} O^5$; Schlieper hat jedoch auch etwas Schwefel
in demselben gefunden (0,12—0,14 Proc.).

Während der Leim in heißem Wasser leicht löslich ist, gesteht er
aus dieser Lösung beim Erkalten gallertartig. Durch lange fortgesetztes oder häufig wiederholtes Kochen verliert der Leim die Eigenschaft,
steif zu werden. Dabei findet nach van Goudoever eine Hydrat-
bildung statt, nach der Formel $4 N^2 C^{18} H^{10} O^5 + HO$. Auch Essigsäure raubt dem Leim die Fähigkeit, gallertig zu gestehen. In Alkohol und Aether ist der Leim ganz unlöslich.

1) Mulder, a. a. O. S. 608.

Durch Gerbsäure, Chlor, Quecksilberchlorid und neutrales Platinchlorid wird Leim aus der wässerigen Lösung gefällt; dagegen nicht durch Essigsäure, Salzsäure, essigsaures Bleioxyd und Alaun. In der essigsauren Lösung erzeugt Kaliumeisencyanür keinen Niederschlag.

Millon's salpetersaure Quecksilberlösung röthet den Leim. Dagegen werden die leimgebenden Fasern durch Zucker und starke Schwefelsäure nur gelbbräunlich (Schultze).

Am reinsten gewinnt man den Leim, wenn man die Schwimmblase von Acipenser Sturio kocht, beiß filtrirt, trocknet und wäscht.

## §. 6.

Wenn man die Faserknorpel, die elastischen Knorpel oder die wahren Knorpel etwa 18 Stunden lang in Wasser kocht, dann werden dieselben in Knorpelleim, Chondrin, verwandelt. Von den wahren Knorpeln werden nicht nur die Knorpelzellen, sondern auch der formlose Zwischenstoff in Leim verwandelt, von den elastischen und den gewöhnlichen Faserknorpeln dagegen nur die Knorpelzellen. Daher liefern die beiden letztgenannten Arten viel weniger Chondrin als die wahren Knorpel. Auch aus der Hornhaut des Auges hat Scherer beim Kochen Chondrin gewonnen.

Die Grundlage der wahren Knorpel löst sich am leichtesten in Kali und in Schwefelsäure, die Knorpelkörperchen und die Wände der Knorpelzellen viel schwerer, während endlich die Kerne der Knorpelzellen allen Lösungsmitteln widerstehen (Donders und Mulder). Mulder vermuthet deshalb, daß die wahren Knorpel aus vier verschiedenen Stoffen bestehen. Natürlich braucht zwischen diesen Stoffen keine ursprüngliche Verschiedenheit zu herrschen. Das Verhalten gegen Lösungsmittel weicht wahrscheinlich nur ab je nach den anorganischen Stoffen, mit welchen die organische Grundlage verbunden ist.

Mulder bezeichnet die Zusammensetzung des Knorpelleims durch die Formel $N^{40} C^{320} H^{240} O^{140} S$.

Während das Chondrin in den Löslichkeitsverhältnissen, der Gallertbildung und dem Verhalten zu Chlor, Quecksilberchlorid und Gerbsäure mit dem Knochenleim übereinstimmt, unterscheidet es sich von diesem durch die Niederschläge, welche es erzeugt mit Essigsäure, essigsaurem Bleioxyd und Alaun.

Durch das Millon'sche Prüfungsmittel wird Chondrin geröthet; in den wahren Knorpeln wird nach Schultze durch Zucker und Schwefelsäure der Zwischenstoff nur gelbröthlich, die Knorpelzelle dagegen entschieden roth gefärbt.

Um das Chondrin zu gewinnen werden wahre Knorpel, z. B. die Rippenknorpel, 18—24 Stunden gekocht, heiß filtrirt, getrocknet und schließlich mit Wasser, Alkohol und Aether gewaschen.

### §. 7.

Ueber die Entstehung der Horngebilde, der elastischen Fasern und der leimgebenden Gewebe aus ihren Mutterkörpern, den eiweißartigen Verbindungen, läßt sich zur Zeit wenig Zuverlässiges sagen. Daß jene Körper indeß aus Eiweißstoffen hervorgehen, ergiebt sich aus ihrer Zusammensetzung und daraus, daß sie im Blut nicht gefunden werden.

So viel ist ausgemacht, daß diese Abkömmlinge der Eiweißstoffe sämmtlich nur unter Aufnahme von Sauerstoff aus ihren Mutterkörpern hervorgehen können. Um dies zu beweisen, bedarf es nur eines Blicks auf die Zusammensetzung des Hornstoffs, der beiden Leimarten, der elastischen Fasern, die sämmtlich durch ihren Sauerstoffgehalt die eiweißartigen Verbindungen übertreffen.

Schon hieraus wird es wahrscheinlich, daß die von Mulder beschriebenen Oxydationsstufen der Eiweißkörper den Uebergang zu Horn und Leim bilden mögen. Es gewinnt aber diese Ansicht bedeutend an Ueberzeugungskraft, wenn wir bedenken, daß in der Haut des Fötus Mulder's sogenanntes Proteintritoxyd wirklich der Vorläufer ist der leimgebenden Fasern.

In den Knochen giebt die ursprüngliche Grundlage beim Kochen Knorpelleim, und es verwandelt sich demnach bei der späteren Entwicklung ein Knorpelleim gebendes Gewebe in ein anderes, das beim Kochen Knochenleim erzeugt. Nach einer Beobachtung Schultze's scheint auch dies auf einer Oxydation zu beruhen. Es gelang nämlich diesem Forscher Knorpel durch Behandlung mit Kali in Knochenleim geben-

des Gewebe zu verwandeln. [1]. Aus den Zahlen, die wir für Knochenleim und Knorpelleim besitzen, ergiebt sich jedoch, daß jener aus
diesem nur mittelbar unter Aufnahme von Sauerstoff erzeugt werden
könnte, d. h. wenn außerdem sauerstoffreichere Verbindungen entstehen.

Man sieht, daß wir es bisher kaum zu einigen Andeutungen
über den Zusammenhang zwischen den Eiweißstoffen und den von diesen abgeleiteten Gewebebildnern gebracht haben. Und auf diesem niedrigen Standpunkt werden unsere Kenntnisse dieser Entwicklungsgeschichte
verharren, so lange wir für die Eiweißstoffe nur empirische Zahlen und
keine rationelle Formeln besitzen.

### §. 8.

Außer jenen von eiweißartigen Körpern abgeleiteten Gewebebildnern, welche den Wirbelthieren angehören, sind zwei Stoffe in den
Geweben wirbelloser Thiere beobachtet worden, deren Entstehung offenbar auf die Eiweißkörper zurückgeführt werden muß. Ich meine
die Sarcode und das Chitin.

Der Sarcode hat zuerst Dujardin seine Aufmerksamkeit gewidmet. Er gab diesen Namen der so außerordentlich leicht sich zu-
sammenziehenden Grundlage des Körpers der Infusorien, welche er in
Wasser unlöslich, dagegen in Kali löslich, durch Weingeist und Salpetersäure gerinnbar fand. Zu diesen Eigenschaften hat Ecker, der
die Sarcode bei Hydra viridis einer genauen Prüfung unterwarf, noch
die Erhärtung und das Zusammenschrumpfen durch kohlensaures Kali
hinzugefügt [2], ein Merkmal, das Ficinus und Virchow auch den
Muskelfasern zuschreiben.

Ecker nennt die Sarcode ungeformte contractile Substanz und
zählt zu dieser auch die von Doyère bei den Tardigraden so genau
als Muskeln beschriebenen Stränge. In Chironomus-Larven beobachtete Ecker den Uebergang von Sarcode in quergestreifte Muskelfasern.
Demnach müßte die Sarcode den eiweißartigen Mutterkörpern sehr

---

1) Schulze in Liebig und Wöhler, Annalen, Bd. LXXI. S. 275.
2) Ecker, in der Zeitschrift für wissenschaftliche Zoologie von von Siebold
   und Kölliker, Bd. I, S. 238.

nahe stehen, eine Annahme, der keine von den wenigen bisher beobachteten chemischen Eigenschaften widerspricht.

## §. 9.

Ein eigenthümlicher Körper, der sich durch seinen Stickstoffgehalt
den eiweißartigen Verbindungen anschließt, bildet das Hautskelett der
Arthropoden (Insekten, Spinnen und Krustenthiere), außerdem aber
den inneren Ueberzug des Darmkanals in Form eines glashellen, struc-
turlosen Epitheliums und endlich die Spiralfaser der Tracheen der hierher gehörigen Thiere. Er wird als Chitin, von Lassaigne mit
Rücksicht auf das physiologische Vorkommen als Entomaderm beschrieben.

Nach Analysen von C. Schmidt und Lehmann kann man
das Chitin durch die Formel $NC^{17} H^{14} O^{11}$ ausdrücken.

Das Chitin ist unlöslich in Wasser, in Essigsäure und in Alkalien. Starke Salpetersäure und Salzsäure lösen dasselbe ohne Erzeugung einer gelben oder violetten Farbe; wenn man die Säure mit
Ammoniak sättigt, dann erzeugt Gerbsäure in der Lösung einen Niederschlag.

Weil die Flügeldecken der Käfer die dicksten Chitinhäute darstellen, so gewinnt man diesen Stoff am leichtesten, wenn man jene mit
Alkalien, Essigsäure, Wasser, Alkohol und Aether auszieht.

Auch das Chitin kann offenbar nur durch Oxydation aus den
Eiweißkörpern hervorgehen.

## §. 10.

Der Farbstoff des Bluts scheint nirgends unverändert auszu-
schwitzen, und die Muskeln, denen man sonst wohl einen eigenen Farbstoff zugeschrieben hat, verdanken ihre rothe Farbe durchaus nur dem
Hämatin der in den Blutgefäßen eingeschlossenen Blutkörperchen (Lub-
ten).

Ja selbst wenn das Hämatin durch Zerreißung von Blutgefäßen
in Gewebe austritt, so kann es seine ursprünglichen Eigenschaften nicht
behaupten. Wir wissen durch Virchow, daß sich das Hämatin der
Blutkörperchen in ergossenem Blut schon nach 17—20 Tagen in Hä-

matoidinkrystalle verwandelt. Daher erklärt sich das Auftreten von Hämatoidin in den Graaf'schen Bläschen.

Ein Abkömmling des Hämatins ist zweifelsohne auch das Melanin, welches die dunkel schwarzbraune Farbe der Pigmentzellen der Chorioidea des Auges, der Gefäßwände und der serösen Membranen der Frösche, und wahrscheinlich auch die Farbe der schwarzen Bronchialdrüsen, der Lungen, einzelner Hautstellen des Menschen und insbesondere der Haut des Negers bedingt.

Auf den Zusammenhang mit dem Hämatin deutet einerseits der von Bruch in seiner vortrefflichen Abhandlung über das körnige Pigment nachgewiesene Eisengehalt (Lehmann fand 0,25 Procent), der von Scherer beobachtete Stickstoffgehalt, sodann die Entstehung eines in allen Merkmalen mit regelmäßigem schwarzbraunem Pigment übereinstimmenden Körpers in krankhaften Blutergüssen (Bruch, Virchow).

Das Melanin ist in Wasser unlöslich, bleibt aber, wenn es mit Wasser angerührt ist, längere Zeit schwebend in demselben. Auch in Alkohol, Aether, starker Essigsäure und verdünnten Mineralsäuren wird es nicht gelöst, wohl aber nach langer Einwirkung in verdünnter Kalilauge. Aus dieser Lösung wird das Melanin durch Salzsäure hellbraun gefällt.

Von der Chorioidea gewinnt man das Melanin, indem man sie durch Leinewand ausspült. Dann gehen die Pigmentkörperchen durch die Maschen der Leinewand. Das durchgegangene Gemenge wird filtrirt, das auf dem Filter bleibende Pigment getrocknet und gewaschen.

Wie das Melanin in seinen einzelnen Entwicklungsstufen aus Hämatin entsteht, darüber ist leider wieder nichts Genaueres bekannt. Aus Scherer's Analyse geht jedoch hervor, daß sich das Melanin durch einen höheren Sauerstoffgehalt vom Hämatin unterscheidet. Mulder fand im Hämatin 11,88 Proc., Scherer im Melanin als Mittel dreier Bestimmungen 22,23 Sauerstoff[1]). Bisher hat man jedoch keine Formel für das Melanin aufstellen können. Nach E. Schmidt's Analysen zeigte sich die Zusammensetzung von krankhaft abgelagertem Pigment so verschieden, daß man es offenbar häufig nicht mit einem fertig gebildeten Stoff, sondern mit verschiedenen Uebergangsstufen zu

1) Liebig und Wöhler, Annalen, Bd. XL, S. 64.

thun hat. Auch Schmidt's Zahlen sprechen indeß für eine Orybda-
tion des Hämatins [1]).

## Die Fette als Gewebebildner.

### §. 11.

Während bei den niedersten Thieren Fett nur spurweise oder gar
nicht vorhanden ist, ist es in den meisten Geweben der Wirbelthiere und bei
den Arthropoden reichlich vertreten. Außerordentlich arm an Fett sind jedoch auch bei den Wirbelthieren die Lungen, die Knorpel, die Eichel, der
Kitzler, ganz besonders aber die Zahnkronen und nach Schulze die mittlere Haut der Schlagadern. Dagegen findet sich das Fett in sehr großer
Menge in der Umgebung der Muskeln des Antlitzes und der Augen,
unter der Haut des Gesäßes, im Knochenmark, in den weiblichen Brü-
sten, wie denn überhaupt der weibliche und auch der kindliche Körper
im Fettgehalt den männlichen übertreffen. Selbst den Horngeweben
fehlt das Fett nicht. Von den Haaren ist dies längst bekannt. In
jedem Fischbeinkanälchen beobachteten Donders und Mulder eine
Reihe länglicher Fettzellen.

Nur vereinzelt findet man die Fettsäuren des Bluts als solche
in den Geweben wieder. So fand Berzelius Oelsäure, van Laer
Perlmutterfettsäure in den Haaren [2]). Dagegen ist es Regel, daß die
den Fettsäuren des Bluts entsprechenden neutralen Fette in den Geweben auftreten, beim Menschen Elain und Margarin, bei den Pflanzenfressern und namentlich bei den Wiederkäuern außerdem auch Stearin. Die Fettseifen werden also, indem sie die Haargefäße verlassen,
zerlegt, und die Fettsäure verbindet sich mit der Gruppe des Glycerins,
deren Quelle jedoch bisher gänzlich unbekannt ist.

Wenn das Oelfett über das Perlmutterfett und den Talgstoff
vorherrscht, dann ist das Fett weich bis flüssig, so das Knochenmark,
das Fett im Zellgewebe unter der Haut und das bekannte Klauenfett
der Rinder. Je reichlicher dagegen Margarin und Stearin vertreten

1) Lehmann, phys. Chemie, zweite Auflage, Bd. I, S. 317.
2) Mulder, scheikundige onderzoekingen, Deel I, p. 154, 155.

sind, desto fester wird auch das Fett, wie in den Nierenkapseln verschiedener Thiere.

Ganz besonders innig ist während des Lebens das Fett in Hirn und Nerven mit dem Eiweiß verbunden. Nach dem Tode trennt sich jedoch das Fett vom Eiweiß und bildet in den Primitivfasern der Nerven den sogenannten Achsencylinder, der jedoch immer noch etwas Eiweiß eingemengt besitzt. Auch die Ganglienkugeln enthalten Fett; die Kerne ihrer Zellen sind durchsichtig wie Fettkügelchen. (Donders und Mulder). Die Nerven führen nach Bauquelin mehr flüssiges Fett als Hirn und Rückenmark.

Obgleich weniger innig als im Hirn sind auch in der Leber und den Nieren Fett und Eiweiß emulsionsartig mit einander verbunden[1]).

Von den bisher beschriebenen oder erwähnten Fetten wurde durch Verseifung die Capronsäure im Schweineschmalz und von Gottlieb im Gänsefett gefunden, in letzterem von demselben Forscher auch Butyrin[2]). Sodann hat Scherer das Auftreten von Buttersäure in der Fleischflüssigkeit[3]) und R. Wagner kürzlich ein Gleiches für die Caprinsäure im Leberthran wahrscheinlich gemacht[4]). Buttersäure wurde schon früher von de Jongh unter den Bestandtheilen des Fischthrans aufgeführt[5]), und R. Wagner hat diese Angabe bestätigt. Die Caprinsäure und die Capronsäure werden unten bei der Milch beschrieben.

Das Cholesterin des Bluts kehrt unverändert im Gehirn wieder.

### §. 12.

Außer jenen häufiger vorkommenden Fettstoffen treten einzelne Fette in gewissen Thierarten auf, die man im engeren Sinne als besondere thierische Bestandtheile bezeichnen kann. Es gehören dahin das Phocenin und der Wallrath.

---

1) Mulder, a. a. O. S. 605.

2) Liebig und Wöhler, Annalen, Bd. LVII, S. 34.

3) In derselben Zeitschrift, Bd. LXIX, S. 199.

4) Erdmann und Marchand, Journal, Bd. XLVI, S. 156.

5) Mulder's scheikundige onderzoekingen, Deel I, p. 336.

Das Phocenin ist im Fischthran und außerdem in den Barten der Wallfische, dem bekannten Fischbein, aufgefunden worden. Leider ist das neutrale Fett wenig untersucht. Man weiß nur, daß es in Alkohol und Aether löslich ist und daß die durch Verseifung dessel-ben entstehende Fettsäure, die Phocensäure oder die Delphinsäure mit der Baleriansäure übereinstimmt (Dumas). Da nun die Formel der Baleriansäure $C^{10} H^9 O^3 + HO$ ist, so wird wahrscheinlich das Phocenin durch die Formel $C^{13} H^{13} O^4$ ausgedrückt werden können. Denn

Phocensäure    Glycerin.
$$C^{10} H^9 O^3 + C^3 H^4 O = C^{13} H^{13} O^4.$$

Wallrath heißt bekanntlich das feste Fett, welches in den Höh-len des Schädels, besonders in einer großen Höhle des Oberkiefers bei Physeter macrocephalus und anderen Physeter-Arten, ferner auch bei Delphinus edentulus angehäuft ist. In dem lebenden Thiere ist es in Wallrathöl gelöst, nach dem Tode scheidet es sich fest und krystallinisch aus. Es findet sich übrigens auch im flüssigen Fett der übrigen Körpertheile dieser Thiere.

Bei der Verseifung giebt der Wallrath oder das Cetin kein Gly-cerin, sondern einen eigenthümlichen Körper, das Aethal, und Aethal-säure oder Cetylsäure.

Die Aethalsäure hat nach Smith die Formel $C^{32} H^{31} O^3 + HO$ und wäre demnach der Margarinsäure isomer. Sie krystallisirt in farblosen, glänzenden Nadeln, die bei 57° schmelzen und bei 55° fest werden. Sie läßt sich unzersetzt verflüchtigen.

In Wasser ist die freie Aethalsäure unlöslich, sehr leicht löslich dagegen in Alkohol und Aether. Ihre Seifen werden auch in Was-ser gelöst.

Das Aethal oder Cetyloryd wird von Dumas und Péligot durch die Formel $C^{32} H^{33} O + HO$ bezeichnet. Es krystallisirt in glänzenden Blättchen und schmilzt bei 48°.

Durch seine Eigenschaften ist das Aethal ebenso wesentlich vom Glycerin verschieden, wie durch die Zusammensetzung. Es ist nämlich unlöslich in Wasser, leicht löslich in Alkohol und in Aether.

Wenn man den Wallrath mit Kali verseift, die Seife durch Salzsäure zersetzt und das Gemenge mit Kalkmilch behandelt, dann kann man das Aethal durch kalten Alkohol ausziehen, der äthalsauren

Kalk ungelöſt zurückläßt. Dieſen zerlegt man durch Salzſäure und man reinigt die Aethalſäure, indem man dieſelbe aus Aether umkryſtalliſirt.

Zu den Fettſäuren gehört noch die Döglingſäure, welche Schar-
ling im Thrane von Balaena rostrata gefunden hat. Scharling legt dieſer Säure, die einige Grade über 0° erſtarrt, bei + 16° aber flüſſig iſt, die Formel $C^{36} H^{35} O^3 + HO$ bei und vermuthet, daß dieſelbe im Thran nicht an Glycerin, ſondern an einen dem Aethal ähnlichen Körper gebunden ſei. Letzterer iſt jedoch von Scharling nicht dargeſtellt[1].

In dem Bockstalg hat man früher eine eigenthümliche Säure, die Hircinſäure, angenommen, die aber nur mangelhaft unterſucht iſt. Die Prüfung dieſes Körpers iſt nicht wiederholt, ſeitdem man in der Caprinſäure, Caprylſäure und Capronſäure wohl charakteriſirte flüchtige Fettſäuren kennt, auf welche ſich die Hircinſäure wahrſcheinlich wird zurückführen laſſen.

## §. 13.

Außer Elain, Margarin und Choleſterin enthält das Hirn und das Mark der Nerven nach den Unterſuchungen Frémy's zwei eigenthümliche Fette, die er als Cerebrinſäure und Oleophosphorſäure bezeichnet.

In der Cerebrinſäure fand Frémy Stickſtoff und Phosphor, und abgeſehen von letzterem läßt ſich der Körper nach Frémy's Analyſe durch die Formel $NC^{68} H^{64} O^{15}$ ausdrücken. Die Cerebrinſäure läßt ſich körnig kryſtalliniſch gewinnen. Gobley, der denſelben Körper neuerdings als Cerebrin beſchrieb, erklärt ihn für neutral; er behauptet, daß ſich das Cerebrin zwar mit Metalloryden verbinde, jedoch in unbeſtändigen Verhältniſſen[2].

Das Cerebrin oder die Cerebrinſäure von Frémy löſt ſich we-
der in kaltem, noch in heißem Waſſer, quillt aber in beiden nach Art der Stärkmehlkörnchen auf. Es wird leicht in kochendem Alkohol, in kaltem Aether faſt gar nicht und auch nur wenig in kochendem gelöſt.

1) Vgl. Lehmann, a. a. O. Bd. I, S. 121.
2) Journal de pharmacie et de chimie, 3e série T. XVIII p. 180.

Nach Frémy sollten selbst die cerebrinsauren Alkalien in Wasser unlöslich sein.

Jene zweite Säure, die Oleophosphorsäure, konnte Frémy nicht ganz rein gewinnen. So weit dieselbe der Untersuchung zugänglich war, zeigte sie sich gelb, klebrig, unlöslich in kaltem Wasser, wenig löslich in kaltem Alkohol, dagegen leicht in kochendem und in Aether. Alle diese Eigenschaften stimmen überein mit dem von Gobley als neutral beschriebenen Lecithin[1]).

Weder Frémy, noch Gobley konnten diesen zweiten Körper unzersetzt vom ersteren trennen. Die Oleophosphorsäure oder das Lecithin soll Phosphor, aber keinen Stickstoff enthalten.

Nach Frémy's Angabe sollte die Oleophosphorsäure beim längeren Kochen mit Wasser oder mit Alkohol in Oelstoff und Phosphorsäure zerfallen. Gobley lehrt aber neuerdings, daß das Lecithin mit Mineralsäuren oder mit Alkalien behandelt in Oelsäure, Perlmutterfettsäure und in Phosphorglycerinsäure zerfalle. Diese Phosphorglycerinsäure ist eine farblose, saure Flüssigkeit, welche nicht krystallisirt und in Wasser und Alkohol leicht gelöst wird. Gobley hat phosphorsaures Glycerin-Ammoniak im Hirn gefunden.

In dem Gehirn eines 78jährigen Menschen fand Dénis eine größere Menge phosphorhaltigen Fetts als in dem eines 20jährigen Jünglings. Wenn man das Gehirn verkohlt, dann erhält man eine Kohle, welche durch freie Phosphorsäure Lackmuspapier röthet, während die Kohle der Nerven unter denselben Umständen Lackmuspapier bläut (Lassaigne). Lassaigne behauptet, daß im letzteren Falle die Phosphorsäure durch die alkalische Flüssigkeit des Neurilems übersättigt war. Das Hirn und das verlängerte Mark der Katze und der Ziege zeigten nach der Verkohlung keine so deutlich saure Beschaffenheit, wie dieselben Theile des Pferdes. Lassaigne schließt mit Recht daraus, daß die Menge des phosphorhaltigen Fetts im Gehirn verschiedener Thiere verschieden groß sei[2]). Zwischen dem Hirnfett der

---

1) Gobley in derselben Zeitschrift Bd. XVII, S. 414.

2) Journ. de pharm. et de chim. 3e sér. T. XVIII, p. 349.

Vögel und dem der Säugethiere konnte H. Nasse keinen Unterschied auffinden. Das Hirnfett der Frösche soll nach diesem Forscher etwas flüssiger und spärlicher vertreten sein als das der warmblütigen Thiere[1]).

Ob das phosphorhaltige Fett der Leber mit dem des Hirnes übereinstimmt, ist bisher nicht untersucht.

Um die eigenthümlichen Hirnfette zu gewinnen, behandelt man das Hirn erst mit kochendem Alkohol, wodurch demselben das die Einwirkung des Aethers störende Wasser möglichst entzogen wird. Darauf wird die zerschnittene Masse mit kaltem und mit warmem Aether ausgezogen und die ätherische Lösung verdampft. Der Rückstand wird mit kaltem Aether angerührt, welcher Frémy's Cerebrinsäure ungelöst zurückläßt. Diese ist aber noch mit Oleophosphorsäure, mit Natron und mit phosphorsaurem Kalk verunreinigt. Kochender Alkohol, der mit etwas Schwefelsäure versetzt ist, löst die Cerebrinsäure auf und trennt dieselbe von den in Alkohol unlöslichen schwefelsauren Salzen des Kalks und des Natrons. Aus der filtrirten Alkohollösung läßt man die Cerebrinsäure krystallisiren und wäscht die Krystalle mit kaltem Aether, um die verunreinigende Oleophosphorsäure zu entfernen.

Der kalte Aether, mit welchem man den Rückstand der ersten ätherischen Lösung behandelt hat, enthält oleophosphorsaures Natron, welches durch eine verdünnte Säure zersetzt wird. Wenn man die Masse mit Alkohol auskocht, dann wird die Oleophosphorsäure beim Erkalten ausgeschieden. Vollständig rein konnte jedoch die Oleophosphorsäure nicht gewonnen werden.

Unsre Kenntniß von der Constitution dieser eigenthümlichen Hirnfette ruht noch viel zu sehr in den Anfängen, als daß man über die Entwicklungsgeschichte derselben auch nur eine irgend haltbare Vermuthung aufstellen könnte. Sehr wahrscheinlich ist es aber, daß dieselben zu den phosphorhaltigen Fetten des Bluts in einer nahen Beziehung, stehen, vielleicht ganz mit denselben übereinstimmen (Vgl. oben S. 249).

## Die Fettbildner als Bestandtheile der Gewebe.

### §. 14.

Zellstoff, eine Abart des Stärkmehls, Zucker und Milchsäure sind auch in thierischen Geweben beobachtet worden, die beiden ersteren je-

---

1) H. Nasse, Art. thierische Wärme in R. Wagner's Handwörterbuch S. 104.

doch nur bei wirbellosen Thieren, die beiden letzteren bei Wirbelthieren.

Das Vorkommen des Zellstoffs bei Thieren ist von C. Schmidt
in dem Mantel der Tunicaten, und zwar bei Cynthia mammillaris
entdeckt worden. Seitdem ist Schmidt's Beobachtung bestätigt und
erweitert von Löwig und Kölliker, die den Zellstoff als Eigenthum
des Mantels der einfachen, wie der zusammengesetzten Ascidien und
der übrigen salpenartigen Tunicaten kennen lehrten. Löwig und
Kölliker haben jedoch zahlreiche andere wirbellose Thiere, Polypen,
Quallen, Echinodermen, Ringelwürmer und andere Weichthiere vergeblich auf Zellstoff geprüft.

An diese merkwürdigen Beobachtungen reiht sich eine andere, in
neuester Zeit von Gottlieb gemacht, die uns jedoch nach jenen bereits weniger verwundern kann. Gottlieb fand nämlich die weißen
Körner von Euglena viridis, einem Infusorium, aus einem dem
Stärkmehl ähnlichen Stoffe zusammengesetzt, den er Paramylon nennt,
weil derselbe auch isomer dem Stärkmehl ist, also durch die Formel
$C^{12} H^{10} O^{10}$ ausgedrückt wird [1]).

Das Paramylon ist unlöslich in Wasser und verdünnten Säuren, in Ammoniak und in Weingeist. Dagegen werden die Körner in
Kali gelöst und durch Salzsäure gallertig aus der Lösung gefällt. Die
weißen Körner werden durch Jod nicht gebläut, durch Diastase oder
durch verdünnte Säuren nicht in Zucker verwandelt. Als aber das
Paramylon mit einem Ueberschusse rauchender Salzsäure gekocht wurde,
verwandelte es sich unter gleichzeitiger Bildung eines braunen humus-
ähnlichen Körpers in gährungsfähigen Zucker (Gottlieb).

Bei den Säugethieren haben Bernard und Barreswil im
Gewebe der Leber eine regelmäßige, und zwar eine ansehnliche Menge
Traubenzucker entdeckt. Diese Angabe wurde für die Leber der Frösche
von Lehmann [2]) und für die Leber des Menschen und zahlreicher
Thiergattungen von Frerichs [3]) bestätigt. Seitdem beobachtete Ber-
nard den Zucker in der Leber der verschiedensten Säugethiere, Vögel,

---

1) Gottlieb in den Annalen von Liebig und Wöhler, Bd. LXXV, S. 51
u. folg.

2) Lehmann, physiol. Chemie, Bd. I, S. 298.

3) Frerichs, Art. Verdauung in R. Wagner's Handwörterbuch S. 831.

Moleschott, Phys. des Stoffwechsels.                    25

Reptilien, in der Leber von Knochenfischen und Knorpelfischen, Gasteropoden und Acephalen, endlich bei einigen Decapoden.¹).

Schon Bernard und Barreswil fanden diesen Zuckergehalt der Leber unabhängig von der Nahrung. Katzen, die acht Tage lang nichts als Fleisch genossen, Fledermäuse, die acht Wochen hindurch im Winterschlaf verharrt hatten, ließen den Zucker im Lebergewebe nicht vermissen (Frerichs)²). Auch van den Broek wies kürzlich Zucker nach in der Leber von hungernden und gefütterten Kaninchen, sowie in der Leber eines Hundes, der nur thierische Kost, in dieser aber allerdings auch Leber erhielt³). Ja Bernard erhielt sogar Zucker aus der Leber von Säugethier- und Vogel-Früchten, die noch nicht geboren waren.

In Folge vollständiger Enthaltsamkeit sah Bernard den Zuckergehalt der Leber verschwinden. Die hierzu erforderliche Dauer der Inanitiation war aber sehr verschieden je nach der Thierart, dem Alter, dem Gesundheitszustande und anderen Verhältnissen. Van den Broek fand noch Zucker in der Leber von Kaninchen, die in drei Tagen weder feste noch flüssige Nahrung bekommen hatten.

In diesem Augenblicke läßt sich schwer entscheiden, aus welchen Stoffen jener Zuckergehalt der Leber bei Fleischkost abzuleiten ist. Daß er von stickstoffhaltigen Stoffen herstamme, wie Bernard anzunehmen scheint, kann für jetzt nicht als bewiesen gelten, so sehr auch die hohen Zahlen des Zuckergehalts, den van den Broek in der frischen Leber fand (2,12 bis 2,6 in hundert Theilen) dafür zu sprechen scheinen.

Man darf aber nicht vergessen, daß das Blut der Thiere, deren Fleisch genossen wird, Zucker enthält, und daß sich der Zucker, so gering die im Blut vorhandene Menge auch sein mag, in der Leber so gut ansammeln könnte, wie dies z. B. schon längst von vielen Metallen bekannt ist⁴).

Sodann hat Scherer eine neue Abart des Zuckers im Muskelfleisch beobachtet⁵). Dieser Zucker, für welchen Scherer die For-

---

1) Bernard in Comptes rendus, XXXI, p. 572.
2) Frerichs, a. a. O. S. 831. Not. 2.
3) Van den Broek, in Nederlandsch lancet, VI, p. 108—110.
4) Vgl. unten S. 393.
5) Scherer in den Annalen von Liebig und Wöhler, Bd. LXXIII, S. 322.

mel $C^{12} H^{12} O^{12} + 4 HO$ berechnet, krystallisirt in kleinen, glänzenden, dem Cholesterin ähnlichen Blättchen, die sich leicht in Wasser, schwer in starkem Weingeist, nicht in Alkohol und Aether lösen. Er schmeckt rasch und deutlich süß, unterscheidet sich aber vom Traubenzucker, indem er weder in weinige Gährung übergeht, noch Kupferorydsalze reducirt. Unter der Einwirkung von Käse oder Fleisch liefert er jedoch Milchsäure und Buttersäure. Scherer nennt diesen Zucker Inosit, Muskelzucker.

Nachdem die älteren Angaben über das Vorkommen von Milchsäure in den Geweben längere Zeit hindurch in wohlbegründete Zweifel gehüllt waren, hat Liebig in seiner klassischen Abhandlung über das Fleisch das Vorhandensein derselben außer Frage gestellt. Und seitdem kann man der Angabe van Laer's, daß die Haare milchsaures Ammoniumoryd enthalten, sein Vertrauen nicht versagen. Ja es ist mehr als wahrscheinlich, daß die Milchsäure in den verschiedensten Geweben zu den regelmäßigen Bestandtheilen des dieselben tränkenden Nahrungssafts gehören mag. Erst vor Kurzem hat Lehmann die Anwesenheit von Milchsäure in der Krystalllinse des Auges zu einem hohen Grade der Wahrscheinlichkeit erhoben[1].

Die sehr auffallende Beobachtung Engelhardt's, daß die aus Zucker entstandene Milchsäure in den Salzen des Kalks, der Talkerde, des Zinkoryds, des Nickeloryds und des Kupferoryds durch eine verschiedene Löslichkeit und verschiedenen Wassergehalt von der Milchsäure des Fleisches abweichen sollte[2], konnte Lehmann weder an dem Zinksalz, noch an dem Talkerdesalz bestätigen, und auch Liebig glaubt aus dem Sauerkraut ein milchsaures Zinkoryd erhalten zu haben, welches mit dem aus der Fleischflüssigkeit gewonnenen übereinstimmte[3].

## Die anorganischen Bestandtheile als Gewebebildner.

### §. 15.

Es ist oben bereits mitgetheilt, daß die Durchschwitzungen der Regel nach etwas weniger Eiweiß, namentlich aber weniger Fett

---

1) Lehmann, a. a. O. Bd. I, S. 378.
2) Liebig und Wöhler, Annalen, Bd. LXV, S. 351.
3) Lehmann, a. a. O. S. 91.

enthalten als das Blut. Demnach schwißt also überhaupt das Wasser
nicht nur unbedingt, sondern auch verhältnißmäßig reichlicher als Fett
und Eiweiß durch die Wand der Haargefäße hindurch. Obgleich bei
weitem die größere Hälfte dieses Wassers, von den verschiedenen Drüsen, zumal von den Nieren, angezogen, in den Absonderungen und
Ausscheidungen wieder erscheint, so gehört doch ein nicht unbedeutender Theil den Geweben, die nicht selten ihre wichtigsten physikalischen
Eigenschaften dem wechselnden Wassergehalt verdanken.

Offenbar wird die Härte der Knochen und der Zähne zu einem
großen Theil durch die Armuth an Wasser bedingt. Sehnen, elasti-
sches Gewebe, Knorpel, die Hornhaut und die Sclerotica, lauter Theile,
deren äußeres Ansehen in frischem, wasserhaltigem Zustande sehr verschieden ist, werden einander höchst ähnlich, wenn man sie im luftleeren Raum trocknet. Sie bekommen alle eine gelbliche oder röthlichgelbe
Farbe, die Sehnen verlieren ihren Seidenglanz und alle die genannten
Gewebe werden mehr oder weniger durchsichtig. Umgekehrt wird die
durchsichtige Hornhaut milchweiß wie die Sclerotica, wenn man dieselbe in Wasser einweicht. Beim Trocknen verliert das elastische Gewebe seine Elasticität, die Sehnen und Knorpel büßen ihre Biegsam-
keit ein, und längeres Eintauchen in Wasser genügt, um allen diesen
Werkzeugen ihre ursprünglichen Eigenschaften wieder zu ertheilen.
(Chevreul) [1].

Je größer der Wassergehalt der Gewebe ist, um so lebendiger
wird der Stoffwechsel, der die Verrichtungen derselben bedingt. In
diesem Sinne ist Wasser ein unentbehrliches Erforderniß zur Kraftan-
strengung unserer Muskeln, zu der lebendigen Gedankenthätigkeit unseres Hirns. Hirn und Muskeln gehören zu den wasserreichsten Geweben unseres Körpers.

So wie nun das Wasser in keinem Werkzeug ganz fehlt, so ist
es auch für die übrigen anorganischen Stoffe des Bluts ziemlich durchgreifende Regel, daß sie in größerer oder geringerer Menge in allen
Geweben vertreten sind. Aber nicht jeder anorganische Bestandtheil,
der in einem Organe spurweise vorhanden ist, läßt sich als Gewebebildner betrachten in dem einleuchtenden Sinne, in welchem das Wasser

1) Chevreul, De l'influence que l'eau exerce sur plusieurs substances azotées solides, in den Ann. de chim. et de phys. T. XIX, p. 33—49.

einen wesentlichen Gewebebildner darstellt in Sehnen und Knorpeln, in der Hornhaut und der weißen Haut des Auges, in elastischen Bändern und Muskeln.

Allein die regelmäßige Verwandtschaft der organischen Grundlage der Gewebe, welche diesen oder jenen anorganischen Stoff als einen unentbehrlichen Bestandtheil des betreffenden Werkzeugs erscheinen läßt, kann die Mineralkörper im engeren Sinne zu Gewebebildnern erheben. Liebig hat eine solche Verwandtschaft zwischen der Muskelfaser und Chlorkalium [1]), Lehmann zwischen der organischen Grundlage der Knorpel und Chlornatrium kennen gelehrt [2]). Chlorkalium und Chlornatrium sind deshalb Gewebebildner, ebenso gut und ebenso wichtig wie Muskelfaserstoff oder die chondringebende Grundlage der Knorpel. In ganz ähnlicher Beziehung scheint phosphorsaures Kali zu den Muskeln (Liebig), phosphorsaures Natron zu den Knorpeln (Fromherz und Guggert) zu stehen. Phosphorsaures Natron beobachtete Schultze in der Wand der Schlagadern.

Es ist nach Lehmann's hübscher Entwicklung mehr als wahrscheinlich, daß phosphorsaures Natron-Ammoniak das Globulin der Krystallinse begleitet, die außerdem auffallend reich ist an schwefelsaurem Natron [3]).

Schwefelsaures Natron hat von Bibra in ziemlich bedeutender Menge in den Knochen der Amphibien und Fische gefunden, schwefelsaures Kali fand van Kerckhoff in den Barten des Wallfisches. Sonst scheinen die schwefelsauren Alkalien bei den warmblütigen Wirbelthieren fast nur den Knochen eigenthümlich anzugehören.

Sehr reichlich ist der phosphorsaure Kalk in den Geweben vertreten, was sich schon daraus begreifen läßt, daß er in beträchtlicher Menge alle Eiweißkörper des Bluts begleitet, die ja als Gewebebildner ersten Ranges betrachtet werden müssen. Am wichtigsten ist der phosphorsaure Kalk für die Knochen und Zähne, und merkwürdiger Weise sind die Knochen an diesem Salze um so reicher, je größer

1) Liebig, Chemische Untersuchung über das Fleisch, Heidelberg 1847. S. 85.

2) Lehmann, Lehrbuch der physiologischen Chemie, Bd. I, S. 133 der ersten Auflage.

3) Lehmann, phys. Chemie, zweite Auflage, Bd. I, S. 378.

die Anstrengungen sind, denen sie unterworfen werden. Von Bibra fand am meisten Knochenerde in dem Schienbein bei Wadvögeln, in dem Oberschenkel bei Scharrvögeln, in dem Oberarme bei allen Vögeln mächtigen Fluges. In den Knochen haben zuerst von Bibra und Frerichs feste Verbindungen zwischen der leimgebenden Grundlage und dem phosphorsauren Kalk wahrscheinlich gemacht; die von jenen Forschern erhaltenen Zahlen stimmen jedoch nicht zu Einer Verbindung, wie denn die Anwesenheit verschiedener Verhältnisse in der Vereinigung der organischen Grundlage mit der Knochenerde schon deshalb angenommen werden mußte, weil letztere in höherem Alter bedeutend zunimmt. Phosphorsaurer Kalk ist ferner in den meisten Horngebilden, in Haaren und Nägeln, Oberhaut und Fischbein vorhanden, und er fehlt auch den Muskeln nicht.

Einen überraschenden Reichthum an phosphorsaurem Kalk hat C. Schmidt in den Mantellappen von Unio und Anodonta nachgewiesen.

Vor Kurzem haben Heintz und H. Rose gezeigt, daß der phosphorsaure Kalk der Knochen, dem Berzelius den Ausdruck $8 CaO + HO + 3 PO^5$ beilegte, durch die Formel $3 CaO + PO^5$ zu bezeichnen ist. Nach R. Weber ist dies jedoch nicht die einzige Form, in welcher der phosphorsaure Kalk im Thierleib auftritt, und die Formel von Berzelius ist nicht ohne Beispiel [1]). In dem Belugenstein, der in den Nieren von Acipenser Huso vorkommt, fand Wöhler einen phosphorsauren Kalk von der Zusammensetzung $(2 CaO + HO) + PO^5 + 4 HO$, der 4 HO bereits bei 150°, das fünfte Aequivalent Wasser jedoch erst beim Glühen verlor [2]). Auch von Bibra hat auf verschiedene Verhältnisse zwischen dem Kalk und der Phosphorsäure aufmerksam gemacht, die in den Zähnen vorkommen. Girardin sah in fossilen Knochen krystallisirtes Kalkphosphat von der Zusammensetzung des Apatits.

Im neugebildeten Knochen ist neben dem phosphorsauren Kalk eine bedeutende Menge von kohlensaurem Kalk vorhanden (Valentin, Laffaigne), und Lehmann macht ganz richtig darauf auf-

1) Poggendorff's Annalen, Bd. LXXXI, S. 411.

2) Wöhler in seinen Annalen, Bd. LI, S. 427.

merksam, wie ein Theil dieses kohlensauren Kalks die Quelle des phosphorsauren Kalks sein muß. Im höheren Alter tritt der kohlensaure Kalk immer mehr gegen den phosphorsauren Kalk der Knochen zurück, und der phosphorfreie leimgebende Stoff kann offenbar aus phosphorhaltigen Eiweißstoffen nur hervorgehen, indem der Phosphor zu Phosphorsäure verbrennt. So stellt sich zwischen der leimgebenden Grundlage und der Knochenerde ein Zusammenhang der Entwicklung heraus, der als ein stoffliches Seitenstück zur Entstehung der Bindegewebefasern aus Zellen und der elastischen Fasern aus Kernen dieser Zellen gelten darf, welche H e n l e bei der Beschreibung seiner Kernfasern so trefflich erörtert hat.

Bei den wirbellosen Thieren herrscht der kohlensaure Kalk ebenso entschieden über den phosphorsauren vor, wie umgekehrt bei den Wirbelthieren die Knochenerde über die Kreide. Die anorganischen Theile des Hautskeletts und der Schaalen bei Echinodermen, Polypen und Weichthieren bestehen beinahe ganz, jedenfalls immer vorherrschend aus kohlensaurem Kalk.

Krystallinisch findet sich kohlensaurer Kalk im Hirnsand und in den ovalen Säckchen des Vorhofs im menschlichen Gehörorgane, in den Gehörblasen der Weichthiere, auf der Hirnhaut und in den bekannten silberweißen Säckchen an den Zwischenwirbellöchern der Frösche.

Neben dem phosphorsauren und kohlensauren Kalk muß das Fluorcalcium als ein Gewebebildner der Knochen und Zähne betrachtet werden. Fluorcalcium ist ein ganz regelmäßiger Bestandtheil der Knochen durch die vier Wirbelthierklassen hindurch. G i r a r d i n fand das Fluorcalcium in fossilen Knochen beträchtlich vermehrt, ebenso Lehmann, und in fossilen Zähnen Lassaigne. Am wahrscheinlichsten ist es wohl, daß dieses Fluorcalcium von durchsickerndem Wasser herrührte. Liebig hat auch in den Knochen Pompejanischer Skelette einen erhöhten Fluorcalciumgehalt beobachtet.

Die Schaalen der Weichthiere sind nach v o n  B i b r a und Middleton, so gut wie die Knochen der Wirbelthiere, durch die regelmäßige Anwesenheit von Fluorcalcium ausgezeichnet [1]).

Schwefelsaurer Kalk wird sehr selten im Thierkörper gefunden. Und dies ist begreiflich, da der mit dem Trinkwasser in unser Blut

---

1) Vgl. Lehmann, a. a. O. Bd. I, S. 435.

gelangende Gyps sich mit kohlensaurem Natron in kohlensauren Kalk und schwefelsaures Natron zersetzen muß. Gyps wird indeß aufgeführt unter den Bestandtheilen der Haare (van Laer) und des Fischbeins (van Kerckhoff).

Obgleich die phosphorsaure Bittererde wohl ziemlich in allen Geweben vorkommen dürfte, so verdient sie doch nach den bisherigen Untersuchungen nur in den Muskeln, in welchen nach Liebig die Bittererde über den Kalk vorherrscht, und in den Knochen und Zähnen den Namen eines Gewebebildners. Ganz besonders reichlich ist sie in den Zähnen der Dickhäuter vertreten (von Bibra). In den Knochen sollte nach Berzelius ein kleiner Theil der Bittererde an Kohlensäure gebunden sein; dieser Annahme, die ich schon früher als nicht nothwendig aus den Beobachtungen hervorgehend bezeichnete [1]), widerspricht es jedoch, daß von Bibra und Lehmann durch verdünnte Essigsäure keine Bittererde aus den Knochen ausziehen konnten [2]). Schwefelsaure Bittererde und Chlormagnesium nennt van Laer unter den Bestandtheilen der Haare, und van Kerckhoff fand letzteres in dem Fischbein.

Hinsichtlich des Eisengehalts, der den Formbestandtheilen weicher, bluterfüllter Gewebe oder pigmentirten Häuten zugeschrieben wird, läßt sich vor der Hand bezweifeln, ob er nicht immer von verbranntem Hämatin und Melanin herrührt. Die Spuren von Eisen, welche Berzelius in den Knochen, Fromherz und Gugert in Knorpeln gefunden haben, gehörten wahrscheinlich dem Blut, nicht der eigenthümlichen Grundlage des Gewebes an; Heinz hat bei seinen neuerdings mit großer Sorgfalt angestellten Analysen der Knochen des Eisens nicht erwähnt. Dagegen scheint das Eisen ein nothwendiger Bestandtheil der Horngebilde zu sein. Es findet sich als Oxyd in Haaren und Fischbein, in letzterem nach van Kerckhoff außerdem als Schwefeleisen und Phosphoreisen, die man sonst bisher in keinem Gewebe beobachtet hat.

Kieselerde wurde von Fourcroy und Vauquelin bei einem Kinde in den Knochen gefunden, von Marchand bei Squalus cor-

---

1) Jac. Moleschott, Physiologie der Nahrungsmittel, S. 26.

2) Lehmann, a. a. O. Bd. I, S. 456.

nubicus. Viel reichlicher als das innere Skelett der Wirbelthiere ist das Hautskelett der Wirbellosen mit Kieselerde versehen; am bekanntesten ist durch den Reichthum an Kieselerde der Panzer vieler Infusorien (Ehrenberg).

Bei den Wirbelthieren ist die Kieselerde so recht eigentlich der Gewebebildner mancher horniger Theile. Haare (van Laer), Schaafwolle (Chevreul), ganz besonders aber die Federn der Vögel (Henneberg, von Gorup-Besanez) sind durch einen regelmäßigen Gehalt an Kieselerde ausgezeichnet. Am meisten Kieselsäure fand von Gorup-Besanez in den Federn der körnerfressenden Vögel, am wenigsten in denen von Vögeln, die sich von Fischen und Wasserthieren nähren. In den Federn alter Vögel war beinahe doppelt so viel Kieselsäure zugegen, wie bei jungen Thieren, und auch je nach der Art zeigte sich eine große Verschiedenheit. Den reichlichsten Kieselerdegehalt fand von Gorup-Besanez in 100 Theilen der Federn von Gallus domesticus, Corvus frugilegus und Meleagris gallipavo, die größte Kieselerdemenge in 100 Theilen Asche bei Perdix cinerea und Gallus domesticus [1].

In den Knochen des Menschen finden sich nach Vauquelin Spuren von Thonerde, die sonst nirgends in den Geweben auftritt und deshalb gewiß nicht als wesentlicher Bestandtheil betrachtet werden darf.

Endlich scheint das Kupfer in der Leber von Fischen, Krustenthieren und Weichthieren als Gewebebildner betrachtet werden zu dürfen. Von Bibra fand Kupfer in der Leber von Salmo fario, Acanthias, Zeus und Cancer pagyurus, Harleß in der Leber von Helix pomatia. In der Leber von Fröschen ist nach Lehmann kein Kupfer enthalten. Dagegen fand von Bibra Kupfer in der Leber des Schweins und des Ochsen [2].

Das Mangan, welches Vauquelin in den Haaren, Wurzer in dem grauen Staar eines Bären beobachtet hat, ist wohl nur als Begleiter des Eisens zu betrachten.

---

[1] Von Gorup-Besanez, in den Annalen von Liebig und Wöhler, Bd. LXVI, S. 331.

[2] Von Bibra, Chemische Fragmente über die Leber und die Galle, Braunschweig 1849, S. 179—182.

In welcher Beziehung das Jod, welches Chatin im Körper der Wasserratten, Wasserhühner, Frösche, Grünblinge, Krebse, Lymnäen und Blutegel sogar in größerer Menge auffand als in den Wasserpflanzen derselben Gewässer, zu einzelnen Geweben jener Thiere stehen mag, ist zur Zeit noch nicht erforscht [1]).

Arsensäure, die man nach den Angaben von Devergie und Orfila um so lieber in den Knochen annehmen möchte, seitdem Stein in einigen Pflanzen Arsenik als regelmäßigen Bestandtheil entdeckt hat, kann bisher nicht als Gewebebildner, ja wie es scheint nicht einmal als zufälliger Bestandtheil von Geweben betrachtet werden, da weder Steinberg, noch Schnedermann und Knop, noch in letzterer Zeit Stein Orfila's Angaben bestätigen konnten [2]). Ja Schnedermann und Knop vermißten sogar Arsenik in den Knochen eines Schweins, das drei Viertel Jahr in der Nähe der Silberhütte zu Andreasberg gelebt hatte, wo sich beständig Arsenikdämpfe entwickeln, die sich dem Vieh gefährlich erweisen.

### §. 16.

In der folgenden Tabelle sind für verschiedene Gewebe einige Analysen zusammengestellt, um ein Bild von den Mengenverhältnissen der einzelnen Bestandtheile zu geben.

---

1) Journ. de pharm. et de chim., 3e série, T. XVIII, p. 241.

2) Erdmann und Marchand, Journal für pract. Chemie, Bd. LI, S. 368.

| In 100 Theilen. | Muskeln des Schafen. Berzelius. | Mittlere Haut der Carotis des Schafen. Schulze. | Hirn des Menfchen. Denis. | Leber des Schweines. Von Bibra. | Knochen des Menfchen (troden). Hein. | Knorpel des Menfchen (troden), Bromberg und Guggert. | Kryftalllinfe des Pferdes. Gemeinon. |
|---|---|---|---|---|---|---|---|
| Eiweiß | 2,20¹) | 2,27 | 7,3 | 5,24 | — | — | 25,53 |
| Unlösliche eiweißartige Subftanz | 15,80²) | 18,62²) | — | 10,33²) | — | — | — |
| Käfeftoff | — | 6,44 | — | — | — | — | — |
| Globulin | 1,90 | — | — | — | — | — | 14,20 |
| Leimgebende Subftanz | — | — | — | 3,12 | 30,47 | 96,59 | — |
| Fett | — | 2,28 | 12,4 | 3,00 | — | — | 0,14 |
| Phosphorhaltiges Fett | — | — | — | 4,73 | — | — | — |
| Extractivftoff | 1,80 | — | — | — | — | — | — |
| Alkoholertract mit Salzen | — | — | — | — | — | — | — |
| Wafferextract mit Salzen | 1,05 | 0,75 | 1,4 | 1,12 | — | — | 0,43 |
| In Waffer lösliche Salze | — | — | — | — | — | — | — |
| In Waffer unlösliche Salze | — | 0,33 | — | — | 69,53 | 3,38 | — |
| Waffer | 77,17 | 69,31 | 78,0 | 73,58 | — | — | 60,00 |

1) Das Eiweiß der Muskeln war mit Hämatin verunreinigt.

2) Abgesehen davon, daß diese unlösliche eiweißartige Substanz für die verschiedenen hier genannten Theile ein ziemlich schwankender Begriff ist, war sie natürlich in den Muskeln mit Faserstoff des Blutes, elastischen Fasern und Spithelium der Gefäße und in der mittleren Haut der Carotis mit elastischen Fasern vermischt, während sie bei der Leber wohl größtentheils durch die Leberzellen gebildet wurde.

Die Aſchen-Analyſen mögen durch folgende Beiſpiele vertreten werden, von welchen die vier erſteren der neueſten Zeit angehören.

| In 100 Theil. Aſche. | Ochſen-muskeln. Stölzel. | Pferde-muskeln. R. Weber. | Kalbs-leber. von Bibra. | Menſchen-knochen. Heintz. | Menſchen-knorpel. Fromherz und Guggert. |
|---|---|---|---|---|---|
| Kali .... | 35,94 | 34,45 | — | — | — |
| Chlorkalium . . | 10,22 | — | — | — | — |
| Natron . . . | — ¹⁾ | 6,08 | — | — | — |
| Chlornatrium . | — | 7,21 | Spuren | — | 8,2 |
| Kalk .... | 1,73 | 2,33 | — | — | — |
| Bittererde . . | 3,31 | 3,46 | — | — | — |
| Eiſenoxyd . . | 0,98 | 0,98 | — | — | 0,9 |
| Phosphorſäure . | 34,36 | 45,21 | — | — | — |
| Schwefelſäure . | 3,37 | — | — | — | — |
| Kieſelerde . . | 2,07 | — | — | — | — |
| Kohlenſäure . | 8,02 | — | — | — | — |
| Phosphorſaures Alkali . . . | — | — | 72,3 | — | 0,9 ²⁾ |
| Schwefelſ. Alkali | — | — | 1,0 | — | 25,3 ²⁾ |
| Kohlenſ. Natron | — | — | — | — | 35,1 |
| Phosphorſ. Kalk | — | — | — | 85,62 | 4,1 |
| Phosphorſ. Bittererde . . | — | — | — | 1,75 | 6,9 |
| Phosphorſ. Erden und Eiſen . | — | — | 26,7 | — | — |
| Kohlenſaurer Kalk | — | — | — | 9,06 | 18,3 |
| Fluorcalcium . | — | — | — | 3,57 | — |

Bei der oberflächlichſten Betrachtung dieſer Zahlen muß es ein-leuchten, daß die Muskeln ohne Kali und Bittererde, die Knorpel ohne Natron, die Knochen ohne phosphorſauren und kohlenſauren Kalk nicht beſtehen können. Wenn ſich nun in demſelben Sinne Fluorcal-cium zu Knochen und Zähnen, ſchwefelſaures Natron zu den Knochen

---

1) Stölzel fand in der Ochſenfleiſchaſche gar kein Natron, Liebig und Böh-ler, Annalen, Bd. LXXVII, S. 261.

2) Das phosphorſaure Alkali war phosphorſaures Natron und die 25,3 ſchwefel-ſaures Alkali beſtanden aus 24,2 ſchwefelſaurem Natron und 1,2 ſchwefel-ſaurem Kali.

der Amphibien, kohlensaurer Kalk zu dem Hautskelett und den Schaa-
len vieler Wirbellosen, phosphorsaure Bittererde zu den Zähnen der
Dickhäuter, Eisen und namentlich Kieselerde zu den Hornstoffen als
Gewebebildner verhalten, so ist es offenbar, daß ein nothwendiges
Gesetz der Verwandtschaft die einzelnen organischen Körper mit be-
stimmten Mineralbestandtheilen zu Geweben verbindet. Hier, wie im
Pflanzenreich, müssen also die anorganischen Gewebebildner ein für
allemal der Vernachlässigung entzogen bleiben, welche sie bis vor
Kurzem gedrückt hat, weil man in der Asche nichts sah als einen zu-
fälligen Anhang der organischen Grundlage der einzelnen Gewebe.
Von dem ersten Augenblick an, in welchem feste Formbestandtheile im
Thierkörper sich entwickeln, im Blut, sehen wir eine Scheidung der
anorganischen Stoffe auftreten. Schon in dem Blut waltet die Verwandtschaft der Blutkörperchen und der in der Blutflüssigkeit gelösten
organischen Stoffe über die Vertheilung der Salze. Und diese von
C. Schmidt hervorgehobene, von R. Weber erst kürzlich am Pferdeblut bestätigte Thatsache [1] wiederholt sich in allen festen Theilen
des Thierleibs.

## §. 17.

Wenn wir aus der Zusammensetzung der Durchschwitzungen auf
die Mischung des Nahrungssafts überhaupt zurückschließen dürfen, so
muß das Blut in Folge der Ernährung verhältnißmäßig am meisten
im Gehalt an Salzen und an Wasser verarmen, weil die Salze und
das Wasser eine größere Austrittsgeschwindigkeit besitzen als Eiweiß,
Fett und Faserstoff, unter welchen der letztgenannte am langsamsten
durchschwitzt.

Wegen der Stetigkeit jener Veränderung des Bluts durch die
Gewebebildung ist es bisher im regelmäßigen Zustande des Körpers
nicht gelungen die einzelnen Verhältnisse genauer zu verfolgen. Nur
für das Wasser und den Faserstoff hat Zimmermann eine Beobachtung gemacht, die vollkommen zu der obigen Voraussetzung stimmt.

---

1) R. Weber, in Poggendorff's Annalen, Bd. LXXXI, S. 106, 113.

Zimmermann fand nämlich in den Adern der hinteren Gliedmaßen weniger Wasser und mehr Faserstoff im Blut als in den Adern der vorderen Glieder. Je weiter die Adern vom Herzen entfernt sind, desto länger ist das Wasser mit größerer Schnelligkeit durch die Haargefäße hindurchgetreten als der Faserstoff. Folglich nimmt der Faserstoff im Verhältniß zum Wasser zu. Nur so läßt es sich erklären, daß nach Nasse, Andral und Gavarret die Menge des Faserstoffs und nach Nasse außerdem das Eiweiß zunimmt im Blut von Thieren, die hungern ohne Wasser aufzunehmen, während sich bei der Aufnahme von Getränken im Gegentheil die Menge der Eiweißkörper vermindert. Dadurch muß sich der Widerspruch lösen, daß Collard de Martigny bei fastenden Thieren eine Abnahme des Faserstoffs beobachtet hat.

Collard de Martigny hat aber auch eine Verminderung des Faserstoffs wahrgenommen, während noch eine Vermehrung der Blutkörperchen und des Eiweißes stattfand. Offenbar ist hier nächst der Aufnahme von Wasser als Getränk die Zeit des Fastens von dem größten Einfluß. Die organischen Bestandtheile werden durch den eingeathmeten Sauerstoff verbrannt, der höher oxydirte Faserstoff wahrscheinlich rascher als das Eiweiß. Bei langer Dauer der Inanitiation müssen deshalb die Eiweißkörper und die Fette des Bluts selbst dann, wenn nicht getrunken wird, abnehmen. Frösche, die lange genug gehungert haben, führen nach Joh. Müller keinen Faserstoff im Blut, und auch Nasse hat die Beobachtung gemacht, daß Blut von Thieren nach langem Fasten seine Gerinnungsfähigkeit einbüßt [1]). Der Untergang der Blutkörperchen ist eine Folge derselben Ursache. Darum wird das Blut bei längerem Hungern reicher an Wasser und an Salzen, während alle organische Bestandtheile eine Abnahme erleiden.

Daß die Gewebe trotz dem Ausschwitzen eines Nahrungssaftes, der verdünnter ist als das Blut, das Blut an Dichtigkeit übertreffen, ist hier, wie bei den Pflanzen, Folge der unablässigen Verdunstung, die von der Oberfläche des Körpers stattfindet, und der thätigen

---

1) Nasse, Art. Blut in R. Wagner's Handwörterbuch, S. 216.

Wasserausscheidung, welche durch Lungen und Nieren bewirkt wird.
Angesichts der Veränderungen, welche das Blut durch Absonderungen
und Ausscheidungen erleidet, ist es bei unserer geringen Kenntniß vom
Nahrungssaft selbst äußerst schwer zu entscheiden, wie viel in der
Veränderung des Bluts der Ernährung, wie viel der Absonderung
und Ausscheidung anheimfällt.	Allein die wenigen Beobachtungen,
die ich hier verwenden konnte, eröffnen den Blick auf ein weites, viel-
versprechendes Feld, dessen Bearbeitung rüstige Kräfte übernehmen.
Und die Wirkungen der Ausscheidung und der Ernährung liegen minder
weit aus einander als es auf den ersten Blick uns scheinen könnte,
da die Ernährung selbst im mathematischen Sinne als eine Function
der Ausscheidung betrachtet werden darf.

# Kap. II.

## Die Absonderungen.

### §. 1.

Während die Gewebe im engeren Sinne als Träger der den Thieren eigenthümlichen Verrichtungen betrachtet werden können, haben wir es in den Absonderungen mit mehr oder weniger zähen, bisweilen sehr verdünnten Flüssigkeiten zu thun, deren Verrichtung man deshalb mit den Lebensäusserungen der Pflanzen verglichen hat, weil sie zum Theil die Fortpflanzung, zum Theil die Verarbeitung der Nahrungsstoffe bewirken. Ich werde hier wie anderwärts die Eintheilung befolgen, daß ich nach einander die Absonderungen behandle, welche die Erhaltung der Gattung, und diejenigen, welche die Erhaltung des Einzelwesens bedingen. Als Anhang sollen einige besondere, wirbellosen Thieren eigenthümliche Absonderungen zur Sprache kommen und endlich der Schleim.

### Das Ei.

### §. 2.

Bei den Vögeln, deren Ei am besten untersucht ist, besteht dasselbe aus einem Dotter, der von einer besonderen, in der Regel ziemlich mächtigen Eiweißschichte umgeben ist. Während eine solche Eiweißschichte auch den Dotter des Kanincheneis im Eileiter umgiebt, fehlt sie dem Ei des Hundes (Bischoff), der Fische und wenigstens der großen Mehrzahl der Wirbellosen.

Wo Dotter und Eiweiß vorhanden sind, zeigen beide eine schwach alkalische Beschaffenheit.

In beiden, im Dotter sowohl wie im Eiweiß, ist eine eiweißartige Verbindung der wichtigste Bestandtheil.

Das Eiweiß der Hühnereier stimmt in seinen Eigenschaften
durchaus mit dem Eiweiß des Bluts überein und weicht in der Zusammensetzung nur ab durch seinen größeren Schwefelgehalt. Mulder fand in dem Hühnereiweiß bei seinen neuesten Bestimmungen
1,6, Rüling 1,75 Procent Schwefel. Ein Theil des Eiweißes ist
an Natron gebunden, und da sich das Natronalbuminat bei einem
reichlichen Wasserzusatz in ein lösliches alkalisches und ein unlösliches
saures Albuminat zerlegt, so entsteht hierdurch in dem Eiweiß der
Hühnereier eine Trübung.

Schon vor dem Zusatz des Wassers ist ein Theil des Hühnereiweißes ungelöst, zum Theil aus den Chalazen, zum Theil aus den
Häutchen bestehend, welche zellenartig das lösliche Eiweiß umschlie
ßen. Die eiweißartige Verbindung, welche diese Häute darstellt, ist
bisher keiner genaueren Analyse unterworfen worden.

Für den Dotter wird von Dumas, Gobley und E. H.
von Baumhauer ein besonderer Eiweißkörper beschrieben, der unter dem Namen Vitellin oder Dotterstoff bekannt ist. Hinsichtlich
der Zusammensetzung schließt sich der Dotterstoff nach Gobley's
und von Baumhauer's Analysen an Mulder's sogenanntes
Proteinprotoxyd; Gobley schreibt ihm Schwefel und Phosphor zu,
von Baumhauer bloß Schwefel. Die Menge des Schwefels
beträgt nach Gobley 1,17 Procent.

Außer den allgemeinen Eigenschaften der eiweißartigen Körper
besitzt der Dotterstoff mehre Merkmale des Eiweißes. In der ursprünglichen wässerigen Lösung erzeugen nämlich organische Säuren
und gewöhnliche Phosphorsäure keinen Niederschlag und bei einer
Wärme von 73—76° gerinnt die Flüssigkeit. Dagegen soll sich der
Dotterstoff vom Eiweiß unterscheiden, insofern er durch Blei und
Kupfersalze nicht gefällt wird [1]).

Von Baumhauer hat den Dotterstoff dargestellt, indem er
den mit Wasser, Alkohol und Aether ausgekochten Dotter in Essigsäure auflöste, mit kohlensaurem Ammoniak wieder aus der Lösung

---

[1]) Vgl. Lehmann, a. a. O. Bd. I, S. 373.

fälle und auswusch. Den so erhaltenen Körper fand er im kaltem und kochendem Wasser beinahe ganz unlöslich und vollkommen unlöslich, wenn das Wasser mit etwas Essigsäure angesäuert war. In starker Essigsäure quillt der Dotterstoff auf und nach längerem Kochen wird er in derselben vollständig gelöst [1].

Neuerdings erklärt Lehmann das Bitellin für ein Gemenge von Eiweiß und Käsestoff. Dieser Forscher, der sich um die genauere Bestimmung des Käsestoffs wesentlich verdient gemacht hat, fand die dunkleren Körnchen des Dotters mit allen Eigenschaften des alkalifreien Käsestoffs versehen, während in der Flüssigkeit des Dotters ein alkaliarmes Eiweiß gelöst war, das bei starker Verdünnung mit Wasser, ebenso wie das Natronalbuminat des Eiweißes oder des Blutserums, eine Trübung zeigte [2]. Wenn der Hauptstoff des Dotters wirklich Käsestoff ist, so wird dadurch erklärt, weshalb von Baumhauer in dem Bitellin keinen Phosphor vorfand. Lehmann's Angaben würden für mich volle Ueberzeugungskraft besitzen, wenn nicht der höhere Sauerstoffgehalt, in welchem Gobley und von Baumhauer übereinstimmen, sowohl gegen Käsestoff, wie gegen Eiweiß spräche.

Die Fette des Dotters des Hühnereies sind Elain und Margarin, zu denen sich nach Gobley die phosphorhaltigen Fettstoffe des Hirns, Cerebrin und Lecithin, gesellen (vgl. oben S. 382, 383). Die phosphorhaltigen Fette finden sich nach Lehmann vorzugsweise in den Dotterkugeln. Kodweiß wollte auch Stearin im Dotter des Hühnereis gefunden haben, eine Angabe, der Gobley aufs Bestimmteste widerspricht [3]. Dagegen kommen nach E. Schmidt und Vogt im Dotter der Frösche und der Geburtshelferkröte deutliche Stearinkrystalle vor. Die Angaben von Lecanu und Gobley, daß der Dotter Cholesterin enthält, muß ich dem Zweifel Lehmann's entgegen entschieden bestätigen.

In Folge der Zersetzung des Lecithins bildet sich im Dotter

1) Von Baumhauer in Mulber's Scheikundige onderzoekingen, Deel III, p. 284, 288.

2) Lehmann, a. a. O. Bd. II, S. 349, 350.

3) Journal de pharm. et de chim. 3e sér. T. XVIII, p. 119.

nach **Gobley** Margarinsäure, Oelsäure und phosphorglycerinsaures
Ammoniak.

Obgleich das Eiweiß der Hühnereier weit weniger Fett enthält
als der Dotter, sind doch auch hier Oelstoff und Perlmutterfett,
ölsaures und perlmutterfettsaures Natron vertreten. In dem Eiweiß
von Eiern, welche drei bis sechs Tage lang bebrütet waren, hat
**Lehmann** öfters, jedoch nicht beständig Büschel feiner Margarinna-
deln beobachtet [1]).

Auch die Fettbildner fehlen nicht in den Eiern. **Barreswil** [2])
und **Winkler** fanden Milchzucker im Eiweiß und nach **Lehmann**
ist Zucker beständig sowohl im Dotter, wie im Eiweiß vorhanden.
Für die Karpfeneier hat **Gobley** neuerdings durch Elementaranalyse
die Anwesenheit von Milchsäure nachgewiesen [3]).

Sowohl in den Hühnereiern, wie in den Karpfeneiern finden
sich zwei in kaltem Alkohol lösliche Farbstoffe, von denen einer in
Aether schwerer löslich, roth und eisenhaltig, der andere eisenfrei,
gelb und in Aether leichter löslich ist. Nach **Lehmann** gehören diese
Farbstoffe, ebenso wie die phosphorhaltigen Fette, vorzugsweise den
Dotterkugeln an.

Die anorganischen Bestandtheile des Eis sind dieselben, die oben
beim Blut aufgezählt wurden. Für diese Salze und Chlorverbindungen findet hier eine ganz ähnliche Scheidung statt, wie sie im Blut
an den Körperchen und der Flüssigkeit beobachtet worden. Während
im Dotter, wie in den Blutkörperchen, Kali und Phosphorsäure vorherrschen, sind Natron, Chlor, Schwefelsäure und Kohlensäure, wie im
Blutserum, vorwiegend im Eiweiß vertreten. Die Erden, unter denen der Kalk die Bittererde übertrifft, und das Eisenoxyd sind reichlicher im Dotter vorhanden, Kieselerde dagegen im Dotter, wie im
Eiweiß, in ziemlich gleicher Menge (Poleck, Weber) [4]).

**Chatin** berichtet neuerdings, daß die Eier — nicht etwa die
Schaale — einen ansehnlichen Jodgehalt führen. Ich habe kürzlich
in dem Eiweiß eines Hühnereis Kupfer gefunden, das, nach quali-

---

1) **Lehmann**, a. a. O. Bd. I, S. 254.

2) Comptes rendus, XXVIII, p. 761.

3) Journ. de pharm. et de chim. 3e série. T. XVIII, p. 116 (1850).

4) **Erdmann** und **Marchand**, Journal, Bd. XLVIII, S. 60.

tativer Prüfung zu urtheilen, hauptsächlich in der Schaalenhaut vorhanden war; in anderen Eiern zeigte sich das Kupfer nicht. Es war also nur ein zufälliger Bestandtheil, was ich hauptsächlich deshalb mittheile, weil man dem Auftreten des Kupfers im Thierleib in neuerer Zeit hin und wieder eine allzu große Wichtigkeit beigelegt hat.

Die Schaale der Vogeleier enthält vorzugsweise kohlensauren und phosphorsauren Kalk und kohlensaure Bittererde, nebenher aber auch Chloralkalimetalle und schwefelsaure Alkalien. Die schwarzen Flecken der Schaalen der Kiebitzeier rühren nach John von Eisen her.

In der Luft, welche sich nach dem Legen der Vogeleier zwischen den beiden Blättern der Schaalenhaut ansammelt, ist nach Griepenkerl und Wöhler weniger Sauerstoff enthalten als in der atmosphärischen Luft, während Bischoff und Dulk früher das Gegentheil gefunden haben wollten. In neuerer Zeit ward jedoch die Angabe von Bischoff und Dulk durch die Untersuchungen von Baudrimont und Martin St. Ange bestätigt.

Für den Dotter des Hühnereis und die nur aus Dotter bestehenden Eier des Karpfens verdanken wir Gobley die folgenden Zahlen [1]:

| In 100 Theilen | Dotter des Hühnereis. | Karpfeneier. |
|---|---|---|
| Vitellin . . . . . . . . . . | 15,76 | 14,08 [2] |
| Margarin und Elain . . . . . . . | 21,30 | 2,57 |
| Cholesterin . . . . . . . . . | 0,44 | 0,27 |
| Lecithin . . . . . . . . . . | 8,43 | 3,04 |
| Cerebrin . . . . . . . . . . | 0,30 | 0,20 |
| Chlorammonium . . . . . . . . | 0,03 | 0,04 |
| Chlornatrium und Chlorkalium . . . . | | 0,45 |
| Schwefelsaures Kali . . . . . . . | 0,28 | |
| Phosphorsaures Kali . . . . . . . | — | 0,04 |
| Phosphorsaurer Kalk und phosphorsaure Bittererde . . . . . . . . . . | 1,02 | 0,29 |
| Alkoholextract . . . . . . . . . | 0,40 | 0,39 |
| Häute . . . . . . . . . . . | — | 14,53 |
| Farbstoff, Spuren von Eisen u. s. w. . | 0,55 | 0,03 |
| Wasser . . . . . . . . . . . | 51,49 | 64,08 |

1) Journ. de pharm. et de chim. 3e série, T. XVIII. p. 118, 119.
2) Gobley nennt den Eiweißkörper der Karpfeneier Paravitellin, indem er ohne hinlänglichen Grund eine neue eiweißartige Verbindung für dieselben annimmt.

Die Menge des Dotters in einem Hühnerei beträgt nach Lehmann durchschnittlich 15,54 Gramm., nach Poleck 14,75 Gramm,
die Menge des Eiweißes nach Lehmann 23,01, nach Poleck 24,8
Gramm.

Aus folgender Tabelle ergiebt sich das Verhältniß der anorganischen Bestandtheile in Dotter und Eiweiß:

| In 100 Theilen der Asche | Eidotter. | | Eiweiß. | |
|---|---|---|---|---|
| | Poleck [1]. | Weber [1]. | Poleck [1]. | Weber [1]. |
| Kali . . . . . | 8,93 | 10,90 | 2,36 | 27,66 |
| Natron . . . . | 5,12 | 1,08 | 23,04 | 12,09 |
| Chlorkalium . . | — | — | 41,29 | — |
| Chlornatrium . . | — | 9,12 | 9,16 | 39,30 |
| Kalk . . . . . | 12,21 | 13,62 | 1,74 | 2,90 |
| Bittererde . . . | 2,07 | 2,20 | 1,60 | 2,70 |
| Eisenoxyd . . . | 1,45 | 2,30 | 0,44 | 0,54 |
| Phosphorsäure . | 63,81 | 60,16 | 4,83 | 3,16 |
| Phosphorsäurehydrat | 5,72 | — | — | — |
| Schwefelsäure . . | — | — | 2,63 | 1,70 |
| Kieselsäure . . | 0,55 | 0,62 | 0,49 | 0,28 |
| Kohlensäure . . | — | — | 11,60 | 9,67 |

In 100 Theilen Eiweiß fand Poleck 0,65, Weber 0,71, in
100 Theilen Dotter Poleck 1,52, Weber 1,34 an anorganischen
Stoffen.

Während der Bebrütung nehmen die Eier der Vögel, der
Natter, der Eidechse, der Gartenschnecke Sauerstoff auf, wogegen sie
Kohlensäure, Stickstoff und eine nicht näher bestimmte Schwefel-
verbindung aushauchen. In Folge dessen werden die Eiweißkörper
ärmer an Schwefel. Ein großer Theil des Fetts verschwindet. Das
ganze Ei wird leichter (Baudrimont und Martin St. Ange) [2].

---

1) Poggendorff's Annalen, Bd. LXXIX, S. 161, 416, 159 und 407.

2) Ann. de chim. et de phys. T. XXI.

## Der Samen.

### §. 3.

Eine zähe, obwohl dem Ei an Dichtigkeit nachstehende, eigenthümlich knoblauchartig riechende Flüssigkeit bildet den Samen, der das Ei befruchtet.

Auch im Samen ist eine eiweißartige Verbindung der wichtigste Bestandtheil. Nach Lehmann enthält der Samen immer etwas Natronalbuminat.

Vauquelin hat unter dem Namen Spermatin einen dem Samen eigenthümlichen Körper beschrieben, der aus der wässerigen Lösung beim Kochen nicht gerinnt, mit Salpetersäure und Ammoniak Fourcroy's gelbe Säure bildet und nach der Gerinnung in Alkohol zwar in warmer Kalilauge gelöst, jedoch durch Essigsäure nicht aus der Lösung niedergeschlagen wird. Die letztere Eigenschaft läßt vermuthen, daß man es hier mit einem von den Eiweißstoffen abgeleiteten Körper zu thun hat.

Die Köpfe der Spermatozoiden des Menschen nehmen nach meiner Beobachtung durch Salpetersäure und Ammoniak eine gelbe Färbung an. Weil diese jedoch dem Spermatin sowohl wie dem Natronalbuminat zukommt, so läßt sich nicht entscheiden, mit welcher Verbindung wir es in den Spermatozoiden zu thun haben.

Natronalbuminat und Spermatin erklären beide die Eigenthümlichkeit des Samens, daß er beim Kochen nicht merklich getrübt wird.

Die Salze des Bluts finden sich im Samen wieder, in der reichlichsten Menge jedoch phosphorsaure Bittererde und phosphorsaurer Kalk [1]). In dem Samen von Thieren hat man Chlormagnesium nachgewiesen. Wenn man bedenkt, wie häufig die Haare ausfallen in Folge geschlechtlicher Ausschweifungen, so möchte man das von van Laer auch in den Haaren beobachtete Chlormagnesium für einen nothwendigen Gewebebildner in denselben halten.

Zur Beurtheilung der Mengenverhältnisse der Bestandtheile des Samens sind wir immer noch auf die nachstehende Analyse Vauquelin's beschränkt:

---

1) Lehmann, a. a. O. Bd. II, S. 343.

Spermatin . . . 6 Procent
Phosphorsaurer Kalk 3 „
Natron . . . . . 1 „
Wasser . . . . . 90 „ .

Abgesehen von der geringen Menge, in welcher der Samen gewonnen werden kann, wird die Erforschung desselben besonders er-schwert durch die Vermischung der Absonderung der Hoden mit den Flüssigkeiten der Vorsteherdrüse, der Samenblase, der Cowperschen Drüsen und dem Schleim der Harnwege. Wir werden uns deßhalb noch lange mit der sehr allgemein gehaltenen Thatsache begnügen müssen, daß der Samen einen aus einer eiweißähnlichen Verbindung bestehenden Formbestandtheil schwebend in einer Flüssigkeit enthält, in welcher ein Eiweißkörper mit phosphorsaurem Kalk und phosphorsau-rer Bittererde gelöst ist.

### Die Milch.

### §. 4.

Nur deßhalb ist die Milch so vortrefflich geeignet das alleinige Nahrungsmittel des Neugeborenen zu bilden, weil in ihr die Eiweiß-körper durch den Käsestoff, die Fette durch die Butter, die Fettbild-ner durch den Milchzucker und außerdem die wichtigsten Blutsalze ver-treten sind.

Die Zusammensetzung und die Eigenschaften des Käsestoffs wur-den oben beim Blut beschrieben. In der Milch ist derselbe an Kali, zum Theil an Natron gebunden. Die größere Hälfte ist in der Milch gelöst, während ein anderer Theil im ungelösten Zustande das Fett der Milchkörperchen umgiebt. Daß diese Hülle wirklich besteht, davon habe ich mich durch zahlreiche Beobachtungen überzeugt.

Weil der Käsestoff am reichlichsten in der Milch enthalten ist, so wählt man auch die Milch zur Darstellung. Zu dem Ende wird die Milch erst abgerahmt, dann mit Essigsäure gekocht, das Gerinn-sel mit Wasser ausgepreßt und endlich durch siedenden Alkohol vom Fett gereinigt. Diese Reinigung ist ziemlich mühsam, da das Fett dem Käsestoff außerordentlich hartnäckig anhängt. Nach Bopp kann man ohne Anwendung von Alkohol und Aether beliebige Mengen von

faſt fettfreiem Käſeſtoff gewinnen, wenn man die Milch mit Salzſäure
fällt, den Niederſchlag in kohlenſaurem Natron löſt, und nun wieder
durch Salzſäure niederſchlägt. Den ausgewaſchenen Niederſchlag rührt
man mit Waſſer an; dann löſt ſich derſelbe nach einiger Zeit bei
einer Wärme von 40°, und der in der Löſung enthaltene ſalzſaure
Käſeſtoff wird ſchließlich durch kohlenſaures Natron zerlegt und
gefällt [1]).

In der ausgebildeten Milch, wie ſie einige Tage nach der Geburt abgeſondert wird, iſt außer dem Käſeſtoff kein anderer Eiweißkörper vorhanden. Schon vor längerer Zeit hat jedoch Simon in dem
Coloſtrum, das ſich vierzehn Tage vor dem Werfen in den Eutern
einer Eſelin anſammelte, eine reichliche Menge Eiweiß beobachtet, und
Laſſaigne erhielt aus den Eutern einer Kuh, die erſt nach 41 Tagen warf, eine Flüſſigkeit, welche nur Eiweiß und keinen Käſeſtoff
führte. Ich ſelbſt habe in dem Coloſtrum von Kühen vor dem Werfen und in den erſten Tagen nach der Geburt der Kälber viel Eiweiß
und wenig Käſeſtoff gefunden. Das Verhältniß kehrt ſich ſehr bald
um; trotzdem habe ich bei Kühen noch am zwölften Tag nach dem
Werfen Spuren von Eiweiß wahrgenommen.

Unter den Fetten der Butter ſind Margarin und Elain vorzugsweiſe vertreten, da Bromeis in 100 Theilen Butter 68 Procent Margarin und 30 Elain gefunden hat. Die übrigen 2 Procent geben beim
Verſeifen Butterſäure und drei andere flüchtige Säuren, Caprinſäure,
Caprylſäure und Capronſäure, denen wir früher ſchon wiederholt begegneten; dieſelben ſollen hier genauer beſchrieben werden.

Die Caprinſäure, $C^{20} H^{19} O^3 + HO$ nach Lerch, bildet glänzende Kryſtallflimmer, die ſich fettig anfühlen, bei 30° unter Entwicklung eines leichten Bocksgeruchs ſchmelzen und in Waſſer wenig, dagegen leicht in Alkohol und Aether löslich ſind. Ihr Siedepunkt liegt
zwiſchen 236 und 300°.

Die Caprylſäure, $C^{16} H^{15} O^3 + HO$ nach Lerch, iſt bei gewöhnlichen Wärmegraden halbflüſſig, läßt ſich unter 10° in Nadeln
kryſtalliſiren, riecht nach Schweiß und ſtimmt in den Löslichkeitsver-
hältniſſen mit der Caprinſäure überein. Sie ſiedet bei 236°. Che-

1) Bopp, in den Annalen von Liebig und Wöhler, Bd. LXIX, S. 19.
Vgl. oben S. 241, 242, über die zuſammengeſetzte Natur des Käſeſtoffs.

vreul hat schon vor mehren Jahren ein Gemenge der Caprinsäure und der Caprylsäure als Caprinsäure beschrieben.

Die Capronsäure, $C^{12} H^{11} O^3 + HO$ nach Lerch, welche Chevreul bei seinen klassischen Arbeiten über die Fette entdeckt hat, ist selbst bei — 9° noch flüssig, riecht nach Schweiß und nach Essigsäure, löst sich in Wasser leichter als die beiden vorhergehenden Säuren, sehr leicht in Alkohol, dagegen ziemlich schwer in Aether. Nach Brazier und Goßleth siedet sie bei 198°[1]), nach einer früheren Angabe Fehling's bei 202°.

In dem trockenen Sommer des Jahres 1842, in welchem die zur Untersuchung dienenden Kühe beinahe nur Stroh erhielten, fand Lerch statt der Buttersäure und der Capronsäure eine fünfte flüchtige Säure, die Vaccinsäure. Diese Säure oxydirte sich leicht, reducirte z. B. salpetersaures Silberoxyd und zerfiel dann in Buttersäure und Capronsäure.

Die Alkalisalze dieser flüchtigen Säuren sind in Wasser löslich. Dagegen wird das Barytsalz der Caprinsäure und der Caprylsäure nur schwer, das der Buttersäure, der Capronsäure und der Vaccinsäure leicht in Wasser gelöst.

Auf dem verschiedenen Verhalten der Barytsalze beruht die Darstellung dieser Säuren. Die Seifen der Butter werden durch eine verdünnte Säure zersetzt, destillirt und die übergegangene Flüssigkeit mit Baryt gesättigt und getrocknet. Behandelt man dieses Gemenge von Barytsalzen mit 5—6 Gewichtstheilen Wasser, dann werden der buttersaure und der capronsaure oder der statt dieser vorhandene vaccinsaure Baryt gelöst, während der caprinsaure und der caprylsaure ungelöst zurückbleiben. Beim Krystallisiren der Lösung scheiden sich zuerst feine, seidenglänzende Nadeln von capronsaurem Baryt aus, und der buttersaure Baryt bleibt in der Mutterlauge, aus welcher er durch Eindampfen in warzenförmigen Gruppen fettglänzender Prismen erhalten werden kann. Wenn in der Butter die Capronsäure und die Buttersäure durch Vaccinsäure vertreten waren, dann erhält man aus dem löslichen Theil der Barytsalze nußgroße Drusen kleiner Krystalle, die aus vaccinsaurem Baryt bestehen. —Der schwerlösliche Theil der Barytsalze enthält den vaccinsauren und den capryl-

---

[1) Liebig und Wöhler, Annalen, Bd. LXXV. S. 254.

sauren Baryt. Diese werden in kochendheißem Wasser gelöst und filtrirt. Dann wird erst der caprinsaure Baryt in seinen fettglänzenden Schuppen ausgeschieden, und aus der Mutterlauge krystallisiren mohngroße Körner caprylsauren Baryts.

Die durch Umkrystallisiren gereinigten Barytsalze werden durch Salzsäure zerlegt und die Säuren entwässert, indem man sie über Chlorcalcium destillirt (Lerch) [1]).

Zu diesen Fetten gesellt sich nun im Milchzucker ein Fettbildner in beträchtlicher Menge. Der Milchzucker, $C^{12} H^{12} O^{12}$ nach der Analyse von Berzelius, ist dem wasserfreien Traubenzucker unisomer und krystallisirt in vierseitigen Prismen oder Rhomboëdern. Diese Zuckerart schmeckt viel weniger süß als Rohrzucker und Traubenzucker. In kaltem Wasser wird der Milchzucker ziemlich langsam gelöst, leicht in kochendem Wasser, wenig in kochendem, wasserhaltigem, dagegen gar nicht in absolutem Alkohol oder in Aether. Die wässerige Lösung lenkt den polarisirten Lichtstrahl nach rechts.

Vom Traubenzucker unterscheidet sich der Milchzucker, insofern er nicht gährungsfähig ist. Er läßt sich jedoch durch verdünnte Mineralsäuren und durch Hefe in Traubenzucker verwandeln, so daß er mittelbar, wenn auch sehr langsam, die weinige Gährung erleiden kann (Schill, Heß). In seinem Verhalten zu Kupferoxydsalzen ist der Milchzucker ausgezeichnet durch die Schnelligkeit, mit welcher er dieselben reducirt.

Zur Darstellung des Milchzuckers empfiehlt Lehmann nach Haidlen fünf Gewichtstheile Milch mit Einem Theil Gyps zu kochen, die vom geronnenen Käsestoff abfiltrirte Flüssigkeit abzudampfen, den trocknen Rückstand zur Entfernung des Fetts mit Aether auszuziehen und endlich mit Alkohol auszukochen. Aus der alkoholischen Lösung krystallisirt reiner Milchzucker.

Unter Einwirkung des Käsestoffs kann sich der Milchzucker in Milchsäure verwandeln. In Folge dieser Umsetzung wird die Milch, die im frischen Zustande bei der Frau und bei unsern pflanzenfressenden Hausthieren keine Milchsäure enthält und alkalisch reagirt, sauer. Und da der Käsestoff, wie Scherer zuerst lehrte, nur durch das Al-

---

1) Lerch in den Annalen von Liebig und Wöhler, Bd. XLIX, S. 214, 215, 223.

kali, mit dem er verbunden ist, in der Milch gelöst erhalten wird, so
bewirkt die Milchsäurebildung, daß die Milch gerinnt, indem sie das
Alkali des Käsestoffs sättigt. Wie alle Gährungserscheinungen, so wird
auch die Umwandlung des Milchzuckers in Milchsäure durch eine mä-
ßige Wärme befördert.

Indem nun die Milch eine beträchtliche Menge Milchzucker enthält, ist sie auch die ergiebigste Quelle zur Darstellung von Milchsäure.
Zu dem Ende versetzt man nach Wöhler saure Molken mit feinen
Eisenfeilspähnen oder mit Zink. Dann bildet sich unter Entwicklung
von Wasserstoff milchsaures Eisenoxydul oder milchsaures Zinkoxyd,
deren Menge man beliebig vermehren kann, wenn man von Zeit zu
Zeit aufs Neue Milchzucker zusetzt. Der Käsestoff büßt nämlich seine
Wirksamkeit nur dann ein, wenn ihm die Säure sein Alkali entzieht
und er in Folge dessen gerinnt. Weil dies nun durch das Eisenoxydul oder durch das Zinkoxyd verhütet wird, so kann man fast beliebige
Mengen des einen oder des anderen milchsauren Salzes gewinnen.
Dieses wird siedendheiß gelöst, filtrirt, umkrystallisirt, dann wieder gelöst und durch Schwefelwasserstoff zersetzt. Darauf wird die Lösung der Milchsäure in der Wärme und im luftleeren Raum eingedampft
bis zur Syrupsdicke.

Die wichtigsten Mineralbestandtheile der Milch sind phosphorsaures Kali [1]), Chlorkalium und phosphorsaurer Kalk. Phosphorsäure
und Kali sind in der Milch sogar reichlicher enthalten als in den Blutkörperchen. Außer diesen anorganischen Stoffen finden sich in der
Milch noch Chlornatrium, kohlensaures Alkali [2]), phosphorsaure Bittererde, phosphorsaures Eisenoxyd und eine geringe Menge Kieselerde.
Somit kehren die wichtigsten Salze des Bluts, also zugleich diejenigen,
welche für die Blutbildung des Säuglings die wichtigsten sind, in der
Milch wieder. Schwefelsaure Salze sind jedoch nach Haidlen's
sorgfältiger Untersuchung in der Milch nicht vorhanden [3]). Chatin

---

1) Vgl. Weber in Poggendorff's Annalen, Bd. LXXXI, S. 412. Nach
Haidlen reicht dagegen die Phosphorsäure der Milch nur aus, um den Kalk
und die Bittererde zu sättigen. Vgl. Annalen von Liebig und Wöhler,
Bd. XLV.

2) Lehmann, a. a. O. Bd. II, S. 332.

3) Haidlen in den Annalen von Liebig und Wöhler, Bd. XLV, S. 265.

hat in der neuesten Zeit in der Milch Jod entdeckt und zwar in
der Milch der Eselin mehr als in der Milch der Kuh[1]). Nach Wilson enthält die Milch auch Fluor[2]). Die Milch führt endlich immer
freie Gase, namentlich Kohlensäure, und nicht selten in großer Menge.

Folgende Tabelle dient zur Vergleichung der Frauenmilch mit
der Milch eines Pflanzenfressers und mit der eines Fleischfressers.

| In 1000 Theilen der Milch. | Frauenmilch. Mittel aus 14 Analysen, die zu verschiede-nen Zeiten bei einer Frau ge-macht wurden. Simon. | Kuhmilch. Simon. | Milch einer Hündin nach achttägiger Fütterung mit Fleisch. Bensch. |
|---|---|---|---|
| Käsestoff . . . . . | 34,3 | 68,0 | 102,4 [3]) |
| Milchzucker . . . . | 48,2 | 29,0 | 34,7 [3]) |
| Butter . . . . . | 25,3 | 38,0 | 107,5 |
| Asche . . . . . . | 2,3 | 6,1 | — |
| Wasser . . . . . | 883,6 | 861,0 | 755,4 |

1) Journal de pharm. et de chim. 3e sér. T. XVIII, p. 243.

2) Froriep's Notizen 1850, Nr. 215.

3) Mit dem Käsestoff blieben in der von Bensch ausgeführten Analyse die in
   Wasser unlöslichen, mit dem Milchzucker die in Wasser löslichen Salze verbunden. Annalen von Liebig und Wöhler, Bd. LXI, S. 223.

Die Mengenverhältnisse der Aschenbestandtheile der Kuhmilch ersieht man aus folgenden Zahlen:

| In 100 Theilen Asche. | Haiblen. | R. Weber [1]). |
|---|---|---|
| Chlorkalium . . . . . | 29,39 | 9,49 |
| Chlornatrium . . . . | 4,90 | 16,25 |
| Kali . . . . . . . . | — | 23,77 |
| Natron . . . . . . . | 8,57 | — |
| Phosphorsaurer Kalk . . | 47,14 | — |
| Phosphorsaure Bittererde . | 8,57 | — |
| Phosphorsaures Eisenoxyd . | 1,43 | — |
| Kalk . . . . . . . . | — | 17,31 |
| Bittererde . . . . . . | — | 1,90 |
| Eisenoxyd . . . . . . | — | 0,33 |
| Phosphorsäure . . . . | — | 29,13 |
| Schwefelsäure . . . . | — | 1,15 |
| Kieselerde . . . . . . | — | 0,09 |

Die von R. Weber in der Asche gefundene Schwefelsäure ist
durch Verbrennung des Käsestoffs entstanden.

Wenn man die Zahlen, welche Bensch für die Milch einer fleischfressenden Hündin erhalten hat, mit den Zahlen für die Milch von
Pflanzenfressern vergleicht, dann fällt sogleich an jener auf, daß sie
durch den Gehalt an Käsestoff und an Butter die Milch der Pflanzenfresser übertrifft, während sie dieser im Zuckergehalt nachsteht. Daß
dieser Unterschied durch die Nahrung bedingt wird, läßt sich nicht bezweifeln, da Thomson durch Zahlen bewiesen hat, daß stickstoffreiche
Nahrung den Ertrag der Milch an Butter bei Kühen erhöht [2]).

Daß die Menge der Butter auch durch Fettbildner vermehrt
wird, wenn dieselben in richtiger Verbindung mit Eiweißstoffen genossen werden, läßt sich nach dem, was oben über die Fettbildung gelehrt
wurde, nicht im Geringsten bezweifeln. Bisher fehlt es jedoch an Zahlen, welche diesen Satz auch denen beweisen könnten, die um des Zwei-
fels Willen zweifeln.

---

1) Poggendorff's Annalen, Bd. LXXXI, S. 412.
2) Vgl. meine Physiologie der Nahrungsmittel, Darmstadt 1850, S. 434, 441,
442 und 540—542.

Nach Bensch liefern die Fleischfresser eine saure Milch, deren saure Beschaffenheit höchst wahrscheinlich von saurem phosphorsaurem Kalk herrühre. Ich habe im Winter des Jahres 1849 auf 1850 das Coloſtrum und die Milch von Kühen, die im Stall eingesperrt waren, so häufig unmittelbar nach dem Melken, das in meiner Gegenwart geschah, ſtark sauer gefunden, daß es in der Lebensweise beſtimmte Bedingungen geben muß, welche diese Säure erklären. Auch Lehmann giebt an, daß Kühe beim ſteten Aufenthalt im Stall Milchfäure durch die Milchdrüsen absondern, und ebenso, daß ihre Milch durch mageres, schlechtes Futter sauer wird[1]). So nahe es auch liegt, Vermuthungen über die Entstehung dieser Milchfäure aufzuſtellen, so müßig bleibt dies, bis das Futter ſelbſt unter solchen Verhältniſſen genauer unterſucht iſt. Die Thatsache der sauren Milch tritt jedoch so häufig auf, daß eine solche Untersuchung sich gewiß der Mühe verlohnen würde.

## Entwicklung der Fortpflanzungsflüssigkeiten.

### §. 5.

Die Zusammensetzung des Eis, des Samens und der Milch giebt uns unmittelbar Aufschluß über ihre Entstehung aus dem Blut. Eiweißartige Verbindungen, Fett und Blutsalze der Fortpflanzungsflüſſigkeiten beweisen, daß es für die Hoden, den Eierſtock und die Bruſtdrüse des Weibes und der weiblichen Säugethiere hauptsächlich einer endosmotischen Thätigkeit bedarf. Darum iſt es so wichtig, daß der Käsestoff der Milch als solcher bereits im Blute vorhanden iſt.

Das Eiweiß des Bluts muß, wie die neueſten Analysen beweisen, Schwefel aufnehmen, wenn es sich in das Eiweiß der Hühnereier verwandeln soll. Wo, wann und wie dieß geschieht, iſt bisher nicht erforscht. Ja, man weiß nicht einmal, ob das Eiweiß des Hühnerbluts mit dem des Serums der Säugethiere im Schwefelgehalt übereinstimmt.

Möge endlich das Vitellin ein eigener Stoff sein, oder nicht, in jedem Falle brauchen die Eiweißkörper des Bluts nur eine sehr unbe-

[1) Lehmann, a. a. O. Bd. I, S. 104. Bd. II, S. 332.

deutende Veränderung zu erleiden, um den Dotterstoff zu bilden. Nach den Analysen von Gobley und von Baumhauer stimmt der Dotterstoff im Sauerstoffgehalt, nach Gobley auch im Schwefelgehalt mit dem Faserstoff überein. Die neutralen Fette der Fortpflanzungs= flüssigkeiten entstehen aus den entsprechenden Seifen des Bluts ganz ebenso wie die der Gewebe. Das Cholesterin des Eidotters braucht nur unverändert aus dem Blute durchzuschwitzen, vielleicht auch das phosphorhaltige Fett der Eier und das Butyrin der Milch. Von den neutralen Fetten der übrigen flüchtigen Fettsäuren der Milch ist bis= her nur wahrscheinlich, daß sie aus Margarin und Elaïn entstehen. Wo es geschieht, weiß man nicht; wenn es aber geschieht, so kann es nur unter Aufnahme von Sauerstoff erfolgen. Es ist von den Fetten der Butter bekannt, daß sie sich außerordentlich leicht mit Sauerstoff verbinden, so leicht, daß man beim Trocknen der Milch, wenn man nicht rasch genug verfährt, häufig eine plötzliche Gewichtszunahme beobachtet, die auf einer Oxydation des Fetts beruht (Bensch) [1].

Bei der großen Aehnlichkeit, die zwischen dem Traubenzucker, der im Blut vorkommt, und dem Milchzucker nicht nur hinsichtlich der Zusammensetzung, sondern auch in Betreff der Eigenschaften ob= waltet, darf man es mindestens nicht unwahrscheinlich finden, daß der Traubenzucker schon im Blut in Milchzucker umgesetzt würde, zu= mal da der Traubenzucker diese Umwandlung unter dem Einfluß von hefenartigen Stoffen, wie sie in den Eiweißkörpern des Bluts gege= ben sind, erleiden kann. Freilich ist der Milchzucker als solcher im Blut noch nicht mit Bestimmtheit erkannt. Bei der geringen Menge des Zuckers im Blut ist dieser jedoch schwerlich so erschöpfend geprüft, daß eine Verwechslung beider Zuckerarten, deren Eigenschaften beinahe nur gradweise verschieden sind, außer dem Bereich der Möglichkeit läge. Milchzucker gährt langsamer, reducirt dagegen Kupferoxydsalze mit grö= ßerer Schnelligkeit, und, was besonders hervorzuheben ist, er löst sich viel schwerer in Alkohol. Darum ist es eine dankenswerthe Angabe von Guillot und Leblanc, daß sie in dem alkoholischen Auszug des Bluts milchgebender Kühe keinen, in dem wässerigen Auszug aber wohl Zucker nachzuweisen vermochten[2]. Die Anwesenheit von Milch=

1) Bensch in den Annalen von Liebig und Wöhler, Bd. LXI, S. 218.
2) Comptes rendus, T. XXXI, p. 587.

zucker im Blut ſtillender Frauen iſt alſo mindeſtens ſehr wahrſcheinlich.

Die regelmäßige Verwandtſchaft der organiſchen Grundlage zu
anorganiſchen Beſtandtheilen giebt ſich auch in den Fortpflanzungsflüſſigkeiten kund. Eidotter und Milch enthalten vorherrſchend Kali,
Kalk und Phosphorſäure, der Samen phosphorſaure Bittererde und
phosphorſauren Kalk. Offenbar ſteht der Reichthum dieſer Abſonderungen an phosphorſaurem Kalk in naher Beziehung zu dem Gehalt
derſelben an eiweißartigen Verbindungen. So findet man auch in
der Kuhmilch zugleich den Käſeſtoff und den phosphorſauren Kalk erhöht [1]).

## Der Speichel.

### §. 6.

In der Mundflüſſigkeit kennt man ein Gemenge von Speichel
und Schleim, das um ſo deutlicher alkaliſch iſt, je reichlicher die Ab-
ſonderung ſtatt findet. Dieſe wird aber namentlich vermehrt durch
kräftige oder anhaltende Bewegungen des Unterkiefers, der Zunge,
durch das Verlangen nach Speiſen, den Genuß derſelben und, wie
Frerichs in ſeiner wichtigen Abhandlung über die Verdauung gelehrt hat [2]), durch die Anweſenheit von Speiſen, von Kochſalz (Bar-
beleben), von kohlenſauren Alkalien und Erden (Blondlot) im
Magen.

Neben den Beſtandtheilen des Schleims, der erſt weiter unten
beſchrieben werden ſoll, enthält die Mundflüſſigkeit als eigenthümlich-
ſten Beſtandtheil einen organiſchen Körper, den Berzelius als
Speichelſtoff, Ptyalin, beſchrieben hat. Dieſer Stoff iſt löslich in
Waſſer, unlöslich in Alkohol. Obgleich der Speichelſtoff ſich nahe
an die eiweißartigen Verbindungen anzuſchließen ſcheint, ſo iſt er
doch von dieſen nach Berzelius dadurch weſentlich verſchieden, daß
er aus ſeinen Löſungen weder durch Gerbſäure, noch durch Sublimat
oder eſſigſaures Bleioxyd gefällt wird.

---

1) Lehmann, a. a. O. Bd. II, S. 334.

2) Frerichs in R. Wagner's Handwörterbuch, Bd. III, S. 759.

Der Speichelstoff ist nach Lehmann's neuesten Angaben [1] nur deshalb im Wasser löslich, weil er im Speichel an ein Alkali gebunden ist, und soll in diesem Zustande fast alle Eigenschaften des Natronalbuminats besitzen, ohne ganz mit diesem übereinzustimmen. So wird die Verbindung auf den Zusatz von wenig Essigsäure oder Salpetersäure niedergeschlagen, in einem Ueberschuß der Essigsäure gelöst, beim Kochen mit Salmiak oder schwefelsaurer Bittererde getrübt, durch Gerbsäure, Sublimat und basisch essigsaures Bleioxyd gefällt, ebenso durch Eisenkaliumcyanür aus der essigsauren Lösung, endlich beim Kochen in Salpetersäure mit gelber Farbe gelöst. Dagegen unterscheidet sich das Ptyalinalkali vom Natronalbuminat, indem es mit Alaun, mit schwefelsaurem Kupferoxyd keinen Niederschlag erzeugt, und namentlich durch die Leichtigkeit, mit welcher es durch die schwächsten Säuren, z. B. durch Kohlensäure zerlegt wird, wobei die alkalische Beschaffenheit verloren geht. Der gesättigten Lösung dieses Körpers entspricht nach Lehmann die Angabe von Berzelius, daß der Speichelstoff durch Sublimat, Quecksilberchlorid und Gerbsäure nicht niedergeschlagen werde. Andererseits weicht die Beobachtung Lehmann's wieder ab, insofern der des Alkalis beraubte Körper in Wasser schwer löslich sein soll. Soviel ist gewiß und wohl von jedem Beobachter, der sich mit Untersuchung des Speichels beschäftigte, wahrgenommen, daß sich klar filtrirter Speichel an der Luft, also nach Lehmann in Folge der aufgenommenen Kohlensäure, trübt.

Der Speichelstoff von Tiedemann und Gmelin ist ein Gemenge des Ptyalins von Berzelius mit einem in freiem Alkali löslichen, durch Gerbsäure fällbaren Extractivstoff. Wright endlich hat mit Unrecht den Namen Speichelstoff einem ganz anderen Körper ertheilt, der sich in Alkohol und Aether leicht, in Wasser dagegen schwerer auflöst [2].

Berzelius dampft den Speichel zur Gewinnung des Speichelstoffs ein, zieht den trocknen Rückstand mit Alkohol aus, sättigt die noch alkalische Masse mit Essigsäure, behandelt dieselbe wieder mit

---

1) Lehmann, a. a. O. Bd. II, S. 15.

2) Der Speichel in physiologischer, diagnostischer und therapeutischer Beziehung, nach dem Englischen von E. Wright, S. 19.

Alkohol, um das essigsaure Alkali aufzulösen, und versetzt endlich den
ungelösten Rückstand mit Wasser, welches den beigemengten Schleim
zurückläßt, den Speichelstoff dagegen löst. Der getrocknete Speichelstoff ist grauweiß, ohne Geruch und ohne Geschmack. Eine Elemen-
tar-Analyse dieses Körpers wurde bisher nicht unternommen.

Außer dem Ptyalin enthält der Speichel, wie schon Simon,
Lassaigne, Bostock und Vogel angeben, eine kleine Menge Eiweiß, eine Thatsache, die in neuester Zeit von Frerichs [1]) und mir
selber bestätigt wurde.

Einen in Wasser und Alkohol löslichen Extractivstoff, der durch
Gerbsäure und Sublimat, dagegen nicht durch Alaun gefällt wird,
erwähne ich nur einer Vollständigkeit wegen, die wenigstens den Nutzen
hat das Lückenhafte unserer Kenntnisse fühlbar zu machen.

Die Mundflüssigkeit büßt nach Frerichs durch Alkohol, nach
Wright, Jacubowitsch und Frerichs durch Kochen ihre Wirksamkeit bei der Verdauung nicht ein. Abgesehen von dem was oben
bei der Verdauung mitgetheilt wurde [2]), geht schon hieraus hervor,
daß weder der Speichelstoff, noch das Eiweiß der eigentliche Träger
ist der umsetzenden und lösenden Kraft, welche die Mundflüssigkeit
auszeichnet.

Fettsaure Salze werden von Simon und Wright unter den
Bestandtheilen des Speichels aufgezählt. Lehmann hat im Pan-
creidenspeichel eine an Kali gebundene flüchtige Fettsäure beobachtet, die
unter dem Mikroskop der Margarinsäure ähnliche Krystallbüschel
zeigte [3]). Vielleicht war es Capronsäure. Nach Simon ist auch
Cholesterin, nach Tiedemann und Gmelin ein phosphorhaltiges
Fett im Speichel enthalten.

Milchsaure Salze haben Berzelius, Mitscherlich und
Wright als Bestandtheile des Speichels bezeichnet; Enderlin und
Lehmann läugnen dagegen ihre Anwesenheit im Speichel gesunder
Menschen und Pferde aufs Bestimmteste [4]).

---

1) Frerichs, a. a. O. S. 762.

2) Vgl. oben S. 194, 195.

3) Lehmann, a. a. O. S. 16.

4) Lehmann, a. a. O. Bd. I, S. 98.

Schwefelcyan (Rhodan) in Verbindung mit Kalium oder Natrium wurde zuerst von Treviranus entdeckt und auch von Tiedemann und Gmelin wiedergefunden. Eigentlich gehört aber Pettenkofer das Verdienst, die Anwesenheit dieses Körpers im Speichel jedem Verdacht einer etwaigen Verwechslung mit ameisensauren oder essigsauren Salzen überhoben zu haben. Seitdem haben sich so viele Forscher und ich selber so häufig von dem Vorhandensein der Schwefelcyanverbindung überzeugt, daß die Anführung von Gewährsmännern überflüssig scheint. Man darf indeß nicht übersehen, daß Schwefelcyankalium im Speichel gesunder Menschen fehlen kann. Die rothe Farbe, welche der Speichel mit Eisenchlorid annimmt, wird durch die Bildung von Schwefelcyaneisen hervorgebracht, das sich, wie Pettenkofer gezeigt hat, von essigsaurem und von ameisensaurem Eisenoxyd unterscheidet, indem es sich auch beim Kochen mit Chloralkalimetallen nicht entfärbt.

Unter den anorganischen Bestandtheilen des Speichels herrschen Chlor und Kalk, in der Asche nach Enderlin phosphorsaure Alkalisalze vor. Der Speichel enthält jedoch auch Chlornatrium, phosphorsaure Erden und phosphorsaures Eisenoxyd, kohlensaure Alkalien und . Erden, endlich in sehr geringer Menge schwefelsaure Salze und Kieselerde.

Der kohlensaure Kalk, der namentlich im Parotidenspeichel der Pferde beim Stehen an der Luft krystallinisch ausgeschieden wird, entsteht nach Lehmann durch Zerlegung einer Verbindung von Kalk mit Speichelstoff.

Bei der geringen Bekanntschaft, die man bisher mit den dem Speichel eigenthümlichen organischen Stoffen gemacht hat, liegt natürlich die Entwicklungsgeschichte noch ganz brach. Nur so viel läßt sich aus den Eigenschaften des Speichelstoffs schließen, daß irgend ein Eiweißkörper des Bluts durch sehr geringe Veränderung in denselben übergehen kann. Allein die Eigenschaften des Ptyalins streifen so nahe an die des Natronalbuminats, daß eine Entscheidung, ob jener bereits im Blute gebildet wird oder nicht, vor der Hand nicht zu erwarten ist.

Noch weniger aber weiß man, wo und woraus das Schwefelcyankalium gebildet wird. Der Umstand, daß die Rhodanverbindung in gesundem Speichel fehlen kann, scheint beinahe darauf hinzudeuten, daß dieselbe nur als Zersetzungsprodukt eines organischen Stoffs auftritt, der, wie das Ptyalin, vorher an Kali oder Natron gebunden war. Da Frerichs und Wöhler nach dem Genuß von Senföl (Schwefelcyanallyl) Schwefelcyanammonium im Harn auftreten sahen, so dürfte es wahrscheinlich sein, daß in besonderen Fällen Senföl auch im Speichel das Auftreten der Rhodanverbindungen veranlaßt, um so mehr da es bekannt ist, daß manche Stoffe, die dem Körper von außen zugeführt werden, Jodkalium, Quecksilber u. a. durch den Speichel noch rascher aus dem Blute abgesondert werden als durch den Harn [1]). Dies scheint um so leichter angenommen werden zu dürfen für Stoffe, welche auch sonst dem Speichel eigenthümlich sind.

Die gewöhnlichen Seifen, Cholesterin, die anorganischen Bestandtheile des Speichels brauchen das Blut nur unverändert zu verlassen. Das phosphorhaltige Fett von Tiedemann und Gmelin und die von Lehmann gefundene flüchtige Fettsäure sind selbst viel zu wenig erforscht, um über ihren Entwicklungszusammenhang mit Bestandtheilen des Bluts irgend etwas errathen zu können.

Das Verhältniß, in welchem die einzelnen Stoffe im Speichel vertreten sind, ergiebt sich aus folgenden Zahlen:

| In 1000 Theilen | Speichel eines gesunden Menschen. Simon. | Speichel des Menschen. Berzelius. | Speichel eines gesunden Mannes. Frerichs. | Speichel des Menschen. Jacubowitsch. |
|---|---|---|---|---|
| Speichelstoff . . . | — | 2,9 | — | — |
| Speichelstoff nebst etwas Alkoholextract . . | 4,37 | — | 1,41 | — |
| Organischer Stoff (Speichelstoff?) . . | — | — | — | 1,34 |
| Schleim (Epithelien) . | 1,40 | 1,4 | 2,13 | 1,62 |
| Fett . . . . . . . | — | — | 0,07 | — |
| Fett mit Cholesterin . | 0,32 | — | — | —!| |
| Wasserextract mit Salzen . . . . . . | 2,45 | — | — | — |
| Alkoholextract mit milchsaurem Alkali . . | — | 0,9 | — | — |
| Schwefelcyankalium . | — | — | 0,10 | 0,06 |
| Salze . . . . . . | — | 1,9 | 2,19 | 1,82 |
| Wasser . . . . . | 991,22 | 992,9 | 994,10 | 995,16. |

---

1) Lehmann, a. a. O. Bd. II, S. 23, 24.

Lehmann fand in 1000 Theilen seines Speichels 0,046 bis 0,089 Rhodankalium.

Für die Asche des Speichels besitzen wir nachstehende Zahlen:

| In 100 Theilen Asche | Enderlin. | Jacubowitsch. |
|---|---|---|
| Chlorkalium und Chlornatrium . . | 61,93 | 46,15 |
| Phosphorsaures Natron . . . . | 28,12 | 51,65 |
| Schwefelsaures Natron . . . . | 2,31 | — |
| Kalkerde . . . . . . . . . | — | 1,65 |
| Bittererde . . . . . . . . . | — | 0,55 |
| Phosphorsaure Erden und phosphor- saures Eisenoxyd . . . . . | 5,51 | — |

Mitscherlich fand in den Mineralbestandtheilen bei einem chronisch erkrankten Menschen 77,46 Procent Chlorkalium, und nach einer Analyse von Lehmann [1]) enthält die Asche des Parotidenspeichels des Pferdes auf 100 Theile berechnet:

Chlorkalium . . . . . 40,38
Kohlensaures Kali . . . 31,50
Phosphorsaures Natron . 4,16
Schwefelsaures Natron . 1,50
Kohlensauren Kalk . . . 20,82
Phosphorsaure Erden . . 1,64.

Aus diesen Zahlen ersieht man, wie das Chlorkalium im Speichel sehr bedeutend vorwiegt. Ebenso vorherrschend sind im Speichel der Unterkieferdrüsen die Chloralkalimetalle vertreten (Jacubowitsch).

Nach den Untersuchungen von Jacubowitsch ist der Speichel der Ohrspeicheldrüsen stärker alkalisch als der der Unterkieferdrüse. Bernard machte zuerst darauf aufmerksam, daß der Speichel der Ohrspeicheldrüse wasserhell, der Speichel der Unterkieferdrüse dagegen sehr schleimig und fadenziehend sei, ein Unterschied, den Jacubo-

---

1) Lehmann, a. a. O. Bd. II, S. 17.

witsch bestätigt und den man nach Bernard auch an den wässeri=
gen Aufgüssen beider Drüsen beobachten kann.

Durch einen reichlichen Uebergang von Nahrungsstoffen in das Blut
sah Wright den Speichel dichter werden. Sodann haben Las=
faigne, Magendie und Rayer bewiesen, daß trockne Nahrungs=
mittel die Absonderung des Speichels sehr beträchtlich erhöhen [1]).

Im nüchteren Zustande reagirt der Parotidenspeichel sauer
und in Folge eines langen Hungerns wird die Menge seiner festen
Bestandtheile vermehrt (C. G. Mitscherlich).

Kochsalz, das man Thieren ins Blut sprißt, vermehrt die Menge
des Chlornatriums im Speichel (Lehmann).

## Der Magensaft.

### §. 7.

In dem stark sauren Magensaft wird unter dem Namen Dau=
ungsstoff, Pepsin, ein eigenthümlicher Körper beschrieben, der sehr
wahrscheinlich ein Gemenge mehrer Stoffe darstellt. Von der Zusam=
mensetzung dieses Körpers weiß man durch Frerichs nur, daß er
außer Stickstoff auch Schwefel enthält, während man nach einer ver=
einzelten Analyse Vogel's d. J. das Verhältniß des Stickstoffs,
Kohlenstoffs, Wasserstoffs und Sauerstoffs durch den Ausdruck
$N^4 C^{25} H^{15} O^5$ bezeichnet, der jedoch selbst als empirische Formel noch
sehr zweifelhaften Werth hat.

Das Richtige ist nämlich, daß wir in der Kenntniß des Pepsins
gar nicht so weit vorgedrungen sind, um bei einer Elementaranalyse
auf Erfolg hoffen zu können, während andererseits das jetzt bekannte,
freie Pepsin sich bei so niederen Wärmegraden zersetzt, daß es nicht
möglich ist, den Körper behufs der Analyse zu trocknen.

Nach Schwann und Wasmann, von denen jener das Pepsin
zuerst kennen lehrte, dieser es am Genauesten beschrieb, ist der frag=
liche Körper löslich in Wasser, unlöslich in Alkohol, fällbar durch
Gerbsäure und basisch essigsaures Bleioxyd. Die gesättigte Lösung

---

1) Frerichs, a. a. O. S. 769.

wird durch Mineralsäuren, wenn diese in geringer Menge zugesetzt werden, getrübt, die Trübung verschwindet durch mehr Säure, während schließlich ein Ueberschuß dieser einen flockigen Niederschlag erzeugt (Valentin's sogenannter mikrolytischer und makrolytischer Niederschlag).

Wenn schon dieses Verhalten zu Säuren den Dauungsstoff vom Eiweiß unterscheidet, so erhellt die Verschiedenheit andererseits daraus, daß die essigsaure Lösung durch Eisenkaliumcyanür nicht gefällt, und die wässerige Lösung, wie neulich Frerichs dargethan hat, beim Sieden nicht getrübt wird. Quecksilberchlorid soll in der Pepsinlösung einen geringeren Niederschlag erzeugen als in Eiweißlösungen. Ebenso nach Frerichs neutrales essigsaures Blei [1]. — Die Trübung, welche Wasmann beim Kochen in Pepsinlösungen beobachtet hatte, ist beigemengtem Eiweiß zuzuschreiben (Frerichs).

Obgleich das Pepsin also in der Siedhitze nicht gerinnt, wird seine Wirksamkeit für die Verdauung nach Blondlot schon bei 40—50°, nach Frerichs bei 60° bis 70° und namentlich beim Kochen aufgehoben. Ebenso büßt das Pepsin seine verdauende Kraft ein, wenn es mit einem großen Ueberschuß von Alkohol oder mit starken Mineralsäuren versetzt wird. Endlich ist die kräftige Wirkung des Pepsins durchaus an die Gegenwart freier Säure — Milchsäure oder Salzsäure — gebunden; wenn man den Magensaft mit Alkalien sättigt, dann geht seine Wirksamkeit verloren.

Dies hat Schmidt zu der sehr geistreich durchgeführten Vermuthung veranlaßt, die Salzsäure, welche einzelne Forscher, z. B. Dunglison, beim Destilliren des Magensafts übergehen sahen, als ursprünglich mit dem Pepsin gepaart zu betrachten. Schmidt nennt den gepaarten Körper Chlorpepsinwasserstoffsäure. Durch starke Säuren und Alkalien würde die complexe Säure, welche Schmidt der Holzschwefelsäure vergleicht, zersetzt, und, ganz dem Begriff einer gepaarten Säure entsprechend, läßt sich Pepsin, dem ein Alkali den Chlorwasserstoff raubte, nicht wieder mit letzterem verbinden. Daher ist die Verdauungskraft verloren. Ebenso wirkt das Erhitzen. Bei 48° läßt sich die Chlorpepsinwasserstoffsäure unzersetzt verdichten; bei

---

1) Frerichs, a. a. O. S. 785, 786.

70° wird die Lösung getrübt, bei 100° reines Pepsin in Flocken ausgeschieden, die Flüssigkeit ist verdünnte Salzsäure. Also auch hier ist die Wirksamkeit der gepaarten Säure vernichtet.

Die frische Chlorpepsinwasserstoffsäure bildet mit dem Eiweiß Salze. Diese Salze sind nach Schmidt die löslichen Peptone, welche bei der Verdauung der Eiweißkörper entstehen. Ihre Menge ist begrenzt durch die Menge der Chlorpepsinwasserstoffsäure. Sie wird vermehrt, wenn man in richtigen Grenzen freie Salzsäure hinzufügt, welche die chlorpepsinwasserstoffsauren Albuminate zerlegt, lösliches salzsaures Eiweiß bildet und neue Mengen der gepaarten Magensäure in Freiheit setzt. Nach und nach sättigt sich die Flüssigkeit mit gelösten Eiweißverbindungen, die Chlorpepsinwasserstoffsäure wird zersetzt, und hierdurch erreicht die ganze Thätigkeit ihr Ende [1].

Es ist nicht zu läugnen, diese Auffassung der Thatsachen ist die geistvollste, die am besten durchdachte, die vorliegt. Um so mehr ist es zu bedauern, daß Schmidt kein chlorpepsinwasserstoffsaures Salz dargestellt und analysirt hat.

Zur Bereitung des Pepsins zog Wasmann die Drüsenhaut des Schweinemagens mit Wasser aus, fällte die Flüssigkeit mit essigsaurem Blei und zerlegte das Pepsinblei durch Schwefelwasserstoff. Dann wurde aus der filtrirten Lösung das Pepsin mit Alkohol niedergeschlagen. Es ist ein der Annahme Schmidt's sehr günstiger Umstand, daß dieses Pepsin immer Säure zurückhält und Lackmus röthet. — Durch diese Darstellung wird sattsam erklärt, daß Frerichs in Wasmann's Pepsin auch Eiweiß vorfand. Denn, wie Mulder richtig hervorhebt, auch das Eiweiß wird aus der Bleiverbindung wieder in löslicher Form abgeschieden und durch die freie Essigsäure des essigsauren Bleis um so leichter in Lösung erhalten. — Weit besser ist deshalb das Verfahren von Frerichs, der (künstlichen) Magensaft mit einer mäßigen Alkoholmenge niederschlug, welche die Peptone löste und das Pepsin ungelöst ließ. Setzt man zu viel Alkohol zu, dann gerinnen auch die im Magensaft gelösten Eiweißkörper.

Eine Frage, die sich uns zunächst aufdrängt, ist diese: welche Säure bedingt vorzugsweise die saure Beschaffenheit des Magensafts?

---

1) C. Schmidt, in den Annalen von Liebig und Wöhler, Bd. LXI, S. 318—323.

Lehmann hat die Frage beantwortet, so daß fortan dieser Punkt durchaus gesichert ist. Im Magensaft von Hunden, die nur mit Knochen gefüttert wurden, hat Lehmann Milchsäure nachgewiesen, durch Elementaranalyse sowohl wie durch eine Aequivalentsbestimmung an milchsaurer Talkerde[1]).

So lange die Anwesenheit der Milchsäure im Magensaft nicht erwiesen war — und erwiesen wurde sie eben erst im Jahre 1847 durch Lehmann, — mußte man nach den Versuchen Prout's an Salzsäure im Magensaft glauben. Prout bestimmte das Chlor, welches der Magensaft in verschiedener Form enthält, in folgender Weise:

I. Ein Theil des Magensafts wurde zur Trockne verdampft, verbrannt und durch Fällung der gelösten Asche mit salpetersaurem Silber das Chlor bestimmt. Diese Chlormenge war an ein feuerbeständiges Alkali gebunden.

II. Ein zweiter Theil des Magensafts wurde mit Kali übersättigt, verdampft, verbrannt, mit Salpetersäure gekocht und auf dieselbe Weise wie der erste Theil mit salpetersaurem Silber behandelt. Dadurch wurde alles Chlor gefunden, welches überhaupt, frei oder gebunden, im Magensaft zugegen war.

III. Ein dritter Theil des Magensafts wurde mit einer Kalilauge von bekannter Sättigungscapacität genau gesättigt und aus der hierzu erforderlichen Menge des Kali's die freie Salzsäure berechnet. Indem nun Prout von der ganzen Chlormenge (II) die an ein feuerbeständige Alkali gebundene (I) sammt der des freien Chlorwasserstoffs (III) abzog, erhielt er die Chlormenge, welche an Ammonium gebunden war und sich bei der Verbrennung des ersten Theils verflüchtigte[2]).

Da die in I plus III gefundene Menge wirklich kleiner war als die in II erhaltene, so konnte Prout — angenommen daß keine andere freie Säure im Magensaft enthalten war — mit Recht auf Salmiak und daneben auf freie Salzsäure schließen.

Weil Prout bei seiner ersten Mittheilung nicht ausdrücklich anführte, daß er die Asche vor der Chlorbestimmung in II mit Salpetersäure kochte, machten ihm Leuret und Lassaigne den Einwurf, der in II gefundene Niederschlag rühre nicht von Chlor, sondern von Cyan-

1) Lehmann, a. a. O. Bd. I. S. 97.

2) Vgl. Prout, The Annals of philosophy, new series Vol. XII, p. 407, 408, wo die Frage mit meisterhafter Klarheit erörtert wird.

kalium her, das sich bei der Verbrennung des mit Kali übersättigten
Rückstandes gebildet habe[1]). Prout wies diesen Einwand einfach
zurück durch die Angabe, daß er das Kochen mit Salpetersäure als
geübter Chemiker nicht unterlassen habe[2]) — und es ist unbegreiflich, wie
seitdem Thomson noch einmal auf diesen Einwand zurückkommen konnte[3]).

Wichtiger ist trotzdem das Ergebniß der von Thomson angestellten
Versuche. Enthält der Magensaft wirklich freie Salzsäure, so muß dieselbe beim Destilliren im Wasserbad mit den Wasserdämpfen übergehen. Thomson jedoch fand im Destillat des Magensafts von Chlor
keine Spur. Erhitzt man über freiem Feuer, dann geht Salmiak über,
und der Versuch ist nicht beweisend. Thomson bestimmte gleichfalls
die Mengen des überhaupt im Magensaft vorhandenen Chlors.

a) indem er einen Theil des Magensafts mit salpetersaurem
Silber vollständig fällte und den Niederschlag mit Salpetersäure kochte;

b) indem er einen zweiten Theil verdampfte, glühte und nun in
gleicher Weise den Chlorgehalt bestimmte;

c) durch das gleiche Verfahren wie in b, nachdem er jedoch zuvor die freie Säure des Magensafts gesättigt hatte.

In gleichen Theilen gab

a) . . . . 2,00 Chlorwasserstoff,
b) . . . . 1,84 "
c) . . . . 2,04 "

Weil c mit a übereinstimmt, konnte nicht Salzsäure die Ursache
der sauren Beschaffenheit des Magensafts sein, und der Verlust in b
erklärt sich durch Verflüchtigung des Salmiaks[4]). Wäre nämlich in c
Salzsäure durch das Kali gesättigt worden, dann hätte sich im Vergleich
zu a wegen der Verflüchtigung des Salmiaks ein Verlust an Chlorwasserstoff ergeben müssen. Das Kali sättigte eine organische Säure,
band aber bei der Verbrennung das Chlor des Salmiaks. Aus diesem Grunde konnte a mit c übereinstimmen. Demnach hat Thomson in Prout's Versuchen keinen Fehler nachgewiesen, er erhielt jedoch auf anderem Wege ein entgegengesetztes Ergebniß.

1) Louret et Lassaigne, Récherches physiologiques et chimiques pour
servir à l'histoire de la digestion, Paris, 1825, p. 114.
2) Prout, a. a. O. S. 406.
3) Thomson, in den Annalen von Liebig und Wöhler, Bd. LIV, S.218.
4) Thomson, ebendaselbst S. 216, 217.

C. Schmidt hat zu einer Zeit, als er die Anwesenheit von Milchsäure im Magensaft noch bezweifeln konnte[1]), in folgender Weise die Annahme freier Salzsäure zu widerlegen gesucht. Er versetzte den Magensaft mit einer Menge salpetersauren Silberoxyds, die nicht hinreichte, um alles Chlor zu fällen. Der ausgewaschene Niederschlag löste sich zum Theil in Salpetersäure auf, es ging salpetersaures Silber durchs Filter. Bei der Annahme, daß der Magensaft keine andere freie Säure enthielt als Salzsäure, wäre dies nicht geschehen, da ja Chlorsilber in Salpetersäure unlöslich ist. Schmidt bezieht also das gelöste Silber auf Chlorpepsinwasserstoffsäure. Es muß allerdings neben Salzsäure eine andere Säure sich an dem Niederschlag des Silbers betheiligt haben. Allein die Möglichkeit, daß auch Salzsäure vorhanden war, wird durch jenen Versuch nicht ausgeschlossen.

Von anderer Seite hat man gegen Prout hervorgehoben, daß Chlorcalcium, Chlormagnesium, die im Magensaft vorhanden sind, durch Milchsäure beim Erhitzen, ja selbst beim Verdunsten im luftleeren Raume zersetzt werden. Daher soll dann der Verlust an Chlor rühren, den Prout in seinem ersten Versuche beobachtet habe. Allein Prout schließt auf die Menge der freien Salzsäure in der oben angeführten Abhandlung[2]) nicht aus dem Verlust in I, sondern aus der Kalimenge, die in III erforderlich war, um die freie Säure zu sättigen. Und da Prout annahm, daß keine andere Säure als Chlorwasserstoff in den gewöhnlichen Fällen die saure Beschaffenheit des Magensaftes bedinge, so konnte er allerdings aus den gefundenen Mengen keinen Widerspruch gegen seine Annahme ableiten.

Zieht man nun, im Besitze der Kenntniß der Milchsäure im Magensaft, aus allen mitgetheilten Beobachtungen einen endgültigen Schluß, so ergiebt sich Folgendes.

Prout würde nur dann die Gegenwart von Chlorwasserstoffsäure im Magensaft bewiesen haben, wenn keine Milchsäure in demselben zugegen wäre. Für uns beweisen seine Zahlen die Anwesenheit von freiem Chlorwasserstoff nicht.

Aus Schmidt's Versuch geht hervor, daß, wenn auch freie Salzsäure im Magensaft vorhanden wäre, doch jedenfalls noch eine

---

1) C. Schmidt, Annalen von Liebig und Wöhler, Bd. LXI, S. 315, 316.
2) A. a. O. S. 407.

andere Säure zugegen sein muß, die mit Silberfalzen einen Niederschlag erzeugt. Durch Schmidt's Versuch ist die Salzsäure nicht
ausgeschlossen.

Nur Thomson's Zahlen widerlegen die Annahme freier Salzsäure durchaus, obgleich seine Angabe, daß das Destillat des Magensafts keine freie Salzsäure enthalte, neuerdings von Lehmann nicht
bestätigt ward.

Um so willkommener muß es sein, daß andere Forscher durch
verschiedene Mittel die Abwesenheit der Salzsäure erhärtet haben. Nach
Bernard und Barreswil wird nämlich filtrirter Magensaft durch
Zusatz verdünnnter Kleesäure deutlich getrübt, während gleichviel Kleesäure in einer Kalklösung, die nur $^1/_{1000}$ Salzsäure enthält, keinen
Niederschlag von kleesaurem Kalk hervorbringt. Und während Salzsäure in der Siedhitze Stärkmehl verändert, so daß letzteres durch Jod
nicht gebläut wird, erfolgt diese Umwandlung beim Kochen des Stärkmehls mit Magensaft nicht.

Da der Magensaft beim Verdampfen nach Dunglison und
Lehmann in der That nicht bloß Wasser, sondern auch ziemlich viel
Salzsäure verliert, da ferner Chlorcalcium und Chlormagnesium durch
Milchsäure zerlegt werden, so läßt sich die Entwicklung von Chlor aus
Magensaft durch die Anwesenheit der Milchsäure erklären. Es wird
jedoch aus dem Magensaft durch salpetersaures Silber ein Stoff niedergeschlagen, der sich in Salpetersäure auflöst. Milchsaures Silber
kann diesen Theil des Niederschlags nicht bilden, weil es in Wasser
löslich ist. Folglich bleibt der Annahme Schmidt's, daß neben
Milchsäure Chlorpepsinwasserstoff im Magensaft vorhanden sei, noch
immer Raum; ja man muß weiter gehen, diese Annahme ist bisher durch
keine Thatsache entschieden widerlegt, und da sie in jenem Niederschlag eine
Erscheinung erklären kann, welche durch die Milchsäure allein nicht erklärt
wird, so ist es sogar wahrscheinlich, daß neben der Milchsäure Chlorpepsinwasserstoffsäure zugegen sei. Ein Theil des Chlors, das sich beim
Verdampfen des Magensafts entwickelt, müßte demnach von dieser gepaarten Säure herrühren. Nur an Einem Punkte findet sich Schmidt
im Widerspruch mit den neueren Forschungen, nämlich in der Angabe,
daß sich beim Kochen das Pepsin in Flocken ausscheide. Da sich indeß Schmidt auf Wasmann beruft, so liegt wohl nur die Verwechslung mit Eiweiß vor.

Gehört nun auch die Salzsäure nicht zu den Bestandtheilen,

welche im freien Zustande von den Magendrüfen abgefondert werden, fo
kann fie doch im Magenfaft zufällig entftehen, einmal aus dem Chlorcalcium und dem Chlormagnefium des Magenfaftes felbft, fodann durch
diefe Chlorverbindungen, die mit der Nahrung zugeführt werden. Ja
zur Zerfetzung des Chlormagnefiums ift nach Mulder, wie oben
mehrfach erwähnt wurde, nicht einmal die Milchfäure nothwendig.

Blondlot fchrieb die faure Befchaffenheit des Magenfafts fau-
rem phosphorfaurem Kalt zu, mit Unrecht, weil Magenfaft Kreide
löft.

Daß neben Milchfäure aus den Nahrungsftoffen bisweilen fchon
im Magen Butterfäure und Effigfäure gebildet werden können, erklärt
fich nach den bekannten Umfetzungen der ftärkmehlartigen Nahrungs-
ftoffe (und des Alkohols) von felbft.

Faffen wir alles, was wir über die freie Säure des Magenfafts
wiffen, in wenig Worte zufammen, fo ift in diefer Abfonderung die
Milchfäure gewiß, Chlorpepfinwafferftofffäure wahrfcheinlich, Salzfäure
möglich, während Butterfäure und Effigfäure zufällig find. Im Magenfaft der Hühner wollten Treviranus und Brugnatelli Fluor-
wafferftoff gefunden haben. Es ift jedoch weder Tiedemann und
Gmelin bei Enten, noch Lehmann bei Gänfen gelungen, diefe Angabe zu beftätigen [1]).

Die neueren Forfcher berichten einftimmig, daß Chlornatrium
unter den Mineralbeftandtheilen des Magenfafts vorherrfcht. An das
Chlornatrium fchließen fich hauptfächlich andere Chlorverbindungen,
Chlorkalium, Chlorcalcium, Chlormagnefium und Eifenchlorür (Berzelius, Lehmann), endlich phosphorfaurer Kalt, phosphorfaure Bittererde und Spuren von Mangan.

Eine geringe Menge von fchwefelfaurem und Spuren von zwei-
bafifch phosphorfaurem Alkali fand Frerichs in der Afche. Im Magenfaft felbft fehlen nach Lehmann fchwefelfaure und phosphorfaure
Alkalien.

Ueber die Entwicklung des Pepfins läßt fich nichts fagen, da
die Conftitution diefes Körpers noch viel weniger bekannt ift als die
feiner Mutterkörper, der eiweißartigen Verbindungen des Bluts. Daß
aber das Pepfin wirklich auf diefe zurückgeführt werden muß, läßt fich

1) Lehmann, a. a. O. Bd. I, S. 440.

nach den Eigenschaften und nach dem Stickstoff- und Schwefelgehalt
nicht bezweifeln.

Wenn die oben ausgesprochene Vermuthung richtig ist, daß Milchsäure zu den Bestandtheilen des Bluts gehört, obgleich dieselbe weder
von Enderlin, noch von mir oder Schloßberger gefunden werden konnte, so wird man annehmen dürfen, daß diese Säure unverändert aus den Haargefäßen in die Labdrüsen hinübertritt.

Die Verhältnisse der einzelnen Bestandtheile des Magensafts ergeben sich, so weit sie erforscht sind, aus folgenden Zahlen:

| In 100 Theilen | Magensaft ei-nes Pferdes. Tiedemann und Gmelin. | Magensaft ei-nes Pferdes. Frerichs. | Magensaft eines Hundes. Frerichs. |
|---|---|---|---|
| Organische Materie . | 1,05 | 0,90 | 0,72 |
| Alkoholextract . . | — | 0,08 | |
| Lösliche Salze . . | 0,50 | 0,64 | } 0,43 |
| Unlösliche Salze . | 0,05 | 0,08 | |
| Wasser . . . . . | 98,10 | 98,28 | 98,85 |

Kochsalz, Alkalisalze, Zucker vermehren die Absonderung des Magensafts.

Lehmann hat bei einem Hunde, dem er eine Kochsalzlösung
in die Drosselader eingespritzt hatte, eine Zunahme des Kochsalzes im
Magensaft beobachtet[1]).

### Die Galle.

### §. 8.

Durch die vereinten Untersuchungen von L. Gmelin, Berzelius und Mulder auf der einen, von Liebig und seinen Schülern
auf der anderen Seite, namentlich aber durch die ausgezeichneten Arbeiten Strecker's ist die Kenntniß der Galle in diesem Augenblicke weiter vorgeschritten als die von irgend einer anderen Absonderung[2]).

---

1) Lehmann, a. a. O. Bd. I, S. 443.
2) Vgl. Strecker's Aufsätze in den Annalen von Liebig und Wöhler, Bd.
LXV, LXVII, LXX.

In der Ochſengalle, die den meiſten Forſchungen als Muſter gedient hat, ſind nach Strecker zwei ſtickſtoffhaltige Säuren enthalten,
von denen die eine, die Cholſäure oder Gallenſäure ſchwefelfrei iſt, die
andere Schwefel enthält und Choleinſäure oder geſchwefelte Gallenſäure heißt. Dieſe Säuren ſind in der Galle an Natron oder an
Kali gebunden.

Der Cholſäure, die als ſolche mit ihren wichtigeren Eigenſchaften ſchon Gmelin kannte, gehört nach Strecker's Analyſen die
Formel NC$^{48}$H$^{40}$O$^{11}$ + HO. Es läßt ſich dieſelbe in feinen Nadeln
kryſtalliſiren, die durch ihren bitterſüßen Geſchmack ausgezeichnet ſind.

Von kaltem Waſſer wird die Cholſäure nur wenig leichter gelöſt
als der Gyps, von heißem Waſſer reichlicher, am leichteſten aber von
Weingeiſt. In Aether iſt die Cholſäure ſchwer löslich. Aus der al-
koholiſchen Löſung ſcheidet ſie ſich beim Verdunſten harzig, aus der
mit Waſſer verſetzten weingeiſtigen Löſung kryſtalliniſch ab. Aus ihrer wäſſerigen Löſung wird die freie, das Lackmuspapier ſtark röthende
Säure weder durch eſſigſaures Bleioxyd, noch durch Sublimat oder
ſalpeterſaures Silberoxyd gefällt.

Um die Cholſäure zu bereiten, wird nach Strecker die Galle
getrocknet und mit möglichſt wenig Alkohol ausgezogen. Die alkoholiſche Löſung verſetzt man allmälig mit Aether, worauf ſich ein harziger Niederſchlag abſetzt und die Flüſſigkeit nach und nach entfärbt
wird. Dieſe gießt man ab, fügt aufs Neue Aether zu, der die Flüſſigkeit milchig trübt. Nach einiger Zeit bilden ſich in der harzigen
Maſſe ſternförmige Kryſtallgruppen, die mit ätherhaltigem Alkohol
gewaſchen werden. Die ſo gewonnenen Kryſtalle ſind ein Gemenge
von cholſaurem Natron und cholſaurem Kali. Man überträgt deshalb
die Säure an Bleioxyd, indem man jene Salze in Waſſer löſt und
durch baſiſch eſſigſaures Bleioxyd niederſchlägt. Das cholſaure Blei
zerſetzt man durch kohlenſaures Natron, das cholſaure Natron kryſtalliſirt man, indem man daſſelbe in Alkohol löſt und die Löſung mit
Aether verſetzt, um endlich die wäſſerige Löſung des gereinigten cholſauren Natrons mit verdünnter Schwefelſäure zu zerſetzen. Dann ſcheidet ſich die Cholſäure kryſtalliniſch aus und braucht nur durch Aus-
waſchen mit kaltem und nachheriges Umkryſtalliſiren aus kochendem
Waſſer völlig gereinigt zu werden [1].

---

[1] Strecker, a. a. O. Bd. LXV, S. 7—10.

Die geschwefelte Gallenſäure oder die Choleïnſäure, NC⁵² H⁴⁵ O¹⁴ S² nach Strecker, konnte nicht völlig rein dargeſtellt werden. Vorläufig aber weiß man, daß ſie weniger ſtark ſauer und in Waſſer leichter löslich iſt als die Cholſäure.

Annähernd rein gewinnt man die Choleïnſäure, wenn man aus der Galle die, mittelſt neutralen eſſigſauren Bleioryds aus den Sal= zen fällbare Cholſäure entfernt. Dann erhält man durch baſiſch eſſig= ſaures Blei einen Niederſchlag, der aus cholſaurem und choleïnſaurem Blei beſteht. Dieſen zerſetzt man durch kohlenſaures Natron, das ge= trocknete Natronſalz löſt man in Alkohol und aus dieſer Löſung wird durch Aether zuerſt das choleïnſaure Natron ziemlich rein gefällt. Ein Theil der verunreinigenden Cholſäure kann jetzt noch entfernt werden, indem man die in Waſſer gelöſte Salzmaſſe mit ſalpeterſaurem Sil= beroryd verſetzt, durch welches Cholſäure niedergeſchlagen wird. End= lich fällt man die filtrirte Löſung noch einmal mit baſiſch eſſigſaurem Bleioryd, zerlegt den Niederſchlag mit Schwefelwaſſerſtoff und trock= net die Flüſſigkeit im luftleeren Raum. Jedoch auch nach dieſem Ver= fahren iſt die Choleïnſäure immer mit Cholſäure verunreinigt.

Cholſaure und choleïnſaure Alkalien, das ſind die weſentlichen Beſtandtheile der Galle. Dieſe Alkaliſalze ſind, wie aus der bisheri= gen Beſchreibung hervorgeht, löslich in Waſſer und in Alkohol, dage= gen unlöslich in Aether. Der Geſchmack der choleïnſauren Alkalien iſt ſehr ſüß und hintennach bitter.

Die Cholſäure wird aus ihren Alkaliſalzen durch Säuren harzig gefällt, die Choleïnſäure nicht; dagegen werden beide durch ſtarke Al= kalilaugen oder auch durch kohlenſaure Alkaliſalze aus ihren wäſſerigen Löſungen niedergeſchlagen[1]). Neutrales eſſigſaures Bleioryd und in der Kälte ſalpeterſaures Silberoryd ſchlagen die cholſauren Salze nie= der, die choleïnſauren nicht; die letzteren erzeugen jedoch mit baſiſch eſſigſaurem Bleioryd einen pflaſterartigen Niederſchlag, der in kochen= dem Waſſer, leichter in kochendem Alkohol und, was beſonders wich= tig iſt, auch von einem Ueberſchuß des Prüfungsmittels und von eſ= ſigſauren Salzen gelöſt wird (Strecker). Salze des Kalks, des Talks oder des Baryts erzeugen weder in cholſauren, noch in choleïn= ſauren Salzen eine Fällung.

---

1) Strecker, a. a. O. Bd. LXV, S. 20. und Bd. LXVII, S. 46.

## §. 9.

Wenn auch sonst alle diejenigen künstlich erzeugten Zersetzungs-produkte, die nicht im Thierkörper selbst vorkommen, außerhalb des Be-reichs dieses Buchs liegen, so müssen dagegen die von Strecker in ein so glänzendes Licht gestellten Zersetzungsprodukte der beiden Gal-lensäuren hier um so mehr in Betracht kommen, weil sie sich nicht nur theilweise in dem Darmkanal aus der Galle bilden, sondern nament-lich deshalb, weil sie erst die Constitution der Gallensäuren verständ-lich machen.

Die Cholsäure zerfällt nämlich, wenn sie mit Alkalien oder mit Barytwasser gekocht wird, in eine stickstofffreie Säure, welche Strecker Cholalsäure genannt hat, und in einen indifferenten oder höchst schwach basischen, stickstoffhaltigen Körper den Leimzucker (Glycin, Gly-cocoll), den man schon früher aus der Behandlung des Knochenleims mit ätzenden Alkalien oder starken Mineralsäuren hervorgehen sah.

Strecker ertheilt nach seinen Analysen der Cholalsäure die For-mel $C^{48} H^{39} O^{9} + HO$. Die Krystalle bilden Tetraeder oder Qua-dratoktaeder.

In kaltem Wasser ist die Cholalsäure sehr schwer löslich und so-gar in kochendem Wasser nur etwa halb so löslich wie der Gyps in kaltem. Dagegen wird sie leicht gelöst in Alkohol und in Aether. Die Lösungen schmecken stark bitter und zugleich ein wenig süß, ebenso die Salze. Cholalsaure Alkalien und cholalsaurer Baryt sind in Wasser löslich, während der Alkohol alle cholalsaure Salze auflöst.

Man bereitet die Cholalsäure aus dem harzigen Niederschlag, der durch Aether in der alkoholischen Gallenlösung erzeugt wird. Der Niederschlag wird mit Kali 24—36 Stunden gekocht. Dann scheidet sich das Kalisalz krystallinisch aus und dieses Salz wird mittelst Chlor-wasserstoffsäure zerlegt. Auf den Zusatz einer geringen Aethermenge wird die harzig ausgeschiedene Säure krystallinisch, so daß sie mit Was-ser gewaschen und durch Krystallisation aus Alkohol gereinigt werden kann.

Die Mutterlauge, aus welcher das cholalsaure Kali sich abschied, enthält, wie Strecker gelehrt hat, Leimzucker, der nach den Analysen von Laurent, Mulder und Horsford durch die Formel $NC^4 H^5 O^4$ bezeichnet wird und in farblosen rhombischen Prismen krystallisirt.

Leimzucker schmeckt etwa so süß wie der Traubenzucker, löst sich leicht in Wasser, wenig in kaltem, reichlicher dagegen in heißem Weingeist, sehr schwer in absolutem Alkohol und gar nicht in Aether. In Mineralsäuren und in nicht zu starken Lösungen der Alkalien wird er gelöst. Mit Kali und schwefelsaurem Kupferoxyd erzeugt er eine lasurblaue Lösung, beim Erhitzen wird jedoch das Kupferoxyd nicht reducirt. Wenn man Leimzucker in Kalilauge kocht, dann wird die Flüssigkeit feuerroth, es entweicht Ammoniak, und bei länger fortgesetztem Erhitzen geht die Farbe wieder verloren.

Aus der mit Barytwasser gekochten Cholsäure gewann Strecker den Leimzucker in folgender Weise. Der cholalsaure Baryt, der sich beim Kochen gebildet hatte, wurde durch Salzsäure zersetzt, die Flüssigkeit vom harzigen Niederschlag abfiltrirt und aus jener durch Schwefelsäure der Baryt, die Schwefelsäure und die Salzsäure durch Bleioxydhydrat entfernt. Nach Abscheidung des Bleis durch Schwefelwasserstoff entstanden in der durch Abdampfen verdichteten Flüssigkeit süße, prismatische Krystalle von Leimzucker.

Während also die schwefelfreie Gallensäure beim Kochen mit Alkalien oder mit Baryt in Cholalsäure und in den schwefelfreien Leimzucker zerfällt, wird nach Strecker's schöner Entdeckung die geschwefelte Gallensäure oder die Choleinsäure bei derselben Behandlung zerlegt in Cholalsäure und in das von L. Gmelin entdeckte Taurin, in welchem Redtenbacher einen reichlichen Schwefelgehalt kennen lehrte. Nach den Analysen des letztgenannten Chemikers entspricht die Zusammensetzung des Taurins der Formel $NC^4 H^7 O^6 S^2$.

Das Taurin krystallisirt in geraden rhombischen Prismen, die vier- oder sechsseitig zugespitzt sind. Es löst sich leicht in Wasser, schwer in Weingeist, gar nicht in Alkohol oder Aether und besitzt weder saure, noch basische Eigenschaften. In starken Mineralsäuren wird es, ohne sich mit denselben zu verbinden, unverändert gelöst und aus der wässerigen Lösung durch kein Metallsalz niedergeschlagen.

Aus der Mutterlauge des mit Barytwasser gekochten harzigen Niederschlags, den Aether in der in Alkohol gelösten Galle erzeugte, läßt sich das Taurin bereiten. Wie bei der Darstellung des Leimzuckers wird nämlich durch Salzsäure die Cholalsäure abgeschieden, der Baryt durch Schwefelsäure, Schwefelsäure und Salzsäure durch Bleioxydhydrat, Blei durch Schwefelwasserstoff. Nach dem Eindampfen krystallisiren Taurin und Leimzucker aus der Flüssigkeit. Da nun salzſäurehaltiger Weingeiſt den Leimzucker leicht, Taurin dagegen ſchwer auflöſt, ſo läßt ſich der Leimzucker durch dieſes Mittel wegwaſchen. Das Taurin wird durch Kryſtalliſation gereinigt[1]).

Vergleicht man nun die Formel der Cholſäure mit den Ausdrücken, welche der Cholalſäure und dem Leimzucker gehören, dann findet man, daß ſich die Summe der Cholalſäure und des Leimzuckers nur durch Wenigergehalt zweier Aequivalente Waſſer von der Cholſäure unterſcheidet:

Cholſäure    Cholalſäure    Leimzucker.

$$NC^{52} H^{43} O^{12} = C^{48} H^{40} O^{10} + NC^4 H^8 O^4 - 2HO.$$

Dieſe Betrachtungsweiſe hat Strecker auf die Choleïnſäure, die, wie oben mitgetheilt wurde, bisher nicht rein gewonnen, alſo auch nicht analyſirt werden konnte, und auf deren Zerſetzungsprodukte übertragen. Das heißt, er hat die Formel der Choleïnſäure abgeleitet aus den Formeln der Cholalſäure und des Taurins, von deren Summe er zwei Aequivalente Waſſer abzog:

Choleïnſäure.    Cholalſäure.    Taurin.

$$NC^{54} H^{46} O^{14} S^2 = C^{48} H^{40} O^{10} + NC^4 H^7 O^6 S^2 - 2HO.$$

Mehre Analyſen, die Strecker und früher ſchon Mulder mit Gemengen von cholſauren und choleïnſauren Salzen ausgeführt haben, laſſen dieſe Auffaſſung, die ſich unmittelbar aus den genau bekannten Zerſetzungsprodukten ergiebt, als völlig gerechtfertigt erſcheinen.

Wenn man die Gallenſäuren mit Säuren kocht, dann entſtehen dieſelben in Waſſer löslichen Körper, wie bei der Behandlung mit Alkalien, ſtatt der Cholalſäure jedoch die harzige Choloïdinſäure und bei längerem Kochen Dyslyſin. So ſpaltet ſich denn die Cholſäure in Choloïdinſäure und Leimzucker, die Choleïnſäure in Choloïdinſäure und Taurin.

Die Choloïdinſäure, welche ſchon Demarcay kannte, iſt nach Strecker in den Salzen iſomer der Cholalſäure, von dieſer aber verſchieden inſofern ſie im freien Zuſtande ebenſowohl wie in den Salzen durch die Formel $C^{48} H^{39} O^{9}$ ausgedrückt wird. Sie iſt weiß, formlos, harzig und läßt ſich zu Pulver zerreiben.

---

1) Strecker, a. a. O. Bd. LVII, S. 32.

In Wasser und in Aether ist die Choloidinsäure wenig löslich, leicht dagegen in Alkohol, aus welchem sie durch Wasser sowohl, wie durch Aether anfangs milchig, dann harzig gefällt wird.

Choloidinsaure Alkalien sind löslich in Wasser und in Alkohol, nicht in Aether; die Salze der Erden und Metalloxyde lösen sich nicht in Wasser, wohl aber in Alkohol. Der Geschmack der choloidinsauren Verbindungen ist rein bitter ohne süßen oder süßlichen Nachgeschmack.

Beim längeren Kochen mit Säuren verwandelt sich die Choloidinsäure — also auch ihre Mutterkörper, die Cholsäure und die Choleinsäure, — in Dyslysin, dem Mulder die Formel $C^{50} H^{36} O^6$, Strecker $C^{48} H^{36} O^6$ beilegt.

Dyslysin ist in Wasser, Alkohol, Säuren und Alkalien unlöslich, löslich dagegen in Aether. Wenn man es mit Kali schmelzt oder in einer alkoholischen Kalilösung kocht, dann verwandelt sich das Dyslysin unter Aufnahme von Wasser rückwärts in Choloidinsäure und nach den Beobachtungen von Berzelius und Mulder nachher in Cholalsäure.

Zur Darstellung der Choloidinsäure wird der durch Aether aus alkoholischer Gallelösung gewonnene harzige Niederschlag einige Stunden lang mit Salzsäure gekocht. Die harzige Masse wird in Alkohol gelöst und durch Aether gefällt, was man zur vollkommenen Reinigung wiederholen kann. — Dyslysin gewinnt man, indem man das Kochen mit der Säure länger fortsetzt, die harzige Masse mit Wasser und Alkohol wäscht, darauf in Aether löst und mit Alkohol fällt.

Alle beschriebene Gallensäuren, Cholsäure und Choleinsäure, Cholalsäure und Choloidinsäure besitzen die von Pettenkofer entdeckte Eigenschaft, daß sie in starker Schwefelsäure gelöst und mit einigen Tropfen Zuckerwasser versetzt erst kirschroth, dann purpurroth und zuletzt beim Stehen an der Luft purpurviolett werden. Obgleich diese Eigenschaft nach der wichtigen Beobachtung von M. S. Schultze nicht ausschließlich den Säuren der Galle zukommt, sondern auch den eiweißartigen Stoffen, den Horngebilden, den Knorpelzellen der wahren Knorpel und sogar dem Elain, so ist doch die Farbe bei den letztgenannten Stoffen minder rein, und namentlich die Röthung habe ich minder schön beobachtet. Es tritt indeß die Farbe bei der Oberhaut und den Nägeln z. B. immerhin so deutlich und schön auf, daß durch

jene Mittheilungen Schulze's die Pettenkofer'sche Prüfung auf
Gallenbestandtheile an Werth nicht wenig eingebüßt hat.

Van den Broek hat zuerst mit großer Genauigkeit dargethan,
daß die Galle auch ohne Zusatz von Zucker mit starker Schwefelsäure
behandelt beim vorsichtigen Eintröpfeln von Wasser und fleißigem Umrühren die purpurviolette Farbe annimmt. Ich kann diese Angabe
nach sehr häufigen Beobachtungen und als Zeuge der van den
Broek'schen Versuche bestätigen. Der Versuch erfordert jedoch große
Behutsamkeit. Auch hier muß also hervorgehoben werden, daß die
Farbe mit Zucker leichter entsteht als ohne Anwendung desselben; um
aber Zucker zu erkennen, besitzt die Probe mit Galle gar keinen
Werth [1]). Ueberdies weiß man, daß der Zucker durch Essigsäure
ersetzt werden kann [2]), obgleich nach Strecker nicht durch reine
Essigsäure [3]).

In neuester Zeit hat van den Broek in der Galle von Kaninchen und in der Galle eines Hundes Zucker gefunden, er vermißte
denselben jedoch bei anderen Kaninchen und in der Galle zweier Ochsen [4]). Vielleicht ist aber doch das Auftreten der Pettenkofer'schen
Farbe mit bloßer Galle und Schwefelsäure durch diesen möglichen
Zuckergehalt der Galle zu erklären. Jedenfalls kann man nicht läugnen, daß die Pettenkofer'sche Probe ohne Zucker bei der einen Galle
besser gelingt als bei der anderen.

## §. 10.

Durch den Umstand, daß choleinsaures Bleioxyd in Wasser nicht
ganz unlöslich ist, zumal wenn das Wasser essigsaure Alkalisalze oder
Bleiessig im Ueberschuß enthält, wird es erklärt, weshalb man durch
neutrales und basisch essigsaures Blei die Gallensäure nicht vollständig
fällen kann [5]). Man braucht nur das Blei durch Schwefelwasserstoff

---

1) Van den Broek, in den holländischen Beiträgen von van Deen, Dou-
bers und Moleschott, Bd. I, S. 182, 183.

2) Lehmann, a. a. O. Bd. I, S. 128.

3) Strecker, in den Annalen von Liebig und Wöhler, Bd. LXVII, S. 48,

4). Van den Broek in Nederlandsch lancet. VI, p. 105—109.

5) Strecker, in den Annalen von Liebig und Wöhler, Bd. LXV, S. 3
u. folg.

zu entfernen und die Flüssigkeit etwas einzudampfen, um durch basisch essigsaures Bleioxyd aufs Neue einen Niederschlag zu erhalten.

Berzelius nahm in dem Theil der Galle, der durch die Bleisalze nicht gefällt wird, einen indifferenten Gallenstoff, das Bilin an, welches sich vor allen Dingen durch seine leichte Zersetzbarkeit auszeichnen sollte. Das Bilin ist nach Berzelius und Mulder der Mutterkörper der harzigen Gallensäuren [1].

Strecker hat diese abweichende Auffassung vollständig erklärt, indem er nachwies, daß eben nicht alle Choleïnsäure durch basisch essigsaures Blei niedergeschlagen wird. Wenn man aus der Lösung, aus welcher die Bleiniederschläge entfernt wurden, das Blei durch Schwefelwasserstoff abscheidet und eindampft, dann hat man nur die übriggebliebene Choleïnsäure wieder fällbar gemacht.

Das Bilin von Berzelius und Mulder ist nichts als ein Gemenge von choleïnsaurem und cholsaurem Alkali.

Nach Berzelius und Mulder sollte sich das stickstoff- und schwefelhaltige Bilin schon in der Gallenblase in Cholinsäure und Fellinsäure zersetzen, diese Säuren aber mit Bilin gepaarte Säuren, Bilicholinsäure und Bilifellinsäure bilden. Auch die zwei letztgenannten Verbindungen sind Gemenge von Cholsäure und Choleïnsäure. Die Fellinsäure von Berzelius ist Choloïdinsäure, die Cholinsäure ein Gemenge von Choloïdinsäure und Dyslysin [2].

Strecker's Cholalsäure ist von Demarçay schon früher als Cholsäure beschrieben worden; auch Berzelius und Mulder behielten diesen Namen bei. Da Gmelin zuerst die schwefelfreie, stickstoffhaltige Gallensäure beschrieben und Cholsäure genannt hat, so ist von Strecker ganz mit Recht der Verbindung $NC^{48} H^{40} O^{12}$ auch jetzt der Name Cholsäure ertheilt. Abgesehen davon, daß nur derjenige, der einen Körper zuerst richtig beschreibt, das volle Recht hat, denselben zu taufen, sollte man die ursprünglichen Namen schon deshalb getreulich und dankbar fortführen, weil dadurch der unseligsten Verwirrung vorgebeugt wird. Deßhalb scheinen mir auch die von Lehmann

---

1) Vgl. Mulder in den holländischen Beiträgen von von Deen, Donders und Moleschott, Bd. I, S. 146 und folg.

2) Strecker, a. a. O. Bd. LXVII, S. 27.

vorgeschlagenen Namen: Glykocholsäure für die mit Leimzucker gepaarte und Taurocholsäure für die mit Taurin gepaarte Cholalsäure
keine Empfehlung zu verdienen.

So ist denn durch die vorzügliche Arbeit von Strecker Klarheit in eine Frage gekommen, über die noch vor Kurzem ein unent-
wirrbarer Streit zu herrschen schien. Denn das ist gerade das beste
Verdienst in Strecker's Untersuchungen, daß er, auf die Arbeit seiner großen Vorgänger billige Rücksicht nehmend, die abweichenden
Auffassungen erklärt und zugleich durch die wichtigsten Beobachtungen
die Wissenschaft bereichert hat.

### §. 11.

Außer den Salzen der Cholsäure und der Choleinsäure enthält
die frische Galle zwei Farbstoffe, einen braunen, den Berzelius
Cholepyrrhin, Simon Biliphäin nannte, und einen grünen, das
Biliverdin von Berzelius.

Die Zusammensetzung dieser Farbstoffe ist noch nicht hinlänglich
erforscht; Scherer und Hein haben jedoch nachgewiesen, daß beide
Stickstoff enthalten [1]).

In Wasser ist sowohl das Gallenbraun wie das Gallengrün
unlöslich, dagegen wird das erstere leicht in Alkohol und schwer in
Aether, das letztere wenig in Alkohol und reichlich in Aether gelöst.
Der Aether wird durch das Gallengrün geröthet.

Das Gallenbraun ist nach Hein nur wenig löslich in Ammo-
nial, in Kali sowohl in der Kälte, wie in der Wärme, anfangs mit
brauner, später mit grüner Farbe. In der alkalischen Lösung erzeugt
Salzsäure einen grünen Niederschlag. Gallenbraun ist nach der Entdeckung Gmelin's der Körper, welcher die eigenthümliche Veränderung bedingt, welche frische Galle auf den Zusatz von Salpetersäure
erleidet. Das Cholepyrrhin wird nämlich durch Salpetersäure, namentlich wenn man diese nach Brücke's Vorschrift mit einigen Tropfen starker Schwefelsäure versetzt hat, erst grün, dann für einen
Augenblick blau, darauf violett, allmälig roth und zuletzt bräunlich gelb.

---

1) Hein in dem Journal für praktische Chemie, Bd. XL, S. 47 u. folg.

Gallengrün giebt nach Hein mit Ammoniak und mit Kali grüne
Lösungen; ebenso wird es in Schwefelsäure oder Salzsäure mit grü-
ner Farbe gelöst. Salpetersäure erzeugt am Gallengrün nicht die beim
Gallenbraun beschriebene Farbenveränderung.

Nach Bramson und Lehmann [1]) ist der braune Farbstoff in
der Galle an Natron oder an Kalk gebunden. Der Cholepyrrhinkalk
ist unlöslich in Wasser, Alkohol und Aether; in der Galle ist diese
Verbindung in choleinsaurem Natron gelöst.

In der Regel wird das Gallenbraun aus Gallensteinen dargestellt, indem man dieselben mit Wasser und Aether auswäscht. Allein
auf diese Weise erhält man nach Bramson den in Alkohol unlöslichen Cholepyrrhinkalk. Manche Gallensteine scheinen jedoch das
Gallenbraun in löslicher Form zu enthalten. Denn Hein bereitete
sich aus Gallensteinen eine alkoholische Lösung, deren Rückstand an
siedendes Aetzammoniak das Gallengrün abgab, während das Gallenbraun ungelöst zurückblieb.

Wenn man den alkoholischen Auszug der Ochsengalle mit Chlorbaryum fällt, den gewaschenen Niederschlag durch Salzsäure zerlegt,
mit Wasser und vorsichtig mit Aether auswäscht, dann erhält man nach
Berzelius gereinigtes Biliverdin. Berzelius schrieb seinem Biliverdin alle Eigenschaften des Blattgrüns zu und erklärte dasselbe für
ein Umwandlungsprodukt des Cholepyrrhins [2]).

Einen dritten Farbstoff, der sich in Alkohol löst und aus diesem
in rothgelben Krystallen ausgeschieden wird, hat Berzelius als
Bilifulvin beschrieben.

Die Fette der Galle sind, wie Strecker bewiesen hat, immer
neutral; die Galle enthält Elain und Margarin, aber keine Seifen [3]).
Diese neutralen Fette und ebenso das Cholesterin, das zu den regelmäßigen Bestandtheilen der Galle gehört, sind in der choleinsauren
Salzlösung der Galle gelöst (Strecker).

Unter den anorganischen Bestandtheilen der Galle herrscht ebenso
wie im Magensaft das Kochsalz vor. Außerdem enthält jedoch die

---

1) Lehmann, a. a. O. Bd. II, S. 60.
2) Vgl. Berzelius in Rud. Wagner's Handwörterbuch, Bd. I, S. 522.
3) Strecker, a. a. O. Bd. LXVII, S. 45.

Galle in geringer Menge auch phosphorsaure und kohlensaure Alkalisalze, denen sie ihre schwach alkalische Reaction verdankt. Ich habe
schon oben in der Lehre von der Verdauung bemerkt, daß ich nach
meinen Beobachtungen die schwach alkalische Beschaffenheit der Galle
mit Mulder [1]), Hlasiwetz [2]) und vielen anderen Forschern ver-
theidigen muß.

Phosphorsaure Erden sind in der Galle spärlich vertreten;
die Gallensäuren sind jedoch nach Strecker nicht bloß an Natron und Kali, sondern auch an Ammoniak und Bittererde gebunden [3]).

Die Frage, ob die Galle schwefelsaure Salze enthält, ist nicht
entschieden. Während Buchner der Jüngere und Lehmann die
Gegenwart schwefelsaurer Salze bestimmt läugnen, wurden dieselben
von Mulder [4]) und von Strecker [5]) mit ausdrücklicher Verwahrung gegen eine Verwechslung mit dem Schwefel der Choleinsäure
angegeben.

Eisen und Kieselerde sind in der Galle vertreten. Die übrigen
Metalle, die in das Blut übergehen können, werden vorzugsweise
mit der Galle abgesondert, so das Mangan nach Weidenbusch,
das Kupfer, das sowohl beim Rind, wie beim Menschen in der Galle
gefunden wurde, nach Bertozzi, Heller, von Gorup-Besanez, Bramson, Orfila.

## §. 12.

Daß die Mengenverhältnisse der einzelnen Gallenbestandtheile
wenig untersucht sind, rührt offenbar daher, daß bis vor Kurzem so
große Widersprüche über die Art der Stoffe sich in der Wissenschaft
behaupten konnten. Die älteren von Berzelius gegebenen Zahlen

---

1) Mulder, Scheikundige onderzoekingen, Deel IV, p. 128.
2) Hlasiwetz in der Prager Vierteljahrschrift, Bd. IV, S. 33.
3) Strecker in den Annalen von Liebig und Wöhler, Bd. LXVII, S. 42.
4) Mulder in den holl. Beiträgen von van Deen, Donders und Moleschott, Bd. I, S. 149.
5) Strecker in den Annalen von Liebig und Wöhler, Bd. LXXIII, S. 340.

veranschaulichen indeß einigermaaſſen die Menge der Hauptkörper; ſie beziehen ſich auf hundert Theile Ochſengalle:

„Gallenſtoff“ . . . . . . . . . . . . . . 8,00
Schleim . . . . . . . . . . . . . . . 0,30
Alkali, das mit dem Gallenſtoff verbunden war 0,41
Kochſalz, milchſ. Alkali (?), Extractivſtoffe . . 0,74
Phosphorſ. Natron, phosphorſ. Kalk . . . . 0,11
Waſſer . . . . . . . . . . . . . . . 90,44.

Von Gorup-Beſanez fand in 100 Theilen der Galle eines zwölfjährigen Knaben 17,19, in 100 Theilen der Galle eines Greiſes 9,13 feſter Beſtandtheile.

Nach der Analyſe von Weidenbuſch [1] beſitzt die Aſche der Ochſengalle folgende Zuſammenſetzung:

In 100 Theilen Aſche

Chlorkalium . . . . 27,70
Kali . . . . . . . 4,80
Natron . . . . . . 36,73
Kalk . . . . . . . 1,43
Bittererde . . . . . 0,53
Eiſenoxyd . . . . . 0,23
Manganoxyd-Oxydul . 0,12
Phosphorſäure . . . 10,45
Schwefelſäure . . . . 6,39
Kohlenſäure . . . . 11,26
Kieſelſäure . . . . . 0,36.

Nach Frerichs enthält die Menſchengalle von 0,20 bis 0,25 Procent Kochſalz, nach Theyer und Schloſſer die Rindsgalle ſogar 3,56 Procent.

## §. 13.

Wenn man ſich an die Zuſammenſetzung der Gallenſäure und der geſchwefelten Gallenſäure hält, um die Entwicklung derſelben zu be-

---

1) Erdmann und Marchand, Journal Br. XLVIII, S. 58.

urtheilen, so ergiebt sich aus dem Stickstoffgehalt beider und aus dem Schwefelgehalt der letzteren, daß die Eiweißstoffe des Bluts nothwendiger Weise an der Bildung jener wesentlichsten Gallenstoffe betheiligt sind.

Andererseits sieht man aus dem hohen Kohlenstoff= und Wasserstoffgehalt im Vergleich zum Sauerstoff wie zum Stickstoff, daß außer den Eiweißkörpern Verbindungen, die reich sind an Kohlenstoff und Wasserstoff, zur Entwicklung der Gallensäuren erfordert werden. Die eiweißartigen Stoffe des Bluts müssen sich verbinden mit Körpern, die im Stande sind die Aequivalent=Zahlen des Stickstoffs und des Sauerstoffs so viel herabzudrücken, wie dies in den Erzeugnissen der Verbindung, in den Gallensäuren, wirklich geschehen ist. Vergleichen wir, um dies zu veranschaulichen, nur das Verhältniß, in welchem Stickstoff, Kohlenstoff, Wasserstoff und Sauerstoff durchschnittlich in den Eiweißkörpern vertreten sind,

$$N^5 \, C^{40} \, H^{30} \, O^{12},$$

mit der Cholsäure . $\quad N \, C^{52} \, H^{43} \, O^{12}$ und

mit der Choleinsäure $\quad N \, C^{52} \, H^{45} \, O^{14} \, S^2.$

Damit die geschwefelte Gallensäure erzeugt werde, ist es unumgänglich nothwendig, daß nicht nur der Gehalt an Kohlenstoff und Wasserstoff, sondern namentlich auch der Gehalt an Schwefel in den eiweißartigen Verbindungen sich erhöhe.

Wenn wir uns nun im Blut nach Stoffen umsehen, die im Vergleich zu einem niedrigen Sauerstoffgehalt viel Kohlenstoff und Wasserstoff besitzen, dann begegnen wir nur den Fetten. Der Schwefel aber kann nur in schwefelsauren Salzen oder in untergehenden Eiweißkörpern seinen Ursprung finden.

Um es kurz zu sagen, die eiweißartigen Stoffe können nur dadurch Mutterkörper der Gallensäuren werden, daß sie sich mit Fett und für die Choleinsäure zugleich mit dem Schwefel schwefelsaurer Blutsalze oder untergehender Eiweißkörper verbinden.

Ob diese Möglichkeit auf dem bezeichneten Wege zur Wirklichkeit wird, darüber kann nur die Zusammensetzung des Bluts entscheiden, das in die Leber eintritt, um die Baustoffe der Galle zu liefern, verglichen mit dem Blut, das die Leber verläßt, nachdem es in diesem Werkzeug verarbeitet wurde.

Das Blut der Pfortader, welches der Leber zuströmt, enthält noch mehr Eiweiß und namentlich mehr Faserstoff (Lehmann) und mehr Oelsäure (F. C. Schmid) als das Blut, das durch die Lebervene die Leber verläßt. Ja sehr oft enthält das Lebervenenblut nach Lehmann gar keinen Faserstoff. Dagegen fand dieser thätige Forscher die Menge der schwefelsauren Salze, im Widerspruch mit Schmid, in dem Blut der Pfortader nicht höher als in dem Blut der Lebervene [1]).

Also sehen wir wirklich diejenigen Stoffe aus dem in der Leber verarbeiteten Blute verschwinden, deren Mitwirkung an der Gallenbildung aus der Zusammensetzung der Gallensäuren abgeleitet wurde. Ein Theil des Eiweißes, beinahe der ganze Faserstoffgehalt und eine große Menge Oelsäure, die in dem Pfortaderblut vorhanden waren, werden nicht mehr mit dem Blut der Lebervene, sondern nachdem sie in Bestandtheile der Galle verwandelt wurden, durch den Gallengang abgeführt.

Freilich enthält auch der Faserstoff nur wenig Schwefel, und es muß also viel Faserstoff seinen Schwefel abtreten, wenn genug Schwefel für die Choleinsäure verwendbar sein soll. Dadurch wird aber auch eine Menge Stickstoff und Sauerstoff umgesetzt, welche sich in den Gallensäuren, die verhältnißmäßig so arm an Stickstoff und Sauerstoff sind, nicht wiederfindet. Deshalb ist es sehr bemerkenswerth, daß in der Lebervene die Hüllen der Blutkörperchen, die jedenfalls zum Theil in der Leber gebildet sind, nach Lehmann [2]) keinen Schwefel enthalten sollen. Für diese Hüllen wäre also ein Theil des Faserstoffs oder des Eiweißes verbraucht, der seinen Schwefel an die werdende Choleinsäure abtrat. Und hier darf zugleich die Quelle des Phosphors gesucht werden für einen Theil des phosphorhaltigen Fetts, das im Blut, in Hirn und Leber auftritt (vgl. oben S. 249, 382 u. 384).

Ob das Gallenbraun, wie schon Schultz glaubte, aus dem Farbstoff des Bluts hervorgeht, ist zwar durch Uebergangsstufen, welche Virchow zwischen seinem Hämatoidin und dem Farbstoff der Galle beobachtet zu haben glaubt, wahrscheinlich geworden. Um jedoch

---

1) Lehmann, a. a. O. Bd. II, S. 87, 88, 101, 238, 284.
2) A. a. O. S. 89, 101.

diese Frage entscheiden zu können, müßte vor allen Dingen die Constitution der Gallenfarbstoffe genauer bekannt sein.

Aus den Fettseifen des Bluts können die neutralen Fette der
Galle in derselben Weise, wie in den Geweben gebildet werden.
Das Cholesterin des Bluts schwitzt unverändert in die Leberzel-
len über.

Der reichliche Wassergehalt der Galle erklärt, warum das Lebervenenblut bedeutend an Wasser verarmt gefunden wird. Selbst nach
reichlichem Trinken ist das Lebervenenblut nur wenig reicher an Wasser
als vorher, während das Pfortaderblut, das sich immer durch Wasserreichthum auszeichnet, eine sehr beträchtliche Vermehrung zeigt
(Schultz, Simon, Schmid).

In dem Blut der Pfortader übersteigt der Salzgehalt bedeutend
den des Lebervenenbluts, wie dies die drei letztgenannten Forscher
übereinstimmend gefunden haben. Das Alkali, mit welchem die Gallensäuren verbunden sind, stammt zu einem großen Theile von dem
Natronalbuminat und den Fettseifen, zu einem anderen Theile vom
kohlensauren Alkali des Pfortaderbluts ab [1]. Aus diesem Gesichtspunkt ist es doppelt wichtig, daß nach Strecker's maaßgebenden Untersuchungen die Galle selbst nur neutrale Fette, keine Fettseifen
enthält.

Aus welchen Stoffen des Bluts die wesentlichen Bestandtheile
der Galle hervorgehen, kann nach der obigen Erörterung nicht mehr
zweifelhaft sein. Es fragt sich bloß, wo diese Bildung geschieht, ob
in dem Blut, oder in den Leberzellen.

Von allen Gründen, die man zum Theil mit großem Scharfsinn für oder gegen die Entstehung der Gallensäuren im Blut vorgebracht hat, ist nur Einer entscheidend. Es handelt sich um nichts
weiter als um die Frage, ob die Gallensäuren regelmäßig im gesunden Blut vorkommen oder nicht.

In dem Blute eines an Leberentzündung erkrankten, kräftigen jungen Mannes habe ich Choleinsäure, Choloidinsäure und Gallenbraun
gefunden, trotzdem daß die übrigen Krankheitserscheinungen bewiesen,
daß der Entleerung der Galle in den Darm kein Hinderniß entgegen-
stand. Enderlin fand kürzlich Cholsäure und Choloidinsäure im

---

[1] Vgl. H. Nasse in R. Wagner's Handwörterbuch, Bd. I, S. 191.

Blut einer Schwangeren. Beide Beobachtungen scheinen dafür zu sprechen, daß die Gallensäuren unter regelrechten Verhältnissen im Blut entstehen und die Choleinsäure und die Cholsäure nur deshalb in jenen Fällen zur Beobachtung kamen, weil die Leber, die sich auch in den letzten Monaten der Schwangerschaft nicht selten in einem krankhaften Zustande befindet, als absondernde Drüse der Menge der im Blut gebildeten Gallenstoffe nicht nachzukommen vermag. Um so wichtiger ist es, daß Enderlin in dem Blute eines gesunden Ochsen Cholsäure nachzuweisen vermochte [1]. Die Choloidinsäure, die auch in diesem Falle beobachtet wurde, ist gewiß ein Zersetzungsprodukt der Cholsäure oder der Choleinsäure, das nicht im lebenden Blut gebildet wurde.

Nach diesen Thatsachen scheint mir die Entwicklung der Gallensäuren im Blut selbst ausgemacht. Wenn Lehmann in dem Blut der Pfortader keine Gallenbestandtheile auffinden konnte [2], so läßt sich das recht gut erklären. Denn erstlich ist es durchaus nicht nothwendig, daß die Menge der abzusondernden Stoffe in der Pfortader vermehrt sei, und zweitens mag die Menge des untersuchten Pfortaderbluts zu klein gewesen sein, um die Gallensäuren wirklich aufzufinden. Wie oft und wie lange hat man sich nicht früher vergeblich bemüht, den Harnstoff im Blut nachzuweisen, dessen Anwesenheit in demselben jetzt allem Zweifel überhoben ist.

Demnach sind die wesentlichen Stoffe der Galle in demselben Falle wie die des Eis und des Samens, und namentlich wie der Käsestoff der Milch. Und wenn der Speichelstoff und der Dauungsstoff scharf genug charakterisirt wären, würde sich höchst wahrscheinlich auch für diese ein Gleiches ergeben.

So verschwindet das Reich jenes geheimnißvollen katalytischen Einflusses immer mehr und mehr, in Folge dessen den feinsten Formbestandtheilen der Drüsen die bildende Kraft für die abgesonderten Stoffe innewohnen sollte. Der Stoffwechsel, den der Sauerstoff und andere chemische Factoren anregen, findet in den verschiedensten Abschnitten des Körpers statt. Die Blutbahn ist die große Heerstraße, welche alle Erzeugnisse jenes Stoffumsatzes durchwandern. Und die

---

1) Enderlin in den Annalen von Liebig und Wöhler, Bd. LXXV, S. 171.

2) Lehmann, a. a. O. Bd. II, S. 77, 81.

Dißimelemente ziehen jene fertig gebildeten Stoffe an, ganz ebenso wie die Knorpel ihre Verwandtschaft zum Kochsalz, die Muskeln ihre Anziehungskraft für das Chlorkalium bethätigen.

## §. 14.

Die große Mehrzahl der bis jetzt untersuchten Thiere besitzt eine Galle, welche ebenso wie die der Rinder aus einem Gemenge von choleinsauren und cholsauren Salzen besteht.

Unter den Säugethieren enthält die Schaafgalle sehr viel choleinsaures und wenig cholsaures Natron, ja in der Hundegalle ist nach Strecker sogar nur choleinsaures Natron vorhanden [1].

Von den Vögeln ist nur die Galle der Gänse untersucht, und auch in dieser soll nach Marsson's Versuchen die Choleinsäure vorherrschen.

Die Galle von Boa anaconda wird gleichfalls vorzüglich durch choleinsaures Alkali gebildet. Die Asche derselben besteht fast ganz aus schwefelsaurem Natron, Chlornatrium und phosphorsaurem Natron (Schlieper) [2].

Beim Kochen der Fischgalle mit Baryt zerfiel dieselbe beinahe ganz in Cholalsäure und Taurin, neben welchen nur Spuren von Leimzucker entstanden. So ergab es sich bei Strecker's Untersuchungen für Pleuronectes maximus, Gadus morrhua, Esox lucius und Perca fluviatilis. Also ist auch die Fischgalle hauptsächlich aus choleinsauren Salzen zusammengesetzt.

In der Schweinegalle sind die Cholsäure und die Choleinsäure durch zwei andere Säuren ersetzt, die in vielen wesentlichen Eigenschaften, namentlich in der Spaltung, welche sie beim Kochen mit Alkalien erleiden, den beiden Gallensäuren der übrigen Thiere entsprechen.

Bisher ist jedoch nur die schwefelfreie Säure der Schweinegalle genauer untersucht. Gundelach und Strecker nannten sie Hyo-

---

1) Vgl. Strecker in den Annalen von Liebig und Wöhler, Bd. LXX, S. 178 u. folg.

2) Schlieper, in derselben Zeitschrift, Bd. LX, S. 109—112.

cholinfäure [1]) und fanden dieselbe nach der Formel $NC^{54}H^{48}O^{20}$ zusammengesetzt.

Die Hyocholinfäure ist weiß, harzartig, unlöslich in Wasser und
Aether, leicht löslich dagegen in Alkohol. Mit starker Schwefelsäure
und Zucker giebt sie dieselbe Farbenerscheinung wie die Säuren der
Ochsengalle.

Mit den Alkalien bildet die Hyocholinfäure nicht krystallisirbare,
in Wasser und Alkohol lösliche, in Aether unlösliche Salze, die rein
bitter schmecken. Kochsalz, Salmiak, schwefelsaure Alkalien scheiden die
hyocholinsauren Salze ganz nach Art der Seifen in wässerigen Lösungen aus. Andere Säuren schlagen die Hyocholinfäure aus den Alkalisalzen nieder. Mit Kalk, mit Bittererde und Baryt bildet dieselbe
in Wasser unlösliche oder doch sehr schwer lösliche Salze. Durch
Bleizucker wird die Hyocholinfäure aus ihren löslichen Salzen gefällt.

Um die Hyocholinfäure zu bereiten, schlägt man nach Gundelach und Strecker die Schweinegalle nieder durch schwefelsaures
Natron, löst den Niederschlag in Alkohol und entfärbt die Lösung
durch Thierkohle. Da Aether die hyocholinsauren Alkalisalze aus der
alkoholischen Lösung fällt, so wird dieses Mittel benützt, um das Natronsalz zu reinigen, das schließlich mittelst Salzsäure zerlegt wird.
Der harzige Niederschlag kann durch Auflösung in Alkohol und Fällung durch Wasser völlig gereinigt werden.

Wenn die Hyocholinfäure 24 Stunden lang unter Ersetzung des
Wassers mit Alkalien gekocht wird, dann zerfällt sie in eine der
Cholalfäure entsprechende Säure, welche Strecker Hyocholalfäure
genannt hat [2]), und in Leimzucker.

Die Hyocholalfäure, $C^{50}H^{40}O^8$ nach Strecker, ist in Wasser
nur unbedeutend, reichlich in Alkohol, weniger leicht in Aether löslich.
Sie besitzt wenig Neigung zu krystallisiren; aus verdünnter alkoholischer Lösung wird sie indeß durch Wasserzusatz, namentlich wenn
etwas Aether zugegen ist, bisweilen in kleinen Kryställen erhalten,
die unter dem Mikroskop als sechsseitige Tafeln erscheinen.

---

1) Liebig und Wöhler, Annalen, Bd. LXII, S. 265 und folg., Bd. LXX,
S. 179.

2) Strecker, a. a. O. Bd. LXX, S. 192 u. folg.

Hyocholalsaure Alkalien sind löslich in Wasser, werden aber durch starke Kalilauge oder kohlensaures Kali aus der Lösung ausgeschieden. Die Lösung der Hyocholalsäure in Ammoniak giebt mit Kalk- und Barytsalzen und mit fast allen Lösungen schwerer Metalloxyde flockige Niederschläge.

Dargestellt wurde die Hyocholalsäure von Strecker, indem er die mit Kali gehörig gekochte Schweinegalle durch Salzsäure zersetzte, die harzig ausgeschiedene Säure mit Wasser wusch und in Aether löste. Aus diesem schied sich die Hyocholalsäure beim langsamen Verdunsten in einem bedeckten hohen Gefäße in weißen, rundlichen Krystallen von der Größe eines Stecknadelkopfes aus.

Vergleicht man die Zusammensetzung der Hyocholinsäure mit der des Leimzuckers und der Hyocholalsäure, dann ergiebt sich für die Spaltung, welche jene durch Alkalien erleidet, folgende Gleichung:

Hyocholinsäure    Hyocholalsäure    Leimzucker

$$NC^{54} H^{43} O^{10} = C^{50} H^{40} O^8 + NC^4 H^5 O^6 - 2 HO.$$

Die Spaltung entspricht also ganz der Zersetzung der Cholsäure in Cholalsäure und Leimzucker.

Außer dem Leimzucker liefert die Schweinegalle, wie van Heyningen und Scharlee in Mulder's Laboratorium nachgewiesen haben und Strecker seinerseits bestätigt fand, auch ein schwefelhaltiges Zersetzungsprodukt, dessen Eigenschaften mit dem Taurin übereinstimmen [1]). Dies hat Strecker veranlaßt, in der Schweinegalle neben der Hyocholinsäure eine schwefelhaltige Hyocholeinsäure anzunehmen, deren Formel er ebenso, wie früher die der Choleinsäure aus Cholalsäure und Taurin, aus Hyocholalsäure und Taurin ableitet:

Hyocholeinsäure    Hyocholalsäure    Taurin

$$NC^{54} H^{45} O^{12} S^2 = C^{50} H^{40} O^8 + NC^4 H^7 O^6 S^2 - 2 HO.$$

Aus dem geringen Schwefelgehalt, den Bensch, Gundelach und Strecker und auch van Heyningen und Scharlee [2]) in den or-

---

1) Van Heyningen und Scharlée in Mulder's Scheik. Onderz. Deel V, p. 115, 116; Strecker, a. a. O. S. 183, 185, 187.

2) Scheikundige Onderzoekingen, Deel V, p. 121, 126, 131.

ganischen Gallenstoffen der Schweinegalle fanden, ergiebt sich, daß die
Schweinegalle, abgesehen von der Verschiedenheit der Bestandtheile, das
gerade Gegentheil der übrigen Thiergallen darstellt, insofern in ihr die
schwefelfreie Säure weitaus über die schwefelhaltige vorherrscht. Nach
der Elementaranalyse, welche van Heyningen und Scharlee mit
dem Bleiniederschlag der Schweinegalle vornahmen, berechnet Strecker
unter Voraussetzung der oben angegebenen Formel für die Hyocholeinsäure, daß das Bleisalz auf 19 Aequivalente hyocholinsaures Bleioryd
1 Aeq. hyocholeinsaures Blei enthielt.

Beim Kochen der Hyocholinsäure mit Salzsäure liefert dieselbe
Leimzucker und nach der Bildung einiger nicht näher untersuchter Zwischenprodukte einen dem Dyslysin der Ochsengalle ähnlichen Körper,
der in Wasser, Alkohol und Ammoniak unlöslich, in Aether dagegen
und in kalihaltigem Alkohol löslich ist [1]. Strecker fand jedoch das
Dyslysin der Schweinegalle anders zusammengesetzt als das der Ochsengalle, und zwar nach der Formel $C^{50} H^{38} O^6$.

Endlich hat Strecker in der Schweinegalle bei vorläufiger Untersuchung eine kräftige, schwefelhaltige, organische Basis gefunden,
die sich mit Schwefelsäure und auch mit Kohlensäure verbindet.
Dieses Alkaloid ist sowohl in den Salzen, wie im freien Zustande
in Wasser löslich, krystallisirt in Nadeln beim Abdampfen der wässerigen Lösung und wird aus dieser durch Alkohol gefällt [2]. Zu einer
Elementaranalyse war die Menge, welche Strecker von dieser Base
erhielt, zu klein.

In einer früheren Untersuchung, bei welcher auf den Schwefelgehalt und die Hyocholeinsäure der Schweinegalle noch keine Rücksicht genommen war, fanden Gundelach und Strecker für die
Mengenverhältnisse der einzelnen Stoffe der Schweinegalle nach Entfernung des Farbstoffs und des Kochsalzes folgende Zahlen [3]:

---

1) Strecker, a. a. O. Bd. LXX, S. 189, 190.

2) Strecker, a. a. O. Bd. LXX, S. 196, 197.

3) Liebig und Wöhler, Annalen, Bd. LXII, S. 209.

In 100 Theilen

Hyocholinsaures Natron . . . . . . . . . 8,38
Fett, Cholesterin und etwas hyocholinf. Natron . 2,23
Schleim . . . . . . . . . . . . . . 0,59
Wasser . . . . . . . . . . . . . . 88,80.

Nach der Farbe zu urtheilen, herrscht in der Galle der Säugethiere das Gallenbraun, in der von Vögeln, Amphibien und Fischen
das Gallengrün vor. Trotzdem kann man an der Galle von Fröschen die Farbenveränderung durch Salpetersäure sehr schön hervor-
rufen.

Wir haben früher bei den Pflanzen gesehen, daß häufig die
Art der Pflanze die Eigenthümlichkeit des Bodens überwindet, in
der Weise, daß Pflanzen, die auf natronreichem und kaliarmem
Boden wachsen, viel Kali und wenig Natron enthalten. Ganz in
derselben Weise behauptet die Galle in gewissen Grenzen bei verschiedenen Thierarten eine in die Augen fallende Unabhängigkeit von der
Nahrung. So fand Strecker in der Hundegalle immer nur choleinsaures Natron, der Hund mochte thierische oder pflanzliche Nahrung genossen haben, und die Galle der Schaafe steht im Verhältniß des cholsauren zum choleinsauren Natron derjenigen der Schlangen und Seefische weit näher als der Galle des Ochsen. So hat
ferner Strecker in der Galle der Seefische verhältnißmäßig mehr
Kali, in der Galle der Flußfische mehr Natron gefunden. Ja die
Rindsgalle enthält neben ihrem Reichthum an Natron nur Spuren
von Kali [1]. Die Verwandtschaft der Art siegt über die Gelegenheit
der Nahrung.

Andererseits läßt sich jedoch nicht verkennen, daß in Einem und
demselben Thiere auch die Nahrung ihren Einfluß geltend macht. So
soll namentlich stickstoffreiche Kost die Galle zugleich vermehren und
verdichten [2]. Thiere, die mit vielem Fett gefüttert wurden, liefern
nach Bidder und Schmidt weniger Galle als solche, die möglichst
mageres Fleisch bekamen. Man sieht hieraus, daß die eiweißartigen

---

1) Strecker, a. a. O. Bd. LXX, S. 176, 177.

2) Lehmann, a. a. O. Bd. II, S. 68.

Verbindungen zur Entwicklung der Gallensäuren wichtiger sind als die Fette.

Die Vermehrung der Gallenabsonderung, welche jede Mahlzeit zur Folge hat, beginnt nach Bidder und Schmidt etwa zwei Stunden nach genossener Nahrung und erreicht 8—10 Stunden später ihren Höhepunkt.

Bei längerem Hungern wird weniger, aber dichtere Galle abgesondert (Bidder und Schmidt). Es ist indeß durch zahlreiche Beobachtungen bekannt, daß während der Inanitiation die Gallenabsonderung unter allen Absonderungen am kräftigsten fortdauert. Bei Fröschen, die den ganzen Winter hindurch gehungert haben, finde ich die Gallenblase immer vollständig mit dichter grüner Galle angefüllt [1]).

## Der Bauchspeichel.

### §. 15.

Der Saft der Bauchspeicheldrüse besitzt, wie die neueren Untersuchungen, unter denen besonders die von Bernard hervorzuheben ist, übereinstimmend lehren, eine alkalische Reaction [2]).

Wenn man gesunden Bauchspeichel untersucht bei Thieren, die nicht zu sehr durch die blutigen Eingriffe gelitten haben, dann ist derselbe, wie es schon früher Tiedemann und Gmelin und neulich Bernard angegeben, klebrig, syrupartig, und in der Hitze gerinnt er so vollständig, als wenn man es mit Eiweiß zu thun hätte. Ebenso ist der Bauchspeichel in diesen Tagen von Colin beschrieben worden [3]). In Folge eingetretener Entzündung verliert der Bauchspeichel seine Klebrigkeit, er gerinnt nicht mehr in der Wärme und wird in bedeutend größerer Menge abgesondert. Nach diesen Anga-

---

1) Vgl. meine Physiologie der Nahrungsmittel, Darmstadt 1850, S. 71.
2) Bernard in seiner vortrefflichen Abhandlung in den Annal. de chim. et de phys., 3e sér. T. XXV, p. 476 und Jacubowitsch in Müller's Archiv, Jahrgang 1844, S. 363.
3) Comptes rendus, T. XXXII, p. 374, 375.

den Bernard's, die Colin bestätigt, hatten es weder Frerichs, noch Bibber und Schmidt mit gesundem Bauchspeichel zu thun. Daher die Widersprüche zwischen diesen Forschern und den französischen Physiologen (vgl. oben S. 206).

Der Hauptbestandtheil des Bauchspeichels ist nach Bernard ein eiweißähnlicher Stoff, der nicht nur durch Hitze, sondern auch durch starke Mineralsäuren (Salpetersäure, Salzsäure, Schwefelsäure) gerinnt, nicht aber durch verdünnte Salzsäure, Essigsäure oder Milchsäure. Durch Metallsalze, Holzgeist, Alkohol wird dieser Stoff gefällt. Er unterscheidet sich aber wesentlich vom Eiweiß, insofern dieses, wie zuerst Chevreul durch genaue Versuche erwiesen [1]), nach der Fällung durch Alkohol in Wasser nicht, der Bauchspeichelstoff dagegen wohl gelöst wird. In Alkalien ist der geronnene Bauchspeichelstoff, wie alle eiweißartige Körper, löslich. Diese Eigenschaften beobachtete Bernard am Bauchspeichelstoff von Pferden, Kaninchen, Tauben und anderen Vögeln [2]).

Nach Bernard enthält der Bauchspeichel Margarin, das sich bei der Zersetzung ebenso wie die Fette, welche man mit dem Bauchspeichel mischt, in Margarinsäure und Glycerin zerlegt. Außerdem enthält der Bauchspeichel ein butterartiges Fett.

Tiedemann und Gmelin haben im Bauchspeichel einen in Alkohol löslichen Extractivstoff beobachtet, der sich durch Chlor erst roth und nach einigen Stunden violett färbte.

Die Untersuchungen von Tiedemann und Gmelin und die von Frerichs ergaben übereinstimmend Chlor, Phosphorsäure, Natron und Kali als die vorherrschenden anorganischen Bestandtheile des Bauchspeichels. Neben diesen waren jedoch in geringer Menge auch kohlensaure und schwefelsaure Alkalien, kohlensaure und phosphorsaure Erden zugegen.

Für die Mengenverhältnisse der Bestandtheile des Bauchspeichels halte ich mich an die Zahlen von Tiedemann und Gmelin,

---

1) Annal. de chim. et de phys., 2e série T. XIX, p. 43, 44; 1821.

2) Bernard, a. a. O. S. 477, 478.

weil diese Forscher nach Bernard's Angaben einen gesunden Bauchspeichel vor sich hatten:

| In 100 Theilen. | Bauchspeichel des Hundes. | Bauchspeichel des Schaafs. |
|---|---|---|
| Eiweißartiger Bauchspeichelstoff . . | 3,55 | 2,24 |
| In Alkohol lösliche Stoffe . . . | 3,86 | 1,51 |
| In Wasser lösliche Stoffe . . . | 1 53 | 0,28 |
| Wasser . . . . . . . . . . | 91,72 | 96,35 |

## Der Darmsaft.

### §. 16.

Nach den neuesten Untersuchungen von Frerichs wird der
Darmsaft vorzugsweise von den schlauchförmigen Drüsen geliefert,
welche den ganzen Darmkanal vom Pförtner bis zum After dicht be-
setzt halten, in ihrem Bau überall gleich bleiben, an Größe jedoch
gegen den Dickdarm zu allmälig zunehmen [1]).

Frerichs verschaffte sich den Darmsaft, indem er bei Katzen
und Hunden behutsam hervorgezogene Darmschlingen durch vorsichtiges
Streichen vom Inhalt entleerte, dann eine 4—8 Zoll lange Schlinge
oben und unten unterband und wieder in die Bauchhöhle zurückbrachte.
Nach 4 bis 6 Stunden wurden die Thiere getödtet.

Auf diese Weise erhielt Frerichs einen glasartig durchsichtigen,
farblosen, zähen Saft, der im ganzen Darmkanal, im Dünndarm wie
im Dickdarm, stark alkalisch reagirte. In Wasser ließ sich die zähe
Flüssigkeit nur schwer vertheilen. Nach dem Filtriren wurde die Lösung in der Siedhitze opalisirend, etwas stärker durch Essigsäure, ohne
durch überschüssige Säure gelöst zu werden. Alkohol, Gerbsäure, Metallsalze gaben stärkere Niederschläge.

---

1) Frerichs in seinem Artikel Verdauung in R. Wagner's Handwörterbuch,
Bd. III, S. 851.

Der Darmfaft ift begreiflicher Weife immer mit vielem Schleim vermifcht. Nach Frerichs enthält er auch Fett, Chlornatrium, phosphorfaure und fchwefelfaure Alkalien, nebft phosphorfauren Erden.

Nachftehende Zahlen rühren von Frerichs her:

In 1000 Theilen

| | |
|---|---:|
| Unlöslicher Schleimftoff mit Zellenkernen und Zellen | 8,70 |
| Löslicher Schleimftoff und Extractivftoffe . . . . | 5,40 |
| Fett . . . . . . . . . . . . . . . . | 1,95 |
| Salze . . . . . . . . . . . . . . . . | 8,40 |
| Waffer . . . . . . . . . . . . . . | 950,55. |

Diefer Darmfaft war dem Colon entnommen.

## Befondere Abfonderungen.

### §. 17.

Die befonderen Abfonderungen verfchiedener Thiere, welche namentlich bei Wirbellofen von Talg- und Schleimdrüfen, von Kalk- und Luftdrüfen, von Gift- und Spinndrüfen in fo großer Anzahl geliefert werden, find leider größtentheils chemifch fo wenig unterfucht, daß ich in diefes Buch eine vergleichend-anatomifche Schilderung jener Drüfen eindrängen müßte, um auch nur in den allgemeinften Zügen die Bedeutung der betreffenden Abfonderungen klar zu machen.

Genauer kennt man dagegen die Seide, den fliegenden Sommer, das Wachs und die Cochenille, die deshalb hier in der Kürze befprochen zu werden verdienen.

Für den Satz, daß ähnlich gebaute Werkzeuge eine ähnliche Verrichtung befitzen, ift es von hoher Bedeutung, daß die Seide, welche die zwei feitlichen Spinngefäße der Seidenraupe abfondern, in ihren wefentlichen Beftandtheilen übereinftimmt mit dem fogenannten fliegenden Sommer oder den Herbftfäden, welche Latreille jungen Spinnen der Gattungen Epeira und Thomisus zufchreibt.

Beide, diefe Herbftfäden und die Seide enthalten nach Mulder als eigenthümlichften Beftandtheil einen dem Faferftoff ähnlichen Körper, den Mulder aus der Seide dargeftellt hat, um ihn der Elementaranalyfe zu unterwerfen. Mulder nannte den Stoff Seidenfibrin oder Fibroin.

Die Zusammensetzung des Fibroins entspricht nach **Mulder** der Formel N⁶ C³⁹ H³¹ O¹⁶ (¹). Im trocknen Zustande bleibt das Fibroin fähig, ohne wie der Faserstoff des Bluts zu verschrumpfen.

Wasser, Alkohol und Aether lösen das Fibroin nicht auf, ebensowenig Ammoniak, Essigsäure oder verdünnte Salzsäure. In Salpetersäure wird es gelöst, ohne Fourcroy's gelbe Säure, in starker Salzsäure, ohne die violette Färbung von Bourbois und Caventou zu erzeugen. In starker Schwefelsäure wird es mit hellbrauner Farbe gelöst, die beim Erhitzen schön roth und endlich braun oder schwarz wird; dabei entwickelt sich schweflichte Säure. Verdünntes Kali löst das Fibroin nicht auf, wohl aber starke Kalilauge zumal beim Kochen; auf Zusatz von Wasser entsteht ein flockiger Niederschlag. Schwefelsäure fällt das Fibroin aus der Kalilauge in Gestalt dünner Fäserchen ²). An dem Fibroin der Herbstfäden beobachtete **Mulder** dieselben Eigenschaften ³).

Um das Fibroin zu bereiten, braucht man nach **Mulder** die Seide nur mit starker Essigsäure auszukochen, dann bleiben die reinen Fasern des Fibroins zurück ⁴).

Außer dem Fibroin, das den Kern bildet, enthalten nämlich die Fäden des fliegenden Sommers sowohl wie die der Seide zunächst eine Eiweißhülle, um die Eiweißschichte eine Scheide, die aus fertiggebildetem Leim besteht, und schließlich einen Ueberzug von Wachs und Fett, der Seide und Herbstfäden befähigt äußeren Einflüssen sehr dauernd zu widerstehen.

Es verdient Beachtung, daß **Mulder** in dem Eiweiß der Seide, wenigstens durch die Prüfung mit Silber (vgl. oben S. 84, 85), keinen Schwefel entdecken konnte ⁵), und daß er den Leim in Zeit von einer Stunde durch kochendes Wasser ausziehen konnte ⁶). Letzteres

---

1) **Mulder** en **Wenckebach**, Natuur- en Scheikundig Archief, Jaargang 1836, p. 284, nnd Scheikundige Onderzoekingen, Deel II, p. 12.

2) **Mulder** in derselben Zeitschrift, 1835, S. 104, 105.

3) Ebendaselbst, 1836 p. 321.

4) Ebendaselbst, 1836 p. 312.

5) Ebendaselbst, 1835, S. 127.

6) Ebendaselbst, 1836, S. 303, 312.

beweist, daß man es in der Seide nicht mit einem leimgebenden Stoff, sondern, wie schon angedeutet wurde, mit fertig gebildetem Leim zu thun hat.

Das Wachs der Seide und der Herbstfäden ist nach Mulder Cerin; seit Brodie's schöner Untersuchung ist es jedoch nicht wieder untersucht worden. Das Fett soll ein eigenthümliches sein, harrt aber noch genauerer Forschung.

Gelbe Seide enthält einen gelben, in Alkohol löslichen, nicht harzigen Farbstoff, die gelbe und die weiße Seide beide ein Harz (Mulder)[1].

Den Untersuchungen Mulder's verdanken wir für die Seide und die Herbstfäden folgende Zahlen:

| In 100 Theilen | Gelbe Seide. | Weiße Seide. | Herbstfäden. |
|---|---|---|---|
| Fibroin . . . . . . | 53,37 | 54,04 | 15,25 |
| Eiweiß . . . . . . | 24,43 | 25,47 | 64,00 |
| Leim . . . . . . . | 20,66 | 19,08 | 18,04 |
| Cerin . . . . . . . | 1,39 | 1,11 | } 2,71 |
| Fett . . . . . . . | } 0,10 | 0,30 | |
| Harz . . . . . . . | | | — |
| Farbstoff . . . . . | 0,05 | 0,00 | — |

Herbstfäden unterscheiden sich also von der Seide hauptsächlich durch die viel geringere Menge des Fibroins, das von einer dicken Eiweißhülle umgeben ist. Darum entbehren sie des schönen Seidenglanzes, der dem Fibroin eigenthümlich ist, während sie andererseits an Elasticität die Seide übertreffen[2].

Im Spinngewebe fand Proust schwefelsauren und kohlensauren Kalk, Kochsalz, kohlensaures Natron, Eisen, Kieselerde und Thonerde.

Das Wachs sammelt sich bei den Arbeitsbienen zwischen den dachziegelförmig über einander liegenden Bauchschienen des Hinterleibes in Gestalt dünner Scheiben, ohne daß es gelungen wäre an jener

---

1) A. a. O. 1835, S. 97, 128.

2) Mulder, a. a. O. 1836, p. 321.

Stelle bisher die Mündungen von Drüsen zu entdecken[1]). Oben sind die Bestandtheile dieses Wachses genauer beschrieben worden. Es bedarf also hier nur der Erinnerung, daß das Bienenwachs nach Brodie aus Cerotinsäure, Margarinsäure (Palmitinsäure?) und Melissin besteht (vgl. S. 146 bis 148).

Die Cochenille ist ein Absonderungsprodukt von Coccus Casti, einem Insekte, das sich vorzugsweise auf Cactus coccinellifer aufhält, welche Pflanze aus diesem Grunde in den heißen Gegenden Amerikas reichlich angebaut wird. Nach den Beobachtungen von Warren de la Rue ist der Farbstoff, der den Hauptbestandtheil der Cochenille ausmacht, in der Cochenille-Schildlaus in Zellen enthalten, die einen farblosen Kern führen[2]). Deshalb wird hier die Cochenille bei den Absonderungen besprochen.

Jener Farbstoff ist das bekannte Carmin oder Warren de la Rue's Carminsäure. Die Zusammensetzung der Carminsäure ist nach Warren de la Rue's Analyse des Kupfersalzes höchst wahrscheinlich $C^{28} H^{14} O^{16}$; allein das Mischungsgewicht ist nicht allem Zweifel überhoben. Die gereinigte Säure bildet eine purpurbraune, zerreibliche Masse, welche bei feiner Zertheilung eine schön rothe Farbe annimmt.

In Wasser und Alkohol wird die Carminsäure sehr leicht gelöst, dagegen nur wenig in Aether. Trotzdem wird die alkoholische Lösung der freien Säure durch Aether nicht gefällt. Die wässerige Lösung ist schwach sauer. Starke Salzsäure und Schwefelsäure lösen die Carminsäure ohne Zersetzung.

Alkalien und Ammoniak ertheilen der wässerigen Lösung eine purpurrothe Farbe, ohne dieselbe zu fällen. Alkalische Erden, essigsaures Bleioxyd, Kupferoxyd, Zinkoxyd und Silberoxyd erzeugen purpurrothe Niederschläge. Schwefelsaure Thonerde fällt die Carminsäure nicht; auf den Zusatz von Ammoniak scheidet sich jedoch auf der Stelle ein prachtvoll carminrother Lack aus.

---

1) Vgl. von Siebold in seinem vortrefflichen Lehrbuch der vergleichenden Anatomie, S. 631, 632.

2) Warren de la Rue in den Annalen von Liebig und Wöhler Bd. LXIV, S. 8 u. folg.

Zur Darstellung der Carminſäure wird die wäſſerige Cochenille-
Abkochung mit eſſigſaurem Bleioryd gefällt und der ausgewaſchene
Niederſchlag durch Schwefelwaſſerſtoff zerlegt. Dieſes Verfahren
wird wiederholt, indem man die Carminſäurelöſung mit angeſäuertem
eſſigſaurem Bleioryd aufs Neue niederſchlägt und das Blei durch
Schwefelwaſſerſtoff ausſcheidet. Darauf wird die Carminſäure zur
Trockne verdampft, in ſiedendem, abſolutem Alkohol gelöſt, mit car-
minſaurem Bleioryd digerirt und endlich mit Aether verſetzt, um etwas
verunreinigende ſtickſtoffhaltige Materie auszuſcheiden. Durch das Filter
geht eine Löſung reiner Carminſäure, die nur abgedampft zu werden
braucht. (Warren de la Rue)[1].

Außer dem Farbſtoff fand John in der Cochenille Leim, ein
wachsartiges Fett, veränderten Schleim, Häute und an Mineralbe-
ſtandtheilen Chlornatrium und Chlorkalium, phosphorſaure Alkalien,
phosphorſaures Ammoniumoryd, phosphorſauren Kalk und phosphorſaures Eiſenoryd.

Warren de la Rue hat es endlich zu einem ſehr hohen Grad
von Wahrſcheinlichkeit erhoben, daß die Cochenille Tyroſin enthält,
ein Zerſetzungsprodukt der eiweißartigen Körper, das im ſechſten Buch
dieſes Werkes genauer beſchrieben wird[2]. Hinterberger hält
nach ſeiner Analyſe des Tyroſins die Uebereinſtimmung für erwie-
ſen[3].

Für die trockne Cochenille hat John folgende Zahlen mitgetheilt:

In 100 Theilen

| | |
|---|---|
| Farbſtoff | 50,00 |
| Leim | 10,50 |
| Wachsartiges Fett | 10,00 |
| Veränderter Schleim | 14,00 |
| Häute | 14,00 |
| Salze | 1,50. |

---

1) Vgl. Warren de la Rue, a. a. O. S. 20 u. folg.

2) Warren de la Rue, a. a. O. S. 37—39.

3) Hinterberger, in den Annalen von Liebig und Wöhler, Bd. LXXI,
S. 74.

### Der Schleim.

#### §. 18.

An der Grenze der Absonderungen und Ausscheidungen steht der Schleim, der nicht etwa bloß von eigenthümlichen Schleimdrüsen geliefert wird, sondern sich außerdem in verschiedenen Knochenhöhlen und serösen Säcken entwickelt. Frerichs und Tilanus haben eine Schleimbildung in den Gelenkkapseln, Birchow in dem Nabelstrang beobachtet; der letztgenannte Forscher hat darauf aufmerksam gemacht, daß sich die Whartonsche Sulze leicht in Schleim verwandle[1]).

Nach Andral reagirt der reine Schleim in allen Fällen sauer. Wenn die saure Beschaffenheit nicht bemerkbar ist, dann ist der Schleim mit anderen Absonderungen oder Ausscheidungen vermischt. Von dieser Regel giebt es nur vereinzelte beglaubigte Ausnahmen, so die Angabe von Jacubowitsch, daß die reine Absonderung der Mundhöhlenschleimhaut, von Frerichs und Tilanus, daß sich die Synovia alkalisch verhalte.

Der Hauptbestandtheil des Schleims, der sogenannte Schleimstoff oder das Mucin, besitzt nach Analysen, die Kemp mit dem aus Gallenschleim herrührenden Stoffe vornahm, die Formel $N^6 C^{48} H^{39} O^{17}$ ([2]). Mulder dagegen analysirte den von Schwalben ausgebrochenen Schleimstoff, das sogenannte Neossin, aus welchem die eßbaren Vogelnester Ost-Indiens angefertigt sind, und gelangte zu der Formel $N^2 C^{22} H^{17} O^9$. Die Sternschnuppensubstanz aus dem Eileiter der Frösche führte endlich wieder zu anderen Zahlen[3]). Von einer Kenntniß der Constitution des Schleimstoffs sind wir demnach weit entfernt. Nach Kemp enthält der Schleimstoff auch Schwefel[4]).

Dagegen sind die Eigenschaften des Schleimstoffs in neuerer Zeit besonders von Tilanus genau beschrieben worden. In Wasser ist

---

1) Birchow nach einer Privatmittheilung bei Lehmann, a. a. O. Bd. II, S. 361.

2) Kemp in den Annalen von Liebig und Wöhler, Bd. XLIII, S. 117.

3) Vgl. meine Uebersetzung von Mulder's physiol. Chemie, S. 250.

4) Kemp, a. a. O. S. 119.

der Schleimstoff schwer löslich, er quillt jedoch in demselben auf. Alkohol und Aether lösen ihn nicht. Alkohol verwandelt den in Wasser vertheilten aufgequollenen Schleimstoff in Flocken und Fäden, ebenso verdünnte Essigsäure. Beim Kochen in starker Essigsäure werden diese Fäden gelöst, und Eisenkaliumcyanür erzeugt in der Lösung einen Niederschlag. Verdünnte Alkalien lösen den Schleimstoff mit Leichtigkeit, starke Laugen jedoch schwerer. Durch einen großen Ueberschuß von Wasser wird die alkalische Lösung gefällt. Starke Salpetersäure giebt mit dem Schleimstoff Fourcroy's gelbe Säure, Salzsäure die violettblaue Farbe von Bourdois und Caventou. Gerbsäure und basisch essigsaures Bleioxyd erzeugen in den alkalischen Schleimstofflösungen reichliche Niederschläge. Durch Alaun, Sublimat, neutrales essigsaures Bleioxyd und Chromsäure entstehen in jenen Lösungen nur geringe Fällungen [1]).

Neben dem Schleimstoff pflegt der Schleim eine so reichliche Menge von Epithelien zu enthalten, die sich von dem Mucin durch Filtration nicht leicht trennen lassen, daß die Darstellung des letzteren nur schwer gelingt. Aus der filtrirten sauren Lösung kann man den Schleimstoff mit Alkohol fällen, wieder in Wasser vertheilen und aufs Neue fällen, um den Niederschlag schließlich mit Aether, Alkohol und Wasser zu reinigen.

Eine geringe Menge Eiweiß kann in manchen Fällen auch in gesundem Schleim den Schleimstoff begleiten, so nach Buchheim im schleimigen Ueberzug des Magens. Will man die Synovia mit Frerichs geradezu als Schleim betrachten, dann muß auch diese Flüssigkeit als ein Beispiel für das Vorkommen des Eiweißes betrachtet werden; sowohl Tilanus, als Frerichs haben neben vielem Schleimstoff in der Gelenkflüssigkeit etwas Eiweiß gefunden [2]). Berzelius zählte Spuren von Eiweiß zu den regelmäßigen Bestandtheilen des Schleims.

Daß der Schleim nicht selten aus zerfallenen und aufgelösten Epithelialgebilden hervorgeht, dürfte sich am deutlichsten aus dem Vorkommen des Schleimstoffs in der Synovia ergeben. Frerichs hat

---

1) Vgl. Lehmann, a. a. O. Bd. II, S. 365.
2) Frerichs in R. Wagner's Handwörterbuch, Bd. III, S. 464.

dies sehr hübsch nachgewiesen, indem er in der Gelenkflüssigkeit namentlich eine reichliche Anzahl von Zellenkernen beobachtete, die der Auflösung in der alkalischen Synovia am längsten widerstanden. Hierher scheint auch die von Birchow beobachtete Umwandlung der Wharton'schen Sulze in Schleim zu gehören [1]). Ob dies auch die Entstehungsweise ist in den Fällen, in welchen der Schleim von Drüsen abgesondert wird, muß vor der Hand als offene Frage dahingestellt bleiben.

Nach Nasse enthält der gesunde Nasenschleim ein halbfestes, gelblichweißes Fett. Im Allgemeinen ist die Menge des Fetts im Schleim gering.

Auf der Schleimhaut der Gallenblase und namentlich auf der der schwangeren Gebärmutter finden sich sehr häufig Krystalle von kohlensaurem Kalk (C. Schmidt). [2]).

Hinsichtlich der anorganischen Bestandtheile des Schleimes ist hervorzuheben, daß nach Berzelius und Scherer ein Theil des Natrons an Schleimstoff gebunden ist. Daher fand Nasse kohlensaures Natron in der Asche. Sonst herrschen Chlornatrium und Chlorkalium unter den Mineralbestandtheilen vor. Neben diesen finden sich schwefelsaure und phosphorsaure Alkalien, phosphorsaure Erden und, wie Nasse für den Lungenschleim berichtet hat, auch Kieselsäure.

Die folgenden Zahlen verdankt die Wissenschaft Berzelius:

In 1000 Theilen

| | |
|---|---:|
| Schleimstoff . . . . . . . . | 53,3 |
| Schleimstoff an Natron gebunden | 3,9 |
| Wasserextract mit Spuren von Eiweiß und phosphorsaurem Salze . . . . . . . . . | 3,5 |
| Alkoholextract . . . . . . . . | 3,0 |
| Chlorkalium und Chlornatrium . | 5,6 |
| Wasser . . . . . . . . . . | 933,7. |

1) Nach vorläufigen Privatmittheilungen bei Lehmann, Bd. II, S. 370, 371.
2) C. Schmidt in den Annalen von Liebig und Wöhler, Bd. LXI, S. 304, 305.

### Kap. III.

## Die Rückbildung der Materie im Thierleibe.

### §. 1.

Wenn irgendwo die rein chemische Auffassung des Stoffwechsels zu ihrem vollen Rechte gelangt ist, so muß dies von den Ausscheidungen zugegeben werden. Was man viele Jahre hindurch einem vitali-stisch-katalytischen Einfluß von Drüsenzellen und Drüsenkanälchen zu-schrieb, das ist jetzt durch die bedeutsamsten Thatsachen als Wirkung jenes Stoffumsatzes erwiesen, der vom Sauerstoff angeregt in der Bil-dung von Kohlensäure, Wasser und Harnstoff sein Endziel erreicht.

Hier, wie so oft, haben die Alten gleichsam durch Instinkt das Richtige getroffen, als sie in die Gewebe den Ort verlegten, wo sich in Folge der Lebensthätigkeit die Schlacke von den edelen Formbestand-theilen der verschiedenen Werkzeuge absetzt. Und es war ein sehr ver-zeihlicher Irrthum, wenn sie die Fortschaffung dieser Schlacke mehr oder weniger ausschließlich den Lymphgefäßen zuschrieben.

Jetzt weiß die Wissenschaft, daß jene Lebensthätigkeit nichts An-deres ist als Stoffwechsel. Der Sauerstoff, den wir einathmen, der schon im Blut die Eiweißkörper oxydirt, Eiweiß in Faserstoff verwan-delt, Fette verbrennt, derselbe Sauerstoff gelangt durch die Haargefäße in die Gewebe. Und dieser Sauerstoff ist in einem ganz anderen Sinne die Lebensluft, der mächtigste Katalytiker, als es der Glaube an typische Kräfte der Drüsenelemente ahnt.

In den Geweben zerfallen die Eiweißstoffe und die Fette. Die Gewebe sind ebenso viele Heerde des lebendigsten Stoffumsatzes, des-sen Thätigkeit vom Sauerstoff unterhalten wird.

Darum ist es ein so willkommener Fortschritt, den die Wissen-schaft unter Liebig's Händen machte, als wir in dessen viel gelobter, aber wenig verstandener Schrift über das Fleisch im Kreatin, im Kreatinin und in der Inosinsäure Uebergangsstufen kennen lernten, auf denen das Eiweiß in Harnstoff übergeführt wird. Kreatin, Kreatinin und Inosinsäure sind die ersten Orybationsstufen der eiweißartigen Körper, die, im Gegensatz zu Horn und Leim, nicht mehr im Stande sind die Formbestandtheile der Gewebe zu bilden.

Jenes Kreatin, der Fleischstoff, den schon Chevreul kannte, hat nach Liebig's Analyse die Formel $N_3 C_8 H_9 O_4 + HO$. Das Kreatin krystallisirt in Nadeln, löst sich in kaltem, besonders leicht aber in heißem Wasser, dagegen sehr schwer in Alkohol und gar nicht in Aether.

Das Kreatin ist weder sauer, noch alkalisch. Chevreul entdeckte es in der Fleischbrühe, Schloßberger fand es im Fleische des Kaiman wieder, Liebig lehrte es in höchst einfacher Weise aus dem Fleisch der verschiedensten Thiere darstellen. Zu dem Ende wird sein zerschnittenes Fleisch wiederholt mit Wasser ausgezogen und die erhaltene Flüssigkeit durch Siedhitze vom Eiweiß, durch Baryt von den phosphorsauren Erden befreit, welche letzteren nur in der sauren Fleischflüssigkeit gelöst bleiben konnten. Dann wird die filtrirte Lösung eingedampft, die Häute, die sich an der Oberfläche bilden, entfernt, und das Eindampfen fortgesetzt, bis nur Ein Zwanzigstel des Raums, den die Flüssigkeit einnahm, noch übrig ist. Aus dieser Lösung krystallisirt das Kreatin in Nadeln, die man mit Weingeist und kaltem Wasser wäscht, aus heißem Wasser umkrystallisirt, und wenn es nöthig ist, durch Kohle entfärbt.

Seit diesen Angaben Liebig's wurde das Kreatin von Schloßberger und in Scherer's Laboratorium von Wydler[1]) auch im Fleisch des Menschen nachgewiesen.

Nach den bis jetzt vorliegenden Bestimmungen kommt das Kreatin im Fleisch der Säugethiere, Vögel und Fische in folgenden Mengenverhältnissen vor:

In 1000 Theilen

| | Kreatin | |
|---|---|---|
| Fleisch des Ochsen und des Pferdes | 1,05 | Mittel aus 4 Bestimmungen Liebig, Gregory. |

---

1) Annalen von Liebig und Wöhler, Bd. LXIX, S. 198.

Kreatingehalt

Fleisch des Huhns und der Taube  2,52 Mittel aus 4 Bestimmungen,
Liebig und Gregory.

, des Kabeljaus und des
Rochens . . . .  1,08 Mittel aus 3 Bestimmungen,
Gregory.

Das Kreatinin oder die Fleischbasis, welche Liebig in dem Fleisch der Säugethiere entdeckte, Scherer und Wybler auch in den Muskeln des Menschen beobachtet haben, wird nach Liebig durch den Ausdruck N³ C⁸ H⁷ O² bezeichnet. Die Krystalle des Kreatinins, die zum monoklinischen System gehören, sind farblos und sehr glänzend. Sie lösen sich viel leichter in Wasser und in Weingeist als das Kreatin, und sind auch in Aether nicht ganz unlöslich. Chlorzink erzeugt in der Kreatininlösung einen krystallinisch körnigen Niederschlag. Mit Säuren bildet die Fleischbasis krystallisirbare, in Wasser lösliche Verbindungen, mit Metallsalzen basische Doppelsalze. Auf diese Weise entstehen mit Platinchlorid große, goldgelbe, mit Kupferoxydsalzen schöne, blaue Krystalle.

Aus Kreatin läßt sich das Kreatinin durch Salzsäure gewinnen. Dies läßt sich zur Darstellung benützen, indem man Kreatin mit Salzsäure eindampft, bis alle überschüssige Säure vertrieben ist, und dann das salzsaure Kreatinin, das sich gebildet hat, durch Bleioxydhydrat zerlegt.

Die Menge des Kreatinins in den Muskeln ist bisher nicht bestimmt; allein nach Liebig's Untersuchungen scheint die Menge der Fleischbasis der des Fleischstoffs weit nachzustehen.

Neben dem Fleischstoff und der Fleischbasis hat Liebig in den Muskeln der Säugethiere auch eine Fleischsäure, die Inosinsäure entdeckt, welche er durch die Formel N³ C¹⁰ H⁶ O¹⁰ ausdrückt. Die nicht krystallisirbare Fleischsäure bildet eine syrupartige Flüssigkeit, die durch Alkohol fest wird, also in Alkohol und ebenso in Aether unlöslich, dagegen in Wasser leicht löslich ist. Die Inosinsäure besitzt einen Geschmack, der in angenehmer Weise an Fleischbrühe erinnert. Die inosinsauren Alkalien sind in Wasser leicht löslich, der inosinsaure Baryt in heißem Wasser ebenfalls, dagegen in kaltem schwer und gar nicht in Alkohol. Wenn man inosinsaure Alkalisalze auf dem Platinblech erhitzt, dann entwickelt sich ein starker Geruch nach gebratenem Fleisch.

Liebig erhielt die Inosinsäure aus der Mutterlauge der Fleischflüssigkeit, welche die Kreatinkrystalle gegeben hatte. Die Mutterlauge wurde allmälig mit Alkohol versetzt, bis sie sich milchig trübte und darauf mehre Tage sich selbst überlassen. Dann schieden sich Krystalle von inosinsaurem Kali und inosinsaurem Baryt aus. Diese wurden in heißem Wasser gelöst, mit Chlorbaryum versetzt und der inosinsaure Baryt umkrystallisirt. Endlich wurde das Barytsalz durch Schwefelsäure zerlegt.

Wenn man den hohen Sauerstoffgehalt der Inosinsäure berücksichtigt, wenn man bedenkt, daß Kreatin und Kreatinin im Harn eben so gut wie im Muskelfleisch vertreten sind, daß sich Kreatin durch Kochen mit Barytwasser in Sarkosin, eine Basis, die im Thierkörper noch nicht beobachtet wurde, und in Harnstoff zerlegen läßt, dann kann man es nicht bezweifeln, daß Kreatin, Kreatinin und Inosinsäure nichts Anderes sind als Zwischenglieder zwischen Eiweiß und Harnstoff. In Kreatin, Kreatinin und Inosinsäure begegnen wir den ersten Erzeugnissen des Verfalls der Gewebe, den der Sauerstoff hervorruft.

Darum enthalten die wilden mageren Thiere mehr Kreatin, als gemästete Hausthiere, darum der immer thätige Herzmuskel mehr als das Fleisch der übrigen Körpertheile, darum namentlich die mächtig athmenden Vögel mehr als die Säugethiere.

Nun darf es uns aber nicht mehr verwundern, daß neben dem Kreatin auch entschiedene Ausscheidungsstoffe in den Geweben vorkommen, Erzeugnisse des Stoffwechsels, die an der Grenze stehen zwischen organischer und anorganischer Materie.

In diesem Sinne hat namentlich die Milz eine reiche Ausbeute gegeben. Die Milz des Ochsen und des Menschen enthält nach Scherer einen eigenthümlichen Körper, der offenbar auf dem Wege zur Harnsäurebildung begriffen ist[1]. Scherer nennt diesen Stoff Hypoxanthin, weil er sich nur durch den Wenigergehalt von Einem Aequivalent Sauerstoff von dem Xanthoxyd unterscheidet, einem Körper, der bisweilen in Harnsteinen und Guano vorkommt.

Hypoxanthin nach     Xanthoxyd nach
Scherer.     Liebig und Wöhler.

$$N^2\, C^5\, H^2\, O + O = N^2\, C^5\, H^2\, O^2.$$

---

[1] Vgl. Scherer's wichtigen Aufsatz in den Annalen von Liebig und Wöhler, Bd. LXXIII, S. 630 und folg.

Das Hypoxanthin, welches von Scherer auch im Herzmuskel und zwar häufig in sehr großer Menge gefunden wurde, bildet ein gelbweißes, krystallinisches Pulver. Es ist schwer löslich in kaltem, leichter in heißem Wasser, löst sich etwas in kochendem Weingeist, reichlich in Kali. Mit Salpetersäure verdunstet, hinterläßt das Hypoxanthin einen gelben Fleck, der durch Kalihydrat gelbroth wird. — Die wässerige Lösung verändert Pflanzenfarben nicht (Scherer).

Scherer hat sich das Hypoxanthin verschafft, indem er die Milz mit Wasser auskochte, die leicht roth gefärbte Flüssigkeit mit Barytwasser versetzte und filtrirte. Beim Abdampfen des Filtrats wurden zwei organische Körper und etwas kohlensaurer Baryt ausgeschieden. Die organischen Stoffe lösten sich in Kali und ließen sich durch Salzsäure oder Kohlensäure aus der Lösung fällen. Der krystallinische Niederschlag bestand zum Theil aus Hypoxanthin und aus einer organischen Säure, die nach erneuter Auflösung in Kali durch Salmiak gallertartig ausgeschieden werden konnte. Das Hypoxanthin war in der abfiltrirten Lösung enthalten und wurde aus dieser beim Verdunsten in Form eines krystallinischen, gelblich weißen Pulvers abgesetzt. Durch Ammoniak, mit dem jene Säure eine schwer lösliche Verbindung einging, ließ sich das Hypoxanthin leicht weiter reinigen. Zu dem Ende wurde die ammoniakalische Lösung verdampft, der Rückstand in verdünntem Kali gelöst, durch Kohlensäure wieder gefällt und endlich mit kaltem Wasser gewaschen, um das kohlensaure Kali zu entfernen.

Von der Harnsäure unterscheidet sich das Hypoxanthin nur dadurch, daß es 2 Aeq. Sauerstoff weniger führt:

$$\text{Hypoxanthin} \qquad \text{Harnsäure}$$
$$N^2\ C^5\ H^2\ O + 2O = N^2\ C^5\ H^2\ O^3.$$

Erscheint es dadurch nicht ganz natürlich, daß neben dem Hypoxanthin in der Milz Harnsäure vorkommt? Jene organische Säure, die das Hypoxanthin in der Milz begleitet, ist nach Scherer keine andere als Harnsäure. Stas hat seitdem saures harnsaures Ammoniak in der Amniosflüssigkeit des Hühnchens beobachtet [1].

1) Stas in Comptes rendus, T. XXXI, p. 689.

Und wenn, wie Liebig annimmt, die Harnsäure durch Aufnahme von Sauerstoff in Kohlensäure und Harnstoff zerfällt, muß
man da nicht von vorne herein erwarten, daß ebenso gut wie die
Kohlensäure auch der Harnstoff in den Geweben auftreten wird?

Aus diesem Gesichtspunkt ist die von Wöhler durch eine sorgfältige Untersuchung bestätigte [1] Entdeckung Millon's, daß die
Glasflüssigkeit und die wässerige Flüssigkeit des Auges Harnstoff enthalten, so unscheinbar sie auf den ersten Blick sein mochte, eine hoch-
wichtige zu nennen. Und es ist eine ganz natürliche Erweiterung
dieser Entdeckung, daß Wöhler und J. Regnauld [2] in der Amniosflüssigkeit und E. Schmidt in der Flüssigkeit eines chronischen
Wasserkopfs, mit welchem kein Nierenleiden verbunden war, Harnstoff
beobachtet haben. In der Amniosflüssigkeit kann der Harnstoff jedoch
auch fehlen, wie aus den Untersuchungen von Vogt, Mack und
Scherer hervorgeht [3].

Wenn man diesen Thatsachen gegenüber gezwungen wird einzusehen, daß die Gewebe eine wesentliche Bildungsstätte der Ausscheidungsstoffe darstellen, was kann dann näher liegen, als auch nach
den Uebergangsstufen, welche die Fette in Kohlensäure und Wasser
überführen, in den Geweben zu suchen?

Vielleicht gehört hierher schon die Milchsäure, so weit sie in den
Geweben auftritt. Jedenfalls verdient die von Berzelius mitgetheilte Thatsache Beachtung, daß der Muskel um so viel reicher an
Milchsäure ist, je kräftiger er angestrengt wurde. Ohne allen Zweifel
sind aber die Bernsteinsäure, die Heintz als Natronsalz in der Hy-
batidenflüssigkeit der Leber einer Frau [4] mit Gewißheit, die Ameisensäure, welche Scherer in dem Saft des Fleisches mit Wahrscheinlichkeit [5], die Kleesäure, welche E. Schmidt im Schleim beobachtet
hat, als Zwischenglieder zwischen den Fetten einerseits und zwischen

---

1) Wöhler in seinen Annalen, Bd. LXVI, S. 126.

2) Comptes rendus. T. XXXI, p. 218, 219.

3) Scherer in Kölliker und von Siebold, Zeitschrift für wissenschaftliche
Zoologie, Bd. I, S. 91.

4) Heintz in Poggendorff's Annalen, Bd. LXXX, S. 120, 121.

5) Scherer bei Liebig und Wöhler, Bd. LXIX, S. 100.

der Kohlensäure und dem Wasser andererseits zu betrachten. Man braucht nur einfach daran zu erinnern, wie häufig die genannten Stoffe vom Chemiker als Oxydationsprodukte erhalten werden, nur an die Bildung von Bernsteinsäure, wenn man Fette mit Salpetersäure behandelt, zu denken, um die folgende Reihe der Entwicklung dieser Körper als das Ergebniß einer fortschreitenden Oxydation der Fette durchaus natürlich zu finden:

Milchsäure . . $C^6 H^5 O^5 + HO$.
Bernsteinsäure . $C^4 H^2 O^3 + HO$.
Ameisensäure . . $C^2 H \; O^3 + HO$.
Kleesäure . . . $C^2 O^3 \; + 3 HO$.
Kohlensäure . . $C O^2$, Wasser HO.

Daher also rührt es, daß das Parenchym aller Gewebe mit Kohlensäure und kohlensauren Salzen geschwängert ist. Und auch dieses Haupterzeugniß der Zersetzung im Thierkörper läßt sich demnach in den Geweben nicht vermissen.

Wenn es wahr ist, wie es wiederum Scherer's fleißige Forschungen wahrscheinlich gemacht haben [1]), daß in dem Fleischsaft Essigsäure und flüchtige Fettsäuren enthalten sind, so muß man auch diese Körper als Uebergangsstufen zur Bildung von Kohlensäure und Wasser betrachten.

Diese Kohlensäure, dieses Wasser treten aus den Haargefäßen der Lunge in die Malpighischen Lungenbläschen, und wenn die Gase des Bluts hier angelangt sind, dann tauschen sie sich aus mit den Gasen der eingeathmeten Luft, die in der Luftröhre und in den höheren Abschnitten der Bronchien vorhanden sind, ganz nach den Gesetzen der Diffusion, wie es Bierordt in seiner klassischen Abhandlung über die Respiration so schön entwickelt hat [2]). So erreicht der Sauerstoff der eingeathmeten Luft allmälig die Lungenbläschen. Von hier aus beginnt der Wechsel zwischen Kohlensäure des Bluts und Sauerstoff der Lungen. Bei der Erweiterung des Brustkastens strömt die Luft von außen in die Luftröhre, aber auch die Gase des Bluts bewegen sich aus den Haargefäßen in die Lungenbläschen hin

---

1) Scherer, a. a. O. S. 199, 200.
2) Bierordt, Physiologie des Athmens, Karlsruhe 1845, S. 120—127.

über. Dieser Vorgang ist rein physikalisch. Die Gase sind völlig indifferent.

Also sind die Bläschen der Lungendrüse keine Bildner, sondern nur Behälter der Kohlensäure, die wir ausathmen. Aber ebenso verhalten sich die Nierenkanälchen zu dem Harnstoff, der in den Geweben gebildet wird.

Bevor die eigentliche Ausscheidung beginnt, müssen demnach die Ausscheidungsstoffe ins Blut wandern, daher die Kohlensäure und der Harnstoff des Bluts, welcher letztere zuerst von Simon und später von vielen anderen Forschern (Strahl und Lieberkühn, Garrod — im Blut des Menschen —, Lehmann, Verdeil und Dolfuß) [1] wahrgenommen wurde. Neuerdings fand Stas Harnstoff im Blut des Mutterkuchens der Frau [2].

Auch an den Uebergangsstufen zu jenen Endprodukten der Umsetzung fehlt es im Blute nicht. So haben Strahl und Lieberkühn und zuletzt Garrod Harnsäure im Blut, der letztgenannte Forscher im Blut des Menschen gefunden. Verdeil und Dolfuß beobachteten im Ochsenblut hippursauren Kalk.

Wenn diese Stoffe der Rückbildung eiweißartiger Körper ihren Ursprung verdanken, so sind andererseits die flüchtigen Fettsäuren des Bluts, die Ameisensäure, welche Bouchardat und Sandras bei Hunden nach der Fütterung mit Zucker im Blute nachwiesen, die Kleesäure, welche Garrod wenigstens bei Kranken im Blut wahrnahm [3], als Umwandlungsprodukte der Fette und der Fettbildner zu betrachten.

Die genaue Untersuchung dieser Umwandlungsprodukte vermindert von Tage zu Tage die Zahl jener unbekannten Extractivstoffe, mit denen sich fast jede Analyse thierischer Gebilde zu schleppen hat. Und die Hoffnung ist gewiß nicht zu kühn, daß eine Zeit kommen wird, in welcher die Fortschritte der Chemie alle Extractivstoffe der Gewebe und des Bluts als organische Bestandtheile hinstellen werden, die der Rückbildung anheimgefallen sind. Erst dann werden die Extractiv-

---

1) Annalen von Liebig und Wöhler, Bd. LXXIV, S. 214—215.

2) Stas in Comptes rendus, T. XXXI, p. 480.

3) Garrod in Schmidt's Jahrbüchern, Bd. LXVII, 1850, S. 53.

stoffe das volle Interesse des Physiologen in Anspruch zu nehmen berechtigt sein.

## §. 2.

Obgleich wir im Obigen gesehen haben, daß der eigentliche Bildungsheerd der Ausscheidungsstoffe in den Geweben zu suchen ist, so ist doch andererseits nicht zu verkennen, daß der in Rede stehende Umsatz der Materie schon im Blute beginnt. Wer nur immer auf die Eigenschaften der eiweißartigen Körper Rücksicht nimmt, muß es mit Mulder[1] widersinnig finden, daß der Sauerstoff mit dem Blute den Haargefäßen zugeführt werden sollte, ohne schon vorher mit den Blutbestandtheilen in die lebendigste Wechselwirkung zu treten.

Aus diesem Grunde wurde schon oben die Bildung des Faserstoffs und der sogenannten Proteinoxyde Mulder's von einer Oxydation des Eiweißes abgeleitet. An bestimmten Beweisen für eine bereits im Blute stattfindende, vom Sauerstoff bewirkte Zersetzung ist die Wissenschaft aber keineswegs reich. Um so wichtiger ist eine Beobachtung Thomson's, durch welche eine theilweise Verbrennung des Fetts im Blute selbst unwiderleglich bewiesen wird.

Thomson hat nämlich gefunden, daß das Blut drei Stunden nach einem Mahle, das aus eiweißartigen Stoffen und Fett bestand, eine ziemlich bedeutende Menge des zugeführten Fetts enthält, während das genossene Eiweiß zu erscheinen beginnt. Nach sechs Stunden konnte die Zunahme des Eiweißes noch nachgewiesen werden, während das Fett vergleichungsweise geschwunden war[2].

Da wir nun oben (S. 361) gezeigt haben, daß das Fett bei der Ernährung langsamer ausschwitzt als die eiweißartigen Körper, so ergiebt sich aus jener Beobachtung in zwingender Weise, daß ein Theil des Fetts unmittelbar im Blut verbrennt, ohne vorher als Gewebebildner aufzutreten. Und in diesem Sinne kann man wenig-

---

1) Vgl. Mulder in den Holländischen Beiträgen von van Deen, Donders und Molefchott, Bd. I, S. 20.

2) Thomson in den Annalen von Liebig und Wöhler, Bd. LIV, S. 211, 212.

stens einen Theil des Fetts mit Liebig als Respirationsmittel betrachten [1]).

Insofern jede Rückbildung im Blut als ein Uebergang zur Ausscheidung gefaßt werden muß, läßt sich auch die Zusammensetzung des Milzvenenbluts als Beweis für den bereits im Blut stattfindenden Umsatz der organischen Stoffe des Thierkörpers geltend machen. Schon daß der Faserstoff im Milzvenenblut nach Béclard vermehrt ist, legt Zeugniß davon ab, daß eine gesteigerte Aufnahme von Sauerstoff stattgefunden hat. Noch deutlicher wird dies aber dadurch, daß das Milzvenenblut, — das sich im Uebrigen von dem Blut der Drossel- aber durch einen etwas größeren Wassergehalt und durch die Anwesenheit des neutralen Natronalbuminats [2]) unterscheidet, — etwas weniger Blutkörperchen enthält, als das Blut anderer Adern.

Es stimmt dies vortrefflich zu den Beobachtungen von Ecker und Kölliker, die den Untergang von Blutkörperchen im Blut der Milzvene kennen lehrten. Auch ich habe in der Milz von Fröschen Formen von Blutkörperchen, Zellen und Körnchenhaufen beobachtet, die mich zum Anhänger der Ansicht Ecker's und Kölliker's machen. So verfehlt nun auch die Anschauung wäre, wenn man deshalb die Milz zu einem Organ des Untergangs der Blutkörperchen stempeln wollte — man müßte denn folgerichtig auch die Glasflüssigkeit als ein Organ der Harnstoffbildung begrüßen wollen! —, so wichtig ist es doch, daß jene Wahrnehmungen im Verein mit Béclard's Analysen des Milzvenenbluts die im Blut beginnende Rückbildung beweisen.

### §. 3.

Es läßt sich also nicht läugnen, daß der Umsatz der Materie, der die Rückbildung des Thierkörpers einleitet, wenigstens theilweise auch im Blut erfolgt. Immerhin steht es nach dem, was im ersten Paragraphen dieses Kapitels mitgetheilt wurde, fest, daß die Bildung der Ausscheidungsstoffe sich hauptsächlich in den Geweben ereignet.

---

1) Vgl. meine Physiologie der Nahrungsmittel, Darmstadt 1850, S. 59, 161.
2) Vgl. oben S. 393.

In ähnlicher Weise nun wie sich die Chylusgefäße und die Adern des Darms theilen in die Aufnahme der neu verdauten Blutbildner, theilen sich die Lymphgefäße und die Adern in die Aufnahme der verbrauchten Gewebebildner.

Man würde sehr irren, wenn man deshalb glauben wollte, die Lymphe enthielte nichts als Ausscheidungsstoffe, oder wenn man, spielend mit dem eitelen Tande von Zweckmäßigkeitsbegriffen, die Saugadern als von der Natur gebaute Abzugskanäle betrachtete, welche die Schlacke der Gewebe entfernen und dem Milchbrustgang zuleiten sollen. Nach den Gesetzen der Endosmose treten die Bestandtheile des Nahrungssafts und die in den Geweben gebildeten Ausscheidungsstoffe in die Lymphgefäße hinüber.

Die Lymphe enthält Eiweiß und Faserstoff, verseifte und neutrale Fette, Chloralkalimetalle und Salze.

In der Lymphe eines Pferdes fanden Geiger und Schloßberger alles Eiweiß in der Gestalt von Natronalbuminat. Dadurch wird die Triftigkeit der Folgerung etwas gebrochen, welche Lehmann aus dem Reichthum der Asche der Lymphe an kohlensaurem Alkali ableitet, indem er auf milchsaure Salze in der Lymphe schließt. Jedenfalls muß man indeß mit Lehmann die hohe Wahrscheinlichkeit der Anwesenheit milchsaurer Salze in der Lymphe anerkennen, und es ist dabei um so weniger Gefahr, da jener vorsichtige Forscher nicht unterlassen hat zu bemerken, daß Milchsäure in der Lymphe nie mit wissenschaftlicher Genauigkeit nachgewiesen wurde [1]).

Daß die Lymphe neben jenen Bestandtheilen, welche sie mit dem Blute gemein hat, nun auch wirklich Erzeugnisse der Rückbildung enthält, das läßt sich leider in diesem Augenblick nur dadurch beweisen, daß der Rückstand der Lymphe, verglichen mit dem Rückstand des Blutserums, verhältnißmäßig reich ist an sogenannten Extractivstoffen, — die ihrer genauen Untersuchung noch harren. Nasse, dessen zahlreiche Forschungen über Blut, Chylus und Lymphe die Wissenschaft auch mit dieser Thatsache bereichert haben, hat es nicht vermocht, die Anwesenheit von Harnstoff in Pferdelymphe nachzuweisen. Der Reichthum an Extractivstoffen hat sich jedoch neuerdings auch

---

1) Lehmann, a. a. O. Bd. I, S. 100.

aus der von **Geiger** und **Schloßberger** mit Pferdelymphe vorge= nommenen Analyse ergeben.

Unter den anorganischen Bestandtheilen ist in der Lymphe, wie im Blutserum, vorzugsweise das Kochsalz vertreten. Außerdem ent= hält die Lymphe eine geringe Menge phosphorsaurer Alkalien, kohlen= saures Alkali, von welchem die alkalische Reaction herrührt, welche die Lymphe zu besitzen pflegt, sodann namentlich schwefelsaure Salze (Nasse). Die schwefelsauren Alkalien, deren Menge in der Lymphe größer ist als im Blut, sind offenbar als ein Endprodukt der Rück= bildung eiweißartiger Stoffe zu betrachten. Die Menge der Erdsalze ist in der Lymphe weit geringer als im Blutserum, was sich in höchst einfacher Weise dadurch erklärt, daß die phosphorsauren Erden zu den wichtigsten Gewebebildnern gehören, also größtentheils in den Ge= weben zurückbleiben, indem sie sich bei dem Aufbau der Formbestand= theile bethätigen. — Eisen, wenn es ja zu den regelmäßigen Bestand= theilen der Lymphe gehört und nicht etwa bloß von beigemengten Blutkörperchen herrührt, ist jedenfalls nur in geringer Menge vor= handen. **Geiger** und **Schloßberger** haben endlich auch Ammo= niaksalze in der Pferdelymphe gefunden.

In nachstehender Tabelle sind die wichtigsten Analysen der Lym= phe zusammengestellt:

| In 1000 Theilen | Lymphe aus dem Fußrücken des Menschen. Marchand und Colberg. | Lymphe des Menschen aus dem Milchgang nach langem Hungern. P. Héritier. | Lymphe des Pferdes. Gmelin. | Lymphe des Pferdes. Gmelin. | Lymphe des Pferdes. Nees. | Lymphe des Pferdes. Geiger und Schloßberger. | Lymphe des Esels. Nasse. |
|---|---|---|---|---|---|---|---|
| Eiweiß . . . . . . . | 4,34 | 60,02 | 27,5 | 14,85 | 12,00 | 6,2 | 39,11 |
| Faserstoff . . . . . | 5,20 | 3,20 | 2,5 | 1,30 | 1,20 | 0,4 | 0,09 |
| Fett . . . . . . . | 2,64 | 5,10 | 0,0 | Spuren | Spuren | Spuren | 3,25 |
| In Wasser löslicher Extractivstoff . . | 3,12 | ? | 2,1 [1)] | 2,58 [1)] | 13,19 | 2,7 | 1,03 |
| In Alkohol löslicher Extractivstoff . . | | | 6,9 [1)] | 9,69 [1)] | 2,40 | | 5,92 |
| Salze . . . . . . | 15,44 | 8,25 | (1) | (1) | 5,85 | 7,0 | |
| Wasser . . . . . | 969,26 | 924,36 | 961,0 | 967,70 | 965,36 | 983,7 | 950,00 |

1) In Gmelin's Analysen blieben die Salze mit dem Extractivstoffen vereinigt. Vgl. Nasse, Art. Lymphe in R. Wagner's Handwörterbuch, Bd. II, S. 396.

Die Menge der Kalksalze, der Bittererde, der Kieselerde und des Eisenoxyds betrug in Nasse's Analyse: 0,31 in 1000 Theilen. Ueber das gegenseitige Verhältniß der einzelnen löslichen Mineralbe= standtheile geben die folgenden Zahlen Aufschluß, welche wir einer von Nasse angestellten Analyse der Pferdelymphe verdanken:

In 100 Theilen der Asche

Chlornatrium . . . . 73,48
Kohlensaures Alkali . . 20,23
Schwefelsaures Alkali . 4,15
Phosphorsaures Alkali . 2,14.

Hierbei ist jedoch zu bemerken, daß das kohlensaure Alkali fast zur Hälfte von fettsauren Salzen herrührte.

Sehr richtig hat Nasse das stoffliche Wesen der Lymphe zu= sammengefaßt in den Worten: „Die Lymphe ist demnach eine ver= „dünnte Blutflüssigkeit, in welcher im Verhältniß zum Eiweiß und „Fett die löslichen Salze und" (namentlich) „die Extractivstoffe vor= „walten" [1]). Indem sich die Lymphe mit dem Chylus durch den Milchbrustgang in das Venenblut ergießt, gelangen in jenen Extrac= tivstoffen die Erzeugnisse der Rückbildung auf einem Umweg in das Blut, die sonst unmittelbar endosmotisch in die Venen übergehen.

## §. 4.

Indem die Oxydation des Bluts, wie früher gezeigt wurde, vorzüglich die Entwicklung der Gewebebildner, die Oxydation der Gewebe die Bildung der Ausscheidungsstoffe bedingt, liegt es in der Natur der Sache, daß das Blut bei der Ausscheidung selbst mehr eine leidende Rolle übernimmt. Die wesentlichen Veränderungen des Bluts beschränken sich auf das Austreten der Ausscheidungsstoffe in die Drüsenelemente, bald durch Endosmose, bald durch Diffusion.

Es ist leider so schwierig, sich gehörige Mengen des Bluts, das durch die Schlagadern den Drüsen zugeführt, durch die Adern aus den Drüsen abgeleitet wird, zu verschaffen, daß die Veränderungen,

---

1) Nasse, a. a. O. S. 402.

welche das Blut durch die Ausscheidung in den einzelnen Drüsen erleidet, erst zu einem sehr kleinen Theil erforscht sind. Ja unsere
Kenntnisse beschränken sich eigentlich auf die Veränderungen', welche
das Blut durch das Athmen erleidet. Diese sollen hier in der Kürze
der Lehre der Ausscheidungserzeugnisse vorausgeschickt werden. Es
wird dann leichter sein, die verschiedenen Ausscheidungsstoffe selbst im
Zusammenhang zu übersehen.

Bei der allgemeinen Entwicklungsgeschichte der Ausscheidungsstoffe ist schon erörtert, woher die Kohlensäure stammt, die in dem
Blute nach den Versuchen von van Enschut, Bischoff, Davy und
Magnus regelmäßig als freies Gas enthalten ist. Das Blut enthält aber außerdem Stickstoff, der als ein Erzeugniß des Stoffwechsels betrachtet werden muß, da er mit der ausgeathmeten Luft aus
dem Körper ausgeschieden wird. Das dritte freie Gas jedoch, welches im Blut vorhanden ist, der Sauerstoff, wird von außen aufgenommen; er dringt von den Malpighischen Lungenbläschen in die
Haargefäße der Lungen und wird mit dem Blut der Lungenadern dem
linken Vorhof des Herzens zugeführt. Dieser Sauerstoff bedingt die
Umwandlung des venösen Bluts in arterielles.

Den vortrefflichen Untersuchungen, welche Magnus über die
Gase des Bluts angestellt hat, verdanken wir einen genauen Zahlen-
ausdruck für das Verhältniß des Sauerstoffs zur Kohlensäure in beiden Blutarten. Während das Blut der Schlagadern auf 16 Raumtheile Kohlensäure 6 Raumtheile Sauerstoff enthält, sind im Blut der
Adern auf die gleiche Kohlensäuremenge kaum 4 Raumtheile Sauerstoff zugegen. Aber auch im Vergleich zur ganzen Blutmenge ist der
Gehalt an Kohlensäure im venösen Blut größer als im arteriellen.
Magendie fand in 100 Raumtheilen des venösen Bluts 78, in dem
arteriellen Blut dagegen nur 66 Raumtheile Kohlensäure.

Von diesen Gasen ist nach Magnus der Sauerstoff vorzugsweise in den Blutkörperchen enthalten. Auch nach Lehmann führen
gleiche Raumtheile geschlagenen Bluts wenigstens doppelt so viel Luft
als gleiche Raumtheile eines mit atmosphärischer Luft geschüttelten
Serums. Nach van Maack und Scherer besitzen sogar Hämatin-
lösungen eine entschiedene Anziehungskraft für den Sauerstoff [1]. —

---

1) Vgl. Lehmann, a. a. O. Bd. II, S. 180.

Dagegen haben J. Davy und Nasse gefunden, daß die Blutkörperchen des venösen Bluts verhältnißmäßig weniger Kohlensäure binden,
als dieselbe Menge Serum, welche sie verdrängen. Das geschlagene
Blut nimmt weniger Kohlensäure auf als das Serum desselben Bluts[1].

Da mit der ausgeathmeten Luft auch Wasser entweicht, so kann
es nicht fehlen, daß das Blut während des kleinen Lungenkreislaufs
Wasser verliert. Setzt man also das arterielle Blut als Begriff dem
venösen gegenüber, so kann es nicht fehlen, daß jenes weniger Wasser
enthält als dieses. Wenn freilich das Blut irgend einer beliebigen
Schlagader mit dem Blute irgend einer bliebigen Ader verglichen
wird, dann kann sich sehr leicht in vielen Fällen das Umgekehrte
herausstellen, da gerade der Wassergehalt des Bluts nicht unbedeutenden Schwankungen unterliegt. Daher erklären sich denn
auch die Widersprüche verschiedener Schriftsteller[2]. Auffallend ist es,
daß in den Analysen von Wiß[3] der Wassergehalt des Bluts der
Nierenvene (784,53 in 1000 Th.) größer gefunden wurde als der des
Bluts der Nierenarterie (779,79), da man doch hier in Folge der
Harnausscheidung gerade das Umgekehrte erwarten sollte.

Indem sich das venöse Blut in den Lungen in arterielles verwandelt, wird ein Theil des Eiweißes zu Faserstoff oxydirt. Deßhalb
enthält das venöse Blut nach Simon und Lehmann mehr Eiweiß,
nach Lecanu, Nasse und Lehmann weniger Faserstoff als das
arterielle[4]. Der arterielle Faserstoff soll sich nach Dénis durch Unlöslichkeit in Salpeterwasser vom venösen unterscheiden.

Die Blutkörperchen sind in dem Blut der Arterien vermindert
(Mayen, Hering, Nasse). Dagegen fand Lehmann in den
Blutkörperchen von arteriellem Pferdeblut etwas mehr Hämatin, als
in dem Blut der äußeren Drosselader, was dieser Forscher dadurch erklärt, daß umgekehrt die Menge des Fetts in arteriellen Blutkörperchen
geringer ist[5].

Eine Abnahme des Fetts erstreckt sich im Blut der Schlagadern

1) Vgl. Nasse, Art. Blut in R. Wagner's Handwörterbuch, Bd I, S. 177.
2) Nasse, a. a. O. S. 171, 172.
3) Wiß in dem Archiv von Virchow und Reinhardt, Bd. 1, S. 262,263.
4) Vgl. Lehmann, a. a. O. Bd. II, S. 235 und 228.
5) Lehmann, a. a. O. Bd. II, S. 224.

nicht bloß auf den Blutkuchen, sondern ebenso auf das Serum (Simon, Lehmann[1]).

Blutkörperchen und Serum enthalten beide in den Arterien mehr
Salze als in den Venen (Nasse, Lehmann).

Alle diese Veränderungen erklären sich offenbar höchst einfach
theils durch die Wasserausscheidung, theils durch die Oxydation, welche
das venöse Blut, indem es arteriell wird, erleidet.

Um Lehmann's Angabe, daß das arterielle Blut der Pferde
mehr, und zwar bedeutend mehr Extractivstoffe enthält, als das venöse[2], erklären zu können, dazu müßten wir über die Natur dieser
Extractivstoffe etwas besser unterrichtet sein. Es ist aber allerdings
mehr als wahrscheinlich, daß in diesen Extractivstoffen, wie Mulder
annimmt, höhere Oxydationsstufen der eiweißartigen Körper verborgen
sind.

In neuester Zeit hat Clément für das arterielle und das venöse Blut des Pferdes die folgenden Zahlen mitgetheilt, welche die
arithmetischen Mittel aus je drei Analysen darstellen[3]:

In 1000 Theilen.

|  | Venöses Blut. | Arterielles Blut. |
|---|---|---|
| Eiweiß und Salze . . . | 81,23 | 78,03 |
| Faserstoff . . . . . . | 4,97 | 5,30 |
| Blutkörperchen . . . . | 98,67 | 96,87 |
| Wasser . . . . . . | 815,13 | 819,80 |

Also auch Clément fand weniger Wasser in dem Blut der
Arterien als in dem der Venen. Welchen Adern und welchen Schlagadern war das Blut entnommen? Clément's Erklärung der Was-
serzunahme durch eine Oxydation des Eiweißes scheint mir durchaus
unzulässig[4].

## §. 5.

Die hellrothe Farbe des arteriellen, die dunkelblaurothe Farbe
des venösen Bluts ist nur deßhalb der Gegenstand sehr ausführlicher,

---

1) Lehmann's wichtige Zahlen finden sich a. a.O. Bd. II, S. 237.
2) Lehmann, a. a. O. Bd. II, S. 340.
3) Comptes rendus, T. XXXI, p. 239.
4) Vgl. Clément, a. a. O. S. 290.

und nach Verhältniß wenig fruchtbarer Besprechungen geworden, weil man sich bemüht hat, Ursachen einer Eigenschaft aufzufinden, die nur unter günstigen oder ungünstigen Bedingungen besser oder schlechter zur Erscheinung kommt.

Eine Thatsache stand fest: das Blut wird hell in Folge des Athmens, hell, wenn man Sauerstoff durchleitet, dunkel dagegen durch Kohlensäure.

Indem man sich an das Hämatin hielt als an den Bildner der Farbe, suchte man die Bedingung der hellrothen Farbe des arteriellen Bluts zunächst in einer Oxydation des Hämatins. Am glücklichsten ist diese Ansicht eine Zeit lang offenbar von Bruch vertheidigt worden. Allein sie wird widerlegt durch die Thatsache, daß der Chemiker keine Oxydationsstufen des Hämatins kennt (vgl. oben S. 244), während der physiologische Versuch lehrt, daß eine bloße Lösung des Hämatoglobulins durch Sauerstoff keine Farbenveränderung erleidet. Schon Dumas hatte die Beobachtung gemacht, daß das Blut durch Sauerstoff nicht heller geröthet wird, wenn erst die Blutkörperchen durch Chloralkalimetalle aufgelöst worden sind. Scherer fand in Hämatoglobulinlösungen, welche keine Körperchen enthielten, den Farbenunterschied, welchen Sauerstoff und Kohlensäure erzeugten, weit geringer als in Blut. Ich selbst konnte in einer mit vielem Wasser verdünnten Lösung des Hämatoglobulins nach längerem Durchleiten von Sauerstoff und Kohlensäure durchaus keine hellere Farbe zu Gunsten des Sauerstoffs wahrnehmen. Ein Schütteln des Bluts mit Sauerstoff oder Kohlensäure habe ich jedoch absichtlich nicht vorgenommen, weil dieses auf die Veränderung, die in der Lunge vor sich geht, keine Anwendung findet.

Wenn nun aus jenen Beobachtungen unzweifelhaft hervorgeht, daß die Veränderung der Blutfarbe bei der Einwirkung von Sauerstoff und Kohlensäure an die Gegenwart der Blutkörperchen gebunden ist, so lag es ziemlich nahe, daß man eine physikalische Erklärung aus Gestaltveränderungen der Blutkörperchen abzuleiten versuchte. Und diese Ansicht fand einen würdigen Vertreter in Scherer. Scherer glaubte nämlich, daß die Körperchen durch Sauerstoff im Blut der Säugethiere noch deutlicher biconcav, durch Kohlensäure biconvex würden; die durch Kohlensäure in Kügelchen verwandelten Körperchen sollten aber die rothen Strahlen zerstreut zurückwerfen und in Folge dessen das ganze Blut viel dunkler erscheinen.

Im Falle diese Erklärung auf das Blut Anwendung finden sollte, müßten die Körperchen der Arterien sich durch ihre Form von denen der Venen unterscheiden. Allein die Angabe Krimer's, daß die Körperchen des arteriellen Bluts kleiner seien als die des venösen, steht ganz vereinzelt und hat vielfach Widerspruch erlitten[1]). Andererseits konnte ich mich ebenso wenig wie Joh. Müller, Henle und andere Mikroskopiker davon überzeugen, daß ein Durchleiten von Sauerstoff oder Kohlensäure im Blut von Säugethieren wirklich eine der Auffassung Scherer's entsprechende Formveränderung der Körperchen hervorbringt.

So viel freilich läßt sich nicht läugnen, daß diejenigen Mittel, welche die Gestalt der Blutkörperchen in der von Scherer angenommenen Weise verändern, das Blut häufig hell oder dunkel färben. Auf Zusatz von Wasser wird das Blut bekanntlich dunkel, und Henle hat zuerst diese Erscheinung mit der Ausdehnung der biconcaven Scheiben zu Kügelchen in Zusammenhang gebracht. Starke Salzlösungen bewirken eine Runzelung der Körperchen und in Folge dieser wird die Farbe heller. So fanden Donders und ich bei einer großen Anzahl von Versuchen mit verschiedenen Salzlösungen, daß die Farbe des Bluts sich um so mehr vom Steinrothen entfernt und dem dunkel Weinrothen sich nähert, je leichter die betreffende Salzlösung die Körperchen auflöst[2]). Auf der anderen Seite geht man viel zu weit, wenn man alle Einflüsse, die ein Zusammenschrumpfen der Körperchen bedingen, eine lichtere Farbe erzeugen läßt. Ich sah mit Donders die Blutkörperchen durch starke Salpetersäure grünlich braun, das Blut olivenbraun werden, und doch waren die Körperchen nicht aufgequollen; durch starke Kalilauge schrumpfen die Körperchen zusammen, das Blut aber wird dadurch bei durchfallendem Licht undurchsichtig schwarz, bei auffallendem Licht kastanienbraun[3]). Ja es ist mir nach neueren Beobachtungen durchaus zweifelhaft geworden, ob die durch Salzlösungen erzeugte Runzelung wirklich die hellere Farbe bedingt. Ich sah nämlich das Kalbsblut durch eine Lösung von Eiweiß und Kochsalz, die kein

---

1) Nasse, a. a. O. S. 171.

2) Donders und Moleschott, in Holl. Beiträgen, Bd. I, S. 377.

3) Donders und Moleschott, a. a. O. S. 370—372.

Moleschott, Phys. des Stoffwechsels. 31

Verschrumpfen der Körperchen bewirkte, ebenso gut hellroth werden, wie durch eine Lösung von Kochsalz allein.

Nichtsdestoweniger könnte man den Farbenunterschied des arteriellen und venösen Bluts vielleicht auf die angegebene Gestaltveränderung der Blutkörperchen zurückführen, wenn sich diese wirklich zur Beobachtung bringen ließen. Nach Lehmann quellen zwar die Körperchen in dem Blut von Fröschen auf, die man in einer kohlensäurereichen Atmosphäre hat ersticken lassen. Allein bei der gelinderen Einwirkung der Gase, die beim Athmen stattfindet, beim bloßen Durchleiten von Sauerstoff und Kohlensäure läßt sich die vorausgesetzte Formveränderung nicht beobachten.

Eine dritte Erklärung, die von Mulder ausging, sucht die begünstigende Bedingung des Farbenunterschieds in einer chemischen Veränderung der Hülle der Blutkörperchen. Mulder nahm nämlich an, es würde durch den Sauerstoff ein Eiweißkörper des Bluts zu den sogenannten Proteinoxyden oxydirt und es legte sich eine Schichte des höher oxydirten Eiweißstoffs um die Körperchen herum. In Folge dessen sollte das Hämatin im arteriellen Blut durch die undurchsichtigere Hülle der Körperchen weniger durchschimmern, das ganze Blut aber heller erscheinen. Donders hat, indem er den Gedanken Mulder's festhielt, dieser Ansicht eine andere Wendung gegeben. Er glaubt nämlich, die Hülle der Körperchen werde durch Kohlensäure gallertig, durch Sauerstoff fest, weißer und weniger durchsichtig. Im Einklang mit dieser Auffassung sah Harleß die Körperchen des Froschbluts durch Sauerstoff blaß gelblich, ihre Hülle fein körnig werden, während dagegen Kohlensäure die Hülle glashell und die Farbe der einzelnen Körperchen bei Lampenlicht roth erscheinen ließ. So wenig ich daran zweifle, daß man bei stärkerer Einwirkung von Sauerstoff und Kohlensäure diese Veränderung wirklich zur Anschauung bringen kann, so muß ich doch ausdrücklich bemerken, daß ich dieselbe beim bloßen Durchleiten von Sauerstoff oder Kohlensäure weder an den Blutkörperchen des Kalbs, noch an denen des Huhns erzeugen konnte.

Es ist also weit davon entfernt, daß man irgend eine der angenommenen Veränderungen als Ursache des Farbenunterschieds hinstellen dürfte. Eine Oxydation des Hämatins findet gar nicht statt, und die Veränderung der Gestalt oder der Hülle der Blutkörperchen wird beim bloßen Durchleiten von Sauerstoff oder Kohlensäure nicht beobachtet. Ja ich gehe weiter und behaupte bestimmt, daß Niemand

sich getrauen wird durch eine mikroskopische Untersuchung arterielle und
venöse Blutkörperchen von einander zu unterscheiden. Deshalb wäre
es mehr als gewagt, wenn man den größeren Salzgehalt des arteriellen, den größeren Wassergehalt des venösen Bluts als begünstigende
Verhältnisse für eine Formveränderung in Anspruch nehmen wollte.
Der einzige Unterschied zwischen dem Blut der Schlagadern und dem
der Adern, der unabhängig von der einfachen Anwesenheit des Sauerstoffs oder der Kohlensäure auf die Farbe seinen Einfluß übt, scheint
in der größeren Zahl der Körperchen des venösen Bluts zu liegen.

Sonst ist man beschränkt auf die Angabe, daß Blut, welches
Sauerstoff aufgelöst enthält, hellroth, Blut, welches mit Kohlensäure
geschwängert ist, dunkel blauroth erscheint. Die Frage: warum? ist
hier durchaus unlogisch. Ebenso gut ließe sich fragen, warum Chlorophyll grün oder Carmin roth ist. Für eine Eigenschaft giebt es keine
Ursache. Das eine oberste Gesetz, das in allen ähnlichen Fällen Anwendung findet, daß jeder Verschiedenheit der Eigenschaften eine stoffliche Verschiedenheit entspricht, ist hier erfüllt. Denn das arterielle
Blut enthält mehr Sauerstoff und weniger Kohlensäure und ist auch
sonst wesentlich anders zusammengesetzt als das venöse. Das Blut
der Weinbergschnecke wird nach von Bibra und Harleß durch
Sauerstoff blau, durch Kohlensäure farblos. Farbe und Mischung sind
aber ungleichartige Begriffe, die sich nicht durch einander erklären lassen, wenn gleich eine Veränderung der Mischung eine Veränderung
der Farbe bedingt [1].

Das ist die größte Errungenschaft, welche die allgemeine
Wissenschaft der Physiologie des Stoffwechsels verdankt, daß es als
bewiesene Wahrheit gelten darf: jeder Veränderung der Mischung muß
eine Veränderung der Eigenschaften entsprechen.

---

[1] Vgl. meine Physiologie der Nahrungsmittel, Darmstadt 1850 S. 90, 91.

## Kap. IV.

## Die Ausscheidungen.

### Die ausgeathmete Luft.

### §. 1.

Von Lungen und Haut entweichen die Gase, die wir als Endprodukte des Stoffwechsels im vorigen Kapitel kennen lernten. Kohlensäure und Wasserdampf sind die Hauptstoffe, welche auf diesem Wege den Körper verlaffen.

Aber auch die zerfallenden Eiweißkörper und ihre Abkömmlinge liefern ihren Beitrag zu der ausgeschiedenen Luft, wenn sie gleich vorzugsweise mit dem Harn dem Körper entzogen werden.

Schon Dulong und Despreß hatten unabhängig von einander eine Entwicklung von Stickstoff beim Athmen beobachtet. Marchand sah Meerschweinchen im Mittel von 10 Versuchen auf hundert Raumtheile ausgeathmeter Kohlensäure 0,94 Stickstoff, Tauben im Mittel aus 3 Versuchen 0,85 aushauchen. Nach Regnault und Reiset[1] soll die Menge des Stickstoffs, die von Säugethieren und Vögeln entwickelt wird, gewöhnlich weniger als $1/_{100}$, niemals aber mehr als $2/_{100}$ vom Gewicht des verzehrten Sauerstoffs betragen. Barral fand beim Menschen die Menge des ausgehauchten Stickstoffs gleich etwa $1/_{100}$ des Raums der ausgehauchten Kohlensäure.

Es ist bekannt, wie schon früher Bouffingault, indem er in der aufgenommenen Nahrung mehr Stickstoff fand als in den fo-

---

1) Vgl. die klaffische, großartige Arbeit von Regnault und Reiset in den Annales de chimie et de physique, 3e sér. T. XXVI, p. 510, oder in den Annalen von Liebig und Wöhler, Bd. LXXIII, S. 102, 162.

genannten greifbaren Ausscheidungen des Pferdes und der Kuh, bei
gleich bleibendem Gewicht des Körpers, den Beweis lieferte, daß ein
Theil des Stickstoffs der Nahrungsmittel mit den nicht greifbaren
Ausscheidungen, durch die sogenannte Perspiration entweichen müsse.
Unter der Perspiration begreift man die gesammte mit Wasserdunst ge-
schwängerte Luft, die von Haut und Lungen ausgeschieden wird.

Schon vor längerer Zeit hat Marchand darauf aufmerksam
gemacht, daß die ausgeathmete Luft auch etwas Ammoniak enthält.
Nach von Gorup-Besanez kann man sich davon sehr leicht überzeugen, wenn man die ausgeathmete Luft durch eine Lösung von Hämatoxylin streichen läßt (vgl. oben S. 328). Thomson giebt an, daß
mit der ausgeathmeten Luft in 24 Stunden 0,195 Gramm kohlensauren
Ammoniaks entweichen [1]. Die unübertrefflichen Versuche von Regnault und Reiset sind der Anwesenheit von Ammoniak in der ausgeathmeten Luft sehr wenig günstig. Immer waren die Mengen von
Ammoniak in den Perspirationsgasen äußerst gering, ja sogar zweifelhaft. In einem Versuch wurde in der eingeathmeten Luft mehr Ammoniak gefunden als in der durch Perspiration gewonnenen [2].

Nach Regnault und Reiset ist in den Erzeugnissen der Perspiration eine äußerst geringe Menge schwefelhaltiger Gase enthalten.

Daß endlich auch flüchtige organische Stoffe durch die Lungen
ausgeschieden werden können, geht einmal daraus hervor, daß ausgeathmete Luft in einer verschlossenen Flasche nach einiger Zeit einen
fauligen Geruch annimmt, andererseits daraus, daß der Athem so
häufig nach flüchtigen Oelen der Nahrungsmittel riecht.

In den Mengenverhältnissen der ausgeathmeten Ausscheidungsstoffe zeigen sich außerordentlich große Schwankungen, welche durch
die vortrefflichen Untersuchungen von Scharling, Vierordt, Regnault und Reiset auf eine Anzahl von wesentlichen Einflüssen zurückgeführt sind, welche das schönste Licht über die Physiologie des
Stoffwechsels verbreiten.

Unter gewöhnlichen Verhältnissen fanden Valentin und Brunner als Mittel zahlreicher Versuche in 100 Raumtheilen der von ih-

---

1) Berzelius (Svanberg), Jahresbericht, 28ster Jahrgang, S. 498.
2) Regnault und Reiset in den Annalen von Liebig und Wöhler
Bd. LXXIII, S. 369.

nen ausgeathmeten Luft 4,14, Vierordt in der seinigen 4,88 Kohlensäure.

Der Gehalt der ausgeathmeten Luft an Wasserdunst zeigt schon unter gewöhnlichen Verhältnissen eine viel größere Verschiedenheit, weil die Menge des Wasserdunstes, den wir einathmen, innerhalb so breiter Grenzen schwankt (vgl. oben S. 24, 25). Am allerleichtesten würde diese Verschiedenheit sich erklären, wenn man wirklich mit Valentin annehmen dürfte, daß die Ausathmungsluft mit Wasserdunst gesättigt wäre. Obgleich Valentin diese Behauptung in neuerer Zeit nicht nur auf theoretische Gründe, sondern auch auf Versuche stützt, kann ich nach eigenen Versuchen jenem Satze nicht beipflichten. Bei einer unmittelbaren Vergleichung der Ausathmungsluft mit gleichen Raumtheilen einer bei 37° mit Wasserdunst gesättigten Luft fand ich in der Mehrzahl der Fälle, daß die ausgeathmete Luft mit Wasser nicht gesättigt ist, ja daß in einzelnen Fällen die gesättigte Luft ⅓ bis ½ Gewichtstheil Wasser mehr enthält[1]. Mulder hat, wie ich glaube, die richtige Erklärung meiner Beobachtungen gegeben, indem er darauf aufmerksam macht, daß die Spannung des Wassers des Blutserums eine andere ist als die von reinem Wasser. Eine Sättigung der ausgeathmeten Luft mit Wasser würde nur dann stattfinden, wenn die Haargefäße der Lungen reines Wasser führten[2]. Offenbar hat jedoch auch die Länge und Kürze der Zeit, während welcher die Luft in den Lungen verweilt, einen wesentlichen Einfluß auf die Menge des Wasserdunstes, die von den Lungen ausgeschieden wird. — Valentin athmet durchschnittlich in der Minute 0,25 Gramm Wasser aus.

Ueber das Verhältniß der Gase, welche durch die Haut, zu denen, welche durch die Lungen entweichen, sind nur für die Kohlensäure Versuche angestellt. Scharling fand beim Menschen das Verhältniß der von der Haut gelieferten Kohlensäure zu derjenigen, die von den Lungen ausgehaucht wird, gleich 1 : 26,78. Dagegen soll

---

1) Moleschott, in den holländischen Beiträgen von van Deen, Donders und Moleschott, Bd. I, S. 97.

2) Mulder, proeve eener algemeene physiologische scheikunde, Rotterdam 1850, p. 1219.

nach Regnault und Reiset [1]) die Menge der durch die Haut ausgeschiedenen Kohlensäure bei Säugethieren und Vögeln nur selten ¹/₅₀
von der aus den Lungen entweichenden betragen. Also wäre die
Hautathmung beim Menschen thätiger als bei den Thieren, wie man
es mit Rücksicht auf den Bau der Haut von vorn herein erwarten
konnte.

## §. 2.

Je nach den Thierklassen zeigt sich die Lebendigkeit des Athmens
außerordentlich verschieden. Vierordt hat dies anschaulich gemacht,
indem er die Menge des Kohlenstoffs, die in 24 Stunden in der
ausgeathmeten Luft entweicht, nach Zahlen der neuesten Beobachter
für Vertreter der vier Wirbelthierklassen zusammenstellte [2]).

Die Zahlen beziehen sich auf 100 Gramm Körpergewicht:

Schleihe (Humboldt und Provençal) 0,024 Gramm $=$ 1
Frosch (Marchand) . . . . . . . 0,087   „   $=$ 4
Mensch (Scharling) . . . . . . . 0,292   „   $=$ 12
Taube (Boussingault) . . . . . 2,742   „   $=$ 114.

Auch Regnault und Reiset haben bestätigt, daß die Amphibien bei gleichem Körpergewicht, ohne daß sich das Verhältniß des
eingeathmeten Sauerstoffs zur ausgeathmeten Kohlensäure merklich
verändert, weniger Sauerstoff verbrauchen als die warmblütigen Wirbelthiere.

Eine und dieselbe Klasse zeigt wieder eine wesentliche Verschiedenheit für die einzelnen Gattungen und Arten. Nach Regnault
und Reiset verzehren die Eidechsen für ein gleiches Körpergewicht
2 bis 3 mal mehr Sauerstoff als die Frösche [3]).

Die Insekten, Maikäfer und Seidenwürmer, verzehren für ein
gleiches Körpergewicht beinahe so viel Sauerstoff wie die Säugethiere.

---

1) Liebig und Wöhler, Annalen, Bd. LXXIII, S. 311.

2) Vierordt in seinem Artikel Respiration, in R. Wagner's Handwörterbuch,
   Bd. II, S. 859.

3) Liebig und Wöhler, Annalen, Bd. LXXIII, S. 298.

Regenwürmer stehen hinsichtlich der Thätigkeit des Athmens den Fröschen beinahe gleich (Regnault und Reiset).

Von Thieren, welche zu derselben Klasse gehören, verzehren kleine Arten mehr Sauerstoff als die großen. So wird nach Regnault und Reiset von Sperlingen und Grünfinken zehnmal mehr Sauerstoff verbraucht als von Hühnern.

Für gleiches Körpergewicht verzehren junge Thiere mehr Sauerstoff als erwachsene (Regnault und Reiset). Ebenso wird nach Andral und Gavarret für gleiches Körpergewicht von Kindern und angehenden Jünglingen in einer gegebenen Zeiteinheit mehr Kohlensäure ausgehaucht als von Erwachsenen. Wenn man jedoch nicht mit dem Körpergewicht vergleicht, dann erleidet die in einer Stunde ausgehauchte Kohlensäure eine Vermehrung von den Kinderjahren bis ins Jünglingsalter. Während nun beim Mann diese Steigerung bis etwa zum dreißigsten Jahre fortdauert, findet sich beim weiblichen Geschlecht mit dem Eintritt der monatlichen Regeln ein Stillstand ein, der erst in späteren Jahren nach dem Aufhören der monatlichen Reinigung einer geringen Zunahme der ausgeathmeten Kohlensäure weicht. Beim Manne zeigt sich schon zwischen dem dreißigsten und vierzigsten Jahre ein ganz allmäliges Sinken der Kohlensäure, das bei beiden Geschlechtern in höherem Alter in eine bedeutende Verminderung übergeht. Andral und Gavarret.

Abgesehen von der Verschiedenheit, die sich schon aus jenen Angaben für Männer und Frauen ergiebt, geht aus den Zahlen von Andral und Gavarret hervor, daß die Menge der ausgeathmeten Kohlensäure in einer gegebenen Zeiteinheit beim Weibe durchschnittlich $\frac{1}{3}$ kleiner ist als beim Manne.

Gesunde magere Thiere verzehren für ein gleiches Körpergewicht mehr Sauerstoff als fette (Regnault und Reiset). Das Fettwerden läßt sich in sehr vielen Fällen dadurch erklären, daß weniger Kohlensäure ausgeschieden wird. Weil weniger Fett verbrennt, bleibt mehr Fett in den Geweben angehäuft.

Das Verhältniß des in der ausgeathmeten Kohlensäure entweichenden Sauerstoffs zu dem aus der eingeathmeten Luft verbrauchten ist nach Regnault und Reiset weit mehr abhängig von der Nahrung als von der Klasse der Thiere. Schon Dulong und Despreß hatten gefunden, daß bei den Fleischfressern für eine gleiche Menge ausgehauchter Kohlensäure viel mehr Sauerstoff der eingeathmeten

Luft verschwindet als bei Pflanzenfressern. Ganz ebenso fanden Regnault und Reiset bei einem und demselben Thiere das Verhältniß des in der ausgeathmeten Kohlensäure enthaltenen zu dem verschwindenden Sauerstoff bei Brod und Körnern weit größer als bei ausschließlicher Fleischkost. Nach der Fütterung mit Brod und Körnern kann das Verhältniß die Einheit übertreffen, bei ausschließlicher Fleischnahrung schwankt es zwischen 0,62 und 0,80, während beim Genuß von Gemüsen und Kräutern das mittlere Verhältniß stattfindet. Wenn man den Sauerstoffgehalt von Zucker oder Stärkmehl vergleicht mit dem Sauerstoffgehalt von Fett oder Eiweiß, dann ergiebt sich unmittelbar, daß die Erzeugung einer gleichen Menge von Kohlensäure bei Fleischkost einen größeren Sauerstoffverbrauch voraussetzt als bei Pflanzennahrung. Geht man also umgekehrt von einem gleichen Sauerstoffverbrauch aus, dann muß unter sonst gleichen Verhältnissen nach pflanzlicher Nahrung mehr Kohlensäure ausgeschieden werden als nach ausschließlicher Fleischkost.

Bei gleicher Thierart ist das Verhältniß des Sauerstoffs, der in der Kohlensäure entweicht, zum Sauerstoff, der verzehrt wird, bei vollkommen gleicher Nahrung ein ziemlich beständiges. Regnault und Reiset.

In Folge eines aufgenommenen Mahles wird nach Vierordt die Menge der ausgeathmeten Kohlensäure bedeutend gesteigert. Regnault und Reiset haben diesen auf zahlreiche Versuche gestützten Ausspruch Vierordt's bestätigt, indem sie bei nüchternen Kaninchen nicht nur den Sauerstoffverbrauch ansehnlich verringert, sondern auch im Verhältniß zu diesem die Menge der ausgeathmeten Kohlensäure vermindert fanden. Bei nüchternen Hunden beobachteten jene Forscher nur eine geringe Abnahme der ausgeathmeten Kohlensäure [1]. Es ist eine der wichtigsten Thatsachen, welche durch die klassische Arbeit jener französischen Forscher ermittelt wurden, daß das Verhältniß des in der Kohlensäure ausgehauchten Sauerstoffs zu dem verzehrten während des Fastens nahezu dasselbe ist wie nach Fleischkost. Bei ausschließlicher Fettkost liefern Hunde weniger Kohlensäure als im nüchternen Zustande.

---

[1] Regnault und Reiset in den Annalen von Liebig und Wöhler, Bd. LXXIII, S. 269, 274.

Während unter den regelrechten Verhältnissen mit den Perspi=
rationsgasen Stickstoff entwickelt wird, sahen Regnault und Rei=
set bei Säugethieren bisweilen, bei Vögeln beinahe regelmäßig eine
kleine Menge des eingeathmeten Stickstoffs verschwinden. Bei Hüh=
nern dauerte diese Aufnahme von Stickstoff sogar eine Zeit lang fort,
als sie nach mehrtägigem Fasten auf einmal Fleisch als Futter be=
kamen.

Nach den Untersuchungen von Regnault und Reiset wird
weder die Menge des verbrauchten Sauerstoffs, noch das Verhältniß
von diesem zu dem in der ausgeathmeten Kohlensäure enthaltenen
merklich verändert, wenn Säugethiere eine sauerstoffreiche Luft athmen[1].
Während Regnault und Reiset bei Thieren verschiedener Klassen
in einer Luft, welche dreimal mehr Sauerstoff enthielt als die ge=
wöhnliche Atmosphäre, dasselbe Ergebniß erhielten, sah Marchand
Frösche, die in reinem Sauerstoff athmeten, weit mehr Sauerstoff
aufnehmen und, wenngleich bei Weitem nicht in demselben Verhält=
niß, auch mehr Kohlensäure ausscheiden[2].

Wenn eine Luft nur Sauerstoff genug enthält, dann kann ein
beträchtlicher Theil ihres Stickstoffs durch Kohlensäure ersetzt sein,
ohne daß Athmungsbeschwerden entstehen. Regnault und Reiset
sahen Thiere ungehindert athmen in einer Atmosphäre, in welcher
mehr als die Hälfte des Raums aus Kohlensäure bestand[3]. Also ist
es der Verbrauch des Sauerstoffs, nicht die Entwicklung von Kohlen=
säure, welche die Luft verdirbt, ein Punkt, der bei der Beurtheilung
der Luft in öffentlichen Gebäuden die höchste Aufmerksamkeit verdient.

In einer Luft, in welcher der Stickstoff großentheils durch Was=
serstoff ersetzt ist, bleibt das Verhältniß der von Kaninchen ausge=
hauchten Kohlensäure zu dem verzehrten Sauerstoff ziemlich gleich; es
wird aber weit mehr Sauerstoff verzehrt als unter gewöhnlichen Ver=
hältnissen.

Der Einfluß der Wärme auf die Ausscheidung der Kohlensäure
ist zuerst von Vierordt mit wissenschaftlicher Schärfe ermittelt

---

1) A. a. O. S. 302, 303.

2) Vgl. Vierordt, Art. Respiration in Rud. Wagner's Handwörterbuch,
S. 862.

3) Liebig und Wöhler, Annalen, Bd. LXXIII, S. 264, 266.

worden. Aus Vierordt's zahlreichen Versuchen hat sich aufs Bestimmteste ergeben, daß eine Erhöhung des Wärmegrads die Menge der Kohlensäure in einer gegebenen Zeit sowohl, wie in gegebenen Raumtheilen der ausgeathmeten Luft bedeutend vermindert [1]. Ebenso fanden Regnault und Reiset, daß Hunde bei niederen Wärmegraden in einer Stunde mehr Sauerstoff verzehren als in höher erwärmter Luft.

Vögel athmen bei größerer Wärme mehr Stickstoff aus als bei niederen Wärmegraden. Regnault und Reiset.

Es ist wiederum Vierordt's Verdienst, daß wir über die Wirkung des erhöhten Luftdrucks auf die Menge der ausgeathmeten Kohlensäure genau unterrichtet sind. Hundert Raumtheile ausgeathmeter Luft enthalten zwar bei höherem Luftdruck weniger Kohlensäure als sonst, da jedoch die Menge der überhaupt ausgehauchten Luft in einer gegebenen Zeiteinheit beträchtlich vermehrt ist, so wird dadurch die Abnahme der Kohlensäure, die in einer bestimmten Zeit ausgeschieden wird, beinahe gleich Null.

Daß körperliche Bewegung die Menge der ausgeathmeten Kohlensäure um ein Bedeutendes zu steigern vermag, ist durch die Untersuchungen von Vierordt und Lassaigne [2] bewiesen. Dieser Einfluß ist so mächtig, daß er den der Wärme aufzuheben im Stande ist. Während des Winters werden Pferde im Stall fett, die im Sommer auf der Weide mager werden.

In derselben Richtung wie die Bewegung wirkt aber jede größere Kraftäußerung des Körpers. Ohne Zweifel gehört hierher Haller's Beobachtung, daß viele männliche Thiere in der Brunstzeit das Mark aus den Knochen verlieren.

Während des Schlafs ist die Ausscheidung der Kohlensäure ansehnlich vermindert. Nach Regnault und Reiset beträgt das Verhältniß des in der Kohlensäure entweichenden Sauerstoffs bei winterschlafenden Murmelthieren zu dem Sauerstoff, den sie verbrauchen, mitunter nur 0,4. Und die Menge des Sauerstoffs, den sie aufnehmen, ist selbst so bedeutend verringert, daß sie häufig nur $1/30$

1) Vierordt, Physiologie des Athmens, Karlsruhe 1845, S. 73—81.
2) Lassaigne in dem Journal von Erdmann und Marchand, Bd. XLVII, S. 136.

beträgt von dem Sauerstoff, den ein wachendes Murmelthier verzehrt. Daher können schlafende Murmelthiere lange Zeit hindurch in einer Luft leben, die so arm ist an Sauerstoff, daß sie ein wachendes Thier sogleich ersticken müßte.

Zwischen der Wärme der Winterschläfer und dem Wärmegrad der umgebenden Luft ist der Unterschied sehr gering. In Folge dessen verlieren winterschlafende Murmelthiere wenig Wasser durch Verdunstung. Da nun häufig das Gewicht des eingeathmeten Sauerstoffs während des Winterschlafs größer ist als das Gewicht der ausgehauchten Kohlensäure, da außerdem häufig Stickstoff aus der eingeathmeten Luft verschwindet, so erklärt sich hierdurch die merkwürdige Beobachtung von Regnault und Reiset, daß das Gewicht der im Winterschlaf verharrenden Murmelthiere zunimmt, eine Zunahme, die nur durch den zeitweise abgehenden Harn eine Unterbrechung erleidet.

Erstarrte Eidechsen verbrauchen achtmal weniger Sauerstoff als vollkommen erwachte.

Die Larven der Seidenwürmer hauchen im Verhältniß zum verzehrten Sauerstoff weniger Kohlensäure aus als die Raupen. Und überdies nehmen die Raupen etwa zehnmal mehr Sauerstoff auf als die Larven. Regnault und Reiset.

Obgleich bei Thieren die Oxydation, welche der eingeathmete Sauerstoff bewirkt, ebenso allgemein ist, wie die Erscheinungen der Reduction bei den Pflanzen, so fehlt es doch auch hier nicht an Ausnahmen. B. Thomson, Wöhler, August und Charles Morren haben beobachtet, daß viele Infusorien Sauerstoff ausscheiden und also auch durch diese Aehnlichkeit mit den Pflanzen an der niedersten Grenze des Thierreichs zu stehen verdienen. Die Wahrnehmung der beiden Morren betraf Chlamidomonas pulvisculus und einige andere noch niedriger stehende grüne Thierchen [1]).

---

1) Vgl. Liebig's Chemie in ihrer Anwendung auf Agricultur und Physiologie, sechste Auflage, S. 461—464.

# Der Harn.

## §. 3.

Wenn mit den Perspirationsgasen vorzüglich die Erzeugnisse des Verfalls der Fette und Fettbildner den Thierleib verlassen, so werden mit dem Harn hauptsächlich die zerfallenen Eiweißkörper ausgeleert.

Der Hauptbestandtheil des Harns ist der Harnstoff, $N^2 C^2 H^4 O^2$ nach Prout, der in farblosen, plattgedrückten, langen vierseitigen Säulen krystallisirt.

In Wasser und Alkohol ist der Harnstoff leicht löslich, wenig dagegen in Aether. Die wässerige Lösung des Harnstoffs ist neutral; sie wird durch Metallsalze, Gerbsäure oder andere Prüfungsmittel nicht gefällt. Mit einigen Säuren geht der Harnstoff krystallisirbare Verbindungen ein, so mit Salpetersäure und mit Kleesäure.

Zur Darstellung des Harnstoffs wird der Morgenharn bis zur Syrupsdichtigkeit eingedampft und der noch heiße Rückstand mit etwa gleichen Theilen Salpetersäure vermischt. Es bildet sich ein krystallinischer Brei von salpetersaurem Harnstoff, der zwischen Fließpapier ausgedrückt und darauf in verdünnter heißer Salpetersäure gelöst wird. Letztere zerstört den Farbstoff. Der aufs Neue krystallisirte salpetersaure Harnstoff wird durch kohlensauren Baryt zerlegt, die Lösung bei gelinder Wärme abgedampft. Der Rückstand besteht aus salpetersaurem Baryt, der in Weingeist unlöslich, und aus Harnstoff, der in Weingeist löslich ist. Man zieht also den Harnstoff durch Weingeist aus dem Rückstand aus und reinigt ihn vollends durch Krystallisation.

Neben dem Harnstoff ist die Harnsäure als ein Hauptbestandtheil des Harns des Menschen und der fleischfressenden Säugethiere zu betrachten. Nach der Analyse von Bensch wird sie ausgedrückt durch die Formel $N^2 C^5 HO^2 + HO$. Sie bildet im reinen Zustande ein glänzend weißes, krystallinisches Pulver, das aus unregelmäßigen Schuppen zu bestehen pflegt.

Kaltes Wasser löst die Harnsäure kaum, heißes nur in äußerst geringer Menge — 1 Theil Harnsäure erfordert 1800—1900 Theile heißen Wassers —, Alkohol und Aether lösen sie gar nicht. Wenn die Harnsäure mit etwas Salpetersäure auf dem Wasserbade bis zur Trockne verdampft wird, dann entsteht eine schöne Purpurfarbe, die durch vorsichtigen Zusatz von Ammoniak noch prächtiger zum Vorschein kommt, dabei aber in der Regel einen Stich ins Violette annimmt. Das Zersetzungsprodukt, das auf diese Weise gebildet wird, ist das Murexid oder sogenanntes purpursaures Ammoniak, $N^5 C^{12} H^4 O^8$.

Die meisten harnsauren Salze sind in Wasser unlöslich. Nur mit Kali und Natron bildet die Harnsäure etwas weniger schwer im Wasser, dagegen in Alkohol sehr wenig und in Aether gar nicht lösliche Neutralsalze. Mit Ammoniak und anderen Basen bildet die Harnsäure nur saure Salze, die ebenso wie die sauren Salze von Kali und Natron in Wasser außerordentlich schwer löslich sind.

Im Harn pflegt die Harnsäure an Natron gebunden zu sein.

Eine sehr einfache Darstellung der Harnsäure, welche die reichste Ausbeute giebt, ist kürzlich von Delffs empfohlen worden [1]. Gepulverte Schlangenexcremente, die fast ganz aus harnsauren Salzen bestehen, werden mit gleichen Gewichtstheilen käuflichen Aetzkalis und mit der 14fachen Gewichtsmenge Wasser bis zum Sieden erhitzt. Die siedendheiße Lösung läßt man unmittelbar vom Filtrum in ein Gemisch von 2 Theilen Schwefelsäure und 8 Theilen Wasser fließen, während man die Flüssigkeit von Zeit zu Zeit umrührt. Dann wird die Harnsäure als krystallinisches Pulver ausgeschieden, und zwar fällt sie um so dichter nieder, je heißer die Mischung ist. Man kann die Flüssigkeit ein Paar Mal abgießen, bevor man das Auswaschen auf dem Filter beginnt. Delffs erhielt bei diesem Verfahren aus nicht allzu unreinen Schlangenexcrementen 80 Procent Harnsäure; und wenn die Excremente aus reinem doppelt harnsaurem Ammoniumoxyd beständen, würde man nur 91 Procent freier Harnsäure gewinnen können.

Bei den Pflanzenfressern ist die Harnsäure des Harns durch Hippursäure ersetzt, eine Säure, die nach Liebig in geringer Menge auch im Harn des Menschen vorzukommen pflegt. Liebig hat dieselbe zuerst im Pferdeharn nachgewiesen.

Der Hippursäure oder Pferdeharnsäure gehört nach Mitscherlich die Formel $NC^{18} H^8 O^5 + HO$. Die Krystalle bilden weiße, lange, vierseitige Prismen.

In 400 Theilen kaltem Wassers wird die Hippursäure gelöst,

1) Delffs in Poggendorff's Annalen, Bd. LXXXV, S. 840.

also ebenso leicht wie der Gyps, leichter in heißem Wasser und in
Alkohol, nur wenig in Aether. Wenn man die Hippursäure in einem
Proberöhrchen im trocknen Zustande langsam erhitzt, dann schmilzt die-
selbe zu einer farblosen Flüssigkeit, die sich allmälig röthlich bräunt.
Hat man eine kleine Probe genommen, dann erkennt man die gleich-
zeitige Bildung von Benzoësäure an dem Geruch. Bei einer größeren
Menge der Pferdeharnsäure bildet sich in den höheren Theilen des
Proberöhrchens ein Sublimat, das aus Benzoësäure und benzoësau-
rem Ammoniak besteht.

Nach der schönen Entdeckung von Dessaigne zerfällt die Hippursäure, wenn sie mit starken Mineralsäuren gekocht wird, in Benzoësäure und Leimzucker:

Hippursäurehydrat      Leimzucker   Benzoësäurehydrat.
$$NC^{18} H^8 O^5 + HO = NC^4 H^5 O^4 + C^{14} H^5 O^3 + HO - 2 HO.$$

Die Hippursäure nimmt bei dieser Spaltung 2 Aeq. Wasser auf,
und diese Zerlegung hat Strecker bei der Auffassung der Constitution der Gallensäure als Muster gedient. Die Cholsäure ist in derselben Weise aus Leimzucker und Cholalsäure gepaart, wie die Hippursäure aus Leimzucker und Benzoësäure. Beim bloßen Verdampfen
des Harns zersetzt sich nach Lehmann die Hippursäure leicht in Benzoësäure. Daher hat man im Harn von Pferden und Menschen Benzoësäure gefunden [1].

Die hippursauren Alkalien und Erden sind in Wasser löslich,
die hippursauren Metalloxyde in Wasser nur schwer.

Man bereitet die Hippursäure am besten aus möglichst frischem
Pferdeharn. Dieser wird bis auf 1/8 seines Raums verdampft und
mit einem Ueberschuß von Salzsäure versetzt. Dann bildet sich nach
einiger Zeit ein gelblich brauner, krystallinischer Niederschlag, der mit
Kalkmilch gekocht wird. Aus der heißen, filtrirten Lösung fällt kohlensaures Natron den Kalk. Wenn dieser abgeschieden ist, wird durch
Chlorcalcium das überschüssige kohlensaure Natron niedergeschlagen;
der kohlensaure Kalk nimmt dabei zugleich den Farbstoff in unlösliche
Verbindung auf. Die filtrirte Flüssigkeit enthält hippursaures Natron,

---

1) Vgl. Lehmann, a. a. O. Bd. I, S. 87, 88, Bd. II, S. 488.

das durch Salzsäure zerlegt wird. Die Hippursäure reinigt man durch Krystallisation (Liebig).

Daß der Harn neben Harnstoff und Harnsäure oder Pferdeharn- säure auch Kreatin und Kreatinin liefert, ist bereits im vorigen Ka- pitel (S. 466) angeführt worden. Nach Heintz soll der gesunde Harn nur Kreatinin enthalten, und aus dem Kreatinin soll erst das Kreatin hervorgehen [1]). Bei dieser Umsetzung braucht das Kreatinin nur 2 Aeq. Wasser aufzunehmen:

$$\text{Kreatinin} \qquad\qquad \text{Kreatin.}$$
$$N^3\ C^8\ H^7\ O^2 + 2HO = N^3\ C^8\ H^9\ O^4.$$

Sehr unvollkommen kennt man bisher den Farbstoff des Harns. Nach Scherer ist derselbe in fortwährender Umwandlung begriffen. Durch neutrales und durch basisch essigsaures Bleioxyd entstehen aus den Lösungen des Harnfarbstoffs zwei verschiedene Niederschläge, die nach Scherer's Analyse beide stickstoffhaltig sind. Der Theil, der durch das basisch essigsaure Blei gefällt wurde, enthält weniger Koh- lenstoff und Wasserstoff, dagegen viel mehr Sauerstoff als der andere. Die Bleiniederschläge werden nach Scherer am besten zerlegt, wenn man sie mit salzsäurehaltigem Alkohol kocht. Dann bildet sich in Al- kohol unlösliches Chlorblei, während der Farbstoff in Lösung bleibt. Die Farbe des Rückstands dieser alkoholischen Lösungen ist sehr ver- schieden; für den kohlenstoffreichsten Theil des Farbstoffs ist sie dun- kelblau, in der alkoholischen Lösung purpurblau. In Wasser sind die Rückstände der alkoholischen Lösungen nur wenig löslich, leicht dage- gen, wenn das Wasser ein freies oder kohlensaures Alkali enthält. Durch Säuren werden die Farbstoffe aus den alkalischen Lösungen dunkel gefällt (Scherer [2]).

Heller hat einen gelben, einen rothen und einen blauen Farb- stoff durch die Namen Uroxanthin, Urrhodin, Uroglaucin unterschieden. Es ist jedoch das Verfahren Scherer's vorzuziehen, wenn er so we- nig charakterisirte Stoffe noch nicht mit neuen Namen belegen mag.

So wenig man also bisher die Harnfarbstoffe kennt, so wichtig ist es, daß man mit Lehmann annehmen muß, der farbige Extrac-

---

1) Heintz in dem Journal von Erdmann und Marchand, Bd. XLVI, S. 282.
2) Vgl. Scherer in den Annalen von Liebig und Wöhler, Bd. LVII, S. 190.

tivstoff des Harns bedinge den löslichen Zustand des harnsauren Natrons in dieser Flüssigkeit [1]). Der Farbstoff soll nach Scherer unter
dem Einfluß des Harnblasenschleims saure Gährung erleiden, und die
gebildete Säure (Milchsäure nach Scherer, Essigsäure nach Liebig)
würde dem neutralen harnsauren Natron 1 Aeq. Basis entziehen und
dadurch die Ausscheidung des so viel schwerer löslichen harnsauren
Natrons veranlassen.

Außer den aufgezählten stickstoffhaltigen Bestandtheilen, die von
den Nieren abgesondert werden, ist dem Harn immer etwas Schleim
von den Harnwegen beigemengt.

Nach einer früheren Angabe von Berzelius sollten die Fettsäuren im Harn regelmäßig durch Buttersäure vertreten sein. Lehmann meldet dagegen, daß sich die Buttersäure zwar sowohl im gesunden, wie im kranken Harn finden könne, daß sie jedoch in Wirklichkeit selten vorkomme. Städeler hat in neuester Zeit den Harn
vergeblich auf Buttersäure geprüft [2]).

In Folge erneuter Untersuchungen theilt Lehmann mit, daß
die Milchsäure nicht zu den regelmäßigen Bestandtheilen des Harns
gehöre, daß sie sich aber in allen Fällen finde, in welchen die Zufuhr
milchsaurer Salze zum Blut gesteigert ist [3]).

Kleesaurer Kalk findet sich nach den Angaben von Höfle und
Lehmann nicht selten in dem Harn gesunder Menschen.

Die flüchtigen Säuren des Harns sind in der allerneuesten Zeit
von Städeler untersucht worden [4]). Aus der Mutterlauge des
Harns, aus welcher die Hippursäure ausgeschieden war, konnte Städeler durch Destillation eine ölförmige Flüssigkeit gewinnen, die in
dem übergegangenen Wasser niedersank. Außer Chlor und Benzoësäure, welche letztere durch Zersetzung der Hippursäure entstanden war,
enthielt jenes Oel mehre flüchtige Säuren. Ein Theil dieser Säuren
zersetzte kohlensaures Natron, der andere nicht. Die letztgenannten
ließen sich in Aether lösen, die Natronsalze nicht.

---

1) Lehmann, a. a. O. Bd. II, S. 401, 402.

2) Liebig und Wöhler, Annalen, Bd. LXXVII, S. 17, 18.

3) Lehmann, a. a. O. Bd. I, S. 104.

4) Vgl. Städeler in den Annalen von Liebig und Wöhler, Bd. LXXVII,
S. 18 u. folg.

Unter den freien Säuren, die sich in Aether lösen, war nach Städeler das Phenyloxydhydrat, die sogenannte Phenylsäure, die von Runge zuerst im Steinkohlentheer gefunden ward. Die Anwesenheit dieses Körpers, der durch die Formel $C^{14} H^5 O + HO$ bezeichnet wird, wurde daran erkannt, daß ein mit der Lösung getränkter Fichtenspahn nach dem Eintauchen in verdünnte Salzsäure sich bläute. Die Analyse der möglichst gereinigten flüchtigen Materie bewies, daß sie nicht ausschließlich aus Phenyloxydhydrat bestehen konnte. Städeler nimmt daher an, daß letzteres mit einer anderen flüchtigen Säure vermischt war, für welche er den Namen Taurylsäure vorschlägt. Diese Taurylsäure soll sich von Phenyloxydhydrat dadurch unterscheiden, daß sie einen höheren Siedepunkt besitzt und, mit Schwefelsäure versetzt, zarte weiße Dendriten bildet, während das Phenyloxydhydrat, auf gleiche Weise behandelt, Monate lang flüssig bleibt.

Von den an Natron gebundenen Säuren, welche der Aether zurückließ, hat Städeler mehre Barytsalze analysirt, deren Barytbestimmungen auf vier verschiedene Säuren schließen lassen. Eine dieser Säuren, von welcher auch ein Silbersalz untersucht wurde, führte bei der Analyse zur Formel $C^{14} H^{11} O^3 + HO$. Städeler nennt diese Säure Damalursäure von δάμαλις, Kalb. Eine zweite Säure für welche Städeler den Namen Damolsäure vorschlägt, und ein den flüchtigen Säuren hartnäckig anhängendes stickstoffhaltiges Oel, das durch Schwefelsäure erst weinroth, dann farblos wird, erklärt der genannte Forscher selbst für Zersetzungsprodukte eines im Kuhharn vorkommenden übelriechenden Körpers.

Die berührten flüchtigen Stoffe sind nach Städeler am reichlichsten im Kuhharn enthalten. Es soll jedoch gelingen, sie auch im Pferdeharn und im Menschenharn nachzuweisen. Drei Pfund Menschenharn reichten eben aus, um die Anwesenheit der beiden Gruppen von Säuren zu erkennen, von denen die einen kohlensaures Natron zersetzen, die anderen nicht.

Phenyloxydhydrat ist nach Wöhler[1] auch im Bibergeil vorhanden. Da nun Scharling aus einem durch Frost verdichteten Harn durch Aether einen Körper ausziehen konnte, der nach Bibergeil roch, so glaubt Städeler, auch hier werde Phenyloxydhydrat, wie

---

1) Wöhler in seinen Annalen, Bd. LXVII, S. 360.

im Bibergeil und Kreosot, die Ursache des Geruches sein. Schar=
ling nannte seinen Körper, der wahrscheinlich ein Gemenge bildet,
Omichmyloryd.

Nach dem Genuß von Salicin hat Lehmann aus dem Harn
durch Aether einen Körper ausgezogen, der sich, ebenso wie das Phe=
nyloryddydrat, durch Eisenorydsalze bläut. Da nun die Biber mit
den Weiden= und Pappelrinden, die sie als Hauptnahrung fressen, eine
reichliche Menge Salicin aufnehmen, so hegt Städeler die nicht un=
wahrscheinliche Vermuthung, daß die sogenannte Phenylsäure des Harns
aus einem Körper der Salicylreihe hervorgehe. Andererseits erinnert
Städeler daran, daß Schlieper das Phenyloryddydrat spurweise
auch unter den Oxydationsprodukten des Leims auftreten sah. Dem=
nach könnte jener flüchtige Körper der Rückbildung leimgebender Ge=
webe seinen Ursprung verdanken[1].

Trotz der Gegenwart so vieler organischer Säuren ist die saure
Reaction des Harns des Menschen und der Fleischfresser nicht durch
eine freie organische Säure bedingt, sondern, wie Liebig in einer sei=
ner schönsten Arbeiten nachgewiesen hat, durch saures phosphorsaures
Natron[2]. Liebig hat namentlich hervorgehoben, wie schnell der
Harn durch Zersetzung einen Gehalt an freier organischer Säure zeigt,
eine Thatsache, welche Scherer bei der von ihm genau erforschten
sauren Harngährung ebenfalls beobachtete. Liebig hat jedoch in zer=
setztem Harn nur Essigsäure und Benzoësäure[3], Scherer Milchsäure
gefunden.

Die Niederschläge von Harnsäure oder saurem harnsaurem Na=
tron entstehen im Harn nach Liebig häufig dadurch, daß bei niederen
Wärmegraden saures phosphorsaures Natron das neutrale harnsaure
Natron zersetzt, während in höherer Wärme umgekehrt Harnsäure ba=
sisch phosphorsaures Natron in ein saures Salz verwandeln kann, in=
dem sie sich selbst mit Natron verbindet.

Unter den anorganischen Bestandtheilen des Harns herrscht das
Kochsalz bedeutend vor. Nächst dem Kochsalz sind die phosphorsauren
Alkalien und Erden, sodann die schwefelsauren Alkalisalze besonders

1) Städeler, a. a. O. S. 36, 37.
2) Liebig in seinen Annalen, Bd. I, S. 173—184.
3) Liebig, a. a. O. S. 166—169.

reichlich vertreten. Auch Chlorkalium fehlt dem Harne nicht. Eisen (nebst Manganoxydul), Kieselerde, Fluorcalcium sind nur in sehr geringer Menge im Harn vorhanden. Das Eisen kann bei gesunden Menschen sogar ganz fehlen.

Von mehren Seiten sind den Bestandtheilen des frischen Harns auch Ammoniaksalze oder Chlorammonium zugezählt worden. Ja Boussingault hat vor ganz Kurzem eine lange Reihe von Zahlen mitgetheilt, welche die Menge des Ammoniaks im Harn bei Menschen von verschiedenem Lebensalter und bei verschiedenen Thieren ausdrücken sollen[1]). Lehmann behauptet jedoch nach eigenen Versuchen, gegen deren Beweiskraft nichts einzuwenden ist, daß frischer Harn durchaus keine Ammoniakverbindungen enthält. Wenn man Harnstoff mit saurem phosphorsaurem Natron kocht, dann erleidet jener schon eine Zersetzung; es bildet sich phosphorsaures Natron-Ammoniak, das bei 100°C sein Ammoniak verliert und sich wieder in saures phosphorsaures Natron verwandelt. Daher erklärt es sich nach Lehmann, daß der Harn beim bloßen Abdampfen Ammoniak entwickeln kann[2]).

Endlich sind in dem Harn regelmäßig freie Gase aufgelöst, und zwar Kohlensäure nach von Erlach, van den Broek und Marchand, und etwas Stickstoff nach Lehmann.

## §. 4.

Obgleich die quantitativen Analysen des Harns wegen der außerordentlichen Schwankungen, welche die einzelnen Bestandtheile dieser Ausscheidung erleiden, nur wenig Werth haben, so sollen doch einige Beispiele hier annähernd ein Bild von den Mengenverhältnissen der verschiedenen Stoffe geben:

---

1) Journal de pharm. et de chim. 3e sér. T. XVIII, p. 266.

2) Lehmann, a. a. O. Bd. II, S. 424, 425.

| In 1000 Theilen. | Harn des Menschen. Berzelius 1809. | Harn eines 33jährigen Mannes. Simon. | Harn desselben Mannes. Simon. | Harn eines jungen Mannes. Lehmann. | Harn eines 22jährigen Mannes. Lecanu. | Harn einer 28jährigen Frau. Lecanu. | Harn eines 19jährigen Mädchens. Lecanu. | Harn eines 8jährigen Knaben. Lecanu. |
|---|---|---|---|---|---|---|---|---|
| Harnstoff | 30,00 | 12,46 | 14,58 | 31,45 | 21,88 | 13,10 | 24,59 | 19,20 |
| Harnsäure | 1,00 | 0,52 | 0,71 | 1,02 | 0,97 | 0,63 | 0,24 | 0,23 |
| "Milchsaures Ammoniak" | 17,14 | 1,03 | 10,39 | 1,89 | — | — | — | — |
| Freie Milchsäure | | 7,70 | | 1,49 | — | — | — | — |
| Alkoholextract | | | | 10,06 | | | | |
| Wasserextract | | | | 0,62 | | | | |
| Blasenschleim | 0,32 | 1,00 | 2,55 | 0,11 | — | — | — | — |
| Chlornatrium | 4,45 | 5,20 | 7,28 | 3,64 | 2,40 | 0,17 | 0,80 | 3,80 |
| "Chlorammon." | 1,50 | 0,41 | | | | | | |
| Schwefelsaures Kali | 3,71 | 3,00 | 3,51 | 7,31 | 3,45 | 2,25 | 7,85 | 3,21 |
| Schwefelsaures Natron | 3,16 | — | — | | | | | |
| Phosphorsaures Natron | 2,94 | 2,41 | 2,33 | 3,76 | 0,24 | 1,15 | 2,43 | 0,52 |
| "Phosphorsaures Ammoniak" | 1,65 | — | — | — | | | | |
| Phosphorsaure Erden | 1,00 | 0,58 | 0,65 | 1,13 | 1,64 | 0,46 | 0,62 | 0,85 |
| Kieselerde | 0,03 | Spuren | Spuren | | | | | — |
| Wasser | 933,00 | 963,20 | 956,00 | 936,76 | 928,80 | 953,00 | 941,00 | 948,00 |

Aus den mit Anführungszeichen aufgezählten Stoffen ergiebt sich nach der im vorigen Paragraphen gegebenen Beschreibung des Harns, daß sich die Flüssigkeit unter den Händen der Forscher öfters schon zersetzt hatte.

Nach Lehmann schwankt die Menge des Harnstoffs im Harn gesunder Menschen zwischen 25 und 32 in 1000 Theilen, die der Harnsäure beträgt im Mittel verschiedener Untersuchungen 1 in 1000 Theilen.

In dem Morgenharn von Kühen, welche den Tag über auf die Weide gingen und Abends mit Heu, Stroh und Kleie gefüttert wurden, fand Stäbeler kürzlich bei zwei Bestimmungen 15 Hippursäure in 1000 Theilen [1].

Wägende Versuche, um die Mengen der flüchtigen Säuren des Harns genauer anzugeben, waren bisher nicht möglich. Stäbeler berichtet aber, daß die Taurylsäure vorherrscht; ihr folgen das Phenyloxyhydrat und die Damalursäure, von welcher letzteren die Damolsäure kaum ein Viertel beträgt [2].

Eine Analyse der Asche des Harns ist vor nicht langer Zeit von Porter mitgetheilt worden [3]:

100 Theile der Asche enthielten

| | |
|---|---|
| Chlornatrium . . . . | 67,26 |
| Natron . . . . . . | 1,33 |
| Kali . . . . . . . | 13,64 |
| Kalk . . . . . . . | 1,15 |
| Bittererde . . . . . | 1,34 |
| Eisenoxyd . . . . . | Spuren |
| Phosphorsäure . . . . | 11,21 |
| Schwefelsäure . . . . | 4,06. |

Beinahe zur selben Zeit hat Rose eine Analyse der Asche veröffentlicht, in welcher die einzelnen Bestandtheile als Salze berechnet sind [4]:

---

1) Stäbeler in den Annalen von Liebig und Wöhler, Bd. LXXVII, S. 19.
2) Stäbeler, a. a. O. S. 33.
3) Porter in den Annalen von Liebig und Wöhler, Bd. LXXI, S. 110.
4) Erdmann und Marchand, Journal, Bd. XLVIII, S. 56.

**In 100 Theilen**

| | |
|---|---|
| Chlornatrium . . . . . . . . | **57,03** |
| Chlorkalium . . . . . . . . | 8,99 |
| Basisch phosphorsaures Natron . | 2,90 |
| Basisch phosphorsaures Kali . . | 4,53 |
| Pyrophosphorsaures Kali . . . | 4,65 |
| Schwefelsaures Kali . . . . . | 5,33 |
| Basisch phosphorsaure Bittererde . | 2,57 |
| Basisch phosphorsaurer Kalk . . | 2,57 |
| Pyrophosphorsaure Bittererde . . | 0,37 |
| Schwefelsaurer Kalk . . . . . | 0,27 |
| Mangan, Eisenoxyd und Kieselerde | 0,79. |

Weit wichtiger als jene auf 1000 Theile Harn berechnete Zusammensetzung ist die Kenntniß der Mengen, welche in 24 Stunden
mit dem Harn ausgeschieden werden. Nach Lehmann scheidet ein
gesunder Mann in 24 Stunden 22—36 Gramm Harnstoff aus.
Lehmann selbst entleerte in 24 Stunden bei gemischter Kost, freilich
zu einer Zeit, in welcher er seine linke Lunge nicht für kräftig hielt,
1,18 Gramm Harnsäure. Becquerel fand jedoch bei seinen an acht
verschiedenen Personen vorgenommenen Untersuchungen die Menge der
Harnsäure, die ein gesunder Mensch in 24 Stunden entleert, nur
gleich 0,497—0,557 Gramm.

Die Menge der feuerfesten Bestandtheile, die dem Körper mit
dem Harn in 24 Stunden entzogen werden, beträgt nach einer Angabe
von Porter, dessen Untersuchung sich über vier Tage erstreckte, durchschnittlich 14,39, nach einer Bestimmung von Rose 14,84 Gramm.

Rose fand diese 14,84 Gramm in folgender Weise zusammengesetzt:

| | |
|---|---|
| Chlornatrium . . . | 8,92 |
| Chlorkalium . . . | 0,75 |
| Kali . . . . . . | 2,48 |
| Kalk . . . . . . | 0,22 |
| Bittererde . . . . | 0,24 |
| Eisenoxyd . . . . | 0,01 |
| **Phosphorsäure** . . | 1,76 |
| **Schwefelsäure** . . . | 0,39 |
| **Kieselsäure** . . . . | 0,07 |
| | 14,84. |

## §. 5.

Die obige Beschreibung hat sich vorzugsweise an den Harn des
Menschen und der Fleischfresser angeschlossen. Zu diesem Harn steht
der der Pflanzenfresser in geradem Gegensatz. Und zwar zunächst
durch die alkalische Reaction. Zweitens dadurch daß er gar keine
Harnsäure, statt dieser aber regelmäßig Hippursäure enthält. Nach
Boussingault sollen milchsaure Salze im Harn der Pflanzenfresser nie
fehlen. Es läßt sich indeß die Gültigkeit dieser Angabe deßhalb bezweifeln,
weil sie von Boussingault auf die Reaction von Pelouze gestützt ward, nach welcher durch Milchsäure die vollständige Fällung von
Kupferoxyd durch Kalkmilch verhindert werden soll. Strecker hat jedoch
gezeigt, daß die Milchsäure, ebenso wie viele andere organische Körper auch, jene Fällung zwar erschwert, allein ohne sie zu hindern [1]).
Dagegen ist kleesaurer Kalk beständig im Harn der Pflanzenfresser
vorhanden.

Saure kohlensaure Alkalien sind ein ferneres wesentliches Merkmal für den Harn der Pflanzenfresser. Ihnen verdankt der Harn
von Rindern und Pferden seine alkalische Reaction. Die doppelt kohlensauren Alkalien sind von sauren kohlensauren Erden begleitet, unter
welchen im Rindsharn die Bittererde weit über den Kalk vorherrscht.
Ebenso überwiegt das Kali das Natron. Auch schwefelsaure Salze
sind im Harn der Pflanzenfresser reichlich vertreten. Phosphorsaure
Salze aber und Kochsalz sind in geringer Menge vorhanden. Boussingault.

Allen aufgezählten Eigenthümlichkeiten gegenüber sind die saure
Reaction und der besondere Reichthum an Harnstoff die hervorstechend-
sten Merkmale des Harns der Fleischfresser. Neben dem Harnstoff
kann aber die Harnsäure spärlich vertreten sein. So fand Hiero-
nymi im Harn des Löwen sehr wenig und Vauquelin sogar keine Harnsäure.

Während man von dem Schwein als einem Thier, das gemischte
Nahrung zu sich nehmen kann, erwarten sollte, daß sich sein Harn

---

[1]) Vgl. Strecker in den Annalen von Liebig und Wöhler, Bd. LXI,
S. 216—219.

zunächst an den menschlichen anreihen oder zwischen dem Harn von Pflanzenfressern und Fleischfressern die Mitte halten würde, behauptet derselbe eine sehr merkwürdige Selbständigkeit, indem er weder Hippursäure, noch Harnsäure enthält. Dem Harn der Pflanzenfresser ähnelt der Schweinsharn durch seine Armuth an phosphorsauren Salzen.

Der Harn der Vögel enthält zwar nach Coindet auch Harnstoff, besteht aber sonst im Wesentlichen aus saurem harnsaurem Ammoniak und doppelt harnsaurem Kalk. Aus den Excrementen der Strandvögel geht der Guano hervor. Da nun in der Cloake der Vögel bekanntlich Harn und Koth zusammenkommen, so hat man es im Guano hauptsächlich mit einem Gemenge harnsaurer Salze zu thun.

In diesem Gemenge ist aber ein besonderer Stoff vorhanden, der von Bodo Unger zuerst beschrieben und Guanin genannt wurde. Unger ertheilte dem Guanin die Formel $N^5 C^{10} H^5 O^2$.

Reines Guanin bildet ein gelblichweißes, krystallinisches Pulver, das sich nicht löst in Wasser, Alkohol und Aether, leicht aber in Salzsäure oder in Natron. Obgleich es rothes Lackmus nicht bläut, muß es wegen der Verbindungen, die es mit Säuren eingeht, als eine schwache Basis betrachtet werden.

Um das Guanin aus dem Guano zu bereiten, wird dieser mit Kalkmilch erwärmt. Wenn die Flüssigkeit beim Kochen nicht mehr braun, sondern schwach grünlich gelb gefärbt ist, wird sie filtrirt und mit Salzsäure versetzt. Dann werden nach einigen Stunden Guanin und Harnsäure ausgeschieden. Der Niederschlag wird mit Salzsäure gekocht, welche die Harnsäure ungelöst zurückläßt, das salzsaure Guanin durch Ammoniak zerlegt.

Nach Lehmann scheinen Strahl und Lieberkühn das Guanin auch im menschlichen Harn gefunden zu haben [1]).

Der Harn der Schildkröte ist nach Lehmann neutral oder schwach alkalisch. Er enthält Harnstoff, saure harnsaure Salze von Ammoniumoxyd, Kalk und Natron, Hippursäure, Fett, phosphorsaure, schwefelsaure Salze und Chlormetalle. Von den Alkalien ist das Kali reichlicher als Natron vertreten.

_____

1) Lehmann, a. a. O. Bd. I, S. 176, 179.
2) A. a. O. Bd. II, S. 455.

Im Harn des zu den Schuppeneidsen gehörigen Jeguans hat Taylor Harnsäure nachgewiesen.

Saure harnsaure Alkalien bilden beinahe ausschließlich den Harn der Schlangen, deren Excremente aus diesem Grunde so allgemein zur Darstellung der Harnsäure benützt werden. Den harnsauren Salzen ist nur etwas Harnstoff nebst phosphorsauren Erden beigemengt.

Der flüssige Froschharn besteht aus einer Lösung von Harnstoff, Kochsalz und etwas phosphorsaurem Kalk.

Viele Käfer, Schmetterlinge und Raupen liefern harnsaure Salze in ihren Excrementen. Das Vorkommen der Harnsäure in den Malpighischen Gefäßen hat diese so oft als Gallengefäße gedeutete Theile mit Bestimmtheit den Nieren angereiht. In den Malpighischen Gefäßen der Raupe von Sphinx Convolvuli fand H. Meckel außer harnsauren Salzen auch Krystalle von kleesaurem Kalk.

In den Excrementen der Spinnen haben von Gorup-Besanez und Will Guanin gefunden. Diese Forscher glauben es zu großer Wahrscheinlichkeit erhoben zu haben, daß auch in dem grünen Organ des Flußkrebses und in den Nieren der Teichmuschel Guanin vorkommt [1].

Als Niere darf nämlich die Bojanussche Drüse der Acephalen ohne Weiteres bezeichnet werden, da von Babo in Freiburg in den runden, schwarzblauen Kernen ihrer blasigen Körper Harnsäure nachgewiesen hat [2]. In derselben Weise wie von Babo für die Teichmuschel hatte Jacobson schon im Jahre 1820 die Deutung der Nieren für Helix, Limax, Lymnaeus und Planorbis gesichert [3], und Harleß hat ein Gleiches für die schwammigen Körper der Cephalopoden geleistet [4]. Demnach wäre eine Ausscheidung von Harnsäure auch durch die große Gruppe der Weichthiere verbreitet, und es steht zu erwarten, daß man bei der Leichtigkeit, mit der sich die

---

[1] Vgl. von Gorup-Besanez und Will in den Annalen von Liebig und Wöhler, Bd. LXIX, S. 117—120.

[2] Vgl. C. Th. von Siebold, Lehrbuch der vergleichenden Anatomie, S. 282, 283.

[3] Von Siebold, a. a. O. S. 339.

[4] Von Siebold, a. a. O. S. 400.

Anwesenheit von Harnsäure ermitteln läßt, die Niere bald auch bei
den Mollusken auffinden wird, in welchen dieses Ausscheidungsorgan
bisher nicht mit Sicherheit erkannt werden konnte.

### §. 6.

Kinder entleeren nach Lecanu mit dem Harn weniger organische und feuerfeste Bestandtheile als Erwachsene, Greise weniger als
achtjährige Kinder. Dagegen sollen vierjährige Kinder weniger organische Stoffe ausscheiden als alte Leute.

Hinsichtlich der einzelnen Bestandtheile wird hervorgehoben, daß
der Harn kleiner Kinder verhältnißmäßig reich ist an Hippursäure
und an schwefelsauren Salzen, arm dagegen an phosphorsauren Salzen und namentlich an phosphorsaurem Kalk.

Der Harn des Kalbsfötus und des jungen Kalbes, so lange es
mit Milch gefüttert wird, zeichnet sich aus durch saure Reaction und
durch einen eigenthümlichen Körper, der wegen seines Auftretens in
der Allantoisflüssigkeit, in welcher er zuerst gefunden wurde, mit dem
Namen Allantoin belegt worden ist. Die Allantoisblase, die in einer
früheren Entwicklungszeit mit den Ausführungsgängen der Wolf'schen
Körper, später durch den Urachus mit der Harnblase zusammenhängt,
enthält außer der Flüssigkeit, die von ihren eigenen Gefäßen abgesondert wird, immer auch Bestandtheile des Harns. Jacobson
fand bei Vogelembryonen schon in den ersten Tagen der Bebrütung
in der Allantoisflüssigkeit Harnsäure, Prévost und Le Mayer
außer Harnsäure auch Harnstoff [1]). In der Allantoisflüssigkeit der
menschlichen Frucht hat Stas Harnstoff beobachtet, während dieser
Forscher sonst weder Harnstoff, noch Harnsäure, noch Hippursäure,
wohl aber eiweißartige Körper und, wie schon früher Bernard,
Traubenzucker nachweisen konnte [2]).

Nach der Analyse von Liebig und Wöhler wird das Allantoin ausgedrückt durch die Formel $N^4 C^8 H^3 O^5 + HO$. Krystallisirt

---

1) Vgl. Bischoff, Entwicklungsgeschichte der Säugethiere und des Menschen,
Leipzig 1842, S. 348, 518.

2) Comptes rendus, T. XXXI, p. 629, 630, 659.

stellt es farblose harte Prismen dar, die sich in kaltem Wasser ziemlich schwer, in heißem leichter, sodann auch in heißem Alkohol, nicht aber in Aether lösen. Warme Lösungen von freien oder kohlensauren Alkalien lösen das Allantoin auf.

Mit Säuren läßt sich das Allantoin nicht verbinden, wohl aber mit Bleioxyd und mit Silberoxyd.

Salpetersäure spaltet das Allantoin beim Erwärmen in Harnstoff und in eine Säure, $N^4 C^{10} H^7 O^9$, die Allantoissäure genannt wird:

Allantoin $\qquad$ Harnstoff $\qquad$ Allantoissäure
$$3 (N^4 C^8 H^5 O^5 + HO) + 4 HO = 2 N^2 C^2 H^4 O^2 + 2 N^4 C^{10} H^7 O^9.$$

Wöhler, der zuerst das Allantoin aus dem Harne junger Kälber darstellte, verfuhr hierbei auf folgende Weise [1]. Der Kälberharn wurde unter der Siedhitze verdunstet, bis er an Dichtigkeit einem dünnen Syrup gleich kam. In einigen Tagen krystallisirte Allantoin aus der Flüssigkeit, gemengt mit ammoniakfreier phosphorsaurer und gallertiger harnsaurer Bittererde. Diese Masse wurde mit kaltem Wasser angerührt, wobei die Allantoinkrystalle zu Boden sanken; die gallertige harnsaure Bittererde konnte mit dem Wasser abgegossen werden. Die zurückgebliebenen Krystalle wurden darauf mit kaltem Wasser gewaschen und dann mit wenigem Wasser zum Sieden erhitzt; dabei verlieren die Krystalle der phosphorsauren Bittererde Wasser, bleiben ungelöst und nur das Allantoin wird aufgenommen. Die durch Blutkohle entfärbte Lösung versetzte Wöhler mit einigen Tropfen Salzsäure, um beigemengte phosphorsaure Bittererde in Lösung zu erhalten. Schließlich wird das Allantoin aus dieser Flüssigkeit krystallisirt.

Für die Entwicklungsgeschichte des Allantoins ist es von Wichtigkeit, daß die Harnsäure, wenn sie mit Bleihyperoxyd gekocht wird, in Allantoin, Harnstoff und kleesaures Bleioxyd zerfällt:

Harnsäure
$$4 (N^2 C^5 HO^2 + HO) + 6 HO + 4 PbO^2$$
Allantoin $\qquad$ Harnstoff $\qquad$ Kleesaures Bleioxyd
$$= N^4 C^8 H^5 O^5 + HO + 2 N^2 C^2 H^4 O^2 + 4 (PbO + C^2 O^3).$$

---

1) Wöhler in seinen Annalen, Bd. LXX, S. 229.

Neben dem Allantoin enthält der Harn von Kälbern, die drei
bis vier Wochen alt sind, Harnstoff und Harnsäure in ähnlicher
Menge, wie gesunder Menschenharn, dagegen keine Hippursäure.
Die anorganischen Bestandtheile sind ausgezeichnet durch Reichthum
an phosphorsaurer Bittererde, Chlorkalium und Kalisalzen überhaupt.
Natronsalze sind in geringer Menge oder gar nicht vorhanden.
Wöhler.

Frauen entleeren nach Becquerel in ihrem Harn weniger
Harnstoff und weniger Salze, aber mehr Wasser als Männer. Die
Menge der Harnsäure ist für beide Geschlechter nicht wesentlich ver-
schieden.

Hinsichtlich der organischen Bestandtheile des Harns von Schwangeren ist zu bemerken, daß Lehmann unter denselben beständig
ein weiches, butterähnliches Fett und Höfle häufig eine Zunahme
des kleesauren Kalks beobachtet hat. Le Mayer und Becquerel
haben im Harn der Schwangeren bisweilen Eiweiß gefunden; ob dies
jedoch als Eigenthümlichkeit der Schwangeren betrachtet werden darf,
ist zweifelhaft, weil auch sonst gesunde Leute mitunter Eiweiß durch
den Harn entleeren.

Nach Donné ist der phosphorsaure Kalk im Harn der Schwangeren erheblich vermindert, zumal im sechsten bis achten Monat der
Schwangerschaft. Die phosphorsaure Bittererde fand Lehmann, der
jene Angabe Donné's bestätigte, in den letzten Monaten der Schwangerschaft umgekehrt bedeutend vermehrt [1]).

Eine besondere Eigenthümlichkeit des Harns der Schwangeren
besteht darin, daß derselbe leicht alkalisch wird. In Folge dessen bildet sich an seiner Oberfläche nicht selten ein schillerndes Häutchen,
aus phosphorsauren Erden bestehend, das Rauche mit Unrecht für
einen besonderen organischen Stoff, für sogenanntes Kyestein hielt.

Während des Wochenbetts zeigt der Harn keine Abweichung
von dem gewöhnlichen Zustande. Aus dem Harn einer nicht stillenden Wöchnerin erhielt Lehmann jedoch in den ersten Tagen nach
der Niederkunft so viel Buttersäure, daß diese nicht wohl bloß beigemengtem Schweiße zugeschrieben werden konnte.

---

1) Lehmann, Art. Harn in R. Wagner's Handwörterbuch, S. 24.

## §. 7.

Kurz nach einer Mahlzeit wird sowohl im Ganzen, wie im Verhältniß zu den festen Bestandtheilen weniger Wasser mit dem Harn
entleert. Chambert.

Durch reichliches Wassertrinken wird nicht nur die mit dem
Harn ausgeschiedene Wassermenge, sondern nach Chossat, Becquerel und Lehmann auch die Menge der festen Bestandtheile vermehrt.
Nach Lecanu sollten jedoch die festen Bestandtheile nicht gleichzeitig zunehmen. Den Einfluß reichlicher Wasseraufnahme auf die
Salze des Harns hat Liebig in klassischer Weise erörtert [1]. Wenn
das reichlich getrunkene Wasser weniger Salze enthält als das Blut,
dann wird viel mehr Wasser mit dem Harn ausgeschieden, die Menge
der Salze nimmt im Verhältniß zum Wasser ab. Ja die phosphorsauren Salze des Harns verschwinden zuletzt bis auf kaum wahr-
nehmbare Spuren.

Um den Einfluß der Nahrung auf den Harn zu beurtheilen,
sind offenbar die Versuche von Lehmann mit stickstoffreicher, gemischter, stickstoffarmer und stickstofffreier Kost bei Weitem die wichtigsten.
Bei eiweißreicher Nahrung nimmt die Menge des in 24 Stunden
ausgeleerten Harnstoffs bedeutend zu, während sie, zugleich mit der
Menge der genossenen Eiweißstoffe abnehmend, bei stickstofffreier Kost
am tiefsten sinkt. Lehmann hat seine verdienstlichen Beobachtungen an
sich selbst angestellt. Frerichs erlangte bei Hunden dieselben Ergebnisse, während er selbst bei stickstofffreier Nahrung in 24 Stunden
nahezu ebensoviel (16,10 Gramm) Harnstoff wie Lehmann (15 Gramm)
entleerte [2]. Thierische Nahrung vermehrt nach Lehmann außer dem
Harnstoff auch die schwefelsauren Salze und die phosphorsauren Erden.

Die Menge der Harnsäure, die dem Körper in 24 Stunden
entzogen wird, hängt nach Lehmann weit weniger als der Harnstoff
von der Nahrung ab. Trotzdem ergiebt sich aus Lehmann's Zah-

[1] Liebig, über die Constitution des Harns der Menschen und der fleischfressenden Thiere, in seinen Annalen, Bd. L, S. 179, 180.

[2] Frerichs Art. Verdauung in R. Wagner's Handwörterbuch, S. 663, 664.

len, daß einer Abnahme oder Zunahme des Harnstoffs auch eine geringe Verminderung oder Vermehrung der Harnsäure entspricht.

Pflanzenkost vermehrt die Menge der Hippursäure, die nach reiner Fleischkost beim Menschen ganz fehlt (Liebig).

Außer der Hippursäure werden namentlich die Extractivstoffe
durch pflanzliche Nahrungsmittel vermehrt (Lehmann).

Milchsäure wird dem Harn gleichfalls hauptsächlich durch die
Fettbildner des Pflanzenreichs zugeführt (Lehmann), kleesaurer Kalk
durch Pflanzenkost vermehrt.

Nach allen diesen Angaben ergiebt sich von selbst, daß die Unterschiede, welche oben für den Harn von Pflanzenfressern und Fleischfressern namhaft gemacht wurden, sich auf die Nahrung zurückführen
lassen.

Die wichtigste Veränderung, welche Pflanzenkost im Harn des
Menschen und der Fleischfresser hervorbringt, ist die, daß er alkalisch
wird. Zum Theil wird dies durch die organischsauren Salze der pflanzlichen Nahrungsmittel bewirkt, die sich im Harn als kohlensaure Salze
wiederfinden, zum Theil durch die Fettbildner. Lehmann sah seinen
eigenen gewöhnlich stark sauren Harn nach 18 Stunden alkalisch werden, als er nichts als Milchzucker, Stärkmehl und Fett genossen hatte.
Magendie beobachtete das Gleiche, als er Kaninchen eine Kleister-
lösung, Bernard als er Hunden oder Kaninchen eine Lösung von
Traubenzucker in die Venen spritzte [1].

Kochsalz, das der Nahrung zugefügt wird, vermehrt nach Boussingault den Harnstoff im Harn. Vierordt und Wellzien
fanden, daß Kochsalz in die Drosselader eines Pferdes eingespritzt, die
Ausscheidung von Kochsalz durch die Nieren steigert [2]. Hält man
diese Beobachtungen zusammen mit den Angaben von Chossat, Becquerel und Lehmann, daß sich bei reichlichem Wassertrinken nicht
nur das Wasser vermehrt, sondern auch die festen Bestandtheile, die
mit dem Harn ausgeschieden werden, so scheint sich die Folgerung zu
ergeben, daß alle Stoffe, welche reichlich von den Nieren abgesondert

---

1) Vgl. Lehmann, a. a. O. Bd. II, S. 413.
2) Vierordt in seinem hübschen Artikel: Transsudation und Endosmose in R.
Wagner's Handwörterbuch, S. 652.

werben, daß Blut nur in Gesellschaft der anderen wesentlichen Bestandtheile des Harns verlassen.

Es ist oben bereits erwähnt, daß nach den schönen Untersuchungen von Regnault und Reiset die Athmung fastender Thiere am meisten Aehnlichkeit hat mit der der Fleischfresser [1]. Ebenso wird nach Bernard der Harn von Pflanzenfressern durch Entziehung aller Nahrung sauer wie beim Genuß von Fleischkost. Die Menge des Harnstoffs, die in einer gegebenen Zeit verloren geht, erleidet jedoch eine Abnahme. Sie ist nach Frerichs[2] bei Hunden völlig gleich der Menge, die bei stickstofffreier Kost dem Körper entzogen wird.

Körperliche Anstrengungen vermehren nach Simon und Lehmann die Ausscheidung von Harnstoff und Milchsäure, von schwefelsauren und phosphorsauren Salzen. Dagegen vermindern sie die Entleerung von Harnsäure und Extractivstoffen. Mangel an gehöriger Bewegung bedingt umgekehrt eine vermehrte Absonderung von harnsaurem Natron; bei wilden Thieren, die sonst wenig Harnsäure entleeren, entsteht in der Gefangenschaft im Harn ein Bodensatz von harnsaurem Natron[3]. Die Sache wird einfach erklärt, wenn man mit Liebig den Harnstoff als ein Oxydationsprodukt der Harnsäure betrachtet. In der Ruhe wird beim Athmen weniger Sauerstoff verbraucht[4], also weniger Harnsäure bis zu Harnstoff oxydirt.

Der Morgenharn ist dichter, dunkler und saurer als der sonst bei Tag gelassene, nach Lehmann sogar dunkler und dichter als der Verdauungsharn, während Chambert umgekehrt den letzteren an festen Bestandtheilen und namentlich an Salzen reicher fand als den Morgenharn.

Im Winter ist die Menge des Harns, die in 24 Stunden ausgeschieden wird, weit größer. Da man nun weiß, daß die Nieren im gesunden Zustande mit einer größeren Wassermenge auch im Ganzen mehr andere Harnbestandtheile aus dem Blut abzusondern pflegen[5], da ferner

1) Vgl. oben S. 489.
2) Frerichs, a. a. O. S. 663.
3) Lehmann, a. a. O. Bd. I, S. 221.
4) Vgl. S. 491.
5) Vgl. oben S. 510 und S. 511.

im Winter das Athmen lebendiger von Statten geht, insofern mehr
Sauerstoff verbraucht wird, als im Sommer, so ist man gewiß berechtigt, anzunehmen, daß während des Winters dem Körper überhaupt
mehr Ausscheidungsstoffe mit dem Harn entzogen werden.

Nach einem kalten Bade ist die Wassermenge, die mit dem Harn
entleert wird, sehr gesteigert; es wird im Bade kein Wasser durch die
Haut verdunstet, sondern im Gegentheil Wasser aufgenommen.

### Der Schweiß.

### §. 8.

Die Flüssigkeit, welche in tropfbar flüssiger Form von den Schweiß-
drüsen ausgeschieden wird, pflegt eine schwach saure Reaction zu besitzen, ist aber an einzelnen Stellen des Körpers nicht selten alkalisch.

Sehr häufig ist der Schweiß mit einer reichlichen Menge ab-
geschuppter Oberhautzellen vermischt. Allein außer diesen beigemengten Bestandtheilen scheint der Schweiß noch einen anderen schwefel-
und stickstoffhaltigen Körper zu führen, da Lehmann an Schweiß,
der in einem verschlossenen Gefäße angesammelt war, eine Entwicklung
von Schwefelammonium beobachtete.

Fett ist auch dann im Schweiß enthalten, wenn dieser von
Hautgegenden herrührt, denen Talgdrüsen fehlen. Krause erhielt
Margarin und ein öliges Fett, wahrscheinlich Elain, aus dem Hand-
teller, in welchem die Haut keine Talgdrüsen besitzt. Am leichtesten
verrathen sich aber die flüchtigen Fettsäuren des Schweißes. Unter
diesen ist die Anwesenheit von Buttersäure am sichersten ausgemacht
(Simon, Lehmann). Nach dem Geruch nimmt Redtenbacher
in dem Schweiß auch Caprylsäure, Lehmann Capronsäure und Metacetonsäure an; es ist jedoch nichts Zuverlässiges über die Natur dieser flüchtigen Fettsäuren bekannt. Von den genannten Säuren ist nur
die Metacetonsäure bisher in diesem Werke nicht beschrieben worden.
Die Metacetonsäure, der man auch die Namen Butteressigsäure und
Propionsäure beigelegt hat, ist nach der Formel $C^6 H^5 O^3 + HO$ zusammengesetzt, also nur um $- C^2 H^2$ von der Buttersäure verschieden.
Sie ist farblos, ölig, riecht nach Sauerkraut, erfordert ziemlich viel
Wasser, um sich zu lösen, dagegen ist sie leichter löslich in Alkohol
und Aether.

Es ist Lehmann nicht gelungen, Metacetonsäure aus dem Schweiß darzustellen. In der Lehre vom Zerfallen der organischen Materie werden wir dieser Säure als einem Erzeugniß der Oxydation von Eiweißkörpern und Fetten begegnen.

Milchsäure sollte nach Berzelius sowohl frei, wie an Ammoniak gebunden, vorhanden sein. Bei der Unsicherheit, mit welcher diese Säure dort erkannt werden kann, wo sie sich nur in kleiner Menge findet, wäre eine sorgfältige Prüfung dieser Angabe zu wünschen. Ebenso verhält es sich mit der Essigsäure, die von Anselmino und Simon dem Schweiße zugeschrieben wird.

Flüchtige Stoffe, die von den ersten Wegen in das Blut gelangen, werden nicht selten mit dem Schweiß ausgedunstet. Daher entstehen flüchtige organische Beimengungen, die man am Geruch erkennt.

Unter den organischen Bestandtheilen des Schweißes herrscht Kochsalz vor. Die übrigen Mineralstoffe sind Chlorkalium, schwefelsaures und phosphorsaures Natron, phosphorsaurer und kohlensaurer Kalk nebst Spuren von Eisenoxyd (Anselmino).

Daß der Schweiß nach Berzelius auch Ammoniaksalze enthält, ist schon angedeutet worden.

Nach den annähernden Bestimmungen Anselmino's ist der Schweiß in 1000 Theilen folgendermaaßen zusammengesetzt:

|  | I. | II. |
|---|---|---|
| Oberhaut und Kalksalze . . . | 0,10 | 0,25 |
| Alkoholextract, essigsaure und milch- |  |  |
| saure Salze, freie Essigsäure | 1,45 | 3,62 |
| Weingeistextract, Chlornatrium, |  |  |
| Chlorkalium . . . . . . | 2,40 | 6,00 |
| Wasserextract und schwefelsaure |  |  |
| Salze . . . . . . . . | 1,05 | 2,62 |
| Wasser . . . . . . . . | 995,00 | 987,50 |

Einer Berechnung Krause's zufolge soll ein Erwachsener in 24 Stunden mit dem Schweiß entleeren:

| Wasser . . . . . . . | 791,50 Gramm, |
|---|---|
| Organische u. flüchtige Stoffe | 7,96 „ |
| Mineralstoffe . . . . . | 2,66 „ |

Wenn man nach dem Geruch urtheilen darf, dann scheiden Frauen, namentlich ältere und unverheirathete Frauenzimmer mit dem Schweiß mehr flüchtige Fettsäuren aus als Männer. Denkt man nun an Barruel's Angabe, daß das Blut der Männer auf Zusatz von Schwefelsäure stärker nach flüchtigen Fettsäuren riecht als das der Frauen, so muß man annehmen, daß beim weiblichen Geschlechte nicht die Bildung, sondern nur die Ausscheidung flüchtiger Fettsäuren vermehrt ist.

## Die Hautschmiere.

### §. 9.

Zahlreiche Namen unterscheiden die Hautschmiere, welche an verschiedenen Körperstellen von den Talgdrüsen der Haut geliefert wird. Denn zur Hautschmiere gehört die Augenbutter der Meibomschen Drüsen, das Ohrenschmalz, (cerumen), die Vorhautsalbe (smegma praeputii), der Käseschleim der Neugeborenen (vernix caseosa).

Bei verschiedenen Thieren zeigt die Hautschmiere einzelner Drüsen besondere Eigenthümlichkeiten. Das Bibergeil, Castoreum, welches die Vorhaut der Ruthe oder des Kitzlers von Castor Fiber aus den in ihren zahllosen Falten gebetteten Talgdrüsen erhält, verdankt jene Eigenthümlichkeiten wahrscheinlich beigemengten Harnbestandtheilen; es ist nach den jetzt vorliegenden Untersuchungen ein Gemenge von smegma praeputii und Harn. Aber aus Hauttalg scheint auch im Wesentlichen die Absonderung des Moschusbeutels von Moschus moschiferus, das Zibeth aus den Perinealdrüsen der asiatischen und afrikanischen Zibethkatze, Viverra Zibetha und V. civetta, ja nach Frerichs 1) auch die Ausscheidung der Harderschen Drüse der Vögel und vieler, mit einer Nickhaut versehener Säugethiere und Amphibien zu gehören. Die Drüsenzellen der Harderschen Drüse sind nämlich denen der Meibomschen Drüsen ganz ähnlich und mit Fetttröpfchen vollständig angefüllt.

Die stickstoffhaltigen Bestandtheile des Thierkörpers sind in der Hautschmiere allemal durch reichlich beigemengte Epithelialgebilde und

---

1) Vgl. Frerichs, Art. Thierharnsecretion in R. Wagner's Handwörterbuch S. 620, 621.

33 *

nach Lehmann¹) durch einen eiweißartigen Stoff vertreten, von dem nicht ausgemacht werden konnte, ob er dem Eiweiß oder dem Käsestoff näher steht.

Unter den Fetten der Hautschmiere finden sich Elain, Margarin, sodann ölsaure und margarinsaure Seifen. Die Basen dieser Seifen sind nicht nur Kali und Natron, sondern auch Ammoniak, welches letztere namentlich in der Vorhautsalbe vorkommt (Lehmann).

Cholesterin ist in der Vorhautsalbe und im Ohrenschmalz enthalten; dagegen fehlt es, wie Bueck zuerst nachgewiesen hat, in dem Käseschleim der Neugeborenen²). Andere nicht verseifbare, aber wenig untersuchte Fette sind das Castorin des Bibergeils und zwei Stoffe die Chevreul in dem fettigen Schweiß, welcher der rohen Wolle anhängt, gefunden hat, das Stearerin und das Elaerin.

Das Castorin krystallisirt in kleinen, vierseitigen Nadeln, schmilzt über 100° C und ist in Alkohol und Aether, zumal in der Wärme, löslich (Bizio, Brandes).

Stearerin und Elaerin enthalten weder Schwefel, noch Stickstoff; jenes schmilzt bei + 60°, dieses ist bei + 15° noch flüssig.

Ein gallenähnlicher Stoff, der nicht zu den Fetten gehört, in Wasser löslich ist und mit Schwefelsäure und Zucker die bekannte Pettenkofer'sche Reaction der Gallensäuren giebt, ist von Lehmann in der Vorhautsalbe des Menschen, des Pferds und des Bibers gefunden. In der Augenbutter, im Ohrenschmalz und im Käseschleim soll dieser Stoff nicht enthalten sein ³). Dagegen fand Berzelius im Ohrenschmalz einen gelben, bitteren, in Alkohol löslichen Körper.

In dem Ohrenschmalz will Berzelius auch milchsaure Alkalien und milchsauren Kalk gefunden haben.

Krystalle von kleesaurem Kalk fand Lehmann in der Vorhautsalbe des Pferds.

Daß im Bibergeil der Hautschmiere auch Harnbestandtheile beigemengt sind, ergiebt sich aus dem Vorkommen der Harnsäure (Brandes), der Hippursäure (Lehmann, Benzoësäure nach Gau-

---

1) Lehmann, a. a. O. Bd. II, S. 373.

2) Vgl. G. Bueck, de vernice caseosa, Halis, 1844 p. 24.

3) Vgl. Lehmann, a. a. O. Bd. II, S. 376.

gier, Brandes, Batka und Riegel) und des Phenylorobbydrats (Wöhler)[1].

Erdsalze sind die vorherrschenden Mineralbestandtheile der Hautschmiere, und zwar meist phosphorsaure Erden. Die Vorhautsalbe der Pflanzenfresser enthält indeß wenig phosphorsauren Kalk, dagegen viel kohlensaure Kalkerde, die neben Krystallen von schwefelsaurem Kalk auch reichlich im Bibergeil vertreten ist. Phosphorsaures Natron-Ammoniak, Chlornatrium und Salmiak sind in geringer Menge in der Hautschmiere vorhanden.

Für die procentische Zusammensetzung der vernix caseosa besitzen wir folgende Zahlen von

|  | J. Davy | Bued. |
|---|---|---|
| Epithelium | 13,25 | 5,40 |
| Elain | 5,75 | 10,15 |
| Margarin | 3,13 | |
| Wasser | 77,87 | 84,45. |

## Die Thränen.

### §. 10.

Durch den Nasenkanal fließt dem Nasenschleim beständig eine Flüssigkeit zu, die zum größten Theil von der Thränendrüse, zur geringeren Hälfte von den Drüschen der Bindehaut des Auges abgesondert wird. Ein Theil der Thränenflüssigkeit ist als einfache Durchschwitzung von Seiten der Bindehaut zu betrachten.

Die Thränen besitzen eine alkalische Reaction, die, wenn sie auch nicht immer gleich stark ist, doch auf die Ablösung des Bindehautepitheliums nicht ohne Einfluß zu sein scheint. So viel ist gewiß, daß die Thränen immer eine reichliche Menge von Epithelialgebilden beigemengt enthalten.

Etwas Schleim, der wie in der Synovia von aufgelösten Epitheliumzellen herrühren mag, und etwas Eiweiß, wahrscheinlich durchgeschwitzt aus den Haargefäßen der Bindehaut, sind regelmäßig in den Thränen vorhanden.

---

1) Vgl. oben S. 498.

Fett ist den Thränen von den Meibom'schen Drüsen beigemengt. Kochsalz ist, wie in Harn und Schweiß, der vorherrschende anorganische Bestandtheil, nächstdem phosphorsaures Alkali. Phosphorsaure Erden sind nur spurweise vertreten und gehören noch überdies wahrscheinlich dem Eiweiß und dem Epithelium an.

Alle diese Thatsachen verdanken wir Frerichs [1]), dem nur Vauquelin vorgearbeitet hatte. Von Frerichs besitzen wir ferner folgende Zahlen:

| In 100 Theilen Thränen | I | II |
|---|---|---|
| Epithelium | 0,14 | 0,32 |
| Eiweiß | 0,08 | 0,10 |
| Salze und Schleim | 0,72 | 0,88 |
| Wasser | 99,06 | 98,70. |

## Die Darmgase.

### §. 11.

Während die Luft des Magens ein Gasgemenge darstellt, in welchem beinahe die Hälfte des Sauerstoffs der Luft und ein kleiner Theil des Stickstoffs durch viel Kohlensäure und etwas Wasserstoff ersetzt sind, bestehen die Gase des Dünndarms vorzüglich aus Wasserstoff und Kohlensäure, die des Dickdarms aus Kohlensäure, Kohlenwasserstoff und Wasserstoff. Die Gase des Dickdarms enthalten viel mehr Stickstoff als die des Dünndarms; beiden fehlt aber der Sauerstoff. Magendie und Chevreul.

In den Blähungsgasen fand Marchand vorherrschend Kohlensäure, neben der Kohlensäure Stickstoff, Wasserstoff und Kohlenwasserstoff in wechselnder Menge, endlich etwas Schwefelwasserstoff.

Die Verhältnisse dieser Gase ergeben sich genauer aus folgenden Zahlen, von denen die von Magendie und Chevreul sämmtlich an Hingerichteten gefunden wurden:

---

1) Vgl. Frerichs hübschen Artikel: Thränensecretion in R. Wagner's Handwörterbuch, Bd. III, S. 617, 618.

| In 100 Theilen | Magensaft Wagenbie und Gbereul. | Dünnbarmgase Wagenbie und Gbereul. | Dünnbarmgase Wagenbie und Gbereul. | Dünnbarmgase Wagenbie und Gbereul. | Blinddarmgase Wagenbie und Gbereul. | Dickbarmgase Wagenbie und Gbereul. | Dickbarmgase Wagenbie und Gbereul. | Maftbarmgase Wagenbie und Gbereul. | Blähungsgase Marchand. | Blähungsgase Marchand. |
|---|---|---|---|---|---|---|---|---|---|---|
| Stickstoff | 71,45 | 20,08 | 8,83 | 66,60 | 67,50 | 51,03 | 18,40 | 45,50 | 14,0 | 29,0 |
| Sauerstoff | 11,00 | — | — | — | — | — | — | — | — | — |
| Kohlensäure | 14,00 | 24,39 | 40,00 | 25,00 | 22,50 | 43,50 | 70,00 | 42,86 | 44,5 | 36,5 |
| Wasserstoff | 3,55 | 55,53 | 51,15 | 8,40 | 7,50 | — | } 11,00 | — | 25,8 | 13,5 |
| Kohlenwasserstoff | — | — | — | — | 12,50 | 5,47 | — | 11,18 | 15,5 | 22,0 |
| Schwefelwasserstoff | — | — | — | — | — | — | — | — | 1,0 | — |

Selbst wenn man nicht wüßte, daß sehr häufig eine ansehnliche Menge Luft verschluckt wird, würde sich aus der Zusammensetzung der Magengase ergeben, daß sie zu einem großen Theil aus atmosphärischer Luft entstehen. Aller Wahrscheinlichkeit nach rührt die vermehrte Kohlensäure von den Gasen des Bluts her. Der gleichzeitig vorhandene Wasserstoff deutet jedoch darauf hin, daß schon hier eine Gährung stattfindet, welche einen Theil der Kohlensäure erzeugt. Bei der Lehre der Verdauung haben wir in der Bildung der Buttersäure aus den Fettbildnern einen solchen Gährungsvorgang kennen gelernt, der als eine reichliche Quelle von Wasserstoff und Kohlensäure betrachtet werden muß. Die gänzliche Abwesenheit von Sauerstoff in der Luft des Darms macht die Desoxydationserscheinungen erklärlich, denen wir früher im Darmkanal begegneten [1]).

Ein kleiner Theil der Kohlensäure der Darmgase ist von der Zersetzung des kohlensauren Natrons der Galle abzuleiten, welche durch die Milchsäure des Magensafts und durch die Säuren, die aus den Fettbildnern hervorgehen, bewirkt wird.

Die Zersetzung, welche den Kohlenwasserstoff des Darmkanals erzeugt, ist bisher im Einzelnen unbekannt. Schwefelwasserstoff entsteht aus dem Schwefelkalium unter Einfluß freier Säuren. Schwefelkalium aber wird theilweise gebildet durch Reduction des schwefelsauren Kalis, zu einem anderen, wahrscheinlich größeren Theil unter der Einwirkung des freien Alkalis des Darmsafts auf die eiweißartigen Körper [2]).

## Der Koth.

### §. 12.

Es ist wohl von Niemandem so scharf hervorgehoben worden, wie von Liebig, daß der Koth in seinem wesentlichsten Theile nicht aus Ueberbleibseln der Speisen, sondern aus Stoffen besteht, die aus dem Blut abgesondert und ausgeschieden wurden.

1) Vgl. S. 204.
2) Vgl. Mulder, proeve eener algemeene physiologische scheikunde, p. 1081.

Der Beitrag zu diesen Stoffen beginnt bereits hoch oben im Darm, ja vielleicht schon im Magen. Es ist nämlich nicht unwahrscheinlich, daß die saure Reaction, welche den Inhalt des Zwölffingerdarms und des Leerdarms auszeichnet und sich selbst im Krummdarm erst allmälig verliert, zum Theil wenigstens von der Milchsäure des Magens herrührt, wenn sie auch in den meisten Fällen zur größeren Hälfte der aus den Fettbildnern entstandenen Milchsäure und Buttersäure muß zugeschrieben werden. Wenn der Inhalt des Dickdarms in der Regel, wenigstens in seinen äußeren Schichten alkalisch gefunden wird, so ist das die Wirkung der Galle, des Bauchspeichels und des Darmsafts, die in aufsteigender Ordnung alkalisch reagiren und dennoch häufig nicht vermögend sind auch die Säure der inneren Schichten des Dickdarminhalts zu sättigen. Man findet nicht selten den Koth innerlich sauer oder doch nur neutral, in einigen Fällen aber auch alkalisch. Auffallend ist es, daß nach Lehmann beim fünf- bis sechsmonatlichen Fötus auch der Inhalt des Dünndarms neutral oder schwach sauer ist. Dieselbe Reaction besitzt der Inhalt des Dickdarms bei Früchten von 6—9 Monaten und das Mekonium des Säuglings, welches letztere dunkel braungrün bis schwarz und geruchlos zu sein pflegt, trotzdem aber nach Höfle eine sehr starke Neigung besitzt sich zu zersetzen.

Nach der früher gegebenen Beschreibung der Absonderungen, die dem Darmkanal zufließen, kann es Niemanden verwundern, wenn eigentlich nur die Gallenstoffe im Koth mit Sicherheit unter den Bestandtheilen, die vom Blut abstammen, nachgewiesen werden können. Diese finden sich aber zum Theil unverändert, zum Theil zersetzt im ganzen Darmkanal. Merkwürdig ist die von verschiedenen Seiten gemachte Erfahrung, daß ziemlich häufig im gesunden Magen Gallenstoffe vorkommen. Beaumont hat dies namentlich nach reichlichem Fettgenuß beobachtet [1]). Im Koth ist jedoch von der Cholsäure und der Choleinsäure der Galle nur noch wenig zu finden [2]). Diese Säuren sind größtentheils in Cholalsäure und Choloidinsäure, ja selbst in

---

1) Vgl. Jac. Moleschott, die Physiologie der Nahrungsmittel, ein Handbuch der Diätetik, Darmstadt 1850, S. 524.

2) Frerichs, Art. Verdauung in R. Wagner's Handwörterbuch, S. 863.

Dyslysin zerlegt. Man muß also im Koth außer jenen stickstofffreien Zersetzungsprodukten der Galle auch Leimzucker und Taurin erwarten. Von diesen beiden ist aber nur das Taurin aufgefunden worden, obgleich Frerichs bei seinen umfassenden Arbeiten über die Verdauung nach Leimzucker suchte. Nach Mulder liefert die Galle bei ihrer Zersetzung im Darmkanal auch Ammoniak. Diese Entmischung der Galle im Darm ist sehr natürlich, wenn man weiß, wie leicht dieselbe außerhalb des Körpers durch den bloßen Schleim der Gallenblase herbeigeführt wird. Nach Frerichs wird die Zersetzung wesentlich beschleunigt durch die Gegenwart des Bauchspeichels [1].

Auch der Farbstoff der Galle wird im Darmkanal zersetzt. Der grüne Farbstoff wird nach und nach braun und ertheilt dem Darminhalt schon in der Nähe der Grimmdarmklappe eine braune Farbe. Diese Farbenveränderung beruht jedoch nicht etwa auf einer Reduction des Gallengrüns zu Gallenbraun [2]. Es liegt vielmehr eine weitergreifende Zersetzung vor, da die Farbenveränderung, welche das Cholepyrrhin mit Salpetersäure erzeugt, immer undeutlicher wird, je weiter der Koth im Dickdarm herabgestiegen ist. Zuletzt wird das Braun nach Frerichs durch Anwendung von Salpetersäure sogleich schmutzig roth.

Von diesen in Zersetzung begriffenen Gallenstoffen ist zu einem großen Theil der Geruch der Dickdarmexcremente abzuleiten (Balentin).

Es ist eine bekannte, namentlich von Mulder hervorgehobene Thatsache, daß alte Galle keine kohlensaure Salze mehr enthält. Nach Frerichs giebt das kohlensaure Alkali der Galle schon im Zwölffingerdarm seine Kohlensäure ab [3]. Nach unserer jetzigen Kenntniß der Galle kann diese Zerlegung füglicher Weise nur von einer Verseifung neutraler Fette abgeleitet werden.

Das Cholesterin der Galle wird im Koth unverändert wiedergefunden und zwar, zumal im Mekonium, in ziemlich bedeutender Menge.

---

1) Frerichs, a. a. O. S. 848, 849.
2) Vgl. oben S. 439.
3) Frerichs, a. a. O. S. 841.

Auffallend ist es, daß der Dickdarminhalt des Fötus von 7—
9 Monaten und das Mekonium der Säuglinge nach Lehmann weder Gallensäuren, noch Gallenfarbstoff deutlich erkennen läßt, da doch
derselbe Forscher im Dünndarminhalt menschlicher Früchte, die 5—
6 Monate alt waren, Choleinsäure und Gallenfarbstoffe nachweisen
konnte [1]).

Andere Stoffe, die ihre Abstammung aus dem Blut verrathen,
sind der eiweißartige Körper, den Lehmann selbst bei stickstofffreier
Kost im wässerigen Auszug des Dünndarminhalts vorfand, ein dem
Käsestoff oder dem Natronalbuminat ähnlicher Stoff, der im Dünn-
darminhalt fünfmonatlicher Früchte, und ein stickstoffhaltiger, durch
Metallsalze nicht, wohl aber durch Gerbsäure fällbarer Körper, der im
Dünndarminhalt des Fötus und im Mekonium vorkommt [2]).

Endlich müssen der Schleim und das Epithelium, das dem
Darmkoth in allen Lebensaltern so reichlich beigemengt ist, als eine
wahre Ausscheidung betrachtet werden, wenn auch die Epitheliumzellen, je nachdem sie der Schleimhaut noch fest aufsitzen oder bereits
abgestoßen sind, wie alle Horngebilde, einen Uebergang von den Geweben zu den Ausscheidungsstoffen darstellen. In dem Mekonium
sind die Epitheliumzellen oft sehr schön grün gefärbt (Lehmann).

Nach diesen Angaben über die wesentlichen Bestandtheile des
Koths braucht es nicht betont zu werden, daß die Dickdarmausschei-
dung auch bei fastenden Menschen und Thieren nicht fehlt, daß also
die Ueberbleibsel der Speisen in den Dickdarmexcrementen, wenn man
den Ausdruck richtig versteht, im Vergleich zu jenen Bestandtheilen
der Galle und anderer Absonderungen als zufällig beigemengt zu
betrachten sind. Unter diesen Ueberbleibseln der Nahrungsmittel herrschen diejenigen Stoffe vor, die in den Verdauungsflüssigkeiten schwer
oder so gut wie gar nicht löslich sind. Dahin gehören vor allen Dingen
der Zellstoff, die Holzstoffe, Wachs und Chlorophyll der pflanzlichen, die
elastischen Fasern und die Horngebilde der thierischen Nahrungsmittel,
unter den anorganischen Bestandtheilen die Thonerde, die Kieselerde,
ein Theil der phosphorsauren, kohlensauren, schwefelsauren Salze des
Kalks und der Bittererde, endlich die Eisenverbindungen, obgleich sich

---

1) Vgl. Lehmann, a. a. O. Bd. II, S. 124, 125.
2) Lehmann, a. a. O. Bd. II, S. 116, 117, 134, 135.

von keinem dieser Stoffe sagen läßt, daß er in den Verdauungsflüssigkeiten durchaus unlöslich wäre.

Der Grund, warum die genannten Stoffe in so großer Menge
unverdaut abgehen, ist nur das Mißverhältniß zwischen ihrer Löslichkeit einerseits und der Menge des Lösungsmittels nebst der Zeit der
Einwirkung desselben andererseits. Und weil dieses Mißverhältniß für
die leichter löslichen Nahrungsstoffe ebenso gut eintreten kann, wie bei
den schwer löslichen, so werden auch hin und wieder, namentlich beim
Menschen, verdauliche Nahrungsstoffe unverdaut in dem Koth gefunden. Als Ueberbleibsel der thierischen Nahrungsmittel fand Frerichs
sehr häufig Muskelprimitivbündel, Fascien, Sehnen, Fettzellgewebe
und Knochenstückchen, lauter Theile, die man nicht für unlöslich erklären kann, die aber wegen ihres die Form bedingenden Zusammenhangs, zum Theil auch wegen der Einmengung elastischer Fasern (Fascien, Sehnen) den Darm eher verlassen als sie gelöst werden können.
Ebenso verhält es sich mit dem geronnenen Käsestoff in dem Koth der
Säuglinge, mit den rissigen oder gelappten Stärkmehlkörnchen, den
verschiedenen Fetten, Seifen, Cholesterin, ja sogar mit Eiweiß, Zucker
und löslichen Salzen, die man in den Dickdarmexcrementen antrifft,
weil sie in zu großer Menge eingeführt wurden und zu kurz im Darmkanal verweilten, um von dem gegebenen Vorrath der Verdauungsflüssigkeiten gelöst werden zu können.

Für die Salze des Koths läßt es sich am schwersten entscheiden,
welche und wie viel vom Blut, welche dagegen von den Nahrungs-
mittteln herzuleiten sind. Die Thonerde, die Kieselerde, das nach
dem Genusse eisenhaltiger Mineralwasser im Koth enthaltene Schwefeleisen (Kersten, Einfachschwefeleisen, Fe S, nach Lehmann)
lassen freilich keinem Zweifel über ihren Ursprung Raum. Ebenso sicher rühren die Krystalle von phosphorsaurem Bittererde-Ammoniak
und die reichliche Menge von phosphorsaurer Bittererde überhaupt, zumal nach pflanzlicher Kost, von den Nahrungsmitteln her. Und es ist
ein neuer Beweis für die Stetigkeit der endosmotischen Aequivalente
einzelner Stoffe zu bestimmten thierischen Wänden, daß, trotz der größeren Löslichkeit der Verbindungen der Bittererde, in den Dickdarmexcrementen im Vergleich zu den eingeführten Speisen immer verhältnißmäßig mehr Bittererdesalze als Kalksalze zurückbleiben, obgleich die
absolute Menge der Kalksalze größer ist (vgl. S. 526). In derselben Weise
muß wohl die Thatsache erklärt werden, daß in dem Koth nicht bloß ver-

hältnißmäßig, sondern unbedingt das Kali weit über das Natron vorherrscht.

Allein gerade hier beginnt der Zweifel an der Abstammung der
Mineralbestandtheile des Koths. Die Chloralkalimetalle, die kohlensauren und phosphorsauren Alkalisalze rühren gewiß zum Theil
vom Blut her, zum Theil von der eingeführten Nahrung. Dagegen
ist mehr als wahrscheinlich, daß die schwefelsauren Salze nur von den
Speisen und Getränken herrühren, da Lehmann [1]) in dem Mefo-
nium keine Spur von schwefelsauren Salzen gefunden hat.

Daß der Inhalt des Verdauungskanals schon im Blinddarm eine
braune Farbe besitzt, wurde schon oben angedeutet. Dort beginnt auch
die größere Festigkeit desselben und der eigentliche Kothgeruch. Auf
die Entwicklung dieses Geruchs scheint das Alkali des Darmsafts einen bedeutenden Einfluß zu üben. Wenn man einen eiweißartigen
Körper oder Leim mit drei Theilen Kalihydrat schmelzt und die erkaltete Masse bis zur leicht sauren Reaction mit Schwefelsäure versetzt, dann entstehen bei der Destillation abscheuliche Gerüche, die je
nach dem angewandten Körper in der verschiedensten Weise an den
Kothgeruch erinnern (Liebig) [2]). Es ist schon früher bemerkt, daß
ein Hauptantheil des Geruchs der Dickdarmexcremente den in Zersetzung begriffenen Gallenstoffen zugeschrieben werden muß. Und mit
allen diesen flüchtigen Stoffen, deren Natur nicht weiter erforscht ist,
vermischen sich der Schwefelwasserstoff und die Kohlenwasserstoffe des
Dickdarms.

Weil die Dickdarmexcremente in der Regel eine Menge von
Ueberbleibseln der Nahrung enthalten, so müssen überhaupt die Zahlenverhältnisse der einzelnen Bestandtheile sehr wechseln. Ein Beispiel
dieser Zahlenverhältnisse besitzen wir in folgender Analyse von Berzelius:

> Galle . . . . . . 0,9
> Schleim, Cholalsäure, Cho-
> loidinsäure, Fett u. andere
> thierische Stoffe . . 14,0

---

1) Lehmann, a. a. O. Bd. II, S. 135.

2) Liebig, die Thierchemie oder die organische Chemie in ihrer Anwendung auf
Physiologie und Pathologie, Braunschweig 1846 (dritte Auflage), S. 137.

Eiweiß . . . . . 0,9
Extractivstoffe . . . 5,7
Unlösliche Ueberbleibsel
der Speisen . . . 7,0
Salze . . . . . . 1,2
Wasser . . . . . 75,2.

Die Zusammensetzung der Mineralbestandtheile des Koths ergiebt sich aus folgenden Zahlen:

In 100 Theilen Asche.

| | Rose | Porter |
|---|---|---|
| Kali . . . . . . . . . . . | 12,44 | 6,10 |
| Kalihydrat . . . . . . . . | 10,05 | — |
| Natron . . . . . . . . . | 0,75 | 5,07 |
| Chlorkalium . . . . . . . | 0,07 | — |
| Chlornatrium . . . . . . | 0,58 | 4,33 |
| Kalk . . . . . . . . . | 21,36 | 26,46 |
| Bittererde . . . . . . . . | 10,67 | 10,54 |
| Eisenoxyd . . . . . . . . | 2,09 | 2,50 |
| Phosphorsäure . . . . . . | 30,98 | 36,03 |
| Schwefelsäure . . . . . . | 1,13 | 3,13 |
| Kohlensäure . . . . . . . | 1,05 | 5,07 |
| Kieselsäure . . . . . . . | 1,44 | — |
| Sand . . . . . . . . . | 7,39 | —. |

In 24 Stunden entleert ein Erwachsener nach Valentin durchschnittlich 120—180 Gramm Koth, die im trocknen Zustande 30—45 Gramm entsprechen. Als Mittel aus Wägungen, die sich über 4 Tage erstreckten, beträgt die Menge der Mineralbestandtheile, die in Einem Tag mit den Dickdarmexcrementen abgehen, nach Porter 2,87 Gr. [1], in einer Untersuchung Rose's 2,34. Diese letzteren waren folgendermaßen zusammengesetzt [2]:

Kali . . . . 0,54 Gramm
Natron . . . 0,02

[1] Porter in den Annalen von Liebig und Wöhler, Bd. LXXI, S. 110.
[2] Rose in dem Journal von Erdmann und Marchand, Bd. XLVIII, S. 57.

| | | |
|---|---|---|
| Chlornatrium . . . | 0,02 | Gramm |
| Kalk . . . . . . | 0,55 | „ |
| Bittererde . . . . | 0,28 | „ |
| Eisenoryd . . . . | 0,05 | „ |
| Phosphorsäure . . | 0,81 | „ |
| Schwefelsäure . . . | 0,03 | „ |
| Kieselsäure . . . . | 0,04 | „ |
| | 2,34 | Gramm. |

Von einigen Thieren werden aus dem Dickdarm eigenthümliche Stoffe entleert, welche dem Koth derselben besondere Namen verschafft haben. So besteht das Hyraceum oder Dasjespis von Hyrax capensis nach Lehmann aus harzigen Stoffen, Zersetzungsprodukten der Galle und Ueberbleibseln pflanzlicher Nahrungsmittel. Die Angabe Reichel's, daß das Hyraceum mit dem Harn des Klippendachses vermengt sei, fand in der Lehmann'schen Untersuchung keine Bestätigung. Denn obgleich etwas Phenyloryhydrat oder sogenannte Carbolsäure in demselben vorkam, fehlten doch sowohl der Harnstoff, wie die Harnsäure und die Hippursäure [1].

In der Ambra hat man krankhaft veränderte Dickdarmexcremente von Physeter macrocephalus erkannt. Die wesentlichen Bestandtheile der Ambra sollen jedoch auch in der Harnblase des Pottfisches vorkommen [2]. In der Ambra hat man ein eigenthümliches, nicht verseifbares Fett gefunden, das sogenannte Ambrin, das bei 37° schmilzt und in sternförmig gruppirten Nadeln krystallisirt. John hat außerdem Harz, Benzoësäure (von Hippursäure?) und Kochsalz in der Ambra gefunden.

Ferner gehören hierher die Bezoare, welche aus dem Dickdarm einer in Persien lebenden wilden Ziege und des Babianum cynocephalum abstammen. Es sind eirunde oder nierenförmige, dunkel olivengrüne, bräunliche oder etwas marmorirte Körper mit glatter Oberfläche, eingeschachtelt schaligem Bau und splittrigem Gefüge, die, wenn sie frisch aus dem Thier genommen sind, die Festigkeit von hart gekochten Eiern haben, später aber hart werden. Diese Bezoare enthal-

---

1) Vgl. Lehmann, a. a. O. Bd. II, S. 454.

2) Vgl. Wiegmann und Ruthe, Handbuch der Zoologie, dritte Auflage, Berlin, 1848, S. 79.

ten als wesentlichsten Bestandtheil nach Taylor, Merklein und Wöhler die sogenannte Ellagsäure oder Bezoarsäure, $C^{14} H^3 O^7 + HO$ (Merklein und Wöhler), die im krystallisirten Zustande noch 2 Aeq. Wasser enthält [1]).

Die Ellagsäure bildet ein blaßgelbes Pulver ohne Geruch und Geschmack. Bei starker Vergrößerung bildet sie glänzende, durchsichtige Prismen. Sie ist in Wasser und Alkohol schwer, in Aether fast gar nicht löslich und nicht schmelzbar.

Um die Bezoarsäure oder Ellagsäure zu bereiten, empfehlen Merklein und Wöhler [2]) folgendes Verfahren. Die von der Kernmasse befreiten Bezoare werden fein zerrieben und das Pulver in einem luftdicht schließenden, ganz anzufüllenden Gefäß mit einer mäßig starken Lauge von Kalihydrat übergossen, in welcher es sich bei längerem Bewegen des Gefäßes auflöst. Die Luft muß möglichst sorgfältig abgehalten werden, weil die Ellagsäure eine außerordentliche Neigung besitzt, sich zu Glaukomelansäure, $C^{12} H^2 O^6$, zu oxydiren. Die safrangelbe, geklärte Lösung wird vermittelst eines mit Wasser angefüllten Hebers vom Bodensatz getrennt und einem Strom von gewaschener Kohlensäure ausgesetzt. Dann fällt neutrales ellagsaures Kali zu Boden, das durch Umkrystallisation aus ausgekochtem, fast siedendheißem Wasser gereinigt wird. Aus diesem Salze wird die Ellagsäure durch verdünnte Salzsäure abgeschieden.

Da die Ellagsäure fertig gebildet in der Tormentilla vorkommen soll [3]) und ferner beim Schimmeln eines Galläpfelaufgusses neben Gallussäure und Kohlensäure entsteht, so kann es keinem Zweifel unterliegen, daß sie in den Darmsteinen jener wilden Ziege und des Pavians von ellagsäurehaltigen oder gerbsäurehaltigen Pflanzen herstammt. Wahrscheinlich entsteht die Ellagsäure aus der Gerbsäure erst nach der Umwandlung dieser in Gallussäure, aus der Gallussäure aber weiter durch einfache Oxydation:

$$\underset{\text{Gallussäure}}{2\, C^7 H^3 O^5} - 3\, HO + O = \underset{\text{Ellagsäure}}{C^{14} H^2 O^7} + HO.$$

---

1) Liebig und Wöhler, Annalen, Bd. LV, S. 134.

2) Liebig und Wöhler, Annalen Bd. LV, S. 130—132.

3) Vgl. Schloßberger, Lehrbuch der organischen Chemie, Stuttgart, 1850, S. 345.

Andere Bezoare, die jedoch nach Taylor vorzugsweise im Ma-
gen wilder Ziegen vorkommen sollen, enthalten statt der Ellagsäure
Lithofellinsäure, $C^{40} H^{26} O^7 + HO$ nach der von Berzelius aus
Wöhler's Zahlen abgeleiteten Formel.

Die Lithofellinsäure krystallisirt in kleinen, sechsseitigen, gerade
abgestumpften Prismen, die bei 205° schmelzen, in Wasser nicht, leicht
in heißem Alkohol, wenig in Aether gelöst werden. Die Schmelzbar-
keit und die größere Löslichkeit in Alkohol unterscheiden die Lithofellinsäure von der Ellagsäure.

Nach Göbel, der die Lithofellinsäure entdeckte, läßt sich dieselbe
aus den betreffenden Bezoaren durch Alkohol ausziehen, mittelst Thierkohle entfärben und durch Umkrystallisation reinigen.

Zahlreiche Darmsteine, die sich jedoch nicht bloß bei jenen orien-
talischen Ziegen, sondern im Darm der Wiederkäuer überhaupt und
namentlich im Blinddarm der Pferde finden, bestehen aus phosphorsaurer Bittererde, phosphorsaurem Bittererde-Ammoniak oder aus
phosphorsaurem Kalk. Nach Taylor giebt es auch Bezoare, die aus
kleesaurem Kalk zusammengesetzt sind.

## Besondere Ausscheidungen.

### §. 13.

Anhangsweise sollen hier einige besondere Ausscheidungen zur
Sprache gebracht werden, in ähnlicher Weise wie die Seide, die Herbstfäden und die Cochenille an die Absonderungen angereiht wurden.

In erster Linie verdienten hier die Ausscheidungen der in dem
Thierreich so häufig vorhandenen Giftdrüsen erwähnt zu werden. Leider aber wissen wir über diese nicht viel mehr, als daß die meisten
Myriapoden in kleinen birnförmigen, unter der Haut liegenden Säckchen einen braunen ätzenden Saft absondern, der nach Chlor riecht
und aus seitlichen Oeffnungen der Körperringel, den sogenannten Fo-
ramina repugnatoria, entleert wird, und daß die Ameisen aus den in
der Aftergegend befindlichen Drüsen einen sauren Saft ausspritzen,
der die bekannte Ameisensäure enthält. Vielleicht ist jedoch diese Ameisensäure kein Erzeugniß des in den Ameisen vor sich gehenden Stoffwechsels, da die Nadeln mehrer Pinus-Arten, die Wachholderbeeren

und, wie es scheint, auch andere Pflanzentheile fertig gebildete Amei=
fenfäure enthalten [1]).

Hier, wie bei jenen, einzelnen Thieren oder Thiergruppen eigen=
thümlichen, Absonderungen müßte ich in das Gebiet der vergleichenden
Anatomie hinüberschweifen, die dem Chemiker und dem Physiologen
viele Vorarbeiten geliefert hat, auf die bisher nicht fortgebaut wurde.
Von allen den zahlreichen Drüsen, die in den verschiedenen Thierklas=
sen als Ausscheidungswerkzeuge betrachtet werden müssen, ist nur etwa
noch der Tintenbeutel der Cephalopoden hinsichtlich seiner Ausscheidung
unterfucht, und auch diese Untersuchung ist nur ein Anfang des Anfangs.
Nach Kemp enthält der Sepienfaft Eiweiß und schwarzes Pigment,
nach Bizio Harze, Farbstoffe, Schleim, Gallerte, Kochsalz, Chlorka=
lium, kohlensauren Kalk und Eisenoryd.

Ueber diese Lücken darf man sich freilich nicht wundern, wenn
man bedenkt, wie wenig selbst diejenigen Ausscheidungen der Wirbel=
losen erforscht sind, für welche bestimmte, den Wirbelthieren entnom=
mene Thatsachen als Richtschnur dienen könnten.

## §. 14.

Aus der Bekanntschaft mit den handgreiflichen Ausscheidungen
hat sich die Lehre vom Stoffwechsel ergeben. In ihrer ganzen Bedeu=
tung konnte diese jedoch erst anerkannt werden, seitdem sorgfältige Wä=
gungen erwiesen hatten, daß der Körper eines Erwachsenen troh der
Einführung der Nahrungsmittel und der Aufnahme des Sauerstoff
in 24 Stunden keine erhebliche Gewichtsvermehrung, aber auch troh
der Ausscheidungen keinen erheblichen Gewichtsverluft erleidet. Für
die dem Körper zugeführten Stoffe werden die Ausleerungen ausge=
tauscht. Es ist ein Stoffwechsel, in dem sich Einnahmen und Ausga=
ben decken.

In dem ersten Kapitel des dritten Buchs habe ich die Nahrungs=
stoffe eingetheilt in eiweißartige Körper, in Fettbildner, Fette und an=
organische Bestandtheile. Diese, in Vereinigung mit dem Sauerstoff,
bilden die sämmtlichen Einnahmen des Körpers. Nach der Geschichte
der allgemein verbreiteten Bestandtheile der Thiere innerhalb des Thier=

---

[1] Vergl. oben S. 285, 286.

leibes, wie sie in diesem Buche niedergelegt ist, braucht es nicht mehr hervorgehoben zu werden, daß der Sauerstoff den Anstoß giebt zu allen den Umwandlungen, welche die Bestandtheile des Bluts und der Gewebe erleiden, bevor sie als Ausscheidungsstoffe den Körper verlassen.

Nachdem die eiweißartigen Körper allmälig zu Horngebilden, zu Harnsäure und Harnstoff, zu schwefelsauren und phosphorsauren Salzen oxydirt sind, verlassen sie den Körper in der Gestalt von ausfallenden Haaren, abgestoßenen Epithelien, von Schleim und Harn. Wenn unter Aufnahme von Sauerstoff die Fettbildner und Fette zu Kohlensäure und Wasser verbrannt sind, werden sie durch Haut und Lungen aus dem Körper entfernt.

Allein die Kohlensäure und das Wasser gehen nicht ausschließlich aus Fett oder Fettbildnern, die stickstoffhaltigen Ausscheidungsstoffe nicht ausschließlich aus eiweißartigen Körpern hervor. Denn auch die Eiweißstoffe werden theilweise in Kohlensäure und Wasser umgesetzt, und außer den eiweißartigen Verbindungen haben auch die Fette Antheil an der Bildung der Gallensäuren. Ein Theil des Stickstoffs der Eiweißkörper und ihrer Abkömmlinge verläßt das Blut als solcher oder als Ammoniak der ausgeathmeten Luft. Der Schwefel der Eiweißkörper aber, der nicht bis zur Schwefelsäure oxydirt wurde, wird mit den Horngebilden ausgestoßen, der Phosphor mit den Haaren. Die größere Hälfte dieser Grundstoffe findet sich freilich in der Gestalt von schwefelsauren und phosphorsauren Salzen im Harn, dessen organische Stoffe weder Schwefel noch Phosphor enthalten.

Die anorganischen Bestandtheile des Körpers werden überhaupt vorzugsweise mit dem Harn, aber auch mit Koth und Schweiß, mit Schleim und Horngebilden dem Körper entzogen.

Nach den Bestimmungen, die Valentin an seinem eigenen Körper vornahm, vertheilt sich das dem Gewicht der Nahrung gleichkommende Gewicht der Ausscheidungen so, daß $\frac{1}{3}$ bis $\frac{1}{2}$ desselben mit den nicht greifbaren Stoffen der ausgeathmeten Luft und der Hautausdünstung, $\frac{1}{3}$ bis $\frac{7}{10}$ mit dem Harn, $\frac{1}{14} - \frac{1}{18}$ mit dem Koth dem Körper entzogen wird.

Eine vervollkommnete Darstellung dieser Zahlenverhältnisse, deren Lehre man in neuerer Zeit als die Statik des Thierkörpers be-

34 *

zeichnet, hat man den Untersuchungen Barral's zu verdanken[1]. In Barral's Arbeit muß es sogleich als ein Fortschritt der Auffassung betrachtet werden, daß er das Gewicht der handgreiflichen und der ungreifbaren Ausscheidungen nicht mit dem Gewicht der Nahrung allein, sondern mit dem Gewicht der Nahrung sammt eingeathmetem Sauerstoff vergleicht. Nur so kann das wahre Gleichgewicht zwischen Einnahmen und Ausgaben gefunden werden. Wird dies bei der Zusammenstellung der Zahlen Valentin's und Barral's berücksichtigt, dann ergiebt sich eine ganz befriedigende Uebereinstimmung.

Nach Barral verhält sich die Menge der aufgenommenen Nahrung zur Menge des eingeathmeten Sauerstoffs durchschnittlich wie 74,4 : 25,6. Die Summe beider ist = 100 gesetzt. Hält man sich nun an die oben erwähnte Thatsache, daß das Gewicht der Ausgaben das der Einnahmen beim Erwachsenen deckt, dann bekommt man nach Barral das Verhältniß der ungreifbaren zu den handgreiflichen Ausscheidungen wie 65 : 34,5. Es fehlen zu 100 nur 0,5, die auf andere Weise verloren gingen.

Von jenen 65, die durch Haut und Lungen entweichen, gehören nach Barral 34,8 dem Wasser, 30,2 der Kohlensäure. Bedenkt man nun, daß nach Scharling die von der Haut ausgeschiedene Kohlensäure nur etwa $\frac{1}{27}$ von der ausgeathmeten beträgt, so ergiebt sich — selbst wenn man eine sehr hohe Zahl für das von der Haut verdunstende Wasser annimmt, — daß mindestens die Hälfte der ungreifbaren Ausscheidungsstoffe beim Menschen allein von den Lungen herstammt. Bei Vögeln und Säugethieren überwiegt die Thätigkeit der Lungen die der Haut noch bedeutender, da die durch die Haut entweichende Kohlensäure nach Regnault und Reiset bei diesen Thieren nur selten $\frac{1}{50}$ von der ausgeathmeten beträgt[2].

Ueber das Verhältniß der Gallenabsonderung zur Athmung haben in der neuesten Zeit Untersuchungen von Bidder und Schmidt einigen Aufschluß gegeben[3]. Diese Forscher fanden, daß sich der

---

1) Barral, Mémoire sur la statique chimique du corps humain, in den Annales de chimie et de physique, 3e série, Tome XXV, p. 141 und folg.

2) Vgl. oben S. 487.

3) Bidder und Schmidt, bei Lehmann, a. a. O. Bd. II, S. 73.

**Kohlenstoff** der Galle zum Kohlenstoff der ausgeathmeten Luft verhält wie 1 : 40 oder höchstens wie 1 : 10.

Aus den oben mitgetheilten Zahlen **Barral's** ergiebt sich das **Verhältniß** der ungreifbaren zu den handgreiflichen Ausscheidungen in runden Zahlen gleich **2 : 1.** Wenn man hiernach die von **Barral** an sich selbst, einem 29jährigen Manne, der 47,5 Kilogramm wiegt, beobachteten Ausgaben berechnet, dann findet man den ganzen Gewichtsverlust, den der Körper eines Erwachsenen in 24 Stunden erleidet, im Monat Juli gleich 3298,2 Gramm, im Monat December dagegen gleich 3794,1 Gramm. Demnach verlor Barral im Sommer etwa $^1/_{14}$, im Winter etwa $^1/_{12}$ seines Körpergewichts in 24 Stunden, Zahlen, deren Größe nicht überraschen kann, wenn man bedenkt, daß mehr als $^1/_3$ derselben aus Wasser besteht und daß sie zugleich eine Sauerstoffmenge enthalten, die der in 24 Stunden eingeathmeten gleich kommt.

Im Winter wurde von Barral im Vergleich zum Sommer **nicht nur mehr Kohlenstoff und Wasserstoff, sondern auch mehr Stickstoff ausgeschieden.**

Zieht man, um in runden Zahlen zu bleiben, von jenem täglichen Gewichtsverlust Barral's für den eingeathmeten Sauerstoff $^1/_4$ ab, so sinkt die tägliche Gesammtausgabe, die nur von den Nahrungsmitteln gedeckt wird, auf $^1/_{18}$ bis $^1/_{16}$ des Körpergewichts. Gesetzt nun es ginge täglich ein anderes Achtzehntel oder ein anderes Sechszehntel mit den Ausscheidungen verloren, dann könnte der Körper in etwa 16 bis 18 Tagen seinen sämmtlichen Stoff umgesetzt haben.

Freilich ist jene Annahme nicht zu rechtfertigen, weil es keinem Zweifel unterliegt, daß ein Theil der Nahrung und namentlich ein großer Theil des aufgenommenen Wassers unmittelbar aus dem Blut ausgeschieden wird [1]. Eine große Schnelligkeit des Umsatzes wird aber auch durch andere Untersuchungen erwiesen. Aus den vorliegenden Beobachtungen habe ich berechnet, daß die mittlere Lebensdauer fastender Menschen 14 Tage beträgt [2]. Nach Chossat haben aber

---

[1] Vgl. oben S. 471 und 266.
[2] Vgl. Jac. Moleschott, die Physiologie der Nahrungsmittel, S. 81.

Thiere der vier Wirbelthierklaffen im Augenblick des Hungertodes 0,4 des absoluten Körpergewichts verloren. $2\frac{1}{2} \times 0{,}4$ ist gleich 1. Also würden, wenn das Leben mit gleichem Stoffumsatz fortdauern könnte, $2\frac{1}{2} \times 14$ oder 35 Tage hinreichen, um den ganzen Stoffvorrath des Körpers zu verausgaben. So gewiß nun diese Voraussetzung eine Unmöglichkeit einschließt, so gewiß ist es, daß der Stoffwechsel bei regelmäßig genährten Menschen rascher von Statten geht, als bei fastenden. Und dadurch verliert also die obige Zahl durchaus ihr Abenteuerliches.

Es läßt sich nicht bezweifeln, daß ein kräftig arbeitender Mann in 20—30 Tagen bei Weitem den größten Theil der Materie seines Körpers umsetzt. Die Lebendigkeit dieses Umsatzes ist das Maaß seiner Kraft.

# Die Eigenwärme.

Alle Zersetzung in Pflanzen und Thieren beruht auf einer Aufnahme von Sauerstoff. Die Rückbildung ist eine Verbrennung, sowie die Neubildung der organischen Stoffe umgekehrt in einer Reduction besteht.

Jede Verbrennung ist von einer Wärme - Entwicklung begleitet. Deshalb wird von allen lebenden Wesen, von Pflanzen und Thieren, Wärme erzeugt.

Nur die von Pflanzen und Thieren selbst erzeugte Wärme verdient im engern Sinn den Namen Eigenwärme. Allein diese Wärme ist schwer zu messen.

Würde von den organischen Wesen nur Wärme entwickelt, ginge nicht durch Ausstrahlung und Verdunstung, durch Auflösung und Luftwechsel eine bedeutende Wärmemenge verloren, so könnte man die Eigenwärme mit Sicherheit ausdrücken durch den Unterschied zwischen dem Wärmegrad eines lebenden Körpers und dem der Luft oder des Wassers, in welchem derselbe lebt.

Sehr häufig aber ist der Verlust an Wärme so groß, daß der Wärmegrad einer Pflanze, eines Thiers unter den Wärmegrad der Umgebung hinabsinkt, und doch wird von dem Thier, von der Pflanze Wärme erzeugt. Es ist klar, daß diese Wärme durch den Unterschied zwischen der Wärme des Körpers und der der Luft oder des Wassers nicht gemessen wird, daß sie vielmehr nur berechnet werden könnte, wenn wir im Stande wären den Wärmeverlust in jenen **Fällen mit Genauigkeit zu bestimmen.**

**W**ir sind also leider beschränkt auf die Kenntniß des **Wärmegrads** der organischen Wesen an und für sich. Die wirkliche Eigenwärme ist für kein Thier, für keine Pflanze erforscht.

**D**er Fall, daß der Wärmeverlust die Wärmebildung um so viel **übertrifft**, daß der Wärmegrad des Organismus geringer ist als die

Wärme der Umgebung, tritt am häufigsten ein bei den Pflanzen. Es gelang aber dennoch in diesem Falle das Bestehen der Eigenwärme nachzuweisen, indem man die Quelle der Verdunstung abschnitt. Indem Dutrochet Pflanzen in eine mit Wasserdampf gesättigte Luft brachte, beobachtete er an verschiedenen Stellen eine Erhöhung der Wärme um $1/12$ bis $1/3°$ C. über die der umgebenden Luft.

Ebenso verhält es sich mit denjenigen Amphibien, die durch eine sehr feuchte Haut ausgezeichnet sind. Während die Geburtshelferkröte in gewöhnlicher Luft um $3/4°$, Frösche um $1°$ C. kälter sein können als die Umgebung, fand Dutrochet in einer mit Wasserdämpfen vollständig gesättigten Luft einen Ueberschuß über den Wärmegrad der Umgebung, der für die Frösche $1/20$—$1/30°$, für die Geburtshelferkröte $1/8°$ betrug.

In anderen Fällen ist es weniger die Verdunstung als die Ausstrahlung oder die Mittheilung der Wärme durch Berührung, welche die Eigenwärme verbirgt. Kleine Thiere besitzen im Verhältniß zu ihrem Körpergewicht eine große Oberfläche, sie strahlen viel Wärme aus. Der höchste Wärmegrad, den Dutrochet bei den kräftig athmenden Insekten beobachten konnte, betrug für angestrengte Hummel und Maikäfer $1/2°$ C. mehr als die Luftwärme, während in anderen Fällen die Thiere sogar kälter waren als die umgebende Luft, z. B. Bombus lapidarius.

Noch stärker ist in der Regel der Wärmeverlust, den die Fische im Wasser erleiden. Von Humboldt und Provençal, und selbst Dutrochet, der mit seiner thermo-elektrischen Vorrichtung $1/64°$ messen konnte, fanden gar keinen Unterschied zwischen der Wärme der Fische und dem Wärmegrad des Wassers. Martine, Hunter, Despreß beobachteten jedoch bei Fischen eine höhere Wärme, ebenso Davy bei einigen Thynnus- und Scomber-Arten, und für Pelamys Sarda maß der letztgenannte Forscher sogar einen Ueberschuß von $3,9°$ C. [1]).

Je größer die Aufnahme des Sauerstoffs wird, desto höher ist unter sonst gleichen Verhältnissen der Wärmegrad bei Pflanzen und Thieren. Bei den Pflanzen ist die Verbrennung am thätigsten beim

---

1) Vgl. Donders, der Stoffwechsel als die Quelle der Eigenwärme bei Pflanzen und Thieren, Wiesbaden 1847, S. 9—15.

Keimen des Samens und in der Blüthe. Ganz dem entsprechend erhebt sich die Wärme von keimenden Samen nach Goeppert um 5—25° über die Wärme der umgebenden Luft. Die Blüthe von Arum maculatum zeigt nach Dutrochet einen Unterschied von der Luftwärme im Betrage von + 11 bis 12°, die von Colocasia odora, für welche schon Brongniart sowie Brolik und de Briefe eine starke Wärme-Erhöhung beobachteten, von + 22° nach Bergsma und van Beek. Brolik und de Briefe beobachteten eine Zunahme der Wärme, wenn sie die Blüthe von Colocasia odora in Sauerstoffgas, dagegen ein Aufhören der Wärme-Entwicklung, wenn sie die Blüthe in Kohlensäure brachten.

Weil in den Thieren der Sauerstoff mit dem Blut allen Werkzeugen des Körpers zugeführt wird oder sich selbst wie in den Tracheen der Insekten durch den ganzen Thierleib verbreitet, so ist hier eine so starke Wärme-Entwicklung an einzelnen beschränkten Orten nicht möglich. Bei den durch kräftige Lungen athmenden warmblütigen Thieren zeigt der ganze Körper einen bedeutenden Ueberschuß über die Wärme der Luft. Der Wärmegrad der Säugethiere schwankt zwischen 37 und 41°, der der Vögel zwischen 41 und 44° C. [1]).

An denjenigen Stellen, an welchen die reichlichste Menge des Sauerstoffs sich mit den Bestandtheilen des Körpers verbindet, ist auch der Wärmegrad am höchsten. So kann das Blut der Schlagadern nach den genauen Messungen von Becquerel und Breschet um 0°,896 C. das Blut der Adern übertreffen. In der linken Herzkammer fand W. Nasse bei Hühnern das Blut durchschnittlich um 0°,59 C. wärmer als in dem linken Vorhof [2]). Ich möchte mit Donders diese Thatsache am liebsten dadurch erklären, daß gerade in der linken Herzkammer eine kräftige Oxydation des Blutes stattfindet.

In Folge des Verlusts durch Ausstrahlung ist die Wärme der Haut durchschnittlich um 3° C. geringer als die der inneren Theile; am allerniedrigsten pflegt die Wärme der Haut der Fußsohlen zu sein, die vom Herzen am weitesten entfernt ist.

---

[1]) Die gründlichste Zusammenstellung der hierher gehörigen Zahlen findet sich bei Tiebemann, Physiologie des Menschen, Bd. I, S. 454—465.

[2]) Vgl. H. Nasse, Art. thierische Wärme in R. Wagner's Handwörterbuch, Bd. IV, S. 31.

Es kann nach diesen wenigen Thatsachen, die sich leicht vermehren ließen, keinem Zweifel unterliegen, daß die Verbrennung der organischen Stoffe von Pflanzen und Thieren den Hauptantheil hat an der Erzeugung der Eigenwärme. Wenn alle übrigen Verhältnisse bei zwei verschiedenen Thieren gleich wären, wenn außerdem dieselben Stoffe verbrannt und dieselben Verbrennungsprodukte gebildet würden, dann müßte die Menge erzeugter Wärme zu dem aufgenommenen Sauerstoff in geradem Verhältniß stehen.

Dem ist aber nicht so. Weder die Bedingung, noch ihre Folgen zeigen sich jemals erfüllt.

Es ist klar, die Menge der Eigenwärme kann in den organischen Wesen nicht einfach Schritt halten mit der Menge des aufgenommenen Sauerstoffs. Und zwar zunächst, weil die Verbrennung wohl bei Weitem die wichtigste, jedoch keineswegs die einzige Quelle der Eigenwärme ist.

Ich denke hiebei nicht an die Wärme-Entwicklung, welche F. und H. Nasse dem Druck des Herzens auf das Blut, der Reibung des Bluts an den Gefäßwänden und der Körperchen an einander, der Zusammenziehung der Muskeln zuschreiben [1]). Denn alle diese Bedingungen lassen sich als Beförderungsmittel der Oxydation betrachten.

Allein es giebt zahlreiche chemische Vorgänge, die sich nicht auf Oxydation zurückführen lassen und dennoch Wärme hervorbringen. Dahin gehört zunächst die Verbindung von Basen mit Säuren, in welcher nach Andrews [2]) namentlich die Art der Base die Menge der Wärme bestimmt, während es nach dem genannten Forscher bei gleicher Basis nahezu gleichgültig sein soll, welche Säure in die Verbindung eingeht. Nur dann, wenn die betreffende Säure es nicht vermag, die alkalische Reaction der Basis aufzuheben, ist die Wärmeentwicklung geringer als bei stärkeren Säuren. In diesem Fall befindet sich z. B. die Kohlensäure. Wird also diese Säure aus dem Natronsalz durch eine stärkere Säure, im Thierkörper z. B. durch Milchsäure, ausgetrieben, dann wird Wärme entwickelt. Ebenso wird nach An-

---

1) Vgl. F. Nasse Art. thierische Wärme in R. Wagner's Handwörterbuch, Bd. IV, S. 56.

2) Andrews in dem Journal von Erdmann und Marchand, Bd. I, S. 478.

drews Wärme frei, wenn ein neutrales Salz sich in ein basisches verwandelt, nicht aber wenn ein neutrales Salz in ein saures übergeführt wird oder wenn zwei neutrale Salze mit einander zu einem Doppelsalz verbunden werden.

. Es ist eine längst bekannte Thatsache, daß die Verbindung von Schwefelsäure mit Wasser von einer Wärme-Entwicklung begleitet ist. Pouillet und Regnault haben diese Thatsache, die sich bloß auf Hydratbildungen zu beziehen schien, verallgemeinert, indem sie durch Versuche erhärteten, daß durch die Befeuchtung trockner Körper viel Wärme erzeugt wird und noch mehr, wenn statt der bloßen Benetzung eine eigentliche Aufnahme von Wasser sich ereignet [1]). Die im ganzen Körper stattfindende Endosmose wirkt also der Verdunstung kräftigst entgegen.

Wasser, das Kohlensäure verschluckt, nimmt nach Henry einen höheren Wärmegrad an [2]).

Und zu allen diesen Quellen der Wärme, deren Eigenthümlichkeit auf chemische Verbindung zurückgeführt werden kann, wenn man diese mit Liebig in weiterem Sinne auffaßt [3]), kommt noch eine andere, die freilich erst an Einem Beispiel mit Sicherheit erkannt ist, die aber offenbar bei größerer Allgemeinheit zu den wichtigsten Ursachen der Eigenwärme zu zählen wäre. Ich meine die chemische Zersetzung.

Favre und Silbermann haben nämlich die wichtige Entdeckung gemacht, daß durch die Verbrennung von Kohle in Stickstoffoxydulgas eine größere Wärmemenge erzeugt wird als wenn ein gleiches Gewicht der Kohle in Sauerstoff verbrennt. Demnach ist, wenn Kohle in Stickstoffoxydul verbrennt, nicht nur die Verbindung des Sauerstoffs mit dem Kohlenstoff, sondern auch die Zersetzung des Stickstoffoxyduls eine Quelle der Wärme.

Denke man sich, daß ein Theil des Kohlenstoffs des Natronalbuminats im Thierkörper zu Kohlensäure verbrennt, so wird Wärme erzeugt. Die Kohlensäure verbindet sich mit dem Natron, und hierin

---

1) Vgl. A. Baumgärtner's Naturlehre, 8. Auflage, Wien, 1845, S. 737.

2) Nasse, a. a. O. S. 51.

3) Vgl. Liebig's vortreffliche Auseinandersetzung in seinen Untersuchungen über einige Ursachen der Säftebewegung u. s. w. S. 21 und folg.

ist eine neue Wärmequelle gegeben. Allein zugleich verbrennt der Phosphor eines Eiweißkörpers oder eines phosphorhaltigen Fetts zu Phosphorsäure. Die Phosphorsäure zerlegt das kohlensaure Natron, die Kohlensäure wird vom Wasser des Nahrungssafts oder des Bluts aufgenommen. Das phosphorsaure Natron ist ein basisches Salz. Es wird gewöhnliches phosphorsaures Natron im Thierkörper gebildet. Indem das phosphorsaure Natron im Blut die Hülle der Blutkörperchen endosmotisch durchdringt, tritt Wasser aus den Blutkörperchen in die Blutflüssigkeit, ein Theil dieses Wassers durchdringt die Wand der Haargefäße und benetzt die Formbestandtheile der Gewebe.

Und alle diese Vorgänge sind Quellen der Wärme. Es ist also nicht bloß die Verbrennung, nein es sind die immer kreisenden Verbindungen und Zersetzungen überhaupt, die zahllosen endosmotischen Vorgänge, mit Einem Worte es ist der Stoffwechsel, welcher die Eigenwärme in Pflanzen und Thieren unterhält.

Freilich bleibt die Aufnahme des Sauerstoffs unter allen Vorgängen des Stoffwechsels unangefochten die wichtigste Erzeugerin von Wärme, zumal in den Thieren. Und dadurch erklärt es sich, daß man bis in die neueste Zeit sich vielfach bemühte, die Wärme, welche der Körper wirklich erzeugt, mit derjenigen, die aus den im Körper stattfindenden Verbrennungen hervorgehen muß, in Einklang zu bringen.

Aber alle diese Versuche sind fruchtlos. Ich will nicht wiederholen, daß die Verbrennung eben nicht der einzige chemische Vorgang ist, der im Körper Wärme erzeugt, nicht hervorheben, daß wir die Wärme, die durch Ausstrahlung und Verdunstung, durch Luftwechsel und durch Auflösung in den Körper eingeführter Nahrungsstoffe verloren und gebunden wird, nicht so genau berechnen können, daß wir zu bestimmen im Stande wären, wie viel Wärme von organischen Wesen wirklich erzeugt wird. Ich will vielmehr für einen Augenblick die unrichtige Annahme setzen, die Eigenwärme, in dem oben beschriebenen Sinne, sei wirklich bekannt.

Selbst dann müßte ich wiederholen: alle Versuche durch Rechnung die Eigenwärme des Körpers mit der Verbrennungswärme in Uebereinstimmung zu bringen, sind fruchtlos. Man kann es heutzutage sagen, ohne der Achtung, welche die in der Wärmelehre ehrwürdig gewordenen Versuche von Dulong und von Despretz verdienen, Abbruch zu thun. Diesen mühevollen Arbeiten bleibt das geschichtliche Verdienst gesichert, daß sie zuerst gezeigt haben, wie bei der Annahme,

daß aller Sauerstoff, den der Thierkörper einathmet, zur Bildung von
Kohlensäure und Wasser verwendet würde, die Verbrennungswärme
$7/_{10}$ bis $9/_{10}$ der Eigenwärme deckt. Dieses überraschend günstige Ergebniß hat den großen Nutzen gehabt, daß es Physiker, Chemiker
und Physiologen von dem chemischen Ursprung der thierischen Wärme
überzeugte.

Ihre geschichtliche Rolle haben die Versuche von Dulong und
von Despretz erfüllt. Für uns gilt es jetzt einzusehen, daß einer
Berechnung der im Körper gebildeten Verbrennungswärme eine sichere
Grundlage ebenso gut fehlt wie der Bestimmung der wahren Eigenwärme. Nicht einmal für die Verbrennung der Grundstoffe hat sich
die Welter'sche Annahme bestätigt, daß die durch Verbrennung entstehende Wärme zu der Menge des verbrauchten Sauerstoffs in geradem Verhältniß stehe [1]). Und doch hat man diese Welter'sche Annahme als Gesetz auf den Thierkörper übertragen, ohne sich auch nur
die Frage vorzulegen, was denn im Thierkörper in Wirklichkeit verbrannt wird.

Kohlenstoff und Wasserstoff gewiß nicht, wenn gleich Kohlensäure und Wasser zu den Enderzeugnissen der Verbrennung gehören.
Wenn aus Eiweiß der Stoff der elastischen Fasern oder der leimgebenden Gebilde hervorgeht, so ist das eine Verbrennung. Wenn sich
Oelstoff oder Perlmutterfett in flüchtige Fettsäuren verwandeln, wenn
die stickstoffhaltigen Gewebebildner in Kreatin, in Harnsäure und Harnstoff, die flüchtigen Fettsäuren in Kohlensäure und Wasser, ein Theil
des Schwefels und des Phosphors der Eiweißkörper und der Hirnfette in Schwefelsäure und in Phosphorsäure übergehen, so geschieht
das Alles nur unter Aufnahme von Sauerstoff.

Es ist aber durch bestimmte Untersuchungen erwiesen, daß die
Wärmemenge, welche durch Verbrennung zusammengesetzter organischer
Stoffe erzeugt wird, der Wärmemenge nicht entspricht, welche durch
Verbrennung der in denselben enthaltenen Kohlenstoff- und Wasserstoff-
Aequivalente entstehen würde, selbst dann nicht, wenn die organischen
Körper weder Stickstoff, noch Schwefel enthielten. Die Versuche von
Favre und Silbermann haben nämlich gezeigt, daß das Sumpf-

---

1) Vgl. Donders a. a. O. S. 56.

gas, Terpenthinöl, Citronenöl, mehre Alkohol- und Aether-Arten bei
der Verbrennung weniger Wärme entwickeln, als aus der Berechnung
ihrer Kohlenstoff- und Wasserstoff-Aequivalente abgeleitet werden müßte,
wenn man in den sauerstoffhaltigen für je 1 Aeq. Sauerstoff 1 Aeq.
Wasserstoff außer Rechnung läßt.

Aus dieser Thatsache und aus der allmäligen Oxydation, welche
die Blutbestandtheile und die Gewebebildner im Thierkörper erleiden,
geht also aufs Schlagendste hervor, daß man einer ganz falschen Voraussetzung Raum geben würde, wenn man aus der durch Verbrennung
gebildeten Menge von Kohlensäure und Wasser die erzeugte Wärme
berechnen wollte.

Und dennoch steht es fest, nur in den chemischen Umwandlungen,
die der Körper von Pflanzen und Thieren beständig erleidet, nur in
dem rastlosen Stoffwechsel ist die Quelle der Eigenwärme zu suchen.
Und nur weil das Leben Stoffwechsel ist, ist Wärme eine Folge und
zugleich ein Maaß des Lebens.

Sechstes Buch.

# Das Zerfallen der organischen Stoffe nach dem Tode.

## Kap. I.

### Von den Vorgängen des Zerfallens im Allgemeinen.

§. 1.

Als eins der wesentlichsten Merkmale organischer Materie habe ich bereits in der Einleitung die außerordentliche Leichtigkeit hervorgehoben, mit welcher der Zustand des Gleichgewichts der Molecüle gestört wird

So wie die Vereinigung von Umständen, oder um es zugleich kürzer und schärfer zu sagen, so wie der Zustand aufhört, der das Leben bedingt, giebt sich die Beweglichkeit der Molecüle in einer anderen Richtung kund als während des Lebens. Der Wärmegrad der umgebenden Luft oder des Wassers, die größere oder geringere Feuchtigkeit, der Luftdruck, die mechanische Bewegung und hundert andere Umstände, die noch zu erforschen sind, geben dem Spiel der Verwandtschaftskräfte zum Theil andere Ausgänge als wir bisher im lebenden Leib von Pflanzen und Thieren kennen lernten.

Je zusammengesetzter die Materie ist, desto größer ist die Beweglichkeit ihrer Molecüle, während des Lebens sowohl wie nach dem Tode.

Wenn die organischen Stoffe nur aus Kohlenstoff, Wasserstoff und Sauerstoff bestehen, dann äußert sich, bei gewöhnlichen Wärmegraden und bei feuchtem Zustande des betreffenden Körpers, die Anziehung des Sauerstoffs der Luft auf den Wasserstoff der organischen Materie, und der Kohlenstoff dieser letzteren verbindet sich mit ihrem eigenen Sauerstoff.

Fehlt aber der Sauerstoff in dem organischen Körper, hat man es mit einem Kohlenwasserstoff zu thun, und kann zu diesem nur so viel Sauerstoff der Luft hinzutreten, als die Orydation des Wasserstoffs erfordert, dann findet nur eine einfache Wasserbildung statt, der Kohlenstoff wird als Kienruß abgeschieden. Trat noch weniger Sauerstoff hinzu, als der Wasserstoff zur Wasserbildung brauchte, dann wird nur ein Theil des Wasserstoffs zu Wasser verbrannt, ein anderer verbindet sich mit Kohlenstoff zu einem kohlenstoffreichen Kohlenwasserstoff. Auf diese Weise entstehen Naphthalin ($C^{20}H^8$) und ähnliche Körper.

Denken wir uns den umgekehrten Fall, der organische Körper enthalte außer Kohlenstoff, Wasserstoff und Sauerstoff auch noch Stickstoff. Dann sind unabhängig von dem Sauerstoff der Luft zwei Verwandtschaften thätig, die des Stickstoffs zum Wasserstoff und die des Kohlenstoffs zum Sauerstoff. Und auch hier wird ein Ueberschuß von Wasserstoff durch den Sauerstoff der Luft verbrannt. Es vermehren sich die Richtungen, in welchen Spaltung erfolgt, mit der Zahl der Elemente.

Treten zu dem Stickstoff, Kohlenstoff, Wasserstoff und Sauerstoff noch Schwefel und Phosphor, dann äußert das Ammoniak, das aus dem Stickstoff und Wasserstoff entstand, seine Anziehungskraft für den Schwefel, der überschüssige Wasserstoff verbindet sich mit dem Phosphor zu Phosphorwasserstoff.

Es entsteht eine wühlende Thätigkeit der Elemente, deren Macht zunimmt mit der Vermehrung der Grundstoffe, nicht in einfachem, geradem Verhältnisse, nein im Quadrat, vielleicht in der Kubikzahl und höher.

Wärme ist ein Zustand der Materie, der die chemischen Eigenschaften steigert zu Verbindungen und Zersetzungen, oft in umgekehrter Richtung, als diese in anderen Zuständen, bei niederen Wärmegraden erfolgen. In hoher Wärme vermag der Kohlenstoff Wasser zu zersetzen, die Verwandtschaft des Kohlenstoffs übertrifft die des

Wasserstoffs zum Sauerstoff, während bei gewöhnlichen Wärmegraden das Gegentheil stattfindet.

Darum zerfällt die organische Materie um so rascher, wenn sie bei hohem Mischungsgewicht und großer Anzahl der Grundstoffe in den Zustand erhöhter Wärme übergeführt wird. Und rückwärts erzeugen Verbindung und Zersetzung Wärme. Zahllose Bedingungen, Wirkungen und Gegenwirkungen setzen die locker zusammenhängenden Molecüle in Bewegung [1]).

### §. 2.

Es ist aber nicht bloß die Anzahl der Elemente in einem einzelnen organischen Stoffe, welche die Beweglichkeit der Molecüle erhöht. Viel schleuniger zerfällt die Materie, wenn verschiedene organische Körper von hoher Zusammensetzung bei geeigneten Wärmegraden, bei Anwesenheit von Luft und Wasser auf einander einwirken.

Daß Bewegung Bewegung erweckt, ist einer der einfachsten Grundsätze der Mechanik. Aber es ist Liebig's Verdienst, diesen Satz in seiner ganzen Fruchtbarkeit auf die Zersetzung der organischen Materie angewandt zu haben. Es war gewiß nicht zufällig, daß derselbe Mann, der seine Laufbahn mit der Geschichte der Fulminate eröffnete, den weitreichenden Einfluß der Bewegung auch für die organische Materie zuerst erkannte.

Jodstickstoff zerfällt mit einem bedeutenden Knalle, sowie er mit einem festen Körper berührt wird. Dieser und hundert andere Fälle [2]) beweisen, daß nicht selten eine einfache mechanische Erschütterung hinreicht, um eine Bewegung in den Molecülen hervorzurufen, die den Gleichgewichtszustand einer chemischen Verbindung aufhebt.

Was die mechanische Bewegung erzielt, das leistet in höherem Grade die Molecularbewegung, welche chemische Zersetzungen bedingt.

---

[1] Vgl. den klassischen zweiten Theil von Liebig's Chemie in ihrer Anwendung auf Agricultur und Physiologie, vielleicht das Fruchtbarste und Anregendste was aus Liebig's Feder geflossen ist.

[2] Vgl. Liebig, die Chemie in ihrer Anwendung auf Agricultur und Physiologie, fünfte Auflage, Braunschweig 1848, S. 274—382.

35 *

Sehr häufig sieht man einen organischen Körper, der selbst in Zersetzung begriffen ist, die Bewegung seiner Molecüle an einen anderen Körper übertragen. Geschieht dies, ohne daß die Erzeugnisse der Zersetzung des einen Körpers sich mit denen des anderen verbinden, äußert der ursprünglich in Zersetzung begriffene Körper nach Liebig's treffendem Ausdruck „eine Thätigkeit, die sich über die Sphäre seiner eigenen Anziehungen hinaus erstreckt," dann nennt man den Vorgang Gährung (Liebig). Der Stoff, der die Gährung erlitten hat, zerfällt in zwei oder mehre andere Körper, deren Summe dem ursprünglichen Stoffe bald völlig gleich ist, bald denselben nur um die Elemente des Wassers übertrifft. Zwischen diesen Erzeugnissen der Gährung und jenen Zersetzungsprodukten des die Gährung erregenden Körpers, den man Hefe nennt, findet keinerlei Austausch statt. Darin ruht das eigentliche Wesen der Gährung.

Es liegt aber sehr nahe zu erwarten, daß nicht immer die Umwandlungen in dieser gleichgültigen Weise neben einander verlaufen. Wenn die Erzeugnisse desjenigen Körpers, der seine Bewegung auf den anderen überträgt, mit den Zersetzungsprodukten dieses letzteren in Wechselverbindung treten, so daß die Summe der neuen Stoffe nur auf die beiden sich umwandelnden Körper zusammen, mit oder ohne die Elemente des Wassers, zurückgeführt werden kann, dann nennt man den Vorgang Fäulniß (Liebig).

Will man die Fäulniß mit der Gährung vergleichen, so ist die Fäulniß eine Gährung, bei welcher die Hefe und das Gährungsmaterial zusammen aufgehen in die durch Kreuzung der Zersetzungsprodukte entstandenen Stoffe.

Eine dritte Reihe von Umwandlungen unterscheidet sich von der Gährung und Fäulniß wesentlich dadurch, daß die Erzeugnisse der Zersetzung nicht bloß die Elemente des Gährungsmaterials oder von diesem und der Hefe bald mit, bald ohne Wasser enthalten, sondern außerdem den Sauerstoff der Luft. Nur diese Vorgänge bezeichnet man nach Liebig mit dem Namen Verwesung. Die Verwesung besteht in einer langsamen Verbrennung feuchter Materien bei ungehindertem Zutritt der Luft und geeigneter Wärme.

Alle Verhältnisse, welche den Zutritt der Luft erschweren, die Bedeckung mit einer hohen Wassersäule, mit einer mächtigen Erdschichte beeinträchtigen die Verwesung. Erreicht die Verhinderung des Luftzutritts einen höheren Grad, dann unterscheidet man die noch mehr verlangsamte Verbrennung als Vermoderung von der Verwesung (Liebig).

In diesen Unterscheidungen sind wesentliche Merkmale zum Eintheilungsgrund erhoben, und es ist als ein wichtiges Verdienst Liebig's zu bezeichnen, daß er Worten wie Fäulniß, Verwesung, Vermoderung, die in der Wissenschaft, wie im täglichen Leben ganz willkürlich durch einander gebraucht wurden, zuerst eine scharfe Bedeutung unterlegte. Die Gase, die man sonst für die Gährung, der üble Geruch, den man für die Fäulniß in Anspruch nahm, haben, wenn sie gleich sehr häufig vorhanden sind, mit dem Wesen der Gährung oder der Fäulniß nichts zu thun.

## §. 3.

Der eiweißartige Körper, der im Traubensaft und in anderen Säften, welche Traubenzucker enthalten, niemals fehlt, erleidet bei einer mäßig erhöhten Wärme eine Umsetzung, eine Bewegung seiner Molecüle, die sich „über die Sphäre seiner Anziehungen hinaus" auf den Zucker überträgt. Es entsteht Gährung.

Für diese Gährung an und für sich ist es ziemlich gleichgültig, in welche Bestandtheile der eiweißartige Körper, die Hefe, zerfällt. Denn die Produkte des Eiweißkörpers verbinden sich nicht mit den Erzeugnissen des Zuckers. Der Zucker zerfällt in Alkohol und Kohlensäure, ohne nur ein einziges Aequivalent eines fremden Grundstoffs von außen aufzunehmen:

$$\underset{\text{Traubenzucker}}{C^{12} H^{12} O^{12}} = \underset{\text{Alkohol}}{2 C^4 H^6 O^2} + \underset{\text{Kohlensäure}}{4 CO^2}.$$

Man hat darauf aufmerksam gemacht, daß, wenn die bloße Beweglichkeit und Bewegung der Molecüle der Hefe die Gährung bewirkte, nicht einzusehen wäre, warum nicht jede in Zersetzung begriffene organische Materie jede Gährung zu erzeugen vermag, warum der Mandelstoff die Mandelhefe, der Senfstoff die Senfhefe erfordere u. s. f. Man hat dabei übersehen, daß allerdings in der Mehrzahl der Fälle verschiedene Gährungserreger einander vertreten können. Wir wissen zwar, daß die Mandelhefe leichter als Weinhefe auf Mandelstoff die Bewegung ihrer Molecüle überträgt, so wie umgekehrt der Zucker durch Weinhefe leichter als durch Mandelhefe. In

Gährung versetzt wird. Wir wissen aber zugleich, daß Weinhefe und Mandelhefe beide im Stande sind, Zucker und Mandelstoff und Harnstoff zu zersetzen[1]). Ebenso weiß man, daß jeder faulende Eiweißkörper, Kleber, Pflanzenleim, Erbsenstoff, Käsestoff, Fleisch, Blut, Hausenblase im Zucker Gährung erzeugen[2]).

Andererseits hat man Liebig mißverstanden, wenn man ihm die Meinung zuschrieb, als sei die Art der Molecularbewegung, also die Art der Hefe in allen Fällen gleichgültig. „Wir wissen," heißt es bei Liebig[3]), „daß der nämliche Zucker durch andere Materien, deren „Zustand der Zersetzung ein anderer ist, als z. B. der, worin sich die „Theilchen der Hefe befinden, durch Lab oder durch die faulenden Be„standtheile von Pflanzensäften, durch Mittheilung also einer verschie„denen Bewegung, daß seine Elemente sich alsdann zu anderen Pro„dukten umsetzen; wir erhalten keinen Alkohol und keine Kohlensäure, „sondern Milchsäure, Mannit und Gummi, oder Buttersäure." Ferner hat Liebig ausdrücklich daran erinnert, daß der Saft von Möhren, Runkelrüben, Zwiebeln, wenn er bei gewöhnlichen Wärmegraden mit Bierhefe zusammengebracht wird, die weinige, wenn er dagegen bei einer Wärme von 35—40° sich selbst überlassen wird, die schleimige Gährung, im letzteren Falle richtiger Fäulniß erleidet. Es unterliegt mithin keinem Zweifel, daß verschiedene Hefen oder, was dasselbe ist, verschiedene Molecularbewegungen der Gährung eines Körpers verschiedene Richtungen ertheilen.

Schwieriger zu beseitigen ist der Einwurf, daß in manchen Fällen der Gährung ähnliche Zersetzungen durch Stoffe hervorgerufen werden, die sich selbst bei dem Vorgang durchaus nicht verändern, so wenn Wasserstoffhyperoxyd durch Platin zersetzt, wenn Stärkmehl durch Schwefelsäure in Dextrin und Zucker verwandelt wird. Freilich paßt die Erklärung der Molecularbewegung für diese Fälle nicht. Allein wir besitzen für dieselben keine andere Erklärung, welche der Annahme einer Molecularbewegung Abbruch thun könnte. Mir scheint gegen eine Erklärung, die über so viele Erscheinungen Licht ver-

---

1) Vgl. C. Schmidt, in den Annalen von Liebig und Wöhler, Bd. LXI,
   S. 174.

2) Liebig, a. a. O. S. 406.

3) Liebig, a. a. O. S. 401.

breitet, darin kein Hinderniß zu liegen, daß es ähnliche Erscheinungen giebt, in denen andere unbekannte Bedingungen wirken müssen. Ich halte dafür, daß man besser thäte, die Erscheinungen der letzteren Art von der Gährung zu trennen. Von Wasserstoffhyperoryd weiß Jedermann, wie leicht es sich zersetzt. Und ob die Umwandlung von Stärkmehl in Dextrin und die nachherige Aufnahme von Wasser bei der Zuckerbildung, mit Einem Worte ob eine bloße Umlagerung der Moleküle ohne Spaltung den Gährungen beizuzählen ist, dürfte billig zweifelhaft erscheinen, obgleich ich wohl weiß, daß Liebig selbst ähnliche Fälle, z. B. die Umsetzung von Milchzucker in Milchsäure [1]), hierher gerechnet hat. Und doch wird hier wenigstens 1 Aeq. Milchzucker in 2 Aeq. Milchsäurehydrat gespalten, abgesehen davon, daß man die Bildung von $C^6 H^5 O^5 + HO$, Milchsäure — Hydrat, selbst als eine Spaltung betrachten könnte. Sei dem wie ihm wolle, immerhin bleibt es sehr beachtenswerth, daß die Umsetzung des Stärkmehls in Dextrin und Zucker durch organische Stoffe, die in Zersetzung begriffen sind, durch Gerstenhefe, Speichel, Bauchspeichel, viel rascher erfolgt, als durch Schwefelsäure.

Die Pilze, die oft bei der Gährung entstehen und von Schwann und Anderen als eigentliche Gährungserreger betrachtet werden, sind zur Gährung durchaus nicht erforderlich. Daß aber das Wachsthum der Hefenzellen eine Molecularbewegung einschließt, also in einigen Fällen im Stande sein wird, Gährungserscheinungen eine bestimmte Richtung zu ertheilen, läßt sich gewiß nicht bezweifeln. Lüdersdorff und Schmidt haben durch Versuche gezeigt, daß zermalmte Hefenzellen Zucker in Milchsäure verwandeln, während sie im unzermalmten Zustande weinige Gährung einleiten. Schmidt hat aber zugleich nachgewiesen, daß diese veränderte Wirkung nicht etwa von einem „katalytischen" Einfluß der lebenden Zelle, sondern von einer chemisch verschiedenen Umsetzung bedingt wird. Um 1 Gramm Hefe zu zermalmen, brauchte Schmidt sechs Stunden, und eine reichliche Ammoniakentwicklung lehrte, daß die Zermalmung von einer bedeutenden Zersetzung begleitet war [2]).

---

1) Vgl. Liebig, a. a. O. S. 518.
2) Vgl. C. Schmidt, in den Annalen von Liebig und Wöhler, Bd. LXI, S. 171—174.

Wenn also in diesem Falle der Stoffumsatz, der das Leben der Hefenzelle bedingte, Gährung erzeugte, so ist es andererseits nicht minder wichtig, daß Pilze, die bei der Harnstoffgährung entstanden sind, in Zuckerwasser fortwuchern können, ohne die geringste Gährungserscheinung zu veranlassen (Schmidt).

Ich habe schon oben angedeutet, daß die sogenannte schleimige Gährung, die im Saft von Mohrrüben bei einer Wärme von 35—40° vor sich geht, richtiger als Fäulniß bezeichnet wird. Es entstehen bei dieser Umsetzung Milchsäure, Mannit, ein dem Gummi ähnlicher, schleimiger Körper, Ammoniak und andere Stoffe. Allein die Milchsäure, der Mannit und der schleimige Körper wiegen zusammen mehr als der Zucker, der ursprünglich im Saft enthalten war. Eiweiß oder andere Stoffe des Saftes müßen sich demnach an der Zersetzung betheiligt haben.

„Dieses Ineinandergreifen von zwei und mehren Metamorphosen ist es, was wir die eigentliche Fäulniß nennen" (Liebig)[1].

Bei der Fäulniß können außer dem Wasser auch andere anorganische Stoffe mitwirken. Eins der wichtigsten hierher gehörigen Beispiele ist die Reduction schwefelsaurer Salze durch faulendes Holz. Der Kohlenstoff des faulenden Holzes verbindet sich mit dem Sauerstoff der Schwefelsäure, der Wasserstoff mit dem Schwefel. Durch den Schwefelwasserstoff werden die Metalloxyde des Wassers zerlegt. Daher der Schwefelkies an faulenden Wurzeln in stehenden Gewässern.

Die Verwesung ist eine langsame Verbrennung. Weil diese jedoch in stetem Fortschritt begriffen ist, sind Kohlensäure, Wasser (und Ammoniak) gewöhnlich die Enderzeugnisse der Verwesung. Der Sauerstoff der Luft wirft sich zuerst auf den Wasserstoff der organischen Verbindung; so wenn Alkohol in Aldehyd verwandelt wird:

Alkohol　　　　Aldehyd.
$$C^4 H^6 O^2 + O^2 = C^4 H^4 O^2 + 2HO.$$

Nimmt der Aldehyd zwei fernere Aequivalente Sauerstoff auf, dann entsteht die Essigsäure:

Aldehyd　　　　Essigsäure
$$C^4 H^4 O^2 + O^2 = C^4 H^3 O^3 + HO.$$

Durch Oxydation von Essigsäure entsteht Ameisensäure, aus der .

---

1) Liebig, a. a. O. S. 402, 403.

Ameisensäure Kleesäure, aus der Kleesäure Kohlensäure, in Folge immer weiter schreitender Verwesung:

Essigsäure        Ameisensäure.
$$C^4\ H^3\ O^3 + O^4 = 2\,C^2\ HO^3 + HO.$$

Ameisensäure      Kleesäure.
$$C^2\ HO^3 + O = C^2\ O^3 + HO.$$

Kleesäure       Kohlensäure
$$C^2\ O^3 + O = 2\,CO^2.$$

Eine der langsamsten Verwesungen, also ein ausgezeichnetes Beispiel der Vermoderung ist in der Bildung des weißen faulen Holzes im Inneren abgestorbener Baumstämme gegeben. Analysen dieses Holzes, die jedoch nur zu empirischen Formeln führen konnten, haben gelehrt, daß Eichenholz z. B. durch Aufnahme von Wasser und wenig Sauerstoff in Kohlensäure und in das morsche, vermoderte Holz zerfällt (Liebig). In ihrem Wesen ist die Vermoderung von der Verwesung nicht verschieden.

So ist durch den Gedankenreichthum Liebig's in die Auffassung des Zerfallens der organischen Materie eine Einheit gekommen, die immer schöner beleuchtet wird durch die einzelnen Untersuchungen, welche dieser Forscher hervorlockte und leitete. Den Ergebnissen dieser Untersuchungen sind die beiden folgenden Kapitel gewidmet. Ich trenne hierbei die organischen Stoffe nur in stickstoffhaltige und stickstofffreie, weil die Eintheilung jener in eiweißartige Körper und deren Abkömmlinge, dieser in Fettbildner und Fette für die hier vorliegende Betrachtung von untergeordneter Wichtigkeit ist.

## Kap. II.

### Das Zerfallen der eiweißartigen Körper und ihrer Abkömmlinge.

#### §. 1.

Als ein Hauptgrund des lockeren Zusammenhangs der Elemente, die zu stickstoffhaltigen organischen Körpern verbunden sind, wurde im vorigen Kapitel die Verwandtschaft des Wasserstoffs zum Stickstoff und die des Kohlenstoffs zum Sauerstoff der Eiweißkörper und ihrer Abkömmlinge bezeichnet.

Bevor aber diese Verwandtschaft durch die Bildung von Ammoniak und Kohlensäure die stickstoffhaltige Materie dem Endziel des Zerfallens zuführt, treten eine Anzahl von Zwischenstoffen auf, von denen die einen den Stickstoff der organischen Körper enthalten, die anderen nicht.

Schon frühe hatte Braconnot als ein stickstoffhaltiges Erzeugniß faulender Eiweißkörper das Aposepedin kennen gelehrt. Durch Mulder's gründliche und umfassende Untersuchungen über die Eiweißkörper, deren Werth, wie öfters hervorgehoben wurde, durchaus unabhängig ist von der Auffassung der Constitution jener zusammengesetzten Materien, ist es erwiesen, daß Braconnot's Aposepedin ein Gemenge ist, in welchem ein in glänzend weißen Blättchen krystallisirender indifferenter Körper, das Leucin, die Hauptmasse bildet.

Für das Leucin hat Mulder früher die Formel $NC^{12}H^{12}O^4$ aufgestellt, und er bleibt bei dieser Formel auch noch jetzt, nachdem Gerhardt und Laurent einerseits, und andererseits Strecker durch ihre Analysen zum Ausdruck $NC^{12}H^{13}O^4$ geleitet wurden [1].

---

1) Vgl. Strecker in den Annalen von Liebig und Wöhler, Bd. LXXII, S. 91.

Das Leucin löst sich in heißem Wasser und in heißem Alkohol, nicht leicht dagegen in kaltem Wasser, noch weniger in kaltem Alkohol und gar nicht in Aether. Aus der wässerigen Lösung wird Leucin nur durch salpetersaures Quecksilberoxydul gefällt. In starker Salzsäure, Schwefelsäure und in kalter Salpetersäure wird es unverändert aufgelöst, während es beim Kochen mit der letztgenannten Säure in lauter gasförmige Körper zerfällt.

Ammoniak löst das Leucin leichter auf als Wasser. Für unseren Zweck ist jedoch die Zersetzung am wichtigsten, die es beim Schmelzen mit Kalihydrat erleidet. F. Bopp, der ein Opfer edler Begeisterung im Jahre 1849 zu früh dahinschied, hat nämlich gezeigt, daß bei dieser Behandlung das Leucin in Baldriansäure, Ammoniak, Kohlensäure und Wasserstoff zerfällt:

Leucin

$$NC^{12}H^{13}O^4 + 3KO + 3HO = NH^3 + (KO + C^{10}H^9O^3) + 2(KO + CO^2) + H^4.$$

Neben dem Leucin entsteht bei der Fäulniß ein anderer stickstoffhaltiger Körper, das Tyrosin [1]), welches nach Liebig's Analyse durch die Formel $NC^{16}H^9O^5$ bezeichnet wurde, während Hinterberger später den Ausdruck $NC^{18}H^{11}O^6$ aufstellte [2]).

Das Tyrosin krystallisirt in seidenglänzenden, blendend weißen Nadeln, die sich in Wasser nur sehr wenig, in Alkohol und Aether gar nicht, leicht dagegen in Alkalien lösen.

Mit Säuren läßt sich das Tyrosin zu Salzen verbinden, mit Essigsäure jedoch nicht.

Leucin und Tyrosin lassen sich neben einander aus eiweißartigen Körpern gewinnen, wenn man dieselben mit Kalihydrat schmelzt. Man erwärmt die Masse so lange, bis sich neben dem Ammoniak auch Wasserstoff entwickelt, und löst darauf das Gemenge in heißem Wasser auf. Sättigt man das Alkali mit Essigsäure, dann wird das Tyrosin in Nadeln ausgeschieden, die man durch wiederholte Auflösung in verdünntem Kali und Ausfällung durch Essigsäure reinigt.

---

1) Lehmann, a. a. O. Bd. I, S. 147. Bopp hatte es bei der Fäulniß der Eiweißkörper nicht gefunden. Vgl. Annalen von Liebig und Wöhler, Bd. LXIX, S. 36.

2) Hinterberger in den Annalen von Liebig und Wöhler, Bd. LXXI, S. 74.

Aus der Mutterlauge, die das Tyrosin geliefert hat, krystallisirt das Leucin heraus, das zur vollständigen Reinigung nur aus heißem Alkohol umkrystallisirt zu werden braucht (Liebig und Bopp [1]).

Das Leucin entsteht nicht bloß durch Fäulniß der eiweißartigen Körper, sondern auch aus den leimgebenden Gebilden und aus Horn, Tyrosin aus Horn und aus eiweißartigen Stoffen, dagegen nicht aus Leim.

Es verdient Beachtung, daß, wie Hinterberger nachgewiesen hat [2], die Eiweißkörper viel mehr Leucin als Tyrosin geben, das Horn dagegen umgekehrt weit mehr Tyrosin als Leucin.

Hinterberger konnte Tyrosin und Leucin auch gewinnen, indem er Horn mit Schwefelsäure kochte, und zwar nahm die Menge dieser beiden Körper bis zu einer gewissen Grenze um so mehr zu, je länger das Kochen fortgesetzt wurde [3].

Beim Schmelzen der Eiweißkörper mit Kali entsteht das Tyrosin später als das Leucin. Es wird dadurch nicht unwahrscheinlich, daß das Tyrosin erst als Oxydationsprodukt des Leucins auftritt, um so mehr, wenn man bedenkt, daß die Horngebilde, welche die Eiweißkörper durch ihren Sauerstoffgehalt übertreffen, mehr Tyrosin als Leucin liefern. Hinterberger erhielt aus einem Pfund Horn 5 Grm. lufttrocknes, reines Tyrosin. Demnach wäre bei der Bildung von Tyrosin aus zerfallenden Eiweißkörpern eine Verwesung mit der Fäulniß verbunden.

Eine dritte Uebergangsstufe der stickstoffhaltigen Körper zu Ammoniak, Kohlensäure und Wasser ist der schon früher (S. 433, 434) beschriebene Leimzucker, der nicht bloß durch die Fäulniß der Knochenleim gebenden Gebilde, sondern ebenso bei der Gährung der Cholsäure und der Hippursäure entsteht. Der Leimzucker, $NC^4 H^5 O^4$, enthält mehr Sauerstoff als Leucin oder Tyrosin, und insofern ist es bemerkenswerth, daß er aus eiweißartigen Stoffen nicht entsteht, wohl aber aus dem sauerstoffreicheren Knochenleim.

In dem Leucin, dem Tyrosin, dem Leimzucker, wie sie bei der

---

1) Vgl. Bopp in den Annalen von Liebig und Wöhler, Bd. LXIX, S. 20 und folg.

2) Hinterberger in derselben Zeitschrift Bd. LXXI, S. 77.

3) A. a. O. S. 76.

Fäulniß oder Gährung gewonnen werden, ist nicht aller Stickstoff der betreffenden Eiweißkörper, des Leims, der Gallensäure und der Pferdeharnsäure vorhanden. Es wird nämlich immer nebenher Ammoniak gefunden. Und wenn man sich erinnert, daß die Eiweißstoffe, wenn sie in mäßig verdünnter Kalilauge gelöst werden, immer etwas Ammoniak entwickeln, so wird es nicht unwahrscheinlich, daß ein Theil des Stickstoffs unmittelbar in dieser Form abgeschieden wird.

Leucin, Tyrosin, Leimzucker zerfallen aber selbst bei der Fäulniß nach und nach in Ammoniak und andere Stoffe. Stenhouse glaubt aus dem Einfluß der trocknen Destillation, der Säuren und Alkalien auf stickstoffhaltige thierische und pflanzliche Stoffe schließen zu dürfen, daß in allen Fällen, in welchen Ammoniak in größerer Menge aus thierischen oder pflanzlichen Stoffen entsteht, zugleich eine geringe Menge flüchtiger organischer Basen gebildet wird [1]. Ob diese Basen dem Anilin, $NC^{12} H^7$, dem mit Anilin isomeren Picolin, von denen jenes durch trockne Destillation des Knochenöls, dieses durch Destillation entfetteter Knochen von Anderson erhalten wurde, ob sie dem durch trockne Destillation leimgebender Gebilde entstehenden, äußerst flüchtigen Petinin, $NC^8 H^{11}$, von Anderson entsprechen, das müssen künftige Untersuchungen entscheiden.

Mulder hat früher bei der Zersetzung der Eiweißkörper, die mit einem Ueberschuß von Aetzkali gekocht wurden, zwei extractähnliche, unkrystallisirbare, im Wasser lösliche Körper erhalten, das Erythroprotid, $NC^{12} H^8 O^5$, und das Protid, $NC^{13} H^9 O^4$. Dieses ist hellgelb und leicht in Alkohol löslich, jenes rothbraun und löst sich nur in siedendem Alkohol. Es scheinen diese Stoffe in neuerer Zeit in Vergessenheit zu gerathen, und doch wäre es ohne Zweifel wichtig zu wissen, ob dieselben vielleicht bei der Fäulniß oder bei der Verwesung der Eiweißkörper gebildet werden. Bopp hat unter den Erzeugnissen der Fäulniß eiweißartiger Stoffe einen Körper beobachtet, der mit Salpetersäure eine rosenrothe Farbe annimmt.

Indem die Fäulniß und Verwesung immer weiter fortschreiten, vermehrt sich auch beständig die Menge des Ammoniaks. Nur wenn das Wasser fehlt, entstehen statt des Ammoniaks Cyan und andere

---

1) Stenhouse in „Annalen von Liebig und Wöhler, Bd. LXI, S. 216.

Stickstoffverbindungen[1]). Wenn Basen fehlen und der Luftzutritt ungehindert ist, dann entweicht neben dem Ammoniak nicht selten etwas freier Stickstoff.

Stickstoffhaltige Körper, die selbst an der Grenze der organischen Materie stehen, können bei der Gährung unmittelbar in Ammoniak und Kohlensäure zerfallen, so z. B. der Harnstoff:

$$\text{Harnstoff} \qquad\qquad \text{Kohlensaures Ammoniumoxyd.}$$
$$N^2\, C^2\, H^4\, O^2 + 4\,HO = 2\,(NH^4\, O + CO^2).$$

Die Salpeterbildung durch Verwesung des Ammoniaks wurde bereits oben bei den Bestandtheilen der Ackererde besprochen. Ammoniak, Salpetersäure und freier Stickstoff sind die Enderzeugnisse, in welchen nach beendigter Fäulniß und Verwesung aller Stickstoff der organischen Körper enthalten ist.

### §. 2.

In der Flüssigkeit, in welcher das Ammoniak als Endprodukt der Fäulniß stickstoffhaltiger Körper gelöst ist, findet sich dasselbe zu einem großen Theil an organische Säuren gebunden, die selbst durch die Zersetzung der Eiweißstoffe und anderer Verbindungen erzeugt wurden.

Zu diesen organischen Säuren gehört als eins der regelmäßigsten Erzeugnisse der Fäulniß die Milchsäure, sodann aber auch Essigsäure, Buttersäure und Baleriansäure. Ja bei der Verwesung der eiweißartigen Körper scheint die ganze Reihe der flüchtigen Säuren von der Zusammensetzung $C^n\, H^n\, O^4$, von der Ameisensäure bis zur Capronsäure entstehen zu können. Durch Oxydation mittelst Schwefelsäure und Braunstein erhielt Guckelberger aus thierischem Eiweiß, Faserstoff und Käsestoff die Aldehyde der Essigsäure und der Buttersäure, sodann Ameisensäure, Essigsäure, Metacetonsäure, Buttersäure, Baleriansäure und Capronsäure[2]). Keller gewann auf gleiche Weise

---

1) Vgl. Liebig, die Chemie in ihrer Anwendung auf Agricultur und Physiologie, 6. Auflage S. 396.

2) Guckelberger in den Annalen von Liebig und Wöhler, Bd. LXIV, S. 83.

alle diese Stoffe aus dem Kleber, nur daß er statt des Aldehyds der Butterſäure das der Valerianſäure und keine Capronſäure vorfand [1].

Außer den genannten Säuren beobachteten Guckelberger und Keller das Auftreten von Bittermandelöl und Benzoëſäure unter den Oxydationsprodukten der eiweißartigen Körper.

Es kann nach dieſen Beobachtungen wohl keinem Zweifel unterliegen, daß die Ameiſenſäure, die Eſſigſäure, die Butterſäure, die Valerianſäure, die man ſo häufig unter den Zerſetzungsprodukten ſtickſtoffhaltiger Körper wahrnimmt, wenigſtens zum Theil als Erzeugniſſe einer allmäligen Verbrennung durch den Sauerſtoff der Luft, alſo der Verweſung zu betrachten ſind.

Andererſeits lehrt die oben angegebene Zerſetzung des Leucins in Ammoniak, Valerianſäure und Kohlenſäure (S. 555), daß die Valerianſäure auch ohne Verweſung, durch bloße Gährung oder Fäulniß aus den eiweißartigen Körpern hervorgehen kann.

Die fortſchreitende Verweſung muß alle dieſe Säuren nach und nach in Kohlenſäure und Waſſer überführen. Wenn man faulenden Kleber gehörig feucht hält, ſo tritt ein Zeitpunkt ein, in welchem die Flüſſigkeit neben Leucin, einem durch Chlor gerinnenden organiſchen Körper und Schwefelammonium nur noch kohlenſaures Ammoniumoxyd enthält [2].

Vor Kurzem iſt dieſe Umwandlung in Kohlenſäure und Waſſer unter dem Einfluß gährungerregender Stoffe von Buchner dem Jüngeren bei mehren organiſchen Säuren genauer unterſucht. Buchner erinnert an die bekannte Thatſache, daß eine Löſung von eſſigſaurem Kali in einigen Monaten ganz in kohlenſaures Kali und Waſſer zerfällt. Setzt man zu den Löſungen der Alkaliſalze von Citronenſäure, Weinſäure, Bernſteinſäure, Eſſigſäure oder Kleeſäure thieriſchen Schleim, ſamt Leber, Emulſin oder eine andere Heſe, dann erreicht jene Verweſung in wenigen Wochen ihr Endziel, am ſchnellſten für die beiden erſtgenannten, weniger ſchnell für die beiden folgenden Säuren, am langſamſten für die Kleeſäure. Die Citronenſäure und die Weinſäure verwandeln ſich erſt in Eſſigſäure und Kohlenſäure, die Aepfelſäure verwandelt ſich in Bernſteinſäure (Deſſaignes), Eſſigſäure und Kohlenſäure

1) Keller in derſelben Zeitſchrift Bd. LXXII, S. 88.
2) Vgl. Liebig a. a. O. S. 610.

(Liebig) [1]), die Bernsteinsäure in Buttersäure und Essigsäure. Daher erklärt es sich, daß die Aepfelsäure in einem bestimmten Zeitpunkt ihrer Gährung auch Buttersäure liefern kann. Die Citronensäure unterscheidet sich von der Aepfelsäure, indem sie keine Bernsteinsäure giebt. Essigsäure ist demnach eines der häufigsten Zwischenprodukte, welche das Zerfallen organischer Säuren in Kohlensäure und Wasser einleiten [2]).

Während faulende organische Stoffe im Stande sind schwefelsaure Salze zu reduciren und dadurch selbst nicht selten eine Entwicklung von Schwefelwasserstoff bedingen, tragen die zerfallenden Eiweißkörper durch ihren Schwefelgehalt zu diesem Schwefelwasserstoff bei. Gewöhnlich wird erst Schwefelammonium oder, wenn freies Alkali vorhanden ist, Schwefelkalium gebildet. Die gleichzeitig entstehenden organischen Säuren, Milchsäure, Essigsäure, treiben aus diesen Verbindungen den Schwefel als Schwefelwasserstoff aus. Bei gewöhnlichen Wärmegraden wird der Schwefelwasserstoff an der Luft nicht oxydirt. Er läßt sich jedoch entzünden und verbrennt dann zu schweflichter Säure und Wasser. Die schwefliche Säure verwandelt sich durch Verwesung in Schwefelsäure.

Der Phosphor des Eiweißes und des Faserstoffs, des Klebers und des Erbsenstoffs endlich verbindet sich bei der Fäulniß mit dem Wasserstoff dieser Körper. Es bildet sich Phosphorwasserstoff, $H^3 P$, der sich von selbst an der Luft entzündet und mit Flamme zu phosphorichter Säure und Wasser verbrennt. Wenn dagegen die Luft freien Zutritt hat, so daß sich die Fäulniß in Verwesung verwandelt, dann kann der Phosphor sich zu Phosphorsäure oxydiren. Unter den Erzeugnissen der Verwesung phosphorhaltiger Eiweißkörper findet sich phosphorsaures Ammoniumoxyd.

Kohlensäure, Wasser, Schwefelwasserstoff und Phosphorwasserstoff, oder Schwefelsäure und Phosphorsäure, das sind die wenigen einfachen Endprodukte, die, abgesehen von den stickstoffhaltigen Erzeugnissen der Zersetzung, aus den eiweißartigen Körpern und ihren Abkömmlingen hervorgehen.

---

1) Vgl. oben S. 297.
2) Vgl. Buchner d. J. in den Annalen von Liebig, Wöhler und Kopp, Bd. LXXVII, S. 209, 210.

§. 3.

Auf eine an Vermoderung grenzende Verwesung der Eiweißkörper hat Mulder zuerst aufmerksam gemacht. Er zeigte nämlich, daß
die eiweißartigen Stoffe durch Aufnahme einer geringen Menge Sauerstoff aus der Luft in die im ersten Buch beschriebenen Humuskörper
übergehen.

Denke man sich, daß 1 Aequivalent der Gruppe, die ungefähr
das Verhältniß des Stickstoffs, Kohlenstoffs, Wasserstoffs und Sauerstoffs in den Eiweißkörpern ausdrückt, sich mit 3 Aeq. Sauerstoff
verbinde, dann entsteht 1 Aeq. Humin neben 5 Aeq. Ammoniak:

$$\text{Humin}$$
$$N^5 \ C^{40} \ H^{30} \ O^{12} + O^3 = C^{40} \ H^{15} \ O^{15} + 5\,NH^3.$$

Sind Alkalien in der Erde vorhanden, dann geht das Humin
unter Wasserausscheidung in Huminsäure, $C^{40} \ H^{12} \ O^{12}$, über. Durch
allmälig weiter schreitende Verwesung verwandelt sich die Huminsäure
in Geinsäure, Quellsatzsäure, Quellsäure, Kohlensäure und Wasser.

Kohlensäure, Wasser und Ammoniak sind also auch bei dieser
Richtung der Verwesung die Stoffe, die als letzte Ergebnisse der Bewegung der Molecüle in die Kreislinie einmünden, die der Stoffwechsel von Pflanzen und Thieren beschreibt.

## Kap. III.

## Das Zerfallen der Fettbildner und der Fette.

### §. 1.

Viel reichlicher als die eiweißartigen Körper tragen die zahlreichen stärkmehlartigen Stoffe, namentlich die Verbindung des Zellstoffs mit den Holzstoffen, die früher sogenannte Holzfaser, zur Humusbildung bei. Und es ist ohne Zweifel eine der wichtigsten Folgen der Verwesung, daß sie altes Holz, Sägemehl, Stoppeln, Brachfrüchte allmälig in fruchtbare Dammerde verwandelt.

Je tiefer diese Ueberbleibsel der Gewächse der Erde eingegraben, eingeackert sind, desto langsamer erfolgt die Verwesung, desto mehr geht die Verwesung in eigentliche Vermoderung über. Ein vollendetes Beispiel der Vermoderung ist in der Bildung der Braunkohle gegeben.

Die Umwandlung in Humus möge aber rasch oder langsam erfolgen, immer ist sie, wie Mulder so schön aus der Zusammensetzung der Humuskörper nachwies [1]), die Folge einer Aufnahme von Sauerstoff.

Wenn sich der Zellstoff oder irgend einer der gleich zusammengesetzten Körper mit wenig Sauerstoff verbindet, dann entsteht zunächst Ulmin neben Wasser und Kohlensäure:

$$\text{Zellstoff} \qquad\qquad \text{Ulmin}$$
$$7\,C^{12}\,H^{10}\,O^{10} + O^4 = 2\,C^{40}\,H^{16}\,O^{14} + 38\,HO + 4\,CO^2.$$

Schreitet die Verwesung bis zur Bildung der Ulminsäure fort,

---

1) Vgl. S. 10, 13, 14.

Damit ändert sich in dieser Gleichung nichts als die Menge des Wassers, die ausgeschieden wird:

$$\text{Ulmin} \qquad\qquad \text{Ulminsäure}$$
$$2\, C^{40}\ H^{16}\ O^{14} + 38\, HO = 2\, C^{40}\ H^{14}\ O^{12} + 42\, HO.$$

Ganz ähnlich gestaltet sich die Umsetzung, wenn z. B. aus Zucker Humin wird:

$$\text{Traubenzucker} \qquad\qquad \text{Humin}$$
$$4\, C^{12}\ H^{12}\ O^{12} + O^{16} = C^{40}\ H^{15}\ O^{15} + 33\, HO + 8\, CO^2.$$

Und da sich die Huminsäure von Humin, ebenso wie die Ulminsäure vom Ulmin nur durch einen Wenigergehalt von Wasser unterscheidet, so ändert sich auch in der letztgenannten Gleichung durch die Bildung der Huminsäure nur die Wassermenge:

$$\text{Humin} \qquad\qquad \text{Huminsäure}$$
$$C^{40}\ H^{15}\ O^{15} + 33\, HO = C^{40}\ H^{12}\ O^{12} + 36\, HO.$$

Wie durch Verwesung Ulminsäure in Huminsäure, diese in Geinsäure, Geinsäure in Quellsatzsäure und endlich in Quellsäure übergehen kann, ist bereits im ersten Buch erörtert.

Die Kohlensäure, die sich in diesen Vorgängen bildet, enthält den Sauerstoff der organischen Körper. Sie stammt von den Elementen des Holzes, da sich der Sauerstoff bei gewöhnlichen Wärmegraden nicht mit Kohlenstoff verbindet. Liebig.

Aus dem einfachen Grunde, weil niemals die organische Materie genug Sauerstoff enthält, um ihren sämmtlichen Kohlenstoff in Kohlensäure überzuführen, werden die Erzeugnisse der Verwesung des Holzes immer reicher an Kohlenstoff. Dadurch erklärt es sich, daß Meyer den Humus des Eichenholzes nach der Formel $C^{54}\ H^{46}\ O^{46}$, Will, der es mit einem späteren Zeitraum der Verwesung zu thun hatte, nach dem Ausdruck $C^{56}\ H^{44}\ O^{44}$ zusammengesetzt fand[1]), Rochleder endlich in einem bituminösen Körper einem moderartigen Stoffe von der Formel $C^{80}\ H^{14}\ O^{25}$ begegnete, der in seiner Zusammensetzung der Ulminsäure Mulder's nahesteht[2]). Und ein ähnliches Erzeugniß

---

1) Liebig, a. a. O. S. 470.

. 2) Rochleder in den Annalen von Liebig, Wöhler und Kopp, Bd. LXXVIII, Maiheft 1851, S. 248—250.

der Verwesung hat Soubeiran vorgelegen, als er durch seine Analysen zur Aufstellung der Formel $C^{34} H^{18} O^{16}$ veranlaßt wurde [1].
Nur ist es entschieden unrichtig, wenn Soubeiran, der Mulder's
wichtige Arbeiten kaum zu kennen scheint, behauptet, daß der Kohlenstoffgehalt der Humusstoffe 57 Procent niemals übersteige.

Unter den Verwesungsprodukten des Zuckers wird nicht selten
die Ameisensäure gefunden, welche man künstlich sowohl durch die
Oxydation mittelst Alkalien, als mittelst der Salpetersäure, neben
anderen, zum Theil wenig erforschten Stoffen aus dem Zucker
erhält.

Ist aber der Zutritt der Luft gehindert, wie wenn das Holz auf
dem Boden von Sümpfen zerfällt, dann nimmt die Zersetzung eine
ganz andere Richtung. Der Wasserstoff verbindet sich nicht mit dem
Sauerstoff, sondern mit dem Kohlenstoff des organischen Körpers.
Es entsteht Sumpfgas, $CH^2$, und ein anderer Theil des Kohlenstoffs
verbindet sich mit dem Sauerstoff des betreffenden Körpers zu Kohlensäure. Am einfachsten wird sich die Zersetzung gestalten, wenn der
organische Stoff gleich viel Aequivalente Kohlenstoff, Wasserstoff und
Sauerstoff enthält, wie z. B. der Zucker:

$$\text{Traubenzucker} \quad \text{Sumpfgas} \quad \text{Kohlensäure}$$
$$C^{12} H^{12} O^{12} = 6\,CH^2 + 6\,CO^2.$$

Enthält der organische Körper weniger Wasserstoff und Sauerstoff als der Aequivalentzahl des Kohlenstoffs entspricht, dann bethei-
ligen sich die Elemente des Wassers an der Bildung der Sumpfluft:

$$\text{Zellstoff} \quad\quad \text{Sumpfgas} \quad \text{Kohlensäure}$$
$$C^{12} H^{10} O^{10} + 2\,HO = 6\,CH^2 + 6\,CO^2.$$

Die Entwicklung des Sumpfgases beruht also auf einer einfachen
Gährung.

### §. 2.

In den Leichnamen des Menschen haben Fourcroy und Vauquelin ein hartes Fett gefunden, das sie unter dem Namen Adipo-

---

[1] Soubeiran im Journal de pharmacie et de chimie, T. XVII, p. 329.

cire beschrieben. Nach den Untersuchungen von Beetz[1]) soll dieses Adipocire aus Stearin und stearinsauren Salzen bestehen.

Da die Fette der Leichen von Thieren und Menschen durch die Fäulniß härter werden, so kann man annehmen, daß das Stearin aus Elain und Margarin entsteht. Die Umwandlung des Gemenges von Perlmutterfett und Oelstoff menschlicher Leichname in Talgstoff könnte den einfachen Fall von Fäulniß darstellen, in welchem die in einander greifenden Metamorphosen zweier Körper, die Liebig als wesentliches Merkmal der Fäulniß verlangt, eine einzige Verbindung erzeugten:

$$\text{Oelstoff} \quad \text{Perlmutterfett} \quad \text{Talgstoff}$$
$$C^{39} H^{39} O^4 + C^{35} H^{35} O^4 = 2 C^{37} H^{37} O^4.$$

Bei der Verwesung der Fette werden die kohlenstoffreichen allmälig in kohlenstoffärmere verwandelt. Kolbe scheint bei seinen hochwichtigen Untersuchungen der oxydirenden Wirkung des im Kreise des galvanischen Stroms sich ausscheidenden Sauerstoffs, der sogenannten Elektrolyse, das Gesetz entdeckt zu haben, nach welchem der Sauerstoff auch bei der Verwesung die hierher gehörigen Körper zersetzen dürfte. Wenn Sauerstoff den Elementen einer sauerstoffhaltigen Säure zugeführt wird, dann spaltet sich diese in Kohlensäure, welche den Sauerstoff, und in einen Kohlenwasserstoff, welcher den Wasserstoff der Säure enthält.

So verwandelt sich die Valeriansäure durch Elektrolyse in Kohlensäure und Valyl:[2])

$$\text{Wasserfreie Valeriansäure} \quad \text{Valyl.}$$
$$C^{10} H^9 O^3 = 2 CO^2 + C^8 H^9.$$

Und was das Wichtigste ist, das Valyl geht durch Oxydation in Buttersäure über:

$$\text{Valyl} \quad \text{Buttersäurehydrat}$$
$$C^8 H^9 + O^5 = (C^8 H^7 O^5 + HO) + HO.$$

Schneider hat die Kohlenwasserstoffe, welche bei der trocknen

---

1) Vgl. meine Uebersetzung von Mulder's Versuch einer allgemeinen physiologischen Chemie, Heidelberg, 1846. S. 607.

2) Kolbe in den Annalen von Liebig und Wöhler Bd. LXIX, S. 259 u. folg.

Destillation der Fette entstehen, durch oxydirende Mittel, Alkalien, Salpetersäure, Chromsäure in fette Säuren verwandelt und zwar in solche, die sich von dem ursprünglichen Fett durch einen höheren Sauerstoffgehalt unterscheiden[1]. Durch die Oxydation des Kohlenwasserstoffs $C^6 H^5$, der durch trockne Destillation der Oelsäure erhalten wurde, entstanden Essigsäure, Metacetonsäure, Buttersäure, Valeriansäure, Capronsäure, Oeuanthylsäure ($C^{14} H^{13} O^3 + HO$) und Caprylsäure, kurz die ganze Reihe der Säuren von der Zusammensetzung $C^n H^m O^4$, von der Essigsäure an bis zur Caprylsäure hinauf.

Jene Entdeckung Kolbe's, die Liebig mit Recht eine bewunderungswürdige genannt hat, ist nicht nur eine der wichtigsten, die auf dem Gebiet der theoretischen Chemie gemacht werden konnten, sie ist auch eine der wichtigsten für den Physiologen, der in dem Leben einen Zustand der Materie erblickt, dessen Gesetze er nur aus den Gesetzen des Stoffwechsels in der Natur im Großen zu erkennen vermag. Liebig hat dieser Thatsache Worte geliehen, indem er sagt[2]: „Ich „halte die Entdeckung Kolbe's für eine um so wichtigere Erwerbung „für die Wissenschaft, weil dieses Oxydationsgesetz offenbar das um-„gekehrte Gesetz der Bildung höherer organischer Säuren (sauerstoff-„ärmerer) aus niederen (sauerstoffreicheren) ist. Die Entstehung des „Wachses, des Cholsterins, der Oelsäure und Margarinsäure aus Amy-„lon oder aus Zucker, oder aus Milchsäure, Buttersäure in dem Leibe „der Thiere kann nicht anders als durch Austreten von Sauerstoff „in der Form von Kohlensäure und von Wasserstoff in der Form „von Wasser gedacht werden."

Umgekehrt sind diese niederen sauerstoffreicheren Säuren, Valeriansäure, Buttersäure, Essigsäure, bei den Fetten wie bei den Eiweißkörpern, die Uebergangsstufen, welche die zusammengesetzte organische Materie in die einfachsten binairen Verbindungen, in Wasser und Kohlensäure überführt.

---

[1] Schneider in den Annalen von Liebig und Wöhler, Bd. LXX, S. 120.
[2] Liebig in seinen Annalen, Bd. LXX, S. 319.

# Rückblick.

Kohlensäure, Wasser, Ammoniak, — Salpetersäure, Schwefelsäure, Phosphorsäure, — die frei gewordenen Salze und Chlorüre, — Huminsäure, Quellsäure, Quellsatzsäure, die selbst wieder in Kohlensäure und Wasser zerfallen, diese wenigen Körper sind die Endpunkte des Lebens, wie sie der Urquell sind von den zusammengesetzten Verbindungen, deren unabläffige Bewegung die Seele des Lebens ist für Pflanzen und Thiere.

Ganz allmälig werden diese Endpunkte erreicht. Fett, Zucker, Eiweiß, die am höchsten zusammengesetzten organischen Verbindungen, die Mutterkörper der Gewebebildner vor allen anderen, verlieren nach und nach ihre Indifferenz. Sie zerfallen in Stoffe, die immer deutlicher den Gegensatz von Basen und Säuren bethätigen, der nur dem Wasser fehlt.

Im Leben tritt dieser Gegensatz zurück. Nicht weil ein wohlwollender Gott die Feindschaft versöhnt zu dem harmonischen Ineinandergreifen, das der Mensch — sonderbarer Irrwahn! — so gerne voraus haben möchte vor den übrigen Geschöpfen der Erde. Denn jener Gegensatz ist kein feindlicher. Das Begegnen der Elemente unter geeigneten Außenverhältnissen reicht hin, um die schöpferische Triebkraft zu bethätigen, die aller Materie innewohnt, welche die gegenseitige Berührung der Materie nur erweckt zu dem nimmer ruhenden Zustand des Lebens.

Die Pflanze, das Thier löst sich auf nach dem Tode in Ammoniak, in Kohlensäure und Wasser. Aber dieselbe Kraft, die als Eigenschaft den Stoffen innewohnt, verwebt die elementarsten Körper zu den meist zusammengesetzten Verbindungen. Der Stoff des unscheinbarsten wie des edelsten Leibes gelangt beim ewigen Wechsel zu neuem Leben. Die Eigenschaften wandern mit dem Stoff, dem sie unverbrüchlich angehören. Ihre Arten sind so zahlreich, wie die Verbindungen der Stoffe, vielleicht zahllos, wenn nämlich die Grenze nicht bestimmt ist, in welcher die Aequivalentzahl des einen Elements die des anderen übertreffen kann.

Ein geschlossener Kreislauf — beginnt die Bewegung der Elemente wo sie aufzuhören scheint. Die verjüngte Erde keimt und grünt aus dem Moder hervor, in demselben Augenblick, in welchem Menschen und Thiere der Verwesung zueilen.

Zu dem Elemente gehört als Eigenschaft die Kraft. Und darum ist der Kreislauf der Elemente, von dem ich ein flüchtiges Bild aufzurollen bemüht war, zugleich der Kreislauf der Kräfte.

# Alphabetisches Register.

## A.

**B.**

Carbolfäure fiehe Phenyloryb=Hybrat.

Carmin 458.

Carminfäure 458.

Carthageenin 117.

Carthamin 325.

Caftorin 516.

Cellulofe 101, in thierifchen Geweben 385.

Cerain 147.

Cerafin 116.

Cerebrin 382, im Eibotter 402.

Cerebrinfäure 382.

Cerebrofpinalflüffigkeit 363.

Cerin 146, 151.

Cerofia 151.

Cerotin 147.

Cerotinfäure 147.

Cerumen 515.

Cetin 381.

Cetyloryb 381.

Cetylfäure 381, im Wachs 149.

Chalazen 401.

Chinafäure 303.

Chinin 304.

Chitin 377.

Chlor in der Ackererde 7, im Blut 251, 252, in den Pflanzen 159.

Chlorogenfäure 290.

Chlorophyll 319.

Chlorophyllwachs 150.

Chlorpepfinwafferftofffäure 423.

Cholalfäure 433, im Darminhalt 521.

Choleinfäure 432, im Darminhalt 521.

Cholepyrrhin 439.

Cholefterin im Blut 250, im Darminhalt 522, im Eibotter 402, in der Galle
440, in den Geweben 380, im Ohrenfchmalz 516, in der Vorhautfalbe 516.

Cholinfäure 438.

Choloidinfäure 435, im Darminhalt 521.

Cholfäure von Demarçay 438, von Gmelin und Strecker 431, im Darm=
inhalt 521.

Datiscin 114.
Dauungsstoff 422.
Delphinsäure 381.
Dextrin 116.
Diastase 96.
Döglingsäure 382.
Dotter 401, anorganische Bestandtheile desselben 403.
Dotterkugeln 402, 403.
Dotterstoff 401.
Dünger (Anorganischer) 169, 176, 177.
Durchschwitzungen 360.
Dyslysin 435, 436, im Darminhalt 522, der Schweinegalle 450.

## E.

Ei 400, Asche desselben 405, Veränderung desselben während der Bebrütung 405, Entwicklung desselben 414—416, Luft desselben 404, quantitative Zusammensetzung desselben 404, Schaale desselben 404.
Eichel des männlichen Gliedes 379.
Eichengerbsäure 288.
Eigenwärme von Pflanzen und Thieren 535—542.
Einfachschwefeleisen im Darminhalt 524.
Eisen in der Ackererde 7, im Blut 252, in den Pflanzen 158.
Eiweiß des Bluts 228, des Chylus 220, in den Geweben 364, der Hühnereier 401, anorganische Bestandtheile des Eiweißes der Hühnereier 403.
Eiweißartige Körper 75, allgemeine Eigenschaften derselben 77, Entwicklung derselben in der Pflanze 98, Fäulniß derselben 554, als Gewebebildner der Thiere 364, Mengenverhältnisse derselben in den Pflanzen 95, Oxydation derselben 242, eiweißartige Körper der Pflanzen 91, Unterschied zwischen pflanzlichen und thierischen Eiweißkörpern 243, Verwesung derselben 554, Vorkommen derselben in den Pflanzen 75, Zusammensetzung derselben 79.
Eiweißartige Nahrungsstoffe der Thiere 189.
Elaerin 516.
Elain in Pflanzen 136, in thierischen Geweben 379.
Elainsäure im Blut 248, in Pflanzen 137.
Elastische Fasern 371, 388, Entwicklungsgeschichte derselben 375.
Elemiharz 347.

# F.

Pflanzeneiweiß, lösliches, 91, ungelöstes 91.

Pflanzenfibrin 92.

Pflanzengallerte 121.

Pflanzenkäsestoff 92.

Pflanzenleim 91.

Pflanzensäuren 275, Entwicklungsgeschichte derselben 293, Mengenverhältnisse derselben 292.

Pflanzenschleim 117.

Pflanzenzellen, alte, 75, 102, jugendliche 75, 101, poröse 102, 106.

Phenyloxydhydrat 498, 517, 527.

Phenylsäure siehe Phenyloxydhydrat.

Phloretin 312.

Phlorrhizin 311.

Phlorrhizein 312.

Phocenin 381.

Phocensäure 144, 381.

Phospham 90.

Phosphamid 90.

Phosphoramid 87.

Phosphorglycerinsäure 383.

Phosphorglycerinsaures Ammoniak im Eidotter 403.

Phosphorhaltiges Fett im Blut 249, im Eidotter 402, in den Geweben 382—384,
im Speichel 418.

Phosphorsäure in der Ackererde 7, im Blut 252, in den Pflanzen 158.

Phosphorsaures Bittererde-Ammoniak 524.

Pichurimtalgsäure 141.

Picolin 557.

Pigmentzellen 378.

Pikroerythrin 331.

Pininsäure 346.

Pomeranzenöl 341.

Primordialschlauch 75.

Propionsäure im Schweiß (?) 513.

Protein 80, Proteintheorie 80, Widerlegung derselben 89.

Proteinbioxyd 80.

Proteinprotoxyd 88, im Blut 242.

Proteintritoxyd 80, im Blut 242, in den Geweben 367.

Protid 557.

## X.

## Z.

---

## Sinnstörende Druckfehler.